사과는 떨어지지 않는다

리안 모리아티

사과는 떨어지지 않는다

마시멜로

Also by Liane Moriarty

Three Wishes

The Last Anniversary

What Alice Forgot

The Hypnotist's Love Story

The Husband's Secret

Big Little Lies

Truly Madly Guilty

Nine Perfect Strangers

나의 어머니에게,
사랑을 담아

The apple never falls far from the tree

Apples Never Fall

프롤로그

자전거는 길가에 엎어져 있었다. 회색 참나무 밑에 있는 그 자전거는 누군가 화가 나서 내동댕이친 것처럼 핸들이 이상한 방향으로 꺾여 있었다.

열파(여름에 수일 내지 수 주일 동안 이어지는 이상 고온 현상-옮긴이)가 시작되고 5일째 되던 토요일 이른 아침이었다. 주 전역에서 40건이 넘는 산불이 멈추지 않고 발생했다. 여섯 지역 주민들에게 '대피령'이 내렸지만, 이곳, 시드니 교외 지역에서 위험한 사람들은 실내에 머물라는 권고를 받은 천식 환자들뿐이었다. 런던 포그처럼 두툼한 짙은 회황색 연무가 시드니를 뒤덮고 있었다. 텅 빈 거리에서는 땅속 매미의 울음소리만이 들렸다.

나동그라진 자전거는 '여성용 빈티지 자전거'라고 광고하는 번쩍이는 신상으로, 무두질한 가죽 안장에 흰색 고리버들 바구니가 달린 민트그린색 7단 자전거였다. 유럽의 산악 마을에서 시원하고 상쾌한 공기를 마시며, 안전모가 아니라 부드러운 베레모를 쓰고 한쪽 팔에 바게트를 끼고 달려야만 할 것 같은 자전거였다.

참나무 아래 있는 마른 풀밭에는 자전거 바구니에서 쏟아져 굴러간 것처럼 보이는 초록색 사과 네 알이 흩어져 있었다. 자전거의 은색 바큇살에는 검정파리 가족이 앉아 있었는데, 서로 다른 지점에 꼼짝도 하지 않고 앉아 있는 것이 마치 죽은 것처럼 보였다.

그 차는, 그러니까 주변 공간이 흔들릴 정도로 크게 1980년대 록 음악을 튼 홀덴 코모도어 V8은 주택가를 달리기에는 너무나도 빠른 속도로 교차로를 지나 달려갔다. 하지만 곧 브레이크등이 켜지더니 자동차는 자전거가 있는 곳에 멈춰 설 때까지 거친 타이어 마찰음을 내며 후진했다. 록 음악이 사라지고, 담배를 입에 문 운전자가 차 문을 열고 밖으로 나왔다.

삐쩍 마른 운전자는 상의는 입지 않고 파란색 축구복 하의만 입은 맨발의 남자였다. 운전석 문을 열어둔 채 남자는 발레리나처럼 발가락을 세우고 우아한 자세로 이미 충분히 달궈진 아스팔트를 지나 풀밭으로 들어가더니 몸을 웅크리고 앉아서 자전거를 살펴보았고, 상처 입은 동물의 다리를 만지듯이 구멍이 난 자전거 앞바퀴를 쓰다듬었다. 검정파리들이 갑자기 살아나 걱정스러운 듯이 소리를 냈다.

남자는 텅 빈 거리를 이리저리 둘러보더니, 눈을 가늘게 뜨고서 담배를 한 모금 빨았다. 어깨를 한 번 으쓱하고서 남자는 한 손으로 자전거를 잡고 일어섰다. 자동차로 돌아가 자신이 직접 구입한 물건인 양 자전거를 트렁크에 싣고는 자전거가 완전히 들어가도록 능숙하게 퀵 릴리스 레버를 잡아당겨 자전거 앞바퀴를 접었다.

운전석으로 돌아간 남자는 차 문을 세게 닫고 출발했다. 잔뜩 신이 난 남자는 AC/DC의 〈지옥으로 가는 고속도로(Highway to Hell)〉에 맞춰 핸들을 두드렸다. 어제는 밸런타인데이였다. 분명히, 남자는 자본주의자들이 만든 그런 해괴한 기념일 따위는 신경 쓰지 않았지만, 이 자전거를 가져가서 아내에게 주면서 "늦었지만 밸런타인데이 축하해, 베이비"라고 말한 다음 멋지게 윙크를 하면, 지난날의 과오를 보상할 수 있을 테고, 오늘 밤도 운이 좋을 것이다.

하지만 아니었다. 오히려 남자는 너무나도 운이 없었다. 20분 뒤에 남자는 죽었다. 정면충돌 교통사고로 세상을 떠났다. 고속도로를 빠져나온 세미트레일러 운전사는 너무 높게 자란 풍나무 때문에 정지신호를 보지 못했다. 지역 주민들은 몇 달 동안이나 신호등이 보이지 않는다고 민원을 넣었다. 그들은 이러다가 분명히 사고가 난다고 걱정했는데, 이제 정말로 사고가 났다.

풀밭에 떨어진 사과는 더운 열기 속에서 빠르게 썩어갔다.

Apples Never Fall

1

두 남자와 두 여자는 카페 구석 자리에 앉아 있었다. 탁자 옆쪽 벽에는 동틀 무렵의 해바라기를 찍은 토스카나 지방의 사진이 걸려 있었다. 농구 선수만큼이나 키가 큰 네 사람은 모자이크로 장식한 둥근 탁자 앞에 앉아 이마가 닿을 정도로 몸을 깊게 숙이고 있었다. 상쾌한 여름날의 토요일 아침, 바나나와 배를 올려 구운 고소한 빵 냄새가 가득하고, 부드러운 소프트 록 음악이 열심히 제 할 일을 하고 있는 에스프레소 머신 소리와 뒤섞여 들리는 작은 교외 카페와는 어울리지 않게도 네 사람은 국제 첩보 활동을 논의하듯이 낮고도 긴박한 말투로 이야기를 주고받고 있었다.

"남매들 같아요. 똑 닮았잖아요."

카페 종업원이 사장에게 말했다. 외동인 종업원은 늘 형제들을 보면 호기심이 일었다.

"말이 너무 길어서, 주문도 안 하고 있잖아."

형제가 일곱이나 있어서 형제 모임에는 전혀 관심 없는 사장이 말했다. 지난주에 맹렬하게 우박이 내린 뒤로 근 일주일 동안 고마운 비가 내리고 있었다. 산불은 드디어 잡혔고, 사람들 얼굴에서는 그을음이 씻겨 내려갔으며, 손님들은 마침내 밖으로 나와 현금을 가지고 가게로 들어오고 있었으니, 한 자리를 차지한 손님들이 뭉그적거리고 있는 건 좋지 않았다.

"아직 메뉴를 살펴보지 못했대요."

"가서 다시 한번 물어봐."

다시 손님들에게 다가간 종업원은 네 사람이 똑같이 독특한 자세로 앉아 있는 모습을 보았다. 네 사람 모두 의자에서 미끄러지지 않겠다는 듯이 발목을 앞으로 둘러 의자 앞다리를 감싸고 있었다.

"실례합니다."

네 사람 모두 종업원의 말을 듣지 못했다. 네 사람은 동시에 말하고 있었다. 네 사람은 가족임이 분명했다. 모두 저음에 깊은, 약간은 쉰 듯한 목소리를 내고 있었다. 목이 아프고, 비밀이 많은 사람들의 목소리였다.

"엄밀하게 말하면, 실종된 건 아니야. 문자도 보냈잖아."

"전화를 받지 않는다니, 믿기지가 않아. 전화를 안 받은 적은 없었잖아."

"아빠 말이 새로 산 자전거가 사라졌대."

"뭐? 그거, 이상한 거 아니야?"

"그러니까…… 자전거를 타고 나갔다고? 해 질 무렵에?"

"헬멧도 쓰지 않고 나갔어. 정말 이상하지 않아?"

"이제는 실종 신고를 해야 해."

"벌써 일주일이 넘었어. 너무 오래됐잖아."

"내가 아까도 말했지만, 엄밀하게 말해서, 실종된 건 아니……."

"분명히 실종된 거 맞아. 어디에 있는지 모르잖아."

"이제 주문하시겠어요?"

종업원은 자칫 무례하게 들릴 정도로 목소리를 높여 물었다.

네 사람은 듣지 못했다.

"집에 가본 사람 있어?"

"아빠가 제발 오지 말래. '아주 바쁘다'고 했어."

"아주 바쁘다고? 뭐 하느라 바쁘대?"

종업원은 네 사람 가운데 한 명쯤은 자신을 볼 수 있도록 의자와 벽 사이를 왔다 갔다 했다.

"실종 신고를 하면 무슨 일이 생길지 알잖아?"

두 남자 가운데 비싼 버전처럼 생긴 남자가 말했다. 팔뚝까지 걷어 올린 긴 소매 리넨 셔츠에 반바지를 입었고, 양말은 신지 않은 남자는 30대 초반처럼 보였다. 염소수염을 기르고 있는 남자는 리얼리티 쇼의 출연자나 부동산 중개인이 발산할 법한 단계가 낮은 카리스마를 뿜어내고 있었다.

"아빠를 의심할 거야."

"아빠를 왜?"

좀 더 뭉툭하고 통통해서 마치 첫 번째 남자의 저렴한 버전처럼 보이는 남자가 물었다. 염소수염이 아니라, 면도를 해야 할 만큼 수염이 텁수룩한 남자였다.

"그거야…… 알잖아."

비싼 버전의 남자가 손가락으로 목을 문지르면서 말했다.

종업원은 꼼짝도 하지 않았다. 카페에서 일한 뒤로 이렇게 심각한 대화는 들어본 적이 없었다.

"야, 트로이. 전혀 안 웃겨."

저렴한 버전의 남자가 헉하고 숨을 내뱉으며 말했다.

비싼 버전의 남자는 어깨를 으쓱했다.

"경찰이 싸웠냐고 물어볼 거야. 그럼 아빠는 싸웠다고 할 테고."

"하지만 확실히……."

"어쩌면 아빠랑 관련이 있을지도 몰라."

네 사람 가운데 가장 젊어 보이는 여자가 말했다. 여자는 홀터넥 수영복 위에 흰색 데이지꽃이 자잘하게 인쇄된 짧은 주황색 드레스를 입고 있었다. 뒤로 넘겨 묶은 (종업원이 간절히 원하는 바로 그 색인) 파란색으로 염색한 젖은 머리카락은 아무렇게나 덩어리진 채 그 여자의 목에 착 달라붙어 있었다. 카페에서 해변까지는 적어도 40분은 차를 타고 가야 하는데도, 번쩍이는 선스크린 크림을 바른 그 여자의 팔에는 이제 막 해변에서 온 것처럼 모래가 묻어 있었다.

"때렸을 수도 있잖아. 드디어 때렸을 수도 있어."

"둘 다 그만해."

다른 여자가 말했다. 그제야 종업원은 그 여자를 알아볼 수 있었다. 그 여자는 단골손님이었다. 엑스트라 핫 소이 플랫화이트 엑스트라 라지를 마시는 손님이었다. 이름은 브룩. 끝에 e자를 쓰는 브룩이다. 카페에서는 주문한 커피 뚜껑 위에 손님 이름을 적었다. 언젠가, 이 여자는 머뭇거리기는 했지만 단호하게, 자신도 어쩔 수 없다는 듯이, 자기 이름 끝에는 'e'를 써야 한다고 말했다.

그 여자는 정중했고 수다스럽지 않았으며, 대부분 하루가 자기 뜻대로 되지 않음을 이미 알고 있는 사람처럼 살짝 스트레스를 받고 있었다. 늘 5달러 지폐를 냈고, 거스름돈 50센트는 팁 상자에 넣었으며, 언제나 같은 차림이었다. 네이비 폴로셔츠, 반바지, 양말, 운동화. 오늘은 주말용으로 배와 허리를 드러내는 톱과 치마를 입었지만, 여전히 다리에 쥐가 났다고 해도 전혀 봐주지 않을 체육 선생님처럼 보였다.

"아빠는 절대로 엄마를 해치지 않아, 절대로."

그 여자가 자매에게 말했다.

"뭐야, 당연히 그럴 리가 없잖아. 그냥 농담한 거야."

파란 머리카락의 여자가 두 손을 번쩍 들어 올렸고, 종업원은 여자의 눈가와 입가에 자글자글한 주름을 보면서 여자가 사실은 젊지 않다는 것을, 그저 옷을 젊게 입었을 뿐이라는 것을 깨달았다. 그러니까 변장한 중년 여자였던 것이다. 멀리서는 20대처럼 보이지만 가까이서는 40대처럼 보이다니, 무슨 속임수 같았다.

"엄마랑 아빠는 정말 끈끈한 결혼 생활을 했어."

'e'를 쓰는 브룩은 분노했지만 상당히 공손한 말투로 말했기 때문에, 종업원은 어쩌면 분별 있는 옷차림에도 불구하고 브룩이 막내일 수도 있겠다는 생각을 했다.

좀 더 괜찮게 생긴 형제가 놀란 표정으로 브룩을 보았다.

"우리, 같은 집에서 자란 거 맞지?"

"모르겠는데? 그랬나? 왜냐하면 나는 폭력을 쓸 거라는 징후를 그 어디에서도 본 적이 없거든. 나는, 그러니까, 세상에!"

"뭐, 내가 그렇게 생각한다는 게 아니야. 다른 사람들이 그렇게 말할 거라는 거지."

파란 머리 여자가 고개를 들다가 종업원을 발견했다.

"어머, 미안해요. 아직도 안 골랐어요."

여자가 투명한 커버를 씌운 메모판을 집어 들었다.

"괜찮습니다."

종업원이 대답했다. 종업원은 네 사람의 대화를 더 듣고 싶었다.

"그게, 우리가 조금 정신이 나가 있어서 그래요. 어머니가 실종됐거든요."

"아, 저런. 정말…… 걱정되시겠어요."

종업원은 어떻게 반응해야 할지 알 수가 없었다. 네 사람 모두 그렇게 걱정하는 건 아닌 듯했다. 네 사람 모두 종업원보다 훨씬 나이가 많아 보였다. 그렇다면 네 사람의 어머니는 분명히 훨씬 더 나이가 많을 것이다. 그러니까 아주 조그만 할머니일 것이다. 할머니들은 어떻게 해야 실종될 수 있는 걸까? 치매에 걸려서?

자신의 자매가 하는 말에 'e'를 쓰는 브룩이 움찔 놀라며, 자매에게 말했다.

"사람들한테 그런 식으로 말하지 마."

"사과할게요. 우리 어머니는 실종됐을지도 몰라요. 잠시 엄마를 두고 온 장소를 잊어버렸지 뭐예요."

파란 머리 여자가 정정했다.

"왔던 길을 되돌아가보면 어떨까요? 어디에서 마지막으로 보셨는데요?"

종업원은 파란 머리 여자의 농담에 맞장구를 쳐주었고, 잠시 어색한 침묵이 흘렀다. 네 사람은 모두 촉촉한 갈색 눈에 진지한 표정을 짓고 있었다. 네 사람 모두 속눈썹이 너무 짙어서 아이라인을 그린 것처럼 보였다.

"맞아요. 그거예요. 그게 정말 우리가 해야 할 일이에요."

파란 머리 여자가 다소 경솔했던 종업원의 말을 진지하게 받아들인다는 듯이 천천히 고개를 끄덕였다.

"우리 모두 크림 얹은 사과크럼블을 주세요. 그럼, 우리 생각을 얘기해줄게요."

비싼 버전 남자가 말했다.

"좋은 선택이야."

저렴한 버전 남자가 메뉴판으로 탁자 옆면을 두드리면서 말했다.

"아침으로 사과크럼블을 먹는다고?"

'e'를 쓰는 브룩은 말은 그렇게 했지만, 사과크럼블에 관한 농담을 들었다는 듯이 씁쓸하게 웃었을 뿐이고, 네 사람 모두 '그럼, 뭐, 그걸로 하지'라는 태도로, 자신들 손에서 메뉴판이 떠나가는 것을 안도하는 사람들처럼 메뉴판을 종업원에게 내밀었다.

종업원은 주문서에 '사크 넷'이라고 쓰고 메뉴판을 받아 들었다.

"누구, 전화해본 사람 있어?"

저렴한 버전 남자가 말했다.

"커피는요?"

종업원이 물었다.

"모두 롱블랙(에스프레소 샷에 뜨거운 물을 붓는 아메리카노와는 반대로 뜨거운 물에 에스프레소 샷을 붓는 커피-옮긴이)으로 주세요."

비싼 버전 남자가 말했고, 종업원은 'e'를 쓰는 브룩의 입에서 '아니, 사실 나는 롱블랙 안 마셔. 나는 항상 엑스트라 핫 소이 플랫 화이트 엑스트라 라지만 마셔'라는 말이 나오기를 기다리며 브룩을 똑바로 쳐다보았지만, 브룩은 형제의 말에 대답하느라 종업원에게 반응하지 않았다.

"당연히 했지. 백만 번은 했을걸. 문자도 보내고, 이메일도 보냈어. 오빠는 보내봤어?"

"롱블랙 네 잔이죠?"

종업원이 물었지만, 아무도 대답하지 않았다.

"좋아요. 그럼 롱블랙 네 잔 가져다드릴게요."

"아니, 엄마 말고. 그 여자 말이야."

저렴한 버전 남자가 탁자에 팔꿈치를 괴고서 손가락으로 관자놀이를 꾹 눌렀다.

"사반나. 연락해본 사람 없어?"

종업원은 더는 그곳에서 뭉그적거릴 이유가 없었기에 엿듣는 것은 포기하고 자리를 떠났다.

사반나라는 사람도 남매인가? 그렇다면 왜 오늘 같이 오지 않았지? 혹시 형제들이 따돌리나? 타락한 딸일까? 어째서 사반나라는 이름에 저렇게 심각하고 음울하게 반응하는 걸까? 그나저나, 사반나한테 연락한 사람은 있나?

계산대에 도착한 종업원은 손바닥으로 주문을 알리는 벨을 치고 주문서를 거칠게 내려놓았다.

2

과거, 9월

서늘하지만 상쾌한 화요일 밤 11시가 되어갈 무렵이었다. 연분홍색 벚꽃 잎이 바람에 휘날리고 있을 때, 그 택시는 빅토리아 시대의 주택을 복원한 집이 늘어서 있는 거리를 천천히 달렸다. 진입로마다 중형 고급 세단이 서 있고 연석마다 여러 색 바퀴가 달린 쓰레기통이 가지런히 놓여 있는 주택가였다. 알락꼬리주머니쥐 한 마리가 택시 헤드라이트 불빛을 받으며 사암 담장 위를 재빨리 뛰어갔다. 작은 개 한 마리가 크게 짖었지만, 곧 잠잠해졌다. 나무 훈연 냄새, 이제 막 깎은 잔디 냄새, 천천히 익어가는 양고기 냄새가 났다. 주택들 대부분이 경계를 늦추지 않고 깜빡이는 보안 카메라의 불빛

말고는 어떠한 빛도 새어 나오지 않는 암흑에 둘러싸여 있었다.

9번지에 사는 조이 델라니는 아들이 생일 선물로 사준 최신 무선 헤드폰을 쓰고서 〈편두통 가이〉 팟캐스트를 들으며 주방에서 식기세척기에 그릇을 넣고 있었다.

에너지 넘치는 조이는 빛나는 은발 머리가 어깨까지 오는 작고 단정한 여자였다. 조이는 자신의 나이가 68세인지 69세인지를 정확히는 기억하지 못했고, 가끔은 67세라고 생각하기도 했다(조이는 69세다). 지금 조이는 청바지에 줄무늬 티셔츠, 검은색 카디건을 입고 털양말을 신고 있었다. 조이는 아마도 '나이보다 근사해 보이는' 여자일 것이다. 가게에서 만나는 젊은 사람들이 그렇게 말할 때가 많았으니까. 그런 말을 들을 때마다 조이는 '내가 몇 살인지도 모르면서 나이보다 근사해 보이는지는 어떻게 알아, 이 바보 같은 젊은이야'라고 말해주고 싶었다.

조이의 남편 스탠 델라니는 거실 안락의자에 앉아서 무릎에 아이스 팩을 올리고 크림치즈에 스위트칠리크래커를 찍어 먹으면서 '이 세상 최고로 멋진 다리들'에 관한 다큐멘터리를 보고 있었다.

두 사람의 늙은 개, 스태퍼드셔 테리어 슈테피는 조이 옆에 철퍼덕 엎드린 채 은밀하게 신문지 조각을 씹고 있었다. 슈테피의 이름은 테니스 선수 슈테피 그라피에서 딴 것이다. 강아지였을 때 정말로 재빨랐기 때문에 지어준 이름이었다. 작년부터 슈테피는 집 안에 있는 신문지를 죄다 씹어 먹었다. 스트레스가 주는 심리적 불안감으로 나타나는 행동이 분명한데, 슈테피가 무엇 때문에 스트레스를 받는지는 아무도 몰랐다.

그래도 슈테피의 행동은 이웃집 카로의 고양이가 하는 짓에 견주면 참아줄 만했다. 그 집 고양이 오티스는 막다른 골목에 있는 여러 집에서 옷을 훔쳤는데, 속옷을 훔칠 때도 있었다. 오티스가 속옷을 가져오면 너무나도 당황한 카로는 당연히 훔쳐 온 속옷을 주인에게 돌려주지 못했다. 조이 것만 빼고 말이다.

아들이 사준 커다란 헤드폰을 쓰면 자신이 외계인처럼 보인다는 사실을 조이도 알았지만, 신경 쓰지 않았다. 그 오랜 시간 아이들에게 제발 조용히 하라고 애원을 했던 조이였지만, 지금은 고요를 견딜 수 없었다. 침묵이 조이의 텅 빈 둥지 곳곳에서 울부짖고 있었다. 조이의 둥지가 텅 비어버린 것은 벌써 몇 년이나 전의 일이니까 당연히 침묵에 익숙해졌어야 했지만, 지난해 사업장을 정리한 뒤로는 모든 것이 끝난 것처럼, 급격히 요동치다가 멈춘 것처럼 느껴졌다. 소음을 찾아 헤매던 조이는 팟캐스트에 중독됐다. 수다스럽고 권위적인 목소리가 자장가가 되어줘야만 잠들 수 있었기 때문에 헤드폰을 쓰고 침대에 누울 때도 많았다.

조이는 편두통으로 고생하지 않았지만, 막내딸이 편두통에 시달렸다. 〈편두통 가이〉 팟캐스트를 듣는 이유는 브룩에게 줄 정보를 얻기 위해서이기도 했지만, 어느 정도는 속죄하기 위해서이기도 했다. 최근 몇 년 동안 조이는 가족들이 '브룩의 아이 때 두통'이라고 부르는 편두통에 대해 자신이 처음에 보였던 무시와 조급함을 떠올리면 정말로 몸이 아플 정도로 후회가 됐다.

내 회고록 주제는 '후회'여야 할 것 같아. 프라이팬 옆으로 치즈 강판을 밀면서 조이는 생각했다. 조이 델라니의 '후회로 가득 찬 삶'.

어젯밤에 조이는 지역 대학교에서 진행하는 '회고록 쓰기' 첫 번째 수업에 참석했다. 조이는 회고록을 쓰고 싶지 않았지만, 카로는 쓰고 싶다고 했다. 그래서 함께 가준 것이다. 남편과 사별하고 혼자 사는 카로는 수줍음이 많아서 혼자서는 그런 수업에 참석하지 않았다. 조이는 카로와 함께 수업을 들을 친구를 만들어줄 생각이었다(벌써 후보를 한 명 찾았다). 카로에게 친구가 생기면 조이가 함께 다닐 필요는 없어질 것이다.

회고록 쓰기 선생은 회고록을 쓰려면 먼저 주제를 정해야 한다고 했다. 일단 주제가 정해지면 그 주제를 뒷받침해줄 일화를 찾기만 하면 된다고 했다. 그 선생이 "어쩌면 여러분의 회고록 주제는 '가난한 곳에서 자랐지만, 지금 나를 봐'가 될 수도 있을 거예요"라고 하자, 정장 바지를 입고 진주 귀걸이를 한 나이 든 여자들은 모두 진지하게 고개를 끄덕이며 새로 사 온 공책에 '가난한 곳에서 살았지만'이라는 글을 적어 넣었다.

"적어도 조이의 회고록 주제가 뭐일지는 알 것 같아."

집에 오는 길에 카로가 말했다.

"뭔데?"

"당연히 테니스지. 자기는 테니스 이야기를 쓸 거야."

"테니스는 주제가 될 수 없어. 주제라면 '복수'라든가, '고난을 극복한 성공' 같은 게 돼야지."

"왜, '완승!한 테니스 가족의 이야기'라는 제목을 달아도 될 것 같은데."

"하지만…… 우리 집엔 테니스 스타 하나 없는걸. 그저 테니스 아카데미랑 클럽을 운영했을 뿐이지. 우린 윌리엄스 가족이 아니야."

왠지 모르게 조이는 카로의 말에 짜증이 났다.

카로는 깜짝 놀란 표정을 지었다.

"그게 무슨 말이야? 조이네 가족 모두 테니스에 대한 열정이 어마어마하잖아. 사람들이 늘 '열정을 따르라!'고 말하잖아. 그런 말을 들을 때마다 늘 생각하는걸. 나에게도 조이 같은 열정이 있었으면 좋겠다고 말이야."

조이는 대답하지 않고 화제를 바꾸었다.

식기세척기에서 고개를 든 조이는 바로 이 주방에서 테니스 라켓을 무기처럼 잡고 분노에 차 발갛게 달아오른 얼굴로 아름다운 갈색 눈에 비난과 눈물을 한가득 머금은 채 울지 않으려 애쓰면서 "나는 테니스가 싫어!"라고 외치던 어린 트로이를 생각했다.

"야, 그건 신성모독이야!"

언제나 맏이라는 역할을 자각하고 있던 에이미는 가족이 싸울 때마다 꼭 나서서 다른 아이들은 이해하지 못하는 어려운 말을 했고, 아직 어렸고 사랑스러웠던 막내 브룩은 당연히 울음을 터뜨렸고, 그 상황을 이해할 수 없었던 로건은 아주 맹한 표정을 지었다.

"넌 테니스를 싫어하지 않아."

조이가 말했다. 그건 명령이었다. 조이의 말은 '너는 테니스를 싫어할 수 없어, 트로이'라는 뜻이었다. '나에게는 네가 테니스를 싫어하게 허락해줄 시간도, 기운도 없어'라는 뜻이었다.

조이는 고개를 저어 기억을 떨쳐내고 다시 팟캐스트에 집중했다.

"……*눈앞에 지그재그로 선이 보이고, 별이 반짝이면, 사람들은 그것이 편두통 전조 증상이라고*……."

트로이가 정말로 테니스를 싫어한 적은 없었다. 가족이 가장 행복했던 순간은 테니스 코트 위에서 맞이했다. 행복한 기억은 대부분 테니스 코트 위에서 쌓았다. 물론 가장 나쁜 기억도 테니스 코트에서 생겼지만, 어쨌거나 트로이는 지금도 테니스를 친다. 정말로 테니스가 싫었다면 30대가 된 지금까지 테니스를 칠 리는 없었다.

그렇다면 회고록 주제는 역시 테니스여야 할까? 어쩌면 카로가 옳은지도 몰랐다. 조이와 스탠은 테니스가 아니었으면 만나지도 못했을 테니까.

벌써 50년도 더 전의 일이다. 작은 집에 사람들이 가득 들어가 생일 파티를 했다. 모두 핫 버터의 〈팝콘〉에 맞춰 머리를 흔들고 있었다. 그때 열여덟 살이던 조이는 따뜻한 모젤(독일산 백포도주-옮긴이)이 가득 든 와인 잔의 땅딸막한 다리를 꽉 쥐고 있었다.

"조이는 어딨어? 조이를 만나봐야 해. 이제 막 아주 큰 시합에서 이겼거든."

이 말들은 모두 벽에 기대어 서 있는 소년을 반원으로 빈틈없이 둘러싼 사람들 입에서 나오고 있었다. 기이할 정도 크고 어깨가 넓은 그 소년은 검은 곱슬머리를 하나로 묶어 뒤로 넘기고, 한 손에는 담배를, 다른 한 손에는 맥주 캔을 들고 있었다. 1970년대에 운동하는 소년들은 모두 굴뚝처럼 담배를 피워댔다. 그에게는 조이를 볼 때만 나타나는 보조개가 있었다.

"언젠가는 맞붙어봐야겠지."

그 소년이 말했다. 조이는 그런 목소리는 한 번도 들어본 적이 없었다. 적어도 조이 또래 남자아이들에게서는 들어본 적이 없었다. 너무나도 깊고 느린 목소리여서 사람들이 놀리기도 하고 따라 하기도 하는 목소리였다. 사람들은 스탠이 조니 캐시처럼 말한다고 했다. 하지만 일부러 그러는 것은 아니었다. 그저 그렇게 말하는 것뿐이었다. 스탠은 많은 말을 하는 사람이 아니었지만, 그가 말하는 모든 것이 중요하게 들렸다.

두 사람이 파티에 참석한 유일한 테니스 선수들은 아니었지만, 두 사람만이 우승자들이었다. 두 사람이 만나는 것은 동화처럼 피할 수 없는 운명이었다. 그날 두 사람이 만나지 못했다고 해도, 결국 두 사람은 만났을 것이다. 테니스계는 좁은 세계니까.

두 사람은 그 주 주말에 처음 대결했다. 조이가 6 대 4, 6 대 4로 졌고, 곧바로 스탠의 청을 받아들여서 아무리 남자가 좋아도 절대로 섹스는 하지 않는 것이 중요하다고 경고한 어머니의 말을 무시하고 스탠에게 순결을 주었다. 어머니는 조이에게 "공짜로 우유를 먹을 수 있는데, 왜 젖소를 사겠니?"라고 했다(그 말을 들은 조이의 딸들은 끔찍하다며 비명을 질렀다).

조이는 스탠에게 자신이 그와 함께 침대로 간 이유는 단 하나, 서브 때문이라고 했다. 그 서브는 정말로 감명 깊었다. 지금도 조이는 그 서브를 음미했다. 서브를 기다리는 그 잠시 동안에 시간은 멈췄고, 스탠은 테니스 선수 조각상으로 바뀌었다. 뒤로 젖힌 등, 하늘에 떠 있는 공, 스탠의 머리 뒤로 힘껏 뻗은 라켓, 그리고…… 타앙!

스탠은 조이에게 자신이 조이와 함께 침대로 간 이유는 단 하나, 결단력 있는 발리(공이 바닥에 떨어지기 전에 되받아서 치는 것-옮긴이) 때문이라고 했다. 하지만 곧 조이의 귀에 대고 그 깊고 느린 목소리로 "아니, 그건 거짓말이야. 네 발리는 좀 더 다듬을 필요가 있어. 내가 너랑 침대로 간 이유는 네 다리를 보자마자 그 다리가 내 등을 감싸기를 원했기 때문이야"라고 말했다. 조이는 황홀했다. 짓궂으면서도 시적인 말이라고 생각했기 때문이다. 물론 발리에 대한 스탠의 평가는 인정할 수 없었지만.

"*……그 때문에 신경전달물질이 분비되어…….*"

조이는 강판을 보았다. 강판에는 당근이 잔뜩 묻어 있었다. 식기세척기는 저런 당근을 제거하지 못했다. 조이는 강판을 다시 꺼내 싱크대로 가져가 물로 헹궜다.

"내가 왜 네 일을 해야 하니?"

조이는 식기세척기에게 말하고는, 식기세척기가 없었던 시절에 고무장갑을 낀 손을 뜨거운 물에 담그고, 하늘 높이 쌓여 있는 더러운 접시들을 옆에 두고 싱크대 앞에 서 있던 자신을 생각했다.

요즘은 시도 때도 없이 과거가 불쑥 튀어나왔다. 어제는 낮잠을 자다가 아이가 하교할 시간이 됐는데도 자고 있다는 생각이 들어 벌떡 일어났다. 족히 1분은 지나서야 아이들이 이제는 모두 성인이 됐다는 사실이 생각났다. 얼굴에는 주름이 생기고, 주택 담보 대출을 받고, 이미 대학교도 졸업하고 여행 계획을 세우는 성인이 됐다는 사실이 말이다.

그래서 요즘은 혹시 치매가 오고 있는 건 아닌지 걱정됐다. 요양원에서 근무하는 친구 린다는 치매 할머니들은 이미 오래전에 다 자란 성인 아이들을 학교에서 데려와야 한다며 끊임없이 불안해한다고 했다. 그런 말을 들을 때면 조이는 눈물을 흘리곤 했는데, 이제는 조이에게 정확히 그런 일이 일어나고 있는 것이 분명했다.

"내 뛰어난 지성이 치매 증상을 가리고 있는 걸지도 몰라."

조이가 스탠에게 말했다.

"나는 모르겠는데."

스탠이 대답했다.

"뭘 몰라? 나한테 치매 증상이 있다는 거? 아니면 내 지능이 뛰어나다는 거?"

"음, 당신이야, 늘 치매 증상이 있지 않았나?"

그렇게 말하더니 스탠은 어디론가 가버렸다. 사다리에 올라가려고 사라진 것이 분명했다. 아들들이 일흔 살은 사다리를 타기에 너무 늙은 나이라는 말을 한 뒤로 스탠은 걸핏하면 사다리를 타야 할 구실을 찾았다.

어젯밤에 조이는 〈치매인의 삶〉이라는 아주 유용한 팟캐스트를 들었다.

"……*그것은 혈관의 크기를 변하게 하고……*."

편두통 가이가 말했다.

뭐라고? 조이는 팟캐스트를 앞으로 돌려 다시 듣기 시작했다. 은퇴하면 뇌 기능이 저하된다는 말을 들었다. 그러니까 뇌 기능이 저하되고 있는지도 몰랐다. 전두엽이 위축되고 있는 것이다.

두 사람은 은퇴할 준비가 됐다고 생각했다. 테니스 아카데미를 매각하는 일은 분명히 인생의 다음 단계처럼 보였다. 영원히 테니스를 가르칠 수는 없을 테고, 아이들 모두 두 사람의 사업을 이을 생각이 없었으니까. 사실, 아이들은 서운할 정도로 부모의 사업에 관심이 없었다. 오랫동안 스탠은 로건이 테니스 아카데미를 인수해줄지도 모른다는 무모한 희망을 품고 있었다. 첫째 아들이 아버지의 자랑스러운 계승자가 되는 구시대의 전통이 실현되리라고 생각한 것이다. "로건은 훌륭한 코치였잖아. 그 애는 어떻게 가르쳐야 하는지 알아. 정말 잘 안다니까." 스탠은 그렇게 중얼거리고는 했다.

가엾은 로건은 스탠이 테니스 아카데미를 인수하는 게 어떻겠냐고 조심스럽게 제안했을 때 정말 유령처럼 창백해졌다. "그 녀석은 정말 투지가 없어. 안 그래?" 스탠이 조이에게 말했을 때, 조이는 스탠에게 한참 잔소리를 퍼부었다. 조이는 누구든지 아이들에 대해 나쁜 소리를 하는 걸 참지 못했다. 비난이 사실에 기반할 때는 더더욱 그랬다.

그래서 테니스 아카데미를 팔았다. 좋은 사람들에게 좋은 가격으로 팔았다. 조이는 이런 상실감을 느끼게 되리라고는 생각지도 못했다. 델라니 테니스 아카데미가 자신들을 규정하는 정체성이었음을 깨닫지 못하고 있었다. 이제, 두 사람을 무엇이라고 할 수 있을까? 그저 평범한 베이비 붐 세대 부부일 뿐이었다.

아직도 테니스를 하고 있다는 건 감사할 일이었다. 선반에는 가장 최근에 받은 트로피 세트가 아버지의 날에 모두 모였을 때 보여줄 준비를 마치고서 자랑스럽고도 묵직하게 올라가 있었다. 그 트로피를 받으려고 스탠은 무릎을 희생해야 했지만, 두 사람은 뛰어난 기술을 구사하는 선수들을 상대로 완승했다. 조이와 스탠은 제대로 공을 받아 쳤고, 중앙을 공격했고, 절대로 냉정을 잃지 않았다. 두 사람은 여전히 멋지게 해낼 수 있었다.

정식 시합 말고도 두 사람은 매주 월요일에 조이가 기획한 테니스 모임에도 참석했다. 물론 이제는 회원 가운데 많은 사람이 세상을 떠나서 아주 우울해지고 있는 모임이지만 말이다. 여섯 달 전에는 아내인 데비와 함께 부부 대항 시합을 하던 데니스 크리스토스가 갑자기 쓰러지더니 숨을 거뒀다. 정말 끔찍했다. 가여운 데니스는 자신이 스탠의 서브를 막을 수 있다는 생각에 심장이 감당할 수 없을 정도로 흥분한 게 분명했다. 데니스에게 그럴 가능성이 있다고 믿게 하다니, 입 밖에 내지는 않았지만 조이는 스탠을 나무랐다. 순전히 자기 즐겁자고 일부러 40-러브(테니스에서 득점이 없는 상태, 0점을 의미하는 말-옮긴이) 상황을 만든 것이다. "당신이 데니스 크리스토스를 죽인 거야, 스탠"이라는 말을 하지 않으려고 조이는 엄청난 의지를 짜내야 했다.

진실은, 조이와 스탠은 은퇴자의 삶을 살 수 있는 사람들이 아니라는 거다. 꿈에 그리던 유럽으로 6주 동안 떠났던 여행은 재앙이었다. 심지어 윔블던도 끔찍했다. 아니, 특히 윔블던이 끔찍했다. 비행기가 시드니에 착륙하는 순간 안도감에 너무나도 기뻤지만, 두 사람은 그런 마음을 그 누구에게도, 친구에게도, 아이들에게도, 심지어 서로에게도 털어놓지 않았다.

가끔은 은퇴한 친구들이 하는 활동을 따라 해보기도 했다. '해변에 가서 사랑스러운 하루를 보내기' 같은 일 말이다. 하지만 해변에서 조이는 깨진 굴 껍데기에 발을 찔렸고, 두 사람은 주차 위반 딱지를 떼었다. 짜증 날 정도로 말이 많은 친구가 "우리는 정말 은퇴한 뒤로 다시 낭만을 찾은 것 같아"라는 말을 했을 때는 입에 재갈을 물리고 싶을 정도였지만 지난주에 갔던 푸드 코트에서는 문득 신혼 때는 다른 지역에서 열리는 시합에 나가려고 함께 이동할 때마다 바나나 밀크셰이크를 아침 식사 대신 마셨다는 생각이 나서 바나나 밀크셰이크를 두 잔이나 사 왔다. 젊은 델라니 부부는 모텔비를 아끼려고 자동차에서 잤고, 뒷좌석에서 사랑을 나눴다.

하지만 스탠은 바나나 밀크셰이크를 기억조차 못 하는 것이 분명했다. 게다가 집에 오는 길에 자동차 앞으로 지나가는 행인 때문에 스탠이 필요 이상으로 거칠게 브레이크를 밟는 바람에 조이의 밀크셰이크가 높이 솟아올라 두 사람의 자동차 안에 절대로 사라지지 않을 역겨운 시큼한 냄새를 남겼다. 그 냄새는 시큼한 실패의 냄새였다. 스탠은 아무 냄새도 나지 않는다고 했다.

친구들처럼 우아하고 활기차게 은퇴 생활을 즐기려면 두 사람은 완전히 다른 사람으로 거듭나야 할 것이다. 덜 괴팍해져야 하고(스탠 말이다), 테니스 말고도 다양한 취미와 관심이 생겨야 한다. 두 사람에게 필요한 건, 손주였다. 그래, 손주가 필요했다.

손주라는 말을 생각하는 것만으로도 조이의 가슴은 젊은이들에게나 적합한 거대하고도 복잡한 감정으로 가득 찼다. 소망, 분노, 무엇보다도 난감한, 악의적이고도 씁쓸한 질투심이 가득 차올랐다. 조이는 작은 손주 한 명만 있으면 소리 없이 부르짖는 이 굉음이 멈추고 다시 활기찬 삶을 살 수 있음을 알았다. 하지만 아이들에게 손주를 낳아달라고 요구할 수는 없었다. 그렇게 품위 없는 일을 할 수는 없었다. 그렇게 평범한 할머니처럼 굴 수는 없었다. 조이는 자신이 그보다는 훨씬 더 흥미롭고 교양 있는 사람이라고 믿었다. 그녀는 페미니스트였다. 운동선수였다. 성공한 사업가였다. 그런 뻔한 노인이 될 수는 없었다.

어쨌거나 손주는 생길 것이다. 그저 참고 기다리기만 하면 된다. 조이에게는 아이가 넷이나 있다. 손주를 낳아줄 복권이 네 장이나 있는 셈이다. 물론 두 아이는 아직 혼자이니, 그 아이들은 계산에 넣으면 안 되는지도 모른다. 하지만 두 아이는 굳건하게 오랫동안 함께하는 사람이 있었다. 로건과 로건의 여자 친구 인디라는 벌써 5년이나 함께 살았다. 그 아이들은 결혼하지 않았지만, 그건 문제가 되지 않았다. 인디라는 근사한 아이였다. 지난번에 만났을 때 인디라는 분명히 이해할 수 없는 묘한 표정으로 조이를 쳐다보았다. 뭔가 할 말이 있지만 참는 것 같았다. 어쩌면 12주는 되어야 말해주려고 참고 있는지도 몰랐다.

브룩과 그랜트는 행복한 결혼 생활을 하고 있었고, 대출을 받아 마련한 적당한 집에 가족용 차도 있는 데다, 그랜트가 나이가 있으니 곧 아이를 낳을 것이다. 브룩이 물리치료실만 열지 않았다면 말이다. 물론 자랑스러운 일이었다. 스탠은 다른 사람들에게 그 이야기를 할 때마다 자랑스러워서 얼굴을 반짝였다. 하지만 직접 사업을 운영하면 스트레스가 심할 텐데, 편두통으로 고생하는 사람들은 스트레스를 관리해야 한다. 브룩은 언제나 투지에 불타오르는 아이였다. 하지만 조만간 아이를 원할 수도 있었다. 브룩은 언제나 최신 의학 정보를 빠삭하게 꿰고 있으니까, 분명히 너무 늦으면 안 된다는 걸 알 것이다.

조이에게는 다른 사람들의 아이들이 유튜브에서 그렇듯이 조이의 아이들도 창의적인 방법으로 임신 소식을 알려 오기를 바라는 은밀한 소망이 있었다. 예를 들어 초음파 사진을 넣은 상자를 조이에게 열어보게 하는 거다. 그러면 조이는 상자를 열고 처음에는 당황하다가 상황을 파악하고는 두 손으로 입을 가리고 눈물을 흘리면서 아이들을 안아줄 것이다. 아이들은 그런 조이의 모습을 찍어 SNS에 올린다. '할머니가 된다는 사실을 알게 된 조이!' 같은 글과 함께 말이다. 그러면 많은 사람이 보겠지? 조이는 아이들이 벌일 이벤트에 대비해 아이들이 온다고 할 때마다 언제나 멋지게 차려입는다. (조이는 그런 공상을 그 누구에게도 말하지 않았다. 심지어 슈테피에게도 말하지 않았다.)

편두통 가이가 조이의 귀에 대고 매혹적인 목소리로 말했다.

"*이제 마그네슘 이야기를 해보자고요.*"

"좋은 생각이야. 그래보자고."

식기세척기에서 눈을 떼고서 몸을 똑바로 세운 조이 앞에 마치 순간 이동이라도 한 듯 남편이 서 있었다.

"아이고야, 깜짝이야. 이게 무슨……."

조이는 비명을 지르며 헤드폰을 벗어 목에 걸치고는 손으로 두방망이질 치는 가슴을 꾹 눌렀다.

"소리도 없이 오면 어떻게 해?"

"누가 저렇게 문을 두드리고 있는 거야?"

스탠의 입술은 칠리크래커로 벌게져 있었고, 청바지 무릎은 녹은 아이스 팩 때문에 동그랗게 원을 그리며 질펀하게 젖어 있었다. 이런 식으로 남편을 올려다보는 건 짜증 나는 일이었다. 밖에서 누군가 문을 두드리는 이유가 조이의 잘못이라는 듯이 얼굴 가득 비난을 담고 조이를 내려다보는 남편을 올려다봐야 하는 경우에는 특히 그랬다.

슈테피가 잔뜩 긴장한 귀를 바짝 세우고는 산책을 갈지도 모른다는 기대로 눈을 빛내면서 스탠 옆에 자리를 잡고 앉았다.

조이는 주방 벽에 걸린 시계를 보았다. 배달이라거나 설문 조사원이 오기에는 너무 늦은 시간이었다. 친구나 가족이 오기에도 너무 늦은 시간이었다. 물론 요즘에는 미리 전화하지 않고 불쑥 찾아오는 사람도 없었지만 말이다.

조이는 남편을 뚫어져라 쳐다보았다. 어쩌면 치매는 스탠이 걸렸는지도 몰랐다. 치매에 걸린 사람의 배우자는 인내심이 있어야 하고 친절해야 한다는 걸, 조사를 했기 때문에 잘 알았다.

"아무 소리도 안 들리는데."

조이는 인내를 가지고 상냥하게 말했다. 조이는 뛰어난 간병인이 될 것이다. 물론 간병을 하고 얼마 안 되어 스탠이 근사한 곳에서 지낼 수 있도록 요양원 대기자 명단에 스탠을 등록할 테지만.

"문 두드리는 소리가 났다니까."

스탠은 주장을 굽히지 않았다. 털이 앞뒤로 실룩거리는 것으로 보아 짜증이 난 것이 분명했다.

그때 조이도 들었다. 쾅, 쾅, 쾅.

누군가 주먹으로 현관문을 두드리고 있는 것이 분명했다. 델라니의 집은 몇 년 전에 초인종이 고장 났기 때문에 벨을 눌러서 조이 부부를 부르는 데 실패한 사람들은 보통 조급하게 문을 두드렸다. 하지만 이 상황은 위급 상황임이 분명했다.

조이와 스탠은 눈이 마주쳤고, 두 사람 모두 아무 말 없이 현관으로 향했다. 달리지는 않았지만 아주아주 빠른 속도로 긴 복도를 걸어갔다. 슈테피도 신이 나서 헐떡이며 두 사람과 나란히 움직였다. 양말을 신은 조이의 발이 계속 바닥에서 미끄러졌다. 예상치 못했던 위급 상황에 셋 모두가, 남자와 여자와 개 한 마리가 갑자기 활기를 찾은 것처럼 느껴졌다. 그러니까 우리에게 필요한 것은 이거였다. 무언가 위기가 닥친 것이 분명했다. 그들은 위기를 수습해야 했다. 왜냐하면 이제 더는 이 집에 아이들이 없지만, 두 사람은 여전히 '우리는 성인이야. 우리가 위기를 수습하는 사람이야'라는 기본 의식을 갖추고 있었기 때문이다.

현관으로 빠르게 걸어가는 발걸음은 경쾌하기까지 했다. 왜냐하면 너무나도 오랫동안 아이들에게서 돈을 달라거나, 조언을 해달라거나, 공항으로 데려다달라거나 하는 부탁을 듣지 못했기 때문이다.

쾅, 쾅, 쾅.

"가요."

스탠이 소리쳤다.

갑자기 조이의 마음에서 기억의 단편들이 불쑥 튀어나왔다. 트로이가 여덟 살 때인가, 아홉 살 때였다. 학교에서 돌아온 트로이는 거칠게 문을 두드리면서 "FBI다! 문 열어!"라고 소리쳤다. 정말 재미있는 장난이라고 생각했는지, 트로이는 몇 년이나 집에 올 때마다 FBI 흉내를 냈다. 에이미는 아직 초인종이 제대로 작동했을 때, 미친 듯이 초인종을 눌러댔다. 집 열쇠를 또다시 잃어버렸기 때문인데, 문을 열어주면 정말 엄청난 속도로 화장실로 달려갔다.

스탠이 조이를 앞서 나갔다. 손목을 가볍게 돌려 현관 잠금쇠를 풀고 재빨리 문을 열었다. 흐느껴 울면서 현관문에 이마를 기대고 있던 젊은 여자가 넘어질 듯이 집 안으로 들어오더니, 마치 딸처럼 스탠의 품으로 곧장 뛰어들어 안겼다.

3

"아니, 이봐요."

스탠이 당혹스러워하며 그 여자의 어깨를 어색하게 토닥였다.

아주 잠깐, 조이는 그 여자가 딸들 가운데 한 명이라고 생각했다. 하지만 이 여자는 간신히 스탠의 가슴에 닿을 정도로 작았다. 조이의 아이들은 모두 컸다. 아들은 둘 다 193센티미터였고, 에이미는 183센티미터, 브룩은 186센티미터였다. 모두 자기 아버지처럼 넓은 어깨, 검은 머리카락, 구릿빛 피부, 주황색 볼에 보조개가 있었다. (조이의 어머니는 조이가 아이들을 가게 선반에서 골라 오기라도 한 것처럼 꾸짖는 말투로 "너희 애들은 모두 아주 거대한 스페인 투우사들 같아"라고 했었다.)

지금 스탠의 품에 안긴 사람은 제멋대로 자란 지저분한 금발에 정맥이 다 보일 정도로 피부가 하얀 조그만 여자였다.

"죄송해요."

여자는 뒤로 물러나더니, 콧물을 들이마시는 것처럼 훌쩍이고 입술을 일그러뜨리면서 웃으려고 애썼다.

"정말 죄송해요. 많이 놀라셨죠?"

여자의 오른쪽 눈썹에는 이제 막 생긴 것 같은 깊은 상처가 있었고, 아직 마르지 않은 핏자국이 얼굴을 세로로 가르고 있었다.

"괜찮아요, 달링."

조이는 깡마른 여자의 팔을 힘껏 잡았다. 쓰러질지도 모른다고 생각했기 때문이다.

여자의 이름이 기억나기 전까지는 '달링'이라고 부를 생각이었다. 스탠이 무슨 도움을 줄 것 같지는 않았다. 조이는 스탠이 아내와 눈을 마주치려고 애쓰고 있음을 느꼈다. 분명히 '도대체 이 여자 뭐야?'라고 묻고 싶은 것이다.

어린 여자는 코에 씨앗처럼 보이는 작은 피어싱을 하고 있었고, 창백한 팔에는 팔을 휘감은 초록색 포도 덩굴 문신이 있었다. 여자는 여기저기 기름때가 말라붙은 올 빠진 낡은 긴팔 셔츠에 찢어진 청바지를 입었고, 은으로 만든 열쇠를 매단 체인 목걸이를 하고 있었다. 신발을 신지 않은 여자의 발은 퍼렇게 얼어서 자주색처럼 보일 정도였다. 이런 모습을 전에 본 적이 없었기에 조이는 여자가 누구인지 기억이 나지 않았다.

먼저 이름을 말해주면 도움이 되련만, 젊은 사람들은 늘 사람들이 자기를 기억할 것으로 생각했다. 젊은 사람들은 정말 언제나 그랬다. 그들은 언제나 빠른 걸음으로 곧장 다가와 경쾌하게 손을 흔들면서 "델라니 씨, 델라니 부인. 잘 지내셨죠? 정말 오랜만이에요"라고 말한다. 그러면 어쩔 수 없이 잘 아는 사람인 것처럼 대화를 주고받으면서도 머릿속으로는 그 사람의 신원을 확인하느라 저장된 자료를 정신없이 뒤져야 한다. 테니스 아카데미에 다녔던 아이일까? 혹시 테니스 아카데미 회원의 자녀? 아니면 아이들 친구? 이런 고민을 해야 했다.

"어떻게 된 건가?"

스탠은 여자의 눈을 가리키면서 말했다. 잔뜩 겁을 먹은 것 같은 스탠이 갑자기 확 늙어 보였다.

"밖에 누가 있나?"

스탠은 여자의 어깨 너머로 집 밖을 쳐다보았다. 조이는 지금껏 살면서 집 밖에 위험한 사람이 숨어 있으리라고는 한 번도 생각해 본 적이 없었다.

"밖에는 아무도 없어요. 전 택시를 타고 왔어요."

"괜찮아, 걱정하지 마요. 우리가 해결해줄 테니."

조이가 말했다. 아주 당혹스러웠지만, 모든 건 명확해질 것이다. 스탠은 모든 일이 그 즉시 명확해지기를 원했지만.

어린 여자는 브룩처럼 20대 후반 같아 보였다. 하지만 생각이 많고, 바쁘고 정중한 브룩의 친구들처럼 보이지는 않았다. 에이미가 좋아하는 그런지 룩을 입은 것으로 보아 오히려 에이미 친구처럼 보였다. 에이미는 다양한 분야의 많은 사람과 어울렸기 때문에 에이미의 친구라면 여자의 정체를 알아내기는 더 어려웠다. 에이미가 적어도 한 주쯤은 열정을 보였던 아마추어 연극단에서 사귄 친구일까? 아니면 대학교 친구? 대학교 때 친구라면 처음 자퇴한 대학교의 친구일까? 아니면 두 번째 자퇴한 대학교의 친구일까?

"어쩌다가 다쳤어요?"

조이가 물었다.

"남자 친구랑 싸웠어요."

여자는 몸을 흔들면서 손바닥 아래쪽으로 피 묻은 눈을 닦았다.

"그래서 그냥 밖으로 나와서 택시를 탄 거……."

"남자 친구가 그랬다고? 남자 친구한테 맞았다는 말이오?"

스탠이 말했다.

"비슷해요."

"비슷하다니, 그게 무슨 뜻이야? 남자 친구가 당신을 때렸다는 거요, 안 때렸다는 거요?"

스탠이 물었다. 이 남자는 정말 짜증이 치밀게 굴 때가 있다.

"조금 복잡해요."

그 여자가 대답했다.

"아니, 복잡할 건 없지. 당신이 맞은 게 틀림없다면, 우리는 경찰을 불러야 해."

"아니요."

여자는 조이가 잡고 있던 손을 뺐다.

"절대로 안 돼요. 경찰이 끼어드는 건 원치 않아요."

"당신이 원하지 않는다면 경찰은 부르지 않을게요. 그건 당신이 선택할 일이죠. 하지만 일단 앉아요."

경찰을 부르지 않겠다는 여자의 결정은 조이에게도 다행이었다. 조이도 집에 경찰이 오는 것은 원치 않았다. 여자를 데리고 거실로 들어가던 조이는 바닥 조명에 비친 여자가 처음 짐작했던 것보다는 나이가 들어 보인다고 생각했다. 어쩌면 30대 초반일 수도 있었다. 생각을 해, 조이. 생각을 하라고.

혹시 아들의 여자 친구였을까? 이 집에서 활보하고 다니던 젊은 여자들을 모두 기억하기 어려웠던 몇 년이 있었다. 아들 녀석들은 둘 다 흰색 스니커를 신고 구릿빛으로 몸을 태운 금발의 트레이시와 사귄 적이 있다. 스탠은 끝까지 어떤 트레이시가 누구의 트레이시인지를 구별하지 못했다. 시기는 달랐지만 두 트레이시 모두 조이가 주방에서 양파를 썰면서 위로의 말을 중얼거리는 동안 식탁 앞에 앉아 울면서 아들들과 작별했다. 로건의 트레이시는 지금도 크리스마스에 카드를 보내온다.

하지만 이 여자는 아들들의 여자 친구 같지는 않았다. 트로이는 화려한 공주 같은 여자를 좋아했고, 로건은 섹시한 사서 같은 여자를 좋아했다. 이 여자는 두 타입 모두 아니었다.

"택시를 타고서야 돈이 없다는 걸 깨달았어요."

그렇게 말하면서 주방으로 들어가던 여자는 잠시 멈추더니 마치 그곳이 대성당이라도 되는 듯 고개를 젖혀 높은 천장을 올려다보았다. 조이는 여자의 시선을 따라 액자에 넣은 가족사진과 스탠의 어머니 것이었던 비웃는 표정의 끔찍한 도자기 고양이 한 쌍을 비롯해 장식품이 잔뜩 놓여 있는 선반을 지나 식탁 위에 올려져 있는 과일 그릇을 오랫동안 쳐다보았다. 과일 그릇에는 반짝이는 빨간색 사과와 선명한 노란색 바나나가 그득했다. 이 아이, 배가 고픈 걸까? 조이는 여자가 바나나를 모두 먹어주면 좋겠다고 생각했다. 자기가 바나나를 계속 사 오는 이유를 조이 자신도 알 수 없었다. 바나나 구입 목적은 아마도 전시용인 것 같았다. 먹지 않은 바나나는 결국 대부분 시커멓게 짓물러서 죄의식을 느끼며 버려야 했다.

"완전히 빈손으로 나온 거예요. 지갑도, 전화기도, 돈도 없이요. 아무것도 없이 나왔어요."

"앉아요, 달링."

조이가 식탁에서 의자를 빼면서 말했다.

감사하게도 스탠은 더는 질문을 퍼붓지 않았다. 그저 냉장고 위에 있는 선반에서 구급상자를 꺼내 왔을 뿐이다. 조이로서는 의자를 쓰지 않으면 꺼낼 수 없는 상자였다. 스탠은 구급상자를 식탁에 놓고 너무 단단히 닫혀 있어서 조이가 열려면 늘 애먹는 상자 뚜껑을 열어주더니 싱크대로 가서 물을 한 잔 떠 와 여자에게 주었다.

"자, 상처를 한번 봅시다. 아파요?"

조이가 안경을 쓰면서 말했다.

"아, 괜찮아요. 전 아픈 거 잘 참아요."

여자는 떨리는 손으로 찻잔을 들어 물을 마셨다. 손톱이 까끌까끌했다. 손톱을 물어뜯는 버릇이 있는 게 분명했다. 에이미도 아이 때 손톱을 심하게 물어뜯었었다. 상처에 소독약을 바르는 동안 조이는 여자의 피부에서 발산하는 차가운 밤공기를 느낄 수 있었다.

"그러니까, 지갑이 없다는 걸 깨달았다는 거예요?"

스탠이 식탁 앞에 앉아 팔을 괴고 두 손을 깍지 끼더니 얼굴을 잔뜩 찌푸리며 손가락 관절로 코를 문지르는 동안 조이가 물었다.

"네, 그래서, 택시비를 어떻게 내야 할지 몰라서 너무 걱정되기 시작했어요. 택시 기사가 그렇게 친절한 사람은 아니었거든요, 그러니까, 제가 보기에는 왠지 심술궂고 까칠한 사람 같았어요. 그래서 아무 데나 목적지 없이 달리다가……."

"목적지 없이 달렸다고? 처음에 택시에 탔을 때는 목적지를 말했을 거 아니요."

조이가 얼른 스탠에게 눈을 흘겼다. 가끔 스탠은 남들에게 자신이 어떻게 보일지 모를 때가 있었다.

"주소를 말하지는 않았어요. 어디로 갈지 생각하지 않았거든요. 그저 '북쪽으로' 가달라고 했어요. 달리는 동안 어디로 갈지 결정할 생각이었어요."

"택시 기사는 당신이 다친 걸 몰랐어요? 상태가 이러면 돈이 한 푼도 없더라도 곧장 가까운 병원으로 데려다줬어야죠."

조이가 말했다.

"알았는지는 모르겠지만, 아무튼 아는 체는 하지 않았어요."

여자의 말에 조이는 마음이 좋지 않아서 고개를 저었다. 요즘 사람들이 다 그렇지.

"그런데 왜 그랬는지는 모르겠지만, 문득 생각이 나서 청바지 주머니에 손을 넣어봤어요. 믿기지 않게도 20달러짜리 지폐가 있지 뭐예요. 정말 드문 일이거든요. 그런 식으로 돈을 발견한 적은 한 번도 없었어요."

돈을 발견한 순간을 생각하는 여자의 얼굴은 기뻐하는 어린아이처럼 환하게 빛났다.

조이는 거즈를 자르면서 "누군가 당신을 돌봐주고 있나 봐요"라고 말했다.

"정말 그런 거 같아요. 아무튼 택시비가 20달러에 가까워졌을 때, 택시 기사한테 아무 데나 방향을 말했어요. 왼쪽으로 돌아주세요, 오른쪽으로 가주세요, 라는 식으로요. 약간 제정신이 아니었나 봐요. 그냥 떠오르는 대로 막 말한 거예요. 냄새가 나는 대로 따라간 거죠. 잠깐만요, 냄새를 따라갈 수 있을까요? 조금 웃긴 말 같아요. 어떻게 냄새를 따라가죠?"

여자가 조이를 올려다보았다.

"아니, 그럴 수 있어요. 냄새를 따라갈 수 있죠."

조이가 자기 코를 톡톡 두드리며 말했다.

조이는 스탠을 올려다보았다. 스탠은 자신이 용납할 수 없는 상황일 때면 늘 그렇듯이 아랫입술을 삐쭉 내밀고 있었다. 스탠은 냄새를, 그러니까 감을 따라본 적이 없었다. *언제나 계획을 세워야 해. 그냥 공을 치고 이기기를 바라면 안 돼. 이기고 싶다면 어떻게 이길지 계획을 세워야 해!*

"택시비가 20달러가 됐을 때, '여기예요. 세워주세요!'라고 소리쳤어요. 그리고 택시에서 내렸어요. 밤에 이렇게 추울지 몰랐어요."

여자가 격렬하게 몸을 떨었다.

"신발도 없었어요."

여자는 흙이 묻는 발을 들어 올려 발가락을 가리켰다.

"그냥 배수로에 서 있었어요. 발이 꼭 얼음덩어리 같았어요. 거기서 생각했어요. '이 바보, 멍청아. 이 멍청이, 구제 불능아. 이제부터 어떻게 할 거야?' 너무 졸리기 시작했어요. 그래서 집들을 쳐다봤어요. 이 집은 정말 친절한 사람들이 살고 있을 것 같았고, 아직 불도 꺼지지 않아서……."

여자는 셔츠 소매를 잡아당겼다.

"그래서 제가 지금 여기 있는 거예요."

조이는 말문이 막혔고, 공중에서 시선이 멈췄다.

"그러니까…… 하지만…… 그러니까 지금 당신 말은, 우리가 당신을…… 아니……."

조이는 좀 더 우아하게 표현하고 싶었지만 달리 표현할 말이 없었다.

"당신이 우리를 모른단 말이에요?"

조이는 지금까지 자신이 이 여자를 안다며 자신을 속이고 있었음을 깨달았다. 하지만 사실은 요즘에는 모든 사람이 친숙해 보인다는 사실에 친숙했을 뿐이었다. 그러니까 지금 조이와 스탠은 낯선 사람을 집에 들인 것이었다.

조이는 여자에게서 범죄 성향을 찾아보았지만, 하나도 찾을 수 없었다. 물론 그런 성향이 어떻게 제 모습을 드러내는지는 알지 못했지만 말이다. 코에 한 피어싱은 정말 예뻤다. (에이미는 몇 년 전에 입술에 아주 끔찍한 피어싱을 했다. 그래서 코 피어싱쯤은 조이의 마음을 심란하게 만들지 못했다.) 초록색 덩굴 문신도 전혀 위협적이지 않았다. 여자는 괜찮은 사람 같아 보였다. 조금 괴짜인 것 같기는 했지만, 귀여웠다. 위험한 사람일 리 없었다. 게다가 아주 작았다. 위험하다면 생쥐만큼만 위험할 것이다.

"갈 데가 없소? 친구나, 가족 집 말이오."

조이가 또다시 스탠을 흘겨보았다. 물론 조이도 바로 그 질문을 하고 싶었지만, 훨씬 친절하게 하고 싶었다.

"방금 골드 코스트에서 이곳으로 왔어요. 시드니에는 아는 사람이 아무도 없어요."

여자가 대답했다.

상상해봐, 조이는 생각했다. 낯선 도시에서 돈도 없이 완전히 혼자라면 어떻겠어? 집으로 돌아갈 수도 없어. 그렇다면 낯선 사람의 자비에 기대는 것 말고 다른 방법이 있을까? 이 여자 같은 상황에 처한 자신을, 조이는 상상도 할 수 없었다. 조이에게는 언제나 도와줄 사람이 있었다.

"그럼…… 전화를 걸고 싶겠군, 가족한테."

"사실, 지금은…… 전화를 할 만한 사람이, 아무도 없어요."

고개를 숙이자 여자의 기름진 머리카락 사이로 무방비 상태인 하얗고 가느다란 목이 보였다.

"나 좀 봐요, 달링."

조이는 여자의 상처 위에 거즈를 올렸다.

"손가락으로 여기를 누르고 있어요."

조이는 여자의 손을 잡아 거즈를 누르게 한 뒤 거즈의 네 모서리에 반창고를 붙여서 고정하고, 안도의 한숨을 내쉬었다.

"고맙습니다."

조이를 쳐다보는 여자의 눈동자는 옅은 녹색이었다. 그 옅고 투명한 눈동자를 조이가 봤던 것 중 가장 진한 금색 속눈썹이 덮고 있었다. 그 모습은 마치 눈가에 금가루를 뿌려놓은 것만 같았다. 조이의 아이들은 모두 스페인 투우사처럼 속눈썹이 짙었다. 조이의 속눈썹은 정말 평범했다.

얼굴에서 피를 닦은 여자의 얼굴은 놀랍도록 예뻤다. 정말로 예쁘고, 너무나도 말랐고, 심하게 더러웠고, 피곤해 보였다. 조이는 여자를 먹이고, 씻기고, 재우고 싶다는 강렬한 소망을 느꼈다.

"사반나예요."

여자는 악수를 하려는 듯이 조이에게 손을 내밀었다.

"사반나라, 예쁜 이름이네요. 내 친구 이름이 한나인데. 정말 비슷하죠. 음, 아니, 그렇게까지 비슷한 건 아닌 거 같네. 사반나라. 분명히 아는 이름인데. 맞다, 앤 공주 손녀가 사반나 아니에요? 작고 귀여운 소녀잖아요. 약간 짓궂기도 하고. 그래도 사반나 공주라고 부를 수는 없을 거예요. 아직 작위를 갖지 못했으니까. 그런 이야기에는 관심 없죠? 나는 왕실 일에 관심이 아주 많아요. 왕족들 인스타그램을 팔로우하고 있어요."

말이 멈추지 않고 계속 흘러나왔다. 조이는 흥분하거나 충격을 받으면 말이 많아졌다. 조이는 자신이 지금 사반나의 얼굴에서 흐르는 피와 사반나가 들려준 이야기 때문에 조금쯤 흥분했거나 충격을 받았음을 깨달았다. 자신이 아직도 여자의 차갑게 언 작은 손을 잡고 있다는 사실을 깨달은 조이는 위로하듯이 손에 가볍게 힘을 주고는 여자의 손을 놓았다.

"왕족 말고도 사반나를 한 명 더 알긴 알아요. 그게, 누구더라? 분명히 알고 있는데…… 아, 생각났다! 우리 막내딸 브룩의 친구가 얼마 전에 아기를 낳았어요. 그 애 이름이 사반나였던 것 같아요. 90퍼센트 확신해요. 하지만 사만다일 수도 있어요."

그 말을 하는 순간 조이는 그 아기의 이름이 사반나도 아니고 사만다도 아닌 파피라는 사실이 기억났지만, 굳이 정정할 필요는 없을 것 같았다.

"브룩은 아직 아기를 낳을 준비가 되지 않았어요. 직접 물리치료실을 운영하기로 했거든요. 그래서 정말 신나요."

아니, 전혀 신나지 않았다. 사실은 아주 짜증이 났지만, 조이는 할아버지가 늘 하시던 "좋은 이야기에 사실을 지적해서 망칠 필요는 없단다"라는 말씀을 기억했다.

"개업 준비를 하느라 정말 바빠요. 이름은 델라니 물리치료실이라고 할 거예요. 어딘가 명함이 있을 텐데. 그 애는 정말 잘해요. 브룩 말이에요. 내 딸이에요. 차분하고 인내심 많은 아이인데, 정말 재미있을 거예요. 우리는 단 한 번도……."

"조이, 그만하고 숨을 들이마셔봐."

스탠이 끼어들었다.

"나는 우리 집에서 의료계에 종사하는 사람이 나오리라고는 전혀 생각하지 않았거든요."

조이가 말끝을 흐렸다. 문득 목에 손을 댄 조이는 자기가 아직도 알이 굵은 목걸이처럼 헤드폰을 두르고 있다는 사실을 깨달았다.

"어머, 팟캐스트를 듣고 있었어요."

조이는 바보처럼 다급하게 설명했다. 헤드폰에서는 조이가 더는 듣고 있지 않음을 조금도 깨닫지 못한 채 수다 삼매경에 빠진 팟캐스터의 목소리가 아련하게 흘러나오고 있었다.

"저도 팟캐스트 좋아해요."

사반나가 말했다.

"아, 우리 이름도 말하지 않았네요! 난 조이예요."

조이가 헤드폰을 벗어 식탁 위에 놓았다.

"여기, 까칠한 남편은 스탠이고요."

"절 치료해주셔서 고마워요. 의료계에 종사하는 가족은 아니라고 해도, 당신은 일급 치료사 같아요."

사반나가 거즈를 붙인 상처를 가리키면서 말했다.

일급 치료사라니, 구세대에게나 어울리는 재미있는 용어였다.

"오, 저런! 고마워요. 나는 한 번도, 그러니까."

조이는 중간에 입을 다물었다.

"이 집은 느낌이 좋았어요. 보자마자 좋다고 생각했어요. 따뜻하고 안전할 것 같았어요."

사반나가 주위를 둘러보며 말했다.

"안전한 곳이에요."

조이는 스탠을 보지 않으려고 애쓰면서 말했다.

"뭘 좀 먹을래요, 사반나? 배고프지 않아요? 바나나는 어때요? 아니면 저녁 남은 거 있는데, 데워줄게요."

조이는 사반나가 미처 제안을 받아들일 새도 없이 곧바로 다음 제안을 했다.

"그리고 당연히, 잠은 여기서 자면 돼요."

정말 다행히도, 오늘은 청소를 도와주는 좋은 할머니 바브가 와서 에이미가 쓰던 방을 조이와 함께 진공청소기로 청소하고 먼지도 말끔히 닦아두었다.

"아."

사반나는 불편한 듯이 스탠을 보았다가 다시 조이를 보았다.

"잘 모르겠어요. 그래도 될지……."

하지만 이 밤에, 이 시각에, 사반나는 분명히 갈 곳이 없을 터였다. 조이는 이 추운 겨울에 신발도 신지 않은 작은 여자를 밖으로 내몰 사람이, 절대로 아니었다.

4
현재

"작년에 엄마랑 아빠랑 살았던 그 여자를 찾고 있어."

티끌 하나 없는 순백의 가운을 입은 마사지사는 고객 앞에 무릎을 꿇고 앉아 조심스럽게 고객의 발을 잡아 족욕 통에 넣었다. 따뜻한 물 위로는 장미 꽃잎이 떠 있었고, 족욕 통 바닥에는 숲속 시냇가에 있는 기분을 내려고 깔아둔 매끄러운 타원형 자갈이 있었다.

"말 그대로 문 앞에 나타난 거야. 늦은 밤에."

'바쁜 회사 중역을 위한 럭셔리한 경험'을 제공하는 '디럭스 파워 페티큐어'를 받으러 온 이 고객은 발로 자갈을 문지르면서 다행히도 적당히 큰 목소리로 말하고 있었다. 이 고객은 페티큐어를 받는 동안 전화 통화를 해도 되는지 미리 정중하게 물었다. 페티큐어 고객들 대부분은 사전에 양해도 구하지 않고 자기 마음대로 고함을 질러대는데 말이다.

"아무 관계가 없을지도 몰라. 그냥 엄마를 아는 사람한테 모두 연락해보는 거야."

고객의 전화기는 부드러운 흰색 셔츠 주머니에 들어 있었다. 통화는 에어팟으로 했다. 마사지사의 아버지는 에어팟을 끼고 있는 사람들이 땅콩처럼 보인다고 했다. 하지만 이 고객은 전혀 땅콩처럼 보이지 않았다. 너무나도 매력적이었다.

"엄마가 이렇게 오랫동안 연락이 없는 게 이상해. 엄마는 내 전화를 못 받으면 20분도 안 돼서 숨도 못 쉴 정도로 겁을 내면서 전화를 하는 사람이거든."

마사지사는 고객의 오른쪽 발꿈치에 살구색 각질 제거 크림을 바르고 힘차게 원을 그리며 문질렀다.

"알아. 하지만 말도 없이 사라진 건 아니야. 밸런타인데이 때 우리한테 모두 문자를 보냈어."

고객은 잠시 입을 다물었다.

"문자를 읽어줄게. 잠깐만 있어 봐."

고객은 손가락으로 스마트폰 화면을 내렸다.

"찾았어. '잠시 **잠적**할 거야! 해랑하는 일소낭에 군절 있는 21일 푸락엠에 가할 거야. 나가 호완해줘. 사랑해, 엄마가. 하트 이모티콘, 나비 이모티콘, 꽃 이모티콘, 스마일 이모티콘.' '잠적'은 대문자로 썼어."

마사지사의 엄마도 문자메시지를 보낼 때 이모티콘을 아주 많이 썼다. 하지만 '해랑하는 일소낭에' 같은 말은 어떤 의미인지 알 수가 없었다.

"그건 엄마가 안경을 쓰지 않고 문자를 보냈다는 뜻이야."

고객은 마사지사만큼이나 문자의 뜻이 궁금할 전화기 너머의 사람에게 말했다.

"엄마는 문자 보낼 때 아무 말이나 막 적어 보내거든."

마사지사는 고객의 종아리 근육을 마사지하기 시작했다. 화강암처럼 단단한 종아리였다. 이 고객은 육상 선수임이 분명했다.

"그래. 지금 가서, 아빠랑 말해보려고. 좀 더 알아낼 게 있을 수도 있잖아. 아빠가 말하지 않으려 한다는 게 아니라……."

그 순간 고객의 발이 갑작스럽게 경련을 일으키더니, 발가락이 기묘한 각도로 꼬부라졌다.

"으악, 나, 쥐 났어!"

고객은 비명을 질렀고, 마사지사는 적절하게 고개를 돌렸다.

5

과거, 9월

조이는 양해를 구하듯이 아주 조심스럽게 침실 문을 살며시 닫았다. 사반나가 문이 닫히는 소리를 듣고 자기 때문에 두 사람이 침실 문을 닫는다고 생각할 수도 있었기 때문이다. 결혼 생활을 하면서 두 사람은 침실 문을 닫아본 적이 없었다. 침실 문을 열어놓아야만 악몽을 꾼 아이들이 곧바로 부모의 침대로 올 수 있었고, 10대 아이들이 술에 취했지만 무사히 집으로 돌아와 온갖 곳에 부딪혀가며 자기 침실로 들어가는 걸 알 수 있었고, 재빨리 아이들 방으로 가서 약을 먹이고 조언해주고 토닥여줄 수 있었고, 아침마다 침대에서 벌떡 일어나 곧바로 바쁘고 중요한 일상을 살아갈 수 있었기 때문이다.

한때는, 침실 문을 닫는다는 건 두 사람 가운데 한 사람이 섹스를 원한다는 뜻일 때도 있었다. 하지만 이제는 손님이 왔다는 뜻이었다. 그것도 전혀 예상치 못했던 손님이.

에이미가 입던 잠옷을 입고, 에이미가 쓰던 방에서 사반나는 포근하고 안락하게 잠들 수 있을 것이다. 조이는 '자유 영혼'이라고 부르고, 스탠은 '문제아 녀석'이라고 부르는 큰딸 에이미는 내년이면 마흔 살이었고, 공식적으로는 20년 동안 집을 떠나 있었지만, 여전히 자기 방을 영원히 자신이 소유한 창고처럼 쓰고 있었다. 그도 그럴 것이 에이미는 자기 짐을 옮겨놓을 정도로 한곳에 오래 머무는 법이 결코 없었기 때문이다.

마흔 살이 다 된 성인이 하기에는 이상한 행동임이 분명했기에 조이와 스탠은 에이미에게 제대로 정착해서 살아야 한다고 말했고, 두 사람의 친구들도 에이미는 제대로 독립해야 한다고, 두 사람이 강한 의지로 에이미를 이끌어주기만 하면 에이미가 평범하고 안정적인 사람이 될 수 있을 거라고 말했던 시기도 있었다. 하지만 에이미는 에이미였다. 그래도 지금은 직업도 있었고, 전화기도 있었다. 손톱도 보통은 깨끗하게 다듬었고, 머리는 (지금은 파란색으로 염색했지만) 이가 기어 다닐 것처럼 보이지는 않았다. 가끔 머리카락을 빗는다면 좋겠지만, 조이가 에이미에게 바라는 것은 머릿니가 생기지 않게 관리하는 것이 전부였다.

"침대에 누웠어?"

스탠이 욕실에서 나오면서 물었다. 사각 트렁크와 흰색 가슴 털이 삐쭉 튀어나오는 흰색 브이넥 셔츠가 스탠의 잠옷이었다. 스탠은 여전히 덩치가 크고 풍채가 단단한 근육질 남자였지만, 조이는 잠옷을 입은 스탠이 늘 연약하게 느껴졌다.

"그런 거 같아. 목욕을 하고 나서는 졸려 보였어."

조이가 대답했다.

사반나가 목욕을 해야 한다고 우긴 건 조이였다. 욕실 수도꼭지는 다루기 힘들었다. 조이는 욕조에 어머니의 날에 아이들 가운데 한 명이 선물한 복숭아 향이 나는 거품 목욕제를 풀고, 가장 푹신한 손님용 수건을 두 장 준비했다. 젖은 머리에 발갛게 상기된 뺨으로 하품을 하면서 에이미의 드레싱 가운을 질질 끌면서 욕실 밖으로 나오는 사반나를 보자, 조이는 정말 기뻤다.

조이는 너무나도 만족해서 잔뜩 굴리는 듯한 목소리가 입 밖으로 흘러나오고 있음을 알았다. 배고프고 지쳐서 칭얼대는 아이를 먹이고 씻긴 뒤에 깨끗한 잠옷으로 갈아입히고 침대에 눕힐 때 느껴지는 원초적인 만족감을 정말로 너무나도 오랜만에 느꼈다.

"에이미의 드레싱 가운이 너무 길어서……."

조이는 말을 멈추었다. 세상에나. 조이의 입이 쩍 벌어졌다.

이제는 망가진 게 분명한 스탠의 노트북, 절대로 만질 일이 없는 조이의 아이패드, 데스크톱 컴퓨터, 모니터, 10년 된 텔레비전, 계산기, 분명히 전부 합쳐야 10달러도 안 될 20센트짜리 동전이 든 단지 같은 물건들이 서랍장 위에 되는대로 쌓여 있었다.

"그냥 조심하자는 것뿐이야. 어떤 사람인지 아는 게 없잖아. 밤새 우리 물건을 훔쳐서 달아나버리면, 아침에 바보처럼 경찰에 전화해야 하잖아. '아, 맞아요, 경관님. 그 여자에게 저녁을 먹이고, 거품 목욕을 시켜주고, 침대에서 재웠거든요. 그런데 세상에, 일어나 보니까 우리 물건들이 몽땅 사라졌어요.' 이렇게 멍청하게 말할 수는 없지 않겠어?"

"그래서 온 집 안을 돌아다니면서 이런 물건들을 죄다 뽑아 왔단 말이야?"

조이는 서랍장 밑에서 잔뜩 엉킨 채 늘어져 있는 먼지 낀 전선을 손가락으로 문질렀다.

세상에나, 스탠은 끔찍이도 아끼는 코팅기도 가져다놓았다. 지난 크리스마스에 트로이에게서 선물 받은 뒤로 스탠은 무엇이든지 닥

치는 대로 코팅을 했다. 텔레비전 리모컨 사용 설명서도 코팅했고 (그건 분명히 도움이 됐다), 델라니 테니스 아카데미 매매 광고가 실린 지역신문도 코팅했고, 인터넷에서 찾아낸 기억하고 싶은 스포츠 관련 격언들도 인쇄해서 코팅해두었다. 가능하다면 스탠은 조이도 코팅할 것이 분명했다.

"잠깐만, 이거 DVD 플레이어 아니야? 스탠, DVD 플레이어는 안 가져가. 요즘 누가 DVD를 본다고 그래."

"우리가 보잖아."

스탠이 대답했다.

"사반나 나이 때 사람들은 DVD 안 봐. 그냥 스트리밍을 하지."

"스트리밍이 무슨 뜻인지도 모르면서, 그렇게 말하지 마."

"알아."

조이는 대답하고는 이를 닦으러 욕실로 들어갔다.

"그냥 텔레비전에서 넷플릭스 보는 거 아니야? 안 그래? 그게 스트리밍의 뜻이잖아."

스탠에게는 자신이 조이보다 현대 기술을 더 잘 아는 척할 수 있는 권리가 없었다. 사실 스탠은 원칙과 고집스러운 자존심을 내세워 휴대전화조차 사용하지 않는 남자였으니까. 스탠은 사람들이 자신이 휴대전화를 한 번도 가져본 적이 없다는 사실을, 앞으로도 휴대전화를 소유할 생각이 전혀 없다는 사실을 알고 깜짝 놀라는 순간을 사랑하는 남자였다. 스탠은 휴대전화가 없다는 사실이 자신이 도덕적으로 우위에 있음을 보여주는 증거라고 진심으로 생각했고, 그런 태도에 조이는 미칠 지경이었다. 왜냐하면 스탠은 그렇게 도덕적으로 뛰어난 사람이 아니었으니까. 그런데도 스탠이 자신에게는 휴대전화가 없다고 말할 때는 마치 나치식 경례를 하는 군중 사이에서 자신만이 홀로 고고하게 버티고 있다는 분위기를 풍겼다.

은퇴하기 전에는 스탠은 늘 사람들에게 "휴대전화는 필요 없습니다. 나는 테니스 코치지 외과 의사가 아니니까요. 테니스 세계에서 휴대전화를 써야 할 만큼 위급한 일은 없습니다"라고 말하곤 했다. 하지만 테니스 세계에서도 휴대전화를 써야 할 긴급 상황은 당연히 있었고, 스탠과 연락이 되지 않아 조이가 격분해야 했던 일이 한 번 이상은 있었으며, 스탠에게 전화만 있었다면 즉시 풀 수 있는 문제를 풀지 못해 난처한 상황에 빠진 적도 있었다. 더구나 스탠의 원칙은 유선전화를 사용하는 데는 거침이 없어서 조이가 쇼핑을 할 때면 언제나 전화를 걸어 언제 돌아오는지 묻거나, 칠리크래커를 더 많이 사 오라는 등의 부탁을 했다. 그에 반해 스탠이 어딘가로 가면, 말 그대로 완전히 사라져버렸다. 하지만 스탠의 행동에 대해 너무 많이 생각하면 거대한 분노의 벽이 솟구쳐 오르리라는 사실을 잘 알고 있었기에 조이는 생각을 하지 않는 쪽을 선택했다.

분노에서 한 발짝 비켜나 있는 것, 그것이 바로 행복한 결혼 생활의 비결이었다. 조이는 집에 손님이 왔다는 결론을 내리고 가장 좋은 잠옷을 꺼내 입고 스탠이 누워 있는 침대 옆으로 폴짝 뛰어 올라갔다. 조이의 움직임은 관객이 지켜보고 있는 연극배우 같았다. 두 사람은 잠자리에서 이야기를 들려주기를 기다리는 착한 아이들처럼 몇 분 동안 몸을 똑바로 하고 두 팔로 이불을 단정하게 누른 채 조용히 누워 있었다.

전등은 끄고 침대 램프를 켰다. 조이 옆에 있는 협탁 위에는 결혼사진 액자가 있었다. 거의 대부분은 그 사진이 가구의 일부인 것처럼 눈길을 주지 않고 그대로 시선을 관통할 수 있었지만 가끔은 어떤 준비도 없이 사진을 문득 바라보게 될 때가 있었다. 그럴 때면 사진을 찍었을 때 느꼈던 바로 그 감정이, 따끔거리던 목의 레이스가, 조이의 등에서 떠날 줄 모르고 계속 조이의 등을 더듬던 스탠의 손이 생각났고, 이 남자를 가졌으니, 이 깊은 목소리에 엄청난 서브를 하는 남자를 가졌으니, 이 넘치는 행복이 언제나 자신의 것이라는, 이제 곧 트로피가 생기고, 아기들이 생기고, 특별한 날이면 소풍을 가고, 근사한 식당에서 밥을 먹고, 어쩌면 강아지까지 기르는 멋진 생활이 기다리고 있으리라는 순진한 기대를 했던 그 순간의 감정이 되살아났다. 그 시절에는 모든 것이, 테니스도, 훈련도, 음식도, 하늘을 가득 채운 구름도 모두 섹스와 함께 잔잔하게 물결쳤다.

아주 오랫동안 조이는 사람들이 아이가 생긴 순간을 기억한다는 말을 들으면 어안이 벙벙해졌다. 그걸 어떻게 알지? 조이는 너무나도 당연히 누구나 매일 섹스를 하는 것으로 생각했다. 하지만 막내딸이 생긴 날은 정확하게 알았다. 그제야 조이는 사람들이 아이가 생긴 날을 정확하게 아는 이유를 이해할 수 있었다.

조이는 스탠이 책을 집어 들거나, 라디오를 켜거나, 램프를 끄기를 기다렸다. 하지만 스탠은 세 가지 일 가운데 어느 것도 하지 않았다. 그것은 대화를 하겠다는 뜻이었다.

"치킨 캐서롤이 남아 있어서 정말 다행이었어. 정말 며칠 굶은 사람처럼 먹더라니까."

조이가 말했다.

사반나는 전쟁 난민처럼 치킨 캐서롤을 먹었다. 반쯤 먹었을 때는 눈물을 흘리기 시작했다. 정말로 처절하게 울었지만, 얼굴이 눈물범벅이 되어서도 먹는 걸 멈추지 않았다. 그런 모습을 지켜보아야 한다는 건 고통스럽고도 불편한 일이었다. 캐서롤을 먹은 뒤에 사반나는 바나나를 한 개도 아니고 두 개나 먹었다!

"사실 그렇게 잘 만든 캐서롤도 아니잖아. 내 캐서롤은 뭐랄까…… 향미가 더 필요해."

조이는 요리를 할 때면 언제나 살모넬라균이 무서워서 지나치게 오래 끓였다.

"아직도 많이 남았어. 내일 아침에 슈테피한테 줘야겠어."

조이는 자신을 개라고 생각하지 않는 게 틀림없는 슈테피에게 개가 먹는 음식을 줘서 당황하게 만들고 싶지는 않았다. 매일 아침을 먹고 나면 슈테피는 기이할 정도로 길게 낑낑거리는 소리를 내면서 조이와 장시간 대화를 나누었다. 안타깝게도 슈테피는 사람 말을 해보려고 애쓰는 게 분명했다.

스탠은 베개를 주먹으로 툭툭 쳐서 정리한 다음 똑바로 뉐다.

"슈테피는 〈시드니 모닝 헤럴드〉를 더 좋아할 것 같은데."

"꼭 거기 나오는 소녀 같아."

조이가 혼잣말처럼 중얼거렸다.

"슈테피가?"

"아니, 사반나 말이야."

조이의 말에 스탠은 잠시 뜸을 들이다가 말했다.

"어떤 소녀를 말하는 거야? 시합에서 만난 사람이라는 거지? 그 사람이 이겼어?"

조이가 콧방귀를 뀌었다.

"무지무지 추운 밤에 성냥을 팔려고 노력했던 동화 속 소녀 말이야. 어머니가 그 동화 자주 읽어줬어. 그 소녀는 결국 얼어 죽어."

"결국 시체가 되는 동화라니, 장모님다운 선택이네."

"난 그 동화 사랑했단 말이야."

조이가 대답했다.

스탠은 돋보기와 책을 집어 들었다. 책을 읽는 사람은 아니었지만, 에이미가 크리스마스 선물로 사준 그 소설은 읽으려고 노력했다. 에이미가 끊임없이 "아빠, 그 책 어때?"라고 물어봤기 때문이다. 스탠은 조이에게 소설 내용이 전혀 이해되지 않아서 계속 앞부분을 읽게 된다는 비밀을 털어놓았다.

"남자 친구한테 그렇게 몹쓸 짓을 당하다니, 끔찍해. 정말 끔찍하지 않아? 우리 딸들이 그런 일을 당한다고 생각해봐."

조이의 말에 스탠은 대답하지 않았다. 남편에게 딸들이 끔찍한 일을 당하는 장면을 상상해보라고 하다니, 조이는 그런 잔인한 말을 한 자신을 나무랐다. 스탠은 열네 살 때, 아버지가 어머니를 방에서 집어 던져 의식을 잃게 한 장면을 목격했다. 아마도 스탠의 아버지가 그런 일을 한 것은 그때가 처음이자 마지막이었던 것 같지만, 10대 소년에게는 너무나도 끔찍한 경험이었음이 분명했다. 스탠은 아버지 이야기라면 철저하게 거부했다. 아이들이 할아버지에 관해 물을 때마다 스탠은 "기억나는 게 없어"라고 대답했고, 결국 아이들도 더는 할아버지에 대해 묻지 않았다.

"우리 딸들은 모두 운동선수야. 남자 형제들이랑 자랐고. 그런 일을 참고 있을 리 없어."

스탠이 대답했다.

"그게, 늘 그런 것만은 아닌 거 같아. 본래 모든 건 아주 작은 일에서 시작하잖아. 관계라는 게, 처음에는 작은 일이니까 그냥 받아들이는 거야. 그러다가…… 점점 심각한 일로 커지는 거지."

스탠은 아무 대답도 하지 않았고, 조이의 말은 오랫동안 두 사람의 침대 위를 맴돌았다.

"끓는 물 속에서 죽는 개구리처럼 말이지."

마침내 스탠이 대답했다.

"뭐라고?"

조이의 귀에 조금은 거슬리는 자신의 목소리가 들렸다.

스탠은 읽고 있는 책에서 눈을 떼지 않았다. 계속 앞 장을 들추고 있는 것으로 보아 조이는 스탠이 대답하지 않을 거라고 생각했지만, 아니었다. 스탠은 계속 책을 보면서 대답했다.

"그 이론 알지? 개구리를 따뜻한 물에 넣고 서서히 온도를 높이면 물이 서서히 끓어오르기 때문에 개구리는 자기가 죽을지도 모른다는 사실을 깨닫지 못해서 물속에 그냥 머문다는 이론 말이야."

"그거, 도시 괴담일 거야. 맞는 말인지, 검색해봐야겠어."

조이는 휴대전화와 안경을 집어 들었다.

"조용히 검색해. 난 집중해야 하니까. 이 녀석은 자기가 기억하는 누군가의 미소 이야기를 세 페이지나 하고 있어."

"내가 읽을게. 읽고 요약해주면 되잖아. 핵심만 정리해줄게."

"그건 사기잖아."

"시험 보는 것도 아닌데, 뭐 어때?"

조이는 한숨을 내쉬었다. 하지만 스탠은 시험이라고 생각하는 게 분명했다. 에이미가 아빠가 자기를 얼마나 사랑하는지 알고 싶어서 치르는 시험. 지난 몇 년 동안 에이미는 부모의 사랑을 확인하려고 끊임없이 시험 과제를 던졌다.

조이는 끓는 물 속에서 불쌍하게 죽는다는 개구리 이야기는 굳이 애써서 찾을 생각이 없었다. 그저 휴대전화에 도착한 문자메시지들을 확인하면서 아이들 한 명이나 모두에게 길 잃은 여자를 갑자기 집에 들였다는 사실을 말해줄까 말까를 고민했다. 하지만 아이들에게 이야기해봐야 왠지 책망이나 듣고 아이들을 경악하게 만들 것 같다는 기분이 들었다. 조이와 스탠이 테니스 아카데미를 매각한 뒤로 아이들은 부모가 인생을 어떻게 살아야 하는지에 관해 말하느라 목소리를 높이고 있었다. 패키지여행, 은퇴자 마을, 크루즈, 멀티 비타민, 스도쿠. 아이들은 부모가 해야 할 일을 끊임없이 제시했다. 조이는 아이들에게 손주가 없다는 그 분명한 결핍조차 절대로 입 밖에 내어 말하는 법이 없었는데도, 부모 일에 간섭하는 아이들을 묵묵히 참아내야 했다.

받은 문자메시지함에는 이른 저녁에 카로가 보낸 문자가 있었다. *숙제는 했어?* 회고록 쓰기 선생이 내준 숙제를 했냐는 뜻이었다. 수강생들은 몇 문장으로 자기 인생을 광고처럼 소개하는 글을 써 가야 했다. 조이로서는 회고록 쓰기 수업에 끝까지 나갈 생각은 없었지만, 어쨌거나 숙제는 해 갈 생각이었다. 기운 넘치는 작은 선생의 활기찬 마음을 다치게 하고 싶지는 않았으니까.

지금 카로에게 문자를 보내는 건 의미가 없었다. 카로는 이미 잠들었을 테니까. 사반나는 결코 카로의 집을 안전한 도피처로 택하지는 못했을 것이다. 카로는 언제나 저녁 9시면 집 안의 모든 불을 확실하게 끄고 침대에 누웠다.

그래서 조이는 휴대전화가 추천하는 '당신이 관심을 보일 만한 기사'를 클릭했다. '윌리엄 왕자와 조지 왕자 부자의 달콤한 순간 50'.

조이가 윌리엄 왕자와 조지 왕자의 일곱 번째 달콤한 순간을 보고 있을 때 스탠이 크게 한숨을 쉬면서 책을 내려놓고 몇 달 전에 트로이가 생일 선물로 사준 아이패드를 집어 들었다. 아이폰이나 아이패드는 거기서 거기라고 생각했기 때문에 가족 모두 스탠이 원칙을 내세워 아이패드를 사용하지 않을 거라고 예상했다. 하지만 모두의 예상은 빗나갔다. 스탠은 코팅기만큼이나 아이패드를 사랑했다. 종이 신문과는 달리 아이패드는 글자 크기와 서체를 바꿀 수 있어서 스탠은 날마다 아이패드로 신문을 읽었다. 트로이는 아빠가 자기 선물을 좋아한다는 사실에 지나치게 기뻐했다. 트로이에게는 가장 좋은 선물 주기 시합에서 이기는 것이 정말로 중요했다.

조이는 스탠이 읽고 있는 뉴스를 확인하고 휴대전화로 같은 사이트로 들어가 기사를 읽기 시작했다. 그래야 스탠과 같은 기사를 읽고, 스탠이 갑자기 읽고 있는 기사 이야기를 할 때 제대로 대처할 수 있으니까.

"아빠, 맨스플레인(man과 explain을 합친 단어로, 남자가 여자에게 권위적으로 설명하는 행위-옮긴이) 좀 하지 마."

한번은 가족이 모여 저녁을 먹을 때 에이미가 말했다.

"그건 스탠플레인이야."

조이가 정정해주자, 가족들은 정말 유쾌하게 웃었다.

문득 조이의 손가락이 멈추었다. 특별하게 조합된 글자들이 너무나도 친숙해서 마치 조이 자신의 이름처럼 휴대전화 화면 밖으로 튀어나왔다. *해리 하다드.*

조이는 기다렸다. 영원을 기다리고 있는 것만 같았다. 어쩌면 그 기사를 발견하지 못할 수도 있었다. 하지만 마침내, 스탠의 몸이 뻣뻣하게 굳었다.

"이 기사 봤어? 해리 기사?"

스탠이 아이패드를 치켜들면서 말했다.

"봤어."

조이는 덤덤하게 말하려고 애썼다. 두 사람의 스타 제자였던 해리 하다드에 관해 말할 때는 그에 관해 말하는 것이 전혀 곤란한 화제가 아닌 것처럼 꾸미는 것이, 화제를 돌리려고 애쓰거나 위로하거나 동정하지 않는 것이 정말 중요했다.

"지금 막 봤어."

"난 알고 있었어. 이런 날이 올 줄 알았다니까. 그 애가 끝난 게 아니란 거 말이야."

"정말?"

조이로서는 과연 그랬을까 하는 생각이 들기는 했지만, 설령 그랬다고 해도 스탠은 그런 말을 단 한 번도 한 적이 없었다. 하지만 조이는 아무 말도 하지 않았다.

"허, 뭐, 아무튼 아주…… 흥미롭겠네."

조이는 잠시 기다렸다가 휴대전화 화면이 밑으로 가도록 협탁 위 헤드폰 옆에 엎어놓았다. 번쩍이는 금속광 휴대전화 케이스가 침대 램프의 빛을 받아 나이트클럽의 디스코 볼처럼 빛났다. 휴대전화 케이스도 트로이가 선물한 것이다.

조이는 하품을 했다. 처음에는 거짓 하품이었지만 마지막에는 진짜가 됐다. 조이는 머리 위로 팔을 길게 뻗어 기지개를 켰다. 스탠은 아이패드를 끄고 안경을 벗었다.

"사반나가 몇 시에 일어날지 모르겠네."

조이는 침대 램프를 끄고 옆으로 돌아누우면서 말했다. 그 많은 밤 가운데 오늘 밤, 그 가여운 젊은 아가씨가 우리 집 문을 두드리다니, 분명 신이 도운 것이다. 그 때문에 망할 해리 하다드는 깊이 생각하지 않을 수 있으니까.

"그 애가 아침형 인간일 것 같아?"

조이의 말에 스탠은 대답하지 않았다. 그저 아이패드를 내려놓고 침대 램프를 끄고 모로 눕더니 언제나처럼 이불을 머리끝까지 끌어당겼다. 조이도 언제나처럼 이불을 잡고 얼굴 밑으로 이불을 내렸다. 조이의 등에 맞닿은 스탠의 등은 언제나처럼 따뜻하고 포근했지만, 오늘은 스탠이 잔뜩 긴장했음을 느낄 수 있었다.

마침내 스탠이 대답했다.

"저 여자가 아침형 인간인지 아닌지는 모르겠는걸, 조이."

복도 저 끝에서는 예기치 못했던 손님이 그 누구에게도 숨길 것이 없다는 듯이 침실 문을 활짝 열고, 깔끔하게 정리된 싱글 침대에 똑바로 누워서 시체처럼 또는 착한 작은 소녀처럼 깍지를 낀 채 전혀 잠들지 않은 마른 눈으로 어둠을 똑바로 응시하고 있었다.

Apples Never Fall

6

현재

바브 맥마혼은 엄숙하게 조이와 스탠 델라니의 결혼식 사진 액자에서 먼지를 털면서 정말 잘생긴 젊은 부부였다고 생각했다. 조이는 레이스가 목을 덮고 소매가 넓은 드레스를 입고 있었고, 스탠은 주름 장식을 단 소매가 넓은 셔츠에 자주색 나팔바지를 입고 있었다.

바브도 두 사람의 결혼식에 참석했었다. 정말 떠들썩한 행사였다. 신랑, 신부가 괴상한 한 쌍이라고 생각하는 손님들도 있었다. 스탠은 덩치가 크고 머리가 긴 망나니였는데, 조이는 동화에나 나올 법한 금발의 공주님이었으니까. 하지만 바브는 그런 사람들은 두 사람의 성적인 화학반응이 완벽한 걸 보고 질투하는 거라고 생각했다. 물론 '성적인 화학반응'이라는 표현은 너무 외설적인 데다, 그 무렵에는 그런 단어를 쓰지도 않았지만 말이다. 바브는 '성적인 화학반응'이라는 단어는 텔레비전 프로그램인 〈배첼러〉의 제작자들이 만들어낸 단어라고 확신했다.

조이가 결혼하고 1년 뒤에 바브도 대린과 결혼했지만, 두 사람 사이에서는 저축 목표에 관한 대화만 많이 오고 갔을 뿐 성적인 화학반응은 그다지 격렬하게 일어나지 않았다. 10년 전에, 대린이 죽은 뒤로 바브는 현금을 더 많이 벌려고 청소일을 하기 시작했다. 바브는 보통 친구나 자신과 비슷한 세대인 조이 같은 사람들의 집을 청소했다. 바브의 딸은 엄마의 고객 선정 기준이 이상하다고 생각했다. "아는 사람 집에서 일하는 거 불편하지 않아?" 딸은 그렇게 물었지만, 바브는 전혀 불편하지 않았다. 어째서 불편해야 하지? 바브는 친구 집에서, 친구의 친구 집에서, 한 번도 청소 도우미를 써본 적이 없어서 자신이 누리는 호사가 당혹스러운 듯 바브가 청소하는 내내 같이 일하며 말을 건네는 여자들의 집을 청소하는 게 좋았다. 그런 집에서 청소하면 시간이 아주 빨리 간다는 장점도 누릴 수 있었다.

그런데 오늘은 조이가 없었다. 그래서 시간도 더디게 갔다.

"어디, 갔습니다."

스탠은 그렇게 말했다.

조이가 보살펴주지 않은 스탠의 외모는 끔찍했다. 분명히 스탠은 달걀 삶는 법도 모를 것이다. 까칠하게 자란 하얀 수염이 턱을 덮고 있었고, 얼굴 옆으로 긁힌 자국이 철길처럼 길게 나 있었다.

"어디 갔다고요?"

조이는 절대로 어딘가로 갈 사람이 아니었다. 도대체 어디로 간단 말인가?

"언제 갔는데요?"

스탠은 밸런타인데이에 갔다고 했다. 벌써 8일이나 지난 것이다.

"어디 간다는 말, 안 했는데?"

바브가 물었다.

"갑자기 결정한 것 같더군요."

조이가 늘 즉흥적으로 결정을 내리는 사람인 것처럼 스탠은 덤덤하게 말했다.

정말 이상한 일이었다. 바브는 유감스러운 듯 한숨을 내쉬고 조이의 결혼사진을 협탁 위에 내려놓았다. 진공청소기 플러그를 꽂으면서, 두 사람이 오늘 침대 밑을 청소하기로 했는지 떠올려보려고 애썼다. 침대 밑을 청소한 지 얼마나 됐더라? 조이는 적어도 한 달에 한 번쯤은 침대를 옆으로 밀고 그 밑을 깨끗하게 청소했다.

바브는 무릎을 꿇고 두 손을 짚으며 침대 밑을 들여다보았다. 먼지는 많지 않았다. 조이가 돌아온 뒤에 청소하면 될 것 같았다. 바브가 몸을 일으키려고 할 때, 무언가 바브의 시선을 끌었다. 침대 밑에서 무언가가 번쩍였다. 바브는 바닥에 납작 엎드려 침대 밑으로 손을 한껏 뻗었다. 바브는 정말 손이 길다. 여자들끼리 테니스 시합을 할 때면 조이는 늘 바브에게 손이 길다고 했다. 바브는 반짝이는 물건을 잡아서 끌어당겼다. 조이의 휴대전화였다. 1970년대에 여자들이 즐겨 들었던 글로메시 이브닝 백처럼 번쩍이는 폰 케이스 때문에 조이의 휴대전화임을 곧바로 알아볼 수 있었다.

바닥에서 일어난 바브는 살짝 숨을 헐떡이며 침대 위에 걸터앉

왔다. 휴대전화는 꺼져 있었다. 조이가 휴대전화도 없이 집을 나섰다고? 바브는 위장이 꼬이는 것만 같았다.

주방으로 가자 식탁 앞에 앉아 있는 스탠과 트로이가 보였다. 두 사람 모두 아무 말도 없었다. 식탁 위에는 차도, 음식도 놓여 있지 않았지만, 아버지와 아들은 푸드 코트에서 우연히 같은 식탁에 자리 잡고 앉은 낯선 사람들처럼 보였다. 트로이가 조이의 소중한 헤드폰을 꼭 쥐고 있는 모습을 보자 바브는 이상하게도 서늘한 느낌이 들었다. 자신이 보면 안 될 은밀한 비밀을 들여다보고 있는 것만 같았다. 트로이가 들고 있는 것이 헤드폰이 아니라 가발이나 틀니 같은 조이의 일부분처럼 보였다.

그때 바브를 본 트로이가 웃으면서 인사했다.

"안녕하세요, 바브. 정말 오랜만이에요. 머리, 아주 예쁘게 잘랐네요. 잘 지내……."

"조이 휴대전화를 찾았어."

바브는 휴대전화를 들어 올렸다.

그 즉시 트로이의 얼굴에서 한 대 맞은 사람처럼 웃음이 사라졌다. 트로이는 재빨리 자기 아버지를 쳐다보았다. 스탠은 아무 말도 하지 않았다. 한마디도 하지 않았다. 심지어 놀란 것 같지도 않았다. 그저 의자에서 일어나 휴대전화를 향해 천천히 손을 내밀었을 뿐이다.

"솔직히 말해서 스탠의 반응은 너무 독특했어." 나중에 바브는 사람들에게 그렇게 말했다. 그리고 잠시 내면의 지식이 주는 묵직한 중력에 두 뺨이 함몰되기를 기다렸다가 말했다. "그게 말이야, 의심스럽다고 말해도 될 정도였어!"

7

"트로이가 방금 전화했는데, 침대 밑에서 엄마 전화기를 찾았대."

물리치료사의 목소리는 환자가 건강 관련 잡지를 읽고 있는 곳까지 들려왔다. 환자는 조깅을 하다가 어설프게 넘어져서 전방 십자 인대가 파열되어 수술한 뒤, 세 번째 물리치료를 받으려고 와 있었다. 15분 일찍 도착한 환자는 브룩(아주 친절하고 배려심이 깊고 차분한 물리치료사의 이름이었다)이 다른 환자를 보고 있을지도 모른다는 생각에 접수대에 있는 벨을 누르지 않았다. 브룩이 이제 막 물리치료실을 개업했고, 아직 접수대 직원을 뽑지 못했다는 사실을 알고 있었기에 이런 식으로라도 도움이 되고 싶었다.

처음 상담을 받았을 때, 두 사람은 두 사람을 괴롭히고 있는 지독한 편두통에 관해 이야기를 나누었다. 브룩 델라니는 어렸을 때 만난 사람 때문에 물리치료사가 되겠다는 결심을 했다고 했다.

"그 사람은 목의 위쪽 부분이 긴장해서 생기는 편두통이라면 자신이 도와줄 수 있을지도 모른다고 했어요. 결국 목 때문에 생기는 편두통은 아니었지만, 지금도 그 사람은 내 편두통을 진지하게 생각해준 몇 안 되는 의료계 사람이라고 느껴져요. 그거 알아요? 사람들은 편두통 환자들이 고통을 과장한다고 생각한다는 거? 특히 아이가 아프다고 하면요."

물론 그 환자는 브룩이 무슨 말을 하는지 정말 잘 알았다.

환자는 잡지를 뒤적이면서 사적인 내용임이 분명한 물리치료사의 대화를 듣지 않으려고 애썼다.

"그래서 엄마가 전화를 받지 않은 거였어."

환자를 상대할 때 나오는 제대로 통제되고 위로하는 듯한 목소리가 아니라 조금은 격앙되고 풀어진 목소리로 말하고 있었기 때문에 브룩의 목소리는 평소보다 더 어리게 들렸다.

"처음 생각했던 것보다 훨씬 심각한 상황일 수도 있을 것 같아."

이런 젠장. 환자는 잡지를 덮으면서 생각했다. 도착했을 때 바로 벨을 눌렀어야 했는데.

"알아. 잠적이 무슨 뜻인지는 나도 알아. 하지만 잠적한다고 전화기를 놓고 가지는 않을 것 같아."

잠시 정적이 흘렀다.

"알아, 알아, 나도 안다고, 아빠. 나는 그냥…… 내가 궁금한 건, 아주 심각한 싸움이었냐는 거야."

'심각한'이라는 말을 하는 브룩의 목소리에는 땅이 흔들리는 것 같은 격한 감정이 실려 있었다.

환자는 조용히 일어서서 잡지를 바구니 안에 집어넣었다. 지금 브룩은 자신이 들으면 안 되는 이야기를 하고 있음이 분명했다.

누구에게나 비밀은 있다. 사실, 환자는 조깅을 하다가 전방 십자인대를 끊어 먹은 것이 아니었다. 일평생 조깅은 해본 적도 없었다. 마흔 번째 생일을 기념해 점심에 에스프레소 마티니를 세 잔 마시고 샴페인을 두 잔 마신 뒤에 택시에서 내리다가 엎어진 거였다. 브룩은 전방 십자 인대 파열의 원인이 조깅이 아니라는 사실을 아는 것 같았지만, 고맙게도 한 번도 환자에게 진실을 말하라는 압력을 가한 적이 없었다.

환자는 조용히 일어나서 물리치료실을 나왔다. 15분 뒤에 다시 돌아올 생각이었다. 사랑스러운 물리치료사의 끔찍할 수도 있는 가정사는 자신이 알아야 할 일이 아니었다.

8

과거, 9월

월요일 아침, 브룩 델라니는 윈드실드를 밑으로 내리고, 소리를 작게 튼 아침 라디오방송을 들으면서 일터로 차를 몰고 갔다. 가끔 브룩은 효과를 주기 위해 가볍게 신음했다. 누구를 위한 효과인지는 알 수 없었다. 아마도 자신을 위한 효과겠지. 편광 선글라스를 쓰고 있었지만 선팅한 자동차 창문을 뚫고 쏟아져 들어오는 아침 햇살 때문에 낯선 사람에게서 가벼운 모욕을 받은 것처럼 딱히 무엇이라고 정의할 수 없는 아픔을 느꼈다. 브룩을 이마를 만졌다. 이 통증은 그저 고통의 기억일 뿐이다. 진짜 고통이 아니라.

토요일, 아침 일찍 편두통이 오른쪽 눈을 심하게 강타했다. 브룩은 그 공격을 대비하고 있었다. 그 망할 고통이 오리라는 사실을 알고 있었기 때문에 미리 약속을 취소해두었다. 주말 내내 침대에서 블라인드를 내리고, 이마에 차가운 천을 대고 있었다. 브룩과 편두통 말고는 그 누구도 함께 있지 않았다.

6주 전, 그랜트가 떠난 뒤 처음 오는 편두통이었다. 이제는 아이스 팩이나 차가운 물이 담긴 물잔을 가져다줄 사람도, 브룩이 괜찮은지 들여다볼 사람도, 따뜻한 손으로 이마를 짚어줄 사람도 없었다. 브룩 혼자 이겨내야 했다. 하지만 출산도 아니니, 편두통쯤은 거뜬히 이겨낼 수 있을 것이다. 물론, 편두통과 출산을 모두 경험한 여자들이 편두통이 출산보다 더 아프다고 말했다는 조사 결과를 읽고서 왠지 모르게 환호했던 기억도 나지만 말이다.

브룩의 친구 아이네스는 이혼한 뒤 이케아에서 책상을 사 와 〈나는 여자다(I Am Woman)〉를 들으면서 혼자 책상을 조립했다고 했다. 아이네스는 책상을 모두 조립한 뒤에 정말로 하고 싶었던 건 전남편에게 전화를 걸어 자신이 해낸 일을 말해주는 것이었다고 했다. 브룩도 아이네스와 똑같은 기분에 휩싸였다. 그랜트에게 전화해서 나 혼자 편두통을 이겨냈다고 말해주고 싶었다. 정말 한심한 소망이었다. 그랜트는 더는 브룩의 편두통에는 관심이 없을 것이다. 아니, 본래 전혀 관심이 없었을 수도 있다.

"후구 증상이 있니, 달링?"

오늘 아침에 만났다면, 엄마는 그렇게 말했을 것이다. 요즘은 팟캐스트를 듣기 때문에 엄마는 편두통 증상을 알았고, 의기양양하게 전문용어를 사용했다.

엄마가 그런 식으로 말할 때마다 브룩은 소리치고 싶었다. 그런 전문용어 사용하지 마, 엄마. 엄마는 편두통을 앓아본 적이 없잖아! 그런 말을 하면 엄마는 양심의 가책을 느낄 테고, 브룩은 그런 상황을 견딜 수 없을 것이다. 엄마가 면죄부를 원한다는 사실은 알고 있었다. 고의로 엄마에게 면죄부를 주지 않는 건 아니었지만 브룩이 엄마가 원하는 것을 주지 않고 있다는 건 사실이었다.

엄마는 늘 "그게 말이야, 그해에는 정말 바빴어. 네가 두통을, 그러니까, 편두통을 앓기 시작했을 때 말이야. 그해는 정말 우리 가족한테 끔찍한 해였어. 그해는, 그 최악의 해에는, 정말 일이 너무 많았어. 우리 사업도 망할 것 같았지, 너희 할머니들은 두 분 다 너무 아팠지, 그러니, 네가 어떤 상황인지, 전혀 몰랐지 뭐……"라고 말했다.

그때마다 브룩은 늘 엄마의 말을 막았다.

"엄마, 이제는 그런 생각 안 해도 돼. 벌써 오래전 일이잖아."

이제 엄마에게는 시간이 너무 많았다. 그게 문제였다. 엄마는 점점 엉뚱하게 변해갔다. 오랫동안 옛날 사진을 보다가 갑자기 아이들에게 전화를 해서 어릴 때 그들이 얼마나 귀엽고 작았는지, 어째서 그때는 그걸 몰랐는지 후회가 된다고 했다.

하지만 진실은, 브룩으로서는 엄마가 자신의 편두통을 신경 쓰지 않았다는 사실을 기억조차 못 한다는 것이었다. 브룩에게는 아침 준비를 늦게 했다는 이유로 편두통 때문에 고생하는 브룩에게 고함을 지른 조이를 '용서해야 하는' 기억은 없었다.

브룩이 기억하는 것은 너무나도 끔찍했던 고통과, 그 고통을 없애주지 않는 엄마에 대한 분노였다. 브룩은 아빠나 의사들이 편두통을 없애줄 거라는 생각은 하지 않았다. 브룩은 엄마가 자신을 낫게 해줄 거라고 믿었다.

이제 브룩은 편두통을 관리할 수 있었다. 분개하지 않고 효과적으로 전문가처럼 관리할 수 있다. 일단 증상을 면밀하게 살펴본다. 그러고는 재빨리 약을 먹는다. 이렇게 아픈 편두통은 6개월 만에 처음이었다. 브룩은 그 괴물을 감금해둘 책임이 있었지만, 가끔은 괴물이 족쇄를 부수고 탈출했다.

"지난주 화요일, 은퇴한 테니스 스타 해리 하다드가……."

라디오 아나운서의 목소리가 브룩의 의식을 뚫고 들어왔다. 브룩은 재빨리 라디오 볼륨을 높였다.

"내년 시즌에 참가한다는 계획을 발표했습니다. 그랜드슬램을 세 번 달성한 이 챔피언은 4년 전 심각한 어깨 부상을 입고 은퇴했었죠. 하다드는 지난주 화요일과 오늘, 자신의 소셜 미디어에 새로 계약한 코치이자 전 윔블던 챔피언 니콜 르노와 조르당과 함께 연습하는 사진을 올렸습니다. 이제 곧 자서전을 출간할 것이라고 알려진 하다드는 분명히 자신이 이룩한 놀라운 경력사에 마지막으로 흥미로운 장을 추가하기를 바라고 있을 겁니다."

"맙소사, 해리."

브룩은 자신이 용납할 수 없음을 보여주려고 라디오 채널을 돌렸다. 지금 하다드는 실수를 하고 있었다. 어깨를 예전처럼 사용할 수 있을 리 없었고, 니콜을 코치로 선택한 건 좋은 결정이 아니었다. 왕년의 위대한 선수가 반드시 위대한 코치가 되리라는 법은 없으니까. 니콜 르노와 조르당은 아름답고 목표가 분명한 선수였지만, 누군가를 가르칠 때 필요한 인내심이 있을 것 같지는 않았다.

"빨리 좀 바뀌어라, 좀."

브룩은 손가락으로 핸들을 두드리면서 교통신호등을 향해 말했다. 브룩의 아빠도 교통신호를 느긋하게 기다릴 수 있는 사람이 아니었다. 아이들이 신발을 너무 천천히 신거나, 영화에서 낭만적인 장면이 오래 나올 때면 기다리기 힘들어 초조해했다. 하지만 테니스를 가르칠 때는 달랐다. 아빠는 그 누구보다 인내하는 코치였다.

브룩은 코트에서 햇살이 눈부셔 얼굴을 찡그린 채(아빠는 코트에서는 절대로 선글라스를 쓰지 않았다. 따라서 아빠가 편두통을 없애보겠다는 헛된 시도로 선글라스를 쓰겠다는 브룩을 내버려둔 건 정말 역사적인 사건이었다) 학생의 자세를 관찰하고 분석하던 아빠를 기억했다. 아빠는 학생에게 네트 가까이 오라고 손짓해 부른 뒤에는 한 손가락을 위로 세우고 한참을 생각했다. '내가 무슨 말을 하고 어떻게 행동해야 이 친구가 제대로 알아듣고 고칠 수 있을까?' 이런 생각을 하는 거였다. 아빠는 결코 같은 가르침을 두 번 주지 않았다.

어린아이들을 계속 뛰고 웃게 할 수 있었던 엄마는 단체 수업에 적합했다. (엄마는 시합 때는 절대 쓰지 않았지만, 아이들을 가르칠 때는 화려

하고 커다란 선글라스를 썼다.) 엄마는 일대일 교습에는 열정도 없고 인내심도 없었다. 하지만 사업가, 델라니 테니스 아카데미의 두뇌로서 골프용품점, 카페, 휴가철 캠프를 운영하는 건 엄마였다. 엄마는 돈을 만들었고, 아빠는 스타를 만들었다. 가장 빛나는 스타인 해리 하다드는 잃었지만 말이다.

아빠라면 해리를 그가 도달한 곳보다 훨씬 먼 곳까지 보내줄 수 있었을 것이다. 그랜드슬램을 세 번이나 달성한 것이 해리의 가장 큰 업적이라고 하는 사람들도 있었지만, 아빠는 그런 말을 인정하지 않았다. 아빠는 자신이라면 해리를 페더러만큼이나 위대한 선수로 만들었을 테고, 결국 해리는 오스트레일리아 오픈 대회의 우승을 차지하는 오스트레일리아 선수가 될 수도 있었을 거라고 믿지만, 해리 하다드가 어린 시절 코치인 남자 중의 남자 스탠 델라니와 갈라서지 않고 계속 함께하는 평행 우주에서는 어떤 일이 가능했을지 알 수 있는 방법은 전혀 없었다.

교통신호등이 바뀌었고, 브룩은 가속페달을 밟았고, 가엾은 부모님을, 해리의 소식을 들은 부모님의 마음을 생각했다. 해리 소식을 부모님은 분명히 알고 있을 것이다. 해리가 지난주 화요일에 발표했다고 했으니까. 부모님이 직접 보지 못했다고 해도, 테니스계 사람들이 분명히 전해주었을 것이다. 그런데도 엄마가 전화를 걸어 아빠가 걱정된다고, 해리가 다시 복귀하는 모습을 지켜보는 아빠의 마음이 얼마나 착잡하겠냐고 말하지 않은 건 이상한 일이었다.

텔레비전에서 중계하는 해리의 시합을 보는 아빠의 모습을 지켜보는 건 고통스러운 일이었다. 아빠는 자부심과 상처가 뒤섞인 애끓는 표정을 지은 채 어깨를 꼿꼿이 세우고, 매 순간 터져 나오려는 긴장을 간신히 억누르며 몸을 떨었다. 부모님의 가장 성공한 제자에게 델라니 가족은 모두 복잡한 감정을 느꼈다. 델라니 테니스 아카데미 선수들은 연맹전에서 두각을 나타냈다. 하지만 약속의 땅으로 들어간 제자는 해리뿐이었다. 마법의 은색 트로피, 윔블던 남자 단식 우승 트로피에 입을 맞출 수 있었던 제자는 해리뿐이었다. 그것도 두 번이나 말이다.

해리를 발굴한 건 아빠였다. 그 꼬마는 아빠를 만나기 전까지는 테니스 라켓을 잡아본 적이 없었다. 하지만 어느 날, 해리의 아빠가 자선 바자회 제비뽑기에서 델라니 테니스 아카데미 한 시간 개인 교습권을 뽑았고, 그 교습권을 여덟 살 아들에게 주었다. 그 뒤로는, 엄마의 말대로, 역사가 시작됐다.

이제 해리는 만인의 사랑을 받는 스포츠 우상일 뿐 아니라 사람들에게 주목을 받는 자선사업가이기도 했다. 그는 아름다운 여자와 결혼해 아름다운 아이를 셋이나 낳았다. 그 아이 가운데 한 아이가 백혈병에 걸려 아주 아팠기 때문에 해리는 소아암 연구를 헌신적으로 후원하는 독지가가 되었다. 해리는 생명을 살렸다. 그런 사람에 관해 과연 나쁜 말을 할 수 있을까? 절대로 할 수 없었다.

브룩만 빼고 말이다. 해리가 늘 성인군자였던 건 아니니까. 어렸을 때, 그러니까 브룩과 형제들이 해리를 알았을 때, 그는 교활하고 약아빠진 사기꾼이었다. 언제나 사기를 기반으로 하는 전략을 구사했다. 그저 점수만 속인 것이 아니라 상대방을 짜증 나게 하거나 격분하게 만들 때도 속임수를 썼다. 브룩의 아빠는 해리에 관해 아이들이 하는 말을 절대로 믿지 않았다. 해리 일이라면 아빠는 늘 시야가 좁아지는 고통을 느껴야 했다. 아니, 그때는 사실상 거의 모든 어른이 해리에 관해서라면 시야가 좁아졌다. 어른들은 모두 해리에게서 숭고한 재능만을 보았다.

트로이 오빠와 해리가 모두 10대 소년이었을 때, 테니스 시합을 하면서 해리는 계속 코트 밖으로 나가지 않은 트로이 오빠의 공이 나갔다고 뻔뻔하게 주장했고, 결국 트로이 오빠는 분노를 참지 못하고 말았다. 라켓을 바닥에 집어 던진 트로이 오빠는 네트를 뛰어넘어 해리에게 달려들어 주먹을 휘두르기 시작했다. 결국 남자 어른 두 명이 달려들어서야 간신히 트로이 오빠를 해리에게서 떼어놓을 수 있었다. 그 뒤로 트로이 오빠는 6개월 동안 시합에 나갈 수 없었다. 자신에게 그런 치욕을 안긴 트로이 오빠를 한동안 용서하지 못했던 아빠의 말대로라면 받아야 할 벌보다 훨씬 가벼운 벌을 받은 거였다.

그로부터 고작 2년 뒤에 해리 하다드는 스탠 델라니를 배신했다. 오스트레일리아 오픈에서 남자 청소년 단식 우승을 차지한 뒤 아빠를 버린 것이다. 브룩의 아빠는 뒤통수를 맞았다. 아빠는 자신이 해리를 끝까지 지도할 것으로 생각했고, 그런 생각에는 타당한 이유도 있었다. 아빠는 해리를 아들처럼 사랑했다. 어쩌면 아들보다도 더 사랑했는지도 몰랐다. 해리는 일단 코트에 올라가면 의문을 제기하지 않았고, 반항하지도 않았고, 결코 한숨을 쉬거나, 눈을 흘기거나, 발을 질질 끄는 법도 없었으니까.

델라니 가족은 공식적으로는 해리가 델라니 테니스 아카데미를 떠난 건 해리의 의사가 아니라 해리 아버지의 결정이었을 거라고 믿었다. 시합 때마다 늘 다르지만 한결같이 아름다운 여자 친구를 데리고 선수 대기실에 나타나는 해리의 아버지. 사진이 잘 받는 카리스마 넘치는 해리의 아버지 일라이어스 하다드는 해리의 매니저였다. 하지만 브룩과 형제들은 해리가 자신들의 아빠를 버리는 결정에 전혀 관여하지 않았을 거라고는 믿지 않았다. 해리가 아빠에게 진심 어린 카드를 보냈고, 자신에게 아첨하는 잡지와 인터뷰를 할 때는 자신을 처음 가르쳐준 스승에게 감사하는 걸 잊지 않는 위선을 보인다고 해도 말이다. 그 뒤로 아빠는 그 어떤 선수에게도 해리처럼 마음을 주지 않았다. 물론 제자들에게 사랑을 받았고, 자신의 모든 것을 제자들에게 내주었지만, 마음만은 다치지 않게 보호했다. 아무튼 브룩은 그렇게 믿었다.

브룩은 얼마 전에 재건축을 끝낸 뒤부터 지역 쇼핑 마을이라고 불리는 피아자의 주차장으로 들어갔다. 주차장은 자동차로 꽉 차 있었다. 사람들은 피아자가 광장이 아니라 '토스카나의 언덕 마을'을 흉내 냈다고 조롱했지만, 어느 쪽을 흉내 냈건 브룩은 전혀 상관없었다. 어쨌든 새로 생긴 이탈리아 식당은 훌륭했고, 카페는 멋진 토스카나 풍경 사진을 걸어놓았고, 가까이 들여다보지 않는 한 진짜처럼 보이는 조화 바구니를 매달아놓았으며, 가짜 조약돌은 진짜 조약돌처럼 신발 굽이 끼어서 문제가 되는 일도 없었으니까.

"가끔 사람들이 발목을 삐는 게 당신 사업에는 도움이 되지 않겠어? 쿡쿡 찌르고, 또 찌르고, 눈을 껌뻑이고, 또 껌뻑이고. 안 그래, 브룩?" 지난달에 열린 피아자 개업식 때 지역 하원 의원은 새로 산 커다란 가위로 리본을 자른 뒤에, 브룩에게 수작을 걸면서 그렇게 말했었다. 그 하원 의원은 말을 할 때마다 성적인 암시를 은근히 내비쳤다. 지금의 별거 상황이 계속 추진력을 유지해 결국에는 이혼을 향해 가는 거라면, 브룩은 누구하고든 데이트를 해야 할 필요가 있는지도 몰랐다. 립스틱을 바르고, 커피를 마시면서 섹스를 암시하는 말들을 참아내야 하는지도 몰랐다.

브룩은 좋아하는 주차 자리에 차를 세우고, 시동을 끄고, 핸들을 잡은 왼손을 물끄러미 쳐다보았다. 이제는 사라진 결혼반지나 약혼

반지가 남긴 흔적은 없었다. 일터에는 반지를 끼고 가지 않았고, 주말에도 반지를 끼는 일을 잊을 때가 있었으니까. 그래서 반지 자국이 없을 수도 있었지만, 그 이유가 아닐 수도 있었다. 브룩은 자신이 놓친 것의 흔적을 찾고 있었다.

임대한 투룸 사무실에 연 브룩의 '델라니 물리치료실'은 카페와 청과물 가게 사이에 있었다. 브룩이 입주하기 전에는 '타로점'을 봐주는 사람이 입주해 있었기 때문에 지금도 가끔 '급하게' 타로점을 보러 오는 손님들이 있었다. 지난주에는 페이즐리 셔츠에 꽉 끼는 바지를 입은 남자가 오더니 "아, 이런, 타로점을 볼 수 없으면, 이 부실한 무릎이나 한번 봐줘요"라고 했다. 브룩은 그 남자가 무릎 수술을 하게 되리라고 예언해주었다.

"으으, 어쩐지 아직 봄이 오지 않은 것 같더라니."

그 기상 캐스터는 그렇게 말했다.

브룩은 오늘 환자들에게 알레르기가 있다고 말할 것이다. 편두통을 앓는 물리치료사에게 몸을 맡기고 싶은 사람은 없을 테니까. 편두통 환자를 아내로 원하는 사람은 없다. 딸로도, 자매로도 원하지 않는다. 심지어 친구로도 원하지 않는다. 아니, 아니, 이런 생각들은 모두 취소야! 늘 자기 연민에 빠진 생각이 상당히 멀리까지 흘러간 뒤에야 브룩은 그 생각의 꼬리를 잘라낼 수 있었다.

"눈 내리는 이런 시간이 몇 주 동안이나 지속되길 바라는 사람이 있을까요?"

그 기상 캐스터는 그렇게 말했다.

"나는 바라는데."

자동차 안에서 브룩이 말했다. 봄에 타는 스키는 무릎 인대를 파열시키고, 등을 다치게 하고, 손목을 부러지게 하니까. 신이시여, 제발, 이 세상에 부상을 주소서. 충분히 많은 돈이 저에게 흘러들어 오게 하소서!

브룩은 라디오를 끄고 안전띠를 풀고 잠시 그대로 앉아 있었다. 위장이 꼬이는 것 같았다. 편두통을 앓은 다음 날이면 심하지는 않아도 설사를 했다. 그만! 브룩은 자신이 아장아장 걷는 아기라도 되는 것처럼 자신을 타일렀다. 그만 징징대고 나가.

후구 증상이 없는 괜찮은 날에도, 브룩은 사실은 정말로 가고 싶었던 곳에 도착한 뒤에는 언제나 자동차 밖으로 나가기를 거부하는 마음과 싸워야 했다. 조금 이상한 증상이기는 했지만, 그렇다고 심각한 문제는 아니었다. 그저 가벼운 기벽일 뿐. 브룩의 증상을 눈치챈 사람은 아무도 없었다. 뭐, 그랜트는 알고 있기는 했다. 두 사람이 지각을 할 때는 그 때문임을 알았다. 하지만 그랜트 말고는 아무도 눈치채지 못했다. 테니스 시합을 다녔던 시절에는 경기장에만 도착하면 얼어붙어서 따뜻하고 퀴퀴한 냄새가 나는 자동차라는 보호막 안에서 나가고 싶지 않다고 생각했다. 하지만 결국에는 밖으로 나가 경기를 했다. 브룩은 에이미 언니가 아니니까.

서두를 필요는 없었다. 첫 손님이 오려면 아직 30분 여유가 있었다. 브룩은 핸들을 껴안고서 우체국 앞에서 무릎도 굽히지 않은 채 크고 무거운 상자를 들어 올리고 있는 배가 볼록한 남자를 쳐다보았다. 아저씨, 그런 식으로 물건을 들면 등 근육 다쳐요.

물리치료실 임대차계약을 할 때 브룩은 재개발 이야기를 들었고, 그 때문에 상당히 싼 월세로 계약을 할 수 있었다. 하지만 이렇게까지 몇 달 동안 개업을 하지 못하고 기다려야 할 줄은 몰랐다. 모든 임차인의 사업이 타격을 받았다. 비싼 빵을 팔던 제과점은 40년 만에 문을 닫았고, 미용실 부부의 결혼은 파탄이 났다.

그건 정말 스트레스를 받을 수밖에 없는 상황이었지만, 편두통을 관리하려면 당연히 스트레스를 관리해야 했다. 편두통 환자는 새로 사업을 시작해서도 안 되고, 남편과 별거해서도 안 된다. 분명히 그 두 가지를 동시에 해서는 절대로 안 된다. 편두통 환자들은 척추에 부상을 입은 것처럼 하루하루를 정말로 조심스럽게 살아가야 한다.

브룩은 이제야 간신히 빚은 지지 않을 정도로 물리치료실을 꾸려나갈 수 있었다. 언젠가는 23일이나 연속으로 환자가 단 한 명도 오지 않은 날도 있었다. 그때 브룩의 귀에서는 '너에게는 더 많은 돈이 필요해. 더 많은 돈이 필요해. 더 많은 돈이 필요해'라는 말이 이명처럼 들려왔다.

하지만 이제 공사는 끝이 났고, 굴착기, 트럭, 잭해머는 사라졌다. 주차장은 날마다 만차였다. 제과점 대신 들어온 카페는 사람들로 북적였고, 미용실 부부는 재결합을 했다. 미용실은 6주나 예약이 잡혀 있다고 했다.

"지금 아니면 기회가 없어요. 다음 분기 때 성패가 갈릴 겁니다."

브룩의 회계사는 그렇게 말했다. 회계사는 어딘지 모르게 브룩의 아빠를 떠오르게 했다. 아빠는 브룩의 어깨를 잡고 눈을 똑바로 들여다보면서 "코트에서 모든 걸 다 쏟아부어, 브룩"이라고 말했었다.

결혼 생활과 사업을 동시에 실패할 수는 없었다. 그건 한 사람이 하기에는 너무나도 많은 실패였다.

브룩은 테니스 코트에 모든 것을 쏟아부었다. 테니스 코트에 자신이 가진 모든 것을 주었다. 늘 할 수 있는 한 최선을 다했다. 지역 신문에 무료로 기사를 쓰고, 투고하고, 구글 자료를 분석하고, 가능한 한 많은 의사와 접촉하고, 할 수 있는 모든 계약을 맺었다. 심지어, 세상에, 신하고도 계약을 맺었다.

"이게 잘 안 되면, 여기 문은 언제나 열려 있다는 거 명심해."

전 직장 상사는 브룩이 내미는 홍보지를 받으면서 말했다. 새로 문을 연 클리닉들은 언제라도 망하고 있었다. 더는 손실을 감당할 수 없었던 브룩의 두 친구도 클리닉을 닫았다. 한 명은 시원해했고, 한 명은 비통해했다.

자동차 문을 열고 있을 때 전화벨이 울렸다. 지금 이 시간에 오는 전화는 업무용이 분명했다. 친구나 가족이라면 9시 전에 전화할 리가 없었다. 전화를 받으면서 동시에 전화기 화면에 뜬 발신자를 보았다. 에이미 언니였다. 이런, 너무 늦었다.

"안녕. 지금은 전화를 받을 수 없어."

브룩에게는 전화를 받는 브룩의 목소리만 듣고도 가족 중 누가 전화했는지를 알아맞히는 남자 친구가 있었다. 지금 브룩의 목소리를 그 사람이 들었다면, 입술만 움직여 "에이미지?"라고 말했을 것이다. "당신은 언니랑 통화할 때면 꼭 학교 교장 선생님처럼 권위적이고 나무라는 말투가 되거든."

"잘 지내지?"

브룩은 교장 선생님처럼 말하지 않으려고 애쓰면서 물었다.

문제는 에이미 언니하고 말할 때면 교장 선생님이 된 것 같은 느낌은 전혀 들지 않는다는 거였다. 그보다는 오히려 집안에서 가장 어린 꼬마, 에이미 언니의 명령을 따르는 아이가 되어버린다는 느낌이 들었다. 에이미 언니는 가족의 존경을 받고 숭배를 받는 상사였기에 누구나 에이미 언니의 명령을 따랐다. 그건 오빠들도 마찬가지였다. 네 사람이 어렸을 때는 아무 문제 없었다. 에이미 언니가 기발한 게임을 고안하고, 부모님이 만든 규칙의 허점을 기막히게 찾는 아이였을 때는 괜찮았다. 하지만 이제는 모두 성인이 됐다.

적어도 브룩은 성인이었다. 브룩은 직업도 없고, 운전면허증도 없고, 일정한 거주지도 없고, 사실 정신 상태도 위태로운 사람이 내리는 명령은 따를 생각이 없었다. 그럼에도 에이미 언니의 목소리를 듣는 순간, 브룩은 늘 무조건반사를 할 수밖에 없었다. 무릎 아래를 치면 자신도 모르게 어쩔 수 없이 무릎이 올라가는 것처럼, 언니를 기쁘게 하고 언니에게 멋진 인상을 주려고 애를 썼다. 아무리 그런 반응을 보이지 않으려고 애를 쓰고 노력해도 결국에는 교장 선생님 같은 목소리가 나오게 되는 것이다.

"그럼 전화는 왜 받았어? 그렇게 바쁜데?"

에이미 언니는 숨을 헐떡이고 있었다.

"나도 모르게 받았어."

브룩은 닫은 차 문에 등을 기댔다.

"버스 같은 거, 타느라고 뛴 거야?"

"아니, 지금 막 뛰고 왔어."

"잘했어. 뛰기 전에 스트레칭은 했지?"

브룩은 언니의 허벅지 뒤쪽 근육과 힘줄의 상태를 자신의 것만큼이나 잘 알았다. 물리치료를 공부할 때, 브룩은 맨 먼저 가족들을 상대로 실습을 했다. 그래서인지 가족들의 몸 상태에 주인 의식을 느꼈다. 에이미의 햄스트링, 아빠의 무릎, 로건 오빠의 어깨, 트로이 오빠의 종아리, 임마의 근육이 뭉친 허리.

"당연히 했지."

에이미 언니가 대답했다.

"거짓말쟁이."

브룩은 전화기를 귀에 대고 카페를 향해 걷기 시작했다. 자신도 터무니없음을 잘 알고 있었지만, 격렬하게 경쟁의식이 생기는 것은 어쩔 수 없었다. 에이미 언니는 지금 달리고 왔는데, 브룩은 편두통 때문에 주말 내내 어떤 운동도 하지 못했다. 물론 전혀 그런 생각을 할 이유가 없었다. 브룩이 에이미 언니보다 더 젊었고 더 건강했으니까. 그런데도 에이미 언니가 달리고 왔다는 말을 듣자마자 브룩은 훨씬 빨리, 훨씬 멀리 달리고 싶다는 강렬한 소망에 사로잡혔다.

"잘 지내지?"

에이미 언니가 물었다. 전화기 너머로 갈매기 울음소리가 들렸다. 지금 에이미 언니는 해변에서 달리고 있는 거였다. 젠장. 너무나 전형적이었다. 브룩이 교외 쇼핑몰 주차장에서 자금 흐름을 걱정하고 있을 때 에이미 언니는 해변을 달렸고, 아마도 아침으로 에그 베네딕트를 먹을 것이다.

"잘 지내지. 음, 아주 잘 지내는 건 아니야. 주말에는 편두통 때문에 힘들었어."

브룩이 대답했다.

"저런, 어떡하니. 그랜트가 돌봐줬어?"

"그랜트는 없어. 캠핑 갔어. 블루마운틴으로. 친구들이랑. 그냥 옛날부터 친했던 친구들이랑."

브룩은 그쯤에서 멈추었다. 자고로 좋은 거짓말을 하는 비결은 아주 세부적인 내용은 말하지 않는 거니까.

"저런, 그럼 전화를 하지 그랬어? 내가 수프라도 가져갔을 텐데. 내가 사는 곳 근처에 치킨이랑 스위트 콘 수프 맛있게 하는 중국집 있어. 너도 좋아할 거야."

"괜찮아. 문제없었는걸. 그건 그렇고, 왜 전화했어?"

브룩이 유리문에 열쇠를 꽂았다. 문 위에 찍힌 로고는 브룩에게 기쁨과 자부심, 두려움이라는 복잡한 감정을 동시에 느끼게 만들었다. 막대기처럼 생긴 남자와 여자가 '델라니 물리치료실'이라는 글자를 현수막처럼 높이 들고 있는 로고였다. 로건 오빠의 여자 친구인 인디라 언니가 만들어준 로고였는데, 브룩은 이 로고를 사랑했다. 인디라 언니는 그래픽 디자이너였다. 브룩은 자신이 실패한 뒤 다른 사람이 와서 브룩의 로고를 긁어내고, 꿈꿔왔던 본인의 사업을 시작한다는 희망에 부풀어 새로운 로고를 붙이는 모습을 상상해보았다.

"미안. 얼마 안 걸려. 오늘 오는 환자가 있어?"

"그럼."

브룩은 짧게 대답했다. 에이미 언니에게는 클리닉 때문에 걱정이라는 마음을 절대로 드러내지 않았다. 그것이 브룩 자매가 관계를 맺는 방식이었다. 브룩은 언제나 언니에게 이것이 어른이 살아가는 방식임을 보여주고 싶어 했고, 에이미 언니는 언제나 동생의 삶에 엄청나게 감동을 받았지만, 학위를 받고, 결혼을 하고, 집을 사는 등 브룩의 완벽하게 평범한 선택들은 자신은 할 수 없는 선택이라는 듯이, 경탄은 하지만 무심한 초연함도 늘 함께 보여주었다.

"아, 그거 잘됐다. 좋은 일이야. 그런데 지금 막 들은 건데……."

브룩은 에이미 언니의 말을 끊었다.

"해리가 다시 나온다고? 알아. 나도 방금 들었어. 아마, 엄마랑 아빠도 알 것 같아. 엄마나 아빠가 아직 전화를 하지 않은 게 놀랍지만. 나는 해리가 제대로 움직일 수 없을……."

"아니, 해리 얘기가 아니야. 그 여자 이야기 들었냐는 거야."

브룩은 입을 다물었다. 그 여자라니? 오빠들 전 여자 친구 이야기인가?

"그 생각을 하느라 어젯밤에 한숨도 못 잤어."

언니가 짜증 나는 노랫소리 같은 목소리를 낼 때는 울거나 소리 지르거나, 어떤 형태로든 무너져 내리겠다는 뜻이다.

“아직 안 만나봤어? 나는 모르겠어. 그냥 너무 이상해. 안 그래? 전체 상황이 그냥, 정말…… 너무 임의적이지 않아?”

브룩은 언니의 말을 들으면서 물리치료실 전등을 켰다. 접수대와 텅 빈 책상이 브룩이 고용할 여유가 없는 접수대 직원을 기다리며 그녀를 맞이했다. 벽은 마음을 따뜻하게 해주고 차분하게 해주는 시브리즈색으로 칠해져 있었다. 환자 치료에 도움이 되는 색으로 벽을 칠하려고 브룩은 시브리즈색과 딥 오션블루색을 두고 한참을 고민했다. 물리치료를 하는 동안 브룩은 자신의 모습을 내내 보아야 한다는 불편을 감수하며 환자가 자신의 치료 과정을 확인할 수 있도록 전신 거울도 놓았다. 하지만 문제는 환자가 있을 때가 아니었다. 브룩이 혼자 있을 때가 문제였다. 브룩은 자기 얼굴이 보기 싫었다.

실내 자전거 한 대, 메디신볼 세 개, 아령 여러 개, 스트레칭 밴드. 새로 대여한 장비들이 브룩의 돈을 쓸 준비를 하며 기다리고 있었다. 벽에 걸린 액자에는 힘든 시합을 마친 우승자들이 무릎을 꿇은 채 이마를 땅에 대고서 금메달에 입을 맞추고 있는 사진들이 들어 있었다. 브룩의 물리치료실 벽에서 우승을 축하하지 않는 종목은 테니스뿐이다. 얼굴을 찡그린 마르티나 나브라틸로바가 윔블던에서 헤어밴드 위로 온통 사자 갈기 같은 머리를 휘날리며 백핸드를 하려고 팔을 길게 뻗은 흑백사진이었다. 브룩이 정확하게 판단했듯이, 브룩의 사업장에 테니스 선수 사진이 한 장도 없다면 누가 봐도 이상했을 테고, 막내딸의 일터를 찾은 부모님은 분명히 그 점을 지적했을 것이다.

"아주 좋은 사람이었어, 마르티나는." 그 사진을 봤을 때 아빠는 두 사람이 아주 오랜 친구라도 되는 것처럼 그렇게 말했다.

"남자 친구가 찾아오기라도 하면 어쩌려고 그러지?"

에이미 언니가 계속 말했다.

"아무도 감당할 수 없을 거야."

"그게 무슨 말이야?"

브룩의 마음은 방황하고 있었다. 무언가 아주 중요한 핵심을 놓치고 있는 것 같았다.

"게다가 무기를 가져올 수도 있잖아."

"무기라니, 누가 무기를 가져온다는 거야?"

"그 폭력 남자 친구!"

"언니, 나는 지금 언니가 무슨 말을 하는지 하나도 모르겠어."

브룩은 접수대 책상 앞에 앉아 컴퓨터 전원을 켰다.

"정말? 너, 몰라? 분명히 알 거라고 생각했는데."

위윙, 컴퓨터가 되살아나고 있었다.

"뭘 모른다는 거야?"

브룩이 에이미 언니를 재촉했다. 잠시 침묵이 흘렀다.

"브룩, 나는 엄마랑 아빠랑, 두 사람이 받아들인 이상한…… 손님 이야기를 하는 거야."

브룩은 책상 맨 위 서랍에서 클립보드와 환자 문진표를 꺼냈다.

"그러니까, 엄마, 아빠 집에 누가 와 있다는 거야? 언니 옛날 방에? 그게 문제인 거야?"

에이미 언니는 새로 얻은 직업이, 새로 등록한 강좌가, 새로 사귄 남자 친구가 문제가 있을 때마다 부모님 집으로 돌아갔다.

"나도 그 여자가 내 방에서 지낼 거라고 생각했어."

에이미 언니가 천천히 말했다.

언니의 목소리에는 억울함과 함께 희미하게 분노가 묻어 있었다.

"하지만 그런 건 괜찮아. 나도 내가 지낼 곳 정도는 있으니까, 브룩. 지금 난 여기서 6개월 가까이 살고 있어."

"알아."

그러니까 공용 주택에서 말이지.

"그리고 일도 해. 지난주에는 40시간 이상 일했어."

"와."

브룩은 거만한 목소리를 내지 않으려고 노력했다. 요즘 에이미 언니는 일주일 내내 일했다. 당연히 상을 받을 만했다.

"미안. 요즘 클리닉 때문에 정신이 없어."

별거 때문에도 정신이 없고.

에이미 언니는 어디에서 다시 일하게 된 거지? 슈퍼마켓? 잠깐만, 극장이었나? 아니야, 언니는 맛 감정가인 거지? 그래, 언니가 면접 이야기를 했던 기억이 나. 에이미 언니는 "시험이랑 같아. 정말 스트레스가 심하다니까"라고 했었다. 면접에서 언니는 음료수 열 개를 염분 함량순으로 배열하고, 또 다른 음료수 열 개를 당분 함량순으로 배열해야 한다고 했다. 솜이 담긴 작은 단지에서 나는 냄새로 재료를 알아맞혀야 했는데, 바질과 민트는 맞혔지만 파슬리는 틀렸다고 했다. 도대체 파슬리에 향이 있다는 생각을 누가 할까? 언니의 마지막 시험은 한 번도 사과를 먹어보지 못한 사람을 위해 종이에 사과를 묘사하는 글을 쓰는 거였다.

"나는 사과를 묘사하는 글은 못 쓸 것 같아."

브룩이 별다른 뜻 없이 그렇게 말했을 때 엄마는 즐거운 듯이 "그럼 넌 면접에서 떨어졌겠네, 브룩"이라고 말했다.

그 말을 듣자 4년제 대학교에서 학위를 땄고, 물리치료사가 되려고 2년이나 임상 실습 훈련을 받은 브룩이 갑자기 자신은 무능하다는 느낌이 들었다. 왜냐하면 브룩은 사과를 묘사하는 글을 쓸 수 없으니까!

"그러니까 정말로 엄마, 아빠랑 함께 있는 여자에 관해 아무것도 들은 게 없단 말이야?"

에이미 언니가 말했다.

"응. 대체 누군데 그래?"

브룩은 자기 입에서 나오는 거들먹거리는 교장 선생님의 목소리를 들을 수 있었다. 이건 모두 그 망할 사건 때문이었다. 도대체 부모님 집에 온 손님이 어째서 그렇게 중요하다는 걸까? 부모님은 교류하는 사람이 많았다. 옛 제자가 왔는지도 몰랐다. 많은 제자가 지금도 부모님한테 연락하니까. 어린아이였을 때 델라니 남매들은 부모님의 제자들에게 복잡한 감정을 느꼈다. 그 사람들은 훨씬 예의 바르고, 훨씬 백핸드를 잘하고, 훨씬 태도가 좋은, 부모님의 또 다른 아이들이었으니까. 하지만 이제 그런 감정을 느끼기에는 네 명 모두 너무 컸다. 이제 남매들은 그 이야기를 하면서 크게 웃고, 부모님과 다른 형제들을 놀리는 어른이 됐다. 아무것도 아닌 일로 공연히 소란을 피우는 건 정말 에이미 언니다운 일이었다.

"이름이 사반나래."

에이미 언니가 목소리를 잔뜩 깔고 말했다.

"알았어. 같이 순회 시합을 다니던 사반나?"

브룩이 살짝 건성으로 대답했다.

"아니, 그런 사람이 아니라니까, 브룩! 그냥 엄마, 아빠 집 앞에 나타난 길 잃은 여자래."

브룩은 손가락을 활짝 펴 키보드 위에 올렸다.

"모르는 사람이라고?"

"전혀 모르는 사람이야."

브룩은 컴퓨터 앞에서 빙그르르 의자를 돌려 방향을 바꿨다. 지난주에 브룩을 괴롭혔던 편두통의 기억이 파르르르 피어올랐다.

"그게 무슨 소리야?"

"지난주 화요일 밤늦게 그 낯선 여자가 엄마, 아빠 집 현관문을 두드렸대."

"밤늦게? 얼마나 늦게? 엄마, 아빠가 자러 간 뒤에?"

브룩은 잠에서 깨어 협탁 위에 올려둔 안경을 찾아 끼는 부모님을 떠올렸다. 엄마는 소매가 손목을 덮는 아주 커다란 파자마를 입고 잤고, 아빠는 널찍한 가슴과 가죽 같은 다리를 모두 드러내는 사각 트렁크와 깨끗한 흰색 티셔츠를 입고 잤다. 아빠는 자기가 30대인 척 행동했지만, 관절염으로 수술한 무릎 상태는 최악이었다.

"아직은 시합에서 거뜬히 이기는 무릎인걸, 달링."

브룩이 걱정할 때마다 엄마는 브룩의 손을 토닥이며 말했다.

물론 맞는 말이었다. 부모님은 여전히 테니스 시합에서 이겼다. 아빠의 무릎을 수술한 의사가 아빠에게 "목숨을 걸 의향이 충분하시면 뛰세요"라고 말했지만 말이다.

"알겠어요. 절대로 뛰지 않겠습니다."

그때 아빠는 엄지를 들어 올려 보이면서 대답했다. 브룩도 옆에 있었다. 하지만 이 바보처럼 믿기 어려운 아빠는 3개월 만에 테니스 코트로 돌아갔다. 전사처럼 서브를 하고, 목숨을 걸고 달렸다.

"글쎄, 자고 있었을 것 같지는 않지만 모르지. 요즘에는 아주 늦게 주무시잖아. 내가 아는 건 그 여자가 현관문을 두드렸고, 부모님이 그 여자를 집에 들인 뒤에 집에서 자게 했다는 거야."

"도대체 왜? 어째서 그랬대?"

브룩이 책상 앞에서 일어섰다.

"그게, 아마 조금 다쳤다나 봐. 엄마가 붕대를 감아줬대. 남자 친구가 그랬다더라. 엄마는 계속 그 여자가 '가정 폭력 희생자'래. 그 말을 할 때는 완전히 흥분해서 숨도 못 쉰다니까."

에이미 언니는 잠시 입을 다물었다. 다시 말하기 시작했을 때는 음식을 한입 가득 물고 있는 것이 분명했다.

"아직 그 이야기를 듣지 못했다니, 믿을 수가 없다."

브룩도 믿을 수가 없었다. 엄마는 정말 아주 사소한 문제로도 전화를 자주 걸었다. 지난주 초에는 하루에 세 번이나 전화를 걸어오기도 했다. 첫 번째는 팟캐스트에서 들은 편두통 정보였고, 두 번째는 팟캐스트를 들으면서 정보를 적은 쪽지를 찾았는데 브룩에게 틀린 정보를 준 것 같다는 말을 하기 위해서였고, 세 번째는 어머니의 날에 브룩이 선물한 시클라멘에 꽃이 피었다는 걸 말해주기 위해서였다. (사실 그 시클라멘은 에이미 언니의 선물이었지만, 엄마가 브룩의 공으로 돌리는 걸 굳이 정정하지는 않았다.)

"지금 뭐, 먹어?"

브룩이 살짝 짜증을 내면서 물었다.

"아침 먹어. 오렌지랑 양귀비씨를 넣은 머핀. 감귤 향이 나는데, 양귀비씨가 충분히 들어가지 않았어."

브룩은 다시 의자에 앉아서 지금 상황을 이해해보려고 했다. 부모님은 영리한 분들이었다. 그러니 수상하거나 위험한 사람을 집에 들일 리가 없었다. 이제 막 노년에 접어들었을 뿐이고, 치매나 착란 증상도 없었다. 그저 무릎이 아프고 소화가 안 되고 불면증이 조금 있을 뿐이었다. 테니스 아카데미를 그만두고 나서 약간 당혹스러워 하고 갈피를 잡지 못하고 있을 뿐이다. 엄마는 한숨을 쉬면서 하루가 너무 길다고 했다. "본래는 아주 짧았거든. 어쨌든, 우리 만나서 커피 마시지 않을래? 내가 살게." 하지만 브룩의 하루는 여전히 짧았기 때문에 엄마를 만나 커피를 마실 시간을 낼 수 없었다.

"근데 엄마랑 아빠가 사람은 정말 잘 보잖아."

브룩이 말하기 시작했다.

"농담해? 사람을 잘 본다고? 엄마, 아빠가 지금까지 당한 사기를 생각해봐. 엄마랑 아빠를 속였던 그 나쁜 녀석들 기억 안 나? 그 정점에 그 망할 해리 하다드가 있잖아. 연약한 우리 아빠 심장을 산산이 부순 녀석 말이야."

"알았어, 알았어. 그래서 엄마, 아빠는 그 여자를 데리고 경찰서에 간 거야?"

브룩이 급히 자기 말을 정정했다.

"그 여자가 신고하지 말라고 했대."

에이미 언니가 또다시 입 안 가득 음식을 물고서 말했다.

"지금은 갈 데가 없어서 '적당한 거주지'를 찾을 때까지 엄마, 아빠랑 지낼 거래."

"하지만 왜…… 여성의 집 같은 보호소에 가지 않는 거야?"

브룩은 펜을 하나 집어 들어 잘근잘근 씹었다.

"상황은 딱해 보이지만, 엄마, 아빠가 책임질 일은 아니잖아. 그 사람을 도와줄 곳이 있을 텐데."

"내 생각에는 엄마, 아빠가 그저 그 여자를 돕고 싶은 것 같아."

에이미 언니의 목소리가 조금은 공허한 박애주의자처럼 바뀌었다. 재빨리 입장을 바꾼 것이 분명했다. 언니는 가족 가운데 가장 빠르게 빈자리를 꿰차는 사람이었다. 부모님을 걱정할 책임은 브룩에게 넘겨주었으니, 초조하게 걱정을 해야 하는 사람은 이제 브룩이 되었고, 에이미 언니는 자신에게 훨씬 적합한 집이 없는 여인에게 동정을 표하는 가족의 위치로 옮겨 간 것이다.

"지난주 화요일에 나타났다고? 그럼 거의 일주일 동안 엄마, 아빠랑 함께 있었단 소리야?"

"맞아."

"지금 엄마한테 전화해봐야겠어."

에이미 언니가 완전히 잘못 알고 있는지도 몰랐다.

"엄마, 전화 안 받아. 사반나를 데리고 나렐에게 갔어."

"나렐?"

"30년 동안 엄마 머리를 한 사람 말이야. 브룩, 엄마 일 좀 잘 알고 있어. 나렐은 일란성 쌍둥이잖아. 알레르기가 있는 줄 알았는데, 사실은 암이었다나? 아니면 암인 줄 알았는데, 알레르기였다나? 그랬잖아. 아무튼 지금은 괜찮아졌대. 맨날 우리 형제들에 관해 이러쿵저러쿵 의견을 내잖아. 로건과 인디라는 아기를 가져야 한다고 했고, 너는 지역신문에 광고를 내야 한다고 했고, 트로이는 이혼한 자기 쌍둥이랑 데이트를 해야 한다고 했어. 나는 뭐라더라? 아, 양극성 장애가 있는 거라고 했지. 그때부터 엄마가 〈양극성 장애인과 함께 살기〉라는 팟캐스트를 듣잖아."

에이미 언니는 엄청나게 빠른 속도로 말했다. 기이할 정도로 광적인 목소리를 듣고 있으면 브룩도 가끔은 에이미 언니가 정말로 양극성 장애가 아닌가 하는 생각이 들었다. 하지만 언니는 일부러 그러는 거였다. 언니는 사람들이 자신을 미쳤다고 여기는 걸 즐겼다. 그래야 사람들이 불안해하니까. 일종의 협박 전술을 쓰는 거다.

"나렐은 당연히 알지. 아무튼 그럼 아빠한테 전화해볼게."

"아빠도 집에 없어. 차를 구하러 갔어. 사반나가 쓸 거."

"아빠가 그 여자한테 차를 사준다고?"

"100퍼센트 확신할 수는 없어. 하지만 너도 알다시피, 아빠는 새 차가 필요한 사람이 생기면 정말 좋아하잖아."

"우웩."

펜 끝이 브룩의 입 안으로 미끄러져 들어왔다. 브룩은 손바닥을 펴 펜을 뱉었다.

"오빠들도 알아?"

"아니, 모를걸."

"트로이 오빠한테 전화 안 했어?"

남매 중에는 에이미 언니와 트로이 오빠가 가장 친했다. 이런 일이 생기면 에이미 언니는 트로이 오빠에게 맨 먼저 전화를 했다.

"문자 보냈어. 근데 답이 없네. 오늘 뉴욕에서 돌아온다고 했으니까, 비행기 안이겠지."

브룩은 트로이 오빠의 화려한 국제적인 삶은 도저히 쫓아갈 수가 없었다.

"그렇겠지."

"그리고 로건은 절대로 전화 안 받잖아. 어쩌면 전화 공포증이 있을지도 몰라. 뭐, 우리 전화만 안 받는지도 모르지. 친구들하고는 통화하니까."

브룩은 입에서 다시 펜을 뺐다. 자신도 모르게 또 펜을 빨아서 입 안 가득 씁쓸한 잉크 맛이 났다.

에이미 언니는 브룩에게는 늘 마지막에 전화했다.

"아무튼, 가야겠다."

에이미 언니는 브룩이 자신의 바쁜 일정에 끼어든 것처럼, 자신은 대기업을 운영하는 사람이지, 해변에 앉아 머핀을 먹고 있는 사람이 아니라는 듯이 갑자기 말했다.

"나중에 전화해."

에이미 언니의 마지막 지시에는 '내가 말한 대로 해'라는 큰 언니의 권위가 담겨 있었다. '이 일을 제대로 해결했는지 확인할 테니까, 전화해'라는 뜻이었다.

브룩은 벽에 건 거울을 쳐다보았다. 평소보다 주름이 깊게 파여 있었고, 입술은 탁하고 짙은 오션블루색으로 물들어 있었다.

9

현재

"그러니까, 긁힌 자국을 봤다고요?"

전자공학과 학생이기도 한 우버 기사는 백미러로 쳐다보면서 말했다. 승객이(이 승객의 이름은 에이미라고 했다. 사실 우버 기사는 에이미라는 이름을 별로 좋아하지 않았다. 에이미라는 나쁜 여자와 잠시 데이트를 한 적이 있었기 때문이다) 자기에게 말했다고 생각하고 대답했다. 뒷좌석에 긁힌 곳이 있었기 때문이다(그 에이미도 그걸 지적했었다). 하지만 승객은 다른 사람과 통화를 하고 있었지, 그에게 말한 게 아니었다. 그러니까 '여보세요'라는 말도 없이 대화를 시작한 것이다.

"아빠 얼굴에 난 상처 자국 말이야. 아빠는 테니스공을 꺼내려고 릴리 필리의 생울타리를 넘다가 긁힌 거라고 했어."

에이미는 잠시 입을 다물었다.

우버 기사는 에이미의 말을 건성으로 들으면서 내일 봐야 하는 시험과 오늘 만날 틴더 앱 소개팅 상대를 생각했다.

"그냥 트로이는 경찰이 그 상처를 아빠가 방어하다가 생긴 상처라고 생각할 거라고 말한 것뿐이야."

그러니까 승객의 사연은 흥미로울 수도 있었다. 더구나 승객의 목적지는 경찰서였다.

"그런데 브룩이 갑자기 실종 신고를 하는 건 일단 보류해야 한다고 강하게 주장하고 있어. ……그 이유가 뭔지 알아? 아빠가 실종 신고를 할 필요가 없다고 했기 때문이야. 너도 알지, 브룩이 어떤지? 걘 대디걸이잖아."

우버 기사는 승객이 살짝 웃는 모습을 보았다. 지저분하게 염색한 머리카락과 여러 개 뚫은 피어싱, 짧은 반바지에 드러난 슈퍼모델 같은 다리의 소유자인 에이미는 해변의 분위기와 도시의 분위기를 동시에 풍기는 묘한 느낌의 여자였다. 젊지는 않았다. 30대 후반쯤 되어 보였다. 그런데도 계속 감정이 생기고 시선이 가는 여자였다.

"알아. 난 아빠 말은 무시하고, 만약을 위해 실종 신고를 해야 한다고 생각해. 벌써 일주일이 넘었잖아. 그러니까…… 시간이 된 것 같아. 엄마 사진을 출력해놨어. 기억나지? 해변에서 찍은 사진 말이야. 엄마랑 아빠랑 행복한 은퇴자가 되어 태양 아래서 뛰어놀았던 날. 아무튼, 우리가, 분명히 사반나에 관해 말한 거지? 그렇지? 내 말은, 세부적인 건 다 말하지 않았다고 해도 말이야."

또다시 승객은 잠시 말을 하지 않았다.

"아, 그래. 물론 정상이 될 거야. 왜냐하면 지금 난 정상이니까."

또다시 잠시 침묵.

"아니. 화나지 않았어, 로건. 절대로 화난 거 아니라니까. 응, 거기서 봐."

승객은 전화를 끊었다. 정지신호를 받고 차가 섰고, 백미러에 비친 승객의 눈이 우버 기사의 눈과 마주쳤다.

"엄마가 실종됐어요."

승객이 웃으면서 말했다.

"걱정되시겠어요."

우버 기사가 대답했다.

"아, 괜찮을 거라고 확신해요."

승객은 고개를 창문으로 돌리면서, 아주 조용히, 거의 혼잣말을 하듯이 말했다.

"완벽하게 괜찮을 거예요."

10

"조이 델라니. 69세. 9일 전에 마지막으로 자녀들에게 '잠적'할 거라는 문자메시지를 보낸 뒤부터 연락이 되지 않았대. 전화기는 가져가지 않았고."

선임 경사 크리스티나 쿠리는 후임 경사 이든이 운전하는 차를 타고 실종자의 남편에게 가는 길에 자신이 적어 온 쪽지를 읽었다. 이든 림의 직책은 평범한 옷을 입는 경사였지만, 그가 입는 옷은 전혀 평범하지 않았다(사실은 사복 경찰이라고 불러야 하지만 Plain Clothes에는 평범한 옷이라는 뜻도 있으니까 그렇게 불러도 된다). 이든은 오늘 멀버리 실크 셔츠를 입고 있었고(정말로 실크일까?) 그랜드피아노처럼 번쩍이는 신발을 신었다. 크리스티나는 자신이 신고 있는 신발이 보이지 않게 발을 숨겼다. 크리스티나의 신발은 닦을 필요가 있었다.

"전화기는 청소 도우미가 침대 밑에서 발견했어."

"잠적할 사람이 전화기를 놔두고 갔단 말이지요?"

크리스티나는 이든이 자기가 한 말이 의문문처럼 들리지 않도록 노력하고 있음을 알았다.

이든이 크리스티나를 사수로 지정한 지 몇 주밖에 지나지 않았고, 크리스티나는 지금도 두 사람이 어떤 식으로 동료 관계를 맺고 어떤 원칙을 세우고 일을 해나갈지를 정하지 못하고 있었다. 이든은 크리스티나 옆에 있으면 긴장하는 것 같았는데, 크리스티나는 그런 이든을 그대로 내버려둬야 하는지(아이들은 자기 힘으로 커나가야 하는 법이니까!) 조금은 편안하게 느낄 수 있도록 도와주어야 하는지 결정을 내릴 수가 없었다.

크리스티나는 사람들을 편안하게 해주는 데는 그다지 소질이 없었다. 평생 너무 웃지 않는다는 말을 들었고, 사담을 싫어했다. 약혼자인 니코가 두 사람이 해야 할 모든 사담을 책임지고 있었다. 말 많은 택시 기사와 대화하는 것도, 수다쟁이 친척 아주머니들과 이야기를 하는 것도 모두 니코였다. 그 때문에 크리스티나는 자신이 니코와의 관계에서 충분히 기여하지 못하고 있다는 생각에 초조해질 때가 있었다. 니코는 늘 "관계는 정확히 절반으로 나누어야 하는 청구서가 아니야"라고 말했다. 하지만 틀렸다. 관계는 정확히 반으로 나누어야 하는 청구서다. 그러니까 계속 잘 지켜봐야 한다.

크리스티나가 이든의 위치였을 때 지정한 사수는 두 사람이 자신들의 위치를 조금도 의심하지 못하게 했고, 언제나 권위 있는 삼촌 같은 태도를 고수했다. 크리스티나의 사수는 "기본은 기억하지?"라는 말을 자주 했는데, 그래서 짜증이 날 때가 많았다.

"아무것도 받아들이지 마라. 아무것도 믿지 마라. 모든 것을 점검하라."

크리스티나는 그렇게 대답했었다. 하지만 크리스티나는 자기 안의 삼촌을 끄집어낼 수가 없었다. (애초에 이 세상에 권위 있는 삼촌의 여자 버전이 있기는 한 걸까?)

"그냥 자기처럼 하면 돼. 자기 부사수는 자기한테 배우고 싶은 거야." 니코는 그렇게 말했다. 니코는 니코가 아닌 다른 사람이 되어야 한다는 어려움을 겪어본 적이 단 한 번도 없었다.

"실종자의 두 성인 자녀가 어제 실종 신고를 했어. 순경이 가서 실종자의 남편을 만났는데, 얼굴에 긁힌 상처가 있었다네."

이든이 움찔했다.

"남편은 협조적이었지만, 말을 많이 하지는 않았대. 순경한테 아내와 마지막으로 대화를 했을 때는 다퉜다는 걸 확인해줬고."

크리스티나는 한숨을 쉬었다. 목구멍이 따끔했다.

"확실히 위험신호가 너무 많아."

지금은 아플 수 없었다. 실종됐을지도 모르는 사람을 찾아야 할 뿐 아니라 노상 폭력 사건 한 건, 가정 폭력 사건 두 건, 휴게소 무장 강도 사건 한 건, 유명인을 동경하는 학생의 방화 사건, 무단 침입 사건, 신부 들러리 드레스 선택까지, 할 일이 너무 많았다.

신부 들러리 드레스 선택은 오늘 퇴근한 뒤에 할 일인데, 들러리를 서줄 사촌 넷이 목선과 허리선 때문에 싸우는 모습을 보면 세 번째 가정 폭력 사건이 일어날 것만 같았다. 크리스티나의 결혼식은 아직 6개월이나 남았지만, 결혼식 전문가들인 사촌들은 지금도 너무 늦었다고 성화였다. 결혼식 준비를 하기 전까지 크리스티나는 자신이 스트레스를 잘 다루는 사람이라고 믿었었다. 레바논계 오스트레일리아 대가족의 일원이 아니기 때문에 결혼식에 야단법석을 떠는 이유를 이해하지 못하는 그냥 오스트레일리아인 친구들은 "그냥 소박하고 평범하게 해"라고만 말했다.

"목캔디 드릴까요?"

이든이 물었다.

"아니, 괜찮아. 고마워."

크리스티나는 헛기침을 하면서 대답했다.

크리스티나는 정장 상의에서 아주 작은 보푸라기 실을 잡아떼고 셔츠의 옷깃이 벌어져 있지는 않은지 세심하게 점검했다. 그녀의 가슴 크기는 성격이나 직업 모두와 어울리지 않았지만, 어쩔 수 없이 작고, 거칠고, 가슴 큰 여인들의 유전자를 물려받았으니, 받아들여야 하는 운명이었다. 1990년대 말에 경찰이 키에 관한 규정을 폐지하지 않았다면, 학창 시절 내내 언제나 가장 작은 꼬마로 학급 앨범에 실렸던 크리스티나 쿠리는 경찰이 될 수 없었을 것이다.

이든의 양복에는 당연히 보푸라기 실이 하나도 없었다. 맞춤 양복인 것 같았다. 조상부터 부자인 부유한 집안의 아들임이 분명했다. 사립 고등학교를 나왔을 테지. 그런 이유로 이든을 싫어하지 않으려고 크리스티나는 애썼다. 크리스티나는 조상의 돈도, 현세대의 돈도 없는, 언제나 돈이 충분하지 않았던 집안의 아이였다.

정지신호를 보고 이든은 아동용 자전거 세 대를 뒤에 묶은 SUV 뒤에 차를 세웠다. SUV 운전자는 책임감 있는 시민답게 번호판이 보이도록 자전거를 배치해 달았다. 깔끔하게 손질한 잔디밭이 쭉

이어져 있고, 무성한 나뭇잎이 그늘을 만들고 있는 거리는 전선에 매달린 죽은 박쥐를 빼면 크리스티나가 나고 자란 서쪽 지역과는 거의 비슷한 곳이 없었다.

하지만 이제 크리스티나는 처음 경찰이 됐을 때와 달리 자신이 익숙한 곳에서 아는 사람들을 만나지 않아도 된다는 사실이 기뻤다. 크리스티나가 가장 처음 체포한 사람은 고등학교 생물 시간에 바로 옆자리에 앉았던 동창이었다. 술에 취한 그 동창은 크리스티나가 수갑을 채우는 동안 신이 나서 소리를 질렀다. "우아, 쪼끄만 크리시 쿠리한테 잡혔어!"

"그럼 뭘 들고 갔답니까?"

이든이 물었다.

"지갑이랑 집 열쇠들만. 그것 말고는 아무것도 가져가지 않았어. 짐도, 옷도 두고 갔어. 은행에서 돈을 인출하지도 않았고 SNS에 글을 남기지도 않았어."

크리스티나는 조이 델라니의 가족이 준 컬러사진을 꺼냈다. 해변에서 바람에 날려가지 않도록 밀짚모자를 꼭 잡고서 웃고 있는 조이는 69세보다는 더 젊어 보이는 자그맣고 귀여운 여자였다. 신원을 확인할 때 모자를 쓴 사진은 크게 도움이 되지 않는다. 크리스티나는 조이의 가족에게 다른 사진을 달라고 부탁해야 할 것 같았다. 적어도 두세 장은 받아야 할 것이다. 해변 사진에서 조이는 수영복 위에 티셔츠를 입고 있었다. 가슴에 꽃이 일렬로 세 개 새겨져 있는 티셔츠였다. 빨간색, 노란색, 주황색. 모두 거베라였다. 크리스티나는 최근에야 꽃 이름들을 알아가고 있었다. 다음에 해야 할 일이 부케 고르기였으니까. 정말 부케 고르기와 살인 사건 해결하기 가운데 하나를 택하라면, 크리스티나는 당연히 살인 사건 해결하기를 택할 것이다.

"좋은 사람 같아."

크리스티나는 사진을 무릎에 툭, 떨어뜨리고 이든에게 말했다.

"가정 폭력 전과가 있는 집입니까?"

이든이 물었다.

"전혀 없어."

크리스티나가 대답했다.

이든이 모는 차가 관리를 잘한 커다란 주택 앞 진입로로 들어갔다. 진입로에는 은색 볼보가 서 있었다. 정원 가득 분홍색, 자주색, 흰색 수국이 피어 있었다. 작은 회색 고양이가 잔디밭을 가로질러 뛰어가더니 담장을 넘어갔다. 입을 맞추는 것처럼 부리를 맞대고 있는 두 마리 새가 새겨져 있고, 번지수와 '우체통'이라는 글자가 적혀 있는 연철 통 밖으로 흰색 편지 봉투가 삐죽 나와 있었다. 그러니까 이곳은 애완동물을 기르고, 정원에서는 스프링클러가 돌아가고, 비싼 주택 담보 대출을 갚아야 하고, 우아하고 교양 있는 목소리로 이야기를 나누어야 하는 동네인 것이다.

"하지만 기록이 없다고 해서……."

"그런 일이 없었다고 단정해서는 안 된다."

크리스티나가 시작한 문장을 이든이 마무리했다. 이든은 사수의 말을 경청하는 부사수였다. 사립학교 출신치고는 드문 특성이었다.

"기본은 기억하지?"

이든이 시동을 끄는 동안 크리스티나는 갑자기 충동적으로 말했다. 이든은 즉시 대답했다.

"아무것도 받아들이지 마라. 아무것도 믿지 마라. 모든 것을 점검하라."

크리스티나는 기분이 좋아졌다. 두 사람의 동료 관계는 이미 안정기에 접어들었는지도 모른다는 생각이 들었다. 크리스티나는 이든에게 권위적인 삼촌처럼 엄지손가락을 들어 보이고, 자동차 문을 열고 밖으로 나가 재킷을 똑바로 잡아당기고 셔츠를 여몄다.

저 멀리 어딘가에서 아이스크림 트럭에서 흘러나오는 친숙한 음악 소리가 들려왔다.

그로부터 두 시간이 지났고, 그 집은 더는 평온한 교외 주택처럼 보이지 않았다. 파란색과 흰색 체크무늬 폴리스 라인이 우체통부터 옆쪽 담장 끝까지 쳐졌다.

크리스티나는 스탠 델라니 씨를 만난 직후에 범죄 현장 보존을 위한 영장을 신청했고, 곧 집은 봉쇄됐다. 델라니 씨와의 대화에서 새로운 사실을 알아낸 것은 없었지만, 크리스티나가 알아야 할 모든 것을 알아냈다. 그날 밤 일정으로 예정되어 있던 신부 들러리 드레스 선택은 예비 신부 없이 진행해야 할 것이다. 크리스티나의 전화기는 화가 난 사촌들이 미친 듯이 보내오는 문자 때문에 계속해서 정신없이 떨어댔다.

하지만 크리스티나는 신경 쓰지 않았다. 크리스티나는 델라니 부인을 위해 터뜨릴 수 있도록 자신의 분노를 보류하고 있었다. 델라니 부인의 남편은 거짓말을 하고 있었다!

11

과거, 9월

오전이 중반쯤 지나갔을 때, 로건 델라니는 제한속도를 조금 초과하는 속도로 머리를 낮게 숙인 채 부모님의 집이 있는 거리를 차를 몰고 달려가고 있었다. 고개를 숙인 이유는 세차를 하고 있거나 개와 함께 산책하는 지인과 눈이 마주치고 싶지 않았기 때문이다.

볼보가 진입로에 있다면 로건은 막다른 길을 돌아 그냥 계속 갈 수도 있었다. 혼자서 부모님과 대화하는 상황은 피하고 싶었기 때문이다. 로건은 형제들이 함께 있으면서 대화의 열기를 분산해주는 쪽을 선호했다. 외동으로 살아야 한다면 정말로 끔찍할 것이다. 다행히 진입로에는 볼보가 없었다.

로건은 진입로에 차를 세웠다. 차 밖으로 나와 손으로 햇빛을 가리며 풍나무 잎으로 막힌 홈통을 올려다보았다. 로건은 가지고 들어갈 우편물이 있는지 보려고 (당연히 트로이가 선물한) 빈티지 스타일의 우체통 안을 들여다보았다.

로건은 페인트가 묻은 트랙 팬츠에 낡은 티셔츠를 입고, 운동화를 신고 있었다. 면도는 하지 않았는데, 면도를 하지 않은 로건은 꼭 범죄자처럼 보였다. 여기저기 뭉친 머리카락은 아무렇게나 삐져나와 있었다. 엄마는 로건이 떠돌이 일꾼처럼 보인다고 했다. 로건은 크고 건장한 남자였다. 자신도 옷을 좀 더 품위 있게 입을 필요가 있음은 알았다. 왜냐하면 저녁에 길을 걸을 때면 앞에 가던 여자들이 반대편 길로 황급히 건너갈 때가 있었으니까. 그럴 때면 로건은 크게 소리쳐서 사과하고 싶었다.

"맞아. 그게 바로 네가 해야 할 일이야, 로건. 그 사람들 뒤를 쫓아 달려가면서 '아름다운 아가씨! 전 당신을 해치지 않아요!'라고 소리치는 거 말이야." 언젠가 에이미 누나는 그렇게 말하고는 자신이 너무나도 멋진 농담을 했다는 듯이 깔깔대며 웃어댔다. 그때 로건은 마음속으로 에이미 누나를 수영장으로 밀어 넣었다. 트로이 집 옥상에 있는, 가장자리가 없는 것처럼 보이는 대형 수영장으로 말이다.

엄마는 언제나 그렇듯이 직접 부탁은 하지 않았지만, 당연히 무언가를 하게 하는 방식으로 로건에게 홈통을 치워달라고 부탁했다.

"오, 정말, 로건, 네가 바람에 날려 오는 나뭇잎들을 봐야 해. 도대체 어째서 나뭇잎이 그렇게 많이 쌓이는 걸까? 기후 변화 때문일 것 같니? 정말 어마어마하게 떨어진다니까."

지난주에 전화 통화를 할 때 엄마는 그렇게 말했다.

"내가 가서 홈통을 치울까?"

로건이 물었다. 기후 변화라니. 엄마는 자신이 팟캐스트를 듣고 있고 최신 시사 문제들을 알고 있다는 사실을 분명히 보여주려는 듯이 뜬금없이 전문용어를 말하고는 했다.

"너희 아빠가 해결할 수 있다고 했어."

"다음 주에 들를게."

로건의 아빠가 70세 생일을 인대 파열과 인공관절 수술과 함께 맞이한 뒤로 가족들은 아빠가 '노인'이라는 사실을 받아들이기 시작했다. '노인'이라는 말은 간호사가 맨 먼저 썼다. "노인들은 마취를 하시면 착란이나 단기 기억상실로 고생하실 수도 있어요." 그 간호사는 잠들어 있는 아빠의 혈압을 재면서 그렇게 말했고, 로건은 그 말을 들은 형제들이 모두 각자의 머리에서 급격하게 일어나고 있는 인지 변화로 충격을 받아 거칠게 고개를 젓히는 모습을 똑똑히 보았다.

에이미 누나는 아빠를 보면서 "꼭 환자복을 입은 토르 같아"라고 속삭였다. 그 전까지, 무릎이 좋지 않은 것 말고 아빠가 아픈 적은 없었다. 간호사의 말을 듣자마자 아빠는 눈을 번쩍 뜨고서 그 불쌍한 간호사에게 놀랍도록 깊은 저음으로 "내 기억력에는 아무 문제 없어요, 귀여운 아가씨"라고 말했지만, 무기력하고 얌전하게 침대에 누워 있는 아빠의 모습은 정말로 보기가 힘들었다.

병원에서 나온 아빠는 완벽하게 회복했고, 다시 엄마와 함께 테니스 시합에 참가해 승리를 거머쥐었다. 하지만, 델라니 가족에게서는 아빠가 '노인'이라는 생각이 떠나지 않았다. 아빠는 사다리에 오르면 안 돼. 아빠도 자기 한계를 알아야 해. 아빠는 먹는 걸 조심해야 한다니까. 로건은 네 남매가 호들갑을 떨고 있는지도 모른다고 생각했다. 어쩌면 이 상황을 즐기는지도 몰랐다. 아빠가 노인이라는 생각을 하면, 자신들이 마침내 다 자란 성인이 됐다는 느낌이 들기 때문에 아직은 그렇게까지 걱정하지 않아도 되는 부모님을 걱정하고 있는 건지도 몰랐다. 아니, 어쩌면 그보다 더 큰 만족을 느끼고 있는지도 몰랐다. 마침내 토르가 쓰러졌다는 만족감 말이다.

비록 팔씨름에서 아빠가 로건을 이긴다고 해도 놀랄 것 같지는 않았지만, 테니스 시합을 한다면 아빠가 이긴다는 데 전혀 의문을 품을 수 없었다. 아빠는 자신의 강점과 약점을 잘 알았고, 전략이 있었다. 로건은 세 가지 가운데 그 어느 것도 알지 못했다. 아빠와 코트에 서면 다시 열 살로 돌아갔다. 손에 땀이 나고 심장이 두방망이질 쳤다. 젠장, 정말로 로건은 아빠를 이기고 싶었다.

마지막으로 아빠와 대결한 건 2년 전이었다. 로건이 집에 올 때면 엄마는 늘 "아빠랑 한 게임해"라고 말했고, 로건은 늘 피할 구실을 찾았다. 다시는 테니스를 하지 않겠다는 체제 전복적인 생각이 스멀스멀 올라온 것이다. 로건으로서는 반역죄를 저지른 것과 다름없는 결심을 한 것이었지만, 그 누구도 신경 쓰지 않았다. 사실 눈치조차 채지 못했다. 하지만 엄마는 눈치챘을지도 몰랐다.

아빠가 수술한 뒤로 로건은 아빠가 화를 내지 않고 무사히 지나갈 수 있다는 생각이 들 때마다 부모님의 집에 와서 이상한 일들을 하기 시작했다. 닌자처럼 조용히 집 안으로 들어왔다가 빠져나가면서 이곳저곳에서 작동하지 않는 전구를 갈아 끼우고, 전기톱을 가지고 와서 테니스 코트 주변에 웃자란 나뭇가지들을 잘라내는 등의 일을 하는 것이다.

아빠가 로건이 하는 일을 어떻게 생각하는지는 알 수 없었다. 로건이 테니스 코트의 전등을 갈아 끼우다가 아빠에게 들켰을 때 아빠는 로건의 어깨를 세게 치며 "이런 일은 할 필요 없다, 아들. 나 아직 안 죽었어"라고 했다. 그날 로건은 아직 숙취가 깨지 않아 힘들어하고 있었고, 아빠는 발그레한 뺨과 선명한 눈, 선반 위에 새로 장식한 복식 우승 트로피까지 거머쥔 것이 확실히 로건보다는 훨씬 건강해 보였다.

그날 늦게 아빠는 로건에게 "앞으로 어떤 일을 하면서 살 계획이냐?"라고 물었고, 직장에 나간다는 것 말고는 특별히 계획이 없었던 로건은 어린아이처럼 당황하고 말았다. 아빠는 로건이 테니스를 할 때 그랬던 것처럼 로건의 삶도 늘 면밀하게 주시하고 있는 것 같았다. 로건은 네트 앞으로 자신을 불러서 약점을 지적하고, 무엇을 잘못했으며, 어떤 식으로 해야 향상될 수 있는지를 설명하고 싶어 하는 아빠의 열망을 느낄 수 있었다. 하지만 아빠는 절대로 로건이

택한 삶을 비난하지 않았다. 그저 질문을 할 뿐이고, 로건의 대답에 실망한 것처럼 보일 뿐이었다.

로건이 세게 자동차 문을 닫자, 그 소리가 조용한 거리에 울려 퍼졌다. 로건은 집 안으로는 들어가지 않았다. 그저 집 옆에 있는 창고에서 사다리를 꺼내기 위해 형제들이 토스하려고 서 있어야 했던 배수관을 곧바로 지나갔다. 그곳에서 델라니 남매들은 언제나 공을 자의 가장자리처럼 곧게 토스할 수 있을 때까지 공을 던지고 또 던졌다. 로건은 부모님이 어디에 갔는지, 언제 돌아오는지, 이 일을 해놓으면 아빠가 화를 낼지, 안도할지 궁금했다.

트로이는 정원사, 청소부, 가사 도우미 같은 사람들을 불러서 부모님을 돕자고 했다. 트로이의 말을 들은 에이미 누나는 "뭐야, 하인들을 집에 들이자는 거야? 엄마, 아빠가 장원의 영주와 영주 부인처럼 벨을 누르면, 막 하인들이 달려오는 거야?"라고 했다.

"돈은 내가 낼게."

트로이는 돈에 관해 말할 때면 늘 짓는, 비밀스러우면서도 왠지 부끄러움과 자부심을 동시에 느끼는 것 같은 특유의 표정을 지으면서 대답했다. 형제들 가운데 트로이가 하는 일을 정확하게 알고 있는 사람은 없었지만, 테니스를 아무리 열심히 해도 결코 얻을 수 없는 수준의 부에 도달했음은 분명히 알고 있었다. 어쨌거나 형제들을 앞서 나간 트로이는 멋진 차를 타고, 멋진 삶을 영위할 수 있는 다른 방법을 찾았고, 이제는 어떠한 심적인 부담감도 없이 자신이 테니스에 재능이 있거나 테니스를 사랑해서가 아니라, 인생을 살아가는 데 필요한 '기술'이기 때문에 델라니 테니스 아카데미에서 개인 수업을 받는 사립학교 아이들처럼 친목을 목적으로 은행가들이나 법조인들과 함께 테니스를 쳤다.

아빠는 단 한 번도 트로이에게 어떤 일을 하면서 살 계획인지를 묻지 않았다.

로건은 창고 문을 열고 양동이와 장갑, 갈퀴, 사다리를 찾았다. 모든 것이 있어야 할 장소에 있었다. 로건의 친구 히엔은 자신의 아버지가 늘 쓰던 도구를 늘 보관하는 장소에 두지 않은 것이 알츠하이머병이 시작됐다는 신호였다며 슬퍼했지만, 아빠의 창고는 태초의 모습에서 전혀 변하지 않은, 오페라극장처럼 정갈한 모습을 유지하고 있었다. 심지어 창고의 작은 유리창마저도 반짝반짝 빛나서 테니스 코트 한쪽에서 이제 막 봄맞이 잎을 틔우기 시작한 단풍나무가 보일 정도였다. 가을이 되면 단풍나무 잎은 황금색을 머금은 붉은색으로 변했다.

로건은 사각거리는 낙엽을 밟으며 숲에 떨어진 테니스공을 찾아다니던 어린 로건이 보이는 것 같았다. 테니스공을 새로 사려면 돈이 드니 숲에 떨어진 공을 수거해 와야 했다. 로건의 눈에는 처음으로 트로이에게 졌던 날, 저 나무 곁을 지나 달려가는 어린 로건도 보였다. 그날, 아빠는 로건에게 아직 로건이 익히지 못했던 킥 서브(스핀을 많이 준 서브-옮긴이)를 하는 해리 하다드의 모습을 지켜보라고 했지만, 로건의 마음속 한구석에서는 자신은 킥 서브를 결코 제대로 익히지 못하리라는 사실을 알았다. 공이 있어야 할 위치를 본능적으로 파악하는 능력이 그에게는 없었다. 그날, 열이 잔뜩 받은 로건은 라켓을 내동댕이치고 집으로 걸어갔고, 자기 수업을 기다리며 뒷문에 서 있던 여자아이가 깜짝 놀라 새된 비명을 지를 정도로 아슬아슬하면서도 빠르게 그 아이 옆을 스쳐 지나갔다. 그날 로건은 동생이 자신보다 더 잘한다는 사실을 깨달았고, 그보다 더 중요한 일도 깨달았다. 해리 하다드는 신동이며, 델라니 형제들에게는 없는 본질적이고도 근사한 재능을 지니고 있음을 깨달았던 것이다.

로건은 자신에게 달라붙으려는 기억을 결연하게 떨쳐버리고 티끌 하나 없는 아빠의 작업대로 돌아갔다. 언제나 아빠가 해왔던 집 돌보기를 다른 사람에게 돈을 주고 대신하게 할 수 있으리라고 생각하다니, 트로이는 바보다. 그런 일을 돈을 주고 맡긴다는 것을 아빠는 모욕이자, 낭비이자, 남자답지 못한 일이라고 생각할 것이 뻔했다.

언젠가 아빠와 함께 차를 타고 집에 올 때의 일이었다. 길가에서 스마트폰을 들여다보고 있는 양복 입은 남자와 그 앞에서 무릎을 꿇고서 남자의 메르세데스 타이어를 교환하고 있는 긴급 출동 서비스 직원이 보였다. 그 모습을 본 아빠는 갑자기 창문을 내리더니 양복 입은 남자에게 "네 차 타이어는 네가 직접 갈아, 이 사내 구실 못하는 녀석아!"라고 소리쳤다. 그러더니 창문을 올리고는 소심한 얼굴로 씩 웃으며 "엄마한테는 말하지 마라"라고 했다.

로건은 자기 차 타이어 가는 일을 다른 남자에게 맡길 사람이 아니지만, 트로이는 달랐다. 트로이는 오히려 다른 사람에게 맡긴다는 사실에 즐거워할 녀석이었다. 다른 사람이 자기 차 타이어를 갈아줄 동안 즐겁게 담소를 나눌 녀석이었다. 형제들이 마지막으로 모인 것은 에이미 누나의 생일이었다. 그때 누군가 트로이에게 오늘 뭘 하고 왔느냐고 묻자, 트로이는 부끄럽거나 당황하는 기색이 전혀 없이 "페티큐어를 받고 왔어"라고 했다. 그곳에 있는 모든 사람이 놀랍게도, 트로이는 정기적으로 페티큐어를 받는다고 했다. "세상에나, 달링. 내가 공짜로 발톱 손질 해 줄게. 돈을 아껴!" 엄마는 트로이가 정말로 돈을 아껴야 할 필요가 있는 것처럼 그렇게 말했고, 다른 사람들은 모두 트로이가 정말로 엄마에게 발톱 손질을 부탁한 것처럼 아주 잠깐이지만 부당하게도 엄마가 무릎을 꿇고 앉아서 트로이의 발톱을 다듬는 상상에 빠지고 말았다.

트로이는 델라니 가족 가운데 유일하게 페티큐어를 받아본 사람이었다. 아빠는 페티큐어를 받느니 눈에 침을 찔러 넣을 사람이었고, 엄마는 간지럼을 많이 타 다른 사람에게 발을 맡길 수가 없었고, 에이미는 페티큐어는 엘리트들이나 하는 호사라고 생각했고, 브룩은 페티큐어를 받다가 세균에 감염될 수 있다고 믿었다.

트로이는 가족들의 의견은 신경 쓰지 않았다. 트로이는 자신이 원하는 대로 살아가는 녀석이었다. 망할 황제처럼 수동적으로 발톱 손질을 맡기는 녀석이기는 했지만, 그 누구도 트로이에게 '수동적'이라는 말은 하지 않았다.

"당신은 나를 붙잡을 생각조차 하지 않았어."

공항에서 전화를 하더니 인디라는 그렇게 말했다.

"그게 당신이 원하는 일인 줄 알았어"라고 로건은 대답했다. 인디라는 "더는 이런 식으로 살 수 없어"라고 했었다. 그게 무슨 말이지? 인디라가 하는 말을 로건은 결코 이해할 수 없었다.

"그러는 당신은 뭘 원하는데, 로건? 당신은 정말 수동적이야!"

인디라는 그렇게 말하면서 울었다. 정말로 심하게 울어서 로건은 너무나도 당혹스러웠다. 도대체 무슨 상황인지 알 수가 없었다. 두 사람의 관계를 끝내기로 한 건 로건이 아니라 인디라였다. 그 말을 끝으로 인디라는 전화를 끊었다. 그러니까 인디라가 로건에게 남긴 마지막 말은 "수동적이야"였다.

그때부터 로건의 머릿속에서는 '수동적'이라는 말이 똬리를 틀고 앉아서 사라지지 않았고, 로건은 '수동적'이라는 말의 의미를 다각도로 분석해보았다. 심지어 사전에서 뜻을 찾아보기도 했다. 사전에 나온 뜻을 어찌나 열심히 읽었던지, 이제는 암기할 수 있을 정도였다. 일어나는 일이나 다른 사람이 하는 일에 적극적으로 반응하거나 저항하지 않고 그대로 받아들이거나 허용하는 것.

일어나는 일이나 다른 사람이 하는 일을 그대로 받아들이거나 허용하는 것이 무슨 문제라는 걸까? 그것이야말로 선종의 가르침이고, 인생을 현명하게 살아가는 방법 아니었나? 인디라의 전 남자친구는 확실히 '권위적'이었다. 로건은 전혀 권위적이지 않았다. 로건은 인디라가 원하는 일은 뭐든지 하게 했다. 심지어 인디라가 원한다면, 인디라가 행복하기만 하다면, 로건을 떠날 수 있게 해주었다. 로건은 인디라가 행복하기를 바랐다. 그러니까 그 누구도 인디라를 행복하게 해줄 수 없는지도 몰랐다. 로건은 그녀에게 머물러 달라고 요구하지 않았다.

"당신은 나를 충분히 원하지 않아."

언젠가, 그러니까 아마도 떠나기 일주일 전쯤에 인디라는 그렇게 말했고, 로건은 심장이 너무나도 요동쳤기 때문에 어떤 말도 할 수가 없었다. 그래서 로건은 아무 말 없이 인디라를 쳐다보았고, 결국 인디라는 한숨을 내쉬면서 멀리 걸어가버렸다.

"넌 충분히 원하지 않은 거야, 아들."

로건이 망할 해리 하다드에게 처음으로 지고 돌아오는 길에 차 안에서 아빠는 그렇게 말했다. 로건은 한마디도 하지 않고 조수석에 앉아 조용히 집으로 왔지만, 머릿속에서는 끊임없이 '아니야, 아빠가 틀렸어. 아빠는 틀렸다고. 아빠는 틀렸어!'라고 말했다.

로건이 다른 사람에게 자신의 소망을 전달하는 방식에는 분명히 문제가 있었는데도, 로건의 직업이 의사소통 기술을 가르치는 것이라니, 분명히 어처구니없는 상황이었다.

나는 정말 원했단 말이야, 아빠.

로건은 양동이에 장갑과 갈퀴를 넣고, 사다리를 옆구리에 끼었다. 어두운 창고에서 나오자 눈이 부셔 눈을 껌벅여야 했다.

"안녕하세요."

여자 목소리가 들렸고, 로건은 사다리를 떨어뜨릴 뻔했다. 잠시, 로건은 인디라의 목소리를 들었다고 생각했다. 잠시 로건은 자신이 인디라 생각에 사로잡혀 있어서 인디라가 실제로 나타난 것이라고 생각했다. 물론 그 목소리는 인디라의 것이 아니었다. 낯선 여자가 부모님의 집 뒤 베란다 끝에 앉아 두 손에 든 뜨거운 김이 나는 머그잔을 호호 불면서 로건을 올려다보고 있었다.

여자의 초췌하고 삐쩍 마른 얼굴 양쪽에서 날렵하게 자른 부드러운 금발이 흔들리고 있었다. 입고 있는 청바지는 너무 길어서 거의 무릎까지 접고 있어야 했고, 신고 있는 어그 부츠는 여자 발보다 두세 치수는 더 커 보여서 어린아이가 어른 신발을 신은 것처럼 헐렁하게 흘러내려 있었다. 여자는 가운데에 분홍색 로고가 새겨진 회색 후드티를 입고 있었다.

"놀라게 할 생각은 아니었어요."

여자가 양쪽 머리카락을 살며시 귀 뒤로 넘기자 곧게 뻗은 머리카락 위로 뾰족한 귀가 툭 새어 나왔다.

"누구십니까?"

대비하지 못한 놀라움에 직면하면 로건의 입에서도 아빠처럼 무뚝뚝하고 퉁명스러운 목소리가 튀어 나왔다.

"사반나예요."

여자는 로건의 친구들이 앉아 있는 술집 탁자에서 자신을 소개하는 사람처럼 살짝 원을 그리듯이 손을 흔들었다.

로건은 사반나를 똑바로 바라보았다. 코에 박혀 있는 작은 보석이 햇살에 부딪혀 반짝였다. 로건의 마음속에서 어린아이 같은 익숙한 불만이 튀어나오려고 했고, 로건은 곧바로 최선을 다해 그 감정을 내리눌렀다. 부모님 집은 언제나 그랬다. 라켓을 들고 디자이너 신발을 신은 낯선 사람이 이곳이 자기 집인 양 거드름 피우며 어슬렁거려도 델라니 형제들은 언제나 정중하고 예의 바르게 그들을 대해야 했다. 왜냐하면 그들이 델라니 가족이 살아갈 돈을 주니까. 언젠가 브룩은 자신이 뒤 베란다에 내려놓은 가방을 뒤져서 학교 쉬는 시간에 먹지 않고 남겨둔 바나나를 꺼내 먹는 아이를 잡은 적도 있었다.

"당신은 누구십니까?"

여자가 머리를 한쪽을 기울이더니 로건의 말투를 따라 했다.

"로건입니다."

로건은 다리로 사다리를 받치며 대답했다.

"이 집은 우리 부모님 집입니다."

로건은 방어하는 어린애 같은 목소리가 나오지 않도록, 당신보다는 내가 이곳에 있을 권리가 더 많다는 식의 목소리가 나오지 않도록 애썼다.

"안녕하세요, 로건."

로건은 여자가 더 많은 말을 할 때까지 기다렸다.

"당신 부모님과 함께 지내고 있어요."

여자가 마침내 말했다.

"제자입니까?"

로건이 물었다.

"테니스 아카데미 제자냐고요?"

사반나는 그렇게 말하고는 웃었다.

"아니요. 난 운동 체질은 아니에요."

여자가 운동 체질이 아니라고 말하는 말투에는 어딘지 모르게 '나는 캐비어는 안 먹어요'라고 말할 때처럼 허세가 담겨 있었다.

"그렇다면 당신은……."

"부모님은 새로 맞춘 당신 아버지의 안경을 가지러 가셨어요. 다초점 렌즈로 맞추신대요. 본래는 어제 찾으러 가려고 했는데, 주치의가 어머니 진료 시간에 늦게 오는 바람에 늦게 나온 데다, 차가 막혀서 결국 못 가셨어요."

또다시 로건은 여자의 말뜻에 담긴 숨은 의미를 알 수가 없었다. 어째서 여자는 세세한 내용을 모두 말하는 걸까? 혹시 그다지 관계가 없는 소소한 내용까지 남김없이 말하는 로건의 엄마를 흉내 내는 걸까? 그런 엄마를 놀릴 수 있는 건 델라니 남매들밖에 없는데?

"음, 반갑습니다. 할 일이 있어서 서둘러야겠습니다."

여자가 자신이 누군지 말해줄 생각이 없다면, 로건도 굳이 들을 생각은 없었다. 로건은 사다리를 들어 올렸다.

"홈통을 치워야 하거든요."

"그러세요."

여자는 호탕하게 말하더니, 머리를 뒤로 기울여 얼굴에 쏟아지는 햇살을 즐겼다.

로건은 집 옆을 향해 걸어가기 시작했다. 그러다가 문득 걸음을 멈추고 여자를 돌아보았다.

"얼마나 머무실 겁니까?"

"기한 없어요."

여자는 눈도 뜨지 않은 채 대답하더니, 씩 웃었다.

로건의 몸으로 두려움에 가까운 놀라움이 관통했다.

"기한이 없다고요?"

여자는 눈을 뜨더니 생각에 잠긴 얼굴로 로건을 보았다.

"농담이에요. 그저, 이곳에 영원히 머물고 싶다는 뜻이었어요. 여긴 정말 평화롭잖아요."

여자가 턱으로 테니스 코트를 가리켰다.

"형제들 모두 테니스 챔피언으로 자랐을 것 같아요."

"그렇지는 않습니다."

로건이 헛기침을 했다.

"뒤뜰에 테니스 코트가 있다니, 정말 운이 좋으세요."

로건은 여자가 조금은 거친 목소리를 내는 이유가 돈 때문이라고 생각했다. 지금은 부자들만이 뒤뜰에 테니스 코트를 만드니까.

"1960년대에는 이 거리의 모든 집에 테니스 코트가 있었습니다."

로건은 자신이 아빠가 했던 말을 따라 하고 있음을 알았다. 뒤뜰에 있는 테니스 코트가 사라지고 아파트 단지가 들어서는 것이 오스트레일리아 테니스계의 황금기가 끝났음을 알리는 신호라는 아빠의 의견에는 찬성하지 않았지만 말이다. 아빠 같은 노동계급의 아이들이 테니스를 치지 않는 이유는 아파트 때문이 아니라 등을 구부린 채 손에 든 작은 화면을 쳐다보기 때문이다. 로건이 정말로 하고 싶은 말은 '이 덤불로 둘러싸인 동네가 고급화되었다고 해서 내가 부유하고 특권을 누리며 자랐다고 생각하는 건 용납할 수 없다'였다.

로건의 아빠는 지금 부모님이 생활하는 집에서 나고 자랐다. 델라니 남매들은 아빠의 어린 시절에 관해서는 거의 아는 것이 없었지만, 그다지 행복하지 않았음은 알고 있었다. 아빠는 여가 시간을 거의 대부분 로건의 할아버지가 만든, 로건의 아빠의 아버지가 만든 테니스 코트에서 서브를 연습하면서 보냈다고 했다. 할머니가 그 이야기를 할 때마다 로건은 어린이 그림책에 나오는 우스꽝스러운 삽화를 떠올리고는 했다. 흔들의자에 앉아 있던 할아버지가 놀라서 입을 크게 벌리고 두 손을 무릎 위에 올린 채 공중으로 날아가는 모습 말이다. 물론 실제 상황은 그렇게 재미있지는 않았을 테지만.

로건이 태어나기 전에 할머니는 죽어가는 할머니의 언니를 돌보기 위해 언니의 집으로 이사했고, 그때부터 상당히 오랜 시간 언니를 돌봐야 했다. 그 때문에 결국 할머니는 로건의 부모님에게 이 집을 '아주 저렴한 가격'으로 넘겨주었다. 하지만 부모님이 이 집을 갖게 된 비용이 결코 저렴하지 않았음은 곧 분명해졌다. 이 집을 갖게 된 뒤로 로건의 엄마는 영원히 시어머니의 집에 얹혀산다는 느낌을 버릴 수가 없었다. 엄마는 남편이 거실에 있는 자주색 꽃무늬 카펫을 시어머니가 화를 낸다는 이유로 절대로 버리지 못할 거라는 사실을 알았다. 시어머니가 세상을 떠난 뒤로도 오랫동안 말이다.

테니스 아카데미가 수익을 내기 시작하고, 엄마의 사업 수완 덕분에 상당히 많은 돈을 벌게 되자, 부모님은 이 집을 개조하고 확장했다. 우중충하고 작았던 단층집은 밝은 빛으로 가득 찬 멋진 주택으로 거듭났지만, 자주색 꽃무늬 카펫은 살아남아 늘 논쟁거리를 만들었다. 진공청소기로 카펫을 청소할 때면 엄마는 카펫을 쳐다보지 않았다. 하지만 그 밖에 나머지 부분은 로건의 엄마가 좋아하는 예술 작품과 공예품으로 채워졌다. 목재와 구리가 집 안의 많은 부분을 차지했다. ("이건 뭐, 빌어먹을 나무꾼 집에서 살고 있는 것 같잖아." 아빠는 그렇게 말했다.)

"이 거리에서 테니스 코트를 수영장으로 바꾸지 않은 집은 우리 집밖에 없습니다."

로건이 그럴듯한 현재만 보고 복잡했던 과거는 보지 못하는 여자에게 말했다.

"당신은 수영장이 더 좋아요?"

여자가 고개를 한쪽으로 갸우뚱하며 물었다.

델라니 형제 모두 수영장이 있었으면 하고 바랐던 때가 있었다. 특히 진흙 코트였을 때, 로건과 트로이가 몇 시간이고 그 망할 코트에 나가 물을 주고 땅을 고르게 펴던 시절에는 수영장이 너무나도 갖고 싶었다.

"그래도 부모님이 뒷문으로 나가면 곧바로 일터에 가실 수 있는 거잖아요. 그럼 사는 게 훨씬 편할 것 같아요."

아니, 천만에. 그것은 델라니 테니스 아카데미가 델라니 가족의 삶을 집어삼킨다는 뜻이었다.

"그렇겠죠. 사실 테니스 아카데미를 열었을 때는 모퉁이에 있는 코트 네 개와 클럽 하우스를 빌렸지만 말입니다. 웃고 있는 테니스공 간판이 있는 곳입니다."

로건은 재빨리 입을 다물었다. 테니스공이 웃고 있건 말건, 여자는 상관하지 않을 것이다. 그러니까 여자는 테니스 아카데미 학생이거나 회원은 아닌 것이 분명했다. 테니스하고 관계가 없는 사람이라면 도대체 누구란 말인가?

"미안하지만, 우리 부모님하고는 어떻게 알게 된 겁니까?"

여자는 정확한 답을 기억해내야 한다는 듯이 얼굴을 찡그렸다.

"에이미 누나의 친구입니까?"

로건이 물었다. 이 여자는 에이미 누나의 친구여야 했다.

"그분 옷을 입기는 했어요."

여자는 자신에게는 너무나도 긴 청바지를 입고 있는 한쪽 다리를 높이 들어 보였다.

"나보다 훨씬 커요."

"우린 모두 큽니다."

로건은 왠지 여자가 에이미 누나의 키를 놀린다는 기분이 들어서 누나를 방어해야 한다고 생각했다. 더구나 에이미 누나는 네 명 가운데 가장 작았다.

"어머니는 빼고요."

사반나가 대답했다. 사반나는 입 속에 들어간 머리카락을 신경질적으로 뱉어냈다.

"당신 어머니는 나하고 키가 완전히 같아요."

사반나는 손목에 걸고 있던 고무줄을 빼더니 능숙한 솜씨로 단번에 머리카락을 하나로 묶었다.

"머리카락 때문에 미치겠어요. 어제 머리를 잘랐는데, 너무 미끄럽고 매끄러워요. 당신 어머니가 단골 미용실에 예약해주셨거든요."

"멋지네요."

로건의 입에서 자동적으로 말이 튀어나왔다. 모두 여자 형제들 덕분에 습득한 기술이었다.

"정말 비싼 머리예요. 어머니가 내주셨어요. 당신 어머니는 정말 친절한 분이세요."

"그렇군요."

로건이 대답했다. 저 여자는 어째서 그런 말을 하는 걸까? 자신이 알려준 정보에 로건이 어떻게 반응하는지 보고 싶어서 그런 걸까? 하지만 엄마가 가족 아닌 다른 사람에게 머리를 할 수 있게 돈을 내주었다는 사실은 전혀 신경이 쓰이지 않았다. 이상한 점은 여자의 머리 스타일이 엄마의 머리 스타일과 비슷해 보인다는 것이었다. 혹시 그 미용사가 손님들 머리를 주형으로 찍어내는 걸까?

"오늘은 월차를 낸 거예요?"

"드문드문 일하는 편입니다."

"마약을 팔아요?"

"시민대학에서 가르칩니다."

관대하게 웃으며 로건이 대답했다.

"뭘 가르치는데요?"

"비즈니스 커뮤니케이션 기술입니다."

로건은 당연히 나와야 할 반응을 기다렸다.

여자는 눈썹을 추켜세웠다.

"나는 당신이…… 그게, 주택 도색 같은, 기술을 가르칠 거라고 생각했어요."

로건은 입고 있는 바지를 내려다보았다. 여기저기 묻어 있는 노란색 페인트는 인디라와 함께 주방을 칠할 때 묻은 것으로, 두 사람 모두 작업의 결과물을 좋아하지 않았다. 파란색 페인트는 브룩과 함께 브룩의 사업장을 페인트칠할 때 묻은 것이다. 하지만 녹색 페인트는 어디에서 묻은 것인지 도통 기억이 나지 않았다.

테니스를 그만둔 뒤, 실제로 몇 년 동안은 주택에 페인트칠을 했다. 그 뒤로는 주택 벽에 회반죽을 발랐다. 그리고 지붕에 타일을 깔았다. 아빠는 로건이 하는 그런 자잘한 일들을 모두 합쳐 좀 더 근사한 일을 하기를 바라는 마음에서 "집 짓는 일을 하는 게 어떻겠니?"라고 했다. 아빠는 로건이 페인트칠을 하는 것은 전혀 개의치 않았지만, 남을 위해 일한다는 사실은 견디지 못했다. 아버지가 감동하려면 로건은 자기 사업을 해야 했다.

"학위를 따는 게 어때, 달링?" 엄마는 그렇게 말했다. 부모님은 둘 다 학위가 없었다. 존경과 겸양을 담아 '학위'라는 단어를 발음하는 엄마를 볼 때면 로건은 마음이 찢어지는 것 같았다.

로건이 열일곱 살 때 미국 대학교에서 테니스 장학금을 주겠다는 제안을 했지만, 로건은 거절했다. 그때는 무슨 생각을 했던 것일까? 살면서 로건은 자신이 그 장학금을 거절한 이유가 궁금해질 때가 많았다. 아빠가 미국 대학교의 장학금은 테니스계에서 성공하는 데 그다지 쓸모가 없다고 생각할 거라고 믿었기 때문에 그런 결정을 내렸을 수도 있다. 아빠라면 '테니스로 성공하고 싶으면 테니스를 해야지, 공부는 뭐 때문에 하려는 거야?'라고 말할 것만 같았기 때문에 그런 결정을 내렸는지도 몰랐다. 아니면 두려웠기 때문인지도 몰랐다. 그도 아니라면 사회 불안 장애 때문일 수도 있었다. 로건은 모든 것이 불안한 10대 아이였다. 그때 로건은 자신이 그렇게까지 미국에 가고 싶은 건 아니라고 생각했던 기억이 난다. 그는 말이 너무 느렸다. 그는 너무나도 오스트레일리아적인 사람이었다. 그는 정말로 아빠를 닮은 아들이었다.

로건은 결국 시간제 커뮤니케이션 강좌 학위를 땄다. 도대체 왜 그런 학위를 땄는지는 신만이 알 것이다. 하지만 그 학위 덕분에 로건은 비즈니스 커뮤니케이션 기술에 관한 강의를 하러 다닐 수 있었고, 그 일은 로건에게 맞았다. 사실 '비즈니스 커뮤니케이션'이라는 주제에는 딱히 관심이 없었지만, 가르치는 일은 즐거웠다. 가르치는 일은 좋은 일이었다. 근무 시간도 좋았고, 안정적이었다. 로건은 시간 강사 일을 영원히 할 수 있을 것만 같았다.

"선택한 직업에 만족해요?"

사반나가 물었다. 왜 그런 질문을 하는 것일까? 지금 로건을 비웃는 것일까? 아니면 부모님을 어떻게 알게 되었느냐는 로건의 질문을 교묘하게 피해 간 것일까? 그도 아니면 사반나 자신도 모르는 사이에 다른 주제로 넘어간 것일까? 어쨌거나 로건은 다시는 여자에게 질문을 하고 만족할 기회를 주지 않겠다고 결심했다.

"물론이죠. 아무튼, 이제 일을 해야겠습니다."

"도와드릴까요?"

여자는 들고 있던 머그잔을 옆에 있는 자기 타일 위에 세게 내려놓았고, 로건은 움찔했다. '이 세상에 집 같은 곳은 없다. 할머니 집만 빼고!'라고 적힌 그 머그잔은 엄마가 좋아하는 잔이었다.

"머그잔, 깨지지 않게 조심해요. 어머니가 좋아하는 잔이니까."

로건이 말했다.

사반나는 지나치게 조심하는 티를 내면서 머그잔을 들더니 바닥에서 일어나 토요일 아침마다 아빠가 십자말풀이를 하는 탁자 위에 올려놓았다.

"미안해요. 식기세척기에 있는 걸 가져왔어요."

사반나는 다시 머그잔을 잡더니 찬찬히 들여다보았다.

"할머니 집과 같은 곳은 없다라니. 어머니가 할머니는 아니잖아요. 안 그래요?"

"본래는 할머니 거였습니다."

크리스마스 때 엄마의 어머니에게 머그잔을 선물한 사람은 트로이였고, 할머니는 그 머그잔을 사랑했다. 당연히 그럴 수밖에 없었다. 트로이는 가장 멋진 선물을 하는 것으로 유명했으니까. 엄마의 어머니는 그다지 전형적인 할머니는 아니었기 때문에 그 머그잔을 왜 그토록 사랑했는지 이해할 수 없는 일이었다. 할머니는 손주들이 자기 집에 올 때마다 돌아갈 시간을 미리 정해놓으려고 애를 쓰는 분이었다.

여자는 베란다에서 내려와 풀밭을 걸어 로건에게 다가왔다. 여자가 로건과 조금은 지나치게 가까운 곳에 서자, 로건은 한 발짝 뒤로 물러났다. 이 여자처럼 델라니 형제들에게 가까이 오는 사람을 에이미 누나는 '공간 침략자'라고 불렀다. 델라니 가족은 감정을 솔직하게 표현하는 사람들이 아니었다. 엄마만 빼고. 엄마는 끌어안고, 팔을 두드리고, 등을 쓰다듬는 행동을 아무렇지도 않게 했다. 하지만 엄마는 늘 델라니 가족의 규칙에서 벗어나는 예외였다.

사반나는 지나칠 정도로 호기심을 한껏 드러낸 얼굴로 로건을 올려다보았다. 사반나의 속눈썹은 오스트레일리아 토박이 소형 동물처럼 길고 투명했다. 주근깨가 난 코는 뾰족했고, 얇은 입술은 갈라져 있었으며, 한쪽 눈썹 위에는 베이지색 밴드가 붙어 있었다. 대부분의 사람들보다 덩치나 키가 훨씬 큰 로건이 아주 작고 연약한 여자와 함께 있으니 마치 풋볼 마스코트 의상을 입은 거대한 바보가 된 것처럼 느껴졌다.

"아이를 원해요?"

여자가 로건을 강렬하게 쳐다보면서 말했다. 혹시 이 여자, 어딘가 잘못된 거 아닐까?

"언젠가는요."

로건은 다시 한 발짝 뒤로 물러났다.

"그건, 왜 그런 겁니까?"

로건이 밴드를 가리키며 물었다.

"남자 친구한테 맞았어요."

여자는 별일 아니라는 듯이 대답했다.

로건은 여자가 평범한 대답을 할 것이라고 생각했고, 사실 밴드를 붙인 이유를 알고 싶다기보다는 그저 화제를 돌리고 싶어서 한 질문이었다. 그래서 아무 생각 없이 여자의 말에 반응했다가 스스로도 놀라고 말았다.

"왜요?"

그러니까 멈출 사이도 없이 바보 같은 말을 입 밖으로 흘려보내고 만 것이다. 왜냐니? 그건 마치 "무슨 짓을 했기에 맞은 거죠?"라고 질문한 것과 마찬가지였다. 에이미 누나와 브룩이 들었다면 로건을 가만두지 않았을 것이다. 피해자를 비난하다니!

"미안합니다. 바보 같은 질문이었어요."

"괜찮아요. 언제 맞았냐면, 그게, 그 사람이 퇴근한 뒤였어요. 지난주 화요일이요."

여자는 에이미 누나의 청바지 주머니에 손을 넣고, 에이미 누나의 부츠 끝을 풀밭에 대고 발을 빙글빙글 돌렸다.

"사실 그때 남자 친구는 기분이 아주 좋았어요."

"자세한 내용을 말할 필요는 없습니다."

로건은 손을 번쩍 들어 올리며 여자의 말을 막았다. 굳이 자세한 이야기를 듣고 싶지는 않았다.

"아니에요. 당신한테 말해줄 수 있어서 기뻐요."

바보 같은 질문을 한 사람은 로건이었으니, 고통스러운 대답을 참고 들어야 하는 벌을 받아야 할 사람도 당연히 로건이었다.

"우린 그냥 쉬면서 텔레비전을 보고 있었어요. 그때, 가정 폭력에 관한 뉴스가 나온 거예요. 그래서 생각했죠. 이런, 큰일 났다. 그런 뉴스들은……."

여자는 고개를 가로저었다.

"도대체 왜 그런 뉴스를 텔레비전에서 계속 내보내는지 모르겠어요. 그런 뉴스는 도움이 되지 않아요. 상황만 더 나쁘게 만들 뿐이라고요."

여자의 목소리가 가파르게 올라갔다.

로건은 눈을 가느다랗게 찡그리며 여자의 말을 이해해보려고 애썼다. 그러니까 다른 여자가 피해자인 가정 폭력 뉴스 때문에 이 여자의 남자 친구가 폭력을 휘둘렀다는 말일까?

"그런 뉴스만 보면 남자 친구는 기분이 나빠졌어요. 아마 죄의식을 느끼기 때문인 것 같았지만, 정확한 이유는 모르겠어요. 그냥 그 사람은 '아, 언제나 남자만 나쁘다고 하지. 여자들 잘못은 전혀 없고 말이야. 언제나 남자들 잘못이래'라고 했어요."

여자는 남자 친구를 흉내 내는 것이 분명한 걸쭉한 목소리로 말했다. 로건은 바로 앞에서 그 남자를 보고 있는 것만 같았다. 그런 유형의 남자를 잘 알았다.

"아무튼, 그래서 내가 재빨리 채널을 바꿨어요. '나, 〈서바이버〉 보고 싶어'라고 하면서요. 내가 채널을 바꿔도 아무 말도 안 하더라고요. 하지만 내가 뭔가를 잘못하기만 기다리고 있구나 하는 느낌이 들었어요. 그래도 몇 분이나 아무 일 없이 무사히 지나가서 안심해도 된다고 생각했죠. 아, 괜찮구나. 그러다가 정말 바보처럼, 멍청이처럼 자동차 등록증을 갱신할 건지 물은 거예요."

여자는 자신의 어리석음을 참을 수 없다는 듯이 고개를 저었다.

"비난하거나 나무라려고 그런 것도 아니에요. 정말로 그런 의도는 없었어요."

여자는 자신의 무고함을 입증해 보이려는 듯이 옅은 금색 속눈썹 사이로 로건을 올려다보았다.

"나는 그저, '자동차 등록증 갱신해야 하는 거 기억하지?'라고 했을 뿐이에요."

"당연히 할 수 있는 질문은 한 거 같은데요."

로건이 말했다. 자신은 절대로 여자 친구를 때리거나 맞아본 적이 없었지만, 질문을 제대로 해석하지 못할 수도 있다는 사실은 알았고, 간단한 정보 요청이 엄청난 비난으로 돌아올 수 있다는 사실도 알고 있었다.

"아무튼, 그 질문이 남자 친구를 극도로 화나게 한 거예요. 내가 남자 친구의 신경을 건드리는 수동적인 공격을 한 거죠."

사반나는 어깨를 으쓱하더니 눈 위에 붙인 밴드를 손가락으로 만졌다.

"그 뒤로는 모든 게 아주 끔찍해졌어요. 늘 그렇지만요. 그 뒤에 어땠을지 아실 거예요. 남자 친구는 소리치고, 나는 울고…… 정말 한심해요. 창피하고요."

여자는 두 손으로 입을 가리고 고개를 옆으로 돌렸다. 여자에게서 로건의 여름휴가철 거주지였던 센트럴 코스트 캠핑카 주차장의 편의 시설 뒤에서 입을 맞추었던 여자들이 풍기던 싸구려 향수 냄새, 헤어스프레이 냄새, 담배 냄새가 났다. 여자의 냄새는 이 여자에 대한 욕망이 아니라, 그 시절의 향수이기를 로건 자신이 바라는 감정들을 불러일으켰다. 이렇게 작고 연약하고 학대받은 여자에게 입을 맞추는 것은 적절한 행동이 아니었다. 그런 일을 한다는 것은 이 여자의 멍청한 남자 친구의 공범이 되는 것처럼 느껴졌다.

"아무튼…… 어쨌거나…… 그렇게 된 거예요."

사반나가 에이미 누나의 청바지를 끌어 올리면서 말했다.

"하지만 이제 다 끝났어요. 그 집을 나왔고, 택시를 잡아탔죠. 절대로 다시는 돌아가지 않을 거예요."

"잘했군요."

그 순간, 로건은 갑자기 모든 상황이 이해되기 시작했다.

"당신 남자 친구가 여기를 알고 있지 않을까요?"

로건의 머릿속에서 사람들이 찾아왔다는 사실에 기뻐하며 언제나 웃는 얼굴로 문을 활짝 여는 엄마 앞에 여자 친구를 집에 들였다는 이유로 앙갚음을 하러 찾아온 괴한이 나타났다. 로건은 여자의 대답을 기다리지 않고 말했다.

"우리 부모님하고는 어떻게 아는 사이입니까?"

"모르는 사이예요. 그냥 아무 문이나 두드려본 거예요."

"뭐라고요?"

"로건!"

엄마가 뒤쪽 유리문을 열고 뒤 베란다로 나왔다. 엄마는 진입로에서 로건의 차를 보지 못했다는 듯이, 그렇기에 그가 여기 있을 거라는 수많은 경고신호를 받지 못했다는 듯이, 자신이 큰아들을 보고 있다는 사실을 믿을 수 없다는 듯이 두 손바닥으로 뺨을 감싸고 있었다. 엄마는 가족이 아닌 사람들이 주위에 있을 때면 사용하는 평소보다 조금 더 고상한 말투로 말하고 있었다. 아니, 평소보다 조금 더 끔찍한 목소리로 말하고 있었다. 술에 취해서 조금 흥분한 듯한 목소리를 내고 있었다.

"홈통 치우려고 왔어, 엄마. 내가 올 거라고 말했잖아."

"아니, 그럴 필요 없는데. 네 아빠가 알아서 한다니까."

두 사람 곁으로 걸어온 엄마는 사반나의 등을 만지며 말했다.

"두 사람, 만났구나."

엄마는 사반나를 먼저 보고, 그 뒤에 로건을 보았다. 두 눈이 반짝이고 있었다.

"사반나는 우리 집에서 잠시 함께 지낼 거야. 사실 원하는 만큼 있다 가도 되지만."

엄마는 말하는 속도에 맞춰서 사반나의 등을 토닥거렸다. 그러다가 문득 손을 멈추고, 로건의 마음을 꿰뚫어 보는 것 같은 말투로 말했다.

"인디라는 어떻게 지내니?"

엄마는 두 사람이 헤어졌다는 사실을 눈치챘는지도 몰랐다. 하지만 무슨 수로 그 사실을 알 수 있겠는가?

"잘 있지. 아, 인디라가 이거 드리랬어."

로건은 주머니에서 이제는 상당히 지저분해진 작은 선물을 꺼냈다. 인디라가 몇 주나 전에 주면서 엄마에게 드리라고 했지만, 지금까지 전해주지 않았던 선물이었다.

"어머, 얘!"

엄마가 한 손을 가슴에 얹으며 말했다. 정말로 황홀한 것 같았다.

"별거 아니……."

"인디라도 같이 오고 싶어 하지 않았니?"

엄마는 생울타리 뒤에서 인디라가 갑자기 튀어나오기라도 할 것처럼 이리저리 둘러보았다.

"내가 포장지 뜯는 거 보고 싶을 거 같은데."

"그냥 조금……."

"로건의 파트너는 정말 특별한 아이야. 오늘 같이 왔음 정말 좋았을 텐데."

엄마는 사반나의 머리를 토닥이더니, 다시 한번 혹시나 하는 얼굴로 주위를 둘러보고 포장지를 뜯었다.

"와!"

엄마 얼굴에 실망이 분명하게 떠올랐다.

"냉장고…… 자석이구나."

엄마는 자석 위에서 비밀 문구라도 찾으려는 듯이 자석을 이리저리 살펴보았다. 노란 꽃이 한 송이 그려져 있는 자석이었다. 로건은 인디라가 왜 엄마를 위해 그 자석을 샀는지, 그 자석이 왜 엄마에게 잠시 고통을 느끼게 했는지를 이해할 수 없었다. 도대체 인디라는 무엇을 기대한 걸까?

"정말 예쁘다."

엄마의 눈이 빛났다.

"인디라가 내가 노란 거베라를 좋아하는 걸 안 거야. 런던에서 사 온 그 바보 같은 자석이 냉장고에 붙어 있지 못하고 계속 떨어진다는 것도 안 거고. 그래서 이걸 사준 거구나. 정말 생각이 깊은 애지 뭐니. 부디, 고맙다고 전해줘. 아, 일요일에 만날 때, 내가 직접 인사하면 되겠다."

엄마는 일요일에 인디라를 만날 수 없어. 로건은 생각했다. 하지만 낯선 여자 앞에서 엄마에게 인디라와 헤어졌다는 말을 할 수는 없었다. 로건은 급하게 말을 돌렸다.

"근데, 지금 막 들었는데…… 사반나가 문을 두드렸다며."

로건은 헛기침을 했다.

"그것도 무작위로. 그거……."

브룩은 알아? 브룩은 막내였지만 가장 합리적이고 단호했다.

"사반나가 이 집 느낌이 정말 좋았다고 하지 뭐니."

한 점 의심도 없는 순진한 얼굴로 엄마가 웃으면서 로건을 올려다보았다.

"안전하다고 느꼈대. 정말 사랑스러운 말 아니니?"

"그건, 그렇지만, 방금, 내가 사반나에게 혹시 전 남자 친구가 이곳을 알게 될 가능성이 있는지 물었어."

로건이 엄마의 눈을 똑바로 바라보았다. 엄마는 엉뚱한 일을 자주 했지만, 어리석지는 않았다.

"그 남자는 사반나가 어디 있는지 몰라. 알아낼 방법도 없고."

엄마가 대답했다.

"걱정하지 마세요. 나를 쫓아오지는 않을 테니까. 거기에 전화기도 놓고 왔는걸요."

사반나가 말했다.

"맞아. 그래서 우리는 그 남자가 집을 나갔을 때 사반나의 짐을 챙겨 올 수 있게 시간을 점검해보고 있어."

엄마는 점심 약속을 잡는 사람처럼 말했다.

"엄마, 엄마는 거기에 갈 수 없어."

로건이 대꾸했다.

"아, 알아. 나는 그냥 차에서 기다릴 거야. 너희 아빠가 사반나랑 들어갔다 올 거야. 그래도, 혹시 모르니까."

엄마는 로건을 향해 무언가 꿍꿍이가 있는 것 같은 표정을 지으며 밝게 웃었고, 로건은 자신이 이미 엄마가 쳐놓은 덫에 걸려든 것은 아닌지 궁금해졌다.

"아빠도 가면 안 될 것 같은데."

로건은 한숨을 쉬었다. 빠져나갈 방법은 없었다. 로건은 사반나를 돌아보면서 골이 난 아이가 아니라 자비로운 어른처럼 들리도록 노력하면서 말했다.

"내가 같이 가죠."

"누구도 같이 갈 필요 없어요. 정말로요."

"네 동생도 같이 가면 되겠다. 사람이 많으면 더 안전할 거 아니야. 정말 좋은 생각이야."

엄마는 두 아들이 사반나와 함께 가준다는 생각을 자신이 아니라 로건이 한 것처럼 대견해했다.

"너랑 트로이가 사반나가 짐 싸는 걸 도와주고, 재빨리 나오면 모든 게 깔끔하게 끝날 거야."

정말로 그게 끝일까?

"트로이는 미국에 있는 거 아니야?"

로건이 물었다.

"오늘 아침에 돌아왔어. 일단은 트로이가 시차 적응을 해야 하니까, 내일 사반나 집에서 짐을 가져오면 되겠다."

이 이야기를 들으면 트로이는 분명히 끔찍해할 것이다. 엄마, 내일 아침에는 할 일이 있을 것 같은데? 하지만 그게 무슨 일인지, 엄마는 꼬치꼬치 묻겠지.

"아니, 괜찮아요. 말씀은 고맙지만, 혼자 갔다 올게요."

사반나의 말에 로건은 웃고 싶었다. 엄마가 이미 결심을 했다면 그 누구도 막을 수 없다는 걸 사반나는 모르니까 그런 말을 할 수 있는 것이다.

"일단 너희 엄마가 탄력을 받으면, 누구도 이길 수 없어."

아빠는 늘 그렇게 말했다. 물론 아빠는 테니스에 관해 말한 거지만, 아빠가 테니스에 관해 하는 말들은 언제나 인생에도 그대로 적용할 수 있었다.

"나 혼자 다녀올게요."

사반나가 말했다.

"안 돼, 달링."

엄마가 강철처럼 단호하게 말했다.

엄마가 이겼군. 로건은 생각했다.

12

현재

"부모님의 결혼 생활은 어땠는지 말해주시겠어요?"

선임 경사 크리스티나 쿠리가 수첩을 넘기면서 맞은편에 앉은 남자, 로건 델라니에게 말했다. 조이 델라니의 성인 자녀 네 명 가운데 둘째라고 했다. 서른일곱 살이었고, 느긋하고 느린 몸짓에 살짝 구부정한 자세는 서퍼처럼 보였지만, 사려 깊은 눈은 자기 의견이 뚜렷한 사람임을 분명히 보여주고 있었다. 정원사로 생계를 꾸리는 사람처럼 보였지만 사실은 비즈니스 커뮤니케이션 기술을 가르치는 강사였다. 크리스티나와 이든은 로건이 근무하는 대학교 로비에서 그를 만나고 있었고, 로건은 20분 뒤에 강의실에 들어가야 한다고 했다.

두 사람은 작고 둥근 탁자를 사이에 두고 로건의 건너편에서 반원형 둥근 소파에 앉아 있었다.

"그저 평범했다고 말할 수 있겠네요."

로건이 대답했다.

"뭐, 좋았습니다."

로건은 다시 대답하고는 오른쪽 어깨를 앞으로 뺐다가 다시 뒤로 뺐다.

"부모님은 거의 50년 동안 함께하셨죠."

"어깨에 문제가 있나요?"

크리스티나는 로건의 몸 상태에 신경을 쓰는 척했다. 하지만 크리스티나가 신경을 쓰는 건 로건의 어머니에게 일어난 일뿐이었다.

"괜찮습니다."

로건은 어깨를 가만히 두고, 몸을 똑바로 폈다.

"그러니까 두 분이 50년 정도 결혼 생활을 유지하신 거군요. 아주 오래 함께하셨네요."

"그렇습니다."

"부부 사이는 늘 굴곡이 있게 마련이잖아요. 당연히 싸움도 하셨을 테고요."

크리스티나는 말을 하고 기다렸다.

똑딱, 똑딱.

로건은 한쪽 눈썹을 추켜세웠다. 하지만 입을 열지는 않았다. 아버지와 아주 많이 닮은 아들임이 분명했다. 로건은 서둘러 대화 사이의 빈 곳을 채우려고 하지 않았다.

"결혼했나요, 로건 씨?"

로건은 왼손을 들더니 점검하는 사람처럼 천천히 살펴보았다.

"아니, 안 했습니다. 한 번도 안 했어요."

"사귀는 분은 있습니까?"

로건은 지친다는 표정으로 웃었다.

"복잡합니다."

"부모님의 결혼 생활이 복잡했다는 말씀인가요?"

"아닙니다. 그분들 결혼 생활은 근사했습니다. 복식 챔피언들이셨죠. 복식 시합에서 이기려면 대화가 잘 통해야 합니다."

"코트 밖에서는 어떤 부부였나요?"

"30년 동안 두 분이 함께 사업을 잘 꾸려오셨습니다."

"그럼, 한 번도…… 위태로우셨던 적은 없었나요?"

크리스티나는 수첩을 들여다보면서 말했다.

"모든 부부가 당연히 위태로울 때도 있는 법입니다."

로건은 크리스티나가 적는 내용을 보려는 듯이 고개를 길게 빼면서 말했다.

"누가 두 분 사이가 위태롭다고 했나요?"

"여자 형제분이 조사 나간 경찰에게 부모님이 최근에, 정확히 뭐라고 했더라? 아, 조금 '풍랑에 시달리고 있었다'라고 했다더군요."

"누가요?"

그렇게 묻고는 로건은 손을 들어 크리스티나의 대답을 막았다.

"누가 말했는지 알겠습니다."

로건은 갑자기 결심한 것처럼 보였다.

"일단, 한 가지는 분명히 하고 가야겠습니다. 지금 경사님은 우리 아버지를 용의자라고 생각하시는 겁니까?"

물론이지, 친구. 내가 그렇다는 걸 당신도 알 텐데?

크리스티나는 로건이 자기 아버지 얼굴에 난 상처 자국을 봤을 거라고 생각했다. 스탠 델라니는 그 상처가 테니스공을 수거해 오려고 생울타리를 넘다가 생긴 것이라고 했다. 하지만 크리스티나가 보기에는 피해자가 방어하려다 남긴 상처임이 분명했다.

어제는 조이 델라니와 스탠 델라니의 집을 수색했지만, 그다지 주목할 만한 점은 없었다. 델라니 부부의 집은 지나칠 정도로 깨끗했고 깔끔했다. 한 가지 점만 빼면 부부가 싸웠다는 흔적은 어디에도 없었다. 하지만 복도에 있는 액자 유리에 구불구불한 금이 미세하게 가 있었다. 테니스 우승 트로피를 든 아이의 사진이었다.

"이 액자가 왜 이렇게 됐죠?"라는 질문에 스탠 델라니는 "모르겠소"라고 대답했다. 당연히 거짓말이었다. 생울타리를 넘다가 얼굴에 상처가 났다는 말처럼, 그 말도 거짓말이었다. 경찰은 액자에서 혈흔이나 머리카락을 찾을지도 모른다는 약간의 희망을 품고, 액자를 압수했다.

어제 스탠 델라니는 크리스티나의 모든 질문에 자세한 대답은 거의 하지 않았다. 아내와 싸웠냐는 질문에는 그렇다고 대답했지만, 무엇 때문에 싸웠냐는 질문에는 입을 다물었다. 조이 델라니가 이전에도 이런 식으로 집을 나간 적이 있었느냐는 질문에는 없었다고 대답했다. 자기가 아는 한은 없었다고 했다. 조이 델라니가 칫솔도 없이, 입을 옷도 없이 집을 나간 것이 이상한 일이냐는 질문에는 그렇다고 대답했다. 스탠은 영리한 사람이었다. 그는 자신이 경찰에게 정중하게 행동해야 할 필요도 없고, 자신이 원하지 않으면 대답하지 않아도 된다는 사실을 잘 알았다. 정말 영리한 사람이었다. 하지만 크리스티나가 더 영리했다.

"로건 씨 어머니가 사라지셨는데, 그건 그분답지 않은 일이라고 들었어요. 따라서 지금 단계에서는 되도록 많은 정보를 수집해야 합니다."

"아버지가 걱정을 많이 하고 계십니다. 잠도 못 주무시고 드시지도 못할 만큼요. 견디기 힘들어하십니다."

크리스티나는 펜으로 수첩을 두드렸다.

"잘은 모르겠지만, 로건 씨는 어머니를 그다지 걱정하지 않는 것 같군요."

크리스티나의 말에 로건은 눈썹을 추켜세웠다. 그리고 크리스티나의 질문을 기다렸다.

"하지만 어머니 실종 신고를 한 건 당신과 여자 형제분이잖아요."

또다시 로건은 이어질 질문을 기다렸다.

"아시겠지만, 오늘 오후에 기자회견을 열 거예요. 경찰은 로건 씨 어머니를 찾으려고 많은 시간과 노력을 들이고 있어요."

그 말에 멀어졌던 로건의 예의가 돌아오고 있음을, 크리스티나는 느낄 수 있었다.

"고맙습니다. 우리 모두 감사하고 있습니다. 우리는 어머니가 사고를 당하신 게 아닌가 걱정입니다. 아니면, 뭔가…… 이상이 있는 걸까 걱정하고 있습니다."

"이상이라니, 정신 건강 같은 거 말인가요?"

크리스티나는 로건의 말을 덥석 물었다.

"그렇지 않을까 추측하고 있습니다."

로건은 의자 위에서 몸을 뒤척였다.

"우울증 징후가 있었나요?"

"아니, 그렇지는 않습니다."

로건은 움찔하더니 다시 말했다.

"어쩌면 조금 있었는지도 모르겠습니다."

"조금 더 자세히 말씀해주시겠어요?"

"어머니답지 않은 점이 있었습니다."

로건은 크리스티나의 머리 위쪽 어딘가를 쳐다보았다.

"약간…… 풀이 죽어 있었습니다."

"무엇 때문에요?"

"글쎄요."

크리스티나는 로건이 고민을 하다가 진실을 말하지 않기로 했음을 알 수 있었다.

"정확하게 확신할 수는 없군요."

"로건 씨 어머니는 자녀분들에게는 어딘가로 떠날 거라는 문자를 남기셨어요. 하지만 당신 아버지에게는 문자를 보내지 않았죠. 이상하다고 생각하지 않으세요?"

로건은 어깨를 으쓱했다.

"두 분은 싸우셨습니다. 이미 아실 테지만."

물론 당연히 알았다.

"게다가 아버지는 휴대전화가 없습니다. 그러니 문자를 보내고 싶어도 보낼 수가 없었겠죠."

"하지만 유선전화는 할 수 있었잖아요. 글을 남겨도 되고요. 분명히 남편에게 상황을 알릴 수 있는 다른 방법이 있었을 텐데요."

크리스티나가 지적했다. 단순한 대답이 가장 옳은 대답일 때가 많았다.

"외부인이 보기엔 이상하리라는 거 잘 압니다. 하지만 경사님은 틀렸습니다."

어떤 모습을 보고 자랐건 간에 이 세상에 자신의 한 부모가 다른 부모를 죽일 수 있다고 믿는 사람은 없었다.

크리스티나는 좀 더 밀어붙였다.

"당신 어머니도 자신이 잠시 떠나 있을 거라는 걸 아버지에게 알리라는 문자는 남기지 않았잖아요."

"어머니의 문자는 애초에 도통 이해하기가 힘듭니다."

로건이 크리스티나에게 그 사실을 일깨워주었다.

크리스티나는 아무 대답도 하지 않았다. 그저 기다렸다. 크리스티나의 일은 그저 기다리는 일일 때가 많았다.

로건은 조급하게 닫힌 문을 두드리는 사람처럼 주먹 쥔 손으로 탁자 가장자리를 세게 내리쳤다.

"정말로 일흔 살이나 된 우리 아버지가 어머니를 살해하고 시신을 버린 뒤 우리를 속이려고 자식들에게 문자를 보냈다고 생각하는 건 아니겠죠? 세상에, 그건 공상입니다. 그건…… 가능한 일이 아닙니다."

"기록을 보면 당신 아버지는 단 한 번도 어머니에게 전화를 걸지 않았어요."

크리스티나가 맡은 첫 번째 살인 사건에서는 살인자가 정말로 정신이 나간 것처럼 친구들과 가족에게 스무 통이 넘게 전화를 했다. 하지만 실종됐을지도 모를 아내에게는 단 한 통도 걸지 않았다. 전화를 걸 필요가 없었기 때문이다. 살인자는 아내가 전화를 받지 않으리라는 사실을 누구보다 잘 알았으니까.

"그 문제는 아버지에게 물어보세요."

로건이 말했다.

"그럼, 어머니가 어디에 계신 것 같은가요, 로건? 지금 무슨 일이 일어나고 있다고 생각하는 거죠?"

로건은 스스로 답을 찾겠다는 듯이 이전 생각들을 쭉 되짚었다.

"그러니까 아버지가 가짜로 문자를 보내고 어머니 전화기를 침대 밑에 숨겼다고요? 그 많은 곳을 놔두고 하필 침대 밑에요? 왜 전화기를 부숴버리지 않았을까요? 다른 사람을 살해할 능력이 있는 사람이라면, 전화기를 없애야 한다는 것쯤은 알지 않을까요?"

"생각을 잘못했는지도 모르죠."

크리스티나가 대답했다.

"어머니가 어디에 있는지는 모릅니다. 하지만 경사님은 틀렸습니다. 당연히 걱정이 됩니다. 왜냐하면 경사님 말이 옳으니까요. 이건 정말 이상한 일입니다. 어머니답지 않은 일이에요."

로건이 자세를 바꿔 앉다가 강의실에서 나오는 사람을 보고 어색하게 손을 흔들었다.

"하지만 어머니는 잠시 떠나 있어야 했을지도 모른다는 느낌이 듭니다. 어쩌면 생각할 시간이 필요했는지도 모르니까요."

"왜 어머니에게 생각할 시간이 필요하죠?"

크리스티나가 물었다.

로건은 두 손을 들어 올렸다.

"무슨 생각이 하고 싶으셨을까요?"

로건은 고개를 저었다. 벽에 있는 한 점을 보더니 담배 연기를 길게 내뿜는 사람처럼 길게 공기를 내뱉었다.

크리스티나는 자기 목소리에 스며드는 공격성을 내버려 두었다. 도무지 이해할 수 없는 로건의 반응에 짜증이 나기 시작했다.

"로건 씨의 말은 말이 되지 않아요. 아까는 부모님이 완벽한 관계였다고 했잖아요. 그런데 지금은 어머니가 생각을 정리하려고 사라졌다고요?"

"나는 절대로 부모님이 완벽한 부부였다고 말한 적이 없습니다. 당연히 문제는 있습니다. 다른 모든 부부들처럼요. 경사님도 그렇게 말씀하셨죠."

"그 문제들이 무엇이었는지, 제발, 조금 자세히 말해주시죠."

"별로 말할 만한 것은 없습니다."

로건은 한숨을 내쉬었다.

"경사님은 부모님의 결혼 생활을 얼마나 분석할 수 있습니까?"

"우리 부모님은 이혼했어요."

크리스티나가 퉁명스럽게 대답했다. 그리고 왜 이혼했는지도 분명하게 알았다. 두 사람은 접시 때문에 이혼했다. 은퇴한 뒤부터 아빠는 오전 11시만 되면 매일 병아리콩 후무스와 토마토 샌드위치를 만들었다. 크리스티나의 엄마는 식사를 하면 접시를 헹궈서 식기세척기에 넣으라고 했다. 아빠는 거절했다. 그런 일은 아빠의 원칙에 맞지 않았다. 두 사람은 접시를 두고 몇 년을 싸웠고, 어느 날 엄마는 싱크대에 있는 접시를 집어서 원반처럼 아빠의 머리를 향해 던지고 "이혼하고 싶어"라고 말했다. 아빠는 당황했고, 상처 받았다. (신체는 멀쩡했다. 날아오는 접시를 피해 몸을 숙였으니까.)

결국 아빠는 크리스티나의 엄마가 제정신이 아니라는 결론을 내리고 이혼한 그해에 재혼했다. 그에 반해 엄마는 핫요가와 마가렛 애트우드의 《시녀 이야기》에 푹 빠졌다. 크리스티나가 결혼식 준비 상황을 알리려고 전화를 할 때마다 엄마는 음울한 목소리로 "자기 시야에 절대로 들어오지만 않는다면" 아빠의 두 번째 부인이 크리스티나의 결혼식에 와도 행복할 거라고 했다.

"집안일은 어땠나요? 집안일로도 싸움을 하셨나요?"

크리스티나가 로건에게 물었다.

"집안일이요?"

로건은 심각한 상황에서 여자들이 시시한 가정 문제를 꺼낼 때면 남자들이 흔히 그렇듯이 무슨 소린지 모르겠다는 표정으로 눈을 깜박였다. "그냥 접시일 뿐이잖아." 크리스티나의 아빠는 계속 그렇게 말했었다. 아빠는 그 접시가 상징하는 의미를, 존중받지 못하고 무시당하며, 멸시당하고 있다는 느낌을 이해하지 못했다.

"집안일은 어머니가 했습니다. 두 분이 집안일 때문에 싸운 적은 없습니다. 그게 전통적인 부부 생활이었으니까. 어머니 세대는……

그런 방식으로 살았으니까요."

"하지만 어머니가 테니스 아카데미를 함께 운영하지 않았나요?"

로건은 불쾌한 것 같았다.

"그게 공평하다고는 말하지 않았습니다."

크리스티나는 기다렸다.

"그저 집안일로 두 분이 싸우는 것을 한 번도 보지 못했다고 말한 겁니다."

'집안일'이라고 말할 때 로건이 자기도 모르게 입술을 말아 올리지 않았나? 혹시 남자니까 좀 도와달라고 이든에게 눈길을 보낸 거 아니야? '이 여자 말이 믿어져요?'라고 눈으로 물은 걸까? 아니면, 내가 나도 모르게 너무 편견에 사로잡혀 있는 걸까? 크리스티나의 부모님도 집안일로 싸운 적은 없었다. 하지만 결국 접시 때문에 결혼 생활을 끝냈다. *네 아빠가 나를 무시했어, 크리스티나. 나는 상냥하게 물었는데, 그냥 무시했다고.* 나이가 아주 많아도, 예의가 발라도, 갑작스럽게 분노하지 않는 사람은 아무도 없다.

"그럼 무엇 때문에 싸웠나요?"

로건은 고개를 돌렸다.

"아버지는 늘 편한 사람은 아니었어요. 이제는 달라졌고요."

이제야 좀 말이 통하네.

"아버지가 어머니를 폭력적으로 대하셨나요?"

"아니, 세상에. 절대 아닙니다."

로건은 다시 크리스티나를 쳐다보았다. 끔찍하다는 표정을 짓고 있었다.

"경사님이 잘못 생각하고 있는 겁니다."

로건의 표정에는 무언가가 있었다. 어떤 의문이, 생각이, 기억이 있었다. 하지만 크리스티나는 그것이 무엇인지 파악할 수 없었다.

"절대, 아니라고요?"

크리스티나가 재차 물었다.

"절대 아닙니다. 경사님이 그렇게 생각하시게 했다면, 죄송합니다. 하지만 절대로 아닙니다. 아버지는 그저…… 침울해진 것뿐입니다. 그 나이 때 남자들이 흔히 그렇듯이요. 하지만 아버지는 어머니를 사모합니다."

로건은 거의 들리지 않는 목소리로 웅얼거렸다.

"죄송해요. 못 들었어요."

로건은 어색하게 웃었다.

"아버지는 어머니를 사모한다고 했습니다. 아버지는 여전히 어머니를 사모하십니다."

그리고 곧바로 로건은 자신을 닫아걸으려고 했다.

크리스티나는 질문 방향을 바꾸었다.

"작년에 부모님과 함께 살았다던 여자에 관해 말해줄 수 있을까요? 여자 형제분들 모두 그 사람 이야기를 하던데요."

"사반나 말이군요."

로건이 묵직하게 그 이름을 내뱉었다.

"아, 그것은, 말하려면 복잡합니다. 그 사람 때문에 한동안 아주 복잡했습니다."

"어떤 점에서 말인가요?"

"모든 점에서 말입니다."

13

과거, 9월

"그 애가 살 수 있는 곳을 찾을 때까지만이야."

조이가 브룩에게 말했다. 조이는 어깨와 머리 사이에 전화기를 끼고, 힘들게 참아내야 했던 한 파티에서 사 온 녹색 초극세사 먼지 닦는 천으로 거실 먼지를 닦고 있었다. 그 파티에서 조이는 수년 동안 조이와 스탠에게 개인 교습을 받았지만 전혀 실력이 늘지 않았던 세 아이의 아주 친절한 어머니가 하는 다양한 '제품' 설명을 참고 들어야 했고, 그 아이들의 늘지 않던 실력에 책임을 느끼고 있었기에 속죄의 의미로 한 아이당 한 개씩, 먼지 닦는 천을 샀다. 조이에게는 아이들과 전화 통화를 할 때면 먼지를 닦는다는 규칙이 있었다. (평균 30초가 넘지 않는 로건과의 통화 때도 마찬가지였다.)

오늘 조이는 기분이 좋았다. 어젯밤에 조이와 스탠이 섹스를 했기 때문이다. 놀랍도록 멋진 섹스였다. 조이가 아직 가임기였다면, 분명히 임신했을 것이다. (조이는 언제나 아이들에게 스탠이 쳐다보기만 했는데, 자기가 임신을 했다고 말했다. 당혹스럽게도 브룩이 엄마의 말을 곧이곧대로 믿었고, 여섯 살 때 예비 학교 쉬는 시간에 어린 필립 응우가 자기를 임신시키려 했다며 비난했다.)

몇 달 만에 하는 섹스였다. 사실 조이는 두 사람의 섹스는 끝이 났다고 생각했고, 그 때문에 속상하지는 않았지만, 속상하지 않다는 사실에 속상하기는 했다. 어젯밤에 섹스를 한 것은 사반나 때문일 수도 있었다. 사반나가 집에 있다는 이유로 방문을 닫았고, 방문을 닫았다는 것이 섹스를 해야 한다는 신호로 작용했는지도 몰랐다. 아니면 예쁜 젊은 여자가 집 안에서 뛰어다니니까 스탠의 성욕이 살아났는지도 몰랐다.

이유가 무엇이든, 조이는 솔직히 상관이 없었다. 조이도 카로의 성인 아들 제이콥이 셔츠를 벗고 정원을 손질할 때면 어떤 핑계를 대든 앞뜰에 나가 서성이고는 했다. 제이콥은 아주 아기였을 때부터 알던 아이였지만, 젊은 로버트 레드포드처럼 멋지게 자랐고, 조이는 아직 죽지 않았으니까. 어제의 섹스는 조이의 나이대 사람들이 할 수 없는 무척 훌륭한 섹스였다고 생각했다. 조이는 아주 힘든 시합에서 우승한 것처럼, 어젯밤에 부모가 침대에서 얼마나 멋지게 해냈는지를 말하고 싶은 충동을 꾹 눌러 참았다.

"왜 웃어, 엄마?"

브룩이 물었다.

"안 웃었어. 먼지 닦고 있어. 먼지 때문에 코가 간지러워서 그래."

오늘 브룩은 음성 메시지를 두 개나 남겼다. 브룩에게는 에이미가 먼저 사반나에 관해 말했고, 오늘 아침에 로건이 전화를 한 것이 분명했다. 그래서인지 지금은 괜찮아진 상태였다. 조이는 브룩에게는 더 빨리 전화해야 한다는 사실을 알았다. 브룩은 가족에게 일어난 중요한 일을 맨 먼저 알고 싶어 하는 아이니까. 하지만 조이는 브룩이 집에 손님을 들였다는 소식을 들으면 못마땅해하고, 의심하고, 불안해할 것을 알았기에 전화를 하지 않았다. 그리고 그것은 옳은 생각이었음이 지금, 입증됐다.

"로건 오빠 말이, 오빠랑 트로이 오빠가 내일 그 여자 집에 가서 짐을 가져온다며?"

브룩은 퇴근하는 길에 차 안에서 스피커폰으로 통화하고 있었다. 스피커폰으로 하는 통화는 짜증이 났다. 브룩의 목소리가 계속해서 사라졌다가 다시 나타났다.

"맞아. 로건이 자기가 한다고 했어. 아빠가 짐을 옮기는 게 걱정됐나 봐. 로건이랑 트로이가 사반나하고 내일 거기 가서 짐을 가져올 거야. 그럼 그 나쁜 남자랑은 영원히 끝이야."

조이는 먼지 닦는 천을 들고 거실로 들어가서 스탠이 모은 테니스공을 닦기 시작했다. 스탠이 모은 사인 공은 모두 마흔세 개였는데, 각각 작은 유리 상자에 넣어 보관했다. 유리 상자에는 정말 놀라울 정도로 쉽게, 아주 짧은 시간에 먼지가 잔뜩 쌓였다. 스탠이 죽으면 맨 먼저 이 공들부터 버려야지. 이 공 중에는 분명히 가짜 사인 공도 있을 것이다. 조이는 스포츠 기념품 중에 가짜가 많다는 기사를 어디선가 읽은 적이 있었다.

"그 여자 남자 친구가 오면 어떻게 해?"

브룩이 물었다.

"2 대 1인데 뭐. 오빠들이 알아서 할 수 있을 거야."

"그래도…… 혹시, 칼 같은 걸 들고 오면 어쩌려고?"

브룩의 말에 조이는 잠시 멈칫했다. 아니, 그럴 리는 없었다!

"애들한테 칼을 가져가라고 할까?"

"맙소사, 엄마!"

브룩이 버럭 소리를 질렀다. 브룩의 과한 반응에 조이는 오히려 차분해졌다. 조이는 아들들을 전쟁터에 보내는 것이 아니었다. 사반나는 남자 친구가 분명히 없을 거라고 했다. 게다가 남자 친구가 오더라도 트로이와 로건은 아주 크고 강하고 위협적인 남자들이었다. 누구나 그렇게 말한다. 그러니 괜찮을 것이다. 아들들에게 칼을 가져가라고 말할 필요는 없었다. 솔직히 말해서 조이의 마음 한구석에는 아들들이 아직은 어린아이이고, 자기 자신이 다치거나 서로를 다치게 할 수 있으니, 미덥지 못한 아들들에게는 칼을 들지 않게 하고 싶은 걱정 많은 조이가 있었다. 물론 조이는 자기 생각에 아주 심각한 모순이 있음을 알았다.

"오지 않을 거야. 그래픽 디자이너래. 인디라처럼 말이야. 혹시 인디라랑 그 사람 아는 사이 아닐까? 하긴 그럴 것 같지는 않지? 인디라가 사랑스러운 냉장고 자석을 선물했는데, 내가 그 얘기 했니?"

조이는 만나는 사람마다 인디라가 준 냉장고 자석이 너무나도 마음에 든다고 말했다. 선물 상자를 풀 때 너무나도 실망해서 사실은 쳐다보기도 힘들다는 것을 감추고 싶었기 때문이다. 그날, 조이는 바보처럼 인디라가 초음파 사진을 보냈다고 확신했다. 정원 어딘가에서 인디라가 숨어서 조이의 반응을 살펴보고 있을 거라고 믿었다. 하지만 냉장고 자석이라니, 정말 굴욕이었다.

"아니, 엄마. 인디라 언니한테 사랑스러운 냉장고 자석 받았다는 이야기 안 했어."

조이는 브룩의 말투를 알았다. 자신이 엄마의 행동을 봐주겠다는 마음으로 말할 때 나오곤 하던 말투였다.

"아무튼, 네 오빠들은 괜찮을 거야."

조이가 말했다.

"그런 사람들이랑 엮이다니, 믿을 수가 없어."

브룩이 초조한 듯이 말했다.

"그런 사람들이라니? 그런 사람들이, 무슨 뜻이야?"

조이가 되물었다.

브룩은 절대로, 결코 오만했던 적이 없었다. 조이는 아이들을 그렇게 가르치지 않았다. 트로이는 수컷 공작처럼 뻐기기를 잘했고, 식당에 가면 탁자 위에 번쩍이는 검은색 신용카드를 탁, 하고 내려놓으며 "이건 내가 살게"라고 말하는 걸 즐겼지만 그런 행동은 재미있었지, 오만하지는 않았다.

"엄마, 내가 한 말이 무슨 뜻인지 알잖아."

"아니, 모르겠어. 네가 자란 곳이 다운튼 애비는 아니잖아, 달링."

"돈이나 계층 이야기가 아니잖아. 내 말은, 그러니까 뭐랄까, 그거, 범죄적인 요소가 있을 수 있는 사람들이라는 뜻이야."

"범죄적인 요소라면 우리 집에도 많아. 너희 오빠가 마약상이었던 거 잊었어?"

"엄마, 트로이 오빠는 사립 고등학교에서 대마초 판 거밖에 없어. 무슨 거물급 마약상처럼 말하면 안 되지. 오빠는 그냥…… 틈새시장을 공략한 것뿐이야."

"사반나는 어려움에 처한 좋은 아이야. 장담할 수 있어."

조이가 힘차게 말했다.

"그래, 좋은 여자일 거라고 생각해. 그런 일을 겪었다는 건 끔찍한 일이야. 하지만 모르는 사람이잖아. 엄마가 책임져야 할 사람이 아니야. 엄마는 엄마 일만으로도 정신없잖아."

브룩은 스탠이 무릎 수술을 한 뒤부터 새로 장착한 말투로 말했다. 자신에게는 나이 든 부모를 돌봐야 하는 무거운 책임이 있다는 말투. 그런 말투는 사랑스럽기도 했지만 짜증이 나기도 했다.

"그게 무슨 말이니? 우리는 할 일이 없어. 하나도 없어. 정말 할 일이 하나도 없어, 달링."

사반나가 문 앞에 나타나기 전까지는 조이도 자신과 스탠이 얼마나 지루하게 살고 있는지 깨닫지 못했다. 사반나는 조이와 스탠이 다시 흥미를 느끼게 했고, 이야깃거리를 주었다. 사반나는 상냥했고, 고마워할 줄 알았고, 예뻤다.

"그리고 이제 사반나는 더는 모르는 사람이 아니야."

조이는 아가시가 휘갈겨 쓴 사인을 똑바로 보면서 유리 상자를 닦았다.

"사람들은 모두 모르는 상태에서 만나는 거야. 네 아빠도 처음 만났을 때는 나한테 낯선 사람이었어. 너도 처음 만났을 때는 나한테 조금은 낯선 사람이었고."

의사가 덫에서 구한 작은 동물처럼 갓 태어난 아기를 들고 있을 때, 터져버릴 것처럼 벌겋던 브룩의 얼굴이 떠올랐다. 자기 힘으로는 아무 일도 할 수 없어 화만 내던 무력한 아기가 이렇게 자기주장이 강한 여자로 크다니, 정말 경이로웠다.

"아빠를 처음 만난 순간 엄마 집으로 들이지는 않았을 거 아니야."

"그건 아니지. 하지만 넌 곧바로 들였어."

조이는 자신이 상당히 재치 있게 말했다고 생각했지만, 브룩은 공허하게 웃었다.

"게다가 집에 '들인 것'도 아니야."

조이는 브룩을 달래면서 나브라틸로바의 사인 공을 들어 올렸다.

"잠시 머무는 거지, 당연히."

조이는 회계사와 말할 때처럼 딱딱한 사업가 말투로 말했다.

"혼자 충분히 생활할 수 있을 때까지만 함께 지낼 거야. 너희가 걱정할 일은 하나도 없어. 너도 만나자마자 사반나가 좋아질 거야. 오늘 로건도 좋아했다니까. 사반나가 지금 뭐 하고 있는지 아니?"

"엄마 보석 뒤지고 있어? 아니면 신분증을 도용하고 있는 거 아니야?"

브룩은 마치 제 아빠처럼 말할 때가 있다.

"나한테 훔칠 만한 보석이 어딨니? 그냥 가져가도 돼. 지금, 저녁

하고 있어. 파스타."

주방에서 마늘과 양파 냄새가 은은하게 퍼져나오고 있었다.

"벌써 세 번째 요리야. 말렸지만 극구 자기가 하겠다잖아. 요리하는 걸 좋아한다지 뭐니. 다른 사람이 나를 위해 요리해주는 게 얼마나 근사한 줄 알아? 아, 너도 알겠네. 그랜트가 해주잖아."

전화기 너머에서 잠시 침묵이 흐르더니, 브룩이 너무하다는 듯이 말했다.

"나도 엄마 저녁 해줬잖아."

"물론 그랬지. 그것도 아주 많이."

조이가 브룩을 달랬다. 브룩도 조이처럼 요리에 재능이 있었다. 하지만 조이처럼 요리에 열의는 없었다. 그러니까 브룩도 조이처럼 한숨을 쉬면서 근엄하게 접시를 식탁에 내려놓는 쪽이었다.

조이의 가족은 예전에도, 지금도 대식가다. 가족을 먹이는 일은 결코 끝나지 않는 고된 일이었고, 지금은 조이와 스탠뿐이지만, 매일 밤 어쩔 수 없이 주방에 들어가야 할 때면 '이걸 또 해야 해?' 하는 생각이 들었다. 하지만 사반나에게는 요리 시간이 그저 견뎌내야 하는 고행의 시간이 아니라 즐거운 취미 시간 같았다. 요리를 하면서 사반나는 콧노래를 불렀고, 요리가 끝나면 즐겁게 뒷정리를 했다.

브룩은 대답하지 않았고, 조이는 전화기 너머로 차들이 지나가는 소리, 화난 사람이 경적을 울리는 소리를 들으며 핸들을 잡고 얼굴을 찌푸린 채 조이로서는 개업할 용기를 갖지 않기를 바랐던 그 망할 클리닉과 아직은 걱정할 필요가 없는 부모를 걱정하고 있는 막내딸을 생각했다. 그래, 얘. 그 시간은 올 거야. 우리는 늙고 병들고, 완고해지고, 너는 우리가 전화를 할 때마다 사랑과 공포를 동시에 느끼며 위장이 뒤틀릴 때가 분명히 올 거야. 하지만 아직 시간은 많이 남아 있어. 그러니까 미리 앞서서 걱정하지는 마. 아직 우리 걱정은 하지 않아도 돼.

"나는, 진짜, 요리가 싫어."

조이가 말했다. 싫다는 말이 악의에 찬 반역자처럼 조이의 입에서 튀어나왔다.

"넌 정말 내가 요리를 얼마나 싫어하는지 모를 거야. 밥을 준비하는 건 정말 끝이 없잖아. 매일매일, 진짜 지겹도록 매일 요리를 해야 하잖아. 매일 다섯 시만 되면, 너희 아빠는 나한테 뭘 맡겨놓은 사람처럼 늘 '오늘 저녁은 뭐야?'라고 묻는데, 그때마다 턱이 아플 정도로 이를 앙다무는 거 아니?"

갑자기 당혹스러워서 조이는 입을 다물었다.

"이런, 엄마."

브룩은 충격을 받은 것 같았다.

"요리하는 게 그렇게 싫었으면, 우리한테 하라고 하지 그랬어. 엄마가 요리하는 걸 싫어하는지 몰랐어. 지금까지 말이야. 우리도 모두 성인인데, 엄마를 돕게 했어야지. 엄마는 우리가 주방에 들어가는 거 싫어했잖아. 기분이 아주 이상……."

"아니, 아니, 아니야."

조이가 브룩의 말을 막았다. 당혹스러웠다. 조이가 아이들을 주방에 들어오지 못하게 한 것은 사실이었다. 야단법석을 떨면서 주방을 엉망으로 만들었기 때문이다. 조이는 아이들이 얼굴에 잔뜩 밀가루를 묻힌 채 바닥에 달걀을 떨어뜨리는 모습을 사랑스럽게 생각하고 웃으면서 지켜봐줄 수 있는 엄마가 아니었다. (하지만 그런 할머니는 될 수 있을 것 같았다. 손주들은 조이에게 사랑스러운 보호자가 될 수 있는 두 번째 기회를 줄 것이다. 이제 조이에게는 마음대로 쓸 수 있는 시간이 있고,

마음껏 깨뜨려도 되는 달걀이 있으니까, 손주들과 함께 요리를 할 수 있을 것이다. 아이들 어렸을 때 찍은 사진을 보면서 조이는 가끔 생각했다. 이때 나는 아이들이 이렇게 아름답다는 걸 알고 있었을까? 내가 정말 이 순간을 살았던 걸까? 내 인생은 그저 표면을 스치듯이 살아온 게 전부 아닐까?)

"아이고, 내가 바보 같은 말을 했다. 그렇게까지 요리를 싫어하는 건 아니야. 그저, 내가 장원의 여주인이 된 것처럼 다른 사람이 내 앞에 음식을 가져다주는 게 좋다는 거지. 게다가 이제는 힘들 것도 없어. 네 아버지랑 나뿐인데 뭐. 아주 쉬워, 이제는……. 근데 너는 어떠니? 주말은 잘 보냈어?"

"좋았어. 조용했어."

갑작스러운 본능이 조이에게 브룩의 목소리가 부자연스럽다는 사실을 알려주었고, 갑자기 브룩이 주말에 온다고 하고서 오지 않았다는 사실을 깨달았다. 주말에는 사반나와 함께 있느라 생각하지 못하다가 지금에야 생각이 난 것이다.

"주말에 편두통으로 고생했니, 브룩?"

"그거 말고 사반나는 하루 종일 뭐 해? 요리 말고 말이야."

조이와 브룩이 동시에 물었다.

"쉬었어. 쉬어야 하니까. 정말 힘든 시간을 보낸 거 같아."

조이가 대답했다.

처음 며칠 동안 사반나는 심각한 질병에서 회복되어가는 사람처럼 아주 긴 시간 동안 잠만 잤고, 조이와 스탠은 서로를 쳐다보며 영문을 모르겠다는 듯이 어깨를 으쓱하면서 발소리를 내지 않으려고 애썼다. 처음에 사반나는 너무나도 고마워하면서 조이가 주는 음식을 계속 받아먹을 뿐 아무 말도 하지 않았다. 사반나의 뺨에 혈색이 돌아오는 모습을 지켜보는 과정은 정말 기뻤다. 며칠이 지나자 사반나는 점점 더 말이 많아졌고, 조이와 스탠의 인생에 관심을 보였으며, 두 사람의 이야기를 듣는 것도, 델라니 가족의 사진을 보는 것도 너무 좋아했다. 테니스 아카데미에 관해서도 모든 것을 물어보았다. 언제 사업을 시작했는지, 개원 초기에는 어땠는지, 학생을 찾는 일은 힘들지 않았는지, 아직도 조이와 스탠이 테니스를 하는지, 아이들 가운데 한 명이 부모님 사업을 물려받고 싶어 하지는 않는지 물었다.

이런 모든 질문에 대답한 사람은 스탠이었다. 사반나가 질문을 하면 스탠이 재빨리 입을 열었다. 정말 의외의 모습이었다. 스탠은 자신에게 테니스 아카데미에 관한 모든 것을 물어봐줄 사람을 기다렸다는 듯이 반응했다. 모든 것을 말하고 정리를 해야지만 정말로 모든 것이 끝났음을 인정할 수 있기 때문인지도 몰랐다. 그런 식으로 모두 말해야만 자신이 받아야 할 모든 치료를 받았다는 느낌을 충족할 수 있었기 때문인지도 몰랐다. 사반나는 계속 고개를 끄덕이면서, 스탠이 특정 시합이 1981년에 열렸는지, 1982년에 열렸는지 기억나지 않아 10분 동안 고민할 때도 끈기 있게 기다려주었다.

"아빠는 사반나가 함께 지내는 걸 뭐라고 해?"

브룩은 조이의 대답을 기다리지도 않고 갑자기 의심스럽다는 듯이 물었다.

"아빠가 그 여자를 코트에 데려갔어? 같이 테니스도 쳤어?"

브룩은 정말 알기 쉬운 아이였다. 정말로 언제나 아빠의 딸이었다. 브룩은 아빠의 인정을 전혀 받지 못한 것처럼 늘 아빠의 인정을 갈망했지만, 사실 스탠이 브룩을 처음으로 안아 올렸던 순간부터 브룩은 늘 스탠의 인정을 받았다. 브룩은 스탠이 가장 사랑하는 아이였다. 브룩만 몰랐을 뿐, 그 사실을 모든 가족이 알았다.

"사반나는 테니스 안 해. 운동을 하는 타입은 아니야. 하지만 너희 아빠가 좋아해."

스탠과 사반나가 잘 지내다니, 정말 놀라운 일이었다.

"사반나와 너희 아빠는 둘 다 좋아하는 텔레비전 시리즈 이야기를 하느라 정신없어. 거기 나온 사람들이 진짜인 것처럼 말한다니까."

"무슨 시리즌데?"

브룩이 텔레비전 시리즈 제목을 아는 것이 아주 중요하다는 듯이 급하게 물었다.

"아, 이런. 기억이 안 나네."

조이는 평생 텔레비전에 심취해본 적이 없었고, 날이 갈수록 텔레비전은 점점 더 참기 힘들어졌다. 아주 오랫동안 앉아서 텔레비전을 보는 건 허리랑 등이 견디지 못했다. 하지만 스탠은 조이와는 완전히 반대 방향으로 나갔다. 스탠은 안락의자에 앉아 몇 시간이고 쓰레기 같은 텔레비전 프로그램을 쳐다보고 있을 수 있었다.

"알았어."

브룩이 말했다.

"그랜트는 어때? 일은? 며칠 전에 네 명함을 누군가에게 줬거든. 근데 누구였는지 모르겠다. 나처럼 등이 아프다고 한 사람이었는데. 아무튼 내가 '그럼 내 딸을 만나봐요'라고 했거든. 그랬더니 그 사람이……."

"에이미 언니가 그러는데, 아빠가 그 여자한테 차를 사준다고 했다며?"

브룩의 목소리가 날카로웠다.

"누구? 사반나? 아니야. 그냥 때가 되면 우리가 어떻게 해야 사반나에게 차를 구해줄 수 있을까 고민했더니, 네 아빠가 차는 뉴 골프가 어떠냐고 물어서, 그냥 시승해보러 간 거야. 너도 너희 아빠가 시승하는 거 얼마나 좋아하는지 알잖아. 살 생각이 없어도 차 타는 거 얼마나 좋아하니?"

"그 사람이 차를 어떻게 사? 직업은 있어?"

브룩이 물었다.

"내가 사반나랑 남자 친구가 얼마 전에야 퀸즐랜드에서 왔다고 말했었지?"

"그런데 왜 다시 돌아가지 않는 거……?"

"조—이! 식사하세요!"

"가야겠다. 사반나가 저녁 준비 다 했대."

조이는 휴대전화를 귀에 대고 주방으로 걸어가면서 말했다.

"해리가 복귀하는 거에 대해 아빠는 뭐래?"

브룩이 물었다.

"아, 그게, 사반나 덕분에 신경을 다른 데로 돌릴 수 있지 뭐니."

스탠이 이미 주방에서 음료를 고르고 있을 걸 알았기에, 조이는 목소리를 낮추어서 대답했다. 사반나가 식당 직원처럼 팔에 접시를 세 개 올리고 복도를 걷는 모습이 보였다. 새로 자른 머리는 정말 사랑스러웠다.

"걔가 자서전에 아빠에 대해 뭐라고 쓸지 궁금해. 아빠가 읽을 것 같아? 너무 속상해서 읽지 않으려나?"

"자서전이라니?"

조이는 걸음을 멈추고는 몸을 돌려 주방을 등지고 섰다.

"직접 썼을 거야. 아니면 대필을 했는지도 모르지."

정말로 그 녀석에게서는 벗어나지 못하는 걸까?

"몰랐어."

충분히 예상했어야 했다. 테니스계에서 성공한 사람들은 모두 자기 이야기를 쓰니까. 사람들은 누구나 성공한 이야기를 사랑하니까. 지역 대학교 회고록 쓰기 선생님은 '가난을 극복하고 부자가 된 사람'과 '온갖 역경을 극복하고 성공한 사람' 이야기가 회고록에서는 가장 인기 있는 주제라고 했다.

카로가 바보 같은 회고록 쓰기 강좌에 등록했을 때는 살짝 무시하는 마음이 있었지만, 조이가 무릎에 밴드도 붙여주었던 그 망할 삐쩍 마른 아이는 정말로 사람들이 읽고 싶어 할 제대로 된 회고록을 쓸 것이 분명했다. 그런 생각을 하니, 조이는 자신의 삶 전체가 너무나도 바보처럼 느껴졌다. '한 할머니의 일생'이라니.

"엄마는 읽어볼 거야?"

브룩이 물었다.

"글쎄, 모르겠어. 아마 읽겠지."

조이는 천천히 대답했다. 주방에서 사반나에게 말을 하는 낮고도 굵직한 스탠의 목소리가 들렸다.

조이는 소파로 걸어가 소파에 앉아서 쿠션을 집어 들었다. 쿠션에 매달린 부드러운 술을 어루만지면서, 브룩이 새로 알려준 정보에 대한 자신의 반응을 살폈다. 심장박동은 빨라졌지만, 마구 뛴다고 할 정도는 아니었다. 사실 정말로 걱정할 일은 없을 것이 분명했다. 어쨌거나 조이와 스탠은 해리의 걸출한 경력이 나열된 책에서 불과 한 장만을 차지할 테니까. 조이와 스탠과 함께 있었던 순간보다는 해리의 아버지 일라이어스가 제비뽑기에서 델라니 테니스 아카데미의 개인 교습권을 뽑아 아들에게 준 이야기, 그 덕분에 그 아이가 테니스 라켓을 처음으로 잡아보게 된 이야기처럼 바자회 경품 이야기를 더 자세하게 적겠지.

게다가 더 밝혀질 이야기도 없었다. 해리는 아무것도 모르고 자신의 미래만을 쳐다보던 아이였으니까. 독자들은 그가 윔블던에서 우승한 이야기를 원한다. 독자들이 알고 싶어 하는 것은 해리의 비밀이다. 해리 아버지의 비밀이 아니라. 조이의 비밀이 아니라.

조이는 일라이어스 하다드의 잘생긴 얼굴을 떠올렸다. 그 느리고 관능적이던 윙크를 떠올렸다. 그 윙크를 볼 때마다 조이의 피는 차갑게 식었다. 테니스 대회에서 일라이어스를 만날 때마다 조이는 '감히, 나한테 다시는 윙크할 생각 마요, 일라이어스'라고 생각했다. 하지만 일라이어스는 언제나 부모를 전혀 신경 쓰지 않는 아이들 머리 위로 조이에게 윙크를 보냈다. 그 모든 일이 그저 장난이라는 듯이 말이다. 아니, 조이는 걱정하지 않기로 했다. 마음속에서 그 일을 몰아내기로 했다. 어쨌거나 정말 아주 오래전 일이니까.

"뭐든 연연할 필요 없어."

조이의 어머니는 그렇게 말했었다. 요즘 사람들은 지나치게 연연한다.

"더 붙잡고 있으면 안 되겠다, 달링. 요즘 정말 바쁘지?"

조이가 경쾌하게 말했다. 조이를 기다리는 저녁 식사가 향기로운 냄새를 풍겼다. 조이는 들고 있던 쿠션을 소파 끝에 놓았다.

"아무튼 일요일에 보자. 아버지의 날에. 그때 사반나를 만날 수 있을 거야."

"그때까지도 있는다고? 아버지의 날까지도?"

브룩는 솔직하게 고통을 드러내며 갈라진 목소리로 말했다.

조이는 목소리를 낮추고 다시 전화기 쪽으로 머리를 숙였다.

"달링."

델라니 가족에게는 브룩이 계속 지속되기를 바라는 신화가 하나 있었다. 브룩이 가장 어리고 건강이 가장 안 좋지만, 델라니 남매 중에서는 가장 탄탄하고, 가장 덜 예민하며, 사적으로나 공적으로 가장 완벽한 생활을 하고 있다는, 가장 많은 책임을 지고 있어야 할 첫째 에이미는 괴짜인데다 너무 연약해서 쉽게 감정을 다친다는 신화였다. 하지만 조이는 자기 아이들을 그보다는 더 잘 알았다.

조이는 아이들이 이 세상에 드러내고 있는 겉모습이 아닌 그 뒤에 감춰진 모습을 정확하게 알고 있었다. 물론 에이미는 정신 건강에 문제가 있었지만, 중심은 강철못처럼 단단한 아이였다. 로건은 모든 일에 관심이 없는 척했지만, 모든 일에 신경을 쓰는 아이였다. 트로이는 자신이 가장 우월한 것처럼 행동하지만, 사실은 열등감이 많은 아이였다. 브룩은 형제 중에서 가장 성숙한 사람으로 보이길 바랐지만 가끔씩 겁먹은 아이의 표정이 되곤 했다. 그럴 때면 조이는 186센티미터나 되는 키 큰 딸을 꼭 끌어안고 "아이고, 우리 아기"라고 말해주고 싶었다.

"사반나가 주말까지 살 집을 찾을 수는 없을 거야."

조이가 말했다.

"알아. 당연히 그렇겠지."

브룩이 대답했다. 평온하고 무심한 목소리로 돌아와 있었다.

"알았어, 엄마. 엄마는 정말 좋은 일을 하고 있는 거야. 엄마가 잠시라도 요리를 하지 않아도 돼서 기뻐. 일요일에 봐. 사랑해."

"나도 사랑해."

조이가 말했지만, 브룩은 이미 전화를 끊은 뒤였다.

조이는 주방으로 들어갔다. 스탠이 아일랜드 벤치에 와인 잔을 쭉 늘어놓았다. 사반나를 위한 화이트 와인, 스탠을 위한 레드 와인, 조이를 위한 와인 칵테일 스프리처가 준비되어 있었다.

사반나는 식탁 가운데에 그린 샐러드를 담은 볼을 놓고, 그 안에 샐러드를 덜어 먹을 반짝이는 은색 샐러드 집게를 비스듬히 세워놓았다. 그 샐러드 집게는 몇 년 전에 누군가 조이에게 선물한 것이지만, 심지어 크리스마스 때조차도 아직은 쓸 때가 아니라는 생각이 들어 한 번도 꺼낸 적이 없는 도구였다. 하지만 사반나는 일상에서 쓰기에는 지나치게 좋은 식기 깔개, 유리잔, 접시 같은 조이의 주방에서 가장 좋은 물건들을 아무렇지도 않게 꺼내 매번 저녁 식사를 기쁨이 넘치는 만찬의 시간으로 만들어버렸다. 사반나에게는 식탁을 꾸미는 재주가 있었다. 조이의 어머니에게도 식탁을 멋지게 꾸미는 재주가 있었지만, 조이는 그 재주를 물려받지 않았다. 오늘 사반나는 작은 벚나무 가지를 꺾어 와 찬장 안쪽에서 찾은 작은 꽃병에 꽂아두기까지 했다.

"음악을 틀까?"

조이는 고개를 한쪽으로 갸우뚱하면서 전화기를 들어 올렸다. 이런 질문을 하다니, 에이미처럼 다른 사람과 주택을 공유하며 사는 30대가 된 것만 같았다. (조이는 단 한 번도 공유 주택에서 살아본 적이 없었다.) 로건이 몇 년 전에 음원 플랫폼 스포티파이를 설치해주었지만, 사반나가 함께 살기 전까지는 샐러드 집게처럼 언제 써야 할지를 몰라 한 번도 틀어본 적이 없었다.

"네, 좋아요."

사반나가 선반에서 소금과 후추 그라인더를 가져오려고 조이 뒤에서 재빨리 움직이면서 대답했다.

"이 파스타, 맛있어 보이네, 사반나."

스탠이 말했다. 스탠은 조이가 요리한 음식을 보고 "맛있어 보여, 조이"라고 말한 적이 단 한 번도 없었다. 포크를 집어 들며 돼지 않듯이 "좋아 보여"라고 말할 때는 있었지만. 스탠의 격식은 좋은 식기류 같았다. 저녁 식사에 멋진 풍취를 더해주는 것이었다.

스탠이 조이에게 윙크했다. 숨은 뜻이 없는 사랑스럽고도 남편다운 윙크였고, 조이는 지난밤 자기 몸을 굳게 잡았던 그의 손을, 귓가에 속삭이던 깊은 목소리를 생각했고, 닐 다이아몬드의 〈스위트 캐롤라인〉의 첫 소절이 주방을 가득 채울 때쯤에는 초강력 해열진통제를 복용한 것처럼 온몸에 깊은 만족감이 퍼졌기에, 해리에 대한 기억도, 브룩에 대한 걱정도 사라지게 내버려두었다.

14

현재

"부인을 살해하셨습니까, 델라니 씨?"

"뭐라는 거요?"

눈 밑에 붉은 엄지손가락 지문 자국이 있는, 어깨가 굽은 거대한 노인이 당황한 얼굴로 머리카락 한 올 없는 머리를 들어 올렸다.

말쑥한 양복을 입고 넥타이를 맨 아기처럼 생긴 기자가 노인의 얼굴 앞으로 뭉툭한 마이크를 들이밀었다.

"아내분이 사라진 일과 관계가 있으십니까, 델라니 씨?"

노인은 교외에 있는 자기 집 잔디밭에서 성인 자녀 네 명과 나란히 서서 반원을 이룬 취재기자들과 사진기자들에게 둘러싸여 있었다. 취재기자들은 모두 각진 어깨에 단정한 민무늬 원색 옷을 입고 매끄럽고 불투명하게 화장을 한 젊은 사람들이었고, 사진기자들은 모두 주말에 장비를 사려고 나온 사람들처럼 청바지에 폴로셔츠를 입은 무표정하고 평범한 얼굴의 나이 든 남자들이었다.

"델라니 씨?"

"이게 무슨 무례한 질문이에요? 아빠에게서 떨어져요, 이 기생충 같은 사람이."

노인의 딸 가운데 한 명이 소리치더니 마이크를 찰싹 때렸다. 재빠르고 부드러운 탁월한 백핸드였다. 노인의 딸은 분명히 테니스 선수였다. 사실 노인의 자녀들은 모두 테니스 선수였다.

노인의 아들 가운데 한 명이 앞으로 나와 아버지의 얼굴을 팔로 가렸다. 하지만 나머지 두 자녀는 어떠한 행동도 하지 않았고, 어떠한 말도 하지 않은 채 아버지에게서 살짝 물러났다.

사람들은 인터넷으로 그 모습을 보았다. 그리고 마음을 정했다. *두 자녀는 아빠가 엄마의 실종과 관계가 있다고 생각하는 거야.*

15

시드니에서 한 여인이 10일 동안 자취를 감춰 걱정이 커지고 있다. 경찰은 오늘 은퇴한 테니스 코치 조이 델라니의 소재를 아는 사람은 긴급 제보를 부탁한다고 발표했다. 69세인 조이 델라니의 실종을 신고한 사람은 성인 자녀들이며, 경찰은 아직까지 그녀의 소재를 파악하지 못하고 있다. 조이 델라니의 가족은 그녀가 밸런타인데이 때 '잠적하겠다'며 자녀들에게 문자메시지를 보냈다고 했다. 집을 나설 때 흰색 고리버들 바구니가 달린 녹색 자전거를 타고 있었을 것으로 추정된다.

100명이 넘는 자원봉사자들이 인근 숲과 자전거 도로를 수색했지만 흔적을 찾을 수 없었다. 경찰은 인근 지역에 CCTV나 차량용 블랙박스를 설치한 사람들이 있으면 나와달라고 요청했다. 또한 델라니 가족 소유의 은색 볼보를 압수해 지난 며칠 동안 범죄 과학수사를 진행하고 있다.

담당 경찰들은 델라니 가족의 집에 머문 것으로 알려졌으며, 중요한 정보를 제공할지도 모를 사반나 파고니스도 함께 찾고 있다. 경찰은 파고니스는 용의자도 혐의자도 아님을 분명히 밝혔다. 담당 수사관인 크리스티나 쿠리 경사는 "아주 작고 사소해 보이는 정보라도 지금으로서는 아주 중요합니다"라고 당부했다. 실종된 여성의 남편 스탠 델라니가 현재 경찰의 수사를 돕고 있다.

"경찰의 수사를 돕고 있다라."

아이들이 모두 놀리는 습관이지만, 평소처럼 커다란 주방 가위로 신문에서 조심스럽게 기사를 잘라내던 테레사 기어는 조용히 중얼거렸다. 신문 기사를 스크랩하는 것 같은 일상의 습관들이 갑자기 구식이 되어버리다니, 이상한 일이었다. 딸이 외출하고 돌아오면 이 오려낸 기사를 보여줘야 할지 결정을 할 수가 없었다.

어쩌면 클레어는 전남편의 어머니가 실종됐다는 소식을 이미 들었는지도 몰랐다. 분명히 클레어는 걱정하고 당황할 것이다. 자신에게 잘못한 사람이 안됐다는 생각이 드는 것만큼 끔찍한 일은 없다. 적이 복권에 당첨되기를 바라는 사람은 없지만, 적에게 비극이 생기기를 바라는 사람도 없다. 비참해진 적은 결국 우위를 점하게 되니까.

망할 델라니들. 한때 테레사는 델라니 가족을 좋아한 적도 있었다. 하지만 지난 5년 동안 모든 것이 바뀌었다. 트로이가 한 일을 전하면서 완전히 무너졌던 딸의 얼굴은 절대로 잊을 수가 없었다. 트로이의 잘못은 클레어의 마음을 산산조각 낸 것만이 아니었다. 클레어가 미국 사람과 재혼한 것도 모두 트로이의 탓이었다. 물론 좋은 미국인이기는 했지만 그래봤자 미국에 사는 미국인이었다.

트로이와 클레어가 부부였을 때는 뉴욕과 시드니가 버스 정류장만큼만 떨어져 있다는 듯이 두 아이는 끊임없이 미국과 오스트레일리아를 오가는 혼종의 삶을 살았다. 그 때문에 클레어는 뉴욕에서 세라라는 텍사스 여자를 만나 친구가 됐고, 트로이와 클레어가 이혼한 지 1년이 됐을 때, 세라는 자신의 결혼식에 클레어를 초대했다. 그곳에서 클레어는 세라의 이혼한 오빠 제프를 만났다. 물론 제프에게는 나무랄 점이 없었다. 사는 곳 빼고는 말이다! 오스틴은 재미있고 다정한 도시였다. 하지만 시드니도 마찬가지였다. 그 말을 새로운 사위에게 했을 때, 제프는 그저 웃을 뿐이었다.

제프는 트로이와 달리 아내의 어머니에게는 그다지 관심이 없었다. 트로이는 테레사에게 시시덕거릴 정도로 친절했다. 테레사는 사위의 그런 치근거림이 좋았다. 하지만 이제 그 생각을 하면 화가 났다. 그건 모두 기만이었다. 제프는 트로이가 아니었다. 제프는 비행을 좋아하지 않았다. 이곳저곳을 옮겨가며 사는 것을 원치 않았다. 제프는 클레어가 오스트레일리아에 있는 가족을 1년에 한 번만 볼 수 있는 인생을 원했다.

지금 클레어는 시드니로 돌아와서 예비 방에서 머물고 있다. 정말 근사한 일이지만, 일단 비행기를 타고 돌아가면 테레사는 몇 달 동안이나 하나뿐인 딸을 볼 수 없을 것이다. 그러니까 트로이 델라니에게는 고마운 점이 하나도 없었다.

테레사는 기사 제목에 가위를 대고 꾹 눌렀다. '사라진 여인에 대한 걱정이 커지다'라니. 망할 트로이의 어머니가 하필 지금 사라지다니.

테레사는 트로이의 부모를 좋아했었다. 두 사람은 자신과 한스처럼 평범하고 건실한 부부였다. 테레사는 그들과 함께 아이들의 조부모가 되는 모습을 상상했었다. 아이들의 결혼 생활에 결국 재앙이 되어버릴…… 금이 가고 있음을 진작 알아챘어야 했다. 하지만 그건 벌써 5년 전 일이었고, 어쩌면 모든 결혼에는 커다란 틈을 만들어버리는 비밀스러운 금이 가기 마련인지도 몰랐다.

테레사는 가위를 내려놓고 이제 막 자른 신문 기사를 조심스럽게 뭉쳐서 쓰레기통에 넣었다. 클레어가 먼저 말하기 전까지는 이전 시어머니에 대해 한마디도 하지 않을 것이다. 물론 속상했지만, 최선을 다해 속상하지 않을 생각이었다. 델라니 가족은 이제 더는 테레사의 가족과는 상관이 없는 사람들이었다.

정말로 그렇다면 얼마나 좋을까? 망할 트로이 델라니.

Apples Never Fall

16

과거, 9월

트로이 델라니는 로건 형의 자동차 조수석에 앉아서 옆으로 지나가는 어린 시절의 거주지를 쳐다보고 있었다. 무성하게 자란 잔디밭, 가장자리가 날카로운 생울타리, 담쟁이로 덮인 벽돌 벽. 오토바이를 탄 우체부가 화려하게 장식한 우체통에 편지 봉투 하나를 밀어 넣고 있었고, 까치 한 마리가 자전거를 탄 사람의 헬멧을 향해 급강하하고 있었고, 한 사람이 이종교배로 품종을 개량한 세 마리 개를 앞세우고 걷고 있었고, 젊은 엄마가 쌍둥이용 유모차를 끌고 있었다. 잘못된 것은 하나도 없었다. 불만을 터뜨려야 할 이유는 하나도 없었다. 그저 모든 것이 완벽하게 좋아서 숨이 막혀 죽을 것 같은 느낌이 들 뿐이었다.

트로이는 눈을 감고 24시간 전에 있었던 번잡스러운 협곡 같은 뉴욕의 거리를 떠올려보려고 했지만, 시드니 교외 같은 평온한 곳에서는 뉴욕이 존재한다는 생각 자체를 할 수가 없는 것 같았다. 그러니 부드럽고 단조로운 현실을 감당하고, 트로이가 이곳에 오는 걸 싫어한다는 사실을 알면서도 면도도 하지 않은 얼굴에 조금은 의기양양한 표정을 지으며 씩 웃고 있는 로건 형을 감내하는 것밖에는 할 수 있는 일이 없었다.

트로이를 본 로건 형은, 당연히 형을 짜증 나게 하려고 두른 스카프였기에 충분히 예상했던 대로 "스카프, 마음에 들어, 동생. 정말 위협적으로 보여"라고 했다.

"100퍼센트 캐시미어야."

트로이가 대답했다.

"두 분 모두 정말 친절하세요."

뒷좌석에서 아주 작게 여자 말소리가 들렸다.

"아닙니다."

트로이는 고개를 돌려 형의 똥 같은 차에서도 평온하게 앉아 있는 여자를 보며 웃었다.

사반나라고 했다. 부모님이 진행하고 있는 약간 기이한 자선 프로젝트. 똑바로 앉은 여자는 머리를 뒤로 넘겨 하나로 묶고 있었기 때문에 엘프의 귀를 닮은 살짝 튀어나온 작은 귀가 보였다. 창백한 얼굴은 화장기가 전혀 없었고, 가냘픈 몸과 굳은 표정은 약물 중독과 거리 생활을 했음을 말해주고 있었다. 한쪽 눈에는 이제 거의 나은 베인 자국과 희미해진 자줏빛 멍 자국이 있었다.

트로이는 불쌍한 여자가 받아야 마땅한 동정심을 느끼려고 애썼지만, 그의 마음은 전 여자 친구의 마음만큼이나 단단했고, 의심이 많았다. 트로이의 부모님은 학대받았다고 해서 자동으로 좋은 사람이 되는 것은 아님을 알지 못했다. 사반나는 좀도둑일 수도 있었고, 사이코패스일 수도 있었고, 아니면 그저 큰 집과 마음씨 좋은 노인들의 선량한 얼굴을 보면서 '돈이다!'라고 생각한 기회주의자일 수도 있었다.

트로이와 로건은 사반나의 남자 친구가 나타날 때를 대비한 '근육맨들'이었다. 트로이는 로건 형을 은밀하게 살펴보았다. 정기적으로 체육관에 나가 운동을 하지 않는데도, 형은 배 주변에 살이 조금 붙었을 뿐 여전히 짜증 날 정도로 몸이 좋았다. 형이 벤치프레스를 하겠다고 마음먹는다면 어떤 변화가 생길지 궁금했다.

사반나의 남자 친구가 나타나면 델라니 형제는 어떻게 해야 할까? 트로이가 '화가 난 젊은이'였을 때는 자기 자신의 정의를 내세워서 누군가를 때릴 수 있는 기회를, 위험에 처한 여자를 구하고 모든 분노 에너지를 쏟아버릴 수 있는 기회를 즐겼다. 하지만 이제 이를 앙다물고 주먹을 꽉 쥔 채로 비난할 사람을 찾아다니던 시절은 끝났다. 이제는 몸으로 싸운다는 생각은 기괴하게 느껴졌다.

트로이는 주먹을 쥐고서 관절을 내려다보았다. 지금도 다른 사람을 때릴 수 있을까? 그때 체포됐다면 어떻게 됐을까? 트로이는 스무 살짜리 경찰이 트로이에게 수갑을 채우고 목덜미를 한 손으로 누른 채 경찰차로 데리고 가는 모습을 상상했다. 자기 삶을 통제하지 못한다는 것은 참을 수 없는 일이다.

그때 체포됐다면 시드니와 뉴욕을 오가는 삶은 살지 못했을 것이다. 지금은 너무나도 쉽게 정기적으로 넘을 수 있는 국경이 청소년 범죄 전과가 있다면 얼마나 넘기 힘들었을지를 잘 알기 때문에, 자신이 얼마나 운이 좋았는지도 잘 알았다. 트로이가 '모험 시대'를 즐길 때 대마초를 팔다가 잡힌 트로이가 훈방 조치를 받을 수 있었던 건 모두 엄마 덕분이었다. 그때 트로이의 여자 친구에게 전화를 받은 엄마는 기병대처럼 경찰서로 달려와 두 경찰 가운데 나이가 많은 경찰에게 온몸 끝까지 장착하고 온 조이 델라니의 매력을 한껏 발휘했다.

그때 트로이는 경찰에 붙잡히기 불과 10분 전에 '엘리트' 학교 학급 반장에게서 상당한 수익을 올렸다. 그것은 트로이에게 돈은 많이 있지만 대마초는 얼마 없다는 뜻이었다. 그래서 트로이는 자신이 피우려고 들고 있었다는 주장을 할 수 있었다. 젊은 경찰은 트로이를 잡아넣고 싶어 하는 게 분명했다. 트로이에게는 그가 견딜 수 없는 점이 있음이 분명했다. 그 경찰은 두 눈 가득 미움을 담고서 "이런 운도 영원하지는 않을 거야, 친구"라고 했다.

"나한테 아무 말도 하지 마. 아니, 쳐다보지도 마."

분노로 온몸을 떨면서 자동차를 운전하던 엄마는 그렇게 말했다.

속임수를 쓴 해리 하다드를 응징하려고 트로이가 해리의 얼굴을 주먹으로 가격했을 때, 해리의 아버지가 경찰에 신고하지 못하게 하는 마술을 발휘한 사람도 엄마였다.

"내가 그 자리에 있었다면, 내가 직접 경찰에 신고했을 거다."

트로이의 아빠는 그렇게 말했다.

"절대 안 그랬을 거야. 아빠가 화가 나서 그렇게 말한 거야."

트로이하고만 있을 때 엄마는 그렇게 말했다.

하지만 트로이의 아빠는 그렇게 말했고, 자기 말을 절대로 번복하지 않았다.

분명히 내년에는 해리 하다드의 자서전이 출간될 것이다. 그 책에 자신이 속임수를 썼다며 자신의 첫 스승의 아들이 네트를 넘어와서 자기 코를 거의 부러뜨릴 뻔했다는 이야기를 쓸까? 아니, 그럴 것 같지는 않았다. 그 이야기는 그동안 만들어온 자기 이미지에 도움이 안 될 테니까. 어쨌거나 트로이는 그 망할 자서전은 읽지 않을 것이다. 속임수를 쓴 해리가 밉다면, 아빠를 저버린 해리는 그보다 훨씬 미웠다.

조수석에서 몸을 뒤척이다가 발끝에 닿는 서브웨이 포장지를 툭 차면서 트로이는 정말 아무 이유도 없이 뉴욕에서 있었던 일을 생각하고 있는 자신을 발견했다. 자신의 뇌가 그 생각을 하지 못하도록 철저하게 막았고, 실제로도 지난 24시간 동안 그 생각을 하려는 자신을 분명히 억제했는데도 말이다.

트로이의 전 아내는 갑자기 술이나 한잔하자고 연락을 해오더니, 트로이에게 생각하는 것만으로도 고통스러워서 위궤양이 생길 것 같은 윤리적인 딜레마를 안겨주었다. 잠깐, 지금도 위궤양에 걸리는 사람이 있을까? 이제는 그 누구도 자신의 위 상태를 다른 사람에게 말하지 않는 것 같았다. 하지만 그 순간 트로이가 느꼈던 감정은 '궤양'이 생긴 것 같다는 말로 표현하는 것이 적절한 것 같았다. 갑자기 작은 낭종이 터져서 위장 속으로 부식성 산을 쏟아내는 것처럼 느껴졌으니까.

"복수하려고 온 거 아니라니까."

클레어는 지나치게 비싸고, 지나치게 장식을 많이 한 칵테일을 홀짝이더니 어색하게 웃었다. 클레어는 트로이를 보겠다며 오스틴에서 비행기를 타고 뉴욕으로 왔다.

로건 형이 하이웨이 쪽으로 차를 돌렸고, 첫 번째 교통신호등 앞에서 섰다. 앞쪽에서 버스가 서고, 사람들이 내리는 모습이 보였다. 한 할머니가 절망적인 얼굴로 손을 번쩍 든 채로 버스 정류장을 향해 비틀거리며 걸어가는 모습이 보였다. 마치 오래전에 세상을 떠난 트로이의 할머니를 떠오르게 하는 노인이었다.

지나치게 술을 많이 마시고 엄마에게 심술궂은 노인이었지만 트로이는 할머니를 좋아했다. 할머니에게는 트로이가 한 번도 보지 못한 할아버지가 할머니를 방 저편으로 집어 던졌을 때 생긴 흉터가 있었다. 할머니는 그 흉터를 자신이 직접 골라 새긴 문신처럼 자랑스러워했다. "그래서 그 망할 놈을 내가 집에서 쫓아버렸어. '다시는 당신 얼굴 보고 싶지 않아'라고 말하면서." 할머니는 손주들에게 그렇게 말했다.

마지막 승객이 버스에서 내렸고, 할머니는 좀 더 빠른 속도로 걸었다. 트로이는 핸들로 주먹을 뻗어, 버스 운전사가 할머니를 볼 수 있도록 세게 경적을 눌렀다. 하지만 너무 늦었다. 버스는 문을 닫더니, 떠나버렸다. 이런, 망할 세상.

로건 형이 곁눈질로 트로이를 보았다.

"다음 거 타면 되지."

트로이는 또다시 서브웨이 포장지를 툭 찼다.

"으으으으으. 진짜 싫어. 내 신발에 달라붙었어. 와, 이런. 가짜 치즈가 내 신발을 노란색으로 물들이고 있어."

"어쨌든 신발은 새로 사야 할 거 같은데?"

"이거 아르마니 신상 스웨이드 로퍼야."

항의하는 트로이의 말에 로건 형은 능글맞게 웃었다.

트로이는 허리를 숙여 서브웨이 포장지를 집어 둥그렇게 말아 조수석 사이드포켓에 구겨 넣었다. 사이드포켓에는 동전들이, 한쪽 알이 빠진 싸구려 선글라스가, 커버 없는 CD가 꽂혀 있었다.

"도대체 청소는 언제 한 거야? 90년대에 하고 안 했지?"

"트로이는 내 차에서 안 보이는 게 좋겠어요."

로건 형이 백미러를 보면서 사반나에게 말했다. 잠깐, 지금 사반나에게 윙크한 거야? 인디라와 오래 사귀고 있으니까 형이 다른 여자에게 추파를 던질 리가 없는데? 트로이가 보기에는 당연히 인디라가 로건 형보다 훨씬 아까운 사람이었다. 도대체 그런 여자들이 형을 좋아하는 이유를 이해할 수가 없었다.

로건 형에게는 괜찮은 여자를 알아보는 재주가 있었다. 로건 형은 트로이로서는 쉽게 알아채지 못하는 여자의 장점을 즉시 알아볼 때가 있었다. 10대 후반이었을 때, 두 사람은 모두 트레이시라는 여자아이와 사귀었는데, 부끄럽게도 트로이는 로건 형의 트레이시에게 끌렸다. 왜냐하면 로건 형의 트레이시가 훨씬 괜찮은 여자였으니까! 더욱 끔찍한 건, 로건 형의 트레이시를 트로이가 먼저 만났으니까, 트로이가 잘했다면 그 여자가 트로이의 트레이시가 될 수도 있었다는 것이다. 하지만 트로이는 로건 형이 그 트레이시의 매력을 알아보기 전까지는 그 여자의 매력을 보지 못했다.

"차가 정말 멋지던데요, 트로이. 모델명이 뭐예요?"

사반나가 물었다.

세 사람이 로건 형의 차로 이동하기로 한 이유는 이 차의 트렁크가 더 컸기 때문이다. 트로이는 형편없는 싸구려 임대 아파트 지역에서는 5분도 되지 않아 누군가 열쇠로 차를 긋고 갈 수 있다고 생각했기 때문에, 자기 차를 사반나의 아파트 앞에 세워두지 않아도 된다는 사실에 안도했다.

"맥라렌 600LT예요."

트로이는 무심한 목소리를 내려고 노력하면서, 로건 형이 일부러 놀라는 척하려고 내는 휘파람 소리는 무시했다.

"그런 차는 얼마나 해요? 이런 질문은 무례한가요?"

사반나가 물었다.

"그럴 리가요. 이 녀석은 항상 자기 수입이 얼만지 말하고 싶어서 안달인걸요."

"미친 소리 좀 그만해."

트로이가 말했다. 이 사기꾼일지도 모르는 여자한테 절대로 말하고 싶지 않은 게 바로 수입이었다.

"당신은 무슨 일을 하나요, 사반나? 생계를 위해서요. 이런 질문은 무례한가요?"

트로이의 말에 사반나는 고개를 돌려 창문을 보았다.

"이것저것이요. 보통은 상점에서 일해요. 접대를 하기도 하고요."

그러니까 사반나는 상점 계산원이나 식당 종업원인 것이다.

사반나는 창문에서 고개를 돌리더니 턱을 치켜들고 트로이를 똑바로 보았다.

"시드니에는 이제 막 도착했어요. 그래서 이렇다 할 만한 일을 하고 있지 않아요. 하지만 당연히, 일단 이 상황이 끝나면……."

사반나는 손으로 자기 이마를 가리켰다.

"당신 부모님에게 계속 얹혀사는 일은 없을 거라고 말씀드릴게요. 그걸 걱정하시는 거라면요."

"그런 뜻으로 말한 건 아니에요."

갑작스러운 공격에 트로이는 당황했고, 그런 생각을 한 것이 사실이기 때문에 짜증이 났다. 고개를 앞으로 돌리고, 다리를 똑바로 펴려고 노력하면서 몸을 뒤척였다. 트로이는 자세를 바꾸었고, 또 바꾸었다. 하지만 로건 형이 보고 있는 게 느껴져서 앞으로 몇 분 동안은 자세를 바꾸지 않겠다고 결심했다. 트로이는 속으로 수를 세었다. 코끼리 한 마리, 코끼리 두 마리, 코끼리 세 마리. 그렇게 30번을 세고, 움직였다.

열한 살이던 트로이는 가만히 있는 능력이 없는 델라니 아이였다. "가만히 앉아 있어, 트로이 델라니!" 선생님들은 그렇게 소리쳤다. 가끔은, 혹시라도 좋아하는 선생님이라면 가만히 앉아 있으려고, 정말로, 진심으로 노력해봤지만, 사악한 꼭두각시 주인이 트로이의 팔과 다리에 줄을 매달아 조종하는 것처럼 트로이의 몸은 저절로 움직였다. 결국 트로이는 가만히 있는 걸 포기하고 다리를 움직이면서 손가락으로 허벅지를 두드렸다.

"그럼 당신은 무슨 일을 하세요? 생계를 위해서요."

사반나가 물었다.

"상거래를 합니다."

"뭘 거래하시나요?"

사반나가 물었다.

트로이는 사반나가 대답을 듣자마자 흥미를 잃었음을 느꼈다. 누구나 그랬다.

"움직이는 건 뭐든지 합니다."

"무슨 소린지 모르겠어요."

사반나가 미안하다는 듯이 말했다.

"누구나 그래요."

로건 형이 말했다.

"변하는 걸 거래하는 겁니다. 이자율, 자기자본, 통화, 상품, 모든 걸요. 그걸로 밥벌이를 하고 있죠."

"모험을 좋아하는 분이군요."

사반나가 말했고, 트로이는 다시 백미러로 사반나를 살폈다. 사반나는 머리를 숙이고 손톱을 들여다보고 있었다.

"계획적인 모험가죠."

트로이의 가족은 트로이가 하루 종일 블랙 잭을 한다고 생각했다.

로건 형이 알 수 없는 소리를 내며 중얼거렸다.

"뭐라고?"

트로이가 로건 형을 보면서 물었다.

로건 형은 어깨를 으쓱했다.

"아무 말도 안 했어."

어떻게 서브웨이 포장지를 가득 싣고 다니면서 저렇게 의기양양하게 웃을 수 있는지, 이해할 수가 없었다.

"파트너는…… 있어요?"

사반나가 물었다.

"얘는 그저 게이처럼 보이는 걸 즐기는 것뿐이에요."

로건 형이 대답했다.

"그래요? 그걸 즐긴다고요?"

사반나가 흥미롭다는 듯이 고개를 들었다.

트로이는 사람들이 자신을 게이라고 생각해도 상관이 없었다. 사실은 즐겼다. 그러면 사람들이 긴장하니까. 물론 고의로 그러는 건 아니었다. 아니, 일부러 그러는지도 몰랐다. 사람들의 그런 오해는 '남자 중의 남자'인 로건 형과 트로이가 다르다는 사실을 부각해주니까. 로건 형은 남자가 되는 방법은 단 하나밖에 없다고 생각한다. 아빠의 방법 말이다.

하이웨이를 달리는 동안 세 사람은 아무 말도 하지 않았다. 로건 형의 차가 교통신호등 가까이 다가가면 어김없이 신호등은 정지신호로 바뀌었고, 그 때문에 트로이는 미칠 것만 같았다. 로건 형은 친구들을 태우고 해변으로 놀러 가는 느긋한 10대처럼 콧노래를 흥얼거리면서 창턱에 팔을 올리고 머리를 좌석 머리 받침에 기대고 있었다. 어쩌면 형은 지금도 친구들과 함께 해변에 가는지도 몰랐다. 지금도 해변에서 고기를 구워 먹고 비치 크리켓을 하는지도 몰랐다. 로건 형은 지금도 고등학교 때 친구들과 연락하며 지냈는데, 그 때문에 트로이는 우습기도 했고, (그건 정말 시드니다운 지역 문화니까) 부럽기도 했다.

옛 친구를 생각으로 만나는 것은 좋았지만, 직접 만나는 건 아니었다. 옛 친구들이 만나자는 연락을 해올 때마다 트로이는 몸서리를 쳤다. 왠지 친구들이 트로이에게서 중요한 것을 빼어 가고, 바깥을 싸고 있는 외피를 벗겨 무례하고 세련되지 못했던 어린아이를 밖으로 드러낼까 봐 두려웠다. 지금도 옛 친구들이 여전히 존재한다는 사실에 트로이는 언제나 놀랐다.

로건 형은 계속 휘파람을 불고 있었다. 형은 머리카락을 자르고, 면도를 하고, 어쩌면 샤워도 해야 할 것 같았다. 왜 저러고 다니는 거야?

로건 형은 어렸을 때 테니스 시합을 하러 델라니 가족이 먼 길을 달릴 때 불곤 했던 단조로운 두 가지 음으로 휘파람을 불었다. 로건 형의 휘파람은 사악한 벌레처럼 트로이의 의식 속으로 파고들어서 결국에는 폭력에 의지하는 것 말고는 다른 해결 방법이 없게 했다. 왜냐하면 트로이는, 정말로 너무나도 여러 번 형한테 휘파람을 불지 말아달라고 부탁했으니까.

"그만. 형, 제발, 그만."

트로이는 로건 형의 어깨를 툭 쳤다. 그 순간 로건 형이 입을 다물었다. 트로이를 흘긋 쳐다본 로건 형은 라디오를 켜고 바꿀 필요도 없는 차선을 바꾸었다.

트로이는 정지신호를 보지 않으려고 눈을 감았다. 그러자 로건 형의 휘파람은 긴장성 틱 증상일 수도 있다는 생각이 들었다. 아이 때는 명확하지 않았던 생각이 어른이 되면 놀랍게도 선명하게 이해가 될 때가 있는 것처럼, 트로이는 자기 생각이 옳음을 깨달았다. 로건 형은 긴장하면 휘파람을 부는 것이다. 그러니까 지금 로건 형은 긴장한 것이다.

위험한 상황에 빠져 다칠까 봐 긴장하는 것이 아니라 혹시라도 다툼이 있을까 봐 긴장한 것이다. 로건 형은 다툼에는 심각한 알레르기 반응을 보였다. 식당 종업원에게 "제가 주문한 게 아닌데요?"라고 말하는 것보다 그저 포크를 집어 들고 먹기 시작하는 사람이 형이었다. 그게 채식 요리라고 해도 말이다. 순회 시합에 나가 가장 악랄한 사기꾼들을 만나서 시합을 해야 할 때도 심판에게 이의를 제기한 적이 한 번도 없었다. 트로이가 보기에 그것이야말로 형의 가장 심각하고, 가장 당혹스러운 결점이었다.

물론 로건 형의 다툼 알레르기는 트로이에게는 해당하지 않았다. 두 사람은 죽어라 싸웠다. 트로이는 팔에 남은 희미한 흉터를 손가락으로 쓸었다. 열여섯 바늘을 꿰맨 흔적이었다. 로건 형과 트로이는 영화 〈다이 하드〉의 한 장면처럼 맹렬하게 싸우다가 유리창을 뚫고 잔디밭으로 떨어졌다. 로건 형의 허벅지에도 비슷한 흉터가 있었다. 그것은 트로이가 정말로 좋아하는 어린 시절의 추억이었다. 형제는 머리카락에 유리 조각을 잔뜩 붙이고, 피가 뚝뚝 떨어지는 팔과 다리를 늘어뜨리고서 놀라고 당황한 눈으로 서로를 쳐다보고 있었고, 화가 난 가엾은 엄마는 두 사람을 향해 고함을 질러댔다.

이제 로건 형은 너무나도 현명하게도 트로이와는 맞서지 않는다는 전략으로 트로이를 상대하고 있었다. 경기에 나선 사람이 한 사람밖에 없다면 이길 재간이 없는 법이다.

사반나가 뒷좌석에서 말했다.

"아까 내가 얹혀산다고 말했을 때, 그게, 조이와 스탠에게 고마워하지 않는다는 뜻은 아니라는 거, 알아주셨음 좋겠어요."

트로이는 눈을 뜨고 대답했다.

"그럼요."

트로이는 '그럼요'라는 말을 할 때 '그음요'라고 살짝 얼버무리는 습관이 있었다. 라디오에서 누군가 그렇게 말하는 소리를 듣고 아주 정교한 소리라는 판단을 내린 뒤로 쭉 그렇게 말하기로 결심한 습관이었다. '그음요'라는 말을 쓸 때면 여전히 행복했다. 멋진 패션 아이템을 장착하고 있는 것만 같았다.

사반나가 계속 말하고 있었다.

"그리고 함께 와주신 두 분에게도 정말 고마워요. 두 분의 부모님께는 더더욱요. 정말 자애로운 분들이에요."

자애롭다니, 1990년대 사람들이나 쓸 법한 고풍스러운 단어였다.

"두 분은, 뭐랄까, 놀라운 분들이에요. 정말로요."

놀라운 분들이라. 트로이는 로건 형을 쳐다보았다. 델라니 남매는 그런 소리를 정말 많이 듣고 자랐다. *너희 부모님은 정말 멋져. 따분하게 사무실에서 일하는 다른 부모님들이랑은 다르잖아. 우리 부모님이 너희 부모님 같으면 좋겠어.*

"정말 좋은 분들이시죠. 그음요."

트로이는 뒷좌석으로 몸을 돌려서 자신이 지을 수 있는 가장 눈부신 미소를 사반나에게 지어 보였다. 사반나도 웃음을 되돌려주었다. 언젠가 한 여자아이가 트로이의 미소를 보고 "굉장히 멋진" 웃음이라고 말했었다. 그때부터 트로이는 그 칭찬을 소중한 보물처럼 간직하고 있었다. '굉장히 멋진' 보물로 말이다.

"여기서 왼쪽으로 돌면 되죠?"

로건 형이 물었다.

트로이는 재빨리 고개를 돌렸다. 굳이 세 사람이 가야 할 곳의 주소를 묻지 않았지만, 당연히 하버 브리지를 넘어 트로이로서는 듣도 보도 못한 근교 지역으로, 하늘 위로 비행기 노선이 한두 개는 있는 도시 외곽 지역으로 가리라고 생각했었다. 그런데 로건 형의 차는 트로이 자신이 20대를 보낸 항구 쪽 번화가를 따라 움직이고 있었다. 20대의 트로이는 퇴근하면 이 거리 끝에 있는 술집에서 시간을 보냈다. 데이트할 때면 여자 친구를 데리고 이 거리에 있는 작은 태국 식당으로 갔다. 이곳은 후드티를 입은 IT계 사람들, 하이힐을 신은 대기업 신입 사원들, 양복을 입은 법학대학교 졸업생들이 사는 지역이었다. 젊고 행복한 사람들, 여자 친구를 때리기에는 너무나도 매력적이고 돈 많은 사람들이 사는 지역이었다.

"회전 교차로에서 쭉 가면 돼요. 그러면 대규모 아파트 단지가 나올 거예요. 거기에 방문객들이 차를 세우는 주차 구역이 있어요."

트로이가 목을 길게 빼고 아파트 단지를 보았다.

"뷰가 끝내주겠어요."

트로이는 사반나에 대한 동정심이 커지고 있음을 느꼈다. 마치 이런 지역에 사는 사람은 당연히 난폭한 남자 친구에게 맞아서는 안 된다는 듯이 말이다. 부끄러움으로 트로이의 목덜미가 빨갛게 물들었다.

"우리 집에서는 항구가 안 보여요. 방도 하나뿐이고요. 주방이랑 욕실이 엉망이어서 월세도 깎아줬어요. 아파트에서 유일하게 개조, 보수를 안 한 곳이죠."

사반나는 트로이의 목을 보고, 트로이의 생각을 읽은 것처럼 자신이 그곳에서 살 수 있었던 이유를 설명했다.

로건 형이 차를 세웠고, 로건 형과 트로이는 밖으로 나와 두 사람만큼 키가 큰 남자라면 자동차와 비행기에서 내렸을 때 으레 그렇듯이 안도하며 몸을 쭉 폈다.

로건 형이 엄마가 사반나의 물건을 담아 오라며 챙겨준 슈퍼마켓에서 가져온 마분지 상자들을 트렁크에서 꺼내는 동안 트로이는 양손을 주머니에 놓고 발뒤꿈치로 보도블록을 툭툭 쳤다. 혹시 범죄자처럼 보이는 사람이 있는지 살펴봤지만, 주변에는 아무도 없었다. 아마도 모두 일하고 있는 것 같았다. 이곳은 젊은 가족이 살 만한 곳이 아니었다.

"음……, 왜 안 나오지?"

잠시 기다리던 트로이가 로건 형에게 물었다.

로건 형은 어깨를 으쓱하더니 고개를 숙였다.

"그냥 앉아 있는데?"

"조금 시간을 줘야 하나?"

로건 형이 다시 어깨를 으쓱했다. 아는 것도 없고 알고 싶은 것도 없다는 신호 같았다. 두 사람은 기다렸다.

"인디라는 어때?"

트로이가 물었다.

"잘 있지."

로건 형의 얼굴에는 감정이 실려 있지 않았다.

"아직도 거기서 살……."

"그래."

로건 형이 트로이의 말을 잘랐다. 그러니까 로건 형은 몇십 년 전에 산 형편없는 방 한 개짜리 타운 하우스(단독주택을 두 채 이상 나란히 붙여 지은 집-옮긴이)에서 사는 것이다. 트로이의 엄마는 인디라가 몇 년 전에 이사를 하고 싶어 했지만, 갈 수 있는 곳이 없었다고 했다.

"뉴욕은 어때?"

로건 형이 아무런 관심이 없음이 분명한 질문을 했다.

"멋있지."

트로이가 아는 한, 로건 형은 단 한 번도 뉴욕에 가본 적이 없었다. 뉴욕에 가보고 싶다거나, 뉴욕에 가는 일이 중요하다는 생각조차 해보지 않았다. 아니, 어쩌면 여권도 없을지 몰랐다. 지금 당장 쓸 수 있는 여권이 없다는 것은 트로이에게는 호흡이 곤란해질 만큼 큰일이었지만, 로건 형은 자신의 일터와 부모님의 집, 결혼해서 아이들을 낳은 고등학교 친구들의 가정이 모두 있는 자신의 작은 행동반경 안에서 살아갈 수 있다면 만족했다. 아마도 오늘, 사반나의 아파트까지 온 것이 로건 형이 몇 년 안에 한 가장 먼 거리 여행일 것이다.

로건 형에게 미국에 갈 기회가 없었던 건 아니다. 스탠퍼드대학교에서 트로이에게 테니스 장학금을 제안하기 2년 전에 시카고대학교에서 로건 형에게 테니스 장학금을 제안했다. 하지만 로건 형은 거절했다. "고맙지만, 난 됐어요." 로건 형은 조금도 아까워하지 않고 그렇게 말했다.

사실, 델라니 남매는 모두 저명한 미국 대학교에서 테니스 장학금을 제안받았다. 하지만 그 제안을 받아들인 사람은, 시드니에서 공립학교를 나온 아이에게 그 제안이 어떤 기회를 줄 수 있는지를 알아본 사람은, 트로이뿐이었다. 그 때문에 트로이는 지금까지도 화가 났다. 형도, 누나도, 동생도, 삶의 방향을 바꿀 수 있었다. 그런데도 세 사람은 미국에 가는 일을 그저 테니스에 관한 문제라고 생각해버렸다.

트로이의 형제들은 테니스가 그저 좀 더 크고 빛나는 세계로 나가는 문을 여는 열쇠임을 이해하지 못했다. 테니스는 트로이를 스탠퍼드대학교에 들어갈 수 있게 해주었을 뿐 아니라 트로이가 경력을 쌓게 해주었다. 그의 가족들은 이 이야기를 좋아했다. 심지어 로건 형이 그 이야기를 다른 사람에게 하는 소리를 들은 적도 있다. 그때 로건 형은 이렇게 말했다.

"여름이었는데, 트로이는 평생직장을 갈구하는 무시무시하게 번드르르한 젊은 대학교 졸업생들과 함께 한 사무실에 인턴으로 들어갔어. 그런데 하루는 머리가 하얀 남자가 사무실로 들어오더니 무시무시한 얼굴로 '너희 중에 누가 그 테니스 선수냐?'라고 물어본 거야. 트로이가 손을 들자 그 남자는 '퇴근할 때 데리러 올 테니까 흰색 옷을 입고 있어'라고 말했고, 트로이는 15분밖에 되지 않는 점심시간에 타임 스퀘어에 있는(사실은 타임 스퀘어가 아니라 헤럴드 스퀘어였지만, 트로이는 가족에게 그 사실을 정정해주는 건 포기했다. 엄마가 타임 스퀘어가 더 극적이라고 했기 때문이다.) 메이시스 백화점으로 달려가서 입어보지도 않고 맨 먼저 찾은 흰옷을 사 가지고 왔어. 트로이는 번쩍이는 검은 차에 태워져 화려한 테니스 클럽으로 이동한 뒤에 나이 든 남자와 젊은 남자로 이루어진 팀과 복식 시합을 했고, 무참하게 짓밟아버렸지. 점수는 6 대 0, 6 대 0이었어. 트로이를 데려간 무시무시한 남자는 거물로 밝혀졌는데, 상대 팀 노인을 아주 싫어했대. 왜 싫어했는지는 절대로 말해주지 않았지만 말이야. 그 남자는 그날 아주 많이 웃었다고 해. 그러니 누가 평생직장을 얻었겠어?"

맞다. 트로이의 가족은 그 이야기를 너무나도 사랑했다. 델라니 가족은 델라니가 테니스 시합에서 이기는 이야기를, 어떤 분야가 되었건 간에 델라니가 이기는 이야기를 너무나도 사랑했다. 하지만 트로이가 로건 형에게 듣고 싶은 말은 "나도 너처럼 장학금을 받았어야 해. 그랬다면 나도 너 같은 삶을 살 수 있었을 텐데"였다. 그런데 세 사람은 돈과 성공이 우습고 터무니없는 어린아이의 번쩍거리는 장난감이라도 되는 것처럼 여겼고, 자신들에게는 트로이와 트로이가 선택한 인생을 질투가 아닌 재미와 무심함으로 지켜볼 수 있는 일종의 우월함이 있다고 생각했다.

브룩은 10대 때 분명히 편두통으로 고생했기 때문에 테니스를 그만두고 시드니에서 공부하는 것 말고는 방법이 없었다. 그리고 에이미 누나는 거절하는 게 당연했다. 에이미 누나가 극심한 스트레스를 견뎌야 하는 테니스를 할 수 있을 리가 없었다. 사실 트로이는 에이미 누나가 직접 말해주기 전까지는 에이미 누나의 상태를 알 수 없었다. 에이미 누나는 "생각해봐. 매일 시합을 앞두면 극도로 긴장하는 거야. 그런 긴장 상태는 시합이 없을 때만 사라져. 그러니까 화요일 아침에만 괜찮은 거야. 그때만 나는 정말 내가 된 기분이야"라고 했다. 하지만 로건 형은 당연히 시카고대학교에 갔어야 했다. 고등학교 성적도 트로이보다 로건 형이 더 좋았다. 게다가 로건 형의 포핸드는 믿을 수 없을 정도였다. 어째서 그 머리와 그 포핸드를 가지고서 아무 일도 하지 않은 거지?

트로이는 로건 형이 아카데미에서 가르치는 모습을 떠올려보려고 했다. 도대체 어떤 사람들이 그런 수업을 듣는 걸까? '비즈니스 커뮤니케이션 기술'이라니, 정확히 뭘 가르치는 거지? 비즈니스 레터 쓰는 법? 그걸 형이 어떻게 알아? 평생 한 통도 못 써봤을 거면서. 게다가 요즘 사람들은 편지를 안 쓴다. 메일을 쓰지. 분명히 형은 학생이 질문을 할 때마다 그저 어깨만 으쓱할 것이다.

하지만 공정하게 말하면, 로건 형은 좋은 선생인지도 몰랐다. 델라니 남매 가운데 로건 형만이 유일하게 가르치는 데 소질이 있었고, 유일하게 가르치는 걸 정말로 좋아하는 것 같았다. 아이들이 테니스를 하는 모습을 지켜볼 때면 로건 형은 아빠처럼 그 아이에게서 눈을 떼지 않고 집중했다. 어떤 아이든지 말이다. 심지어 가장 소질이 없는 아이에게도 그랬다. 로건 형이 고작 열네 살이었을 때 트로이는 형이 한 아이에게 하는 말을 들었다. "마지막 순간에 눈을 돌리기 때문에 그래." 트로이라면 그저 '눈과 손이 따로 노는 아이'라고 평가했을 것이다.

하지만 그건 테니스였다. 자기 자신은 들어갈 생각이 전혀 없는 사업계에서 필요한 사업 통신 기술을 가르치는 일에 로건 형이 열정을 느낄 리가 없었다. 그렇다면 그것은…… 잘못된 일이었다. 로건 형은 엉뚱한 삶을 살아가고 있으면서도, 전혀 신경을 쓰지 않는 것이었다. 이런 젠장. 어째서 형도 신경 쓰지 않은 걸 내가 신경 쓰는 거지?

어렸을 때는 형을 이기고 싶었다. 모든 점에서 말이다. 그것이 그의 존재 이유였다. 테니스 시합에서 처음으로 로건 형을 이겼을 때,

트로이는 코카인을 흡입한 것처럼 기분이 좋았다. 문제는 진짜 코카인을 흡입한 것처럼 정말로 아프기도 했다는 것이다. 승리의 끝자락을 더럽히던 메슥거림 속에서 괜찮을 거라고 자신을 위로하며 샤워를 하면서 속을 가라앉혔지만, 자기 집인 것처럼 뒷문으로 들어오던 테니스 아카데미 학생을 보고는 버럭 화를 내버렸던(트로이는 자기 집 주방을 클럽 하우스의 편의 시설처럼 여기는 아이들이 너무 싫었다.) 그날을 떠올리면 트로이는 늘 분노와 당혹스러움을 동시에 느꼈다.

그날 트로이가 느꼈던 감정은 형을 이겼다는 죄책감이었다. 트로이보다 두 살 많은 로건 형에게는 당연히 평생 트로이를 이겨도 되는 권리가 있는 것만 같았다.

지금 아빠는 아들들이 각자 택한 직업에 똑같은 강도로 감명을 받았다. 어쩌면 똑같은 강도로 감명을 받지 않았을 수도 있었다. 실제로 아빠에게 감동을 준 직업을 가진 아이는 브룩뿐이었다. 브룩은 아빠가 가장 좋아하는 아이이기도 했고, '자기 사업을 시작한' 유일한 아이이기도 했기 때문이다. 아빠는 트로이도 벌써 몇 년 동안이나 혼자서 일을 하고 있다는 사실에는 주목하지 않았다.

가족을 만날 때마다 늘 같은 일이 벌어졌다. 트로이는 늘 퇴행했다. 감정이 사방으로 뛰어다녔다. 로건 형이 테니스를 하지 않을 때조차도 그는 형을 이기고 싶었다. 동생이 조그만 물리치료실을 연 뒤로 아빠가 보여준 관심에 미칠 듯이 질투가 일었다. 젠장, 그런 생각은 에이미 누나나 하는 거였다. 트로이는 굴욕을 느꼈다.

"뉴욕은, 일하러 간 거 맞지?"

로건 형이 물었다.

"즐기기도 하고."

트로이가 대답했다.

일에 관해서는 두 사람은 서로 할 말이 없었다. 트로이가 자신이 하는 일을 설명하려고 할 때마다 가족들은 늘 같은 표정을 지었다. 집중하려고 하지만 도저히 집중하지 못하는 상태가 되는 것이다. 이미 사라진 라디오 프로그램을 찾아서 이리저리 채널을 돌리지만 잡음 속에서 간간이 몇 마디만을 들을 수 있는 것처럼 말이다. 엄마는 감사하게도 〈상거래자들과의 대화〉라는 팟캐스트를 열심히 필기까지 하면서 들었지만, 아직 아는 것이 하나도 없었다.

"요즘…… 코트에 나간 적 있어?"

트로이는 로건 형의 마음을 꿰뚫어 보려는 듯이 형을 쳐다보면서 물었다.

로건 형은 트로이가 같은 질문을 수백 번도 넘게 했고, 그때마다 분명하게 아니라고 대답했다는 듯이 짜증 섞인 한숨을 내쉬었다.

"전혀. 한동안 안 나갔지."

"왜? 엄마랑 아빠하고도 안 갔어?"

트로이는 정말로 궁금해서 물었다.

"시간이 없었어."

로건 형은 있지도 않은 시계를 가리키는 것처럼 왼쪽 손목을 만지작거렸다.

"시간이 없다고? 그게 무슨 개똥 같은 소리야. 형은 남아도는 게 시간이잖아."

로건 형은 어깨를 으쓱했다. 그러더니 더는 참을 수 없다는 듯이 불쑥 말했다.

"어떻게 친목을 위해 테니스를 칠 수 있냐?"

로건 형은 '친목'이라는 단어에서는 냄새가 난다는 듯이 말했다.

"즐기면 되지."

진심이었다. 트로이에게는 시드니와 뉴욕 모두에 반쯤은 정기적으로 만나서 테니스를 치는 친구들이 있었다. 모두 테니스에 진심인 경쟁적인 친구들이었다. 하지만 트로이의 승률이 70퍼센트에 달했다.

"건강해지잖아. 다른 건 중요하지 않아."

"이기고 지는 게 중요하지 않다는 거야?"

"당연히 시합은 이기려고 하지. 하지만 그게 목숨 걸고 매달려야 할 만큼 중요하지는 않다는 거야."

형제는 생각에 잠긴 얼굴로 서로를 쳐다보았다. 두 사람은 거의 키가 같았지만, 트로이는 로건 형이 더 키가 크다는 생각이 들 때가 많았다. 아마도 머리카락 때문인 것 같았다. 트로이는 무스를 발랐으니까.

"지고 있을 때는 괜찮아. 하지만 일단 점수를 앞서 나가면, 지게 될지, 이기게 될지를 몰라서…… 더는 견딜 수가 없는 거야."

로건 형은 자신이 밝힌 비밀을 트로이가 자기 얼굴을 향해 집어던지기를 기다리는 사람처럼 잔뜩 경계하는 표정으로 트로이를 쳐다보았다.

잠시 뒤에 트로이가 말했다.

"하지만 지금도 시합을 보잖아."

"그렇지."

"난 안 봐. 결승도 안 봐. 텔레비전에 나오면 그냥 꺼버려. 테니스 시합은 보고 있을 수가 없어."

지금도 시합을 뛰는 선수 중에는 델라니 형제가 아는 녀석들이 있었다. 두 사람에게 무참하게 깨졌던 녀석들이었다. 그 녀석들을 알아볼 때마다 로건 형은 반쯤은 웃고 반쯤은 찡그린 표정을 지었다. 트로이는 로건 형이 테니스를 하지 않는 이유를 알았다. 로건 형은 트로이가 테니스 시합을 보지 않는 이유를 알았다. 델라니 가족 모두에게 테니스는 복잡했다.

"여자들은 어때?"

갑자기 호기심이 생긴 트로이가 물었다. 트로이도 당연히 알고 있어야 할 정보였지만, 가족 일은 자신보다는 로건 형이 더 잘 알고 있었다.

"브룩은 아빠랑 상당히 자주 치지. 하지만 에이미 누나는 모르겠어. 마지막으로 들은 얘기는 비치 발리볼 선수를 완전히 발라놨다는 거였어."

그 순간 델라니 형제는 똑같이 조소하듯이 웃었다. 비치 발리볼 선수라니. 가끔 에이미 누나는 테니스는 자기 분야가 아닌데도 여자는 남자보다 어떤 운동이든 못한다고 믿는 찌질이를 만났다. 그러고는 남자 친구의 성차별을 이용해 내기로 돈을 벌었다.

두 사람은 잠시 드물게 찾아오는 동질감을 느꼈고, 형제다운 침묵을 유지했고, 트로이는 지금 자기 마음을 가득 메우고 있는 비밀을 말해줄까 하는 생각을 했다. 보는 관점을 어떻게 택하느냐에 따라 너무나도 중요한 일일 수도 있고, 그와 반대로 사실은 아무 것도 아닌 일일 수도 있는 비밀을 말이다.

"뉴욕에서 클레어를 만났어." 이렇게 시작할 수 있을 것이다. 그러면 로건 형은 한쪽 눈썹을 추켜세우겠지. 로건 형은 클레어를 좋아했으니까. 클레어도 로건 형을 좋아했다. 로건 형은 트로이의 이야기에 관심은 보이지만, 판단은 하지 않은 채 들어줄 것이다. 로건 형은 누군가를 판단하는 사람이 아니니까.

하지만 그럴 수는 없었다. 아직 누군가에게 이야기할 준비가 되어 있지 않기도 했지만, 말하는 동안 언제라도 사반나가 차 밖으로 나올 수 있었기 때문이다.

트로이는 주머니에 두 손을 찔러 넣었다. 저 여자는 계속 저렇게 앉아 있을 생각인가?

로건 형이 휘파람을 불기 시작했고, 트로이는 마음이 부서져 튀어나오고 있음을 느꼈다. 젠장.

트로이는 로건 형의 자동차 가장자리를 돌아가서 사반나가 앉은 쪽 문을 열고 몸을 숙여 사반나를 쳐다보았다. 사반나는 안전띠조차 풀지 않았다. 이제 막 자신을 칼로 찌른 사람처럼 사반나는 복부 한가운데를 두 손으로 세게 누르며 앉아 있었다.

트로이의 인내심은 바닥이 났다.

"사반나."

부드럽게 말했다.

사반나가 고개를 들었다. 미처 떨어지지 못한 눈물이 눈에 매달려 있었다. 금색 속눈썹을 깜빡이자, 눈물이 쏟아졌다. 우는 여자를 보는 것은 트로이가 참을 수 있는 일이 아니었다.

"안전할 거예요."

트로이는 차 옆에 쭈그려 앉아서 사반나와 눈높이를 맞췄다.

"우리가 있잖아요."

"알아요."

사반나가 대답했다. 사반나는 손등으로 볼에 묻은 눈물을 닦고, 싸구려 체인에 매달려 있는 변색된 은 열쇠를 만지작거렸다.

"목걸이 멋있네요."

우는 여자를 대하는 방법은 에이미 누나 때문에 배웠다. 완전히 무너지기 전에 다른 곳으로 주의를 돌리면 된다.

"고마워요."

사반나가 목걸이를 손에서 놓았다.

"이 덩굴, 무슨 특별한 뜻이 있어요?"

트로이는 사반나가 팔에 새긴 문신을 가리키면서 말했다. 막대기처럼 가느다란 팔 위로 드러난 자주색 정맥을 감싸고 녹색 덩굴이 올라가고 있었다. 물론 트로이는 문신에 어떠한 편견도 없었다. 문신이라면 에이미 누나도 몇 개 새겼으니까. 하지만 이 녹색 덩굴은 그 자체로는 전혀 해가 없어 보이는 무늬였지만, 아이 같은 사반나의 팔 위에서는 신성모독처럼 느껴졌다.

"아니면 그냥 좋아서 새긴 거?"

"이건 잭의 콩나무예요."

"아."

트로이는《잭과 콩나무》의 내용을 기억해보려고 했다. 잭이 콩나무 위로 올라가서 거인의 금화를 훔쳤던가?

"그러니까…… 이루고 싶은 꿈을 새긴 거예요?"

사반나는 자기 계발서를 탐독하고 앞으로의 꿈을 커다란 하드보드에 적어서 벽에 붙여놓을 사람 같지는 않았다.

"탈출을 상징하는 거예요."

"그렇군요. 아무튼 가능한 한 빨리 들어갔다가 나오는 게 좋겠어요."

트로이는 사반나가 붙잡고 나올 수 있도록 손을 내밀었다가 생각을 바꾸었다. 손을 잡아주다니, 너무 권위적이었다. 트로이는 손을 옆으로 내리고 한 걸음 뒤로 물러나 절을 하듯이 손을 허공에서 크게 휘둘러 '어서 내리시지요, 아가씨'라는 몸짓을 해 보였다. 생각할 여유를 주고, 재촉하지 말고, 이해하도록 노력해야 해.

사반나는 안전띠를 풀고 몸을 돌려 차 밖으로 나오더니 떨리는 표정으로 트로이를 보면서 웃었고, 양쪽 엄지손가락을 청바지 고리에 넣고 바지를 허리까지 끌어 올렸다.

"미안해요. 여기서 하루 종일 있을 수는 없다는 거, 알아요."

"아니, 그래도 돼요."

트로이는 사반나의 남자 친구가 집에 있었으면 했다. 트로이가 영화 속 경찰처럼 그 녀석의 셔츠를 움켜잡고 엎어치기를 할 수 있게 해주면 좋겠다고 생각했다.

"올라가기 전에 차가 있는지 봐야 해요."

사반나는 손가락으로 살며시 콧구멍을 문질러 코를 닦았다.

"좋은 생각이에요."

트로이가 대답했다. 로건 형은 아무 말도 하지 않았다. 트로이는 엄지발가락을 땅에 대고 가볍게 뛰었다. 왜인지는 모르지만 갑자기 힘이 솟구쳐 올랐다.

델라니 형제는 사반나를 따라 건물 앞에선 보이지 않는 주차장으로 걸어갔다. 사반나가 갑자기 멈춰 섰고, 순간 어깨가 축 처졌다.

"여기예요. 집에 없네요."

사반나가 주차장 끝에 비어 있는 주차 공간을 가리키며 말했다.

"좋아요. 잘됐어요. 좋습니다."

로건 형이 대답했다.

트로이는 맥이 빠졌다. 갑자기 참기 어려운 지루함이 몰려왔다. 시계를 보았다. 정말로 이 일을 하루 종일 할 수는 없었다.

"넌 정말 어딘가 잘못된 게 틀림없어. 너는 정말 아주아주, 아주 잘못된 데가 있는 게 분명해."

또다시 정학을 받고 집으로 오던 길에 엄마는 그렇게 말했었다.

나도 알아. 그때 트로이는 그렇게 생각했다. 아주 즐거워하면서.

아파트로 들어간 세 사람은 엘리베이터를 타고 3층으로 올라갔다. 트로이는 엘리베이터 내부를 둘러싼 거울을 쳐다보았다. 거울 속에서 트로이와 로건 형은 수백 개 거울 속에서 점점 더 작아지고 있었지만, 그래도 항상 사반나보다는 거대한 탑처럼 컸다.

사반나는 델라니 형제를 데리고 관리가 잘된 중산층 아파트에서는 으레 맡을 수 있는 공기청정기의 레몬 냄새가 나는 카펫 깔린 복도를 걸어가더니, 한 아파트 문을 열었다.

"들어와요."

사반나는 집으로 손님을 초대한 사람처럼 수줍게 말했다.

트로이의 눈에 맨 처음 띈 것은 벽에 기대어놓은 그림이었다. 액자에는 넣지 않았지만, 정말로 수준 높은 그림이었다. 거친 터치로 두툼하게 물감을 바른 그림은 지금도 젖어 있는 것처럼 표현되어 있었다. 사반나의 집에서 예술 작품을 보게 되리라고는 전혀 기대하지 않았다.

"그 사람은 화가예요. 아마추어 화가요."

트로이의 눈길을 따라가 그림을 본 사반나가 말했다.

아파트에는 가구가 거의 없었다. 벽에 있는 텔레비전을 마주 보고 있는 빛바랜 2인용 가죽 소파와 유리로 만든 조잡한 커피 탁자가 전부였다. 커피 탁자 위에는 음식물 포장 용기, 젓가락이 꽂혀 있는 볶음밥 그릇, 간장 얼룩이 묻어 있는 신문, 라임 조각이 떠다니는 반쯤 마신 코로나 맥주병이 놓여 있었다. 방 한쪽에는 아직 풀지 않은 이삿짐이 쌓여 있었다. 그러니까 사반나의 남자 친구는 텔레비전을 설치하기 전에 자신이 그린 그림부터 꺼내는 남자였다. 코로나 병에 라임을 잘라 넣을 정도로 세심하지만, 반쯤 먹다 남긴 음식을 커피 탁자에 내버려둘 정도로는 엉망인 남자였다. 그리고 자기 여자 친구를 때리는 남자였다.

커피 탁자 위에 있는 음식을 보면서 사반나는 고개를 절레절레 젓더니 치울 것처럼 그쪽으로 걸어가다가 갑자기 멈추었다.

"이게 당신 거, 맞죠?"

로건 형이 물었다. 로건 형은 '사반나-옷, 사반나-요리책'이라고 적힌 상자 두 개를 가리키며 고개를 끄덕이고 있었다.

"네, 맞아요. 고마워요. 진심으로 감사해요."

진심으로 감사하다니. 말투도, 구사하는 언어도 사반나는 과거와 현재를 마구 오가고 있었다. 스무 살 아가씨였다가 갑자기 여든 살 노인이 되는 것이다.

"그럼 이 상자들은 복도에 내놓을게요."

델라니 형제는 상자를 옮겼다. 요리책이 든 상자를 들고 나르던 트로이가 휘청거렸다.

"괜찮냐, 동생?"

로건 형이 비웃는 것은 전혀 아니라는 듯이 시치미를 떼며 물었다.

아파트로 돌아가자 작은 주방 바닥에 쭈그리고 앉아 모든 찬장을 다 열어놓고서 상자 하나에 프라이팬, 소스 팬, 믹서 등을 채우고 있는 사반나가 보였다.

"난 요리가 좋아요."

사반나는 트로이에게는 설명을 해야 한다는 듯이 그렇게 말했다.

"그렇다고 들었어요. 엄마와 아빠가 당신이 영원히 머물렀으면 하더군요."

"또 뭘 가져갈 거죠?"

로건 형이 물었다.

"또 다른 건 침실에 있어요."

사반나가 두 사람을 올려다보며 말했다.

"침대 끝에 글로리 박스(결혼을 앞둔 여성의 의상함-옮긴이)가 있어요. 우리 할머니 거예요. 상당히 무거워요."

사반나가 당혹스러운 표정으로 말했다.

델라니 형제는 먼지 냄새가 나는 침실로 들어갔다. 침대 위에는 시트와 담요, 베개가 뭉쳐 있었고, 바닥에는 옷이 흩어져 있었다.

"이건가 보네."

로건 형이 침대 끝에 있는 마호가니 상자의 한쪽 끝을 들어 올리면서 말했다.

"당신들 뭐야?"

뭉쳐 있는 시트 밑에서 상의를 입지 않은 남자가 일어났다.

트로이의 가슴이 두방망이질 쳤다. 그 남자는 책장에서 가장 쉽게 잡을 수 있는 물건을 낚아채 무기처럼 들어 올렸다.

"꼼짝하지 마!"

로건 형이 들었던 상자를 쿵, 하고 내려놓았다.

"당신은, 움직이지 않는 게 좋을 것 같군요."

로건 형은 경찰처럼 차분하고 절제 있는 자세로, 아빠처럼 깊고 느리게 말했다. 사람들은 트로이와 로건의 목소리가 아빠를 닮았다는 말을 자주 했지만, 정말로 로건 형이 아빠처럼 말하고 아빠처럼 보인다는 사실을 트로이는 이번에 처음으로 깨달았다.

남자는 두 손으로 시트를 꽉 쥔 채, 등이 벽에 닿을 때까지 침대 위에서 계속 뒤로 물러났다. 창백한 흰 피부에 안쓰러울 정도로 뼈만 앙상한 남자는 가슴에 검은 털이 가득 나 있었고, 밑에는 고무줄이 늘어난 색바랜 체크무늬 사각팬티를 입고 있었다. 자신도 모르게 느껴지는 혐오감 때문에 트로이는 부르르 몸을 떨었다.

"현금은 100달러밖에 없어요."

남자가 말했다. 남자는 협탁 위에 있는 지갑을 집어 들었다.

"그게 전부예요."

남자는 아일랜드 억양을 쓰고 있었다. 트로이가 처음 사귄 여자 친구는 아일랜드 억양을 쓰는 남자보다 더 섹시한 남자는 없다고 말했고, 그때부터 트로이는 아일랜드가 존재한다는 사실만으로도 기분이 나빴다.

"당신 돈은 필요 없어."

트로이가 한껏 혐오를 드러내며 말했다.

"무슨 일이……."

사반나가 침실 문 앞에 나타났다.

"사반나?"

남자가 협탁 위에 있는 안경을 집어 들어 썼다. 그러자 망할 해리 포터처럼 보였다. 도대체 어떻게 망할 해리 포터처럼 보일 수가 있지? 해리 포터는 절대로 여자를 때릴 리가 없는데?

"어디 있었어? 얼마나 걱정했는지 알아?"

남자는 트로이와 로건이 옆에 없는 것처럼 사반나에게 말했다.

"왜 출근 안 했어?"

사반나는 재빨리 침실을 훑어보며 말했다. 사반나는 두려워하는 것 같았다. 겁에 질린 사반나를 보자 트로이의 가슴속에서 뜨거운 분노의 화염이 솟구쳐 오르기 시작했다.

"개처럼 아팠어. 땀이 많이 나고 계속 토했어."

해리 포터가 손을 배에 얹고 메스껍다는 표정을 지어 보였다.

"차가 없던데."

사반나가 말했다.

"고속도로에서 고장 났어. 비 오는 날에. 모든 게 다 엿 같아."

남자의 얼굴이 회한으로 일그러졌다.

"미안해, 사반나. 내 사랑, 그날 밤 말이야. 용서할 수 없다는 거 알아. 하지만 그땐 내가 제정신이 아니었어. 너무 화가 난 거 알지만…… 변명의 여지가 없겠지. 알아, 변명의 여지가 없다는 거……."

남자는 갑자기 트로이와 로건이 있다는 사실을 깨달은 것 같았다.

"그런데 이 사람들은 누구야?"

"친구들이야. 내 물건 가져가는 거 도와주러 왔어."

사반나가 차갑게 말했다.

"짐이 더 있어요?"

로건 형이 물었다.

"어디에 사는 친구들인데?"

해리 포터가 물었다.

"우리가 어디에 사는지는 중요하지 않지. 우리는 그냥 물건만 챙겨서 나가면 되니까."

트로이가 대답했다.

사반나는 구석에 있는 여행 가방 손잡이를 잡고 문이 없는 붙박이장으로 가더니 코트 걸이에 아무렇게나 쌓아둔 옷을 꺼내 가방에 담기 시작했다.

"어디로 가려는 거야? 어디서 지내려고?"

해리 포터는 침대에서 나오려는 듯이 움직였다.

"그냥 거기 있는 게 좋을 겁니다."

로건 형이 말했다.

"사반나?"

남자는 겁에 질린 것 같았다.

"사반나에게 한마디도 하지 마. 한마디도 하지 말라고."

트로이는 침대로 걸어가 193센티미터에 걸맞은 힘과 체구를 가진 건강한 몸으로 그 작은 망할 녀석을 내려다보았다. 남자가 풍기는 희미한 땀 냄새와 토한 냄새가 트로이의 코를 찔렀다.

"사반나는 너한테 설명해야 할 이유가 전혀 없으니까."

트로이는 샤워를 했고, 깨끗했으며, 900달러짜리 셔츠를 입고 루이 모네 시계를 차고 있었다. 어쩌면 살아오면서 나쁜 선택을 몇 번쯤은 했을 테고, 그런 불행한 선택들 때문에 지금 이 순간 엄청나게 심각한 윤리적인 딜레마에 빠졌을 수도 있지만, 여자를 때린 적은 한 번도 없었고, 앞으로도 없을 것이다. 사악한 할아버지의 사악한 유전자는 단 한 개도 물려받지 않았지만, 트로이는 해리 포터의 얼굴에 나타난 공포와 당혹스러움이 좋았다. 왜냐하면 해리 포터는 법적으로나, 윤리적으로나, 정신적으로나 옳지 않았으니까.

살면서 나는 분명히 옳고 상대방은 분명히 그르다는 사실을 알게 되는 순간은 많지 않다. 지금 트로이는 스파이더맨이었고, 헐크였고, 캡틴 아메리카였다. 빌어먹을 배트맨이었다.

이보다 더 기분 좋을 수는 없었다.

17

현재

"그래서 조이가 그 여자 물건을 가져오라고 아들들을 보냈대. 전혀 모르는 사람이었는데도 집에 들인 거야."

늦은 오후였고, 손님들이 가득한 미용실에서는 사방에서 헤어드라이어 소리가 들렸다. 수석 미용사 나렐 롱퍼드는 머리카락의 절반에만 하이라이트를 넣으려고 온 3시 예약 손님이 조이 델라니에 관해 말하는 소리를 반쯤 흘려듣고 있었다. 지난주부터 지금까지, 나렐의 고객들은 거의 대부분 조이 델라니의 이야기를 했다. 델라니는 지역사회 명사였으니, 그럴 수밖에 없었다.

"무슨 관계가 있을 것 같지 않아요? 그 낯선 여자랑 조이의 실종이랑?"

"잘 모르겠어요."

나렐은 고객의 머리에 두른 수건을 벗겼다. 이사벨 노리스는 까다로운 염색 손님으로 유명했다.

"어, 그런데 조이가 단골 아니에요?"

이사벨이 고개를 확 돌려서 나렐을 보았다.

"그럼 나보다 훨씬 잘 알겠네요. 경찰이 왔었어요?"

"아니요."

나렐은 헤어드라이어 플러그를 꽂았다.

"살짝 볼륨을 넣을까요?"

"혹시, 어디로 갈 계획이라는 거 말 안 했어요?"

"안 했어요."

나렐이 대답했다.

"조이랑 스탠이 싸웠대요. 그래서 거의 말도 안 했다던데요."

"몰랐어요."

물론 나렐도 잘 알았다.

"조이가 그 여자 이야기를 했어요?"

"사반나 말이에요?"

"어머, 그 여자를 만났어요?"

거울 속에서 나렐과 이사벨의 눈이 마주쳤다.

"네. 커트하러 왔어요."

"정말요?"

이사벨의 눈에 생기가 돌았다.

"그 여자는 조금…… 그렇다면서요. 천박하다!"

이사벨은 천박하다는 말은 소리를 내지 않고 입으로만 말했다.

"좋은 사람 같았어요."

나렐이 대답했다.

"아무튼, 분명히 연관이 있을 거예요. 너무 이상한 우연이잖아요. 모르는 여자가 집에 왔는데, 아내가 사라지다니. 이제 스탠이 그 여자랑 같이 산다는 소식이 들린다고 해도 놀랍지 않을 것 같아요. 벌써 조이는 제거해버렸잖아요. 아야, 귀, 뎄어요."

"미안해요."

나렐은 조금도 미안해하지 않으면서 대답했다.

조이에게 나렐은 친구였고, 자신의 비밀을 고백하는 사람이었다. 나렐은 변호사나 사제처럼 조이의 비밀을 공유하고 있었다. 다음 예약 때까지도 조이가 나타나지 않는다면 나렐은 경찰에 가서 30년 동안 품고 있던 비밀을 말할 것이다. 그 배신들을 말할 것이다. 어떤 배신들은 모호하게 얘기하고 어떤 배신들은 상세하게 말할 것이다. 경찰이 조이의 남편을 기소하는 데 필요한 모든 것을 제공할 것이다. 범행 동기가 될 수 있는 이런저런 일을, 나렐은 말해줄 수 있었다. 그토록 오랫동안 결혼 생활을 한 사람들은 배우자를 살해해야 할 동기가 아주 많아지는 게 당연하다. 그것은 경찰이라면, 미용사라면, 누구나 알고 있는 사실이다.

18

과거, 9월

거의 자정에 가까운 시간이었고, 스탠과 조이 델라니의 첫째 딸이자 시간제 맛 감정가, 시간제 정상인, 어쩌면 시간제 정상인은 아닌 사람인 에이미 델라니는 헝클어진 침대 위에서 옷을 전부 벗고, 활기찬 치어리더처럼 머리를 하나로 묶고 이제 막 일기장에 적은 시를 쳐다보고 있었다. 에이미의 침실은 세 명과 함께 나누어 쓰고 있는 도심 테라스의 맨 꼭대기에 있었다. 에이미가 시를 읽는 동안 미니어처 골프 코스 옆문 위에 있는 간판에서 깜빡이는 빨간색과 파란색 네온 불빛이 일기장 위로 쏟아져 내렸다.

낯선 여자

낯선 여자가
내가 나고 자란 집에 있네
그 여자는 내가 버리고 온
나의 침대에서
잠을 자고
내가 버리고 온
옷을 입고

내가 버리고 온 어머니를 위해
라자냐를 만드네
어머니는 나랑 통화를 하다가도
(여전히 나에게는 어머니에게 할 말이 남았는데도)
그냥 가버리네
그 낯선 여자가
자신에게는 당연히 그럴 권리가 있다는 듯이
단 두 음절로 어머니의 이름을
불렀다는 이유로
나의 어머니의 이름은 조이(Joy)라네
어머니가 낯선 여자에게
대답하는
목소리에는 온통
기쁨(Joy)이 가득 차 있네

에이미는 전시 시대 편지 검열관처럼 자신이 쓴 단어들 위에 여러 개의 사각형을 두껍게 그린 뒤 그 페이지를 쭉 찢어서 둥그렇게 말고는 먹어버렸다. 종이를 먹어본 기억은 없었지만, 맛과 질감이 낯설지 않은 것으로 보아 언젠가 먹어본 적이 있는 것이 분명했다. 에이미는 종이를 꼭꼭 씹어서 삼켰다. 품평해야 하는 일거리로 종이를 먹었다면 '바삭하고 자극적이지 않은 맛. 삼키기 힘들고, 화학약품 같은 뒷맛이 남음'이라고 썼을 것이다.

부모님이 기르는 개 슈테피에게는 종이 페티시가 있음이 분명했다. 슈테피의 증상은 부르는 명칭도 있었다. 엄마가 그에 관한 모든 걸 말해주었다.

은퇴한 뒤로 엄마는 지식으로 자신을 가득 채우고 있었다. 팟캐스트를 들었고, 뉴스 사이트에 들어가 기사를 읽었고, 인터넷을 검색했다. 새로운 지식을 알게 되면 아이들에게 전화해서 자신이 배운 내용을 가르쳐주었다. 은퇴가 불러온 엄마의 성격 변화를 지켜보는 건 흥미로웠다. 엄마는 에이미가 아는 가장 바쁘고, 참을성 없고, 산만한 사람이었는데, 이제는 무색무취의 사색적인 사람이 되어 자신이 한때는 시시하다고 치부했던 다양한 주제에 대해 오랫동안 두서없이 떠들었다.

"엄마는 마음을 집중할 강의를 듣는 게 좋겠어."

언젠가, 브룩이 코웃음을 치면서 말했다.

"벌써 듣고 있어. 회고록 쓰는 법을 배우고 있거든. 엄마는 회고록은 쓰지 않을 거래. 하지만 난 엄마가 쓴 거 읽어 볼 거야."

에이미는 그렇게 말해주었다.

에이미는 부모님이 델라니 남매의 부모가 되기 전에 어떤 사람들이었는지에 늘 관심이 있었다. 엄마가 되기 전의 조이 베커, 아빠가 되기 전의 스탠 델라니는 어떤 사람들이었을까? 에이미의 부모님은 둘 다 아름답고 복잡했던 어머니들의 유일한 아이였다. 에이미 아빠의 어머니는 에이미의 할아버지가 방에서 할머니를 집어 던질 때 생긴 흉터가 오른쪽 뺨에 길게 나 있었다. 아마도 그때가 할아버지가 아내를 다치게 한 처음이면서도 유일한 순간이었던 것 같은데, 에이미의 할머니는 '그 즉시' 남편을 집에서 쫓아냈고, 다시는 만나지 않았다고 했다. 하지만 에이미는 그 이야기에 숨겨진 이야기가 더 있을 것만 같았다. 그래서 에이미는 혹시라도 그 이야기를 아빠가 큰딸(에이미)에게 해줄지도 모른다는 희망을 품고 한 아버지가 힘들었던 어린 시절을 큰딸에게 들려주는 내용의 소설책을 아빠에게 선물했다. 하지만 지금까지 아빠는 소설을 이해하지 못하고 있는 게 분명했다.

"언니는 어째서 아빠가 갑자기 소설을 읽을 거라고 생각했어?"

브룩은 에이미의 계획이 제대로 진행되지 않는다는 사실을 즐거워하면서 말했다. 그 애가 그러는 이유는 아빠는 자기 거라고 생각하기 때문이다.

"아빠가 은퇴한 뒤에 독서 모임에 나가는 게 상상이 돼?"

브룩의 말에 두 사람은 뚱한 아빠가 독서 모임에 나가서 와인을 활용한 성격 개발에 관해 이야기하는 모습을 상상하며 한참을 키득거렸다.

"그래도 이제는 텔레비전을 보잖아. 아빠는 텔레비전은 전혀 안 보는 사람이었다고."

"그건 그래. 언젠가 아빠가 아주 길고 복잡한 이야기를 해주는 거야. 막내아들이 사고로 죽은 가족 이야기였거든. 근데 그게 영화 이야기였어. 나는 아빠 아는 사람 이야기인 줄 알았는데."

그건 벌써 몇 달 전 일이었다. 이제는 브룩이 너무 바빠서 진득하게 이야기를 나눌 시간이 없었다. 브룩은 물리치료실을 개업했다. 정말 큰 도약이었다. 브룩은 이제 어른으로서 적절하게 성공하는 법을 알았고, 에이미는 막냇동생이 자랑스러웠다. 하지만 당혹스럽기도 했다. '도대체 왜 그런 일을 하는 거니?' 하는 마음이 들었다. 브룩은 델라니 가족의 사업이 자신들을 얼마나 뒤흔들었는지 잊어버린 걸까? 아이들도 모두 발 벗고 나서서 도와야 했던 그 많은 일들과 서류 작업, 스트레스를 잊어버린 걸까?

한번은 10대였던 에이미가 한참 역사 시험 준비를 하고 있을 때였다. 물론 역사책은 그날 처음으로 펼쳐보았으니, 시험은 실패할 것이 분명했지만 말이다. 그때 한 아이가 델라니의 집으로 들어오더니 에이미가 자신의 하녀인 것처럼 도도한 말투로 샌드위치를 만들어달라고 했고, 에이미는 자기도 모르게 자동으로 일어나서 샌드위치를 만들려고 했다. 물론 곧바로 정신을 차리고 아이에게 꺼져버리라고 말하기는 했지만.

델라니 가족은 델라니 가족의 사업에서 도망칠 수 없었다. 어렸을 때, 델라니 가족과 알고 지내는 한 부모님이 자신의 세 아이를 모두 캠핑카에 태워서 1년 동안 오스트레일리아를 둘러보는 여행을 떠난 적이 있다. 에이미는 그 가족의 결정이 너무나도 멋있다고 생각했다. 그 가족은 꿈을 이루고 있는 것만 같았다. 에이미의 아빠는 "그 애는 결코 밀린 걸 따라잡을 수 없을 거야"라고 말했다. 당연히 그 가족의 둘째 아이에 관해 말한 거였다. 그 가족의 아이 중에서 테니스에 소질을 보인 것은 그 아이뿐이었으니, 아빠에게는 그 가족의 아이는 둘째 한 명뿐이었다. 하지만 아빠가 틀렸다. 그 아이는 여행에서 돌아와 계속 테니스를 했고, 아빠 말처럼 못하는 것은 아니어서, 어느 때인가는 상위 200위 안에 들기도 했다. 에이미가 엄마에게 "우리도 오스트레일리아를 한 바퀴 돌고 와야 해"라고 하자, 엄마는 에이미가 아주 재치 있는 농담을 했다는 듯이 한참 동안 아주 크게 웃었다.

그런데 이제 브룩이 부모님과 똑같은 일을 하려고 하고 있었다. 인생이라는 물살을 헤치고 걷기 전에 주머니에 돌멩이를 하나 가득 채우고 있는 것이다. 브룩에게는 편두통이 있으니, 스트레스는 쫓아갈 게 아니라 피해야 했다. 그런데도 브룩은 언제나 순교자가 되는 쪽을 선택했다. 에이미는 머리카락을 모두 쓸어 올려 하나로 묶고 번쩍이는 선글라스를 쓴 어린 브룩을 기억했다.

브룩을 지켜보던 에이미는 엄마에게 "재 두통 있나 봐"라고 말했다. 그때 엄마는 "뭐라고? 아니야, 브룩이 아무 말도 안 했잖아"라고 했다. 하지만 에이미는 알 수 있었다. 두통이 있을 때면 브룩은 발걸음이 달라졌다. 머리가 자꾸 굴러떨어지려는 것처럼 느껴지는지 계속 목을 움직여 균형을 맞추려고 애썼다. 자신이 결국 가망 없는 델라니 가족의 속절없는 마지막 희망이 될 것임을 아는 것처럼, 그 작은 어깨에 모두의 기대를 짊어지고 애쓰는 그 불쌍한 작은 아이를 볼 때마다 에이미는 울고 싶어졌다.

에이미의 부모님은 아이들의 시합을 완벽하고 정확하게 파악했고, 아이들의 샷 하나하나가 어디로 갈지 예측했으며, 아이들의 약점을 완벽하게 알고 있었다. 하지만 인류가 발명한 가장 위대한 스포츠에 대한 사랑으로 눈이 멀어 버린 부모님은 테니스가 아닌 다른 부분에 대해서는 아이들에 관해 그 어떤 것도 알지 못했다.

브룩이 그토록 진지한 어른이 된 것은 편두통 때문일 수도 있었다. 에이미는 브룩에게서 편두통을 완전히 사라지게 해주고 싶었다. 에이미는 성기고 검은 곱슬머리를 정수리 위로 올려 하나로 묶고 듬성듬성 유치가 나 있던 아기 브룩을 기억했다. 브룩은 절대로 기어 다니지 않았다. 엉덩이를 바닥에 대고 몸을 질질 끌고 다녔다. 정말 웃긴 아기였다.

하지만 지금 브룩이 어떻게 됐는지 봐라. 너무 심각하고, 너무 일에만 몰두하는 어른이 되었다. 너무 실용적인 신발만 신었고, 너무 베이지색인 속옷만 입었다. 그 애는 스물아홉 살이 아니라 마흔 살 같았다. 브룩은 밤을 새우며 춤을 춰본 적이 있을까? 원나이트 스탠드는? 브룩은 그렇게 사는 건 제대로 사는 게 아니라고 말할 것이다. 물론 옳은 말일지도 모르지만, 편두통 때문에 브룩은 제 나이보다 훨씬 나이가 많은 사람이 된 것이 분명했다.

에이미는 일기장을 바닥에 집어 던지고 침대에 누워서 열린 창문으로 들어오는 차가운 공기를 느꼈다. 아파트를 함께 쓰는 세 사람은 모두 외출하고 없었다. 6개월 전에 이사 올 때는 세 사람이 '에이미는 아파트에 있을 때가 없다'라고 생각할 거라고 예상했지만, 현실은 에이미 혼자만 집에 있을 때가 많다는 거였다. 이 아파트의 월세가 저렴한 이유는 방 안으로 네온사인 불빛이 디스코 볼처럼 쏟아져 들어오기 때문이다.

지난 1년 동안 에이미는 다양한 시간제 일을 하면서 생계를 꾸려왔다. 마침내 자신은 제시간에 출근해서 정해진 시간 동안 일을 해야 하는 전임제 일은 할 수가 없음을 받아들였다. 그것은 경력을 위해 올바른 길을 따라가는 여정과는 상관이 없는 일이었다. 에이미에게 올바른 직업은 존재하지 않았다. 전임제 일은 에이미의 가슴에 쌓이다가 어느 날 갑자기 굴욕적으로 터져 나와서 에이미가 일을 그만두게 하거나 쫓겨나게 하는 끔찍한 공포 때문에, 결국 새로 얻은 직업이 사실은 그렇게 멋진 직업은 아니었다는 말을 하는 에이미 앞에서 실망했다는 표정을 짓는 부모님을 또다시 볼 수밖에 없게 했다.

현재 에이미가 가장 많이 하는 일은 일주일에 세 시간씩 3교대로 하는 맛 감정사였다. 에이미가 원한다면 조금 더 인상적으로 들리도록 '감각 평가사'라고 말해도 되지만, 에이미는 그렇게 말해본 적이 한 번도 없었다. 에이미는 대학생들, 젊은 엄마들, 은퇴자들과 함께 아주 진지하게 음식 맛을 평가하고 의견을 나누었다. 일할 때는 립스틱도, 향수도, 헤어스프레이도 뿌리지 않았다. 맛을 평가하기 전에는 커피도 마시지 않았고 껌도 씹지 않았다. 노트북을 켜고

의자를 이리저리 움직이면서 검은 옷을 입은 주방 직원들이 라벨을 단 음식을 가져오기를 기다렸다. 음식을 평가하는 일에는 옳은 것도 그른 것도, 이기는 것도 지는 것도 없었다. 아주 중요한 일이었지만, 그렇다고 어떤 결과를 내는 일도 아니었다. 한번은 한 요리사가 자신이 1년 동안이나 개발하려고 애썼던 볼로냐 소스를 맛 감정사 가운데 그 누구도 좋아하지 않자 방을 박차고 밖으로 나간 적은 있지만, 그것은 화가 나는 일이 아니라 흥미진진한 일이었다.

맛 감정사 일을 하다가 시간이 날 때는 시장조사를 하고 제품을 테스트하는 일을 했다. 오늘만 해도 한 시간 동안 화장지 품질을 평가하는 초점 집단의 일원으로 활동했다. 일이 끝나면 직접 현금을 받는 데다 정말 맛있는 샌드위치를 먹을 수 있는 일이었다. 그러니까 점심도 해결할 수 있는 일인 것이다. 초점 집단 일원들은 모두 아주 친절하고 예의 바르다. 그것이 그 사람들의 실제 모습이 아니라 꾸민 모습이라고 해도 상관없었다. 그런 사람들과 함께하는 시간은 위로가 됐다. 초점 집단에 참가할 때는 에이미도 시드니라는 공동체의 당당한 일원이라는 듯이 사랑스럽고 우아한 사무실로 들어갔다가 밖으로 나와 해변으로 갈 수 있었다. 오후에는 데오도란트에 관한 에이미의 생각을 묻는 긴 설문지를 채우고 그 보답으로 에이미가 특별한 날에 입는 브래지어를 사곤 하는 백화점 상품권을 받았다.

왠지 에이미는 자신이 디킨슨 소설의 배경인 영국에서 소매치기들이 살아가는 방식과 비슷하게, 자신의 재치를 이용해 간신히 무언가를 낚아채면서 살아가고 있다는 생각이 들었다. 에이미에게는 지금 하는 일들이 다양한 선택(스프레이 형태가 좋은가, 바르는 형태가 좋은가, 향기 나는 것이 좋은가, 향기 없는 것이 좋은가?)을 할 수 있기 때문에 자신의 정신 건강에는 좋다고 생각했다. 왜냐하면 선택을 할 수 없는 상황에서는 에이미는 아프기 때문이었다. 가게에 가서도 도저히 결정을 내릴 수 없을 때는 그저 진열대를 쳐다보면서 한참을 가만히 서 있어야 했다. 하지만 이 가설을 전적으로 지지해주는 치료사는 아직 만나지 못했다.

내년 4월이면 에이미는 마흔 살이 된다.

어떻게 그런 일이 가능한지, 에이미는 이해할 수 없었다. 엄마가 마흔 살이 됐을 때를 기억하고 있지만, 그건 고대에 일어났던 일처럼 느껴졌다. 에이미는 자신이 마흔 살이 되면 하늘을 날아다니는 자동차가 발명됐을 거라고 생각했다. 마흔 살이라니. 저녁으로 엉망으로 쓴 시를 먹기에도, 20대 아이들과 함께 집을 나누어 쓰기에도, 저축도, 가구도, 남자 친구도 없기에도 너무 많은 나이였다.

브룩과 에이미는 서로의 인생을 바꿔야 하는지도 몰랐다. 그렇게 되면 자신은 지적이고 재치가 있다는 믿음이 굳건한 그랜트 윌리스 같은 남자와 결혼해 요즘은 어디서나 들을 수 있는 "자살을 생각해 본 적이 있습니까?"라는 질문에 "네"라고 대답해야겠지만 말이다. 에이미는 빨리 남자 친구를 만들지 않으면 마흔 번째 생일은 홀로 아침을 맞이해야 한다는 사실을 자신에게 상기시켰다. 머리 위 지붕 타일 위로 공포에 질려 정신없이 달리고 있는 것 같은 포섬의 발소리가 들렸다. 에이미의 심장이 가슴속 빈 공간 안에서 마구 뛰었고, 에이미의 생각은 공포에 질린 100마리 포섬들처럼 바보같이 너무나도 빠르게 내달렸다.

새로 만난 치료사들은 어김없이 친절하지만 가르치는 태도로 에이미는 절대로 모를 거라는 듯이 에이미의 반응이 '싸우거나 도망가기 반응'이라고 말했다. 많은 치료사가 귀중한 내담 시간을 몇 분이나 할애해 동굴에 살았던 인류에게 싸우거나 도망가기 반응이 필요했던 이유는 검치호 때문이지만, 지금은 검치호가 살지 않아도 그런 포식자가 있는 것처럼 우리 몸이 반응하기 때문이라고 설명했다(치료사들은 항상 호랑이에게 열광했다!). 그런 설명을 들을 때면 에이미는 사파리나 동물원에서 탈출한 호랑이처럼, 현대 세계에서 실제로 호랑이를 만난다면, 아니면 호랑이로 대변되는 강간범을 만난다면, 골목을 전력 질주하면 되는 것인지, 그게 가능하다면 얼마나 빨리 달려야 호랑이를, 정확히 말해서 강간범을 피할 수 있는 것인지, 그 누구보다 빠르게 달리면 되는 것인지, 꼬리에 꼬리를 무는 생각들이 계속해서 떠올랐고, 아무리 그런 생각에서 벗어나려고 해도 그런 바보 같고 미친 생각들은 사라지지 않아서, 결국 300달러라는 거금을 내고도 56달러를 더 내야 하는 내담 시간을 쓸데없는 공상으로 채운 뒤에 "잘했어요, 다음 예약은 3년 뒤에 가능한데, 예약해 드릴까요?"라는 말을 들어야 했다.

에이미는 4-7-8 호흡을 시작했다.

넷까지 세면서 숨을 들이마시고, 일곱까지 세면서 숨을 참고, 여덟까지 세면서 숨을 내쉬고. 넷까지 숨을 들이마시고, 일곱까지 숨을 참고, 여덟까지 숨을 내쉬고.

에이미의 심장은 이제 더는 호랑이에게 쫓겨 전속력으로 도망가는 것이 아니라 나무 위로 올라가 밑에서 맴도는 호랑이를 내려다보고 있는 것처럼, 완벽한 공포가 받아들일 수는 있을 정도의 경계심으로 바뀐 것처럼 조금은 느려졌다. 사실 한동안 올라가지 않았지만, 옛날에는 곧잘 나무에 올라갔다.

에이미는 크게 하품을 했다. 나무 위에서 잠들면 안 돼, 에이미!

내일은 아버지의 날이었다. 그러니 자야 했다. 아침 일찍 일어나서 초콜릿브라우니를 만들어야 했다. 아빠는 초콜릿브라우니를 좋아했다. 만약 밤새 깨어 있는다면, 실제로도 그럴 가능성이 있었는데, 분명히 눈 밑에 시커멓게 그늘이 생길 테고, 엄마가 알아보고 걱정을 할 것이다. 아니, 요즘은 사반나를 걱정하느라 바빠서 에이미의 상태를 눈치채지 못할 수도 있었다. 사반나는 집은 없고 폭력을 쓰는 남자 친구는 있었으니까.

에이미는 잠들 방법을 생각했다.

수면제, 뜨거운 목욕, 뜨거운 우유, 가이드 명상, 오르가슴, 정말 지루한 책…….

아빠는 도저히 잠이 안 올 때면 머릿속으로 테니스 시합을 한다고 했다. 그 말을 들은 에이미는 "그럼 오히려 잠이 깨지 않아?"라고 물었다. 엄마는 다림질을 해보라고 했다. 테니스 시합을 상상하는 것보다 더 불편한 것은 없을 것만 같았고, 다림질은 한 번도 해본 적이 없었다. 그 말을 들은 엄마는 "그래서 네가 못 자는 거야"라고 했다.

에이미는 옆으로 몸을 돌려서 베개를 정리했다.

어쩌면 에이미는 부모님을 훔치려고 하는 그 여자를 사랑하게 될지도 몰랐다. 검치호가 배회하는 사바나에서 온 사반나를 말이다.

사반나는 어땠냐고 물어보니까 트로이는 "괜찮아"라고 했다. "음식은 어떠셨어요?"라고 물어보는 식당 종업원에게 아주 맛있지는 않지만, 고든 램지가 흥분할 정도로 나쁘지는 않다고 생각한다는 뜻을 전하는 것과 마찬가지의 반응이었다.

로건은 사반나에 대해 아무 생각이 없다고 했다. 전화기 너머로 로건이 어깨를 으쓱하는 소리가 들리는 것 같았다.

브룩도 내일이 되어야 사반나를 처음 볼 테지만, 마지막으로 전화했을 때는 엄마와 통화해봤는데, 걱정할 건 없는 것 같다고, 에이미도 걱정하지 말라고 했다. 그저 부모님이 가정 폭력 피해자에게 친절을 베풀고 있는 것이며, 그런 부모님을 자랑스럽게 생각해도 될 거 같다고 말했다.

에이미는 남자 친구에게 맞아본 적이 한 번도 없었다. 에이미가 너무 취했을 때 동의도 받지 않고 섹스를 한 남자가 몇 명 있기는 했지만, 그때는 아직 여자의 동의를 받는 게 유행하던 시대가 아니었다. 그런 불쾌한 사건을 에이미는 그저 '재미'있는 일로 치부해버렸다. 심지어 '우스운' 사건이라고 생각해버렸다. 기분이 나쁘면 나쁠수록 그저 크게 웃어버리고 말았다. 이미 벌어진 일을 감당하려면 에이미에게는 웃음이 필요했다. 불쾌한 일을 기억하지 못한다면, 자신이 원하는 기억을 진실로 만들어버리면 된다. 가끔은 그저 제대로 된 서사를 유지하려고 데이트하는 순간만큼은 그 남자를 사랑했다고 확신해버릴 때도 있었다.

아니, 그렇게까지 멀리 돌아갈 필요는 없어. 에이미의 마음속에는 벽을 발라 가려버린 부모님 집의 거실 벽난로처럼 뚜껑을 덮어두는 것이 중요한 지하 묘지가 가득했다. 그 벽돌 벽난로는 오래전에 남편이 집어 던진 할머니가 얼굴을 부딪친 곳이었다.

에이미는 자신이 한 일 때문에 그 누구도 입에 올리지 않는 할아버지를, 아빠의 아버지를 생각했다. 적어도 사진 한 장 정도는 볼 수 있다면 좋을 텐데. 브룩은 혐오를 숨기지 않은 채 "왜 굳이 그 사람 사진이 보고 싶어?"라고 말했다. 할머니가 사과크럼블을 정말 잘 만들었고, 마치 팁을 주는 손님처럼 끈적이는 손자들의 작은 손에 5달러 지폐를 쥐여주고는 했던 분이었기 때문이다.

에이미는 그저 할아버지가 조금 궁금했다. 할아버지는 자신이 한 일을 후회했을까? 아니면 다른 여자에게도 같은 일을 했을까? 이미 돌아가신 폭력적인 할아버지에게 관심을 갖는 건 나쁜 남자에게 끌리는 자신의 병적인 기질 때문일 거라고, 에이미는 생각했다.

자. 에이미, 어서 자라고.

아래층에서 문이 열리는 소리가 들렸다. 그러니까 공동 세입자 가운데 한 명이 돌아온 것이다. 그건 좋은 일이었다. 이제는 머리에 검은색 방한모를 뒤집어쓰고 몰래 아파트로 들어와 훔쳐 갈 것이라고는 40달러짜리 자서전밖에 없음을 알고 좌절하는 강도를 상상하며 걱정하지 않아도 되니까.

넷까지 숨을 들이마시고. 일곱까지 숨을 참고. 여덟까지 숨을 내쉬고. 아마도 군인들은 이 4-7-8 호흡법으로 1분 안에 잠이 들 거야.

"잠을 자는 것부터 시작해봅시다."

가장 최근에 만난 치료사는 그렇게 말했다. 그 치료사의 이름은 로저였는데, 사실 자격을 갖춘 치료사라는 확신은 들지 않는 사람이었다. 아마도 4-7-8 호흡법은 인터넷에서 찾았을 것이다. 그 치료사가 어딘지 모르게 의심이 가는 사람이라는 게 에이미는 좋았다. 비싼 진료비에, 부드러운 조명이 켜진 내담실에 고급 카펫을 깐 정신과 의사나 심리학자를 만나면, 에이미는 치료사들이 자신의 머리 모양과 옷을 평가한다는 기분이 들었다. 하지만 조금은 우중충한 로저의 내담실에 있으면 마음이 편했다.

물론 로저가 자신을 '치료'해줄 거라고 믿지는 않았다. 그저 사람들이 늘 그렇듯이 "에이미, 난 네가 도움을 받아야 한다고 생각해. 전문가의 도움 말이야"라고 했을 때 "당연하지, 전문가를 만나고 있어"라고 대답할 구실이 필요했기 때문에 가는 것뿐이었다.

에이미는 남자 친구를 바꾸듯이 치료사를 바꿨다. 남자 친구처럼 치료사가 무례하게 굴거나, 화가 나게 하거나, 지루해지면 치료사를 버렸다. 남자 친구들은 에이미에게 "제정신이 아니다, 정신이 나갔다, 미쳤다, 호들갑을 떤다, 사이코다"라고 했다. 치료사들은 에이미에게 "주의력 결핍 과잉 행동 장애다, 강박 장애다, 우울증이다, 조울증이다, 신경 장애다, 기분 장애다, 성격 장애다, 양극성 정동장애다"라고 했다. 그러니까 지금은 '장애'라는 말이 인기를 끄는 시대인 거다.

에이미에게는 잘못된 것이 하나도 없다고, 그저 스트레스만 덜 받으면 된다고 선언한 남자 치료사도 있었다. 내담을 한 다음 주에 그 남자는 같이 술을 마시자는 문자를 보내왔다. 이제 자신은 에이미의 치료사가 아니니 함께 술을 마셔도 아무 문제가 없다는 거였다. 그 비윤리적인 녀석의 요청에 응했다는 사실 자체가 에이미에게는 커다란 문제가 있다는 분명한 증거였을 텐데 말이다.

"병명을 진단하는 건, 내가 할 일이 아니에요."

살짝 궁금해져서 에이미가 자기 병명이 뭐라고 생각하느냐고 묻자, 새 치료사 로저는 걱정스러운 듯이 그렇게 말했다.

"나는 상담가죠. 의료 자격증으로도 일하지만, 당신과도 함께 일하는 거예요."

그러더니 웃으면서 에이미에게 몸을 기울이고는 조금도 걱정하지 않는 표정으로 두 사람이 마치 비밀을 나누고 있다는 듯이 은밀한 목소리로 "알겠지만, 라벨이 본질을 흐릴 수도 있잖아요. 당신은 라벨이 아니에요. 당신은 에이미예요"라고 말했다.

분명히 사기였지만, 달콤한 사기였다. 그 때문에 에이미는 치료사들이 으레 그렇듯이 냉정한 전문가의 눈으로 자신을 관찰하는 것과 달리, 로저는 자신과 한 팀이 되어 어깨를 나란히 하고 있다는 느낌이 들었다. 에이미는 로저가 좋았다. 적어도 지금으로서는.

에이미는 아주 가끔만 좋은 정신과 의사들이 처방해준 약을 먹었고, 정말 가끔만 나쁜 남자 친구들이 주는 약을 먹었다. 그리고 때때로 자신과 주치의가 함께 세운 희망차면서도 강압적인 '정신 건강 계획'을 끄집어내 이 세상에 자신이 그래도 반쯤은 정상적으로 보일 수 있게 해주는 '전략'과 '전술'을 구사하려고 최선을 다했다. 시를 쓰고, 일기를 쓰고, 운동을 하고, 마음 챙김 수련을 하고, 자연을 접하고, 명상을 하고, 호흡을 하고, 베리를 먹고, 비타민을 먹고, 슈퍼푸드를 먹고, 프로바이오틱스를 먹고, 감사하고, 목욕하고, 대화하고, 자는 거다. 그런 노력들은 효과가 있을 때도 있었고, 없을 때도 있었다.

"그건 네 감정이 너무나도 커서 그런 것뿐이야." 어렸을 때, 에이미가 너무나도 오래 울어서 부모님이 화가 머리끝까지 났을 때, 아빠의 어머니는 그렇게 말했다. "넌 감정에 젖는 거야. 내 감정도 아주 컸단다. 얘야, 레모네이드를 마시렴."

할머니의 감정은 알코올이 들어가면 누그러졌기 때문에 그렇게 커지지는 않았다. 하지만 술과 레모네이드는 에이미의 지나치게 큰 감정을 더욱 크게 부풀릴 뿐이었다.

"아니, 에이미는 그저 불안한 것뿐이야. 에드나 고모처럼 말이야. 그러니까 그렇게 걱정할 필요 없어, 조이. 물론 그렇게 불안한 아이는 너를 불안하게 만들기는 할 거야. 그러니까 에이미보고 엄마가 없는 곳에서 울라고 해야겠다."

엄마의 어머니는 엄마에게 그렇게 말했다.

에드나 고모할머니는 슬프고도 불안했던 인생의 마지막 날들을 의자에 묶여서 보내야 했지만, 그 누구도 걱정할 필요는 없었다.

에이미의 엄마는 “우린 널 의자에 묶어두지는 않을 거야. 그런데 난 네가 에드나 숙모보다는 메리 이모에 가까운 것 같아. 메리 이모는 의자에 묶여 있지 않았어”라고 했다.

메리 이모할머니는 도심지 전차 앞으로 걸어갔다가 죽었다. 하지만 사람들이 어떤 해석을 하건, 메리 이모할머니는 자살하려고 전차 앞으로 간 게 아니었다. 에이미의 엄마가 들려준 말이 사실이라면, 메리 이모할머니는 크리스마스를 일주일 앞둔 여름날 오후에 갑자기 불어온 남풍에 날려간 파나마모자를 잡으려고 앞도 보지 않고 뛰다가 전차에 치인 거였다. 에이미의 엄마의 말에 따르면 에이미도 충분히 그렇게 아무 생각 없이 행동할 수 있었고, 만약에 에이미가 그런 식으로 세상을 떠난다면, 자신은 결코 에이미를 용서하지 않을 거라고 했다. 길을 건널 때는 반드시 양쪽 길을 다 살펴야 한다. 더구나 크리스마스가 다가올 때는 말이다. 그때부터 그것은 가족의 우스운 의식이 되었다. 양쪽 길을 잘 살피자!

이제 에이미에게는 특별히 하는 우스운 의식은 없었다. 아니, 있는데 사람들이 알아채지 못한 건지도 몰랐다. 어쨌거나 사람들은 모두 저마다의 의식이나 미신, 이상한 습관이 있는 법이니까. 트로이는 서브를 넣기 전에 코를 세 번 두드렸다. 로건은 시합에 나갈 때마다 행운의 빨간 양말을 신었다. 너무 커진 발이 양말에 제대로 들어가지 않게 된 뒤에도 꼭 그 양말을 신었다. 브룩은 지금도 어디를 가건 차에서 내리는 게 힘들다. 브룩은 아무도 그 사실을 모른다고 생각하지만, 아니다. 에이미가 알았다.

“너한테는 잘못된 게 없어, 얘야. 그저 모두 네 머릿속에만 있는 거야.”

아빠는 그렇게 말했다. 정말 귀엽고도 무지했다.

에이미는 똑바로 누워서 호흡에 집중하면서 에드나 고모할머니와 메리 이모할머니의 영혼과 대화를 했다. 에이미는 두 미친 할머니들을 만난 적은 없지만, 왠지 잘 지낼 수 있을 것 같았다.

그 여자가 부모님이랑 지낸다고 생각하면 기분이 나빠져요.

나도 그래. 에드나 고모할머니가 말했다.

나도 그래. 메리 이모할머니가 말했다.

쫓아내버려. 대장 노릇을 좋아하는 에드나 고모할머니가 말했다.

점점 더 나쁜 감정이 자라나 위장이 꼬이는 것 같았다. 밖에서 자동차 경적 소리가 들렸고, 누군가 에이미의 침실 문을 두드리기 시작했다. 에이미는 시트를 움켜쥐고 위로 끌어당겨 벗은 몸을 가렸다.

"누구세요?"

에이미가 물었다.

"미안해요. 나예요."

깊고 거친 남자 목소리가 들렸다. 잠시 망설이던 남자는 "사이먼이에요"라고 했다. 그리고 헛기침을 한 번 하고 다시 "사이먼 배링턴이요"라고 했다. 이 아파트에 사이먼이 여러 명 있는 것처럼 말이다.

에이미는 천장을 쳐다보았다. 이런 일이 일어날 수 있다는 건 알고 있었다. 하지만 어떤 상황에서도 그 일이 일어나지 않게 해야 한다고, 에이미는 자신에게 말했다.

"안 자요?"

문 너머에서 사이먼이 물었다.

"아니, 자요. 사이먼 배링턴."

사실은 그냥 누워서 죽어버린 미친 할머니들이랑 이야기하고 있어요, 사이먼 배링턴.

아무 말도 하지 말았어야 했다. 공동 세입자와 자는 건 실수다.

그것도 공동 세입자가 여전히 20대이고 자신은 30대의 끝자락에 있다면 말이다. 사이먼이 오랫동안 만난 여자 친구는 얼마 전에 딤섬 식당 얌차에서 사이먼을 버렸다. 고등학교 때부터 연인이었던 두 사람은 결혼하기로 되어 있었기에, 사이먼은 여자 친구가 자신과 헤어지려 한다는 사실을 눈치채지 못했다. 게다가 사이먼은 얌차를 좋아했다. 여자 친구도 그 사실을 알고 있었기에, 사이먼의 실연은 이중으로 비극이 되었다.

이제, 마음이 부서진 사이먼은 술에 취해 집으로 돌아왔고, 냉장고에 먹다 남은 음식이 있다는 사실을 깨닫는 것과 거의 다르지 않은 이유로 맨 꼭대기에 사는 공동 세입자가 혼자임을 기억해내고, '허!'라고 생각한 것이다. 사이먼은 충분히 좋은 청년이었고, 상냥하고 예의 발랐으며, 꼼꼼하게 집안일을 했고, 그 지루한 자서전을 처음부터 끝까지 읽었으며, 럭비 선수였다. 상체가 특히 발달한 럭비 선수였다(에이미는 키가 크고 날씬하고 속을 알 수 없는 남자가 좋았다. 사이먼 배링턴은 불가해한 점이 하나도 없었다). 직업도 전기 통신인지, 부동산인지, 듣기는 했지만 에이미로서는 기억하지 못하는 지루한 일이었다. 어쩌면 회계사인지도 몰랐다. 에이미보다 어렸고, 에이미보다 작았다. 남자들은 언제나 키는 중요한 게 아니라고 말하지만, 남자들에게 키는 중요했다. 정말로 중요했다. 키 작은 남자들이 마음속에 꾹꾹 눌러놓는 분노는 결국 언젠가는 터져 나오고 말았다.

따라서 그 일이 일어난다면 분명히 좋은 섹스가 아닐 테고, 그 뒤로는 에이미의 계약 기간이 끝나는 7개월 동안 서로 어색하게 지내야 할 테고, 7개월 뒤에 에이미는 이사 갈 다른 곳을 찾아야 할 것이다. 하지만 에이미는 이 집이 좋았다. 미니어처 골프 코스에서 발산하는 네온 불빛이 좋았고, 공포 장애로 정신없이 뛰어다니는 포섬이 좋았다.

"미안해요. 정말 미안해요. 갈게요."

문밖에서 사이먼이 소리쳤다.

에이미는 기다렸다. 아무 소리도 들리지 않았다. 갔을까? 그래, 가게 내버려둬야 해.

에이미는 침대에서 나와 티셔츠를 입고 문을 열었다. 사이먼은 계단을 향해 걸어가고 있었다.

"사이먼? 사이먼 배링턴?"

사이먼이 몸을 돌렸다. 청바지 밖으로 셔츠가 삐져나와 있었고, 안경은 삐딱하게 기울어 있었고, 눈을 빨갛게 충혈되어 있었고, 수염이 더부룩하게 나 있었다.

에이미는 손가락을 들어 올려 가까이 오라고 손짓했다.

충동 조절 장애. 에이미의 또 다른 장애였다.

19

현재

전화벨 소리. 프린터기 소리. 키보드 소리. 한 남자가 웃으면서 "농담이죠?"라고 말했고, 한 여자가 재채기를 하면서 "천만에!"라고 말했다. 두 사람은 회색 비닐 카펫 타일이 깔려 있고 베이지색 페인트로 벽을 칠한 평범한 회사 사무실처럼 보이는 곳에 있었다. 이곳에서 근무하는 사람들이 인간의 가장 추악한 면을 주로 다룬다는 점만 빼면 정말 평범한 회사 사무실 같았다. 이곳에서는 가장 오래 근무한 사람들은 대부분 아주 성마르고 초조한 목소리를 냈고, 그들의 파트너들은 한숨을 쉬면서 "왜 그렇게 늘 냉소적이에요?"라고 물었다.

크리스티나는 책상에 앉아 경찰서 옆에 있는 카페에서 사 온 풀크림 더블 샷 피콜로를 마시며 니코를 생각했다. 오늘 아침에 친구의 친구인 결혼식 사진사가 어떻게 선불을 요구할 수 있는지 모르겠다는 크리스티나의 말에 니코는 한숨을 쉬면서 "자긴 왜 그렇게 항상 냉소적이야, 크리스티나?"라고 했다.

조이 델라니는 남편과 싸운 뒤 13일 동안 그 누구하고도 연락이 되지 않았다. 자녀들의 진술에 따르면, 단 한 번도 남편 없이 혼자서는 외박한 적이 없다는 어머니가 사라진 것이다.

자긴 왜 그렇게 항상 냉소적이야, 크리스티나?

왜냐면 평범한 좋은 사람들도 거짓말을 하고 도둑질을 하고 사기를 치고 살인을 하니까, 니코.

사진사에게는 선불을 줄 것이다.

크리스티나는 남은 피콜로를 마지막까지 마시고, 앞에 있는 서류철을 열어 데스크톱 컴퓨터에서 출력해 온 문서를 읽었다.

회고록 쓰기 수업

회고록 쓰기는 삶을 풍요롭게 합니다. 이 시간을 창의력이 물 흐르듯 흐르게 해줄 준비운동이라고 생각하면 좋겠습니다. 이제 짧게 자기소개를 해봅시다. 몇 개의 단락으로 살아온 인생을 소개해 보세요!

태어났을 때 부모님이 지어주신 내 이름은 조이 마거릿 베커였다. 궁금해할까봐 덧붙이자면 유명한 테니스 선수 보리스 베커하고는 아무 관계가 없다(하지만 나도 테니스 선수였다). 어머니의 이름은 펄이고, '아름다운' 분이었다. 그래서 어머니는 내가 네 살 때 아버지가 우리를 버리고 떠났다는 충격에서 평생 헤어나지 못하셨다. 아버지는 친구를 만나러 간다고 했는데, 그 친구가 2,000킬로미터가 넘는 머나먼 북부에 살고 있다는 말씀은 안 하셨다.
아버지는 집을 나가고 3년 뒤에 '주먹질'을 하다가 돌아가셨다. 성질이 불같은 분이었다. 모두들 나를 다혈질이라고 하지만, 나는 단 한 번도 주먹질을 해본 적이 없다. 사람들은 늘 아버지가 나를 사랑했다고 말하지만, 물려준 게 다혈질이라니, 아버지의 사랑을 보여주는 걸로는 아주 우스운 방식이라고 생각한다.
어머니는 나를 데리고 부모님의 집으로, 나의 할머니, 할아버지의 집으로 들어갔는데, 두 분이 나에게는 좀 더 부모님 같은 분이었고, 그 두 분이 나를 길러주셨다. 나는 특히 할아버지와 친했는데, 그분은 내가 아는 그 누구보다 말이 많으셨다. 할아버지는 정말 끊임없이 말씀을 하실 수 있는 분이었다. 나는 지금도 할아버지에게 하고 싶은 말들을 생각한다. 어머니는 아주 냉소적이고, 불행한 분이었다. 하지만 그건 어머니의 잘못이 아니다. 어머니는 시대를 잘못 타고난 분이니까. 지금 태어나셨다면 어머니는 큰 회사의 CEO가 되셨을 것이다. 기상 캐스터가 되셨을 수도 있고. 왜냐하면 어머니는 정말로 예뻤고, 늘 날씨에 관심이 있었으니까.
할아버지는 테니스를 정말 사랑하셨는데, 그 덕분에 나는 간신히 걸음마를 떼었을 때 나무로 만든 커다란 각진 테니스 라켓을 손에 들 수 있었다. 세 살 아기에게는 너무나도 무거운 라켓이었다. 할아버지는 그저 재미로 나에게 공을 던졌고, 나는 똑바로 쳐냈다. 할아버지는 날아오는 공 때문에 거의 의자에서 떨어질 뻔했다고 하셨다. 한 개를 놓치기 전까지, 나는 열 번 연달아 공을 쳤다. 할머니는 다섯 번 쳤을 뿐이라고 말씀하시지만. 어머니는 할머니, 할아버지가 거짓말을 하는 거라고 생각했다. 진실은 아무도 모른다. 내가 아는 것은 아주 어렸을 때부터 나에게는 테니스가 전부였다는 사실이다.

나는 테니스공을 치는 게 좋았다. 베이스라인에서 힘껏 치는 플랫 샷이 가장 좋다. (요즘에는 스핀 샷이 너무 많다. 새로 나온 멋진 라켓 때문이다.) 테니스공을 칠 때 나는 소리가 좋다. 타가닥, 타가닥, 타가닥. 꼭 말발굽 소리 같다. 새로 산 테니스공 냄새 또한 내가 가장 좋아하는 냄새다. 약을 해본 적은 없지만(내가 자주 먹는 해열진통제인 아세트아미노펜은 예외다), 나에게는 테니스가 꼭 약처럼 느껴진다. 시합이 끝나면 마치 아름다운 꿈속에서 걸어 나온 것만 같다.

열 살 때부터 시합에 나갔다. 열한 살일 때, 열세 살짜리 여자애랑 붙은 적이 있는데, 내가 이겼고 그 애는 울었다. 하지만 전혀 미안하지 않았다. 그 순간을 정말 분명하게 기억한다. 시합에서 이긴 상으로 우산을 받았다(테두리가 빨간 투명 우산이었다). 그날, 나는 한 남자가 할아버지에게 내가 세계 챔피언이 될 재능이 있다고 말하는 소리를 들었다. 그 말이 내 마음속에 깊이 자리 잡았다. 할아버지와 나에게는 계획이 있었다. 먼저 지역 청소년 대회에서 우승하고, 주 대회에서 우승하고, 오스트레일리아 여자 단식을 석권하고, 해외로 나가(그때까지 한 번도 비행기를 타본 적이 없었다!) 프랑스와 미국에서 우승하고, 마지막에는 윔블던에서 우승한다! 열두 살 때, 할아버지는 내가 받은 트로피를 진열하려고 새 선반을 만드셨다.

나는 아주 어렸을 때, 키가 크고(정말 크다!) 시커멓고 잘생긴 젊은 테니스 선수 스탠 델라니와 결혼했다. 우리는 함께 테니스 경력을 쌓아갈 계획이었다. 우리는 생계를 유지하려고 애쓰면서, 자동차를 타고 온 나라를 돌아다니면서 테니스 시합에 나갔다. 힘들었지만, 재미있는 시간이었다. 학교를 마친 뒤에는 비서가 되는 수업을 받았다. 어머니가 '테니스로 살기 힘들어질 때'를 '대비'해 받게 한 수업이었다. 어머니의 바람은 내가 '사업가'와 결혼하는 것이었다. 어머니는 테니스는 그저 동화라고 생각했는데, 어쩌면 어머니가 옳았는지도 모르겠다. 왜냐하면 남편이 고작 스물두 살 때 심각한 부상을 입었기 때문이다. 만리 시사이드 토너먼트 준준결승전 3세트 때 아킬레스건이 끊어지고 말았다. 아킬레스건이 남편의 아킬레스건이었던 거다(사실 아킬레스에게는 인대가 아니라 발뒤꿈치가 아킬레스건이었지만!). 그래서 우리는 전국을 돌아다니며 시합을 하던 생활을 끝내야 했고, 몇 년 뒤에 내 입으로 말하기는 쑥스럽지만, 오스트레일리아 전체에서는 아니라고 해도 우리 주에서만큼은 가장 성공한 테니스 아카데미 가운데 한 곳인 델라니 테니스 아카데미를 열었다(어머니에게 나는 사업가와 결혼하지는 않았지만, 나 자신이 '사업가'가 되었다는 말을 하자, 어머니는 내가 자신을 웃기려고 하는 말이라고 생각했다).

우리는 아들 둘, 딸 둘, 모두 네 아이를 낳았다. 2 대 2, 동점이다! 네 아이 모두 훌륭한 테니스 선수였다. 아직 손주는 없다. 얼마 전에 델라니 테니스 아카데미를 매각했고, 지금은 버킷 리스트를 지우며 살아가야 할 시간만이 남아 있다. 우리에게 버킷 리스트가 있다면 말이다. 뭐, 할 수 없지.

"크리스티나?"

크리스티나는 고개를 들어 건강과 긍정의 힘을 발산하며 자신의 좁은 집무실 입구에 서 있는 이든을 보았다. 오늘 이든은 청록색 셔츠를 입고 있었다.

"요즘 젊은 녀석들은 에너지가 넘쳐흘러."

한 형사는 그렇게 말했었다. 물론 크리스티나보다 열다섯 살 많은 사람이었지만, 크리스티나도 그 말에 충분히 동의했다.

"사라지던 날 조이 델라니가 인터넷에서 검색한 거예요."

이든은 종이 한 장을 내밀었다. 노란색 형광펜으로 그어놓은 줄들이 보였다. 그날, 조이는 인터넷에 여러 문장을 입력했다.

이혼할 때가 됐음을 어떻게 알게 될까?

60대 이후의 이혼

부모의 이혼이 성인 자녀에게 끼치는 영향

상담을 받으면 결혼 생활이 좋아질까?

위스키도 상할 수 있나?

"정말 멋진 결혼 생활을 했나 보네."

크리스티나가 말했다.

"그러게요."

우울한 목소리로 대답한 이든은 잠시 고인에게 하는 것처럼 묵념을 하고는 곧바로 다시 고개를 들어 밝은 목소리로 말했다.

"그리고 전화 기록도 가져왔어요. 조이가 자녀들에게 문자를 보내기 한 시간 전에……."

"조이가 보낸 게 확실하다면 말이지."

크리스티나가 말했다.

"자녀들이 문자를 받기 한 시간 전의 기록이에요."

이든이 정정했다.

"헨리 에지워스 박사라는 사람과 40분 동안 통화를 했어요. 마흔아홉 살에, 자녀가 둘 있는 기혼자고, 성형외과 의사예요. 현재 외국에 나가 있어서 통화는 할 수 없었어요."

"성형외과 의사라고?"

크리스티나가 얼굴을 찌푸렸다.

"그게 관계가 있을까?"

관계가 있을 리 없었다.

"신분을 위장하려고 성형수술을 받으려 했을 수도 있잖아요."

"그래. 마피아하고 관계가 있는 사람이니까."

크리스티나가 대답했다.

"혹시 범죄 조직하고 관련이 있는지 알아볼까요?"

이든의 목소리에는 열정이 가득 담겨 있었다.

크리스티나는 이든이 농담을 하는 것인지 알아보려고 이든의 얼굴을 똑바로 바라보았다. 알 수가 없었다. 크리스티나는 덤덤하게 대답했다.

"그래, 모든 가능성을 다 살펴봐야 하니까."

이든이 고개를 끄덕이더니, 들고 있던 공책으로 시선을 돌렸다.

"밸런타인데이가 지나고 이틀 뒤에 우박이 내리는 큰 폭풍이 있었어요."

"그러니까 지금, 우박에 맞아서 기억상실증에 걸렸다는 거야?"

이든이 고개를 들어 크리스티나를 보았다. 사수가 농담을 하는 건지 아닌지 분간할 수 없다는 표정이었다.

"손님으로 묵었다던 여자에 대해서는 알아낸 거 있어?"

"거의 찾아낸 거 같아요."

"잘했어. 내 생각엔, 모든 길은 그 여자한테 통하는 것 같아."

크리스티나가 말했다.

Apples Never Fall

20

아버지의 날

아버지의 날 아침에 조이는 푹 자고 늦게 일어났다. 아이처럼 침대 한가운데에서 팔다리를 큰대자로 뻗고 엎드려 있었다. 조이가 흘린 침이 시트에 작은 원을 그려놓았다. 스탠은 없었다. 봄날 햇살이 창문으로 쏟아져 들어와 티셔츠만 입은 조이의 다리를 따뜻하게 간질였다. 뜰에서는 재스민 향기가 났고, 주방에서는 베이컨 냄새가 났다. 사반나가 요리를 하고 있음이 분명했다.

다른 사람이 자기를 위해 요리를 해주고 청소를 해주는 상황에 너무나도 익숙해지고 있었다. 연예인들이 이렇게 살 것 같았다. 그 사람들이 토크쇼에 나와서 그토록 멋지고 활기차게 이야기할 수 있는 건 당연한 일이었다. 조이도 하루하루 멋지고 활기찬 사람이 되어가고 있는 것 같았다.

실제로도 사반나는 자신이 연예인인 두 사람의 삶에 매혹된 토크쇼 진행자이고, 조이와 스탠은 토크쇼에 출연한 게스트처럼 대했다. 사반나는 두 사람에 관한 모든 이야기를 듣고 싶어 했다. 두 사람의 테니스 인생, 테니스 아카데미, 테니스 클럽, 그리고 두 사람의 아이들 이야기를 듣고 싶어 했다. 사반나는 조이가 자신의 아이들이라면 분명히 하지 않을 거라고 확신하는 "두 분은 언제 서로가 '이 사람이다'라는 걸 아신 거예요?" 같은 질문을 했다.

"처음 보는 순간 알았지."

스탠은 그렇게 대답했다. 그때 스탠은 앉아 있었고 조이는 서 있었는데, 스탠은 조이의 허리를 감아 안더니 가까이 끌어당겨 자기 무릎에 앉혔다.

조이는 사반나의 젊고 호기심 어린 눈으로 자신들의 결혼 생활을 새로 볼 수 있었다. 골동품처럼 단단하고 귀중한 관계, 세월이 흘러 지혜로 윤을 낸 관계. 사반나는 두 사람 같은 결혼 생활을 갈망하는지도 몰랐다. 아이들과 아름다운 집이 있고, 사업에 성공하고, 선반 가득 생일 파티, 부활절 점심, 크리스마스 아침 풍경을 찍은 사진들을 놓을 수 있는 그런 관계를 꿈꾸고 있는지도 몰랐다.

샤워기 아래 서서 쏟아져 내리는 물을 향해 고개를 들고, 조이는 결코 사진으로 담지 않을 부끄러운 순간들을 생각했다.

뒤틀린 입술로 침을 뱉으며 분노를 뿜어내던 일그러진 얼굴.

멀어져가던 스탠의 뒤통수.

길가에 세운 차 뒤에서 충격을 받아 아무 말도 못 하던 네 아이.

방향 지시등의 똑딱 소리에 맞춰 두방망이질 치던 조이의 심장.

조이는 부르르 몸을 떨었고, 샴푸가 눈에 들어갔다. 당연히 그런 끔찍한 비밀은 사반나에게 말할 수 없었다. 나이 들어가는 두 사람의 전두엽이 어느 정도나 제대로 기능하고 있는지에는 상관없이 조이와 스탠의 솔직함에는 한계가 있었다.

삼푸는 끔찍하게 따끔거렸다. 조이는 맹렬하게 눈을 껌뻑이며, 단골 미용실의 나렐이 3일에 한 번씩 사용해야 한다고 한 비싼 볼륨 컨디셔너를 머리카락에 바르고 문질렀다. 나렐이 가르쳐주는 머리카락 관리 비법은 복잡했지만, 그 덕분에 조이는 머릿결이 좋다는 칭찬을 많이 받았다. 조이는 나렐을 자매처럼 사랑했다. 아니, 자매는 그렇게 사랑해야 한다고 말해지는 방식대로 사랑했다. 조이의 딸들은 당연히 서로를 끔찍이도 사랑했지만, 거의 대부분 한 딸이 다른 딸 때문에 화가 나거나 기분이 상하거나 난처해했다.

삼푸 병 뒤에는 아직도 가격표가 붙어 있었다. 스탠이 보면 "이건 대체 뭘로 만든 거야? 황금 가루?"라고 할 것이다. 조이는 손톱으로 가격표를 문질러 떼고 동그랗게 말아 바닥에 버린 뒤에 발가락으로 문질러 배수구에 밀어 넣었다.

맞다. 당연히 사반나는 지난 50년 동안 조이와 스탠이 얼마나 여러 번 사랑에 빠졌다가 사랑에서 헤어났는지를 알 필요가 없었다. 아주 많은 시간, 위장이 뒤틀릴 정도로 스탠이 미웠던 적이 있었다는 것을, 세 아이가 아주 어렸을 때는 정말로 심각하고 솔직하게, 사실은 너무나도 기뻐하며 별거 이야기를 했었다는 것을, 실제로 조이는 두 사람이 헤어지게 될 거라고 믿었다는 것을, 놀랍게도 두 사람이 화해했을 때 깜짝 선물처럼 브룩이 생겼다는 것을, 그 때문에 두 사람의 사이가 전적으로 새로운 관계가 된 것처럼 느껴졌다는 것을, 거의 헤어질 뻔했다는 사실이 두 사람의 관계를 오히려 깊고 풍부하게 만들었다는 것을, 하지만 또다시 길을 잃고, 모든 사랑과 행복은 눈에 보이지 않는 작은 구멍이 있는 것처럼 눈치챌 사이도 없이, 아주 서서히 빠져나가버렸다는 것을, 알 필요는 없었다.

언젠가 에이미는 조이에게 혼자라면 정말로 외로울 것 같다고 말한 적이 있었다. 그때 조이는 에이미에게 결혼해도 외로울 수 있다고, 매일 아침 외로움에 짓눌린 채 눈을 떠도 어쨌든 일어나서 아이들 밥을 줘야 하는 날들이 있을 거라고 말해주고 싶었다. 하지만 그렇게는 말하지 못했다. 그저 "맞아, 달링. 그럴 거야. 정말로 외로울 거야"라고 말했다.

결혼 생활의 진짜 모습은 성인이 된 자녀에게도 말할 수 없었다. 그 아이들은 설혹 자신들이 그렇게 생각한다고 해도, 부모의 결혼 생활을 진짜로 알고 싶어 하지는 않는다.

언젠가는, 정말로 힘든 한 해가 있었다. 조이와 스탠의 어머니가 모두 아팠고, 석 달 안에 두 분이 차례로 돌아가셨다. 두 분의 유일한 아이였던 조이와 스탠은 저마다 홀로 슬픔을 감내해야 했다. 그때 조이는 떠나야겠다는 계획을 세웠다. 조이는 브룩이 고등학교를 졸업하면 더는 엄마라는 의무를 감당할 필요가 없을 테니, 그때 떠나겠다고 결심했다. 자신을 괴롭히고 남을 괴롭히는 판타지를 꿈꾸는 것처럼 그 고통을 상상하는 것까지를 포함해 그 모든 것을 계획하는 과정은 즐거웠다.

하지만 계획은 실현되지 않았다. 브룩이 고등학교를 졸업하자, 부부 관계는 다시 좋아졌다. 어쩌면 부부 생활을 통틀어 가장 좋았는지도 몰랐다. 두 사람은 다시 복식조가 되어 시합에서 이기고 또 이겼다. 승리는 성생활과 사업을 비롯해 두 사람이 함께하는 모든 것에 스며드는 것만 같았다. 조이는 테니스 아카데미에서 최대한 많은 돈을 짜내는 데 집중했다. 카페를 차리고, 테니스용품 판매점을 열고, 방학 특강 캠프 제도를 도입했다. 그것이 지금까지의 삶이었다. 실점을 할 수밖에 없다고 느낄 때까지, 쭉 점수를 올리다가 결국 점수를 잃는 것이다.

그것이 지금 두 사람이 도달한 지점이었다. 사반나가 두 사람의 인생에 들어왔을 때, 두 사람의 부부 관계는 상승 곡선이었는지, 하강 곡선이었는지, 아니면 마침내 죽음이 두 사람을 갈라놓을 때까지 함께 살 수 있는 평행선에 도달했던 것인지는, 조이도 정확히는 알 수 없었다. 가끔은 두 사람의 부부 관계가 하루에도, 심지어 대화 한 번에도 크게 요동친다는 느낌을 받았다. 스탠에 대한 감정은 불과 10분 만에 애정에서 분노로 바뀔 수 있었다.

비싼 컨디셔너를 헹구려던 조이는 문득 컨디셔너를 바르고 적어도 3분이 지난 뒤에 헹궈야 한다고 했던 나렐의 말이 떠올랐다. 조이는 3분 동안 눈을 감고 브룩이 발목이 유연해진다며 매일 하라고 했던 발목 운동을 했다. 조이는 브룩의 지시를 나렐의 지시처럼 충실하게 지키지는 않았지만, 오늘 딸이 와서 운동을 하느냐고 묻는다면 솔직하게 말할 수 있기를 바랐다. 조이는 눈을 감고, 혹시라도 균형을 잃으면 붙잡을 수 있도록 두 팔을 밖으로 쭉 펴고 한 다리를 들어 올렸다가 내렸다(브룩은 분명히 샤워하면서 운동을 하면 안 된다고 할 것이다). 스탠이 들어왔다가 아내가 옷을 벗고 발을 까딱이는 모습을 보면 죽어라고 웃을 거다.

오늘은 아무 일 없이 지나가지 않을까? 이상하게 조이는 긴장이 됐다.

물론 아들들은 사반나가 짐을 옮길 때 도와줬으니, 이미 사반나를 만났다. 사반나의 집에는 사반나의 남자 친구였던 남자가 있었지만, 그 남자는 아무 문제도 일으키지 않았고, 그 누구도 다치지 않았다. 모든 것이 잘 끝났다.

어쩌면 사반나와 딸들은 친구가 되지 않을까? 브룩은 그럴 것 같지 않았다. 클리닉 때문에 너무 바빴고, 조금 차가운 데가 있으니까.

하지만 에이미는 어디를 가든지, 나이에 상관없이 친구가 되는 아이였다. 심지어 에이미의 차를 대신 주차해준 우버 기사가 그날로 에이미의 친구가 되어 에이미의 다른 친구들과 어울리고, 심지어 에이미가 지금 사는 공유 아파트까지 소개해줄 정도로 에이미는 사교적인 아이였다!

에이미의 공유 아파트에 자리가 나면 사반나가 들어가서 살 수도 있지 않을까? 하지만 솔직히 말해서 조이는 사반나를 서둘러 내보낼 생각이 없었다.

조이는 까딱거리던 발을 멈추고 컨디셔너를 헹궈낸 뒤에 마지막으로 아주 차가운 물로 샤워를 했다. 차가운 물로 샤워를 하면 조이의 줄기세포가 에너지를 비축하는 백색 지방이 아닌 체온을 조절하는 갈색 지방을 만든다고 했다. 갈색 지방은 몸에 좋은 지방이다.

오늘, 조이가 브룩에게 갈색 지방에 관해 묻는다면, 브룩은 분명히 크게 웃으면서 엄마가 아는 건 모두 틀렸다고 말할 것이다. 조이는 가능한 한 자주 브룩이 자기 자신을 아주 영리하고 자격 있는 의료인이라는 기분을 느끼게 해주고 싶었다. 물론 브룩은 영리하고 자격을 갖춘 의료인이었지만, 필사적으로 인정을 받고 싶어 했고, 찡그린 사랑스러운 얼굴에 적나라하게 드러나는 그 욕망을 필사적으로 감추려고 했다. 그나저나 우리 막내는 립스틱을 바르면 더 좋을 텐데.

조이는 수건으로 힘차게 몸을 닦았다. 이런, 정말로 긴장이 됐다.

지금 조이가 긴장하는 이유는 조이와 스탠이 사반나에게 심어준 '두 사람은 쾌활하고 사랑스러운 부부'라는 이미지를 아이들은 거짓이라고 생각할 것을 알기 때문인지도 몰랐다. 두 사람이 사반나를 대하는 모습을 보면서 아이들이 자라면서 보았던 부모의 모습을 떠올릴 것을 알기에 긴장하는지도 몰랐다. 하지만 지금 생각해 보면, 두 사람의 결혼 생활은, 대부분은 행복했다. 두 사람은 쾌활한 부부였고, 사랑스러운 부부였다. 적어도, 조이는 그런 아내였다.

네 아이에게는 모두 조이의 기억과는 아주 다른 모습으로 떠올리는 기억들이 있는데, 네 아이의 기억도 서로 다를 때가 많았다. 가끔 아이들은 조이로서는 절대로 일어나지 않았다고 생각하거나, 적어도 아이들이 생각하는 것과는 다른 방식으로 일어났다고 믿는 일들을 다른 식으로 이야기하고는 했다. 그럴 때면 조이는 "하지만 그때 우리는 페어몬트 거리에 살지도 않았어"라든가 "네가 열세 살이었을 때는 할머니는 살아계시지도 않았어" 같은 말로 자신이 살았던 흔적들을 더듬어 아이들의 기억에 반론을 제기할 수 있었다. 가끔은 누가 악당이고 피해자인지, 누가 순교자이고 영웅인지를 놓고도 투닥거렸다. "꿀벌한테 쏘인 건 네가 아니야. 트로이의 생일 파티 때 기절한 할머니를 도운 건 나란 말이야!" 에이미가 그 말을 했을 때 조이는 '그건 트로이의 생일 파티가 아니라, 로건의 생일 파티였어. 꿀벌이 아니라, 말벌이었고, 아무도 쏘이지 않았어. 그 누구도 할머니를 돕지 않았고, 할머니가 쓰러진 건 기절한 게 아니라, 술 때문에 정신을 잃은 거야'라고 생각했다.

아이들은 그 누구도 자신의 기억을 정정하려 하지 않았다. 아이들에게는 자신이 간직한 기억이 바로 실제로 일어난 일이었다. 자신의 기억이 다른 사람의 기억과 다를 때는 델라니 남매의 우라질 고집쟁이 아빠처럼, 자기 기억이 옳다고 우기며 자기주장을 끝까지 굽히지 않았다. 하지만 가끔은 무언가를 생각하는 것처럼 아련한 표정을 지으며 마침내 이해를 했다는 듯이 어린 시절의 기억을 어른의 눈으로 재평가한 뒤에 "잠깐만, 혹시, 그날 할머니가 술에 취한 거 아니야?" 같은 말을 할 때도 있었다.

조이는 주방으로 가려고 가운을 입었다. 사반나가 오고 처음 며칠 동안은 매일 아침 방에서 나가기 전에 옷을 완벽하게 차려입었다. 하지만 얼마 못 가, 사반나가 함께 있는 상황이 너무나도 편하게 느껴졌다. 집에 온 손님들은 함께 있는 것이 아무리 즐거워도 불편한 부분이 반드시 있기 마련이라, 손님들이 돌아간 뒤에야 비로소 마음의 평온을 찾는 법인데, 사반나는 어느 하나 불편한 부분 없이 자연스럽게 두 사람의 일상에 스며들었다.

사반나는 밤에도 침실 문을 닫고 자는 일이 없었다. 살짝이라도 닫는 법이 없었다. 문을 활짝 열어놓았기 때문에 조이가 사반나보다 늦게 자러 가는 날이면 마치 자고 있는 어린아이의 침실 옆을 지나가는 기분이 들었다. 사반나 침대 옆의 램프가 켜져 있는 날이면 조이는 큰 소리로 "잘 자!"라고 말했고, 그러면 사반나도 쾌활하게 "잘 자요, 조이. 푹 주무세요!"라고 소리쳤다.

저 불쌍한 아이는 어린 시절의 경험 때문에 어디서나 사람들에게 맞춰서 생활하는 법을 익혔음이 분명했다. 사반나는 자신의 어린 시절에 관해서는 많은 이야기를 하지 않았지만, 위탁 가정을 돌면서 자라야 했다는 이야기는 했다. 멋지고 환상적인 위탁 가정도 있었지만, 그렇지 않은 곳도 있었다고 했다. 사반나를 맡아주겠다는 친척들이 있었지만, 정작 그 사람들의 집에 가서는 제대로 있을 수가 없었거나, 갑자기 친척들이 마음을 바꿨기 때문에 사반나는 여러 곳을 옮겨 다녀야 했다고 했다. 친척들 형편도 그다지 좋지는 않았다고 했다. 생물학적 부모에 관해서는 아는 것이 하나도 없지만, 어렴풋이 어머니가 감독관과 함께 자신을 만나러 왔던 것을 기억한다고 했다. 하지만 아주 어렸을 때 몇 번 왔을 뿐 더는 오지 않았기 때문에 어머니에 대해서는 기억이 없으며, 사실 어디서 어떻게 사는지 관심도 없다고 했다.

조이는 젖은 머리를 빗으로 빗었다. 드라이어로 말리는 건 아침을 먹은 뒤에 할 생각이었다. 지금은 배가 고팠다. 조이는 거울에 비친 자신의 모습을 보았다. 혹시 조이와 스탠이 사반나를 좋아하는 건 두 사람을 위해 음식을 만들어주기 때문일까? 끔찍하지만, 정말로 두 사람은 그 때문에 사반나를 좋아했다.

턱에 또 털이 났네? 이런, 족집게를 어디 뒀더라? 조이는 안경을 쓰고 거울 가까이 얼굴을 가져가 턱에 난 털을 눈물이 쏙 나올 정도로 세게 단번에 잡아당겨 뽑았다.

사반나가 두 사람의 사랑을 받으려고 요리를 하는 거라면 정말 끔찍한 일이었다. 두 사람은 사반나를 양육하는 위탁 부모가 아니었다. 사반나는 다 자란 성인이었지만, 조이는 사반나의 성장 배경을 잊으면 안 된다.

조이는 가운의 끈을 다시 맸다. 오늘 같은 날을 사반나는 참기 힘들 것이다. 사반나에게는 아버지가 없는데, 조이의 아이들은 아버지에게 선물을 하고 농담을 하며 아버지의 날을 축하할 테니까. 물론 조이에게도 아버지가 없었다. 하지만 조이는 한 집에서 쭉 자랐고, (특별히 사랑스럽지는 않은, 독특한 방법이기는 했지만) 조이를 사랑하는 어머니도 있었으니까. 그리고 무엇보다도 중요한 건, 조이에게는 사라진 아버지의 자리를 충분히 채워주셨던 할아버지, 할머니가 있었으니까. 하지만 사반나는 사랑을 전혀 모르는 채로 힘들게 자라야 했다.

주방으로 가자, 한 손에 프라이팬을 들고 다른 손으로 달걀을 깨고 있는 사반나가 보였다.

“좋은 아침! 사랑아!”

조이는 감정을 담아 울부짖었고, 자신도 모르게 튀어나온 ‘사랑아’라는 단어 때문에 얼굴이 빨개졌다.

“이런, 사반나라고 말할 생각이었어.”

이런, 세상에나.

식탁 앞에 앉아 베이컨과 달걀을 먹으면서 낱말 퍼즐을 하고 있던 스탠이 돋보기 너머로 조이를 보았다.

“뇌졸중이야?”

“좋은 아침이에요. 달걀 한 개 드실래요, 두 개 드실래요?”

손가락으로 달걀판에 담긴 달걀을 하나 집어 들면서 사반나가 조이에게 물었다.

“오, 글쎄, 한 개면 충분할 것 같아. 그런데 이렇게 매일 우리 아침을 만들지 않아도 돼. 특히, 점심도 준비해야 할 때는 말이야.”

조이는 가스레인지 주변을 서성였다. 왠지 이제는 가스레인지가 더는 조이의 것 같지가 않았다. 이 가스레인지는 사반나에게 보이는 경의를 단 한 번도 조이에게는 보인 적이 없었다.

주방에는 빵 냄새가 가득했다. 알루미늄 포일로 덮은 케이크 트레이에서 무언가가 식어가고 있었다.

조이는 스텐을 쏘아보았다.

“뇌졸중 아니야. 내가 뇌졸중이라면, 당신은 나한테 오른쪽 팔을 들어보라고 했어야 해.”

“오른팔을 들어봐.”

스탠이 말했다.

“하지만 저는 요리하는 게 좋아요. 이런 주방에서 요리를 할 수 있다는 건 특권이에요. 그러니까 요리하게 해주세요."

사반나가 간절한 말투로 말했다. 토끼를 닮은 금색 속눈썹 아래로 사반나의 눈이 조이의 눈을 똑바로 바라보았다. 사반나의 눈을 똑바로 볼 때면 왠지 모르게 불안해질 때가 있었다. 결국 조이는 먼저 눈길을 피했다.

"오, 그래. 당연히 요리할 수 있지. 나도 사반나가 요리하는 게 좋아. 고마워."

"한쪽 눈이 빨갛잖아. 그거, 뇌졸중 징후 아니야?"

스탠이 조이에게 말했다.

"샴푸가 들어가서 그래. 아버지의 날 축하해."

조이의 목소리에 짜증이 묻어났다.

"고마워."

스탠은 마지막 음식을 삼키더니 나이프와 포크를 내려놓고, 자신이 망할 영국 왕이기라도 한 것처럼 사반나가 준비해둔 냅킨 천으로 지나치게 꼼꼼하게 입술을 닦았다.

"살면서 먹어본 가장 맛있는 아버지의 날 아침 식사였어."

"이런, 정말 최상의 칭찬이네."

정말로 두 사람의 아이들이 들으면 안 될 최상의 칭찬이었다. 조이는 까치발을 하고서 입술 옆으로 혀를 쭉 내민 채 가스레인지 앞에 서서 아버지의 날에 스탠을 위해 만드는 오믈렛을 뒤집으려고 애쓰던 브룩의 모습이 떠올랐다.

"이건 뭐니?"

조이는 알루미늄 포일의 가장자리를 들어 올리면서 물었다. 묵직하고 달콤한 익숙한 냄새가 났다.

"초콜릿브라우니예요."

사반나의 말에 '브라우니'가 아니라 '뱀이야!'나 '불이야!'라는 말을 들은 것처럼 조이의 위장이 극단적으로 꼬이기 시작했다.

"어머, 사랑스러워라. 정말 사랑스럽다."

조이는 스탠의 시선을 피하며 말했다.

조이는 생각을 다른 곳으로 돌리려고 재빨리 냉장고 문을 열었고, 그 때문에 망할 기념품 자석이 스탠이 (재활용하지 않고) 영원히 보관하려고 부지런히 코팅한 지역 의회 재활용 안내서를 데리고 바닥으로 낙하했다. 조이는 자석이 바닥에 닿기 전에 낚아챘다. 자석은 런던 아이(밀레니엄힐이라 불리는 영국항공이 새천년을 기념해 템스강변에 건축한 관람용 건축물-옮긴이)에서 가져온 기념물로, 조이와 스탠이 꿈에 그리던 여행을 마침내 오게 된 행복한 은퇴자 흉내를 내며 서로 안고 있는 사진이 인쇄되어 있었다(사실은 스탠이 런던 아이 관람 가격이 너무 비싸다고 계속 불평을 해댔는데도 말이다).

이 자석을 사려고 했을 때 스탠은 냉장고 자석으로 쓰기에는 너무 무겁다고 했다.

"전혀 제 기능을 못할 거야."

스탠은 오만한 말투로 화를 내며 말했다. 하지만 조이는 이 자석을 정말로 시드니로 가지고 오고 싶었다. 실제로는 갖지 못했던 꿈의 휴가를 다녀왔다는 증거를 사진으로 남겨 냉장고에 붙여놓고 싶었다. 그리고 이제 조이가 옳았음이 입증됐다. 사반나가 이 자석을 보면서 런던 여행에 관해 물었을 때 스탠은 황홀했던 런던의 풍경을 말해주었다. 정말로 '황홀했던'이라는 단어를 쓰면서 말이다.

정말로 자석에 인쇄된 사진은 '황홀한 풍경'을 담고 있었다. 정말로 사진에는 해로울 것이 하나도 없었다. 이 추억을 회고록에 쓰고 이날을 완벽한 날로 기억해도 안 될 건 하나도 없었다. 회고록에 반드시 정확한 사실을 써야 할 필요가 있을까? 조이가 이런 말을 한다면 그 친절하고 다정한 젊은 회고록 선생은 과연 뭐라고 할까?

자석과 재활용 안내서를 다시 냉장고에 붙이면서 조이는 런던 아이 자석은 버리고 인디라가 준 사랑스러운 거베라 자석을 붙일까 생각해보았지만, 이상하게도 조이는 초음파 사진이 아닌 자석 형태로 온 인디라의 선물이 이유도 없이 원망스러웠다. 조이는 자석을 볼 때마다 상처를 받지 않도록 서랍 깊숙이 자석을 넣어버렸다. 인디라에게는 자석이 너무 예뻐서 냉장고에 붙이기에는 아까워 화장대에 넣어두었다고 할 생각이었다. 조이는 감정을 기가 막히게 잘 숨겼다. 인디라가 화장대를 보자는 말은 안 할 것이다.

조이는 다시 한번 냉장고를 열어 안을 들여다보았지만, 사실 냉장고 안에 무엇이 있는지는 알지 못했다. 모든 것이 낯설었다. 어제 사반나 혼자 식료품 가게에 가서 오늘 필요한 재료를 모두 사 왔다. 살짝 기분이 저조했던 조이는 사반나가 혼자서 재료를 준비하겠다는 제안을 했을 때 상당히 안도했다. 사반나는 자신이 조이의 신용카드를 써야 한다는 사실이 조금 불편하다고 했지만, 조이는 사반나를 믿어도 된다는 걸 알았고, 자신의 믿음을 확인해보려고 재빨리 살펴본 거래 내역에서도 사반나가 프랑스행 비행기 표를 끊지 않았음을 분명히 알 수 있었다.

조이는 냉장고 문을 닫고 몸을 돌려 사반나를 보았다.

"정말 오늘은 초콜릿브라우니 풍년이겠다. 아버지의 날에는 늘 에이미가 초콜릿브라우니를 구워 오거든. 스탠은 에이미의 브라우니를 좋아해. 그건…… 에이미의 대표 요리라고 할 수 있어."

"이런, 어떡해요? 대표 요리라고요?"

사반나의 얼굴이 일그러졌다. 사반나는 알루미늄 포일을 들어 올려 초콜릿브라우니를 한참 쳐다보았다. 아주 깔끔한 직사각형 브라우니였다. 에이미의 브라우니는 늘 울퉁불퉁했고, 조이도 다른 가족들처럼 극찬을 했지만 사실 조이의 입맛에는 너무 달았다.

"좋아요. 이건 냉동해놔야겠어요. 아무 문제 없어요. 비 오는 날 꺼내 먹어요."

사반나가 단호하게 말했다.

"그래, 그게 좋겠어. 만드느라 수고했지만……."

조이가 대답했다.

"그럴 필요 없어."

스탠이 말했다. 두 여자는 스탠을 보았다.

"어떻게 해도 브라우니가 아주 많을 수는 없어."

당신에게는 분명히 그렇겠지. 조이가 생각했다.

"게다가 맛을 감정해볼 수도 있지 않겠어? 어떤 브라우니가 더 맛있는지."

스탠이 씩 웃었다. 오늘 스탠은 기분이 아주 좋아 보였다.

"그게 에이미가 선택한 직업이잖아. 맛 검사? 여기서 빵 굽기 대회를 하는 거지."

"농담해?"

조이가 말했다.

스탠이 한쪽 어깨를 으쓱했다. 로건의 실없는 농담은 제 아빠를 닮아서다.

"우린 지금 에이미 이야기를 하고 있는 거란 말이야."

"괜히 문제를 일으키고 싶지 않아요."

사반나가 앞치마에 두 손을 문지르면서 말했다. 사반나는 정말 성숙한 아이였다. 자신보다 나이도 많고, 모든 특권을 누리며 자란 에이미보다 훨씬 훨씬 성숙한 아이였다.

"아무 문제 없을 거야."

스탠이 말했다.

"퍽이나."

"에이미는 서른여덟 살이야. 여덟 살이 아니라."

"서른아홉 살이야."

조이가 스탠의 말을 정정했다. 스탠은 조이의 말을 무시했다.

"그냥 두 사람이 초콜릿브라우니를 만들었을 뿐이야. 그건 재앙이 아니라고."

조이는 결정을 내릴 수가 없었다. 사반나가 이제 막 만든 브라우니를 숨기는 건 우스운 일일 수도 있었다. 어쩌면 에이미도 이해할지 몰랐다. 어쩌면 조이가 이런 걱정을 했다는 걸 알면 크게 웃을지도 몰랐다.

"우리가 에이미의 기분까지 책임질 수는 없어."

스탠은 대수롭지 않은 일이라는 듯이 말했다. 하지만 지난 50년 동안 조이는 늘 스탠의 기분을 살피며 지냈다. 조이는 스탠의 행동 패턴을 알았다. 턱선의 변화로 그가 이를 앙다물었음을 알 수 있었다. 지금 스탠은 득점을 올리겠다고 결심한 것이다. 아직도 자신이 어린아이들의 젊은 아빠이며, 이 문제는 아이를 기르는 양육 문제라는 듯이, 남자이자 아버지이자 가장으로서 자기 말이 법이라는 듯이, 상과 벌을 적절히 주고 제시간에 잠자게 하면 실력을 향상시킬 수 있는 테니스처럼, 아이들에게 적절한 상벌을 내리면 아이들의 행동을 바꿀 가능성이 있다는 듯이 행동하는 것이다. 진실은 조이가 오래전에 깨달았듯이 아이들의 성격과 개성은 태어날 때 상당 부분 결정이 되어 있는 것인데도 말이다.

에이미의 정신 건강 문제에 대해서라면 스탠은 언제나 조금 심하게 몰아붙였다. 그는 순수한 의지의 힘으로 에이미의 정신 문제를 없애고 정상적인 사람으로 만들 수 있다고 생각했다. 조이는 원하지 않는다는 듯이 "나는 그저 그 애가 행복하기를 바랄 뿐이야"라고 말했다. 언젠가 조이는 스탠에게 "브룩에게는 '머리 아픈 것 좀 그만해'라고 말하지 않잖아"라고 했지만, 스탠은 이해하지 못했다.

조이는 어린 에이미에게 화를 내던 스탠을 기억했다. 에이미가 터무니없는 이야기를 너무나도 길게 늘어놓고 있을 때 스탠은 "그만 좀 해!"라고 소리쳤고, 에이미가 신이 나서 너무나도 빠른 속도로 자기 이야기를 하고 있을 때 스탠은 "천천히 말해!"라고 소리쳤다. 그때 에이미는 얼굴을 일그러뜨렸고, 상처를 받았으며, 갑자기 잠근 수도꼭지처럼 입에서 나오는 단어들을 삼켜버렸다.

나중에 스탠은 "꼭 미친 사람처럼 말하잖아. 그 애가 하는 말은 하나도 알아들을 수가 없어"라고 자신을 방어하듯이, 변명하듯이 말했다. 물론 조이도 에이미가 하는 말은 하나도 알아들을 수가 없었다. 하지만 상관없었다. 이해하려고 노력하지 않았다. 그저 터무니없는 말을 할 때 생기를 띠는 에이미의 얼굴을 보는 게 좋았고, 잠깐 동안은 에이미가 행복해한다는 사실을 즐겼다.

하지만 이제 에이미는 괜찮았다. 오랫동안 아무런 '문제'도 일으키지 않았다. 지금 에이미는 사람들이 말하는 것처럼 '좋은 상태에 있었다'. 조이는 로저라고 하는 에이미의 새로운 상담사가 좋았다. 조이의 동창 중에도 로저라고 하는 친절한 아이가 있었다.

어쨌거나, 조이는 단 한 번도 에이미를 화나게 하는 것이 무엇인지를 정확하게 예측한 적이 없었다. 어떤 문제는 반드시 에이미를 화나게 할 거라고 생각하고 전전긍긍해도, 거의 많은 경우 조이의 예측은 빗나갔다. 에이미를 다루는 가장 좋은 방법은 에이미와 함께 가는 것이다. 에이미가 행복할 때는 미친 듯이 빠르게 말하게 내버려두어야 했다. 에이미가 슬플 때는 그저 슬프게 내버려둬야지, 슬플 필요가 없는 이유를 나열하려는 충동을 따르면 안 된다.

"괜찮을 거야, 사반나. 브라우니는 많으면 많을수록 좋지."

스탠을 화나게 하는 위험을 감수하는 것보다는 에이미를 화나게 하는 위험을 감수하는 편이 낫다. 스탠을 화나게 하는 위험을 감수하는 것보다는 아이들을 화나게 하는 위험을 감수하는 편이 훨씬 낫다. 거의 언제나 말이다.

위궤양이 있는 것처럼, 심장마비가 올 것처럼 싸한 통증이 가슴을 훑으면서 지나갔다. 두 질병 가운데 어느 것으로든 고생할 수 있는 나이였지만, 조이는 통증을 무시하고 식탁 앞에 앉아 아침 식사를 기다렸다. 조이는 단호하게 시어머니의 도자기 고양이에게서 고개를 돌렸다. 그 고양이들은 시어머니가 그랬던 것처럼 악의에 찬 표정을 지으며 조이를 쳐다볼 때가 있었다.

조이는 스탠의 팔에 손을 얹고 말했다.

"파란 셔츠로 갈아입는 게 좋겠어, 달링. 에이미가 크리스마스 선물로 준 거 말이야."

"등이 너무 끼는데?"

스탠이 말했다.

"알아. 그래도 갈아입어."

21

현재

"초콜릿브라우니 드실래요?"

조이 델라니의 첫째 딸은 간청하듯 크리스티나와 이든에게 접시를 내밀었고, 두 사람은 브라우니를 한 조각씩 집어 들었다.

"이제 막 오븐에서 꺼낸 거예요."

에이미 델라니가 말했다.

크리스티나와 이든은 다른 세 명과 함께 살고 있음이 분명한 에이미의 공유 아파트 거실 소파에 나란히 앉아 있었다. 에이미는 두 사람 맞은편에 있는 안락의자에 앉아 있었는데, 안락의자의 가장자리는 칼로 그은 것처럼 찢어져 있었다. 이곳은 전형적인 공유 아파트였다. 전혀 어울리지 않는 가구로 채워진 거실에는 희미하게 대마와 마늘 냄새가 났다.

에이미는 크리스티나와 이든보다 머리 하나는 더 컸고, 잠옷 바지처럼 보이는 넓은 하렘팬츠와 가슴에 '이게 내 방식이야'라는 글귀가 인쇄된 흰색 민소매 옷을 입고 있었다. 기자회견 때는 파랗게 염색한 머리를 뒤로 묶고 있었지만, 지금은 이제 막 샤워를 하고 나온 것처럼 머리에서 물이 뚝뚝 떨어지고 있었다. 에이미는 두 사람에게 차와 브라우니를 대접하고, 앞접시와 냅킨을 건네는 등 노심초사하며 손님을 접대하는 방식만 빼면, 절대로 장식품을 설치한 정원이 있는 근사한 집에서 나고 자란 사람처럼은 보이지 않았다.

크리스티나는 브라우니를 한 입 베어 물었다. 견과류가 든 달콤한 디저트는 곧바로 크리스티나의 혈당을 높였다. 크리스티나는 혈당에 민감했다. 높은 혈당에도, 낮은 혈당에도 크리스티나의 몸은 반응했다. 니코는 그 점을 이용할 때가 있었다. 프러포즈할 때 니코는 크리스티나에게 다이아몬드 반지와 캐러멜로 만든 코알라 초콜릿을 주었다.

차가 놓인 커피 탁자는 너무 멀리 있어서 손이 닿지 않았다.

"어머, 죄송해요."

그 사실을 눈치챈 에이미가 무릎으로 커피 탁자를 밀었고, 찻잔 속에서 차가 철벅, 흘러넘쳐 탁자 위로 쏟아졌다. 작은 목소리로 욕을 내뱉는 에이미는 울 것 같은 표정을 지었다.

"괜찮습니다. 제가 할게요."

이든이 달래듯이 일어나 능숙하게 탁자를 소파 가까이 옮겼다.

"고마워요."

바지를 만지작거리며 에이미가 말했다.

"여기가 손님을 맞기에는 좋은 곳이 아니어서요. 어쨌든 이렇게 와주셔서 감사해요. 정말 친절하세요. 이미 말씀드린 것 말고, 더 말씀드릴 게 있는지는 모르겠지만요. 내 말은, 나는 그렇게까지 걱정하는 건 아니어서요. 나는 엄마가 괜찮을 거라고 확신해요. 엄마가 우리한테 '잠적'할 거라고 했으니까요. 엄마가 돌아오면, 우리가 이런 일로 시간을 낭비했다고 화내실 거예요. 당황하실 거고요. 솔직히, 나도 좀 당황스러워요."

에이미는 그렇게 말했지만, 그녀의 몸짓은 입에서 나오는 것과는 전혀 다른 말을 하고 있었다.

"궁금하네요. 어머니가 안전하다고 생각하신다면, 왜 실종 신고를 하신 거죠?"

크리스티나는 남자 형제에게 한 것과 똑같은 질문을 했다.

"혹시 잘못됐을 수도 있으니까요."

에이미의 시선이 사방으로 미끄러졌다. 손이 도망치지 못하게 막으려는 듯이 두 손을 힘껏 맞잡고 있었다. 크리스티나는 숙련된 눈으로 에이미가 마약을 하는 것은 아닌지 살펴보았지만, 어머니를 걱정하기 때문이라고 해석할 수 있는, 불안해 보이고 눈 밑이 거뭇한 것 빼고는 약을 했다는 징후는 어디에도 보이지 않았다.

"최선을 기대해야 하지만, 최악에 대비해야 하잖아요. 경찰이 병원도 둘러보고, 사람들에게 알리고, 그런 일들을 할 줄 알았어요."

"그런 일들을 하고 있습니다. 기자회견 때 오셨었잖아요."

크리스티나가 말했다.

"네, 그랬죠. 갔었어요. 정말 멋진 기자회견이었어요. 감사해요. 정말로…… 전문적인 기자회견이었어요."

에이미는 할 말을 떠올리려는 듯이 주위를 둘러보았다.

"하지만 음, 뭐랄까, 경찰에서, 우리 부모님 집을 범죄 현장처럼 취급할지는 몰랐어요."

크리스티나는 아무 말도 하지 않고 기다렸다.

"우리 아빠 얼굴에 난 상처는 우리 집 뒤편 생울타리에서 다친 거예요. 그곳을 보여줄 수 있어요. 우리 엄마 손톱자국이 아니에요!"

'아니, 맞아요. 당신 엄마 손톱자국이라는 데 100만 달러를 걸 수 있어요.' 크리스티나는 생각했다.

어머니의 손톱을 생각하는 것은 너무나도 큰 충격이었는지, 에이미는 잠시 정말로 발작을 일으킨 것이 아닐까 싶을 정도로 심하게 몸을 떨었다.

에이미가 마음의 상태를 육체로 조절하려는 듯이 눈을 감고 깊이 숨을 들이마시면서 역도 선수처럼 얼굴을 찌푸리고 있는 동안

이든은 불편한 얼굴로 크리스티나를 보았다.

마침내 눈을 뜨고 입을 연 에이미의 목소리는 차분해져 있었다.

"문제가 뭐냐 하면, 경사님은 우리 아빠를 모른다는 거예요. 아마 이상하게 보일 수도 있어요. 경사님이 보기에는 아빠는 성격 나쁜 노인이겠죠. 아빠는 감정을 억누르는 사람이니까요. 하지만 그 나이대 남자들은 다 그래요. 그래서 경사님에게는 범인처럼 보이는 거예요."

사실, 스탠 델라니는 전혀 범인처럼 보이지 않았다. 죄가 있는 사람들은 설명이 길었다. 지나치게 말을 많이 했고, 필요 없을 정도로 세세하게 말했다. 아주 예의가 바르고, 지나치게 오랫동안 눈을 마주쳤다. 그에 반해 스탠은 급하게 가야 할 데가 있는 사람처럼 무뚝뚝하고 간결하게 대답했다.

"그러니까, 내 말은, 부모님 집에서 찾은 게 하나도 없죠? 그러니까, 실제로…… 증거가 될 만한 건 하나도 못 찾았죠?"

에이미가 말했다. '증거'라고 말할 때는 혀를 덴 사람처럼 살짝 움찔했다.

크리스티나는 그 질문을 무시했다. 그 대신에 낚싯줄처럼 정보 하나를 획 던졌다.

"에이미, 어머니가 사라지신 다음 날, 아버지께서 자동차 세차장으로 가서 차 외부와 내부를 모두 청소하신 거 알아요? 한 번도 가보지 않았던 세차장으로 가서 가장 비싼 세차를 하셨어요. '프리미엄' 세차를 하신 거죠. 보통 그곳에서 '프리미엄' 세차를 하는 사람들은 최고급 자동차를 타고 온 사람들뿐이에요. 400달러나 내고 세차를 하셨다고요."

"400달러라고요?"

에이미의 얼굴에서 핏기가 사라졌다.

"지금 우리 아빠가 400달러나 주고 세차를 했다는 거예요? 확실해요?"

"당신 아버지가 그럴 리가 없다고요?"

크리스티나가 유쾌하게 되물었다. 하지만 굳이 대답을 들을 필요도 없었다.

감식 결과, 스탠의 자동차는 크리스티나에게 어떠한 말도 해주지 않았다. 세차장 직원들은 정말 끝내주게 자기 일을 해냈다. 세차장 직원들은 스탠의 차에서 이상한 점은 하나도 없었다고 했다. 그 세차장은 산소계 표백제를 사용했는데, 산소계 표백제는 혈흔을 완벽하게 없애버렸다. 하지만 아내가 사라진 다음 날, 세차를 하는 남자는 분명히 숨기는 것이 있다.

"헨리 에지워스 박사를 아세요?"

크리스티나가 물었다.

"누구요?"

"에지워스 박사요. 헨리 에지워스. 어머니께서 사라지신 날, 그 사람이랑 오래 통화를 했어요."

"정말요? 그 사람한테 전화해봐요!"

에이미의 얼굴이 밝아졌다. 그녀는 경찰이 에지워스 박사에게 연락할 생각을 안 했음이 분명하다는 듯이 말했다.

"지금 연락해보려고 노력하는 중이에요. 하지만 국내에 없어요. 학회 때문에 해외로 나갔어요."

"잠깐만요. 지금 우리 엄마가 그 사람이랑 함께 갔다고 생각하는 거예요?"

"어머니가 이 나라를 떠났다는 기록은 어디에서도 찾지 못했어요. 어머니는 여권도 가져가지 않으셨잖아요."

"가짜 여권을 갖고 계실지도 모르잖아요."

크리스티나는 에이미의 말이 농담인지 아닌지 알 수가 없었다.

"그럴 수 있을까요? 어머니가 가짜 여권을 가지고 계셨나요?"

불쑥 이든이 끼어들었다.

"아니요. 하지만 내가 전혀 모르는 은밀한 삶을 우리 엄마가 살았을지도 모르잖아요. 안 그래요? 본래 부모님들은 언제나 자식들을 놀라게 하는 법이잖아요. 안 그래요?"

에이미가 말했다.

"어머니에게 애인이 있을 가능성이 있나요?"

크리스티나가 물었고, 에이미가 놀라서 입을 벌렸다.

"절대로, 없어요."

"방금, 어머니에게 은밀한 삶이 있을 수도 있다고 했잖아요."

브라우니를 모두 먹은 크리스티나는 손가락을 혀로 핥았다.

에이미는 벌레가 물고 간 팔을 피가 날 정도로 벅벅 긁고는 엄지 손가락으로 피가 나는 곳을 꾹 눌렀다.

"나는 그냥 말했을 뿐이에요. 맞죠? 그런데 당신은 그걸 진짜라고 생각하는군요. 엄마가 그 의사랑 바람을 피웠다고요? 나는 이상한 일이 생긴 걸로 추측한 거예요. 당신은 일하면서 이상한 일을 아주 많이 봤겠죠. 하지만 내 부모님은, 우리 부모님은……."

에이미의 얼굴에는 감정이 그대로 드러나 있었다.

"우리 부모님은 학교 행사 때면 유일하게 손을 잡고 있던 분들이에요. 사람들 보는 앞에서도 늘 입을 맞추는 분들이고요. 함께 일했고, 함께 시합에 나갔어요. 두 분의 결혼 생활이 완벽하지는 않았어요. 그래요. 그렇게는 말 못 해요. 하지만 좋은 결혼이었어요. 그건 분명히 알아요. 두 분은 내가 본받고 싶은 결혼 생활을 하셨어요."

에이미는 부모의 결혼 생활을 아이 같은 관점으로 바라보고 있었다. 크리스티나는 조이가 인터넷으로 '부모의 이혼이 성인 자녀에게 끼치는 영향'을 검색해봤다는 사실이 떠올랐다. 조이 델라니가 그런 걱정을 한 이유를 알 것 같았다.

"당신이 어머니 실종 신고를 하면서 최근에 부모님이 '약간 풍랑에 시달리고' 있었다고 했어요."

크리스티나는 에이미의 기억을 상기해주었다.

"내가 그랬어요?"

에이미는 살짝 모호하게 말했는데, 크리스티나가 보기에는 후회하는 모양새였다.

"음, 엄마가 떠나기 전에 두 분이 싸운 건 알고 계시죠? 아빠는 우리에게 그걸 숨기지 않았어요. 곧바로 말해줬다고요."

"그렇긴 하죠. 그럼 무슨 일 때문에 두 분이 조금 풍랑에 시달리고 있다고 말한 거죠?"

에이미는 잠시 대답하지 않고 몸을 비틀었다.

"그냥, 약간 투덕거린 거예요."

"그러니까, 두 분이 손을 잡고 계신 건 아니네요."

냉정하게 말하는 크리스티나의 말에 에이미가 또다시 움찔하는 것이 보였다. 마음을 다친 것 같았다.

"요즘엔 그렇게 많이 잡지는 않았어요."

에이미는 크리스티나의 눈길을 피하며 말했다.

"아무튼 계속 에지워스 박사에게 연락해보고 있어요. 작년에 부모님 집에 묵었던 여자도 계속 찾는 중이고요. 그 사람은 왠지 베일에 가려 있는 거 같아요."

"사반나 말이죠? 전화번호는 있는데, 연락이 안 돼요."

"그 사람한테 무슨 일이 일어났는지 알아보고 있어요."

"그게 무슨 뜻이죠?"

에이미는 말끝을 흐렸다.

"남동생분이, 그 사람 때문에 가족이 조금 시끄러웠다고 하던데요?"

"그런 말을 했어요? 그 말만 한 거예요?"

에이미가 잔뜩 경계하면서 물었다.

"또 해야 할 말이 있을까요?"

"아니요. 난 모르겠어요."

에이미는 긴 파란색 머리카락을 손가락으로 돌돌 말면서 이어서 해야 할 말을 생각하는 것 같았다.

"하지만 관계는 없을 것 같아요. 경사님에게는요. 그러니까, 내 말은…… 이 사건 하고는요."

아니, 당연히 관계가 있지. 크리스티나는 연관성을 느낄 수 있었다. 설탕이 당연히 달아야 하는 것처럼.

크리스티나는 기다렸고, 이든은 조용히 헛기침했다.

"사반나라는 사람을 처음 만났을 때를 기억해요?"

크리스티나가 물었다.

"작년 아버지의 날이었어요. 그날, 내가 브라우니를 만들어 갔거든요."

에이미는 잠시 입을 다물었다가 다시 말했다.

"그런데 사반나도 브라우니를 만들었어요."

22

아버지의 날

브룩 델라니는 부모님 집 앞에 차를 세우고 두 손으로 핸들을 잡은 채 자기 몸이 기꺼이 움직이기를, 자동차 문을 열고 밖으로 나가, 그 여자, 사반나라고 하는 여자에게, 다정하고 친절하게 환영한다는 인사를 할 수 있기를 바랐다. 하지만 사실은 아버지의 날에, 특히 별거를 한 뒤에 처음 맞는 가족 행사에서 낯선 사람과 말을 섞고 싶지는 않았다.

브룩은 엄마를 기쁘게 해주려고 립스틱을 발라볼까 생각했다. 브룩은 어떤 화장품도 얼굴에 바르고 싶지 않았다. 브룩은 화장이라는 개념 자체가 이상하다고 생각했다. 얼굴을 광대처럼 칠하는 이유를 이해할 수가 없었다. 브룩은 엄마가 립스틱을 발라야 한다고 강요한 뒤 구입해 자동차 정리함에서 최소한 2년은 굴린 립스틱을 꺼내 입술에 바르고, 위아래 입술을 문질러 퍼뜨리며 거울을 보았다. 그래, 정말 광대 같아.

그 순간 가슴이 파내어진 것처럼, 크게 구멍이 난 것처럼, 텅 빈 느낌과 가슴 연골에 염증이 생긴 것처럼 날카롭게 파고드는 통증을 동시에 느꼈다. 플라이오 푸시업을 너무 많이 했을 때 느끼는 통증이었다. 하지만 브룩은 플라이오 푸시업을 하지 않았다. 이 통증은 남편의 SNS을 봤기 때문에 생긴 것이었다.

소셜 미디어에서 브룩은 모르는 여자가 남편 옆에 앉아 있는 사진을 보았다. 그 여자에 대해 특별히 중요하게 말할 만한 것은 하나도 없었다. 만약에 있다면 '그게 별거라는 거야, 브룩' 정도면 될 것 같았다. 하지만 지금으로서는 '별거'라는 말이 신체를 절단한 것처럼 되돌릴 수 없는 폭력처럼 느껴졌다.

남편의 기울어진 머리에는 무언가 있었다. 고개를 기울인 각도에는 말이다. 남편과 함께 있는 여자는 어깨까지 자란 숱 많은 머리에 짙은 화장을 하고 있었다. 정말로, 아주 짙은 화장을 하고 있었다. 그랜트는 늘 자신은 '너무 신경 써서 가꾼' 여자는 좋아하지 않는다고 했다. 그가 원하는 여자는 함께 야영을 하고, 함께 걷고, 매일 아침 헤어드라이어로 머리를 말리지 않는 사람이라고 했다. 두 사람이 두 번째로 데이트를 하던 날, 그랜트는 브룩이 자신이 원하는 많은 것을 갖춘 사람이라고 했다.

브룩과 그랜트가 데이트를 시작하고 석 달이 지났을 때, 두 사람은 킬리만자로산 정상에 올랐다. 브룩 이전에 그랜트를 만난 여자는 야외 활동을 즐기는 사람도 아닌 데다 무릎도 좋지 않았기 때문에 그렇게 높은 산은 오르지 못했다고 했다. 그 여자의 무릎 통증은 살이 빠지자 사라졌다고 했다. 그러니까 뼈가 아니라 연골이 문제였던 것이다. 도대체 왜 브룩이 아직까지도 남편의 전 여자 친구의 무릎을 진단하고 있는지, 그 이유를 알 수 없었다. 아마도 두 사람이 처음 데이트를 하던 무렵에는 늘 라나의 무릎이 함께했기 때문인지도 몰랐다.

브룩은 자신이 라나보다 훨씬 더 탄탄하다든지, 느긋하다든지, 침대에서 더 잘한다는 말을 듣는 게 좋았다. 브룩도 델라니였으니, 당연히 이기는 게 좋았다. 두 사람이 10년 동안 함께 지낼 수 있었던 건 브룩의 경쟁심이 동력이 돼주었기 때문일 수도 있었다. 그랜트는 어떻게 자기 자신을 브룩에게 주는 특별한 상으로 둔갑시킬 수 있었을까? 그랜트의 다음 여자는 브룩의 곤란한 편두통 이야기를 듣게 될지도 몰랐다. 브룩이 라나의 불편한 무릎 이야기를 들어야 했던 것처럼 말이다.

그랜트는 브룩의 편두통에 아주 모범적으로 반응했다. 빛이 없는 방으로 브룩을 데리고 가서 침대에 눕혔고, 약을 주고 직접 수프를 만들어주었다. 그랜트가 자기 친구들 앞에서 브룩의 어깨를 사랑스러운 듯이 감싸면서 "브룩은 조금 하자가 있어"라고 말했을 때도 기분이 나쁘지 않았던 이유는 그 때문이었다. 그건 못되게 구는 게 아니었으니까. 재치 있고, 재미있는 농담이었으니까. 그것은 브룩이 편두통 때문에 고생할 때 자기가 얼마나 잘 돌봐주었는지를 친구들에게 말하라는 신호였으니까. 브룩은 그 신호를 놓친 적이 단 한 번도 없었다.

브룩은 그랜트가 선명한 빨간색 립스틱을 바르고 가짜 속눈썹을 붙인 사진 속 여자에게 말하는 모습을 상상했다. 그랜트는 분명히 아주 솔직하게 말할 것이다. 분명히 아주 강한 인상을 심어줄 것이다. "얼마 전에 별거를 시작했어요"라고 말하겠지. 거짓말은 하지 않을 것이다. 브룩에게 충분히 경의를 표하면서 말할 것이다. 자신은 브룩이 원하는 일을 할 수 있도록 충분히 지원했지만, 자신에게는 일과 삶의 균형을 맞추는 일이 훨씬 중요했다고 말할 것이다. "나는 인생에는 일보다 더 중요한 것이 있다고 생각해요." 그럼 그 더부룩한 머리의 여자는 정말로 삶에는 일보다 더 중요한 것이 있다고 말할 것이고, 두 사람은 충분히 오랫동안 눈을 마주칠 것이다.

"좀 위험한 것 같은데."

브룩이 처음 사업을 하고 싶다고 말했을 때, 그랜트는 반대하지 않았다. 처음 생각보다 창업 비용이 너무 많이 든다고 브룩이 조바심을 낼 때도 그랜트는 "내가 그럴 거라고 했잖아" 같은 말은 한마디도 하지 않았다. 이제부터는 혹시라도 부상자가 나올지도 모를, 사실은 부상자가 나오기를 희망하는 지역 스포츠 대회에 나가 인맥도 쌓고 경력도 쌓으려고 자원봉사를 해야 해서 토요일 아침마다 함께했던 자전거 타기를 하지 못한다고 했을 때도 그랜트는 불평 한마디 하지 않았다. 그저 살짝 따분해 보였을 뿐이었다.

그러니까 이제 그랜트에게는 브룩이 여자에게 원하는 자질 목록을 채울 특성이 없는 사람이 되어버린 것뿐이었다. 부부 상담도, 엄청난 눈물도, 시끄러운 고함도 없었다. 두 사람은 성숙하고 원만하게 헤어졌다. 그랜트는 "우린 자랑스러워해야 해"라고 했다. 이상하게도 그랜트는 브룩에게 늘 자신들이 남들과의 경쟁에서 승리한 부부처럼 느끼게 했다. 헤어지는 순간에도 말이다.

"내가 클리닉을 그만뒀으면 좋겠어?"

브룩이 물었다.

"당연히 아니지. 나는 그저 우리의 인생 경로가 갈라졌다고 생각하는 것뿐이야. 서로 떨어져서 생각할 시간이 필요하다는 거지."

생각하다니, 뭘 말이야? 브룩에게는 생각할 시간이 없었다.

오늘, 가족들이 그랜트에 관해 물으면 브룩은 감기 때문에 아파서 못 왔다고 말할 것이다. 아버지의 날에, 그것도 낯선 여자가 함께 있는 자리에서 자신이 별거한다는 말은 하기 싫었다. 브룩과 그랜트는 다른 사람들 앞에서 싸우는 부부가 아니었다. 소리조차 질러본 적이 없었다. 두 사람은 다정했지만, 지나치게 다정하지는 않았다(과하게 달콤한 부부에게는 어딘지 모르게 의심스러운 점이 있는 법이니까). 두 사람은 사교 모임도 함께했고, 운동도 함께했다. 서로가 아는 친구들과 같이 모였고, 평화로운 저녁 파티를 열었다. 사람들은 두 사람이 '탄탄한' 결혼 생활을 한다고 믿었을 것이다.

사생활에서 벌어지는 일로 다른 사람을 충격에 빠뜨리는 일은 브룩의 본성과는 거리가 멀었다. 그것은 에이미 언니의 본성이었다. 브룩은 레이더망을 피해 가는 걸 선호했다. 브룩은 남편과 별거를 한다는 이유로 자신이 뭔가 불쾌하고 지저분한 일을 한 것 같은 수치심을 느낀다는 걸 알았다. 하지만 그건 어처구니없는 감정이었다. 지금은 영국 섭정 시대가 아니었다. 21세기였다. 오빠도 이혼했고, 친구 아이네스도 이혼했다.

브룩은 안전띠를 풀었다.

그랜트는 어디 있니? 아, 집에 있어. 감기가 심해서.

가족 중에서는 브룩이 거짓말을 가장 못했다. 옛날에는 자신이 막내라서 그렇다고 생각했다. 가족들은 나이가 많아서 브룩보다 세상을 훨씬 잘 알기 때문에 가족을 속이려는 브룩의 미약한 시도를 꿰뚫어 보는 거라고 생각했다.

브룩은 지금도 가끔은 형제들의 신중한 시선을 살펴보면서 대화의 속뜻을 파악하려고 애쓰며 듣고 있는 자신을 발견하고는 했다. 아직도 언니, 오빠들이 자신은 모르게 섹스와 산타, 죽음과 할머니에 관한 이야기를 조용히 하고 있다고 의심하는 것처럼 말이다. (언니, 오빠들은 한때 브룩만 가족 가운데 유일하게 왼손잡이라며 입양한 게 분명하다고 믿었다. 브룩도 그렇게 믿었다. 그것도 몇 달 동안이나! 마침내 울면서 엄마에게 친부모를 만나보고 싶다고 말하자, 엄마는 "너는 거울도 안 보니, 이 바보 같은 아이야. 너희 넷은 모두 똑같이 생겼잖아"라고 했다.)

그랜트에 관해 훌륭하게 거짓말을 할 수 있다면, 그다음으로 물어 올 클리닉에 관해서도 훌륭하게 거짓말을 할 수 있을 것이다. 지난 며칠 동안 네 명이 예약 시간에 아무 말도 없이 나타나지 않았고, 세 명이 마지막 순간에 예약을 취소했다. 사람들은 정말 무엇이 문제인 걸까? 클리닉 홈페이지에 브룩은 예약 취소 정책에 관해 자세하게 적어뒀지만, 얼굴조차 보지 못한 환자에게 치료비를 청구하는 건 너무나도 어려웠다. 이런 이야기를 부모님에게 하면 분명히 열정적으로 공감해줄 것이다. 부모님들에게도 개인 교습을 신청하고는 수업 5분 전에야 취소했던 여자 손님들이 너무 많았으니까.

부모님에게서 델라니 테니스 아카데미의 초기 어려움을 떠올릴 기회를 앗아 가는 건 너무나도 이기적인 결정이지만, 브룩은 부모님이 전해줄 유용한 조언을 듣고 있을 자신이, 경영 전략을 생각해 내려고 머리를 굴리는 동안 잔뜩 찡그리고 있을 두 분의 이마를 보고 있을 자신이 없었다. 브룩이 성공하기를 바라며 부모님이 건네는 희망은 브룩이 감당하기에는 너무나도 무거웠다.

브룩은 차 문을 조금만 열고 발을 땅에 댄 채 봄 공기를 들이마시면서 그랜트에게 고초열 약을 가져가라는 문자를 보내야 할지 고민했다. 약을 챙겨주는 것도 원만한 '별거' 생활의 한 방법 아닐까?

진입로에는 로건 오빠의 차가 이미 서 있었다. 나머지 두 차도 곧 도착할 것이다. 델라니 가족은 철저하게 시간을 지켰다. 심지어 에이미 언니마저도 숙취로 고생을 하거나 기분이 저조하거나 이런저런 이유로 상태가 좋지 않아도 언제나 제시간에 나타났다. 훌륭한 테니스 선수라면 시간을 지키는 것이 당연했다. 경쟁자를 앉아서 기다리게 하는 건 예의가 아니었다.

부모님 집을 바라보고 있을 때, 현관문을 열고 로건 오빠가 나왔다. 오빠는 브룩을 보고 웃으며 한 손을 번쩍 들면서 다가왔다. 오늘은 왠지 나이가 들어 보였다. 앉아 있는 브룩 위로 몸을 숙이는 오빠의 구레나룻에서 흰머리가 보였다.

"벌써 심부름 가는 거야?"

브룩이 물었다.

"엄마가 미네랄워터 두 병 사 오래."

로건 오빠가 브룩의 자동차 문을 활짝 열면서 뒤로 물러났다.

"안에 들어다 줄 짐 있어?"

"누가 미네랄워터를 먹는다고 그걸 사 오래?"

브룩은 만들어는 왔지만, 그 누구도 먹지 않을 채소샐러드와 아빠가 항상 갖고 싶었다고 말해왔지만, 결국 언젠가는 엄마가 브룩에게 다시 선물할 아버지의 날 선물인 휴대용 마사지 볼을 조수석에서 꺼냈다.

"우린 그냥 수돗물 마시잖아."

"엄마 말이 요즘 사람들은 늘 스파클링워터가 준비되어 있을 거라고 생각한대."

로건 오빠는 랩 위에 마사지 볼을 올리고 샐러드 볼을 팔에 낀 채 자동차 밖으로 나오는 브룩에게 말했다.

"누가 온다고 그래? 우리밖에 없으면서."

"그렇지. 우리밖에 없지. 사반나하고. 우리의 새 친구 말이야."

로건 오빠가 다시 브룩의 자동차를 보았다.

"그랜트는 어딨어?"

감기 때문에 아주 아파. 감기가 지독하게 와서, 정말로 아파.

"일단 별거하기로 했어."

브룩은 정말 거짓말 근육을 기를 필요가 있었다.

로건 오빠의 얼굴이 핼쑥해졌다.

"이런, 저런, 안됐다."

로건 오빠는 브룩을 안아주려는 듯이 다가왔지만, 델라니 가족은 서로를 안아주는 가족이 아니었기에, 어떻게 행동을 마무리해야 하는지 알지 못했다.

"정말 끔찍한 소식이네. 충격이 컸겠어."

로건 오빠는 손바닥으로 옆 턱을 문지르면서 말했다.

"괜찮아?"

"그렇지."

브룩은 엉덩이로 샐러드 볼을 받치면서 말했다.

"죽은 것도 아니잖아."

"그래도 충격은 충격이지."

로건 오빠는 진심으로, 제대로 화가 난 것 같았다.

"전혀 몰랐어."

"나도 그래."

그 정도 표현으로는 어림도 없지만.

"엄마가 사위를 정말 사랑했는데."

로건 오빠는 비난조로 말하지 않으려고 노력하고 있었지만, 브룩이 엄마가 좋아하는 물건을 깼고, 그것에 대해 기분 나쁘지 않기를 바라지만, 엄마를 생각하면 오빠의 기분이 좋지 않다는 투로 말했다.

물론 장모와 사위의 사이는 특별한 것처럼 보였고, 그랜트는 조이에게 매력적으로 보이기 종목에서 높은 점수를 땄으며, 조이도 그랜트에게서 높은 점수를 받은 것처럼 보였지만, 브룩은 두 사람을 볼 때마다 엄마가 그랜트가 발산하는 매력에 진심으로 사로잡힌 건 아니지 않을까 하는 의문이 들었다. 엄마는 브룩과 달리 정말 재능 있는 배우였다. 그 오랜 세월, 엄마는 테니스 아카데미에 나오는 아이들의 부모에게 그들의 아이들이 정말로 놀라운 재능이 있다는 인상을 심어주었다.

브룩은 자동차 보닛 위에 샐러드와 선물을 올려놓고 거칠게 코를 긁었다.

"그냥, 일단 따로 살아보는 거야. 다시 합칠 수도 있고. 그래서 아무한테도 말하지 않으려고. 괜히 엄마, 아빠가 걱정하면 안 되잖아."

"그래, 좋은 생각이야."

로건 오빠는 두 손을 청바지 주머니에 찔러 넣고, 시합을 나가기 전에 늘 그랬던 것처럼 입 안쪽을 잘근잘근 씹으며 발을 앞뒤로 까딱였다.

"인디라 언니는?"

브룩이 물었다.

"뭐, 그렇지."

로건 오빠가 불편한 듯이 대답했다.

"그게 무슨 말이야, '그렇지'라니?"

브룩은 눈을 가늘게 뜨고 로건 오빠를 보았다. 그리고 깨달았다. 모두가 곧 이렇게 되리라는 걸 알고 있어야 했다. 이제 곧 5년이 된다. 5년이라는 시간은 가족들이 로건 오빠가 상습적으로 일부일처제라는 제도를 피해왔다는 사실을 잊기에 충분히 긴 시간이었고, 한 여자가 가족의 일부가 되기에 충분한 시간이었다. 로건 오빠의 여자 친구들은 언제나 정말 사랑스러웠다.

로건 오빠가 브룩과 그랜트 이야기를 듣고 그토록 흥분한 건 다 이것 때문이었다. 엄마가 동시에 두 아이가 헤어졌다는 이야기를 들어야 한다는 게 힘들었던 거다. 이제 엄마의 네 아이 모두 혼자가 되었다. 손주가 생길 가능성이 단칼에 모두 사라져버린 것이다. 아빠라면 6 대 0으로 졌다고 말할 것이다. 아빠는 크리켓을 싫어했지만, 스포츠 용어를 빌린 표현을 구사하는 걸 좋아했다.

"오, 로건 오빠. 왜 그런 거야?"

"음, 네가 그런 말을 하면 안 되지."

"아니, 돼. 난 그랜트랑 10년을 살았어. 결혼도 했고."

"내 말이 그 말이야. 그게 더 문제지. 넌 엄숙하게 서약도 했잖아."

"오빠는 안 했고. 그게 인디라 언니가 원했던 게 아닐까? 오빠한테 프러포즈 받는 거?"

"아닐 거야. 내가 프러포즈하기를 바라냐고 물었을 때, 그냥 웃기만 했다니까."

"프러포즈를 해야 할까를 묻지 말고, 그냥 했어야지."

"인디라는 페미니스트야."

"그거랑 무슨 상관이야? 혹시 언니가 아기를 원했어?"

"모르겠는데. 아닐 거야."

"아닐 거라고?"

브룩이 두 손을 번쩍 들어 올렸다.

"인디라 언니는 오빠가 주지 않는 걸 원했을 거라고."

로건 오빠는 예의 그 짜증 나는 오른쪽 어깨 으쓱하기를 해 보였다. 로건 오빠와는 적절하게 논쟁을 벌일 수 없었다. 오빠는 매사에 상관없음이었으니까. 상대방이 화를 내면 화를 낼수록 오빠는 더 차분해졌다. 오빠의 그 무심한 태도는 5년 동안은 아마도 여자들에게 매력적으로 보이는 게 분명했다. 그러다 하루아침에 참을 수 없게 되는 거다.

바보처럼 브룩의 눈에 눈물이 가득 찼다.

"나한테 아주 예쁜 로고를 만들어줬는데. 비용도 안 받았어."

억지로라도 보냈어야 했다.

"자기도 좋아서 한 건데, 뭘."

로건 오빠는 또다시 어깨를 으쓱했다.

"그게 중요한 게 아니잖아, 오빠는 정말."

브룩은 자신도 놀랄 정도로 아주 세게, 다시 어린아이가 된 것처럼 오빠의 가슴 한가운데를 손바닥 끝으로 내리쳤다. 물론 로건 오빠는 미동도 하지 않았다. 이제는 운동을 하지 않는데도 오빠의 코어는 아주 단단했다. 브룩은 몰랐지만, 어쩌면 오빠는 브룩의 손이 날아올 거라는 걸 알았는지도 몰랐다.

"이제 됐니?"

로건 오빠는 왠지 기분이 좋아진 것 같았다.

"슬퍼. 인디라 언니를 생각하면, 정말 슬퍼."

"그래, 맞아. 나도 인디라를 생각하면 슬퍼. 그랜트를 생각해도 슬프고. 하지만 계속 살아야지. 다시 시합을 하려면, 살아가야지."

마지막 말은 아빠가 아이들이 시합에서 졌을 때 하는 말이었다. 그 말을 듣고 기운을 차리고 이제부터 열심히 해야겠다고 결심을 하는 아이는 아무도 없었다.

로건 오빠는 자동차 열쇠를 높이 들고 자기 차로 걸어가다가 갑자기 생각난 듯이 멈춰 섰다.

"아, 그런데 사반나가 오늘 뭘 구웠는지 알아?"

"뭘 구웠는데?"

"초콜릿브라우니."

"하이구야."

이제는 브룩이 엄마의 말투를 따라 하고 있었다.

"안 웃겨. 엄마가 짜증을 내면서 '로건, 하나도 안 웃겨'라고 하더라. 저기, 트로이 왔다. 분명히 내 차를 가둬버릴 거야."

로건 오빠가 브룩 뒤쪽을 보면서 말했다.

로건 오빠의 말대로 트로이 오빠가 한 손으로 능숙하게 핸들을 돌려 번쩍이는 멋진 맥라렌을 로건 오빠의 차 뒤에 바짝 붙여서 댔다. 형제들을 본 트로이 오빠는 여자건, 환불이건, 용서건, 뭐든지 오빠가 원하는 대로 가질 수 있게 해주는 멋진 미소를 지었다.

브룩도 마치 자신이 찍은 영화 시사회에 도착한 배우처럼 자신감을 번쩍이며 차에서 뛰어내리는 트로이 오빠에게 속절없이 웃어 보였다. 트로이 오빠는 와인병과 상점에서 아름답게 포장해준 작은 선물을 들고 있었다.

"새 차, 멋지네."

브룩은 트로이 오빠의 삶이 그다지 부럽지는 않았지만, 고급스러운 여자 친구를 바꾸듯이 트로이 오빠가 정기적으로 바꾸는 고급 차는 부러웠다. 브룩은 볼품없는 자신의 오래된 포드 포커스를 우울한 표정으로 흘긋 보았다. 포드는 계속해서 에어컨이 말썽이었고, 이제는 핸들을 돌릴 때마다 아주 깊고 고통스럽게 신음하기 시작했지만, 지금 당장은 새 차를 살 여력이 없었다.

트로이 오빠는 로건 오빠에게는 재빨리 턱을 들어 올리며 인사했고, 브룩에게는 뒤통수를 가볍게 툭 치면서 인사했다.

"잘 지냈어, 꼬마 브룩? 좋아 보인다. 립스틱 발랐네. 엄마가 아주 좋아하겠는데. 여기, 조금 번졌다."

브룩은 나지막하게 욕을 하면서, 엄지손가락에 침을 묻혀 번진 립스틱을 문질러 닦았다.

"물리치료 사업은 어때?"

브룩은 손바닥을 움직여 그저 그렇다는 시늉을 했다.

"오빠는 왜 그렇게 좋아 보여? 빛이 나잖아. 짜증 나게."

"그거야, 건강한 삶을 추구하는 덕분이지. 피부과에서 필링도 받고, 기운 처지지 말라고 테니스도 하고. 너도 해. 정말 멋진 스포츠잖아. 근데 어디 가는 거야?"

트로이 오빠가 로건 오빠 손에 들린 자동차 키를 보면서 물었다.

"엄마가 미네랄워터 사 오래. 지금 생각해보니, 아마도 너 때문인가 보다."

"잘됐네. 보스로 사 와. 그게 내가 좋아하는 거야."

로건 오빠는 눈을 흘길 생각조차 안 했다.

"난 못 가. 네 차가 내 차를 막았잖아. 네가 직접 가서 좋아하는 물을 사 오면 되겠네."

"새 가족은 어때? 브룩, 사반나 만나봤어?"

트로이 오빠는 사반나라는 이름을 아주 이국적인 외국어처럼 발음했다.

"오늘 사반나가 뭘 구웠는지, 맞혀봐."

브룩이 로건 오빠가 말하기 전에 재빨리 말했다. 브룩에게는 오빠들에게 못되게 굴 기회가 별로 없었다. 보통 구석에 앉아서 신랄하게 논평을 하고, 대중문화에 관한 모호한 이야기를 늘어놓는 것은 에이미 언니와 트로이 오빠 담당이었다.

브룩의 질문에 대답을 고심하던 트로이 오빠의 표정이 바뀌었다.

"브라우니는 아니겠지."

"말해 뭐해."

로건 오빠가 대답했다. 세 사람은 모퉁이를 돌아오는 낯선 차를 보았다. 차의 조수석에 에이미 언니가 앉아 있었고, 언니는 운전석에 있는 젊은 남자에게 무언가를 열심히 말하고 있었다. 에이미 언니의 말을 듣는 젊은 남자는 어찌나 요란하게 웃는지, 도로 쪽으로는 눈길도 주지 않았다.

"새로운 남자 친구야?"

브룩이 물었다.

"우버 기사야."

로건 오빠가 자동차 뒤쪽 창문의 스티커를 가리키면서 말했다.

"그래도 새 남자 친구일 수도 있잖아. 지난번에는 제이비 하이파이에서 자기한테 물건을 판 남자랑 만났잖아. 그 남자가 엄마 컴퓨터 고쳐줬지? 그 남자 좋던데. 투자 가치가 있는 사람이었어."

차를 세운 우버 기사는 재빨리 운전석에서 뛰어나와 조수석 문으로 달려가더니 기사처럼 조수석 문을 열었고, 에이미 언니가 밖으로 나왔다. 잔뜩 헝클어진 머리로 눈만은 반짝이고 있는 언니는 저급하지만 너무나도 신나는 음악 축제에 다녀온 것 같은 차림새였다. 언니의 손에는 많은 것이 들려 있었다. 이상한 형태로 아무렇게나 포장되어 있는 아빠의 선물, 해바라기 다발, 알루미늄 포일이 나풀대는 베이킹 트레이, '즐거운 아버지의 날'이라고 적힌 채 언니의 머리 위에서 펄럭이고 있는 헬륨 풍선.

"안녕!"

형제들을 본 에이미 언니는 우버 기사에게 작별 인사로 포옹을 하면서 소리쳤다. 에이미 언니는 형제들은 절대로 안는 법이 없었지만, 우버 기사들은 안아주었다. 어쩌면 저 우버 기사는 다른 사람들 앞에서는 절대로 말하지 않는 깊은 개인사를 언니에게 말했는지도 몰랐다. 사람들은 에이미 언니에게서 구원의 가능성을 보았다.

"숙취가 있는 것 같아? 숙취가 있으면 더 끔찍할 텐데."

로건 오빠가 중얼거렸다.

"가서 브라우니 들어줘."

트로이 오빠가 브룩을 쿡 찔렀다.

"난 가야겠다. 여기서 누나가 알게 되는 장면을 보고 싶지는 않아. 네 차 키 줘."

로건 오빠가 트로이 오빠에게 손을 내밀며 말했다.

"내가 운전할게. 무서워서 못 있겠어. 너무 연약한 표정을 짓고 있잖아."

"약 끊었냐고 물어보면 안 돼."

로건 오빠가 트로이 오빠에게 말했다.

"그런 건 벌써 몇 년이나 안 물어봤어. 이제 그건 아무도 안 물어보잖아. 그런데 정말 끊었을까?"

트로이 오빠가 얼굴을 찡그렸다.

"나만 두고 가지 마."

브룩이 말했다. 에이미 언니가 정말로 소중한 브라우니를 가지고 왔으니, 더는 재미있는 상황이 아니었다. 스트레스를 받을 수밖에 없는, 비열한 상황이 되어버린 것이다. 브룩은 자기 잘못인 양 책임을 느꼈다.

에이미 언니의 일이라면 브룩은 진자처럼 앞뒤로 요동쳤다. 함께 자라는 동안 브룩과 오빠들은 에이미 언니가 다른 사람들과 느끼는 것은 같지만 그 감정을 다른 사람들보다 훨씬 더 크게 다루기로 선택한 호들갑쟁이라고 생각했다. 세 사람은 에이미 언니를 놀렸다. 에이미 언니가 엄마의 관심을 붙잡고 있거나 훔쳐 갈 때마다 세 사람은 화를 냈다. 언니의 머릿속에서 일어나고 있는 일을 누가 알 수 있었을까? 당연히 브룩도 우울하고 불안할 때가 있었다. 하지만 그럴 때도 어김없이 아침이 되면 일어났고, 침대에서 나왔다. 그러니까 모든 건 선택의 문제 아닌가? 에이미 언니가 그렇게까지 열정적으로 감정에 의지할 필요는 없는 거야.

그런 생각을 하고 있을 때, 브룩에게는 우울증 진단을 받은 대학 친구가 생겼다. 그 친구는 우울해지면 몸에 있는 모든 근육이 위축되는 것처럼 온몸이 반쯤은 마비되어버린다고 했다. 그 말을 듣는 동안 브룩은 갑자기 에이미 언니가 물속에서 흔들리는 해조류처럼 아주 느린 동작으로 시리얼을 먹던 모습을 떠올렸고, 자신이 자기 언니보다도 친구에게 훨씬 더 공감하고 친구를 훨씬 더 안쓰럽게 생각한다는 사실을 깨달았다. 그 때문에 지금은 객관적이고도 연민 어린 눈으로 언니를 보려고 애쓰고 있지만, 쉽지 않았다. 왜냐하면 에이미 언니는 여전히 위압적이고도 카리스마 넘치는 친언니였고, 브룩을 '무식쟁이'라고 불렀던 형제였으니까.

"왜 안 들어오고 밖에서 그러고 있니?"

엄마가 현관문을 열고 나왔다. 가든파티를 여는 여주인처럼 카디건에 티드레스를 입은 엄마는 '우리 집에 특별한 손님이 왔어요'라고 말하는 것처럼 볼이 빨갛게 달아올라 있었다.

"모두, 들어와! 미네랄워터는 됐어, 로건. 사반나가 필요 없대."

"오, 사반나가 미네랄워터는 필요 없다고 했단 말이지."

트로이 오빠가 말했다.

"빨리 와!"

엄마가 손짓까지 하면서 재촉했다.

"아빠가 모두 어디 있는지 궁금해하고 있어! 그랜트는 따로 오니, 브룩? 오는 길이면 좋겠다. 사반나가 곧 준비가 끝날 것 같거든."

"우리한테 뭐가 필요 없어?"

에이미 언니가 떨리는 목소리로 물었다.

"브라우니."

트로이 오빠가 대답했다.

에이미 언니의 얼굴에서 웃음이 사라졌다.

"뭐라고?"

브룩의 시야 가장자리에서 별자리처럼 생긴 익숙한 점들이 나타나 번쩍이기 시작했다.

23

"올해 아버지의 날은 아주 특별하구나. 정말 특별해."

조이는 잡지나 텔레비전에 나오는 여자처럼 아름답게 꾸며진 식탁의 상석에 앉으면서 말했다. 사반나가 정원에서 노란 프리지어를 따 와서 물 단지에 꽂아두었다. 정말로 완벽한 모습이었다.

조이는 수영장에 들어와 있는 것처럼 머리가 웅웅거렸다. 아마도 평소 점심으로 먹는 양보다 와인을 더 많이 마셨기 때문인 것 같았다. 사반나는 식당 종업원처럼 가족들에게 계속 와인을 따라주고 있었다. 가족들이 사반나에게 앉으라고 권해도, 도와주겠다고 말해도, 모두 거절하고 점심 식사 내내 거의 서서 가족들 시중을 들었다. 결국 델라니 가족은 사반나를 앉히는 것을 포기하고, 사반나가 제공하는 믿을 수 없을 정도로 맛있는 점심을 즐기기로 했다. 레몬과 로즈메리를 넣고 구운 닭고기, 구운 감자, 호두와 염소젖으로 만든 치즈를 넣은 그린샐러드(싱싱한 그린샐러드 옆에 있으니 불쌍한 브룩의 샐러드는 시든 것처럼 보였다). 조이의 주방에서 이런 고품질 음식들이 탄생하다니. 조이의 오븐은 그동안 조이를 어떻게 생각했을까?

사반나는 조금도 당황하지 않고 효율적으로 가족들을 대접하고 있었다. 조이가 주체가 되어 음식을 내올 때면 늘 있는 "이런, 브레드롤을 완전히 잊어버렸어"라고 당황해서 소리치거나, 이리저리 음식을 건네면서 벌어지는 혼란은 전혀 없었다. 조이의 탐욕스러운 가족들은 사반나가 주는 모든 음식을 게걸스럽게 먹어치웠고, 더 먹겠느냐는 권유를 거절하지 않았다.

이제 델라니 가족은 차나 커피를 와인 잔과 나란히 앞에 두고 앉아 있었고, 식탁에는 브라우니를 담은 접시가 두 개 놓여 있었다. 서로 경쟁을 벌이고 있는 브라우니를 모두가 각각 하나씩, 아주 신중하고도 공평하게 집어 들었다.

심지어 슈테피마저도 여왕의 코기처럼 사반나의 시중을 받았다. 지금 슈테피는 사반나가 주방 구석에 마련한 낡은 쿠션 위에 몸을 웅크리고서, 다리로 머리를 받친 채 가끔 입술을 핥으며, 사반나가 신문보다는 훨씬 맛있을 거라는 확신을 준 덕분에 맛보았던 다양한 음식들을 떠올리며 꼬리를 쿠션에 탁탁 치면서 행복해하고 있었다.

스탠은 조이의 맞은편에 앉아서 에이미가 의자 뒤에 묶어준 '즐거운 아버지의 날' 풍선의 까딱거림을 피하느라 조금은 기묘한 자세로 앉아 있었다. 가끔 얼굴이 빨개지고, 파리를 쫓듯이 풍선을 툭툭 치고 있는 스탠은 평소라면 분명히 버럭 화를 냈어야 했지만, 오늘은 여전히 놀라울 정도로 기분이 좋았다. 느긋하면서도 말이 많았다. 스탠의 좋은 기분은 부부의 성생활이 다시 살아났기 때문일 수도 있고, 사반나가 식사 담당이 된 뒤로 먹는 음식이 바뀌었기 때문일 수도 있었다. 사반나가 없었다면 스탠은 이번 아버지의 날은 복귀하는 해리 하다드 생각에 완전히 사로잡혀 있었을 것이다.

그에 반해 조이의 아이들은 최상이라고는 할 수 없었다. 조이는 사반나에게 "이 아이들은 본래 지금보다는 훨씬 친절해!"라고 말해주고 싶었다.

조이는 모두 모인 아이들에게 사반나를 보여주고 싶었다. 새로 사귄 친구를 아이들에게 보여주고 싶은 것과 같은 마음이었다. 하지만 오늘은 아이들 모두 정중했고, 적절한 말로 사반나의 음식을 칭찬하고 고마움을 표현했지만, 네 아이 모두 거의 말이 없었다. 모두 어깨를 구부정하게 웅크리고 비슷한 자세로 앉아 있었고, 예의 바른 어린아이처럼 허리를 꼿꼿하게 세우고 앉아 있는 사반나하고는 사뭇 대조를 이루었다. 사반나의 자세는 아름다웠다.

조이는 네 아이를 살펴보았다.

에이미는 안 그런 척하고 있었지만, 브라우니 때문에 기분이 나빴고, 머리카락은 빗을 필요가 있었다.

로건은 완전히 비사교적인 모드로 들어가, 멍하니 먼 곳을 보고 있었다. 로건이 늘 저런 태도라면 분명히 인디라는 견디지 못하고 떠나버릴 것이다. 오늘, 인디라가 왔어야 하는데. 인디라라면 이 분위기에 활력을 불어넣어줬을 테고, 사반나를 정말 친절하게 대했을 텐데.

늘 에이미의 기분을 풀어주고, 이런 모임에서 두각을 나타내는 트로이는 오늘은 다른 생각에 빠져 있었고, 그다지 멋져 보이지도 않았다.

그에 반해, 브룩은 얼굴이 죽을 것처럼 창백했고, 전혀 어울리지 않는 립스틱을 바르고 있었다. 편두통 때문에 고생하는 게 아닌지 걱정이 됐고, 그랜트가 오지 않았다는 사실도 걱정됐다. 브룩은 그랜트가 감기 때문에 오지 않았다고 했지만, 인디라와 그랜트가 동시에 아프다는 건 우연 같지 않았고, 그랜트가 코가 막힐 정도로 지독한 감기에 걸린 적이 없다는 사실을 의식하지 않을 수 없었다. 그랜트는 늘 끔찍한 녹색 채소 스무디를 마시는 사람이니까.

브룩은 거짓말을 끔찍이도 못했다. 혹시 그랜트가 다른 여자랑 달아나버린 건 아닐까? 머리를 맡기는 나렐을 제외하면 그 누구에게도 말한 적은 없지만 조이는 언제나 그랜트가 바람을 피울지도 모른다고 생각했다. 특별히 잘생기지는 않았지만, 그랜트는 아주 매력적이었고 달변가였다. 그랜트는 브룩이 언제나 머리를 짧게 잘라야 한다고 주장했지만, 나렐은 머리를 기르면 브룩의 날카로운 인상이 부드러워질 거라고 했다.

"왜 오늘이 아주 특별한 날이야, 엄마?"

브룩이 물었다.

오늘이 특별한 이유는 조이가 손 하나 까딱하지 않고 그저 사반나에게 신용카드를 주었다가 다시 돌려받기만 했기 때문이지만, 당연히 그런 말을 아이들에게 할 수는 없었다.

"나도 잘 모르겠네."

조이는 에이미의 브라우니를 한 입 베어 물고서 접시에 놓았고, 사반나의 브라우니를 들어서 똑같은 크기로 한 입 베어 먹었다. 슬프지만, 사반나의 브라우니가 더 맛있었다.

"그냥, 특별한 것 같아."

"브라우니가 넘쳐서 그런 거 아닐까?"

트로이가 말했다. 스탠이 싱긋 웃었고, 아빠를 웃겼다는 사실에 트로이는 만족하는 것 같았다.

"트로이."

조이는 경고하듯 손가락으로 입술을 막으며 에이미를 보았다.

"엄마, 제발. 사반나가 브라우니를 만들었어도, 나는 정말 아무렇지도 않다니까 왜 그래?"

에이미는 고개를 뒤로 젖혀 잔에 남은 (두 번째) 레드 와인을 입에 털어 넣고 우유를 마신 아이처럼 손으로 입술을 닦았다. 에이미가 식탁을 둘러보았다. 에이미의 발음은 뭉개지고 새기 시작했다.

"모두 그렇게 생각해? 내가 브라우니 때문에 화난 거 같아?"

"아니, 절대로 아니지."

트로이가 몸을 똑바로 세워 앉으며 놀리듯이 진지하게 말했다.

"정말로 화나지 않았어!"

소리치는 에이미는 정말로 화나 보였다.

"그런데 사반나, 사반나가 만든 브라우니는 정말 맛있어요. 당도가 정말…… 퍼펙토예요!"

에이미가 자신의 손가락 끝에 입을 맞추었다.

"이거, 내가 다니는 시식회에서 먹었으면 분명히 우린 이 브라우니를 '영웅 제품'이라고 불렀을 거예요."

"에이미는 음식 평가하는 일로 돈을 벌어. 그래서 그런 말을 하는 거야."

조이가 화제가 바뀌기를 바라면서 말했다. 조이는 에이미가 사람들을 속여서 자신이 먹을 걸 얻는다는 사실이 당혹스러웠다. '직장에서 파스타 먹는 날'에는 에이미는 아침이나 점심을 먹지 않았다.

"당신 브라우니는 정말 좋아요."

사반나가 에이미의 브라우니를 살짝 베어 물면서 말했다. 사반나는 정말 생쥐처럼 먹었다. 조이가 저녁으로 먹다 남긴 캐서롤과 바나나를 두 개나 먹은 첫날 밤이 예외였던 거다.

"내가 만든 것보다 씹히는 맛이 훨씬 좋아요. 내가 브라우니를 오븐에 너무 오래 두었나봐요."

"고마워요, 사반나. 우리 가족이 그렇게 믿게 만들기는 했지만,

내 자존심이 브라우니 만드는 능력에 달려 있지는 않아요. 가족들은 내 성숙함이 네 살 정도라고 생각하나 봐요."

"아니야, 네 살 때 네가 얼마나 성숙했는데. 예비 학교 선생님이 넌 정말 '놀라운 아이'라고 했어."

조이가 말했다.

"잠깐만, 그거 나 아니야? 내가 놀라운 아이 아니었어?"

브룩이 말했고, 조이는 잠시 생각했다. 이런.

"음, 맞아. 브룩이었나 보다. 하지만 에이미도 놀라웠어. 너희는 모두 다 놀라웠어."

트로이가 빙그레 웃더니 의자 뒷다리를 까딱거리면서 위아래로 움직였다. 조이와 스탠은 트로이가 어렸을 때부터 그 버릇을 고치려고 노력했다. 하지만 이제 트로이는 성인이었다. 조이와는 지금까지 아무 문제 없이 지냈던 그의 목을 트로이가 부러뜨릴 생각이라면, 조이는 절대로 아들을 돌보지 않을 것이다!

"트로이, 의자 좀 가만히 내버려둬. 도대체 왜 그러니?"

조이가 버럭 소리를 질렀다. 아니, 트로이가 몇 살이건, 조이는 아들을 돌볼 것이다. 환자인 트로이는 정말로 끔찍할 테니까.

트로이가 멈췄다.

"미안, 엄마."

"나, 예비 학교에서 쫓겨나지 않았어? 너무 울어서? 아이들이 내가 우는 걸 참을 수 없었다며."

정말이었다. 다른 사람들이 조이의 첫째 아이에게 가장 먼저 붙여준 진단표는 '분리 불안 장애'였다. 그 뒤로 조이는 정말로 다양한 진단표를 받았지만, 가장 먼저 받은 진단표는 조이에게 그 어떤 불길한 예감도 들게 하지 않았다. 바보처럼 오히려 자랑스럽게 느껴졌다. 우리 아이가 나하고 떨어지는 걸 도저히 못 참는구나! 내 아이는 나를 정말로 사랑하네! 에이미는 코알라처럼 조이의 쇄골에 찰싹 달라붙어 있었다.

“너랑 함께 집에 올 수 있어서 좋았어, 에이미. 사반나, 에이미는 고작 세 살 때 코트로 걸어와서 공을 잡았어. 내가 아이들을 가르치고 있으니까, 자기도 같이 배우고 싶어서 그런 거야.”

“정말 귀여웠겠네요.”

사반나가 신이 나서 말했다. 사반나는 늘 조이의 가족에게 관심을 보였다. 정말 사랑스러웠다.

“에이미가 처음 라켓을 들었을 때 기억나? 자기보다 훨씬 큰 라켓을 들었잖아.”

스탠이 조이에게 말했다.

“에이미는 자기보다 나이가 두 배나 많은 아이들보다 잘했어.”

조이가 말했다.

“우리 애들은 다 자기보다 두 배는 나이 많은 아이들보다 잘했지.”

스탠이 말했다.

“우아! 가족이 모두 재능이 있네요.”

사반나가 말했다.

델라니 가족은 그 누구도 움직이지도, 대답을 하지도 않았다. 조이는 거실 분위기가 미묘하게 바뀌고 있음을 눈치챘다. 갑자기 기분이 가라앉고 한숨을 내쉬는 것 같은 분위기로 바뀌었다. 네 아이 모두 공기를 불어 넣은 풍선 인형인데, 이제 몸에서 공기가 빠져나가고 있는 것만 같았다. 우리 아이들은 대체 무엇이 문제일까?

“전 테니스는 아무것도 모르거든요. 그래도 제 생각에는 여러분은 모두…… 테니스 시합에, 나가보신 거죠?”

사반나는 다시 에이미의 브라우니를 한 조각 들어 입에 넣으면서 물었다.

"모두 한 번씩은 이 나라에서 다섯 손가락 안에 든 적이 있지."

스탠이 말했다.

"근사해요."

사반나가 대답했다.

"청소년부였어요. 청소년부 5위 안에 든 거예요."

브룩이 재빨리 아빠의 말을 정정했다.

"그래도, 대단해요."

사반나가 말했다.

"거기서 더 나아가지는 못했어요. 우리 모두요. 그러니까, 아주 잘한 건 아니죠."

에이미가 말했다.

"그게 무슨 말이니? 너흰 모두 굉장히 잘했어."

조이는 갑자기 강렬한 짜증이 물밀듯이 밀려와 오늘 아침에 눈을 뜨면서 느꼈던 환상적인 행복이 씻겨 나가는 것이 느껴져 놀랍기도 하고 실망스럽기도 했다. 조이는 얼굴 위로 나타나 실제로 얼굴을 벌겋게 만드는 홍조처럼, 저조해지려는 마음도 신체감각처럼 분명하게 느낄 수 있었다.

에이미가 거들먹거리듯이 한쪽 눈썹을 추켜세웠다.

"아니, 내 말이 맞아, 엄마. 우린 아주 잘하지는 못했어. 우리 모두 엄마가 생각했던 바로 그 지점까지 거의 갈 뻔은 했어. 하지만 차례로 무너져서 불에 타버렸어."

물론, 기술적으로는 맞는 말이었다. 비참하지만, 정확한 진단이었다. 하지만 그렇게 단호하고 비통한 어조로 말할 필요는 없잖아.

조이와 스탠은 아이들에게 실망했다는 내색을 단 한 번도 내비친 적이 없었다. 늘 자랑스럽다는 표현만 했다. 두 사람은 아이들에게 실망했다는 사실을 부부끼리도 서로 인정한 적이 없었다.

조이는 작년에 갔던 윔블던을 생각했다. 두 사람의 첫 번째 윔블던 여행이었다. 두 사람이 평생 꿈꿔왔던 여행이었다. 어찌나 기대가 되던지, 어지러울 지경이었다. 두 사람의 여행의 역사에서 엄청나게 놀라운 득점을 올릴 여행이었다. 버킹엄 궁전도, 런던 타워도, 비싼 런던 아이도 부수적인 일정에 불과했다. 여행의 목적은 오로지 윔블던이었다. 그 오랜 시간을 지나 두 사람은 마침내 시간과 돈을 구했고, 마침내 윔블던에 가게 된 것이다. 아이들과 친구들은 두 사람에게 "사진 찍어 보내!"라는 문자를 보냈다.

조이는 충격이 스탠을 강타하던 순간을 기억했다. 그 순간 두 사람은 깨달았다. 이런 식으로, 이렇게는 윔블던에 오는 게 아니었다. 그저 팬으로, 일반인으로, 윔블던에 오면 안 되는 거였다. 스탠은 테니스에 있어서는 절대로 자신이 일반인이라고 믿지 않았다. 윔블던에서 뛰는 선수가 아니라면, 스탠은 적어도 코치의 자격으로 와야 했다. 자기 아이의 코치가 아니더라도, 자기가 가르치는 학생의 코치가 되어 윔블던에 와야 했다. 그럴 수 없다면, 스탠은 집에서 안락의자에 앉아 칠리크래커와 크림치즈를 먹으면서 자신의 개와 함께 텔레비전으로만 윔블던을 보는 것이 옳았다.

"기분이 안 좋아."

스탠이 하얗게 질린 얼굴로 그렇게 속삭였을 때, 두 사람은 남자 단식 준결승전을 보고 있었다. 한 자리에 6,000달러나 하는 관람석에서. 조이는 스탠을 보면서 생각했다. 심장마비가 오는 거야. 가엾은 데니스 크리스토스처럼. 스탠은 "당신은 보고 와"라고 했지만,

조이는 심장마비로 죽어가는 남편을 혼자 내버려두지는 않았다.

조이도 윔블던에서 활약하기를 꿈꿨고, 자기 아이들 가운데 한 명이, 자기 제자 가운데 한 명이 윔블던에서 뛰는 걸 꿈꿨지만, 훨씬 더 합리적이고 현실적이게도 어느 날 윔블던 관람석에 앉아 시합을 보는 꿈도 꾸었지만, 조이의 꿈은 스탠의 꿈만큼 격렬하게 자신의 권리를 내세울 수가 없었다. 왜냐하면 조이는 여자였고, 여자는 아기와 남편과 아픈 부모님이 자신의 꿈을 옆으로 밀어버릴 수 있고, 언제라도 누워 있던 침대 위에서 여자를 끌어낼 수 있으며, 언제라도 여자의 경력을 단절시킬 수 있고, 훗날 '한 편의 서사시'였다는 평가를 들을 윔블던에서의 시합 도중에 값비싼 관람석을 포기하고 밖으로 나가게 할 수 있음을 알고 있었기 때문이다.

조이는 구급차를 부르거나 택시를 불러 병원에 가야 한다고 생각했다. 여행자 보험을 쓸 수 있을지, 아이들에게 연락을 해야 할지, 스탠의 시신을 오스트레일리아까지 운구할 수 있을지를 고민했다. 하지만 심장마비가 아니었다. 스탠은 먹은 음식에 문제가 있었던 것 같다고 했지만, 조이는 믿지 않았다.

조이는 호텔에서 텔레비전으로 그 시합을 봤고, 스탠이 눈을 감고 이마를 잔뜩 구긴 채 킹사이즈 침대 위에서 웅크리고 누워 있는 동안 사기꾼처럼 지인들에게 윔블던이 너무나 멋져서 "이곳에 있는 것이 꿈만 같아", "우리가 이곳에 있다는 사실이 믿기지 않아" 같은 문자를 보냈다. 스탠의 모습은 편두통으로 고생하는 브룩처럼 보였다. 조이는 스탠에게 가서 "엄마, 좀 더 세게 눌러, 더 세게"라고 말하던 브룩에게 했던 것처럼, 손에 힘을 주어 이마를 세게 눌러줘야 하는 건 아닐까 고민했다. 물론 그렇게 해도 브룩의 편두통은 사라지지 않았다.

다음 날 일어난 스탠은 "정말 미안해"라고 말하면서 조이의 눈을 똑바로 보지 못했다.

"미안하다고 말하지 않아도 돼."

조이는 그렇게 대답했다. 왜냐하면 스탠은 미안한 게 없으니까. 미안하다는 말을 해야 한다면, 어디에서 시작해서 어디에서 끝내야 하는 걸까? 알 수가 없었다. 아침을 먹으러 호텔 뷔페로 가는 엘리베이터 안에서도 두 사람은 더 이상 한마디도 하지 않았고, 그 뒤로도 다시는 그 이야기를 하지 않았다.

"우리는 언제나 너희가 자랑스러웠어. 너흰 모두 엄청나게 재능이 있었고, 최선을 다했어. 그게…… 우리가 바라는 전부였어."

조이의 말에 트로이가 콧방귀를 뀌었고, 조이는 노려보았다.

스탠이 사반나에게 말했다.

"우리 아이들은 윔블던 중앙 코트에서 뛰어도 될 만큼 재능이 있었……."

"결국 한 명도 그럴 수 없었지만."

에이미가 끼어들었다.

"아니, 있었어."

스탠이 주먹으로 식탁을 내리쳤다. 그 바람에 식기들이 달그락거렸고, 즐거운 아버지의 날 풍선이 미친 듯이 돌아갔다.

조이는 아이들을 보았다. 브룩은 식탁에 팔을 대고 손으로 이마를 짚고 있었고, 로건은 천장을 쳐다보고 있었다. 트로이는 바보처럼 웃고 있었고, 에이미는 파란색으로 염색한 머리카락을 잡아당겨 입으로 빨고 있었다. 습관적으로 나오는 그런 어린아이 같은 행동을 보자, 조이는 소리를 지르며 울고 싶어졌다.

왜 울고 싶은 거지? 아이들이 아무도 자기 짝을 데려오지 않아서 조이의 마음이 자꾸만 아이들이 어렸을 때 함께 저녁을 먹던 때로 돌아가기 때문에? 아니면, 갑자기 스탠이 식탁을 내리쳐서 놀랐기 때문에?

스탠은 저렇게 행동할 권리가 없었다. 아이들은 이제 모두 성인이었다. 저 멍청한 남자는 자신에게는 이제 이 방에 있는 아이들을 제압할 힘이 없다는 걸 모르는 걸까? 아이들은 언제라도 일어나서 떠날 수 있었다. 저 아이들은 다른 주로 이사를 가버리거나 해외로 떠나버릴 수도 있었다. 절대로 부모 집에 오지 않거나, 전화를 하지 않거나, 아기를 갖지 않을 수도 있었다.

이제 힘을 가진 쪽은 부모가 아니라 아이들이다. 게다가 사반나도 있는데, 어떻게 저럴 수 있지? 식탁을 주먹으로 친 스탠의 행동은 사반나가 옮겨 다녀야 했던 위탁 가정의 폭력적인 아버지들을 떠오르게 할 것이다. 저 아이가 어렸을 때 당한 고통은 그 누구도 알 수 없겠지.

스탠은 식탁 위로 몸을 숙였다. 에이미가 선물한 셔츠가 너무 작아서 스탠의 근육질 어깨가 너무나도 커 보였다.

"이 애는 정말 아름다운 선수였어."

스탠은 손가락으로는 에이미를 가리키고, 눈으로는 사반나를 보면서 말했다.

"그라운드 스트로크(땅에 닿은 뒤에 튀어 오른 공을 치는 기술-옮긴이)는 흠잡을 데가 없었어. 공이 라켓을 맞고 정확하게 날아갔어. 보고 있으면 얼마나 행복했는지 몰라."

그건 맞는 말이었다. 에이미의 시합을 보고 있으면 행복했다. 머리를 하나로 묶은 첫째 딸이 테니스 코트를 앞뒤로 누비는 동안 조이와 스탠은 서로 마주 보면서 웃곤 했다. 아마도 에이미가 여덟 살인가 아홉 살일 때였을 것이다. '조금 재미있는 아이'에서 '정신 질환일 가능성이 있는' 아이로 바뀌기 전의 에이미였다. (조이는 그런 소견서를 쓴 그 주치의를 절대로 용서할 수 없었다.)

"우리는 에이미를 부활의 여왕이라고 불렀어. 기억나?"

스탠이 조이를 보면서 말했다.

"기억나지."

조이가 조심스럽게 대답했다. 그건 상당히 나중 일이었고, 사실 그렇게 좋은 기억도 아니었으니까. 조이는 에이미가 자라면서 시합 초반에는 일부러 실점하거나 게임을 내주는 게 아닐까 의심을 했다. 그래야 다시 심기일전해서 이길 수 있으니까. 에이미는 약자의 위치에 서는 걸 좋아했다. 하지만 더 뛰어난 선수들을 상대로 쓰기에는 위험하고 어리석은 전략이었다. 더 뛰어난 선수들은 자신들이 얻은 선취점을 끝까지 꽉 물고 놓지 않았다. 에이미는 부활할 시기를 놓쳐서 이겨야 할 경기에서 결국 지고는 했다.

"한번은 연달아 아홉 게임을 진 뒤에 이긴 적도 있어. 놀라웠지."

스탠이 회상하듯 말했다.

"하지만?"

에이미가 그 뒷이야기를 안다는 듯이 말했다.

"하지만 열넷인가 열다섯 게임을 딴 뒤에, 갑자기 막히기 시작했어. 그렇게 된 거야."

그 상황을 지켜보는 건 정말 끔찍했다. 에이미는 자기 자신에게 소리를 쳤다. 에이미가 싸우는 건 상대 선수가 아니었다. 자기 자신이었다. 자기 머릿속에서 '에이미, 이 바보, 멍청아!'라고 소리치는 목소리였다. 조이는 그 모습이 에이미의 전체 인생을 요약해주는 게 아닐까 하는 생각이 들었다. 눈에 보이지 않는 잔혹한 적과 끊임없이 힘을 겨루는 삶이라는 생각이 들었다.

"막힌다고요?"

에이미는 두 손으로 목을 잡더니 혀를 쑥 내밀고 고개를 한쪽으로 푹 숙였다.

"스포츠 용어야. 기본적으로 자신이 가진 잠재력을 발휘할 수 없게 막는 마음의 상태를 의미하는 용어."

스탠이 사반나에게 설명했다.

"스탠."

조이가 말했다. 왠지 사람들 앞에서 스탠이 옷을 벗고 있는 느낌이었다. 아니, 가족 모두를 발가벗기고 있는 느낌이었다. 너무나도 사적인 이야기였다. 두 사람이 침실에서나 나눌, 아이들에 관한 이야기였다. 에이미는 숨이 막혔다. 만약 그 시합을 이기려고 서브를 했다면, 분명히 에이미는 더블폴트(서브를 두 번 실패해 1점을 잃는 것-옮긴이)로 점수를 잃었을 것이다.

"조이."

스탠이 말했다. 스탠은 멈추지 않을 것이다. 마치 전속력으로 달려오는 세미트레일러 앞에 서 있는 것 같았다. 스탠은 계속 말했다.

"에이미는 코트에 나가기 전에 이미 자기 마음과의 시합에서 진 거야. 애 엄마와 나는 몰랐어. 어떻게 해야 에이미를……."

"고칠 수 있는지."

에이미가 거들었다.

"아니, 고치려고 하지 않았어. 도우려고 했지."

"아빠, 이제 내 이야기는 그 정도로 됐어."

에이미는 헝클어진 머리를 위로 올려 묶더니, 팔꿈치를 식탁 위에 괴고 두 손을 깍지 꼈다. 조이는 그것이 큰딸이 자신을 보호하기 위해 취하는 자세임을 알고 있었지만, 에이미는 아무렇지도 않은 척하며 환하게 웃었다. 저건 스탠의 어머니에게서 온 특징이었다. 조이는 사랑하는 아이들 얼굴에서 시어머니의 특징을 발견할 때마다 화가 났다.

"자, 이제 다른 애들 실패담을 들려줘."

"실패한 사람은 없어."

조이는 위장이 조이는 것 같았다.

"사반나는 이런 이야기 전혀 재미없을 거야."

"오, 아니에요. 재미있어요."

사반나는 주방에 흐르는 긴장을 전혀 눈치채지 못한 것처럼 밝게 말했다. 처음으로 조이는 사반나에게 조금 짜증이 났다.

스탠이 재빨리 로건을 봤다.

"이 녀석은 운동선수야. 정말로 타고난 운동선수라고. 물론, 지금은 그래 보이지 않지만 말이야."

"이런. 아빠, 고마워."

로건은 거짓 건배를 하는 것처럼 와인 잔을 들어 올렸다.

"이 녀석은 내가 아는 그 누구보다 강력한 포핸드를 할 줄 알아. 정말 탁월한 포핸드를 할 줄 아는 녀석이지."

"정말로 강력한 포핸드지. 하지만 정확하기도 했던가?"

트로이가 형을 곁눈질로 보면서 말했고, 로건은 두 아이가 어렸을 때처럼 동생에게 가운뎃손가락을 들어 올렸다.

"로건은 아주 탄탄한 녀석이었어."

스탠은 트로이를 무시하고 계속 말했다. 이제 스탠은 성큼성큼 걷고 있었다. 사전 지식이 없으면서도 아이들의 테니스 이야기에 그토록 많은 관심을 나타내는 사람에게 자신의 추억을 말할 기회가 스탠에게는 지난 몇 년 동안 없었다.

"코트에서 몇 시간을 뛰어도 방금 걸어 들어간 녀석 같았어. 한 번은 차세대 스타가 될 게 분명한 녀석이랑 붙은 적이 있었어."

먼 옛날 1월의 어느 날을 떠올리는 스탠의 눈이 환하게 빛났다.

"로건 때문에 그 녀석, 정말 지쳐버렸어. 모든 게임이 듀스, 어드밴티지, 듀스, 어드밴티지, 듀스, 어드밴티지, 아주 접전이었지. 모든 랠리가 마라톤 같았어. 10샷 랠리, 15샷 랠리를 말하는 거야. 한 시간 안에, 이 차기 스타는 완전히 끝나버렸지."

스탠은 쫙 편 손날로 다른 쪽 손바닥을 탁, 치면서 말했다.

"하지만 이 녀석은……."

스탠이 엄지손가락으로 로건을 가리켰다.

"데이지처럼 상큼했어. 땀 한 방울 안 났지."

조이는 그 시합을 보지 못했지만, 스탠에게 100번도 넘게 들었다. 이 이야기를 할 때마다 스탠은 너무나도 행복해했고, 자신은 의식하지 못했지만 "듀스, 어드밴티지, 듀스, 어드밴티지"라고 말할 때는 테니스 시합을 보는 관람객처럼 고개를 이리저리 움직였다.

"하지만,"

로건은 두 접시에서 브라우니를 하나씩 더 집어 들면서 말했다.

"이제 나의 '하지만'이 나올 차례지."

"로건은 진심으로 운동에 헌신한 적이 없었어. 충분히 원하지 않았지. 불타는 욕망이 없었던 거야. 저 녀석에게 테니스는 싫으면 그만두면 되는 거였어. 저 녀석은 너무……."

"수동적이라고? 그게 아빠가 하고 싶은 말인가?"

로건의 표정이 묘해졌다.

"아니, 너무 착하다고 말하려고 했어. 가끔은 네가 이기는 걸 좋아하기는 할까라는 생각이 들 때도 있었거든. 넌 다른 아이가 지는 걸 보는 게 싫은 것 같았어."

"이기는 건 당연히 좋지."

로건은 중얼거리면서 목덜미를 거칠게 문질렀다.

"젠장, 아빠. 내가 운동에 헌신적이 아니었다면, 그 많은 시간을 왜 코트에서 보냈겠어? 내가 얼마나 더 헌신해야 했다는 거야?"

"그건, 그렇지. 하지만 내가 말한 것처럼, 너한테는 욕망이 없었어."

스탠은 불쌍한 로건은 버리고 트로이에게 고개를 돌렸다.

"트로이는 그 욕망이 있었지. 트로이의 신경은 온통 너랑 에이미를 이기는 데 쏠려 있었으니까. 본래 동생들이 더 좋은 선수가 되는 법이야. 비너스와 세레나를 봐라. 하지만, 트로이의 문제는……."

스탠은 고개를 저으며 혀를 찼다.

"쇼에 나간 조랑말처럼 과시하는 걸 너무 좋아했다는 거지."

"그건 지금도 그렇잖아."

로건이 말했다. 트로이는 조랑말 소리를 냈고, 브룩은 키득거리며 웃었고, 사반나는 살짝 어색하게 웃었다.

"저 녀석은 사람들 관심을 끄는 게 가장 중요했어. 페더러라면 절대로 하지 않을 샷을 했어. 보여주기 샷 말이야. 가끔 그게 먹힐 때도 있었지만, 내가 누누이 말하지만……."

"멋진 모습을 연출한다고 해서 시합에서 이기는 건 아니야."

트로이가 아빠를 대신해 말하며 와인 잔을 들어 올렸다.

"누구, 나한테 와인 따라줄 사람?"

"바로 그거야. 멋진 모습을 연출한다고 해서 시합에서 이기는 건 아니다. 본질에 충실해야지."

스탠은 어깨 너머로 얼굴을 들이미는 아이를 밀어내는 것처럼

'즐거운 아버지의 날' 풍선을 부드럽게 밀어냈다.

만약에 조이가 스탠과 단둘이 이야기할 때 그런 이야기가 나왔다면, 분명히 스탠에게 그건 망할 본질과는 상관이 없다고 말했을 것이다. 중요한 건 집중력이었다. 트로이의 집중력은 아주 잠시만 지속되다가 사라졌다. 집중력 부족, 그것이 트로이의 치명적인 결함이었다. 한 세트를 따고, 두 번째 세트를 리드하고 있다가 갑자기 꿈을 꾸는 것처럼 하늘을 보거나 관람석에 매력적인 여자가 있는지 살펴보는 것이다. 트로이가 화려한 샷을 구사한 이유는 자기 자신이 시합에 흥미를 느껴야 했기 때문이다.

"보라, 저 본질이 없는 남자를!"

트로이가 두 손을 활짝 펴 쭉 내밀더니 손가락을 마구 놀렸다.

"그러다가 해리랑 한판 붙었지."

스탠이 말했다.

입 다물어, 스탠. 조이는 생각했다. 제발, 입 다물어, 입 다물라고, 이 바보 같은 남자야.

"이제는 내 차례 아니야?"

브룩이 황급히 끼어들었다.

"그 뒤로 다시는 회복되지 못했지."

"나는 스탠퍼드에 테니스 장학생으로 갔어요. 그런 사실이 우리 부모님에게는 아무 의미가 없답니다."

트로이가 사반나에게 말했다.

"그럴 리가 없잖니."

조이가 말했다. 네가 스탠퍼드대학교 장학생으로 지구 반대편으로 갔다는 건, 완전히 다른 사람이 되어서 돌아왔다는 의미란 말이야. 미국에 다녀온 뒤로 트로이는 온몸에 코팅을 한 사람처럼 변했다. 트로이는 손가락으로 톡톡 두드려보고 싶을 정도로 단단하고 쾌적하고 번쩍이는 표면을 입고 돌아왔다.

"트로이는 자기 성질을 못 이겼어. 자기 엄마를 닮은 거지."

스탠은 가족사에서 가장 고통스러운 사건을 새로운 친구에게 소개해도 되는 재미있는 일화로 바꾼 것처럼 키득거렸다.

"이 녀석은 라켓을 집어 던졌어. 그래서 우리가 손목에 라켓을 묶어놔야 했지."

"우리가 아니지. 당신이 그런 거잖아. 난 그렇게 하면 트로이가 라켓을 제대로 못 잡을 거라고 생각했어."

"하지만 아니었지, 안 그래? 트로이의 라켓 잡는 법에는 아무 문제가 없었어."

"아빠, 오늘이 아버지의 날인 건 알지만, 다른 얘기 하면 안 돼?"

에이미가 말했다.

"걱정 마, 누나. 난 괜찮으니까."

브룩이 조용히 건네주는 와인을 받으며 트로이가 말했다.

"아무튼, 난 우리 가족이 화를 제대로 조절할 수 있다고 믿었어. 그때 이 녀석은 열세 살이었지. 6개월 동안 테니스를 못 하게 했어. 합당한 벌이었어."

스탠이 사반나에게 말했고, 조이는 '트로이는 열네 살이었어. 그 전날, 열네 살이 됐잖아'라고 생각했다.

"델라니 테니스 아카데미에 다녔던 학생이랑 시합을 할 때였어. 해리 하다드였지."

스탠은 사반나가 이름을 알아듣고 잠시 놀랄 시간을 주기 위해 입을 다물었다. 하지만 사반나는 멍한 표정으로 그저 스탠을 바라보기만 했다.

"유명한 오스트레일리아 선수고, 이전 넘버원이잖아? 윔블던에서 두 번 이겼고, 몇 년 전에는 US오픈에서도 이겼는데?"

해리 하다드의 이름을 모르는 사람이 있다는 건 스탠으로서는 이해할 수 없는 일이었다.

"아, 맞아요. 알아요. 들어본 적 있어요."

분명히 거짓말이었다. 해리 하다드라는 이름을 들어본 적도 없을 정도로 테니스에 관심이 없는 사람이 이 집에 있다니, 조이는 너무나도 신선하게 느껴졌다.

"내가 가르친 제자야."

스탠은 조이를 흘긋 본 뒤에 자기 말을 정정했다.

"우리가 가르친 제자지. 며칠 전에 기사도 났잖아. 다시 복귀하려고 훈련받고 있다고. 아무튼, 다시 그 이야기를 해보자면 말이야, 트로이가 해리하고 붙었는데, 잘하지 못한 거야."

"아빠. 제발, 해리 하다드 얘기는 하지 마. 내 정신 건강에 안 좋아. 아빠 정신 건강에도 나쁠 것 같고."

에이미가 스탠을 막았다.

"해리 하다드 이야기를 하려면, 그 녀석이 칭얼거리기만 하는 사기꾼이었다는 것도 말해야지."

트로이가 와인 잔을 뚫어져라 보면서 말했다.

"그런 건, 한 번도 본 적 없다."

스탠이 차분하게, 하지만 날카롭게 말했다. 스탠의 날카로움은 지금도 자기 아이를 베어 피를 낼 정도로 매서웠다. 그러니까 그 오랜 시간이 지났는데도 스탠은 조금도 이해하지 못하고 있는 것이다. 자기가 그 말을 할 때마다 어떤 식으로 트로이를 배신하고 있는 것인지를 조금도 모르고 있었다.

"보지 않았다고 일어나지 않은 건 아니지."

트로이도 차분하게 말했다.

"어떻게 사기를 쳤는데요? 시합 때…… 심판은 없었어요?"

"낮은 레벨에서는 주심이 없어요. 선수들이 직접 라인 콜(공이 코트 안으로 떨어졌는지 밖으로 나갔는지를 외치는 것-옮긴이)을 해야 해요. 그래서 어떤 아이들은 정직하지 못한 행동을…… 해요."

"어른들도 그럴 수 있으니까."

조이는 클럽에서 어딘가 미심쩍은 콜을 외치는 성인 선수들을 많이 봤다.

"가끔은 심판도 편향될 때가 있고."

조이는 화이트 시티에서 열린 13세 미만 청소년 대회에 나가 처음으로 했던 시합을 떠올렸다. 그날, 할아버지가 너무 바빠서 어머니와 함께 시합에 나갔다. 테니스에는 전혀 관심이 없었던 어머니는 조이가 시합을 하는 동안 〈보그〉만 뒤적였고, 주심은 계속 조이의 공은 밖으로 나갔다고 선언하고, 상대 선수의 공은 안으로 들어왔다고 선언했다. 나중에야 그 주심이 상대 선수의 어머니였음을 알았다.

"괜찮아. 네가 걔보다 훨씬 예쁘니까."

돌아오는 차 안에서 어머니는 중요한 건 외모라는 듯이, 그렇게 말했다(어머니의 그 말이 조금 위로가 됐다).

"그 애의 재능을 봐. 그 애가 뭘 이룩했는지 보라고. 그 애는 사기를 칠 필요가 없었어."

스탠은 여전히 해리에게서 벗어나지 못했다. 아마도 영원히 해리에게서 벗어나지 못할 것이다. 스탠은 풍선 줄을 잡아 의자에서 풀어버렸다. 풍선이 천장을 향해 둥실 떠올랐다.

"아."

풍선을 보면서 에이미가 슬프게 말했다.

"여전히 해리에게 충성하는 모습이 좋네, 아빠. 그 녀석도 아빠한테 충성하겠지."

브룩은 발가락을 세게 차인 것처럼 앙다문 입으로 급하게 공기를 빨아들였다.

스탠은 화가 난 헐크처럼 꽉 끼는 셔츠를 거칠게 잡아당겼다. 트로이는 헐크가 옷을 잡아 찢는 장면을 좋아했다. 아마도 막을 수 없는 자신의 기질과 닮았기 때문일 것이다.

"나를 버리기로 한 건 해리의 아버지였다. 우리를 버리기로 한 건 말이야."

스탠은 차분하게 말했다. 헐크로 변하지는 않은 것이다.

"해리의 아버지가 코치를 바꾸기로 했거든."

스탠은 사반나를 똑바로 보며 어깨를 으쓱해 보였다. 의식적으로, 일부러 하는 과장된 몸짓이었다.

"늘 그래. 테니스 선수들 부모들은 아주 독특한 피를 타고났지. 조금 성공했다 싶으면, 더 크고 더 나은 걸 바라게 돼. 그게 코치들이 감당해야 할 인생인 거지."

그러니까 과장한 몸짓이 아닐 수도 있었다. 정말로 태평해 보이니까. 이제는 정말로 괜찮아진 걸까? 결국 극복한 걸까?

"하지만 그 사람을 발굴했다는 사실이 지금도 자랑스러우실 것 같아요."

사반나가 말했다.

"물론 자랑스럽지. 당연히."

스탠은 살짝 머뭇거리며 식탁을 둘러보았다.

"내가 어디까지 했더라?"

브룩과 눈이 마주치자 스탠의 표정이 부드러워졌다.

"우리 작은 꼬맹이."

"그 작은 꼬맹이는 나보다 3센티미터나 커."

여전히 풍선에서 시선을 떼지 않은 채 에이미가 말했다.

"브룩은 우리 아이들 중에서 가장 똑똑해."

스탠이 말했다.

"고마워, 아빠."

트로이가 손가락으로 자기 이마를 툭 건드리며 말했다.

"코트에서 말이야. 코트에서 브룩은 가장 똑똑하고 전략적인 아이였어. 당연히 그럴 수밖에 없었지. 브룩은 너랑 가장 많이 시합을 했으니까. 넌 브룩보다 훨씬 크고 빨랐잖아. 그 나이대 아이들은 그저 네트 위로 공을 넘길 생각만 하는데, 브룩은 경쟁자의 약점을 분석하려고 했어."

브룩이 코트에서 영리했던 건 맞지만, 조이는 다른 아이들 경기처럼 브룩의 경기를 즐길 수가 없었다. 브룩이 시합을 전혀 즐기지 않는 것 같았으니까. 여덟 살 무렵부터 브룩은 늘 인상을 찡그리고 코트에 섰다. 아직 편두통이 시작되지도 않았는데 말이다.

"하지만 브룩은 편두통이 생겼어. 그건, 아주 끔찍한, 끔찍한 망신이었지."

그토록 슬퍼하며 유감스러운 듯 고개를 젓는 스탠을 보면, 브룩의 이른 은퇴가 아니라 이른 부고를 듣는 기분이 들었다.

조이는 시합에 나갔던 스탠과 브룩이 몇 시간이나 일찍 돌아왔던 날을 기억했다.

"무슨 일이야?"

조이는 그렇게 물었다. 그때 조이는 아파서 올 수 없다는 한 코치를 대신해 수업에 들어가려고 뛰어나가는 중이었다. 그때는 정말 늘 정신없이 바빴다.

"끝났어. 다 끝났다고."

스탠이 말했다.

"무슨 일인데?"

조이가 묻는 동안 브룩이 조이의 곁을 지나 아무 말도 없이 자기 방을 향해 걸어갔다. 잔뜩 비난하는 눈으로 조이를 쳐다보면서. 조이는 스탠을 보았다. 스탠의 눈에도 비난이 가득 담겨 있었다. 당신이 실패한 거야. 그때 아이들의 건강을 책임진 사람은 조이였다. 그런 조이가 브룩의 두통을 해결하지 못했으니 비난을 하는 거였다.

"당신이 데려간 곳에서는 의사가 저 망할 병명을 알아내지도 못했잖아."

스탠이 그렇게 말했을 때, 조이가 해야 했던 일은 스탠에게 자기 대신 수업에 들어가달라고 말하고는 브룩에게 달려가 위로해주는 거였다. 하지만 욕을 하는 스탠에게 너무나도 화가 나서, 자신을 비난하는 스탠에게 너무나도 화가 나서, 조이는 깊게 생각해보지도 않고 밖으로 나와 거칠게 문을 닫고 떠나버렸다.

"제대로 조언을 받고 치료를 할 수 있었다면, 결과는 정말 달라졌을 거야."

스탠이 말했고, 조이는 오래전에 느꼈던 좌절이 마치 어제 느꼈던 것처럼 다시 부글부글 끓어오르고 있음을 알았다.

"그럼 아무도……."

사바나가 에이미의 브라우니 접시를 들어 올리면서 말했다.

"얼마나 많은 의사들을 찾아다녔는지 몰라. 찾아다니고 또 찾아

다녔어."

조이가 말했다.

"엄마, 아무도 엄마를 비난하지 않아."

브룩이 말했고, 슈테피가 낑낑거리기 시작했다.

"글쎄, 나한테는 분명히……."

"인디라가 떠났어."

로건이 말했고, 주방은 그 즉시 침묵에 휩싸였다.

24

폭탄을 터뜨린 뒤, 로건은 전기의자에 묶인 사람처럼 두 팔을 의자 팔걸이에 올리고 허리를 꼿꼿하게 세운 채로 앉아 있었다. 슈테피조차도 충격을 받았는지, 이 끔찍한 일과 자신은 전혀 관계가 없다는 듯이 벽을 뚫어져라 쳐다보고 있었다.

"어, 뭐라고?"

스탠이 무슨 뜻인지 이해하지 못하겠다는 듯이 말했다.

"오, 로건. 우린 그 애를 사랑했어."

에이미가 풍선에서 시선을 떼고 고개를 숙이면서 말했다.

오늘 로건이 도착해 인디라가 아파서 못 왔다고 했을 때, 조이는 너무나도 두근대는 마음으로 은밀하게 생각했다. 임신을 해서 아픈 건지도 몰라.

마지막으로 만났을 때 인디라의 얼굴에 떠오른 아리송한 표정은 안전한 12주가 되기까지 발표를 미루고 기다리고 있는 마음을 드러낸 게 아니었다. 이별을 준비하고 있음을 드러낸 거였다. 조이가 초음파 사진이기를 바랐던 거베라 자석은 결국 이별 선물이었다.

"나도 사랑했어."

로건이 말했다.

"그 애도 그걸 알았어?"

에이미가 물었다.

"반지를 끼워줬어야지."

트로이는 짐짓 화난 척하며 고개를 흔들었다.

"너한테 들을 말은 아닌 것 같은데."

로건이 말했다.

"나는 결혼했어."

"유지는 못 했지."

브룩은 할 말이 있는 것처럼 입을 벌렸지만, 그저 눈을 감았다.

"편두통 있니, 브룩?"

조이가 물었다. 다시 아랫배가 심하게 조여왔다. 조이는 입 밖으로 흘러나오려는 신음을 꾹 눌러 참았다.

"편두통이면, 집에 갈 때 운전하면 안 돼. 편두통으로 고생할 때는 운전하는 거 아니야."

"제가 데려다줄게요."

사반나가 말했다.

"편두통 아니야. 오늘은 편두통 얘기는 이미 할 만큼 했어."

브룩이 날카롭게 말했다.

조이는 브룩의 말을 믿지 않았다. 정말로 아파 보였으니까.

"아프면, 오늘은 집에 가지 마. 그랜트도 아프니까, 너한테 도움이 안 될 텐데."

"그랜트랑나도헤어졌어."

브룩이 너무나도 빨리 말했기 때문에, 조이에게는 브룩이 내뱉은 문장을 단어를 나누어서 받아들일 시간이 잠시 필요했다.

"뭐라고?"

브룩은 숨을 내쉬었고, 어깨를 축 늘어뜨렸다.

"휴, 말하고 나니까 시원하네."

브룩은 아빠를 보았다.

"아버지의 날을 망쳐서 미안. 시작은 로건 오빠가 했지만."

브룩이 로건을 보았다.

"괜찮다, 아가."

스탠의 입에서 아주 슬픈 목소리가 나왔다. 스탠은 브룩의 어깨를 두드리더니, 의자 등받이에 등을 세게 부딪치면서 몸을 기댔다.

"그럴 수도 있지."

"이혼하는 거야?"

조이가 물었다.

"지금은 그저 별거하고 있는 거지만……."

브룩은 밝은 빛을 본 것처럼 갑자기 눈을 찡그렸다.

"아마도 그렇게 되겠지."

그러니까 브룩이 그저 편두통을 앓고 있는 게 아니라는 걸 깨달아야 했는데. 지금 보니 이 불쌍한 아이는 완전히 지쳐 보였고, 창백하고 초췌했다. 눈 밑은 시커멨고 머리카락은 너무 푸석했다.

트로이가 동생을 한쪽 팔로 감싸 안았다.

"얼마나 됐어?"

"6주 동안 떨어져 있었어."

"6주라고?"

조이는 책망하듯 말하고 싶지는 않았지만, 6주나 혼자 있었으면서 부모에게 말 한마디 하지 않았다니, 이해할 수가 없었다.

"그 망할 클리닉에만 너무 정신을 쏟은 거 아니니?"

갑자기 조이의 입에서 클리닉에 대한 미움이 쏟아져 나왔다. 당연히 조이가 철저하게 잘못한 것이다. 지금 조이는 인생의 시간을 과거로 되돌려 다시 한번 완벽하게 옳은 말을 할 수 있기를 바라게 될 중요한 순간을 또다시 만들어버린 것이다. 조이는 손가락 끝으로 헤어라인을 꾹 눌렀다. 땀이 흘렀다. 식중독일까? 사반나가 구운 닭고기는 정말 연하고 맛있었다. 맛있는 닭고기를 먹은 대가일까? 하지만 그렇다고 하기에는 너무 가혹해.

"내가 널 더 도왔어야 했는데."

조이가 브룩에게 말했다. 그래, 내가 도왔어야 해! 그랜트는 분명히 소외감을 느꼈을 거야.

"내가 더 강하게 주장했어야 했어."

"이런, 엄마."

브룩이 지친다는 듯이 말했다.

"나한테 아무 말도 안 했다는 게 믿기지 않아."

에이미가 말했다.

"언니, 이걸 언니 문제로 만들지 말아줄래?"

브룩의 말에 에이미의 표정이 일그러졌다.

"나는 그냥, 너를 도울 수 있지 않았을까 싶어서 한 말이야."

"아, 알아. 고마워. 난 괜찮아."

브룩이 손가락으로 작게 원을 그리며 이마를 문질렀다.

"미안. 아직 말할 준비가 안 돼서 그랬어. 조금 떨어져 있으면, 다시…… 잘될 수도 있다고 생각했어. 그래서, 아무도 걱정시키고 싶지 않았어."

사반나는 냅킨을 네모반듯하게 접어 거의 먹지 않은 브라우니를 가렸다. 도대체 우리를 보면서 무슨 생각을 할까? 사반나가 조이의 사랑스럽고 안정적인 가족을 보면서 부러워할 거라고 생각하다니, 정말 창피했다.

"음, 너무 당황하지 않았음 좋겠다. 아버지의 날에 이런 거창한 선언을 들었지만 말이야."

"미안, 아빠. 이렇게 아버지의 날을 망칠 생각은 아니었어."

로건이 진정으로 뉘우치는 말투로 말했다.

"나도 미안. 미안해 아빠."

브룩이 말했다.

"아무도 미안해할 것 없다."

스탠이 머리 위에 떠 있는 풍선을 보더니, 풍선에 매달린 끈을 잡아 아래로 당겼다. 박람회장에서 온통 풍선에 둘러싸인 유모차 위의 아기처럼 풍선을 움켜잡았다.

"지금 뭐 하는 거야?"

조이가 물었다.

"내 풍선, 잡는 거지."

스탠이 대답했다.

"저는 잠깐 나가 있을까요? 제 방에서……."

델라니 가족에게 말하던 사반나가 갑자기 당황하면서 에이미를 보았다.

"아니, 제 방은 아니지만요."

"나갈 필요 없어. 우린 괜찮아. 일이야 늘 있기 마련이지. 누구 잘못도 아니야."

스탠이 대답했다.

"당연히 그 누구의 잘못도 아니지."

조이가 믿기지 않는다는 듯이 말했다. 사실 조이는 두 아이의 이별에 원인을 제공한 사람이 누구인지 분명하게 알고 싶었다.

"그래도 혹시 제가 있는 게……."

"괜찮다니까."

스탠이 사반나의 말을 잘랐다.

잠시 침묵이 흘렀다. 스탠은 바보처럼 풍선을 꼭 잡고 있었고, 조이는 배 속에서 끓어오르고 있는 것이 메스꺼움인지 분노인지 알 수가 없었다. 혹시 지금 토하거나, 고함을 지르거나, 기절하거나, 울음을 터뜨리려는 건 아니겠지? 하지만 그 네 가지 가운데 무엇이라도 당장 시작할 수 있을 것 같았다.

"사방에서 예상치 못했던 공이 날아오는 거 같으니까, 내가 하나 더 던져도 되겠지?"

트로이가 말했다.

"그래, 그거 좋겠다. 그렇게 해, 트로이. 또 하나 던져봐. 나한테 직접 던져야 해, 달링."

조이가 이를 갈면서 말했다.

"좋아, 음, 알았어, 엄마."

트로이는 정말로 잔뜩 긴장한 것 같았다. 하지만 또 다른 이별이 있을 리는 없었다. 굳이 여자 친구와 헤어진 걸 가족들에게 말할 녀석이 아니었다. 트로이는 늘 만나고 헤어지고 있으니까.

"사실, 비밀로 하려고 했어. 하지만 뭐, 이제는 상관이 없을 것 같아. 의견도 듣고 싶고."

트로이가 와인 잔을 옆으로 밀자, 흰 식탁보 위로 빨간 와인이

뚝, 떨어졌다. 트로이는 술에 취한 걸까? 아니, 내가 취한 걸까? 조이는 기분이 너무 이상했다.

"음, 클레어 기억하지?"

트로이가 말했다.

"뭐니. 당연히, 기억하지. 그래, 트로이. 당연히 기억해."

조이가 대답했다.

클레어는 트로이의 전 아내였다. 인디라처럼 사랑스러운 아이였고, 그랜트보다는 훨씬 사랑스러운 가족 구성원이었다. 아이들이 사랑하는 사람과 헤어질 때마다 조이는 정말 죽을 것 같았다. 이 몇 년 동안, 조이는 정말 여러 번 죽어버린 것만 같았다. (이 이야기도 회고록에 써야겠다. 지난 10년을 돌아보면 짜증 나고 배은망덕한 우리 아이들과 제대로 살아내지 못한 완벽하게 아름다운 젊은 남자들과 여자들이 시체가 되어 널려 있는 전쟁터를 보게 된다. 이 문장을 읽으면 그 작고 순진한 선생은 무슨 생각을 할까? 회고록에 색채를 가미하라고 하기는 했지만.)

"음, 미국에 있을 때, 클레어를 만났는데……."

"둘이 다시 합치는 거야?"

에이미가 얼굴 가득 바보 같은 희망을 드러내며 말했다.

"당연히 아니지."

바보 같은 희망을 감추려고 애쓰면서 조이가 말했다. 당연히 아닐 수밖에 없었다. 클레어는 텍사스인가 어딘가로, 그러니까 카우보이가 생각나는 곳으로 가서, 심장 전문의랑 결혼했다고 했으니까. 트로이와 클레어가 미국에 살 때 만났던 친구의 친구하고.

"아니, 클레어는 행복한 결혼 생활을 하고 있고, 미국에서 돌아오지 않을 거야. 이제 아기를 가지려고 한대."

트로이가 말했다.

"음, 놀라운 소식은 아니네. 너하고 살 때도 오래전부터 아기 가질 준비를 했잖아."

조이가 씁쓸하게 말했다. 클레어와 트로이는 한참 인공수정으로 아기를 낳으려고 노력하다가 헤어졌다. 트로이가 바람을 피운 게 분명했기에, 너무나도 화가 난 조이는 거의 6개월 동안이나 트로이하고는 눈도 마주칠 수 없었다. 조이의 몸이 부르르 떨렸다. 주방이 너무 춥거나 더운 게 분명했다.

"그래서, 클레어랑 남편이 아주 오래 노력을 했나 봐. 하지만 그다지 운이 좋지 않았던 것 같아."

"아니, 안 돼. 제발, 클레어 언니가 그걸 사용한다고……."

브룩이 말했다.

"맞아."

트로이는 조이로서는 무슨 말인지 전혀 이해가 안 되는 것을 완벽하게 이해하고 있는 것 같은 동생을 쳐다보았다.

"뭘 사용한다는 거냐?"

스탠이 물었다.

"음, 우리 배아가 아직 냉동되어 있잖아. 우리가 인공수정을 시도할 때 얼려놓은 거. 클레어가 계속 보관료를 내고 있거든. 아무튼, 그래서 클레어가…… 혹시 그걸 사용해도 괜찮을지, 물어봤어."

조이는 어둠 속에서 비틀거리며 전등 스위치를 찾고 있는 것만 같았다.

"네 말은, 클레어가 너의 아기를 갖고 싶다고 했다는 거니? 하지만 이해가 안 된다. 왜 새 남편하고 인공수정을 안 하고? 왜 새로 배아……를 만들지 않는 거니?"

배아라는 단어가 쉽게 나오지 않았다. 조이가 임신했을 때는 그저 아기가 있거나 아기가 없는 상황뿐이었으니까.

"트로이 오빠와 인공수정을 시도했을 때도 클레어 언니는 난자 보유량이 적다고 했잖아. 아마, 이제 더는 배란이 되지 않나 보지."

모든 사람의 병력을 기억하고 있는 브룩이 대답했다.

"하지만 그 아기의 아빠는 너잖아?"

조이는 아기였을 때의 트로이를 떠올렸다. 네 아이 가운데 가장 귀엽고 가장 까다로웠던 아이. 트로이는 언제나 다 죽어가는 아기처럼 울부짖었고, 매번 속으면서도 조이는 트로이가 울 때마다 허둥지둥 뛰어갔다. 트로이는 조이가 번쩍 안아 올리는 순간, 언제 숨넘어가게 울었냐는 듯이, 마치 스위치를 켠 인형처럼 울음을 뚝 멈추고 활짝 웃었다. 통통한 장밋빛 뺨에 여전히 악어의 눈물을 남긴 채, 심장을 녹아내리게 하는 웃음을 지었다.

"클레어는 아기를 낳으면 남편이 공식적으로 입양하기를 원해."

트로이의 입에서는 조이가 배아라는 단어를 발음할 때와 비슷한 방식으로 남편이라는 단어가 흘러나왔다.

"네가 아이 양육에 관여할 수 있어? 너는, 아이 양육에 관여하길 원해?"

에이미의 말에 트로이는 어깨를 으쓱했다.

"그건 내가 원하는 대로 하면 된대. 하지만 몇 달에 한 번씩 나타나서 아이를 데리고 맥도널드에 가는 게 과연 좋을까? 이혼한 아빠처럼? 그냥 그 심장 전문의가 자기 친아빠라고 생각하며 사는 게 낫지 않을까?"

조이는 폭풍우 치는 바다에서 정신없이 흔들리는 배 위에 있는 것만 같았다.

스탠과 눈이 마주쳤다. 스탠은 완전히 정신이 나간 것 같았다. 무슨 일인지 제대로 이해하지 못하고 있는 게 분명했다. 현대 기술과 현대 과학과 현대적 사고방식이 만들어낸 전적으로 새로운 가능성과 모순은 스탠이 이해할 수 있는 분야가 아니었다.

"그 생각이 마음에 들어?"

로건이 물었다.

"아니, 전혀 마음에 들지 않아. 사실 아주 싫어."

트로이는 괴로운 게 분명했다.

"그럼, 결정 났네. 네가 클레어를 도울 의무는 없……."

"하지만 이게 클레어가 생물학적으로 자기 아기를 낳을 마지막 기회일 수 있다는 거야."

트로이는 항복하는 사람처럼 절망적으로 두 손을 들어 올렸다.

"단 한 번의 기회 말이야. 그걸 어떻게 안 된다고 말할 수 있어? 이미 수정된 배아가 있는데. 그건 너무 잔인하잖아."

트로이의 목소리가 작아졌다. 트로이는 흰 식탁보에 떨어진 레드 와인을 닦기라도 하려는 듯이 와인 잔을 그 위에 대고 빙글빙글 돌렸다. 당연히 와인이 닦일 리 없었다. 얼룩은 영원히 남을 것이다.

"더구나, 내가 한 짓이 있는데."

작아진 트로이의 목소리에는 회한이 가득 묻어 있었다.

오, 이런. 세상에나.

이건 분명히 어린 트로이가 문제를 일으켰을 때 느끼고는 했던 감정이었다. 조이와 스탠 앞에 앉아서 머리를 숙이고 두 손을 무릎 사이에 낀 채, 자신이 한 행동은 선택이 아니라 어쩔 수 없이 하게 된 행동이지만, 어쨌거나 또다시 이런 결과가 나왔다며, 슬픔과 후회와 당혹감을 내비치는 트로이를 볼 때마다 느꼈던 감정이었다.

"해야 한다고 말해야겠지? 그렇겠지? 그렇지, 엄마?"

트로이가 고개를 들어 조이를 보았고, 조이는 한숨을 쉬었다. 불타는 것처럼 뜨거운 뺨에 손을 대고 부르르 떨었다. 너무 추웠다.

"그렇게 생각하지 않아, 엄마? 내가 허락해야 한다고?"

트로이는 대답을 원하고 있었다. 저 애는 이러지도 저러지도 못할 윤리 문제가 답을 찾아내라며 자신을 괴롭힐 때마다 늘 아빠가 아닌 조이를 보았다. *엄마, 내가 CD를 훔쳐 왔어. 그래서 기분이 너무 나빠. 다시 돌려주고, 자백해야겠지? 근데 살짝 긁혔는데, 어떻게 하지?*

"오, 트로이."

조이는 클레어의 부모를 생각했다. 몇 번밖에 만나지 않았지만 조이와 스탠은 그 사람들이 좋았다. 복잡하지 않고 친절한 사람들이었다. 부부끼리 만나 복식 시합을 하기도 했다. 클레어의 엄마 테레사의 양손 백핸드는 정말 멋졌는데. 조이의 아들이 테레사의 딸의 마음을 그토록 철저하게 무너뜨렸을 때, 조이는 정말 당황했다. 조이는 테레사에게 전화해 너무나 미안하다고, 트로이 때문에 부끄럽다고 말했다. 그때 테레사는 정말 친절하고 우아하게 반응했다. 상황이 뒤바뀌어 테레사가 조이에게 사과를 해야 했다면, 조이도 분명히 예의 바르게 대했겠지만, 차갑게, 까칠하게 반응했을 것이다. 이제 그 좋은 여자는 조이의 손주를 독차지할 것이다. 조이는 그 아이를 만나지도, 안아보지도, 서로를 알아가지도 못할 것이다. 그 아기가 트로이처럼 웃으면 어떻게 할까? 클레어의 아름다운 붉은 머리카락을 물려받는다면? 조이라면 붉은색 머리카락을 가진 손주를 특히나 사랑할 텐데!

"그래. 맞아. 하라고 해야 해. 그게 옳은 일이야."

조이가 트로이에게 말했다.

"아니, 난 잘 모르겠는데."

스탠이 불편한 듯 말했다.

"그게 옳은 일이라고."

조이의 단호한 말에 스탠이 입을 다물었다.

맞아. 그게 옳은 일이야. 하지만 옳지 않은 일이기도 했다. 그 아기가, 이미 조이가 사랑하게 되었지만, 결코 만나지 못할 그 작고 예쁜 빨간 머리 아기가 조이의 유일한 손주라면 어쩌지?

조이가 갑자기 말했다.

"이제 모두 집에 가."

모두 조이를 쳐다보았다.

"기분이 썩 좋지는 않네. 아마 병이 오려나 봐."

갑자기 조이는 지난 며칠 동안 자기 몸에 나타난 증상들이 무슨 징후였는지를 분명하게 깨달았다. 어쩜 이렇게 바보 같았을까. 신혼여행 때 걸렸던 망할 요도 감염에 걸린 것이다. 요즘 갑자기 누린 성생활 때문에. 갑자기 바보처럼 풍선을 잡은 채 아무 말도 없이 꼼짝 않고 식탁 끝에 앉아 있는 스탠에게 미친 듯이 화가 났다. 그는 요도 감염 말고는 조이에게 주는 것이 하나도 없었다. 더구나 이 나이에 요도 감염이라니!

조이는 물잔을 들어 물을 벌컥벌컥 마셨다. 하지만 배는 이미 떠나버렸다. 조이는 항생제를 먹어야 했다. 하지만 오늘은 일요일이었다. 조이의 사랑스러운 주치의를 만날 수 없는 것이다. 그러니까 지역 의료 센터에 가야 한다. 그곳에서 이제 막 의과대학교를 졸업한 애송이에게 조이의 성생활을 말해야 했다.

"이런, 망할."

조이가 스탠을 보면서 말했다.

"어? 왜 나를 그런 눈으로 봐? 내가 한 게 뭐 있다고?"

스탠이 말했다.

"한 게 왜 없어? 당신이 데니스 크리스토스를 죽였잖아!"

정말 이상한 일이었다. 조이는 불쌍한 데니스에 대해서 조금도 생각한 적이 없었다. 그 일은 모두 끝났다고 생각했으니까. 하지만 지난 6개월 동안 스탠을 향한 비난은 완벽한 순간을 기다리며 조이의 무의식 속에 자리 잡고 있었다.

"데니스는 심장마비로 죽었어."

스탠은 조금도 당황하지 않고 즉각 응수했다. 저런 반응이야말로 스탠이 유죄라는 결정적인 증거였다.

"당신은 데니스가 당신 서브를 받아 칠 수 있다고 믿게 만들었어. 그래서 그 가여운 심장이 견뎌내지 못한 거야."

"아니, 내 서브를 받아 칠 수 있다고, 진심으로 믿지는 않았을걸."

스탠이 비웃듯이 말했다.

"당신은 게임이 40-러브가 되게 했어."

조이가 고함을 질렀다.

"허, 미안하네."

스탠이 조금도 미안한 기색 없이 말했다.

"나한테 사과하지 마! 사과는 가엾고 비통한 데비 크리스토스에게 해야지!"

"절대로 책임을 인정하지 마, 아빠. 그게 내 비결이야."

트로이가 말했다.

"당연히 그렇겠지."

로건이 말했다.

"데니스 크리스토스는 나한테 아주 부적절한 말을 한 적이 있어. 그러니까 엄마가 조금 마음이 편해졌음 좋겠어. 정말 부적절한 말을 했거든."

에이미가 거들었다.

"가기 전에 아빠한테 선물 줘야 하지 않을까?"

브룩이 걱정스럽게 말했다.

"도대체 내가 뭘 그렇게 잘못했니?"

조이가 허락하지도 않았는데, 조이의 입에서 단어들이 폭발적으로 튀어 나갔다.

모두 겁에 질린 멍청이처럼 조이를 쳐다보았다.

"엄마는 아무 잘못도 하지 않았어."

에이미가 달래듯 말했다.

"그럼 왜, 너희들 모두 하나같이 진득하게 사람을 만나지 못하는 거야? 너희 아빠랑 내가 너희한테 좋은 모습을 보여주지 못해서 그래? 우리가 좋은 결혼 생활을 못 해서?"

델라니 남매는 조이가 자신들은 풀 수 없는 과제를 해결할 사람을 찾고 있기라도 한 것처럼 모두 고개를 푹 숙였다.

"그래. 너희 아빠와 내가 완벽한 부부는 아니지. 하지만 그래도, 아주 나쁜 부부는 아니었어. 안 그러니? 도대체 왜 우리를 벌주고 있는 건데? 왜, 왜 그러는 거야? 우리가 너희한테 테니스를 시켜서 그래? 아니, 우리가 시킨 거 아니야. 절대로. 너희는 테니스를 사랑했어. 너희 모두 재능이 있었다고!"

"우리가 엄마, 아빠를 벌주다니. 그런 거 아니야. 그런 이상한 말이 어디 있어, 엄마."

트로이가 말했다.

"그냥 운이 나빴던 것뿐이야. 시기가 안 좋았어."

브룩이 나무라는 눈으로 로건을 쳐다보았다.

"로건 오빠랑 인디라 언니도 헤어졌다는 말을 듣고 얼마나 놀랐는지 몰라."

"엄마, 엄마는 할머니가 될 수 있을 거야. 내 말은, 나야 당연히 아기를 낳지 않겠지만, 얘들은 언젠가 낳을 거야."

에이미가 동생들을 가리키며 말했다.

"셋 중에 한 명은 반드시 낳겠지. 정상적인 방법으로. 트로이처럼은 말고. 트로이 일은 분명히 좀 이상하고 속상하기는 하지만 분명히 제대로 된 손주가 생길 거야. 장담해, 엄마."

"네가 어떻게 장담하는데? 에이미, 네 동생들은 네 말에 하나도 동의하지 않을걸. 그리고, 왜 너는 아기를 낳지 않겠다는 거야? 왜? 아무튼, 왜 손주 얘기를 하는 거니? 내가 언제 손주 갖고 싶다고 했어? 아니, 한 번도 안 했잖아!"

조이가 보였던 관용은 보상은 받지 못한다고 해도, 적어도 인정은 받아야 했다.

"엄마는 절대로 안 그랬어."

브룩은 조이가 술에 취했거나 미쳤거나 아픈 사람이라도 되는 것처럼 슬픈 듯이, 울 듯이, 어쩌면 겁에 질린 듯이 말했다.

"시합에서 꼭 이겨야 한다는 말을 하지 않은 것처럼 말이지."

트로이가 조용히 말했다.

조이는 의자에서 일어났다. 다리가 불안하게 떨렸다. 조이와 눈을 마주치는 사람은 망할 남편뿐이었다.

지금 이 순간, 스탠이 하고 싶은 것이 무엇인지 분명히 알 수 있었다. 그것이 스탠 위로 내려앉았다. 모든 것이 멈춰버릴 것 같은 완벽한 정적과 침묵. 스탠이 그것을 내보인 지 20년이나 지났지만, 조이는 지금도 그 징조들을 알 수 있었다. 그것이 올 때마다 언제나 조이는 알 수 있었다. 조이는 아이들보다 더 빨리 그 징조를 볼 수 있었고, 재빨리 행동해 막기만 하면 참사는 피할 수 있었다. 그 감정은 뭐랄까, 무언가가 산산이 부서지기 전에 막으려고 마구 내달리는 느낌이었다. 문제는 그 누구도 조이가 뛰는 걸 허락하지 않았다는 거지만. 아마도 폭탄 해체반이 느끼는 감정이 그럴 것이다.

하지만 이제 더는 조이가 폭탄 해체반 역할을 할 수는 없었다. 이제는 그런 역할을 맡기에는 너무 나이가 들었고, 애초에 그런 스탠을 참고 견뎠다는 사실 자체를 믿을 수가 없었다.

"하지 마, 절대로, 당신……."

조이가 마구 떨리는 손가락을 스탠을 향해 휘둘렀다.

"생각도 하지 마."

조이의 발이 부들부들 떨렸다. 비통함과 굴욕이 위장뿐만이 아니라 조이의 왼쪽 몸을 타고 올라가기 시작했다.

조이에게 맨 먼저 다가와 놀라운 힘으로 조이를 부축한 사람은 사반나였다.

"걔네들 가라고 해. 모두 다 보내버려."

조이가 사반나에게 말했다.

Apples Never Fall

25

현재

가족들이 조이 델라니를 마지막으로 본 지 15일이 지났다.

"아버지의 날에 엄마는 아주 아팠어요. 쓰러질 정도로요. 신장염이었어요. 구급차를 불러야 했어요."

브룩 델라니가 말했다.

"모두 놀라셨겠네요."

크리스티나가 말했다.

크리스티나와 이든은 조이 델라니의 막내딸이 운영하는 물리치료실에서 운동기구에 둘러싸인 채 앉아 있었다. 클리닉에는 의자가 두 개밖에 없어서 이든은 브룩이 권하는 대로 짐볼 위에 앉았다. 균형 감각이 뛰어난지, 이든은 흔들림 없이 짐볼에 앉아 메모까지 하고 있었다. 크리스티나였다면 굴러떨어졌을 것이다.

브룩은 기자회견 때도 만났지만, 지금 다시 만나기까지는 며칠이나 걸렸다. 크리스티나로서는 브룩이 일부러 만남을 늦춘 것인지는 알 수가 없었다. 어쨌거나 지금 느낌으로는 협조적인 것 같았다. 어쨌든 협조적이라는 인상을 심어주고 싶은 것 같기는 했다.

"음, 맞아요. 정말 놀랐어요. 처음에는 아픈지 몰랐거든요. 엄마가 조금 이상하기는 했어요. 하지만 아픈 게 아니라, 화가 나서 그런 거라고 생각했어요."

"어째서 화가 나신 거죠?"

"특히, 나는 기분이 너무 나빴어요. 나는 의료인으로 훈련을 받았으니까요. 엄마는 열이 있었어요. 그걸 알아챘어야 했어요."

"무엇 때문에 어머니가 화가 나셨죠?"

크리스티나가 다시 물었다.

"그냥 가족 문제였어요. 오빠랑 내가 동시에 헤어졌거든요. 아, 아빠가 아이들이 테니스 선수로 실패한 이유를 포괄적으로 분석하기에 좋은 날이라고 결정했다는 것도 문제였고요."

브룩이 살포시 웃었다.

"사반나에 대한 인상은 어땠나요?"

크리스티나는 브룩이 타준 너무나도 뜨거운 차를 마시려고 하다가 혀를 데었다.

"착하고, 조용한 여자였어요. 우리 부모님 집에서 우리가 먹을 음식을 모두 혼자서 만들었는데, 정작 자기는 우리 시중만 들었어요. 조금 이상하고 불편했어요. 마치 신데렐라 같았거든요. 거의 먹지도 않았어요. 그리고 부모님은 이상하게도…… 사반나에게 매혹됐어요. 사반나에게 의지했죠. 왠지 우리는 풀어야 할 필요가 있는지도 몰랐던 문제를 사반나가 갑자기 나타나서 풀어준 것 같았어요."

"무슨 문제 말이죠?"

브룩은 크리스티나의 질문을 찬찬히 고민했다.

"내 생각에는, 아마도, 요리 문제인 것 같았어요. 아니면 은퇴 문제일 수도 있고요. 우리 부모님은 은퇴를 꿈꾸시는 분들이 아니에요. 일을 사랑하는 분들이죠."

"최근에 어머님이 우울증 증상을 보이셨나요?"

"절대 아니에요."

브룩은 눈을 깜빡였다.

"최근에 상황이 좋지 않기는 했지만, 엄마는 우울증에 걸릴 분은 아니에요."

"그럼 아버지는 어떤가요? 아버지는 우울증에 걸릴 분인가요?"

"아빠는 괴팍해지셨어요. 하지만 절대로 폭력적이지는 않았어요. 혹시 그런 의미로 물어보신 거라면요."

브룩이 조심스럽게 말했다.

"어떤 의도를 가지고 질문하지는 않습니다. 그저 부모님의 마음 상태를 좀 더 잘 알고 싶은 것뿐이에요."

크리스티나가 대답했다.

"우리 아빠가 아이들을 가르치는 걸 보셨음 좋았을 텐데요. 재능이 없는 아이를 가르칠 때도 아빠는 잘했어요. 정말로 아빠가 재능이 없는 아이를 가르치는 모습을 보셨음 좋았을 텐데. 아빠는 부드럽게, 인내심을 가지고 아이들을 대했어요. 테니스에 열정이 대단하신 분이라서, 아빠는 다른 사람들도 자기처럼 테니스를 사랑하기를 바라셨거든요."

그런 진술이 크리스티나에게 말해주는 것은 전혀 없었다. 온화한 사람들도 화는 냈다. 어떤 상황에서는 온화하고 참을성 있게 행동하는 사람도, 다른 상황에서는 충분히 난폭해질 수 있었다.

"하지만 이제 더는 학생들을 가르치지 않잖아요? 부모님은 은퇴하셨고, 일을 사랑하셨다고 했죠? 그렇다면 은퇴 후의 삶을 즐기지 못했다고 생각해도 될까요?"

"조금 당황하셨던 것 같아요. 여행을 다녀보려고 하셨지만, 두 분은 휴가를 보내는 법을 모르셨어요. 사실, 우리 가족은 휴가를 어떻게 보내야 하는지, 아무도 몰라요."

"가족들하고 휴가를 가본 적이 없나요?"

"음, 그건 아니에요. 여름마다 일주일씩 센트럴 코스트에 있는 야영장에서 지냈어요. 재미있었어요."

브룩은 살짝 얼굴을 찌푸렸다.

"아니, 아니었던 거 같아요."

브룩이 한숨을 쉬었다.

"아무튼, 우리는 휴가는 많이 가지 않았어요. 테니스 시합에 나가야 해서요. 시합을 하거나 훈련을 하려고 여행을 가기는 했지만, 부모님은 테니스 아카데미도 운영해야 했으니까요."

“어린 시절은 행복했나요?”

크리스티나가 물었다. 아직 이 가족을 파악하지 못했다. 얼핏 보기에는 사랑스럽고 명랑한 사람들 같았지만, 델라니 가족의 민첩하고 현실적인 태도 이면에서는 어딘가 고장이 난 것 같은 불길한 기운이 느껴졌다.

“모르겠어요.”

브룩은 볼펜을 들더니 잘근잘근 씹다가, 자기가 하는 행동을 깨닫고 볼펜을 입에서 빼내 책상 위에 놓고는 앞으로 쭉 밀었다.

“내 말은, 물론, 행복하기는 했어요. 그냥 너무 바빴을 뿐이에요. 온통 테니스로 점철된 어린 시절이었으니까요. 테니스가 내 어린 시절을 모두 뺏어 갔어요. 다른 건 할 시간이 없었죠.”

“어린 시절을 뺏겨서 화가 나나요?”

“아니요. 전혀요. 난 테니스를 사랑해요.”

“지금도 테니스를 하세요?”

크리스티나는 벽에 붙은 테니스 선수 사진을 보면서 말했다.

브룩의 콧구멍이 벌렁거렸다.

“시합을 하거나 하지는 않아요. 가끔 아빠랑 쳐요. 재미로요.”

“자라는 동안, 부모님이 이겨야 한다는 압력을 많이 주셨나요?”

“우리가 우리 자신을 압박한 편이었죠. 우리는 모두 이기고 싶었으니까요.”

브룩은 크리스티나의 시선을 쫓아 인생이 백핸드에 달린 것처럼 뒤로 팔을 힘껏 뻗고 있는 테니스 선수 사진을 보았다.

“무언가를 지독하게 원하고, 그걸 가지려고 자신이 가진 모든 걸 내놓았는데도 결국 갖지 못한다면 정말 견디기 힘들어요. 우리에게 필요한 것은 자기 자신을 믿는 것뿐이라는 말도 있지만, 진실은, 누구나 마르티나는 될 수 없다는 거죠."

"마르티나?"

크리스티나는 들고 있던 수첩을 내려다보았다. 이 사람의 언니 이름이 마르티나였나?

"나브라틸로바 말이에요."

이든이 포스터를 가리키면서 말했다.

"아, 물론이죠."

크리스티나가 알고 있는 테니스 선수는 1980년대에 잔뜩 화가 나 있던 사람 한 명뿐이었다. 매켄로. 크리스티나가 그를 알고 있는 이유는 삼촌이 매켄로의 화난 미국식 억양을 흉내 내면서 "지금, 농담하는 거지?"(매켄로가 1981년 윔블던 대회에서 심판에게 한 말-옮긴이)라는 말을 자주 했기 때문이다.

"최근에 상황이 좋지 않았다고 했는데, 그건 아버지의 날 가족 모임에 여파가 있었다는 뜻인가요?"

영악한 질문이었다. 크리스티나는 대답을 하는 동안 브룩의 몸에서 드러나는 신호를 잡아내려고 애썼다. 브룩은 어깨를 높이 올리고 목을 거북처럼 길게 빼고 있었다.

"여파라고 할 건 없었어요."

브룩이 단호하게 말했다.

"그 전까지는 아무도 입 밖에 내지 않았던 이야기들이 나왔을 뿐이에요. 그 뒤로는 엄마가 입원을 해서 간호하는 데만 신경 썼어요."

정말일까? 그때부터 줄곧 싸운 게 아니고?

"좋아요. 그렇다면 왜 '최근에 상황이 좋지 않다'고 생각한 거죠?"

크리스티나가 물었다.

"모르겠어요."

브룩은 아주 차분해졌다. 눈도 깜빡이지 않았다.

당연히 거짓말이었다. 지금 브룩은 거짓말을 하고 있었다. 크리스티나는 의사가 X선으로 골절 부위를 발견하는 것처럼 사람들의 거짓말을 감지할 수 있었다. 거짓말은 그냥 알 수 있었다. 크리스티나는 기다렸다.

"확실해요? 정말로 모르나요?"

크리스티나가 부드럽게 말했다.

브룩의 뺨에 빨간 점 두 개가 올라왔다.

"그럼, 다시 부모님 집에 있었던 손님 이야기를 해봐요. 그 손님은 아버지와만 함께 있었나요? 어머니가 병원에 있는 동안?"

"네. 고작 이틀뿐이었으니까요."

"그렇군요."

이틀이면 충분히 긴 시간이었다. 크리스티나는 기다렸다. 브룩은 움찔하지 않았다.

"그럼 어머니가 집에 오신 뒤에도 사반나가 계속 머문 거군요."

"그래요. 사반나가 부모님에게 요리를 해줘서 우리 모두 얼마나 고마웠는지 몰라요."

"로건 씨가 사반나에 관해 뭔가 달갑지 않은 걸 발견한 게 그 무렵 아닌가요?"

이번에는 분명히 브룩이 움찔했다. 이 정보를 우리가 알고 있다는 걸 예상하지 못한 걸까? 그래서 이렇게 놀란 거겠지?

브룩은 크리스티나의 눈을 피하지 않으려고 많은 애를 써야 했지만, 금방 정신을 차렸다.

"로건 오빠가 그런 말을 했다고요?"

"네."

로건은 급하게 강의실로 걸어가면서 갑자기 툭 내뱉었다.

"브룩이 좀 더 말해줄 수 있나요?"

"음."

브룩은 깨진 유리 위를 걸어가듯이 아주 조심스럽게 말했다.

"로건 오빠가 자기 집에 앉아 있다가 사반나에게 뭔가 이상한 점이 있음을 알게 됐는데, 그것 때문에 우리는 모두 약간……."

브룩은 크리스티나에게서 시선을 돌리고 적절한 단어를 찾으려고 애썼다. 이든이 짐볼 위에서 휘청거렸고, 그 순간 브룩이 적절한 단어를 찾아냈다.

"불안해졌어요."

26

과거, 10월

지금은 로건에게 인생의 중반이었고, 일주일의 중반이었고, 하루의 중반이었다. 아침 일찍 한 시간 수업을 하고 집으로 돌아와 옆집에서 진행하는 첼로 수업과 잔디 깎는 기계와 낙엽 청소기 돌아가는 소리를 들으며, 햇살이 밝은 청명한 날에 빈쯤 빈 다운 하우스에서 녹색 가죽 소파에 앉아 있었다. 첼로를 연습하는 옆집 여자는 선제적으로 "첼로를 배우는 저를 참아줘서 고마워요!"라는 쪽지를 붙여놓았다.

로건은 텔레비전 채널을 계속 돌리면서 따뜻한 맥주와 남겨놓았던 식은 피자를 점심으로 먹고, 끊임없이 텔레비전을 떠나 인디라가 떠난 공허한 아파트 내부로 돌아가는 눈을 멈추려고 노력했다. 로건 앞에는 지금쯤이면 인디라가 엉덩이에 두 손을 얹고 로건을 향해 "지금 밖에 햇살이 얼마나 환한지 알고 있어?"라고 말해야 하는 텅 빈 공간이 있었다.

인디라는 밝은 날 텔레비전이나 보고 있는 것은 불법이라고 생각했다. 인디라의 가족은 인디라가 열두 살 때 영국에서 이민을 왔기 때문에 늘 햇살과 함께 자란 로건으로서는 전혀 알지 못하는 햇살의 진가를 알고 있었다. 로건에게 햇빛은 바람과 마찬가지로 코트 위에서 플레이하는 걸 방해하는 장애물이자 위험 요소였다. 하지만 인디라에게는 일상의 기적이었다.

인디라는 실제로도 텅 빈 공간을 남겨놓고 갔다. 벽에는 호바트 시장에서 만난 화가에게서 사서 걸어놓았던 추상화 액자의 빛바랜 자국이 직사각형으로 남아 있었고, 현관 앞에 깔린 납작한 카펫 위에는 쓸데가 없었던 인디라의 빈티지 모자걸이가 있던 곳이 눌린 자국으로 남아 있었다. 하지만 사실 로건이 그 모자걸이에 후드티 같은 옷들을 계속 걸어놓았기 때문에 전혀 쓸모가 없지는 않았다. 모자걸이는 인디라와 함께 떠나갔지만, 인디라가 세탁 바구니를 놓았던 곳에서는 끊임없이 회색 먼지 공이 굴러다니는 것처럼, 모자걸이가 있었던 곳은 놀라울 정도로 자기 존재를 과시하며 변함없이 빈 곳으로 남아 있었다.

인디라는 세탁기는 놔두고 갔다. 로건이 세탁기를 쓰려고 할 때마다 세탁기는 로건을 노려보았다. 아주 많은 방식으로 세탁을 할 수 있는, 앞쪽에 문이 달린 작은 세탁기였다. 두 사람의 빨래는 모두 인디라가 했다. 인디라는 빨래를 사랑했다. 가끔은 그저 빨아야 한다는 이유로 로건이 신고 있는 양말을 벗겨 가기도 했다.

적어도 냉장고는 로건을 사랑했다. 벌써 몇 년 동안이나 로건과 함께한 냉장고였다. 근엄하면서도 둔감한 냉장고는 연인이 헤어지고, 그리스 요구르트와 딸기 바구니가 사라진 뒤, 그 자리를 다시 피자 상자와 여섯 개 묶음 맥주들이 차지하는 동안에도 근엄하고도 둔감하게 부드러운 콧소리를 내면서 제자리에 서 있었다. 냉장고는 믿음직한 오랜 친구였다.

이런, 로건은 엄마를 닮아가는 게 분명했다. 가전제품을 의인화하다니.

로건은 벽에 남은 희미한 사각형 자국을 벽돌 벽에 뚫린 창문처럼, 이제는 오래전에 사라진 경치를 보듯이, 결국에는 밝혀지지 않을 이유를 찾으려는 듯이 뚫어져라 보았다. 그 끔찍한 그림을 보면서 인디라는 "아름다워. 저 그림을 보고 있으면 살아 있는 것 같아"라고 했었다. 로건은 "끔찍한데"라고 대답했었다.

그때 로건은 두 사람의 대화가 부모님이 주고받는 농담 같다고 생각했다. 가벼운 말장난이라고 생각했다. 하지만 인디라는 다른 생각을 했는지도 몰랐다. 인디라의 부모님은 행복한 결혼 생활을 하지 못했다. 인디라는 두 사람의 대화에서 전혀 다른 무언가를 들었는지도 몰랐다. 로건은 두 사람의 대화가 재미있는 시시덕거림이라고 생각했지만, 인디라는 심술궂다고 생각했는지도 몰랐다. 어쩌면 인디라는 빨래를 싫어했는지도 몰랐다. 어쩌면 두 사람은 각자가 전혀 다른 현실 속에서 살아간 것인지도 몰랐다.

그건 정말로 끔찍한 그림이었지만, 로건은 그 그림이 그리웠다. 인디라의 질문처럼, 인디라의 향수처럼, 끊임없이 바나나를 먹으라던 잔소리처럼(인디라가 바나나를 먹으라고 한 건 칼륨 때문이었다. 인디라는 칼륨에 집착했다), 현관 앞에 놓여 있던 인디라의 운동화처럼, 아주 높은 소리를 냈던 인디라의 재채기처럼, 보이지는 않지만 아파트 내부를 어슬렁거리고 있음이 분명한 포켓몬을 잡으려고 하면서 발산했던 인디라의 즐거움처럼(지금도 포켓몬들은 여기 있을까? 인디라가 전화기로 자신들을 잡아주기 바라며 떠나지 않고 남아 있을까?), 일요일 아침이면 로건의 목덜미에 대고 깜빡이던 인디라의 속눈썹처럼, 이런.

이제 그만.

로건은 전화기를 들고 히엔에게 전화를 걸었다. 왜냐하면 로건은 전혀 수동적이지 않았으니까. 로건은 자신이 수동적이지 않음을 증명해줄 일들을 하나씩 모으고 있었다. 고등학교 친구 중에 능동적으로 전화기를 들어 친구들에게 전화를 거는 사람은 로건뿐이었다. 친구들의 아내들은 그 사실을 눈치채고 모두 "당신한테 로건이라는 친구가 있다는 건 정말 행운이야"라고 했다.

"생각은 해봤어?"

히엔은 전화를 받자마자 말했다.

"어?"

로건은 히엔이 하는 말을 알아들을 수가 없었다.

"무슨 생각?"

그러다 갑자기 생각났다. 히엔은 여섯 살 난 자기 아들이 차세대 나달이 될 거라고 믿었고, 아들의 테니스를 로건이 가르쳐주기를 원했다. 히엔은 로건이 델라니 테니스 아카데미에서 부모님을 돕던 10대 이후로는 그 누구도 가르쳐본 적이 없다는 사실은 신경 쓰지 않았다. 로건은 테니스 아카데미에서 해야 했던 다른 모든 일보다 가르치는 일을 좋아했지만, 그것이 지금 친구의 아들을 가르칠 이유는 될 수 없었다.

"이미 말했잖아. 난 안 가르쳐. 괜찮은 코치들 목록 보내줬잖아."

"그냥 와서 그 녀석 하는 걸 보라니까. 딱 한 번이면 돼. 나도 네 시합에 모두 갔잖아."

"아니야."

"한 번 갔잖아. 너, 잘했잖아."

히엔이 말했다.

"당연하지, 바보 녀석아. 내 순위가……."

"허, 알았어, 친구. 네 순위는 중요하지 않아. 이제 너의 시간은 지나갔으니까. 하지만 우리 아들은 미래야. 그 애가 네 미래가 돼줄 거야. 네가 와서 봐야 한다니까. 인디라랑 함께 점심 먹으러 와. 점심 먹고 테니스장에 가서 보고, 한번 생각해봐."

"야."

로건이 말했다.

"네가 가르쳐주면 좋겠어. 다른 사람은 안 돼. 너희 아버지도 안 돼. 너를 원해. 그러니까 생각해봐. 끊는다."

로건은 전화기를 소파 한쪽에 던지고, 살짝 웃었다. 냉철한 히엔마저도 맹목적으로 아이를 사랑하는 테니스 부모가 되다니.

히엔의 아내와 인디라는 좋은 친구였다. 하지만 아직 인디라가 두 사람의 결별을 말하지 않은 것이 분명했다. 친구들도 아버지의 날 가족들이 보인 것과 같은 반응을 보일 것이다. 사람들은 로건보다 인디라를 더 좋아했다. 물론 그 사실은 언제나 알고 있었지만, 그 사실이 신경 쓰이기는 이번이 처음이었다. 왠지 부당하게 비방을 받는 것만 같았다. 망할 트로이조차도 인디라를 보낸 로건을 바보라는 듯이 쳐다보았다.

쓰러지기 전에 엄마가 했던 말이 생각났다. "너희 아빠랑 내가 너희한테 좋은 모습을 보여주지 못해서 그래? 우리가 좋은 결혼 생활을 못 해서?"

로건은 단 한 번도 부모님의 결혼 생활을 점수를 매겨야 하는 무언가로 생각해본 적이 없었다. 그의 마음속에서 부모님의 결혼 생활은 그 어떤 것과도 비교할 수 없었다. 부모님의 결혼 생활은 그저 부모님의 결혼 생활일 뿐이었다. 무의식적으로, 어린애처럼, 로건은 부모님이 두 개인이라는 생각을 해본 적이 없었다. 그저 부모님은 하나의 단위였다. 어쨌거나 두 분은 반세기를 함께했고, 함께 일했고, 함께 시합을 했으니까. 두 사람을 별개로 본 적이 거의 없었다. 두 분은 아이들에게 부부로서 좋은 모범을 보이셨을까? 로건은 처음으로 그 문제를 진지하게 고민하게 됐다.

로건은 부모님이 서로를 놀리는 방식을 좋아했다. 그건 마치 게임을 보는 것 같았다. 로건과 형제들이 어렸을 때는 두 분이 놀릴 때 지켜야 하는 규칙을 이해할 수 없었지만, 그것이 재미있는 게임임은 알았다. 물론 로건은 두 분의 성생활에 관해서는 아무것도 알고 싶지 않았지만, 두 분은 다른 부모들보다 훨씬 더 많이 서로를 만졌고, 안았고, 입을 맞추었다. 로건의 아버지는 너무나도 컸고, 어머니는 너무나도 작아서 아빠는 엄마의 겨드랑이에 손을 넣어 어디든지 들고 가서 내려놓았다. 아이였을 때도 로건은 엄마가 아빠에게 들려서 이동할 때는, 저항하는 척하지만 즐거워한다는 사실을 알았다. 그건 두 분이 하는 게임의 일부였다.

로건은 한 번도 인디라를 들고 이동한다는 생각은 해본 적이 없었다. 인디라는 심하게 간지럼을 탔다. 로건이 들어 올리려고 했다면 인디라는 머리로 로건을 받아버렸을 것이다. 게다가 인디라는 로건이 들기에는 자신이 너무 무겁다고 생각했다. 인디라는 자기 몸을 좋아하지 않았다. 로건은 인디라의 몸을 사랑했지만, 인디라의 몸에 관해 말할 때는 아주 조심해야 했다. 인디라는 자기 몸이 아예 없는 것처럼 여겼으면 했다. 처음 두 사람이 만났을 때 로건은 인디라를 칭찬했는데, 그때마다 인디라는 "거짓말하지 마. 그냥 하는 말이잖아. 어떻게 그런 말을 할 수 있어? 정말로 그렇게 생각하는 건 아니잖아. 내 다리는 역겨워. 내 팔은 혐오스러운걸"이라고 했다. 그러면 갑자기 로건은 자신이 잔혹한 공격자에 맞서 인디라의 몸을 방어하는 입장에 서게 됐고, 그 공격자가 인디라였을 때는 얼마나 오랫동안, 얼마나 격렬하게 반항해야 하는지 알 수 없었으며, 결국에는 항복해야 했다. 결국 완전히 입을 다물어야 했다.

모든 연인에게는 다른 사람들은 이해할 수 없는 그들만의 규칙이 있다. 그런 규칙이 정해지면 그저 따라야 한다. 두 사람의 규칙은 손만이 말할 수 있다는 것이었다. 크게 소리 내어 말하면 안 되는 모든 것을 로건은 손으로 말하려고 애썼다. 두 사람은 침대에서만이 아니라 어디에서건 서로를 만졌다. 길을 걸을 때는 서로의 손을 꼭 잡았고, 텔레비전을 볼 때면 몸을 붙이고 소파에 나란히 앉았다. 로건은 그 모든 만짐이 말해야 할 필요가 있는 모든 것을 전하는 방법이라고 생각했다.

부모님의 결혼 생활을 오래전에 생각해봤더라면, 지금 생각나는 것처럼, 어른이 되기 전에 로건이 목격한 부모님의 결혼 생활에는 그가 좋아하지 않는 부분이 있었음을 깨달을 수 있었을 것이다. 로건은 엄마가 아빠 뒤에서 아이들만 들을 수 있는 목소리로 "허, 그렇게 될 거라고 말했잖아. 근데 듣지도 않았지, 안 그래? 들은 척도 안 했다고"라고 중얼거릴 때 엄마가 짓던 표정을 싫어했다. 로건은 아빠가 고함을 지르는 것이 아니라 그저 떠나는 것으로 논쟁을 마무리하는 것을 좋아하지 않았다.

아빠가 떠났을 때는 정말 싫었지.

오랫동안 잊고 있었던 어린 시절의 냄새를 갑자기 맡은 것처럼 기억들이 몰려왔다. 꿈속에서 발을 헛디뎌 넘어지는 것처럼 위장에서 무언가 쿵, 하고 떨어지는 느낌이 났다. 수년 동안 한 번도 떠올리지 않은 기억이었다. 아니, 어쩌면 단 한 번도 생각해보지 않은 기억일 수도 있었다. 어느 순간 아빠는 더는 그런 행동을 하지 않았고, 정말로 사랑했던 티셔츠가 사라진 뒤 티셔츠에 대한 기억조차 완전히 잊었다가 옛 사진을 보면서 문득 '아, 이 옷 정말 사랑했는데'라는 생각을 떠올리듯이, 그 기억은 완전히 사라져버렸다.

어느 날 아빠는 돌아왔고, 다시는 떠나지 않았다. 세월이 흘렀고, 그 특정한 기억들 위에 세월이 계속 쌓이면서 그 기억들은 시야에서 완전히 사라져버렸다. 엄마는 더는 얼굴을 찡그리지도, 비통한 말을 토해내지도 않았고, 아빠는 더는 떠나지 않았다.

갑자기 전화벨이 울렸다. 로건은 깜짝 놀라 몸을 일으켰다. 재빨리 들어 올린 전화기 화면에는 인디라라는 이름이 떠 있었다. 한참 그 이름을 쳐다보고 있던 로건은 '거절'을 누를까 생각했다.

인디라는 두 사람이 '친구로 남기'로 결정했다. 이제 인디라는 감정이 담기지 않은 새로운 방식으로 로건에게 말했다. 인디라는 이제 친절한 고객 서비스 센터 직원처럼 말했다. 그 인디라는 로건의 인디라를 완벽하게 복제한 클론이었다. 그 클론에게서는 인디라의 가장 본질적이고도 아름다운 부분이 사라져버렸다.

로건은 텔레비전 소리를 줄이고 전화를 받았다.

"안녕, 로건. 잘 지냈어?"

친절한 텔레마케터의 목소리가 흘러나왔다.

"잘 지냈지. 인디라, 당신은?"

로건은 인디라의 목소리를 완벽하게는 흉내 낼 수 없었지만, 비슷하게 낼 수는 있었다.

잠시 아무 말도 하지 않던 인디라는 이번에는 조금 덜 친절하지만 조금 더 인디라 같은 목소리로 말했다.

"그냥 지금쯤이면 당신 어머니가 퇴원하시지 않았을까 싶어서 전화했어."

인디라는 문자를 보낼 수도 있었다. "당신 어머니는 어때?"라고. 아마도 로건이었다면 그랬을 것이다. 그도 아니라면 다른 여자 친구들이 그랬던 것처럼 그저 슬며시 로건의 인생에서 사라져버릴 수도 있었을 것이다. 하지만 인디라는 계속 연락한다는 선택을 했다. 계속 남아서 로건 가족의 안부를 충실하게 묻는다는 선택을 했다. 로건은 그럴 필요 없다고 말하고 싶었다. 침대 옆에서 인디라의 따뜻한 몸을 느낄 수 없다면, 전화기 너머로 들리는 친절하고도 냉담한 목소리는 듣고 싶지 않았다.

"집에 왔어. 이틀만 입원한 거야."

"아, 잘됐다. 정말 잘됐어. 그 여자는 아직 부모님 집에 있어?"

"어, 그렇지. 부모님을 위해 요리하고 있어. 그래서 엄마가 좋아해. 그건……."

너무 이상했다. 좋기도 했고 안심이 되는 일이었지만, 무섭기도 했다. 사반나에 대해서는 어떻게 느껴야 하고, 어떻게 말해야 할지 알 수가 없었다. 사반나 때문에 부모님은 행복한 것 같았다. 그러니 어떻게 로건이 불평할 수 있을까? 로건은 텔레비전 위 텅 빈 곳을 응시했다.

"당신은 어떻게 지내?"

인디라는 1년 전, 부모님이 이사한 퍼스에 있었다. 인디라는 부모님과 잘 지내지 못했다. 그런데도 로건이 있는 곳과는 반대쪽 끝에서 부모님과 함께 산다는 결정을 내렸다. 그건 이제 더는 로건과 함께 있는 걸 전혀 바라지 않는다는 뜻이었다.

"오늘 아침에도 부모님은 물 컵을 가지고 10분이나 서로 고함을 치면서 싸웠어."

인디라가 클론의 목소리를 내야 한다는 사실을 잊은 채 말했다.

"근데 자기들이 소리를 치고 있다는 것도 모르는 것 같다니까. 이제는 고함을 치는 게 너무나도 자연스러워진 것 같아."

"이런."

도대체 왜 떠난 거야?

"아무튼 오후에는 전망이 있어 보이는 곳에 한번 가보려고 해."

다시 친절한 클론의 목소리로 돌아왔다.

"우린 한 번도 고함을 치지 않았잖아."

로건이 말했고, 두 사람의 관계에 관해 말하는 것은 두 사람이 정한 무언의 규칙에 어긋났기 때문에 로건은 잠시 숨을 멈추었다. 제발 돌아와. 돌아와서 저 벽에 그 끔찍한 그림을 다시 걸어줘.

오랫동안 전화기 너머에서는 아무 소리도 들리지 않았다.

"우린 정말로 싸운 적은 없잖아, 안 그래?"

도대체 왜 떠난 거야? 지금, 돌아오면 안 돼?

"이제 그런 말을 해봐야 무슨 의미가 있어. 나, 이제 그만……."

"아버지의 날에, 엄마가 쓰러지기 전에, 엄마가 당신과 내가 헤어져서 정말 화를 냈어. 브룩과 그랜트도 헤어졌으니까……."

로건이 재빨리 말했다.

"브룩은 잘 헤어진 거야."

인디라는 늘 그랜트를 못마땅해했는데, 그 이유를 로건은 절대로 이해하지 못했다.

로건은 또다시 재빨리 말했다.

"아무튼, 그때 엄마가 자기들이 좋은 부부로서 모범을 보이지 못했냐고 물었어. 엄마, 아빠 결혼이 좋은 결혼이 아니었냐고."

"자기 어머니, 아버지는 정말 멋진 부부시지. 정말 잘 어울려. 오늘, 어머니한테 전화해봐야겠다."

로건은 인디라의 목소리에서 고통을 느낄 수 있었다. 인디라는 로건의 부모님을 사랑했다. 지난 5년 동안 로건보다도 로건의 부모님과 더 많은 대화를 나누었다. 로건의 부모님과 대화하는 건 로건이 인디라에게 넘겨준 집안일과 같은 것이었다. 왜냐하면 인디라가 훨씬 잘하는 일이었으니까. 샤워 스크린을 얼룩 없이 청소하는 일은 로건이 더 잘하기 때문에 인디라가 로건에게 욕실 청소를 맡긴 것처럼 말이다.

"두 분은 멋진 부부셨어. 그런데 재밌게도, 당신이 전화했을 때 내가 무슨 생각을 하고 있었냐면, 아빠가 옛날에……."

갑자기 로건은 아빠가 옛날에 한 일에 관해 어떤 식으로 말을 해야 할지, 자신이 말을 하고 싶기는 한 건지 확신이 서지 않았다.

"아버지가 옛날에 뭘 하셨다는 거야?"

인디라가 물었다. 정말로 알고 싶다는 듯이. 이것이 정말로 인디라가 계속 전화를 하고 싶게 만들 수 있다면, 인디라가 진짜 목소리로 말할 수 있게 할 수 있다면, 당연히 로건은 말할 것이다.

"우리가 어렸을 때, 아빠가 했던 일인데…… 아마도 1년에 서너 번쯤 한 것 같아. 그렇게 자주는 아니었어. 큰일도 아니었고."

사실은 아주 큰일이었지만.

"분명히 내가 말한 적 있을 거야."

"아니, 절대 말 안 했어."

인디라의 목소리가, 마치 그녀가 일어서기라도 한 것처럼 로건의 귀에는 조금 더 커진 것처럼 들렸기 때문에 로건도 일어났다.

"아, 그게, 아빠는 어떤 일 때문에 아주 크게 화가 나면, 그냥…… 나가버렸어."

"싸우기 싫어서 나가셨다는 거야?"

가끔 인디라의 입에서는 그녀가 오래전에 잃어버린 영국식 억양이 나올 때가 있었다.

"아빠는 그러려고 했던 것 같기는 한데, 그게 싸움을 피하려고 그런다는 느낌은 들지 않았어. 꼭 벌을 주려는 것 같았어. 왜냐하면 아빠가 언제 돌아올지, 아무도 몰랐거든."

"하지만 이해가 잘 안 돼. 아버지가 어디로 가셨는데?"

"아무도 몰라."

지금, 아빠에게 물어보면 어떻게 될까? 아빠, 어디에 갔었던 거야? 왜 그런 행동을 했던 거야?

"그냥 방에서 나가신 게 아니라, 집에서 나가신 거야?"

"맞아. 한번은, 시합하러 가다가 나랑 트로이가 차 뒤에서 싸웠거든. 그랬더니 하이웨이 6차선에서 차를 세우고는 그냥 차에서 내려서 가버리셨어. 그다음 날 저녁까지 아빠를 보지 못했고."

"다음 날 저녁까지?"

인디라가 믿을 수 없다는 듯이 말했다.

이 기억을 소리 내어 말하다니, 정말 꽤 이상하게 들리기는 했다.

로건은 가족들 모두 차 안에 앉아 아빠가 걸어가는 모습을 지켜보던 순간을 기억했다. 아빠는 중요한 약속 장소에 제시간에 맞춰 가고 있는 사람처럼 느긋하게 걸어갔다. 차 안은 뜨거웠고 답답했고 환기가 되지 않았다. 그저 옆을 지나가는 차 소리와 아빠가 차를 세울 때 켠 방향 지시등이 일정하게 똑딱거리는 소리만 들렸다.

그날, 브룩은 처음으로 편두통을 앓았다. 아니, 로건이 기억하는 첫 번째 편두통일 뿐인지도 몰랐다. 아무튼 그날 엄마는 아빠가 가고 20분쯤 흘렀을 때 단호한 목소리로 "너희 아빠, 안 올 거야"라고 말하더니, 자동차 밖으로 나가 운전석으로 가서 차를 몰고 시합장으로 갔다. 그날 로건은 제대로 된 기술을 하나도 구사하지 못하는 센트럴 코스트에서 온 쪼그만 아이에게 6 대 2, 6 대 1로 졌다. 다른 형제들은 어떻게 시합을 했는지 기억이 나지 않았다.

지금에서야 로건은 그날 아빠는 모르는 사람의 차를 잡아타고 갔을 거라는 생각이 들었다. 당연히 그럴 수밖에 없었을 것이다. 그때는 우버 택시도 없었고, 휴대전화도 없었으니까. 심지어 아빠는 지금도 휴대전화가 없으니까. 분명히 엄지손가락을 높이 들고 세워주는 자동차를 얻어 타고 싸구려 호텔로 갔을 것이다. 그러니까 아주 대단한 일도 아니었다. 그저 델라니 남매가 아이들이었기 때문에 아빠가 사라져버린 것이 끔찍한 수수께끼처럼 느껴진 것이다. 아빠가 공기 속으로 증발해버린 것처럼 느껴진 것이다.

지금 아빠에게 전화해서 "도대체 왜 그랬어? 트래블로지에서 잤어? 세상에, 아빠. 다 큰 어른이 어떻게 그럴 수 있어?"라고 물어볼까 하는 생각이 들었다.

"5일 동안 안 들어온 게 가장 오래 나가 있었던 거야."

로건은 그 밤들을 세고 있었다. 트로이가 네트를 뛰어넘어 해리 하다드를 때렸고, 가족 모두 트로이에게 화가 났던 날의 일이었다.

"5일이나? 어머니는 분명히 화가 나고 걱정하셨을 거 아니야. 경찰에 신고는 안 했어?"

인디라가 말했다.

"신고했을 것 같지는 않아."

엄마가 실종 신고를 했는지는 기억이 나지 않았다. 아마, 안 했을 것 같았다.

"늘 돌아왔으니까. 엄마는 아빠가 돌아올 걸 알았을 거야."

로건은 스파게티 볼로냐를 먹다가 세상에서 파르메산 치즈가 떨어진 것보다 더 큰일은 없다는 듯이 우는 브룩을 달래며 "아빠는 돌아오실 거야, 이 바보 꼬마야. 그러니까, 당장 뚝 그쳐. 아빠는 그저 머리를 식힐 시간이 필요한 거야"라고 말하던 엄마를 기억했다.

집을 나간 아빠에 대해 엄마가 나쁜 말을 하는 경우는 없었다. 엄마는 그저 아빠는 돌아올 거라고, 걱정하지 말라고, 아빠는 '언제라도' 돌아올 거라고 말했고, 그러면 아이들은 모두 걱정을 잊을 수 있었다. 아이들은 그저 인내하며 기다리면 됐다.

"어디 갔다 오셨는지 안 물어봤어?"

인디라가 물었다.

"물을 수가 없었어. 그냥 아무 일도 없는 척해야 했어. 그게…… 규칙 같은 거였어."

"어머니가 그걸 참아내시다니, 믿을 수가 없어."

인디라는 잠시 입을 다물었다.

"하지만 에이미 언니라면 물어봤을 것 같은데?"

그러자 갑자기 고통스러운 기억이 로건의 머릿속에서 튀어나왔다. 에이미 누나가 집으로 들어오는 아빠를 보고 복도를 뛰어 달려가서는 그 작은 주먹으로 아빠의 가슴을 치면서 "어디 갔었어? 이 바보 아빠야. 이 나쁜 아빠야. 어디 갔었어?"라고 소리쳤다. 그때 엄마는 재빨리 달려와서 딸의 공격에 아무 반응도 없이 무표정한 얼굴로 나무처럼 서 있던 남편에게서 첫째 딸을 떼어냈을 뿐이었다.

아빠가 다시 돌아서서 떠나버렸던 게 그때였나, 아니면 나중의 일이었나?

"내 아홉 살 생일 때도 아빠는 나갔어. 생일 축하 노래를 부르기 전에."

"끔찍해. 그건 정말 끔찍하다. 자기 아버지가, 그 사랑스러운 스탠이 그런 행동을 하시다니. 난 자기 아버지는 그저 커다랗고 나이 든 참을성 많은 곰인 줄 알았어."

"뭐, 그게 남자가 할 수 있는 가장 끔찍한 일은 아니지. 그날은 그렇게 오래 나가 있지는 않았어. 내가 자기 전에 돌아왔거든."

그날, 아빠는 크런치바를 사 왔다. 로건은 아빠가 이불 밑에 놓아둔 번쩍이던 황금색 포장지를 기억했다. 그건 아빠가 하는 사과에 거의 가까운 행동이었다. 그 초콜릿은 양치질을 한 뒤에 형제들 몰래 먹은, 부정한 초콜릿이었다. 아빠가 그날 아주 나쁜 일을, 어쩌면 아주 잔인한 일을 했다는 것을 알면서도 먹은 반짝이는 황금색 크런치바는 아빠가 로건을 사랑한다는 명백한 증거로 로건의 기억에 남아 있었다.

"그러다가 어느 날 갑자기 그만뒀어. 언제인지는 정확히 기억나지 않아. 아마 내가 10대였을 거야. 그 뒤로는 아빠가 나갔었다는 걸 모두 잊었지."

"하지만 그런 아버지의 행동들이 성격을 형성한 건가 봐. 자기 성격 말이야."

"아니야."

로건은 갑자기 급격하게 짜증이 났다. 인디라의 부모님은 모두 심리학자였는데, 로건은 인디라가 이런 식으로 원인과 결과라는 아주 단순한 심리학을 로건에게 적용하려고 하는 것이 너무 싫었다. 왜냐하면 인디라는 심리학자가 아니라 그래픽 디자이너이고, 인디라가 아는 심리학은 모두 부모님에게서 배운 것이며, 인디라의 부모님은 좋은 심리학자가 아니기 때문이었다. 인디라의 부모님이 좋은 심리학자였다면, 자신들을 분석해서 자신들이 얼마나 끔찍한 사람인지 알았을 테고, 자신들의 멋진 딸이 자신의 멋진 몸을 미워한다는 사실도 눈치챘을 것이다.

"그건 아이들의 성격 형성과 상관이 없어. 그저 아빠의 기이한 습관일 뿐이었고, 결국 아빠도 그 습관을 버렸어. 그건 절대 나를 형성하지 않았어. 내가 당신한테 그런 행동, 한 적 있어? 내가 당신을 두고 사라진 적 있냐고?"

인디라는 대답하지 않았다.

"당신도 내가 그렇지 않다는 거 알잖아. 난 절대 안 그랬어."

무언가가 로건 속에서 솟구쳐 올라왔다.

"몸이 떠나지는 않았지."

인디라가 천천히 말했다.

"하지만 우리가 의견이 맞지 않을 때마다, 자기는 확실히…… 체크아웃했잖아."

"내가 체크아웃을 한다니, 그게 도대체 무슨 뜻이야?"

이제 로건은 엄마처럼 말하고 있었다. 정확히 엄마는 "그게 대체 뭔 뜻이니?"라고 말했지만.

로건은 인디라의 대답을 기다리지 않았다. 그게 무슨 뜻인지는 중요하지 않았다. 떠난 사람은 로건이 아니라 인디라였다. 아무런 설명도 없이 체크아웃해버린 사람은 인디라였다.

"끊어야겠어."

"그래. 자기라면 그럴 줄 알았어."

인디라가 차갑게 말했다.

이건 또 무슨 말이지? 하지만 로건은 인디라의 말뜻을 파악하고 싶지 않았다. 그저 전화를 끊고 휴대전화를 던졌다. 휴대전화가 소파의 나무 팔걸이 부분에 부딪쳤다. 잠시 자리에 앉아 있었다. 심장이 미친 듯이 뛰었다. 인디라와 함께하면서 아빠가 했던 것처럼 그저 일어나서 방에서 나가버리고 싶은 욕망에 휩싸였을 때도 있었다. 언쟁에서, 비난에서, 인디라를 화나게 한 것 같은 문제에서 벗어나 자동차로 한 바퀴 돌면서 마음을 가라앉히고 싶었지만, 로건은 단 한 번도 그렇게 하지 않았다.

로건이 자제력을 끌어모아 그 자리에 남아 있으려고 애쓰는 동안, 인디라는 너무도 자주 갑자기 손을 들어 보이고는 세게 문을 닫고 방에서 나가버렸다. 그런데도 인디라는 이제 로건의 그런 노력이 성격 결함을 보여주는 증거라고 말하고 있었다. 로건은 엄마처럼 고함을 지르지 않았다. 아빠처럼 떠나버리지도 않았다. 할아버지처럼 가족들 모두 영원히 부끄러워할 폭력적인 유산을 남기지도 않았다. 어렸을 때 로건은 서랍 뒤쪽에서 중절모를 쓰고 멜빵을 한 남자의 작은 흑백사진을 발견한 적이 있다. 사진을 보고 있는 로건을 발견한 아빠는 로건이 포르노 사진을 보고 있기라도 한 것처럼 재빨리 더기와 낚아챘다. 아빠는 그 사진 속 인물이 자신의 아버지라는 말을 할 필요도 없었다. 로건은 아빠가 느끼는 엄청난 수치심을 함께 느낄 수 있었고, 아빠의 키와 머리카락을 물려받은 것처럼 그 수치심도 유산의 일부로 물려받았음을 인정할 수밖에 없었다.

그 뒤로 여자 친구들과 싸우게 되더라도, 로건은 과거의 실수를 되풀이하지 않기 위해 엄청나게 노력했다. 언제나 몸에 강하게 힘을 주고, 혹시라도 재앙으로 치달을지도 모를 감정을 없애려고 애썼고, 결국에는 그 감정을 흘려보낼 수 있었다. 하지만 그렇게 힘들게 노력한 대가로 돌아오는 인정이나 칭찬, 보상은 하나도 없었다.

아무리 죽어라 노력해도, 너는 충분히 잘할 수는 없을 거야.

테니스에서는 정말 그랬다. 아니, 모든 일이 다 그랬다. 로건은 언제나 평균이었다. 어떤 분야에서도 종형 곡선의 한가운데에 머물렀다. 인디라 같은 여자를 만날 수 있을 정도로는 좋은 남자였지만, 그 관계를 지속할 수 있을 정도로 좋은 남자는 아니었다.

미칠 듯이 뛰던 심장이 차분해졌다. 이제 끝났다. 로건은 그 사실을 분명하게 알 수 있었다. 이제 다시는 관계를 맺지 않을 것이다. 경쟁이 심한 테니스를 포기하기로 했을 때 느꼈던 것처럼 안도와 절대적으로 옳은 결정을 내렸다는 확신이 들었다. 이제 더는 분투하는 일도, 실패하는 일도 없을 것이다. 그 생각을 하니 너무나도 행복해졌다. 절대로 그 무엇도 다시는 잃지 않을 것이다.

결국 평생 독신으로 살아야 할지도 몰랐다. 로건의 냉장고에 다시는 요구르트가 들어가는 일이 없을 수도 있었다. 벽에는 그림이 걸리지 않고, 모자걸이도 없으며, 침대 위에 쿠션도 놓이지 않을 것이다. 그래도 괜찮을 것이다. 아니, 괜찮은 것보다 더 좋을 것이다.

전화벨이 울렸다.

로건은 전화기를 집어 들었다. 작은 총알을 맞은 것처럼 전화기 화면에 거미줄 같은 가느다란 금이 사방으로 가 있었다. 인디라가 전화한 거라면, 로건은 무시할 생각이었다. 하지만 전화를 건 사람은 학과장이었다. 그래서 직업인다운 말투로 전화를 받았다.

"로건, 자네군."

학과장 돈 트라비스가 말했다. 로건의 아빠처럼 느리고 깊은 목소리의 소유자였지만, 아빠와 달리 '느긋한' 퀸즐랜드 출신이었다. '느긋함'은 로건의 부모님에게는 절대로 붙일 수 없는 단어였다.

"자네, 혹시 요즘 무슨 문제 있나? 그러니까…… 전 여자 친구들하고 말이야."

"전 여자 친구라니요?"

로건의 목이 아플 정도로 갑작스럽게 뒤로 꺾였다.

"그게 무슨 뜻입니까? 그런 건 왜 물어보시는 겁니까?"

로건은 아파트 내부를 미친 듯이 둘러보았다. 혹시 도청 장치를 해놓은 걸까? 돈이 어떻게 인디라 이야기를 알지? 로건은 일과 사생활을 철저하게 분리했다. 동료들이 모이는 파티에도 술자리에도 참석한 적이 없었다. 학과 크리스마스 파티에도 나간 적이 없었다.

"자네를 비난하는 익명의 전화를 받았어."

"어떤 비난 말입니까?"

로건의 제자들은 로건을 좋아했다. 지금까지 학생들은 로건에게 불만을 표시한 적이 없었다. 늘 감사의 편지만 보냈다.

"그게, 성적인 학대 비슷한 걸 받았다고 말했어. 어떤 학대인지는 분명하게 말하지 않았고 말이야."

"그게 무슨……."

로건은 소파에서 벌떡 일어났다.

"알아, 로건. 알고 있어. 자네는 흠잡을 데가 없지. 그래서 혹시 최근에 여자 친구랑 헤어진 게 아닌가 생각한 거야."

"최근에 헤어지기는 했습니다. 하지만 그 사람은 절대 그런 전화를 할 사람이 아닙니다. 절대로 그럴 리 없습니다."

"확실한가? 이별을 하면 정신이 나가는 사람도 있는 법이야."

"100퍼센트 확신합니다."

그건 목숨을 걸고 확신할 수 있었다.

"공식적으로 불만을 제기하려면 정해진 절차대로 신고를 해야 할 필요가 있다고 하니까, 전화를 끊었어. 일주일 전 일이군. 이름도 밝히지 않고, 어떤 강좌를 들었는지도 말하지 않아서, 이 일은 더 끌고 가지 않으려고 해. 그저 누군가 자네 머리에 총을 겨누고 있으니, 알아두라고 경고해주는 거야."

돈은 헛기침을 했다.

"그렇다고 당황할 건 없네. 나도 아주 난감했던 여자가 있었지. 그래서 어떤 기분인지 잘 알아. 아니면, 그냥 아무나 붙잡고 미친 짓을 하는 여자 소행일 수도 있고. 그런 경우일지도 모르지."

로건은 학과장에게 고맙다고 말하고 전화를 끊었다.

인디라를 만나기 전에 만났던 여자 친구일까?

아니, 아니, 그럴 리가 없었다.

옛날, 트레이시를 만났을 때, 트로이도 트레이시를 만났다. 트로이의 트레이시라면 그런 일을 할 수도 있겠지만, 로건의 트레이시라면 절대 그럴 리가 없었다. 로건은 좋은 여자 친구들을 만났다. 전 여자 친구들은 언제나 로건을 자기 결혼식에 초대했다. (언젠가 인디라도 웃으며 로건을 결혼식에 초대할까? 다른 사람과 결혼하는 인디라를 지켜봐야 한다고 생각하니, 사랑하는 사람이 죽은 것처럼 마음이 아팠다.) 분명히 돈의 말처럼 '아무나 붙잡고' 미친 짓을 하는 여자의 소행일 것이다.

하지만 왠지 모르게 불안했다. 오늘은 계속 불안하기만 했다. 로건은 맥주를 들고, 리모컨을 잡아 텔레비전의 소리를 부활시키고, 계속 채널을 돌렸다. 〈프렌즈〉, 〈사인필드〉, 〈앤티크 로드쇼〉. 요즘은 온통 재방송만 하고 있었다.

로건은 갈색 곱슬머리를 한 아름다운 여자가 말하고 있는 화면에서 채널을 멈췄다. 카메라는 애원하듯 말하고 있는 여자의 얼굴을 크게 확대해서 보여줬다.

"왜 자꾸 텔레비전에서 그런 장면을 보여주는지 모르겠어요. 그건 아무 도움이 안 돼요. 오히려 상황을 악화시킬 뿐이에요."

전에도 이 장면을 본 것이 분명했다. 여자의 얼굴은 낯설었지만, "악화시킬 뿐이에요"라고 말하는 여자의 말투에는 분명히 낯익은 데가 있었다.

여자는 계속 말했다.

"그런 이야기들 때문에 그 사람은 언제나 기분이 나빴어요. 아마도, 죄의식이 느껴지기 때문인 것 같아요. '아, 언제나 남자만 나쁘다고 하지. 여자들 잘못은 전혀 없고 말이야'라는 생각이 드는 것 같았어요."

로건이 부모님 집 뒤뜰에 서 있을 때, 사반나가 자신을 때린 남자친구 이야기를 해주었다. 그때 사반나도 저 여자와 똑같은 말을 했다. 그건 거의 분명했다. "아, 언제나 남자만 나쁘다고 하지. 여자들 잘못은 전혀 없고 말이야"라고 말했었다.

로건은 맥주를 내려놓고 텔레비전 볼륨을 높였다.

"그래서 내가 재빨리 채널을 바꿨어요. '나, 〈베첼러〉 보고 싶어'라고 하면서요."

사반나가 한 말과 정확히 같지는 않았다. 사반나는 다른 프로그램을 보고 싶다고 말하면서 채널을 바꿨다고 했다. 〈서바이버〉였던가? 그래도 이건 너무나도 이상한 우연이었다.

"안심해도 된다고 생각했죠."

카메라가 눈물을 쏟는 곱슬머리 여자의 멍든 눈을 크게 확대했다.

"아, 괜찮구나. 그러다가 정말 바보처럼, 멍청이처럼 자동차 등록증을 갱신할 건지 물은 거예요."

텔레비전 속 여자는 남자 친구에게 자동차 등록증을 갱신할지 물었다. 그건 사반나도 마찬가지였다. 분명히 확신할 수 있었다. 이런 일치를 그저 우연이라고 할 수 있을까? 과연? 자동차 등록증 때문에 가정 폭력이 두 건이나 일어날 수 있다고?

"그런 걸 물어보면 안 되는 건데. 나는 분명히 수동적인 공격을 한 거예요. 그때부터 모든 게 엉망이 되었어요. 그 사람은 내 턱을 부러뜨렸어요. 갈비뼈도 세 개나 부러졌어요. 그 사람이 감옥에 있었던 것보다 내가 입원한 기간이 더 길어요."

화면 가득 여자의 과거 사진이 떠올랐다. 그 사진을 본 로건은 얼굴을 찡그리고 고개를 돌렸다. 여자의 얼굴은 알아볼 수 없을 정도로 망가져 있었다. 시퍼렇게 멍이 들고 부풀어 오른 과일 같았다.

사반나가 다른 여자의 고통스러운 이야기를 도용한 것일까?

사반나도 무슨 일을 겪은 것은 분명했다. 눈의 그 상처는, 심각하지는 않았다고 해도 진짜였으니까. 하지만 끔찍하게 당한 화면 속 여자가 받은 고통과 비교할 수 있는 상처는 아니었다.

로건은 다시 텔레비전을 보았다. 청진기를 목에 두른 하얀 가운의 여자가 절망적인 어조로 자신이 직접 목격한 가정 폭력의 참상에 관해 전문가적인 진단을 내리고 있었다. 로건은 침대에 앉아 안경을 집어 들던 사반나의 전 남자 친구를 생각했다. 느낌이 좋지 않았다. 그 남자는 그저 혼란스러운 것처럼 보였다. 로건은 자신을 엄하게 꾸짖었다. 로건의 직감은 틀렸고, 사악했다. 남자가 전혀 그런 '유형'으로 보이지 않는다고 해서 학대받은 여자에게 의문을 품다니, 그건 있을 수 없는 일이었다.

로건은 전화기를 들고, 누구에게 전화할지 고민하면서 연락처를 검색했다. 일을 하고 있는 브룩을 방해하고 싶지는 않았다. 게다가 브룩은 자신의 결별만으로도 힘이 들고 걱정할 일이 많을 것이 분명했다. 트로이에게라면 괜찮을 것이다. 하지만 트로이는 무조건 돈으로 문제를 해결하려고 할 것이다. 분명히 사반나에게 돈을 주며 떠나라고 하겠지. 물론 나쁜 생각은 아닐 수도 있었다. 사반나가 부모님을 행복하게 해주는 게 분명하다는 사실만 빼면 말이다.

결국 로건은 에이미 누나에게 전화할 것이다. 생각해보니, 언제나 로건은 에이미 누나에게 전화를 했다. 그 모든 일에도 불구하고, 델라니 남매의 선장은 에이미 누나였으니까. 에이미 누나는 세 사람의 미친 여왕이었다. 세 사람이 끝까지 충성하겠다고 서약한 주군이었다.

"그래, 안건이 뭐야?"

에이미 누나는 누나인 것이 분명한 말투로 전화를 받았다.

"사반나 때문에."

로건이 대답했다.

"아, 나도 그래. 나, 그 여자 정말 싫어."

에이미 누나가 행복하게 말했다.

27

현재

"실종자의 남편은 가정에서 일어나는 문제를 감당하기 어려울 때면 그저 집을 나가서 사라져버렸다고 합니다."

크리스티나가 상사에게 말했다. 크리스티나는 조이 델라니 실종 사건의 진행 상황을 보고하려고 경위 집무실에 와 있었다.

"똑똑한 남자군."

아직 다섯 살이 안 된 아이가 넷이나 있는 아빠인 빈스 오츠 경위는 레드불을 물처럼 마셨다.

"그래서 어머니가 아버지의 행동을 되갚아주는 거라고 생각하는 가족들도 있습니다. 이제는 어머니가 나갈 차례라고요."

"네 생각은 어떤데?"

"사라진 지 16일이 지났습니다. 남편은 기껏해야 5일 나가 있었습니다. 그것도 20년도 전에요."

"올해는, 시신 없는 살인 사건이 더는 발생하면 안 돼."

빈스는 침울하게 말하며, 빈 레드불 캔을 들고 흔들었다.

"알고 있습니다."

수사팀은 얼마 전에도 언론의 주목을 끈 사건을 맡았다. 너무나 많은 언론이 달려들었지만, 결과는 낼 수 없었다. 사건에 관련된 사람 모두, 할 수 있는 것은 실망뿐이었다.

"정말로 이번에는 시신이 있었으면 좋겠습니다."

크리스티나는 잠시 입을 다물었다.

"제 말은, 시신이 없었으면 한다는 뜻입니다."

"실종자가 사망했으면, 시신이 있어야지."

"실종자가 사망했다면, 당연히 그래야죠."

크리스티나가 상사의 말에 동의했다. 크리스티나가 내기를 하는 사람이었다면, 조이 델라니가 죽었다는 데 100달러를 걸었을 것이다.

28

과거, 10월

로건의 전화를 끊자마자 에이미는 티셔츠만 입고 아래층으로 내려갔고, 지금은 당연히 일터에 있어야 할 사이먼 배링턴과 부딪쳤다. 일반적인 직장인들의 근무 시간에는 이 집이 모두 에이미의 것이 되었다. 에이미의 젊은 공동 세입자들은 모두 번듯한 직장에서 일하는 상식적인 사람들이었고, 에이미는 그것이 좋았다.

"미안해요."

사이먼은 지난 주말에 두 사람이 섹스를 하지 않은 것처럼, 벽에 바짝 몸을 붙이더니 에이미에게서 고개를 돌렸다. 공동 세입자와 섹스를 하면 이것이 문제였다. 모든 것이 정해진 리듬에서 벗어나 버리는 것 말이다. 지금 에이미의 가족이 엉망인 걸 생각하면, 에이미는 다른 일들은 정해진 리듬대로 움직이기를 바랐다.

"우리, 지난 주말에 섹스했잖아요."

에이미는 사이먼이 편해지기를 바랐기에, 이 사실을 상기시켰다. 두 사람의 섹스는 달콤하고 맛있는 사과크럼블처럼 건강하고 건전했다. 그렇게까지 깨끗한 남자와 잠을 자게 되리라고는 생각해본 적도 없었다. 흐트러진 옷차림에 술까지 취했으면서도 사이먼에게서는 깨끗하게 세탁한 냄새와 비누 냄새가 났다.

에이미의 말에도 사이먼은 전혀 편해진 것 같지 않았다. 사이먼의 얼굴이 발갛게 달아올랐다. 정말로 빨갛게 달아올랐다. 정말 귀여운 남자였다.

"아, 그건, 미안해요."

사이먼이 잠시 입을 닫았다.

"아니, 정말로 미안한 건 아니에요."

사이먼은 헛기침을 했다.

"제가 미안해야 할까요?"

사이먼의 말에 에이미는 한숨을 쉬었다.

"지금 일할 시간 아니에요, 사이먼 배링턴?"

"그만뒀어요. 인생에 큰 변화가 오는 순간을 맞고 있는 것 같아서요."

"그럼, 이제 더는 회계사가 될 생각이 없는 거예요?"

에이미의 말에 사이먼은 잠시 당황한 것 같았다.

"아, 아니에요. 회계사가 되기는 할 거예요. 그냥 지금은 특별한 공부를 하지 않기로 한 것뿐이에요. 몇 달 쉬려고 해요. 머리를 좀 비우려고요. 아마, 여행을 갈 거 같아요."

사이먼은 살짝 얼굴을 찡그렸다.

"여행 좋아해요?"

에이미가 물었다.

"그다지 좋아하지는 않아요. 아무튼."

사이먼은 숨을 깊이 들이쉬더니 귀엽고도 괴상한 방식으로 손뼉을 쳤다.

"뭐 하실 거예요?"

"건조기에서 청바지를 꺼내서 부모님 집에 가려고 해요. 지금, 이상한 여자가 부모님이랑 살고 있거든요. 남동생은 그 여자가 수상하다고 생각해요."

"그러니까, 사기꾼일 수도 있다고 생각하는 거군요?"

사이먼이 물었다.

“음, 사실 지금까지 그 여자가 한 일은 부모님에게 아주 맛있는 음식을 해준 것뿐이에요.”

“하지만 숨겨뒀을지 모를 속셈을 알아내려는 중이고요?”

“바로 그거예요. 우리 부모님은 정말 순진하시거든요.”

“부모님들은 모두 순진하죠. 저희 부모님은 세무서를 가장한 사기꾼한테 당할 뻔했어요. 그런 일이 가능하다니, 믿어져요?”

“어, 아니요.”

사실 그 사기는 에이미가 당할 뻔했다. 다행히 내지 않은 세금을 내려고 은행에 돈을 인출하러 가다가 트로이에게 전화를 했기 때문에 막을 수 있었다. “그거, 사기잖아, 이 바보야.” 트로이는 미국에서 에이미에게 고함을 질렀다.

“원하시면, 내가 부모님 집까지 데려다줄게요. 에이미는 운전 안 하잖아요, 그렇죠?”

사이먼의 목소리에는 책망이 아니라 호기심이 묻어 있었다. 이 세상에는 에이미에게 운전면허가 없다는 사실을 못 견뎌 하는 사람들이 있었다. 마치 휴대전화를 거부하는 아빠를 못 견뎌 하는 것처럼 그 사람들은 에이미의 운전면허 없음을 불쾌해했다.

“자동차 핸들은 잡아본 적도 없어요. 아마도, 전생에 자동차 사고로 죽은 게 틀림없어요. 아마, 다리 위에서 죽었을 거야.”

에이미는 정말로 그렇게 생각했다. 단편적이지만, 차가 부딪치고, 물이 들어오고, 유리창이 깨지고, 비명을 질렀던 기억이 있었다. 하지만 영화 속 한 장면일 수도 있었다.

“그때는 운전했어요?”

“언제요?”

"전생에서요. 그때는 핸들을 잡아봤어요?"

사이먼이 물었다.

"아, 그런 것 같아요."

"그럼 핸들을 잡아본 거네요. 이번 생에서는 아니지만."

"맞아요. 사이먼은 아주…… 정확한 사람이네요, 그렇죠?"

사실 사이먼은 아주 정확한 사람이었다. 술에 취해 있을 때도.

"세부 사항을 잘 파악하는 거예요. 철저한 편이거든요."

"그렇군요. 당신은 정말 꼼꼼하게 세부 사항을 파악하는 사람이군요."

에이미는 전혀 웃지 않고 말했다.

사이먼은 자신이 에이미의 말을 충분히 알아들었음을 보여줄 수 있을 만큼만 에이미의 눈을 똑바로 바라보다가 대답했다.

"내가 그 잠재적 사기꾼을 살펴보고 정확한 의견을 줄 수 있을 거 같아요."

"회계사로서 당신의 정확한 의견 말이에요?"

"바로 그거예요. 일단, 지금 당장은 할 일이 하나도 없는 데다 앞으로 몇 주 동안 해내야 할 목표가 즉흥적으로 행동하는 능력을 기르는 거라서요."

"도대체 왜요?"

에이미는 호기심이 생겼다. 사람들은 늘 에이미에게 즉흥적으로 행동하는 걸 자제하라고 충고하니까.

"본래 내가 4월에 결혼하려고 했던 거 알죠? 내 전 약혼녀가 우리가 파혼해야 하는 이유를 설명할 때, 음, 그 사람과 맞지 않는…… 나의 특성들을 정리한 목록을 줬는데, 그중에 한 가지가 즉흥성 결여였거든요."

"자기하고 맞지 않는 점을 목록으로 작성했다고요?"

에이미가 물었다.

"목록을 작성하는 걸 좋아했어요. 우리가 가진 공통점이었죠."

"정말 사랑스러운 사람이었나 보네요."

에이미가 말했다.

"꼭 우리 누나처럼 말하네요."

사이먼이 말했다.

에이미가 사이먼을 보았다. 사이먼은 한참 달린 뒤에 상쾌하게 샤워를 하고 나온 사람처럼 건강미를 발산하고 있었다. 입고 있는 셔츠는 반듯했고, 깨끗했다.

"청바지도 다려 입죠?"

에이미가 물었다. 사이먼은 정말 기묘했다.

"물론이죠."

사이먼이 대답했다.

"좋아요."

"내가 청바지를 다려 입는 게 좋다고요?"

"아니, 그건 정말 별로예요. 내 말은, 좋다고요. 함께 가서 사기꾼을 살펴보자고요. 정확히는 사기꾼일 수 있는 사람을요. 사실 운이 나쁜 아주 좋은 사람일 수도 있어요. 결정은 우리가 내려야겠죠."

"선입견 없이 살펴볼게요."

"이제 나는 다리지 않은 청바지를 입으러 가야겠어요."

"그럼요. 아무 문제 없어요."

사이먼은 에이미가 내려갈 수 있도록 길을 비켜주고, 정중하게 손을 흔들었다.

에이미는 사이먼보다 머리 하나는 컸기 때문에 한 계단 아래에

서자 사이먼의 눈을 똑바로 볼 수 있었다. 노인처럼 길고 짙은 눈썹에 세금을 잘 낼 것 같은 솔직하고 선한 눈이었다.

"그 전에 먼저."

에이미가 사이먼 앞으로 살짝 다가갔다.

"그 전에 먼저."

에이미의 말을 따라 하는 사이먼의 목소리에는 무언가 있었다.

그것은 성냥을 단 한 번에 그어 불을 켜는 것과 같은 만족감이었다. 사이먼의 눈에는 에이미의 의견에 동의한다는 합의의 불길이 번쩍이고 있었다.

"사이먼의 즉흥성을 길러야죠."

에이미가 말했다.

"그래야죠."

사이먼이 대답했다.

"하지만 아주 빨리해야 해요."

에이미가 말했고, 그래서 두 사람은 아주 빨리했다.

한 시간 뒤에 에이미는 부모님 집 앞에 서서 작동하지는 않지만, 혹시 고쳤을지도 모를 초인종을 눌렀고, 곧바로 절대로 고쳤을 리가 없다는 생각을 하면서 주먹으로 문을 세게 두드렸다.

에이미는 자기 옆에 서 있는 깨끗하고 산뜻한 공동 세입자를 보았다. 하얀색 치아와 완벽하게 어울리는 하얀색 티셔츠를 입고, 깔끔하고 짧게 자른 머리카락과 넓은 어깨, 단정한 안경을 쓴 사이먼은 가정 방문 선교사나 10대 취향의 뱀파이어 영화에 나오는 모범생 절친처럼 보였다. 에이미의 엄마는 사이먼을 탐색하며 수많은 질문을 할 테고, 사이먼은 성실하고 자세하게 대답을 할 테고, 수년이 지나 에이미는 사이먼 배링턴이라는 존재를 까맣게 잊어버려도 엄마는 사이먼의 대답을 자세하고 상세하게 기억할 것이다.

사이먼 때문에 사반나의 출신 배경을 최대한 많이 알아낸다는, 특히 사반나가 겪었다고 주장하는 폭력과 관계된 내용을 자세히 알아낸다는, 이번 방문의 주요 목적은 살짝 흐트러질 것이다.

"공동 세입자를 데려갔다고? 도대체 왜?" 에이미가 언제라도 폭발할 수 있는 폭파 장치라도 되는 것처럼 화를 꾹 누르며 조심스럽게 말하는 동생들의 목소리가 들리는 것만 같았다.

"여기서 자랐다고요?"

주변을 둘러보며 사이먼이 물었다.

"맞아요."

에이미가 대답했다.

"어린 시절은 행복했어요?"

사이먼은 꽃을 심은 커다란 화분을, 반짝이는 깨끗한 테라코타 타일을, 정원에 곱게 모셔져 있는 작은 석상을 보았다.

"행복한 어린 시절을 위해 꾸며놓은 곳 같아요."

사이먼은 운동화 코로 현관 옆에 놓인 석상 밑부분을 툭 건드렸다. 보닛을 쓰고 텅 빈 바구니를 들고 있는 그 작은 소녀상은 눈이 뚫려 있었다.

"눈은 어떻게 된 거예요?"

"까마귀가 가져갔어요."

"악령이 든 아이 같아요."

"맞아요. 나도 늘 그렇게 생각했다니까요!"

어쩌면 에이미와 이 회계사는 영혼의 단짝인지도 몰랐다.

현관문이 아주 살짝 열렸고, 아주 작고 쉰 듯한 목소리가 들렸다.

"무슨 일이세요?"

아주 잠깐, 에이미는 다른 집에 온 게 아닐까 생각했다. 이 세상에서는 어떤 일이든지 일어날 수 있었으니까. 하지만 그때, 현관문이 안전 사슬 길이만큼 열렸고, 그 너머에 서 있는 사반나가 보였다. 사반나는 에이미가 두고 간 옷이 아니라 엄마의 옷이 분명한 검은색 7부 바지에 긴팔 페이즐리 셔츠를 입고 있었다. 엄마가 버린 옷을 입은 사반나를 보는 건, 에이미 자신이 버린 옷을 입은 모습을 보는 것보다 더 끔찍했다.

"아, 안녕하세요, 에이미. 잘 지냈죠? 어머니는 지금 주무세요."

아버지의 날에 엄마가 쓰러졌을 때, 엄마를 잡아 조심스럽게 바닥에 눕힌 사람은 사반나였다. 엄마가 사반나의 무릎에 머리를 베고 누워 있을 때 델라니 남매는 그 누구도 "저리 비켜, 이 낯선 여자야. 그 사람은 우리 엄마야. 엄마는 내 무릎을 베고 있어야 해!"라고 말할 수 없었다.

"알아요."

엄마가 퇴원한 뒤로 에이미는 몇 번 통화를 했기 때문에 엄마가 낮잠을 잔다는 사실은 알고 있었다.

"엄마를 깨울 필요는 없어요. 아빠는 뭐 해요?"

에이미는 사반나가 서둘러 안전 사슬을 풀고 현관문을 열어주기를 기다렸다.

"텔레비전을 보다가 잠드셨어요."

"아아, 정말 귀엽지 않아요?"라고 말하는 것처럼 사반나는 아랫입술을 쭉 내밀었다.

"지난주에, 어머니가 병원에 있는 동안 정말 놀라셨던 것 같아요. 두 분 모두 그래서 이번 주에는 조금 많이 쉬어야 하나 봐요."

"아."

에이미가 말했다. 에이미의 아빠는 빈둥거리는 데 선수였다. 언제나 텔레비전 앞에서 잠을 잤고, 언제라도 깨어날 수 있었다.

"아무튼 일단 안에 들어가서……."

"지금은 안 그러는 게 좋을 것 같아요."

지금은 안 그러는 게 좋겠다고? 진심으로 하는 말은 아니겠지?

오늘, 에이미는 탐하면 안 되는 남자에 대한 욕망, 실제로는 일어나지도 않았지만 왠지 오래전에 있었던 것 같은 일에 대한 향수, 물밀듯이 밀려오던 행복과 슬픔의 파도, 높이 솟아오른 공포와 낮게 깔린 불안 같은 많은 감정을 느꼈다. 하지만 분노는 에이미에게는 낯선 감정이었기 때문에 지금 정맥을 타고 맹렬하게 퍼지는 감정이 분노라는 사실을 깨닫기까지는 조금 시간이 걸렸다.

그러니까, 지금 이 여자가 에이미가 어린 시절을 보낸 집에 들어가지 못하게 한다는 거지?

"안녕하세요."

사이먼이 에이미 앞으로 몸을 내밀었다.

"저는 에이미 남자 친구입니다. 너무나 죄송한데, 안에 들어가서 화장실을 쓸 수 있을까요? 모두 주무시고 있다니, 정말로 조용히 하겠습니다."

지금 두 번 잤다는 이유로 자기가 정말로 내 남자 친구라고 생각하는 건 아니겠지? 에이미가 쳐다보자, 사이먼은 윙크를 했다.

쿵쿵, 심장이 뛰었다. 당연히 사반나는 에이미가 혼자임을 알았다. 델라니 가족은 사반나에 관해 아는 것이 하나도 없었지만, 사반나는 에이미의 가족에 관해 모든 것을 알았다. 사반나는 손가락 끝으로 아랫입술을 두드렸다. 무언가 미심쩍은 기분이 들 때면 에이미의 엄마가 하는 행동이었다.

사반나가 에이미 남자 친구의 타당하고도 평범한 요구를 묵살한다면, 에이미는 문을 박차고 들어갈 생각이었다.

"들어오세요."

사반나는 손가락을 위로 튕겨서 안전 사슬을 풀더니, 현관문을 열고 뒤로 물러섰다. 마치 그 집에 살고 있는 사람처럼 행동하고 있었다. 물론 지금 살고 있는 것은 맞지만, 영원히 여기서 살지는 않을 거잖아? 안 그래? 당연히 그럴 리 없었다. 그런데도 사반나는 손님다움이라고는 전혀 없는 태도를 보이고 있었다.

배반자 슈테피는 자신이 사반나의 사랑하는 반려동물이라도 되는 양 사반나의 발치에 앉아 있었고, 에이미에게는 처음 보는 손님처럼 정중하게 머리를 숙였다.

에이미는 아버지의 날에 그랬던 것처럼 지금도 부모님의 집이 상당히 좋은 쪽으로 바뀌었음을 느꼈다. 마치 상당히 영리한 부동산 중개인이 잠재적 고객들이 살펴볼 수 있도록 멋지게 꾸며놓은 집 같았다. 선반 위에는 에이미가 한 번도 보지 못한 꽃병에 꽃이 꽂혀 있었다. 벽에는 여전히 같은 가족사진이 걸려 있었지만, 먼지 하나 없이 윤을 낸 채 똑바로 걸려 있는 액자는 델라니 남매들의 친숙한 어린 시절의 모습을 갑자기 선명하게 보여주고 있었다.

사이먼이 사반나에게 손을 내밀었다.

"안녕하세요. 사이먼 배링턴입니다. 만나서 반갑습니다."

사이먼답지 않게 잔뜩 꾸민 큰 목소리로 말했다. 사반나가 사이먼의 손을 잡았다.

"안녕하세요. 사반나예요."

"사반나……?"

사이먼은 누군가의 쑥스러워하는 삼촌인 것처럼, 사반나가 성을 말해주기를 기다리며 계속 사반나의 손을 잡고 있었다.

"화장실은 이쪽이에요."

사반나가 말했다.

"내가 데려다줄게."

에이미도 자신이 열세 살 아이처럼 말하고 있다는 걸 알았다.

"아, 그런데 사반나. 진짜로, 성이 뭐예요?"

에이미가 물었다.

성조차도 모르는데 어떻게 은밀하게 사반나에 관해 알아볼 수 있을까? 부모님은 사반나의 성을 알고 있을까? 어쩌면 사반나의 말을 무조건 믿기 때문에 성을 물어볼 생각도, 사반나의 신원을 인터넷으로 확인해볼 생각도 하지 않고 있는지도 몰랐다.

"파고니스예요. 사반나 파고니스."

눈썹 위의 상처는 완전히 나았고, 얼굴에는 가볍게 화장을 한 사반나에게는 자기 집에서 자기 옷을 입고 있는 사람처럼 희미하고도 안정적인 확신이 자리 잡고 있었다. 에이미와 사이먼이 오히려 곧 떠나기를 바라는 원치 않는 손님처럼 느껴졌다. 에이미 엄마의 옷은 사반나에게 전혀 잘못된 것처럼 보이지 않았다. 사반나는 에이미 엄마의 어린 버전처럼 보였다. 조이 델라니의 딸이라고 해도 믿을 정도였다. 어쩌면 엄마는 이렇게 예쁘고 여자다운 딸을 원했는지도 몰랐다. 오랫동안 에이미와 브룩은 엄마와 함께 있으면 자기들이 아주 느리게 걷는 커다란 오랑우탄이 된 것처럼 거대하게 느껴진다는 말을 했었다.

"아, 독특한 성이네요. 철자가 어떻게 되나요, 사반나?"

사이먼이 물었다. 사이먼은 아마추어 영화 제작 동호회에서 회계사 역을 맡고 있는 배우 같았다. 끔찍하게 연기를 못했지만, 정말 사랑스러웠다.

"P, A, G, O, N, I, S예요."

사반나가 눈썹을 추켜세웠다.

"허, 보자, 그리스 이름, 맞죠?"

사이먼이 말했다.

"정확해요."

사반나가 짧게 대답했다.

"사반나 파고니스라. 누구도 정확한 철자를 알아맞히지 못할 게 분명해요. 중간 이름은 간단했으면 좋겠네요. 앤이나 마리처럼요."

에이미는 감탄하며 사이먼을 보았다. 기교는 조금 억지스러웠고 자연스럽지 않았어도 전략은 틀리지 않았다.

"알아맞혔네요. 마리예요. 철자는 필요 없죠?"

정말로 이렇게 빨리 맞혔다고? 혹시 사반나가 더는 말하기 싫어서 그냥 맞는다고 한 게 아닐까?

"우리 어머니 성함이 마리거든요. 중간 이름으로 아주 많이 쓰는 이름이죠."

사이먼이 다음 질문을 하려고 입을 열었고, 에이미는 그의 팔을 잡았다. 분명히 사이먼은 다음 질문으로 생일이나 납세 번호를 물어볼 것이다. 정말로 사반나가 사악한 일을 계획하고 있다면, 에이미는 사반나에게 쫓기고 있다는 기분을 느끼게 하고 싶지 않았다.

"화장실은 이쪽으로 가야 해."

에이미가 말했다.

"잠깐만요. 이거, 당신이에요?"

사이먼이 본래 자기 목소리로 말했다. 사이먼 앞에는 어린 에이미가 허벅지에 라켓을 받치고 두 손으로 작은 트로피를 높이 들어 올린 채 사실은 9세 미만 청소년 대회에서 우승한 것이지만 윔블던에서 우승한 것 같은 함박웃음을 짓고 있었다.

"맞아요. 나예요."

에이미가 말했다.

"정말 귀여웠네요. 테니스를 했는지 몰랐어요."

사이먼은 사진 앞에 서서 한참을 쳐다보았다.

"나도 친구들이랑 테니스 쳐요. 언젠가 한 게임해야겠네요. 분명히 내가 질 것 같아요."

"분명히 내가 이길 거예요. 왼쪽으로 돌아서 두 번째 문이에요."

에이미가 복도 끝을 가리키며 말했다.

자신이 집 안으로 들어오려고 구사했던 전략을 까맣게 잊어버린 사이먼이 멍한 눈으로 에이미를 보았다.

"화장실."

에이미가 상기시켰다.

"아, 맞다. 고마워요, 에이미."

사이먼이 떠나자, 에이미와 사반나는 서로를 보았다. 기분이 이상했다. 에이미는 지기가 자란 집에 있었고, 그 사실을 주위에 있는 사진들이 증명하고 있었지만, 여전히 이 집의 주인은 사반나인 것처럼 느껴졌다. 에이미는 두 가지 부인할 수 없는 사실을 어떤 식으로 균형을 맞춰야 할지 알 수가 없었다. 사반나는 에이미에게 고마워해야 했다. 에이미의 가족이 정말로 필요한 순간에 살 곳을 제공해주었으니까. 에이미도 사반나에게 고마워해야 했다. 왜냐하면 델라니 아이들 가운데 그 누구도 할 수 없는 방식으로 부모님을 훨씬 잘 돌봐주고 있으니까.

"그냥 머리만 살짝 넣어서 엄마가 자고 있는지만 볼게요."

에이미가 말했고, 사반나의 얼굴에 복잡한 감정이 떠올랐다.

"그러세요. 전 주방으로 가봐야 해요. 미네스트로네 만들고 있었거든요. 조이한테 필요한 게 있으면 크게 말해주세요."

조이한테 필요한 게 있으면 크게 말해주세요? 당신 엄마에게 필요한 모든 걸 제공해주는 사람이 나니까요.

크게 말해달라는 건 에이미 엄마의 전매특허였다. 그러니까, 이 여자는 엄마의 미니미였다.

사반나가 좋아서 정신을 못 차리는 개가 타다닥, 소리를 내며 사반나를 쫓아가버렸다.

에이미는 단호하게 다른 방향으로 고개를 돌리고, 지금은 사반나가 잠을 자는 자신의 옛날 침실을 지나쳐 걸어갔다. 이기적으로 굴지 마! 어린애처럼 굴지 말라고. 이 집에서 아직도 자기 방이 있다고 생각하는 사람은 없단 말이야! 사이먼이 가짜 임무를 마치고 화장실 물을 내리는 소리가 들렸다.

에이미는 부모님의 침실 문을 밀어서 열었다. 부모님 방의 냄새는 여전했다. 엄마의 향수 냄새, 아빠의 데오도란트 냄새, 좋은 할머니 바브와 에이미의 엄마가 함께 청소할 때면 사용하는 예스러운 가구 광택제 냄새가 났다.

엄마는 문을 등지고 누워서 어깨까지 이불을 덮고 있었다. 많은 칭찬을 부르는 엄마의 머리카락은 베개 위에서 마구 헝클어져 있었다. 에이미는 까치발을 하고 침대 끝으로 갔다. 규칙적으로 숨을 쉬며 자고 있는 엄마는 한 손을 거의 입술 가까이 대고 있어서 왠지 손가락 마디에 입을 맞추고 있는 것처럼 보였다. 엄마는 아이들에게, 자신이 어렸을 때 손가락을 빠는 버릇이 있었는데, 지금도 금지된 손가락을 입 가까이 가져가면 마음이 편해져서 이런 자세로 잠을 잔다고 했었다.

엄마의 얼굴에는 바위에 생긴 틈 같은 주름이 있었다. 어렸을 때 느꼈던 익숙한 공포에 사로잡히며 에이미의 호흡이 빨라졌다. 아이들은 모두 부모가 죽어간다는 생각을 하면 공포에 질린다. 하지만 에이미는 그 정도가 너무 심해서 종이봉투에 입을 대고 호흡을 해야 할 만큼 심각한 과호흡 상태가 되기 때문에 베이비시터가 아이가 너무 이상하다고 빨리 집으로 돌아와달라고 부모님에게 전화를 걸었던 적도 있었다.

에이미가 아주 어렸을 때 엄마가 돌아가셨다면, 어떻게 됐을까, 궁금했다. 아무리, 아무리 힘껏 상상을 한다고 해도, 엄마가 세상을 떠났을 때 느끼는 슬픔은 상상보다 훨씬 끔찍할 것이다. 이 세상 모든 부모님은 결국 세상을 떠나야 하는 것처럼, 결국 에이미의 부모님이 세상을 떠났을 때, 성숙하게 다 자란 어른으로 살아야 하는 에이미는 그 상황을 어떻게 대면할 수 있을까? 사람들은 도대체 어떻게 평범하면서도 예측 가능한 그런 비극을 견뎌낼 수 있는 걸까? 그런 일은 절대로 감당할 수 없고, 절대로 극복할 수 없는 것인데…….

"에이미니?"

엄마가 눈을 뜨고 침대에서 일어나 앉았다. 협탁 위에 있는 안경을 쓰고 머리를 매만지더니 에이미를 보며 웃었다.

"에이미? 이런, 낮잠 자는 걸 들켰네."

"엄마한테 낮잠은 좋은 거야."

에이미는 천천히 숨을 들이마셨다가 내쉬었다. 적어도 수십 년 동안은 엄마는 살아 있을 것이다.

"금방 퇴원했잖아. 잠을 자야 해."

엄마는 말도 안 된다는 듯이 손사래를 쳤다.

"오늘 아침에 마지막 남은 항생제를 먹었어. 이제는 괜찮아. 그냥 한 낮이라 피곤한 것뿐이야. 자, 이리 와봐. 딸 좀 안아보자."

엄마가 침대 옆자리를 손으로 툭툭 쳤고, 에이미가 옆에 앉자 세게 끌어안았다.

"오늘, 왜 이렇게 예뻐 보이니, 달링. 처음에는 이 파란 머리 마음에 안 들었는데, 보면 볼수록 네 눈을 돋보이게 하는 거 같아."

"고마워, 엄마. 내 눈이 파란색이었으면 훨씬 돋보였을 거야. 엄마야말로 파란색으로 염색하면 어울릴 텐데."

"내 머리 스타일은 나렐이 결정하잖니. 파란색은 안 좋아할 거야."

엄마가 하품을 참으면서 말했다.

"그래, 오늘은 웬일이야? 사반나는 어딨어? 아빠는?"

아빠보다 사반나를 먼저 찾았다.

"사반나는 엄마 수프 만들고 있어. 아빠는 텔레비전 앞에서 자고 있고."

"아빠 머릿속에는 절대로 낮잠을 자지 않는다는 생각이 들어 있잖니. 그냥 '잠깐 눈만 붙인 거'라잖아. 저기, 엄마 브러시 좀 줄래?"

에이미는 일어나서 어렸을 때부터 엄마의 화장대 위에 언제나 놓여 있는 양각 무늬를 새긴 묵직한 은 브러시를 가져왔다. 그 브러시는 엄마가 10대 때 지역 대회에 나가 상품으로 받은 거라고 했다. 여자 선수들은 빗과 브러시를, 남자 선수들은 담배 케이스를 상품으로 받았다고 했다. 에이미는 지금도 이 브러시가 갖고 싶었다. 왠지 공주님이 사용할 것 같은 브러시였다.

"병원에 왔었잖아. 그러니까 또 안 와도 되는데."

엄마는 재빨리 머리를 빗어 헝클어진 머리를 가지런한 은발 머리로 만들었다. 그러자 연약한 할머니는 사라지고, 다시 선홍색 긴팔 저지 스웨터를 입은 단정한 장년의 도시 여성인 에이미의 엄마로 돌아왔다. 엄마가 이불을 걷자 운동복 바지를 입은 엄마의 작고 가느다란 다리가 드러났다.

"요즘에 브룩 본 적 있니? 별거는 어떻게 견디고 있나 모르겠다. 병원에 왔을 때는 그 얘기를 못 하겠더라고. 그랜트가 다른 여자를 만나는 것 같니?"

"아니. 하지만 곧 번개처럼 다른 여자한테 옮겨 갈 것 같긴 해."

"브룩이 어렸을 때 기억나니? 해마다 자기 반에 있는 남자애를 새로 좋아했잖아."

"기억나. 정말 귀여웠지."

브룩은 남자애들에게 러브레터를 썼다. 지금은 그런 브룩을 상상하기 힘들었다.

"방금 그 생각을 하고 있었어. 왠지는 모르겠지만 말이야. 그냥, 브룩은 아주 열정적인 아이였다는 생각이 든 거야. 그런데 지금은…… 기가 죽은 거 같아. 망할 편두통 때문이겠지."

엄마는 얼굴을 찡그리고 한 손으로 입 한쪽을 가리더니 조용히 속삭였다.

"그랜트 때문에도 기가 죽은 것 같아."

에이미도 한 손으로 입 한쪽을 가리고 조용히 말했다.

"그런 것 같아, 엄마."

"다시 브룩으로 되돌려놔야 해."

엄마가 속삭였다.

"맞아. 되돌려놔야 해."

에이미가 속삭였다.

엄마의 눈이 아주 빠른 속도로 움직이더니, 목소리를 평상시처럼 높여 말했다.

"아무튼, 딸이 와줘서 정말 고마워. 너도 바쁘잖아. 그러니까 내 걱정 안 해도 돼. 여긴 사반나가 있잖아."

"알아, 걱정 안 해."

에이미의 기가 죽었다.

"그 애가 모든 걸 하잖니. 정말 나는 손가락 하나 까딱 안 해. 너무 고마워서, 내일은 그 애를 데리고 쇼핑을 하러 갈 거야."

"쇼핑을 할 거라고? 엄마는 정말 친절하네."

왠지 불안해졌다.

"친절한 거 아니야. 그 정도밖에 못하는 거지. 너도 알겠지만, 내가 언제 마지막으로 요리를 했는지, 기억도 안 나."

엄마는 정말로 경이로운 기적이 일어났다는 듯이 말했다.

에이미도 우버이츠에서 주문한 음식을 전자레인지에 데워 먹은 걸 뺀다면 자신이 직접 요리를 한 것이 언제인지 기억이 나지 않았다. 브룩은 엄마가 더는 요리를 하지 않는다는 사실에 완전히 감격한다고 했었다.

"엄마는 말은 안 했지만, 평생 요리를 해야 한다는 사실을 혐오한 것 같아. 일단 사반나가 나가면, 우리가 엄마가 음식 준비하는 걸 도와야 해. 언제, 나가기는 할지 모르겠지만."

브룩은 그렇게 말했다.

"사반나는 얼마나 머물 것 같아?"

에이미가 물었다.

"아, 글쎄. 지금은 그런 생각을 해보지도 않았어. 나는 사반나가 필요해. 봐라. 내가 병원에 있는 동안, 누가 네 아빠 밥을 해줬니?"

지금 엄마는 자신이 병원에 있는 동안 했어야 할 가장 중요한 일이 아빠의 식사를 챙기는 것이었다는 듯이 말하고 있었다.

"음, 우리가 해도 됐지. 아빠가 사다 먹거나. 아빠가 직접 할 수도 있었을 테고."

"퍽이나 그랬겠다. 아무튼, 사반나도 곧 나가려고 하겠지. 사반나를 계속 부려 먹어서도 안 되고. 사반나가 하는 일이 너무 많으니까, 우리가 적절한 대가를 챙겨줘야 할 것 같아."

"입주 가사 도우미처럼?"

"그런 셈이지."

엄마가 꿈을 꾸는 것처럼 말했다.

"정말로, 입주 가사 도우미가 필요하다면, 증빙서류를 받아야 하지 않을까? 내가 생각해봤는데……."

"아니, 정말로 입주 가사 도우미를 쓰겠다는 건 아니야!"

엄마가 말했다.

"내가 하고 싶은 말은, 우리가 사반나에 대해 아는 게 거의 없다는 거야."

에이미는 목소리를 낮추고 침실 문을 보았다.

"아니, 많이 알아. 쉬면서 정말 많은 얘기를 했어. 사반나는 정말 재미있고, 흥미롭게 살아온 것 같아."

엄마의 얼굴이 밝아졌다.

"기억력이 얼마나 좋은지, 과잉 기억 증후군이라고 해도 될 정도라니까."

과잉 기억 증후군이라는 말을 하면서 엄마는 한 마디, 한 마디에 손가락을 굽혀 강조했다.

"자기가 살아온 순간을, 너나 나처럼 평범한 사람들은 절대로 기억할 수 없는 부분까지 아주 상세하게 기억하고 있었어."

"정말?"

에이미는 살짝 삐딱하게 말했다. 자신을 '평범한 사람'으로 분류하다니, 화가 날 수밖에 없었다. 에이미도 자신이 살아온 인생을 아주아주 놀라울 정도로 자세하게 기술할 수 있을 것 같았다, 당연히.

"실제로 과잉 기억 증후군이라는 진단을 받았대?"

"아니, 나야 모르지. 나는 네가 그런 진단을 받았는지도 모른다니까. 난 그게 병이라는 생각이 안 들어. 근데 사반나는 그게 축복이자 저주라고 하더라. 좋은 사건을 기억하는 건 좋은 일이지만, 나쁜 사건을 기억하는 건 좋지 않대. 그리고 알잖아. 그 애가 행복하게 살지는 못했다는 거. 가여운 애야."

"허."

에이미는 엄마가 침대 위에 내려놓은 브러시를 들고 화장대로 가서 조심스럽게 내려놓고, 침실 문으로 걸어가 조용히 문을 닫고 다시 침대로 와서 앉았다.

"무슨 일 있어?"

엄마는 몸을 똑바로 세우고 앉아서 베개로 등을 받쳤다.

"무슨 일인데 그래? 안 좋은 일이라도 생겼어?"

엄마 얼굴에 공포가 어렸다.

"세상에나. 나는 네 그 새로운 상담사가 도움이 되는 줄 알았어. 지금 상태가 좋은 줄 알았는데."

"난 괜찮아, 엄마."

에이미는 짜증이 났다. 어째서 엄마는 에이미의 인생에는 언제나 재난이 생긴다고 믿는 걸까? 엄마가 에이미 때문에 공포에 질렸다는 사실은 늘 엄마의 입에서 나오는 "세상에나"라는 말로 알 수 있었다. 이제 엄마는 절대로 에이미가 어렸을 때처럼 "제발 바보처럼 구는 거, 그만해. 정신 좀 차려, 에이미!"라고 소리치는 법이 없었다. 이제 엄마는 정신 건강에 관해서라면 정신 건강에 도움이 되는 현대적인 모든 방법을 다 알고 있었다. 하지만 에이미는 아직도 엄마의 무의식 속에는 에이미에게 필요한 것은 그저 정신을 차리고 바보처럼 굴지만 않으면 된다는 생각이 한곳에 자리 잡고 있음을 알고 있었다. 에이미는 누구나 가장 불편한 순간에 고장 날 수 있지만, 절대로 바꿀 수 없는 고장 난 가전제품 같은 존재였다.

"그럼, 무슨 일이니?"

"로건이 오늘 전화했어. 텔레비전에서 다큐멘터리를 보고 있는데, 가정 폭력 피해자가 나오더래. 그런데 그 가정 폭력 피해자가 사반나가 한 것과 똑같은 말을 하더래. 남자 친구에 대해, 사실상 단어까지 똑같이 그대로 말하더래."

엄마는 도저히 이해할 수 없다는 듯이 눈썹을 찌푸렸다.

"그게 무슨 말이니? 나는 도무지 이해할 수가……."

"너무 이상한 우연이라고."

에이미가 말했다.

"하지만 이해할 수가 없구나. 지금, 텔레비전에 나온 여자가 사반나를 안다고 말하는 거니?"

"뭐라고? 아니야. 내 말은, 사반나가 그 프로그램에서 보고, 그게 좋은 이야기가 될 수 있다고 생각했을지도 모른다는 거야. 정말로 사반나가 과잉 기억 증후군이라면, 자기가 겪은 일을 그토록 자세하게 말할 수 있는 건, 텔레비전에서 봤기 때문이라는 거지."

"에이미, 꾸민 '이야기'는 없어."

힘없이 잠에 빠졌던 노인이었던 조금 전의 모습은 완전히 사라진 엄마가 다시금 "지금까지 많이 참았다"라거나 "이제 엄마의 인내심이 한계에 도달했다"라는 사실을 분명하게 보여주었던 젊은 엄마가 되어 분노에 찬 차가운 목소리로 대답했다.

"내가 직접 그 애 상처를 치료해줬어."

"사반나가 다친 게 거짓이라는 게 아니야. 그저 그 상처가 난 이유가……."

"지금 가정 폭력을 당한 여자가 거짓말을 한다고 말하는 거니? 그런 어처구니없는 말이 어딨어? 너는 페미니스트잖아. '나는 그녀를 믿는다' 운동도 못 들어봤니?"

세상에, 우리 엄마가 이렇게 순진한 사람이었다니!

"엄마, 내 말은 이게 너무나도 큰 우연이라는 거……."

"저 가여운 애가 지금 내 주방에서 내가 먹을 수프를 만들고 있어. 미네스트로네 만드는 게 얼마나 어려운지 아니? 재료를 얼마나 잘게 다져야 하는지 알아? 정말로 힘든 일이야. 에이미, 분명히 말하지만, 난 저 애를 믿어!"

엄마는 플래카드를 높이 들고 거리를 행진할 준비가 되어 있었다. 세상에, 두 사람의 위치가 뒤바뀌었다. 에이미는 의심 많은 중년 여자가 되어 있었고, 엄마는 열정적이고 이상적인 10대 소녀가 되어 있었다.

갑자기 침실 문이 벌컥 열리더니 아빠가 김이 나는 머그잔을 들고 침실로 들어왔다.

"안녕, 딸. 저기, 주방에 앉아 있는 녀석, 네 거냐?"

29

현재

"그래서, 그 사람의 엄마를 만나봤다고?"

리즈 배링턴이 식탁 앞에 앉아서 자신의 소득 신고서를 작성해 주고 있는 동생에게 물었다.

사이먼은 영수증 더미에서 시선을 돌리지 않았다.

"네 공동 세입자의 엄마 말이야. 에이미의 사라진 엄마."

리즈가 분명하게 다시 물었다.

애초에 에이미가 사이먼이 살고 있는 공유 아파트에 들어온 건 모두 리즈 때문이었다. 리즈는 에이미의 우버 기사였다. (현재 리즈는 '집에서 리즈와 함께 태닝하기'라는 훨씬 전도유망한 모바일 태닝 사업을 시작했기 때문에 우버 기사는 그만두었다.)

리즈가 에이미를 태운 날 밤, 두 사람은 한참 수다를 떨었고, 에이미가 리즈에게 차를 세워두고 자기 친구들과 함께 술을 마시자고 했다. 모임은 괜찮았다. 하지만 에이미의 친구들은 정말 각양각색이었다. 그중 한 명은 60대처럼 보였는데, 정말로 예순 살이었다. 리즈가 60대 여자들과 대화하고 싶었다면, 그곳이 아니라 엄마를 만나러 갔을 것이다, 세상에. 그때 에이미는 살 곳을 찾고 있다고 말했고, 리즈는 동생의 공유 주택에서 공동 세입자가 나갔다고 말했다. 그래서 리즈의 남동생과 리즈의 우버 손님이 함께 살게 된 것이다.

"그분 이름은 조이야. 만났지. 남편분도 만나고."

"넌 어떤 거 같아? 정말로 남편이 범인인 거 같아? 모두 그렇게 생각하는 것 같던데."

리즈가 신이 나서 물었다.

"난 모르겠던데."

사이먼이 대답했다.

"에이미랑은 어쩌다 그렇게 친해졌어? 에이미가 정말 속상할 거 같아. 생각해봐. 엄마는 실종됐는데, 아빠는 범인으로 몰리고 있잖아. 그런 상황은 상상도 못 하겠어."

리즈는 잠시 곰곰이 생각했다.

"우리 집이라면 완전히 반대일 것 같아. 증거를 없애는 건 엄마가 더 잘하잖아. 엄마는 항상 인터넷에서 검색 기록을 지워버리지. 그거 정말 의심스럽지 않아?"

사이먼은 대답하지 않았다.

"넌 얼마나 잘 아는데? 에이미에 대해서 말이야."

"아주 잘 알지."

사이먼은 두 눈을 가느다랗게 뜨고 영수증을 쳐다보았다.

"정말로 속눈썹 연장한 걸로 소득공제를 받을 수 있다고 생각하는 건 아니지?"

리즈가 어깨를 으쓱했다.

"일하려면 반드시 속눈썹을 연장해야 해."

"아닐걸."

"그 문제는, 서로 의견 차이가 있다는 걸 인정하자고."

사이먼은 다음 영수증을 집어 들었다.

"그러니까, 너는, 그 뭐야, 에이미랑 시간을 보낸 거야?"

사이먼이 다시 영수증 위로 고개를 숙였다.

"이런, 세상에, 사이먼."

리즈는 이 멍청한 동생이 너무나도 사랑스럽게 느껴졌다. 처음에는 지긋지긋한 약혼녀한테 차여서 정신을 못 차리더니, 이제는 자기보다 훨씬 나이가 많은 기이한 공동 세입자에게 붙잡혀버린 것이다. 20대처럼 입고 젊은 남자만 찾아다니는 그 독특한 여자에게 걸리다니. 남자들은 보톡스 미인과 자연 미인을 구별하지 못한다. 물론 에이미는 보톡스를 맞지 않은 게 분명했지만, 지나치게 히피스럽고, 뉴에이지적이었다. 그리고 자기 나이에 맞지 않게 지나치게 젊게 입고 젊게 행동했다.

"에이미는, 분명히, 너보다 열네 살 많지 않았나?"

"아니, 열두 살이야. 나보다 12년, 3개월, 24일 더 살았어."

사이먼이 대답했다.

30

과거, 10월

"난 사과크럼블 주세요."

데이비드 존스 카페테리아에서 조이는 종업원에게 말했다. 조이의 맞은편에는 시반니가 앉아 있었고, 두 사람의 빌밑에는 빳빳하고 빛나는 쇼핑백들이 두 사람을 둘러싸고 있었다.

"아이스크림이나 크림도 드릴까요?"

종업원이 물었다.

"둘 다 주세요."

조이가 단호하게 말했다.

메뉴판에 사과크럼블이 있다면 무조건 주문하는 것이 델라니 가족의 전통이었다. 델라니 가족에게는 언젠가는 스탠의 어머니가 만든 사과크럼블보다 더 맛있는 사과크럼블을 찾을 수도 있으리라는 은밀하고도 야릇한 소망이 있었기 때문이다. 조이를 뺀 나머지 델라니들은 사과크럼블을 먹을 때마다 "할머니 것처럼 맛있지는 않아"라고 말했고, 그럴 때마다 조이는 '그 노인이 절대로 자기 요리법을 알려줄 리가 없지'라고 생각했다. 언젠가 누군가, 아직은 그 누구도 찾아내지 못한 비밀 재료를 알아내야지만 스탠의 어머니는 진짜로 하늘나라로 갈 수 있을 것이다.

"저도 사과크럼블을 먹을 수 있을까요? 아이스크림이랑 크림도 주시고요."

사반나가 어색하면서도 아이같이 예의 바르게 요청했다.

"그럼 어머니랑 똑같이 해드릴게요."

종업원이 주문서를 닫으면서 말했다. 오늘 두 사람이 모녀라는 소리를 들은 건 이번이 벌써 두 번째였다. 첫 번째는 옷가게 탈의실에서 들었다. 옷 고르는 걸 도와주던 종업원이 평소라면 입지 않았을 색상의 하늘하늘한 플로럴 드레스를 입어본 조이에게 "따님은 어떻게 생각하는지 물어볼까요?"라고 했다.

사반나는 조이가 그 드레스를 사야 한다고 했다.

"정말 아름다워요."

사반나는 눈을 가느다랗게 뜨고 말했다.

"게다가 20퍼센트나 할인해준대요. 잘 만든 옷 같아요."

사반나는 무릎을 꿇고 조이 옆에 앉아서 드레스의 끝자락을 뒤집었다.

"여기, 시접 처리한 것 좀 보세요. 정말 질이 좋아요."

정말 질이 좋아요. 사반나의 말이 날카롭게 조이의 의식을 파고들었다. 사반나처럼 젊은 여자가 쓸 법한 말투가 아니었다. 〈초원의 집〉의 엄마가 썼을 법한 말투였다. 하지만 이런 순간이면 조이는 자신이 진짜 사반나를 보고 있다는 느낌이 들었다. 드레스에 대한 관심이 잠시 자신을 잊게 만들어 사반나를 가리고 있던 베일을 들어 올리게 하는 것이다.

사반나는 호텔 접대 담당자처럼 언제라도 시중을 들 준비가 되어 있었고, 조이의 계획에 한결같이 예의 바르게 따뜻한 관심을 보였기 때문에 조이는 호텔 손님처럼 사반나의 관심을 당연한 것으로 받아들이고 마음껏 누리는 잘못을 범해서는 안 된다는 사실을 가끔씩 스스로에게 상기시켜야 했다. 그래서 조이는 사반나에게 자기 이야기를 하도록 유도해봤지만, 사반나는 아주 조금씩만 자신을 드러내 보였다. 사반나는 조금 늦은 시간에, 조이와 단둘이 있을 때, 특히 소량의 브랜디의 도움을 받을 때만 자기 이야기를 털어놓았다. 그때야말로 사반나가 '과잉 기억 증후군'이라고 불러도 좋을 탁월한 기억력을 발휘하는 순간이었다.

두 사람은 조이의 회고록 쓰기 강좌에 관해 말했고, 조이의 삶에는 제대로 기억이 나지 않는 흐릿한 기간이 있음을 알게 되었다.

"저도 기억이 조금은 흐릿해졌으면 좋겠어요. 저는 모든 걸 기억해요. 세세하게 기억나고, 조금도 흐릿해지지 않아요."

사반나는 유리잔을 들여다보면서 말했다.

조이는 카페테리아 탁자 위의 나이프와 포크를 옆으로 밀고 몸을 앞으로 기울여 손으로 턱을 괴고 사반나를 물끄러미 바라보았다. 확실히 사반나는 처음 왔을 때보다 좋아 보였다. 자신이 사반나를 돌봐주었기 때문에 상태가 훨씬 좋아졌다고 말할 수 있다면 정말 좋을 텐데. 하지만 진실은 그와는 반대였다. 사반나가 조이를 정말로 잘 돌봐주고 있었다.

"피곤하세요?"

사반나가 물었다.

"전혀."

사실은 조금 피곤했다.

"드레스를 살 수 있게 용기를 줘서 고마워."

"스탠이 좋아할 거예요."

"저렴한 가격에 샀다는 걸 좋아하겠지."

"좋은 드레스예요."

조이의 어머니라면 무릎을 꿇고 치맛단까지 점검한 사반나를 칭찬할 것이다. 어머니도 옛날에 그렇게 하셨으니까. 솔기가 어떻게 처리되어 있는지, 밑단은 얼마나 튼튼한지를 살펴보셨으니까. 이리저리 살펴보고 마음에 들지 않는 점을 발견하면, 어머니는 경멸하듯이 코를 킁킁거렸다.

조이는 어머니와 함께 하루 종일 쇼핑을 하던 날을 사랑했다. 아이들이 어렸을 때는 테니스가 모든 일상을 차지했기 때문에 쇼핑을 나오기가 힘들었다. 하지만 1년에 단 한 번, 조이는 어머니와 함께 이렇게 쇼핑을 하며 하루를 보냈다, 가게에서 가게로 돌아다니며, 사야 할 물건을 구경하고, 흥정하고, 옷에 어울리는 액세서리를 사고, 새로 산 블라우스의 파란색이 치마의 파란색과 완벽하게 어울린다는 사실을 깨닫고, 지친 다리를 쉬게 해주려고 카페에 앉아 잠시 차를 마시며 더 필요한 물건이 없는지 고민하는 시간은 너무나도 만족스러웠고, 너무나도 행복했다.

조이의 딸들을 둘 다 쇼핑을 싫어했다. 에이미는 상업주의니 밝은 빛이니 '미로에 갇힌 쥐의 느낌'이라느니 하는 말도 안 되는 소리를 중얼거렸고, 브룩은 사야 할 물건에만 집중하기 때문에 발을 동동 구르고 조이의 등의 오목한 부분을 손으로 두드리면서 "빨리, 빨리, 엄마. 쇼핑은 짧게 하는 게 좋아"라며 조이를 재촉했다.

이제 브룩은 오직 온라인으로만 물건을 샀고("엄마도 그래야 해. 그냥 마우스만 몇 번 누르면 끝난단 말이야."), 에이미는 폐옷 수거함에서 옷을 꺼내 오는 게 분명했기 때문에 조이는 딸들에게 쇼핑을 하러 가자는 제안은 하지 않았다.

하지만 사반나는 달랐다. 조이가 병원에 입원해 있는 동안 사반나가 해준 일들이 너무 고마워서 멋진 쇼핑몰에 가서 원하는 걸 사주고 싶다고 했을 때 사반나는 얼굴이 환해지면서 재빠르게 "아, 그럴 필요는 없으신데요"라고 말했다.

"내가 좋아서 그래."

조이는 진심이었다. 왜냐하면 오늘은 잃어버린 자신의 일부를, 조이의 테니스에 대해, 솔직히 말하면 조이의 아이들의 테니스에 대해서도 전혀 관심이 없었지만, 조이의 몸에 어울리는 색이나 목선의 모양에는 진심으로 열정적인 의견을 표출했던 어머니하고 있을 때만 존재했던 일부를 다시 찾은 것만 같았기 때문이다. 조이는 딸들에게는 패션에 대한 관심이 그저 지나가는 호기심 정도도 없을 거라고 생각했다. 두 아이는 쇼핑은 인형 놀이처럼 시시하고, 무의미하고, 조금은 경멸해야 하는 활동이라고 생각했다. 물론 두 아이는 인형 놀이를 해본 적도 없었다. 조이는 어렸을 때는 몇 시간이고 인형 놀이를 했는데 말이다.

"사반나의 시프트 드레스에 완벽하게 어울리는 목걸이를 알아. 길고 무거운 사슬에 두툼한 펜던트가 바로 여기에 오는 목걸이야."

조이가 사반나의 쇄골을 가리키면서 말했다.

"물론, 그 열쇠 목걸이를 거의 늘 하고 있는 건 알지만 말이야. 그 목걸이에, 무슨 사연이 있나 봐."

조이의 말에 사반나의 얼굴이 잠시 지겹다는 듯이 경직됐고, 사반나는 서른 살은 더 많아 보였다.

"스물한 살 생일 때 친구가 줬어요."

사반나는 열쇠를 들어 턱에 대고 두드렸다.

"'아주 밝은 미래로 향하는 문을 열어줄 열쇠'라고 했어요. 전 아직도 그 문이 열리기를 기다리고 있고요."

사반나가 냉소적으로 웃었다.

"당연히 사반나가 열어주기를 기다리는 문이 아주 많을 거라고 생각해."

조이는 에이미가 '나쁜 감정'을 느꼈을 때 자신이 사용하는 쾌활한 말투가 사반나에게는 아무 소용이 없음을 눈치챘다.

"음, 조이가 그 문을 열어주셨죠."

사반나의 표정이 조금 풀렸다.

"그게 시작일 거예요. 녹색 펜던트를 하는 게 좋을 것 같아요."

사반나는 몸을 숙여 쇼핑백 안에서 시프트 드레스 끝자락을 잡아 들어 올리더니, 드레스를 가리키며 말했다.

"그럼 이 작은 녹색 사각형 무늬가 도드라질 것 같아요. 조이 생각은 어때요?"

"완벽할 것 같아."

갑자기 조이의 눈에 눈물이 맺혔다. 그 순간 어머니가 생각나면서 가늘고도 날카롭고, 기묘한 기쁨이 섞인 슬픔이 조이의 가슴을 뚫고 지나갔다. 오늘 함께 나왔다면 어머니가 정말 행복해하셨을 텐데. 사반나 같은 손녀가 있었다면, 할머니와 손녀는 정말로 친해질 수 있었을 텐데. 조이의 어머니는 20년도 전에 돌아가셨는데, 그때 조이는 복잡하고도 이상한 감정을 느꼈다. 조이의 어머니는 특별히 좋은 엄마는 아니었고, 할머니로서는 더 좋지 않았다. 자신의 손주들이 너무 시끄럽고 너무 크다고 생각했고, 너무 많다고 생각했다. 조이가 브룩을 임신했을 때 어머니는 "너는 어떻게 더 많은 아이를 원할 수 있니?"라고 했었다.

어머니가 돌아가시고, 고작 석 달 뒤에 스탠의 어머니가 돌아가셨을 때, 조이에게는 형제가 없었고, 조이의 아이들은 몰래 용돈을 주고 그 망할 사과크럼블을 만들어준다는 이유로 다른 할머니를 더 좋아했기 때문에, 조이는 오롯이 자신만의 슬픔이 되어버린 어머니를 잃은 슬픔을 직면할 때마다 그것을 애써 외면해왔다.

힘든 테니스 시합에 나가야 하는 아이들이 넷이나 있고, 신경 써야 할 제자들이 100여 명이나 있고, 자기 어머니의 죽음을 슬퍼하며 힘든 중년의 삶을 감당하기도 힘들어하는 남편이 있다면, 어머니와의 관계가 늘 실망과 사랑으로 얽혀 있었다면, 어머니를 잃은 슬픔은 몸을 돌리고 돌리면서 완벽하게 피해 갈 수 있었다. 어느 날, 세탁기에서 망가져버린 블라우스를 꺼내기 전까지는, 어머니가 언제나 그런 옷은 차가운 물에서 손으로 직접 빨아야 한다고 했던 블라우스를 꺼내기 전까지는 말이다.

조이의 잠재의식이 바로 그 순간에 이성을 발휘해, 그제야 이제는 어머니를 더는 볼 수 없다는 사실을 진심으로 깨달은 것처럼 말이다. 그제야 조이는 이제 더는 어머니가 아주 바쁜 시간에 별일도 아닌 일을 가지고 무리한 요청을 하려고 전화를 하는 일은 없으리라는 사실을 깨달았다. 이제 더는 조이에게 자기는 2월이 정말 싫다고, 8월이 싫다고, 11월이 싫다고 말할 어머니가 없다는 사실을 깨달았다(어머니는 오직 4월만을 좋아했다.) 펄 베커는 언제나 자신을 피해 가기만 하는 행복을 단 한 번도 잡아본 적이 없었고, 딸과 어머니의 관계는 영원히 풀지 못할 수수께끼로 남아버렸다.

그날, 조이가 세탁기에 몸을 기대고 앉아 치마 위로 뚝뚝 떨어지는 물을 맞으며 흠뻑 젖은 블라우스를 잡고 너무나도 격렬하게 울고 있을 때, 갑자기 세탁실 문을 열고 한 학생이 불쑥 들어왔고, 조이는 창피하게도 자신의 모습을 본 그 아이에게 버럭 고함을 질렀다(놀랍게도 그 아이의 어머니는 조이에게 항의하지 않았다).

하지만 지금 느끼는 슬픔은 전혀 복잡하지도 않았다. 자연스러웠고 유익했다. 마침내, 그 오랜 시간이 지난 지금, 조이는 어머니를 잃은 평범한 딸들처럼 슬퍼할 수 있게 되었다. 드디어 어머니의 장례식이 끝난 다음 날에 눈물 하나 없이, 어머니에 대한 추억 하나 떠올리지 않고 덤덤하게 커다란 쓰레기봉투에다 어머니의 옷을 집어넣고 버린 뒤에, 몇 주나 지나서야 어머니를 당혹스럽게 만들 발작적인 슬픔에 사로잡혀 세탁실 바닥에서 엉엉 울던 조이와 달리, (조이의 어머니라면 분명히 그렇게 울고 있는 조이를 보면 딸의 팔을 잡아당기면서 "일어나, 누가 보면 어쩌려고 그래?"라고 소리쳤을 것이다) 조이가 죽은 뒤에 딸들이 느꼈으면 하는 슬픔을 느끼게 된 것이다.

"고마워요."

조이는 사과크럼블을 가지고 온 종업원을 보면서 다시 의자에 몸을 기댔다. 그리고 사반나에게 말했다.

"그런 목걸이 파는 가게 알아. 이거 먹고, 곧바로 가보자."

"음, 그게…… 그래도 된다면요."

사반나가 갑자기 불편한 것처럼 말했다.

"이미 저를 위해서 돈을 너무 많이 쓰셨어요. 자녀분들이 좋아하지 않을 거예요."

"저런, 사반나에게는 우리가 월급이라도 줘야 해. 하루 종일 요리를 하잖아. 집도 관리해주고. 이건 정말 별것도 아니야."

"하지만 전 집세도 내지 않고 있잖아요."

사반나가 말했다.

"그래도 이익을 보는 사람은 나야."

조이는 단호하게 말했고, 아침에 브룩과 했던 통화를 생각했다.

"엄마, 정말로 그 여자를 가사 도우미 같은 걸로 쓰고 싶으면, 적절한 절차를 밟아서 고용해야 해."

브룩은 그렇게 말했지만, 당연히 조이는 사반나를 입주 요리사나 가사 도우미로 고용할 생각이 없었다. 조이가 아는 그 누구도 가사 도우미를 쓰지 않았다. 그런 일을 영화배우나 미국인들이 하는 거였다. 동부 교외에 사는 사람들이나 하는 일이었다. 조이나 스탠 같은 평범한 사람이 할 수 있는 일은 아니었다. 그럼에도 어젯밤에는 사반나를 하숙생 비슷하게 데리고 있을 수 있겠다는 생각을 했다. 안 될 게 없을 것 같았다. 사반나가 조이의 집 가까이에서 직장을 구하면 에이미의 방에 머물면서 적당하게 하숙비를 내거나, 하숙비를 내지 않고 두 사람의 요리를 책임져도 될 것 같았다.

하지만 스탠은 그런 생각을 조금도 좋아하지 않았다. 어젯밤에 스탠은 침실 문을 닫고 침대에 누워 이제 사반나가 온 지도 6주가 넘었으니, 슬슬 갈 곳을 찾아야 하지 않겠느냐고 말했다.

"굳이 왜 그래야 하는데?"

조이는 깜짝 놀라 말했다. 조이는 스탠도 자신만큼이나 사반나와 함께 있는 걸 좋아한다고 생각했지만, 조이가 퇴원한 뒤로 스탠은 사반나와 함께하는 시간이 부쩍 줄어들었다. 사반나에게 옛 무용담을 떠드는 일도 없었고, 식사 시간이면 핑계를 대고 빠져나갔다. 이제 스탠과 사반나는 함께 앉아서 텔레비전도 보지 않았다. 정말 안타까운 일이었다.

"내가 병원에 있을 때 무슨 일 있었어?"

조이가 물었다.

"무슨 일?"

스탠은 이를 앙다물었다.

"나야 모르지. 당신이 처음과 다르게 지금은 사반나를 탐탁지 않게 생각하는 것 같아서 하는 말이야."

"충분히 오래 있었잖아. 그 말을 하는 거야."

스탠의 태도는 정말 이상했다.

조이는 잠시 가만히 있다가 다시 물었다.

"아이들이랑 무슨 말 했어?"

아이들은 사반나에 대해서는 정말 어린아이처럼 굴었다. 사람들은 아주 비슷한 경험은 할 수 없다는 듯이, 로건이 비슷한 이야기를 보았다는 다큐멘터리를 근거로 사반나가 남자 친구 이야기를 꾸몄다고 비난하는 에이미의 말을 믿을 수가 없었다.

스탠은 대답을 하지 않았고, 조이는 스무 살 때 그랬던 것처럼 순진하면서도 바보처럼 조금 더 큰 소리로 다시 질문을 하거나, 마흔 살 때 그랬던 것처럼 큰 소리로 "대답해!"라고 소리쳐 스탠을 만족스럽게 할 생각은 없었다.

조이는 자신이 제대로 추측했다고 확신했다. 아이들이 아빠에게 무슨 말을 했기 때문에 갑자기 스탠이 사반나를 차갑게 대하는 게 분명했다. 스탠은 자신이 그렇게 보이고 싶어 하는 것보다 훨씬 더 크게 아이들의 의견에 영향을 받았다. 특정 문제로 아이들과 격렬하게 논쟁을 한 뒤에도 한 달쯤 지나 같은 문제로 논쟁을 했던 아이들의 주장을 마치 자신의 주장인 것처럼 앞세웠고, 절대로 자신은 그와는 반대되는 생각이나 말을 한 적이 없다고 우겼다.

스탠이라면 사반나가 충분히 오래 있었다고 생각할 수도 있겠지. 매일 오후 5시가 되면 주방으로 들어가서 절망과 지겨움에 치를 떨면서 냉장고 안의 내용물을 보고, 저녁으로 무엇을 해야 할지 몰라 채소 보관 칸을 계속 열었다 닫았다 해야 하는 사람은 스탠이 아니니까.

이토록 오랜 시간이 지난 뒤에 요리를 하는 게 이렇게 끔찍해지다니, 이건 뭔가 다른 걸 의미하는 게 아닐까? 아주 먼 옛날에는 매일 오후 5시면 조이는 계속 아이들을 가르치고, 빨래를 하고, 강아지를 돌보고, 회계사를 만나고, 미처 못다 한 과제를 하고, 어머니와 시어머니를 상대한 뒤에도 어김없이 6명의 가족을 위해 요리를 해야 했기 때문에(아무리 적은 양만 요리를 한다고 해도 식탁에는 언제나 가족이 아닌 사람들이 함께했다) 분노하거나 불평을 할 여유조차 없었다.

하지만 이제는 조이와 스탠밖에 없으니, 조이에게 요리는 가벼운 봄바람 같아야 했다. 이제는 하루를 온전히 쓸 수 있으니, 사랑하는 요리책을 마치 로맨스 소설을 읽는 것처럼 입까지 조금 벌리고 엄청난 집중력으로 행복해하며 샅샅이 훑어보는 사반나처럼(사반나는 그렇게 어린데도 요리책을 정말 많이 가지고 있었다!) 조이도 요리책을 들여다보면서 무엇을 먹을지 계획하고 준비할 수 있었다. 이제는 지역 특산물 상가에 가서 특별한 재료를 구경하며 어슬렁거릴 시간도 있었다. 그렇게 한다는 생각만으로도 울고 싶을 정도로 지겨워 미칠 것 같다는 것만 빼면 말이다.

도대체 조이는 무엇이 잘못된 걸까? 조이는 음식 배달 서비스를 이용하거나, 원한다면 가사 도우미를 고용하라는 사무적이면서도 놀라웠던 브룩의 제안을 생각했다. 아이들은 이제 무엇이든지 온라인으로 해결할 수 있다고 했다. 아이들은 항상 문제의 해답을 찾는다며 전화기를 집어 들었고, 전화기를 들여다보지 않는 시간을 5분을 넘기지 못했다. *내가 찾아볼게, 엄마. 내가 알아서 할게. 내가 예약할게. 내가 주문할게.* 아이들이 손가락을 움직이면 모든 일이 해결됐다. 나이 든 조이가 무엇을 한다고 호들갑을 떨 필요가 없었다.

"내가 병원에 있는 동안 스탠을 돌봐줬잖아. 혹시 스탠이 심술을 부리거나 하지는 않았어? 그 사람은 심술궂어질 때가 있거든."

"전혀 안 그러셨어요."

조이는 사반나의 표정을 읽을 수가 없었다. 정말로 심술을 부린 걸까? 아니면 이상하게 굴었거나? 스탠은 이상해질 때가 있는데, 젊은 사람들은 나이 든 사람이 이상하게 구는 걸 견디지 못하잖아. 젊은 사람들은 늘 분명하고 깔끔한 설명을 원하니까. 사람들이 어떤 행동을 할 때는 그런 이유를 정확하게 알아야 하니까. 젊은이들은 아직 어떤 일에는 정해진 답이 없다는 걸 배우지 못했으니까.

"우리 딸들은 아빠가 다른 사람이 보살펴주지 않아도 혼자서 잘할 거라고 생각해. 하지만 스탠은 세대가 다르잖니. 주방에서는 정말 아무 도움도 안 되는 사람이야."

그렇게 말하고 조이는 잠시 생각했다.

"뚜껑은 잘 따주지만."

조이는 이제 뚜껑을 따줄 데니스가 없는데, 데비 크리스토스는 어떻게 살아가고 있을지 궁금해졌다. 데비의 손목은 너무나도 앙증맞았다. 데비에게 전화해서 뚜껑을 딸 일이 있으면 언제라도 스탠을 부르라고 말해야겠다는 생각이 들었다. 언제라도 말이다.

"그 사과크럼블은 어때요?"

사반나는 델라니 가족이 할머니의 사과크럼블을 복원하려고 애쓰고 있다는 사실을 알고 있었다.

"잘 만든 크럼블이야. 하지만 뭔가 부족해."

조이는 혀로 스푼을 핥으며 말했다.

"사실, 솔직히 말해서, 아주 못미처. 도대체 어떻게 그분이 그렇게 맛있는 크럼블을 만들 수 있었는지 모르겠어. 크럼블 말고는 아무것도 안 만들었어. 고약한 늙은 주정뱅이였는데."

이상한 일이지만, 스탠의 어머니가 만든 크럼블에는 사랑의 맛이 났다. 정말 수수께끼 같은 일이다.

"혹시, 비밀 재료가 알코올 아닐까요? 위스키 같은?"

사반나의 말에 조이가 스푼으로 사반나를 가리키며 말했다.

"그럴지도 모르겠어. 사반나는 영리하네."

"이번 주에 한번 만들어볼게요."

조이가 해준 영리하다는 말이 사반나를 즐겁게 만든 듯했다.

"제가 델라니 가족의 사과크럼블 미스터리를 풀어볼게요."

조이는 사반나가 스푼을 혀끝에 댔다가 다시 탁자에 내려놓는 모습을 지켜보았다. 사반나는 정말 먹지 않았다. 그저 요리만 했다. 사반나는 너무 말랐다. 조이는 사반나에게 너무 말랐다고 말해주고 싶었지만, 말을 조심해야 한다는 사실도 알았다. 언젠가 조이가 "우리 딸들은 발이 정말 거대해요"라고 말하는 소리를 들은 에이미와 브룩은 지금까지도 엄마가 그런 말을 했다고 투덜댄다. 하지만 조이는 전혀 나쁜 뜻으로 한 말이 아니었다.

"넌, 너무 안 먹는 거, 맞지? 그렇게 요리를 사랑하는 사람치고는 안 먹는다는 뜻이야."

분명히 기분 나쁠 말은 아니다.

"본래는 엄청 잘 먹었어요. 어렸을 때는요."

사반나가 사과크럼블에 스푼을 꽂더니 빙글빙글 돌렸다.

자기한테 먹네, 마네, 하는 소리를 하면 안 된다고 생각하는 건 아니겠지?

"늘 배가 고팠거든요."

단호하면서도 호전적인 사반나의 표정에 조이는 더는 아무 말도 하지 않기로 했다. 어쩌면 조이는 의도치 않게 사반나의 외모를 지적한 것인지도 몰랐다. 이제 사람들의 삶에는 새로운 규칙들이 너무나도 많이 생겼고, 조이는 아직 그 규칙들을 다 익히지 못했다. 예의라고는 전혀 모르는 상태로 세상에 나와, 모든 좋은 예의는 조이에게서 배운 아이들은 가끔 "엄마, 그렇게 말하면 안 되지"라고 소리를 질렀다. 그럴 때면 조이는 아무렇지 않은 듯이 웃어넘겼지만, 사실은 아이들이 무심코 뱉은 말 때문에 속상하고 당황스러웠다.

"그 사람이랑은 얼마나 만난 거야? 그러니까, 그……."

조이는 자기 얼굴에서 사반나에게 상처가 있던 부위를 짚으면서 물었다.

"1년쯤 만났어요."

사반나의 얼굴에는 그 어떤 감정도 드러나지 않았다. 사반나는 스푼으로 카푸치노의 거품을 긁어모았다.

"그 전에도 널 다치게 한 적이 있니?"

조이는 단 한 번도 사반나의 이야기를 점검해본 적이 없었다. 그저 질문을 했고, 사반나를 이해하려고 노력했을 뿐이다.

사반나는 스푼을 탁자 위에 내려놓으며 말했다.

"한 가지 질문해도 될까요? 조이의…… 결혼 생활에 관해서요."

왠지 조이는 지금 자기 앞에 잠시 긴장을 내려놓고서 쓰고 있던 마스크를 벗고 자신의 진짜 모습을 드러낸 진짜 사반나가 앉아 있는 것 같다는 이상한 기분이 들었다.

"그럼, 해도 되지."

조이가 거리낌 없이 대답했다.

"혹시, 두 분은…… 바람피우신 적이 있어요?"

"아."

조이는 냅킨으로 입을 닦고 의자에 기대앉았다.

"너무 사적인 질문이죠. 알아요."

사반나가 말했다.

물론 사적인 질문이다. 하지만 조이도 사반나의 연애라는 사적인 질문을 했다. 그러니까 사반나가 조이에게 사적인 질문을 하면 안 될 이유는 없었다.

"아니."

자신을 향해 고개를 숙이며 다가오던 입술의 희미한 모습이 조이에게 불러일으키는 수치심만 되받아쳐버린다면 아무 문제가 없는 질문이었다.

"조이가 아는 한은 그렇다는 거군요."

사반나가 말했고, 조이는 눈을 깜빡였다.

"아, 두 분이 바람을 피우셨다는 뜻은 아니에요."

"당연히 그렇겠지. 맞아. 내가 아는 한은 없었어."

"조이는 운이 좋았네요. 아주 어렸을 때 영혼의 단짝을 만났으니까요."

사반나는 무언가를 깊이 생각하는 것 같았다.

"영혼의 단짝이라. 나는 그런 거 모르겠어. 스탠은 어린 남자였을 뿐이니까. 완벽한 사람은 아니야. 나도 완벽한 사람은 아니고. 젊었을 때는 너무 화가 나서 절대로 용서할 수 없을 것 같은 일도 있지만, 음, 뭐 때문이라고 할까……."

"생일 같은 걸까요? 생일을 기억하지 못하는 거 같은?"

사반나는 사과크럼블의 토핑 부스러기를 손가락으로 문질렀다.

"그렇지. 그런 일들 때문이지."

하지만 조이는 단 한 번도 생일 같은 기념일을 신경 써본 적이 없었다. 조이는 사반나에게 "오, 아니야, 달링"이라고 말하고 싶었다.

조이는 센트럴 코스트에 있는 노섬벌랜드 오픈에 참가하러 달려가던 그날을 떠올렸다. 뒷좌석에서 아들 녀석들은 도무지 싸움을 멈출 생각을 하지 않았고, 운전석에 앉아 있는 스탠은 이상할 정도로 차분했고, 조이의 위장은 안 좋은 예감으로 요동치고 있었다. 조이는 몸을 뒤로 돌려 으름장을 놓고, 험악하게 얼굴을 찌푸리며 아이들을 멈추게 하려고 애썼다. 그때는, 로건과 트로이가 둘의 논쟁이 생과 사를 결정하는 문제라도 되는 것처럼 격렬하게 싸우던 시기였다.

그리고 스탠은 방향 지시등을 켰다. 스탠의 깜빡이를 켰다. 당시에는 방향 지시등을 깜빡이라고 불렀다. 한때는 소중하게 여겼던 패션이나 의견이 사라지는 것처럼 단어도 구식이 되고 우스꽝스럽게 여겨지면서 사라진다는 게 재미있다. 그때, 스탠은 깜빡이를 켜고 차를 세우더니, 안전띠를 풀고, 차 밖으로 나가 문을 닫았고, 조이는 '지금 장난치는 거지, 스탠? 하이웨이에서 우릴 두고 간다고?'라고 생각했다. 하지만 장난이 아니었다. 그날, 스탠은 시합 장소에 오지 않았고, 아이들은 모두 시합에서 졌다. 정말 기이한 행동이었다.

남편들은 훨씬 더 나쁠 수 있다. 조이는 언제나 그렇게 되뇌었다. 아내를 때리는 남편도, 밀치는 남편도, 끔찍한 욕을 퍼붓는 남편도 알고 있다. 재닛 힉비가 복식 시합에서 실수라도 하면 재닛의 남편은 아내의 코를 비틀면서 "이 바보, 멍청이!"라고 말했다. 그럴 때마다 재닛은 그저 명랑하게 웃고 말았지만, 그 모습은 전혀 재미있지 않았다. 재닛이 남편의 행동 때문에 상처 받고 굴욕을 느낀다는 건 누구나 다 알았다. 물론 가엾은 재닛은 조금 짜증이 나는 사람이지만, 공을 너무 낮게 토스했다고 해서 그런 대접을 받는 게 당연한 건 아니다.

그리고 클럽 멤버였던 예쁜 폴리 퍼킨스도 있다. 코트에만 서면 완전히 펄펄 날아서, 남자들만큼이나 맹렬하게 공격하고, 네트 가까이 오는 것도 전혀 두려워하지 않는 사람이었지만, 폴리의 남편인 썩 잘나가는 대학교수는 아주 작은 공책에 폴리가 쓰는 돈을 1센트까지도 꼼꼼하게 적어둔다고 했다. 한번은 폴리의 남편이 폴리가 새 다리미를 살 수 있게 '허락해주지' 않아서 전날 밤에 크게 싸웠다고 했다. 폴리는 다리미가 녹슬어서 계속 옷에 얼룩이 생긴다며, 하얀 테니스 치마에 묻은 갈색 얼룩을 보여주었다. 6개월 뒤에 폴리는 남편을 버리고 뉴질랜드에 있는 친정으로 돌아갔고, 조이는 자주 폴리를 생각하면서 지금도 다림질을 하는지, 이제는 얼룩이 지지 않는 새 다리미를 사서 행복한지 궁금해했다.

남편은 떠날 수 있다. 스탠처럼. 그리고 조이의 아버지처럼 돌아오지 않을 수도 있다. 하지만 스탠은 언제나 돌아왔다. 조이와 스탠의 부부 생활에서 진실은 어느 쪽인가 하면, 대부분 더 인내하고 덜 화는 내는 사람은 조이가 아닌 스탠이라는 거였다. 아이들이 어렸을 때 조이는 언제나 짜증이 조금은 부글부글 끓어오르는 상태로 지냈다.

스탠은 조이도 화가 나면 갇혀 있는 인생 밖으로 곧바로 걸어 나가는 꿈을 꾼다는 생각은 하지 않는 걸까? 조이도 오래전에 아버지가 했던 것처럼 그냥 "친구를 보러 간다"고 말하고 집을 나가서 영원히 돌아오지 않는 상상을 자주 했다. 가끔은 납치범들이 집으로 쳐들어와 자신을 밴 뒤에 밀어 넣고 아주 쾌적하고 시원하고 조용한 지하 감옥에 집어넣어 오랫동안 쉬게 해주면 좋겠다는 공상을 했다. 그러나 집을 나간다는 건 실제로 할 수 있는 일이 아니었다. 가정에서 조이는 너무나도 필요한 사람이었다. 아이들의 일정을, 물건이 있는 자리를, 수의사의 이름을, 주치의의 이름을, 교사의 이름을 아는 사람은 조이였다.

하지만 스탠은 조금도 고민하지 않고 나갈 수 있었다. 그저 방에서 나가버리면 되는 것이다. 평범한 사람들은 그렇게 한다. 밖으로 나가면 스탠은 동네를 한 바퀴 돌고 들어올 때도 있었다. 평범한 사람들은 그렇게 한다. 가끔은 차를 타고 멀리 갔다가 한 시간 만에 돌아오기도 했다. 두 시간, 세 시간 만에 돌아오기도 했다. 나가 있는 시간이 길어질수록 평범함과는 거리가 멀어진다. 가장 오래 나가 있었던 시간은 5일이었다.

"네가 할 일은 이거야."

조이가 마침내 남편의 기이하고도 수치스러운 습관을 털어놓았을 때 어머니가 말했다.

"집에 들어올 때, 반드시 립스틱을 바르고 가장 어울리는 드레스를 입고 있어야 해. 절대 울지 말고, 소리도 치지 마. 어디에 있었는지 절대로 묻지 말고. 그저 고개를 꼿꼿하게 쳐들고 나갔다 왔다는 것도 몰랐다는 듯이 행동해야 해."

조이는 어머니의 조언을 철저하게 따랐다. 조이가 딸들에게 어머니처럼 조언을 했다면, 두 아이는 울부짖었을 것이다.

조이가 어머니의 규칙을 따르지 않은 것은 단 한 번뿐이었다. 늦은 밤, 문을 닫고 침대에서 섹스를 하고 아직도 거칠게 숨을 내쉬고 있을 때였다.

"도대체 왜 그래? 왜 사라지는 거야? 왜 나가버리는 거야?"

조이는 스탠의 가슴에 얼굴을 묻고 속삭였다.

처음에 조이는 스탠이 대답하지 않을 줄 알았지만, 스탠은 마침내 대답했다.

"그건 이야기할 수 없어. 미안해."

"괜찮아."

물론 괜찮았다. 하지만 괜찮지 않기도 했다. 조이의 심장에는 달콤한 사과가 한가운데 씁쓸한 작은 씨앗을 품고 있는 것처럼, 씁쓸한 분노의 씨앗이 들어 있었다.

두 사람은 그 이야기를 다시는 하지 않았다. "괜찮다"라고 말했을 때 조이는 두 사람이 합의를 한 거라고 생각했다. 스탠은 언제나 돌아왔고, 스탠이 나가는 건 1년에 한두 번뿐이었으며, 스탠의 머리카락이 하얗게 변하면서 점점 뒤로 물러나다가 마침내 사라지고 연골이 망가져가는 동안 집을 나가는 횟수는 점점 더 줄어들었고, 마침내는 조이가 자신의 월경 전 긴장증이 사라져버린 것처럼, 스탠의 길고 곱슬거렸던 검은 머리카락이 사라져버린 것처럼, 스탠의 가출도 결국에는 과거가 되어버렸음을 깨달았다.

"부부 관계를 유지하려면 타협을 해야 해. 그래야 계속 함께 살아갈 수 있어."

조이는 문득 입을 다물었다. 사반나가 옆자리에 앉은 엄마와 연한 분홍색 발레복을 입은 여자아이를 쳐다보고 있었기 때문이다. 여자아이는 머리카락을 모두 위로 묶은 발레리나 머리를 하고 있었다.

"귀엽네."

조이가 사반나에게 말했다.

"저도 고전 발레를 했었어요."

사반나가 아이에게서 눈을 떼지 않은 채 말했다.

"정말?"

조이는 호기심을 느꼈다. 사반나는 '과잉 기억 증후군'이라고 할 수 있을 정도로 기억력이 뛰어났지만, 세부적인 내용까지 상세히 기억하고 있는 많은 기억을 조이에게 들려주지는 않았다. 아마도 좋은 기억들이 아니기 때문일 것이다. 하지만 과거의 기억을 자세하게 말한다는 것은 좋은 일이다. 과거의 기억은 사반나를 이해하는 데 도움이 된다. 사반나가 아름다운 곧은 자세를 유지하고 우아하게 움직이는 건 모두 발레를 했기 때문이었다.

"내가 발레를 했다면 우리 어머니는 정말 좋아했을 거야. 위탁 가정에서 보내준 거니?"

조이의 말에 사반나가 멍한 표정으로 조이를 보았다.

"네?"

"발레 말이야. 발레는 어떻게 배운 거야?"

발레는, 그것도 '고전' 발레는 위탁 가정을 전전하던 아이가 여가를 보낼 때 할 만한 종목은 아니었다.

"아, 그저 입문반을 들었을 뿐이에요. 발레리나가 되려면 컵케이크는 먹으면 안 될 텐데. 설탕이 너무 많아요."

다시 옆자리 아이에게로 눈길을 돌리던 사반나가 입을 비죽거렸다. 잔뜩 오므린 입술에서 신랄한 말이 튀어나왔다. 또다시 사반나는 사반나가 아닌 사람처럼 말하고 있었다. 어쩌면 사반나는 자신도 모르게 자신의 삶에 영향을 끼친 권위자의 태도를 흉내 내고 있는지도 몰랐다. 사반나는 누군가가 먹도록 강요라도 했다는 듯이, 조금은 끔찍하다는 듯이 사과크럼블을 옆으로 밀어냈다.

"이제 그만 먹어야겠어요."

"그래. 나도 다 먹었어."

조이는 차를 홀짝이면서 행복한 표정으로 컵케이크를 먹으며 갈색 스타킹을 신은 다리를 연신 앞으로 차고 있는 작은 꼬마 발레리나를 다시 보았다. 그러자 갑자기 쓸쓸하다는 생각이 들었다. 왜냐하면 조이는 사반나가 발레에 관해 거짓말을 했다는 사실을 알았기 때문이다. 그런 거짓말을 하는 이유는 이해할 수 없었지만, 발레에 관해 거짓말을 할 수 있다면, 어쩌면 사반나에 대한 아이들의 판단이 옳을 수도 있었다. 하지만 조이는 아이들이 사반나를 제대로 판단한 것이 아니기를 바랐다.

"조이?"

익숙한 목소리가 들리자, 조이는 재빨리 카페로 걸어 들어오고 있는, 남편을 잃은 친구 데비 크리스토스를 맞이하기에 적합한 다정하고 따뜻한 표정을 지었다. 하지만 지금 이 순간, 데비 크리스토스를 만나야 한다는 사실이 너무나도 당혹스러웠다. 왜냐하면 바로 전에 데비의 앙증맞은 손목과, 그녀의 죽은 남편과 키스했던 생각을 했으니까.

31

현재

“경찰이 찾는 여자애를 본 적이 있어.”

데비 크리스토스가 친구인 설린 호에게 말했다.

“작년에 데이비드 존스 카페테리아에 갔다가 조이와 함께 있는 걸 봤어. 두 사람은 쇼핑을 하고 있었거든. 꼭 엄마랑 딸 같다고 생각했던 기억이 나.”

“그 여자 얘기를 듣긴 했는데, 나는 만난 적은 없어.”

설린이 대답했다.

설린은 지난달 내내 그랬던 것처럼 데비를 태우고 월요일 밤 테니스 모임에 가고 있었다.

살면서 겪어야 하는 엄청난 사건들이 대부분 그렇듯이, 남편을 잃는 것도 우정을 시험할 흥미로운 기회가 된다. 데비가 극장에 가고 싶지 않다고 했을 때 거만하게 “슬픔에 젖어 있으면 안 돼”라고 말한 친구처럼, 더는 친구 관계를 유지하지 않는 친구들이 생겼다. 하지만 자신은 남편을 잃어본 적이 없지만 데니스를 잃고 6개월이 지나는 동안 데비가 어떤 마음일지를 본능적으로 이해한 설린 같은 친구들과는 우정이 더 깊어졌다. 피부에 공기만 닿아도 베일 것처럼 예민해지고 예리해진 마음을 알아준 친구들과는 말이다.

설린은 “필요한 일이 있으면 언제라도 알려줘, 데비”라고 말하지 않았다. 그저 “7시에 데리러 올게”라고 말했다.

장례식에서 추도 연설을 하면서 데비의 아들은 “아버지는 금요일 밤 테니스 시합에서 이기셨습니다. 사랑하는 테니스를 하다가 돌아가셨습니다"라고 말했다. 데비는 제발 아들이 사실만을 말하기를 바랐다. 데니스는 한 포인트를 땄지만, 게임은 따지 못했고, 시합은 더더구나 이기지 못했다. 데비와 데니스는 조이와 스탠을 상대로 시합을 하고 있었다. 그 누구도 그 부부는 이길 수 없었다. 데비 아들의 추도 연설을 듣는 사람들 가운데 스무 명쯤은 '그런 일은 데니스의 꿈속에서나 가능했겠지'라고 생각했을 것이다.

"어땠어? 그 여자 말이야."

설린이 물었다.

"모르겠어. 사실 크게 신경 쓰지 않았거든. 그때 자세히 봤어야 했는데. 그때, 조이가 무슨 말을 하고, 어떤 행동을 했는지 생각해 봤거든. 혹시 불행해 보이거나 우울해 보인 건 아닐까 하고 말이야. 하지만 좋아 보였어. 뭐, 조이는 나랑 있을 때면 언제나 좋아 보이지만 말이야."

"정말, 조이는 어디 있을까? 이건 조이답지 않아, 안 그래?"

정지신호를 받고 차를 세우면서 설린이 갑자기 말했다.

"맞아. 조이답지 않아. 전혀. 그래서 걱정이 돼."

조이가 사라진 지 17일이 지났다.

어제 데비와 설린은 사람들과 함께 세인트헬렌스 보호구역을 감싸고 있는 자전거 도로에서 가까운 숲을 수색했다. 그 자전거 도로는 델라니 가족의 집에서 가장 가까이 있는 자전거를 탈 수 있는 길이었고, 조이는 작년 크리스마스에 아들 트로이에게서 새 자전거를 선물로 받았다. 조이가 자전거를 타는 모습을 본 사람은 아무도 없었지만, 조이는 분명히 그 자전거를 좋아했을 것이다.

수색대에는 조이의 다 자란 네 아이도 함께했다. 하지만 스탠 델라니는 나오지 않았다. 스탠의 그런 행동을 데비는 어떻게 생각해야 할지 몰랐지만, 자신들은 알고 있다고 생각하는 사람이 많았다.

"근데 생각나는 게 하나 있어. 작년 10월에 있었던 일인데."

설린은 도로에서 시선을 떼지 않고 말했다. 비밀을 고백하는 사람처럼 걱정스러운 표정을 짓고 있었다.

"독서 모임을 끝내고 집에 가는 길이었어. 저녁 9시에. 근데 보몬트 길 배수구에 한 남자가 앉아 있는 거야. 나는 술 취한 10대겠거니 생각했는데, 아니었어. 헤드라이트에 비친 사람은 스탠 델라니였어."

"길가 배수구에 앉아 있었다고?"

데비는 충격을 받았다. 스탠 델라니는 배수구에 앉아 있을 사람이 아니었다. 그러기에는 너무 컸다.

"내 말이. 그래서 차를 세우고 무슨 일이냐고 물어봤거든. 스탠은 산책을 나왔다가 넘어져서 무릎을 또 다쳤다고 했어. 그게 이상했던 게, 그 사람, 청바지를 입고 있었거든. 절대로 운동을 하러 나온 복장이 아니었어. 그냥 집을 나와서 돌아다닌 것 같았어."

"이런."

"맞아. 그리고 또 이상한 점이 있었어. 내가 보기에는…… 잘못 본 걸지도 모르지만, 분명히 울고 있었어."

"울고 있었다고?"

데비는 방금 들은 말을 이해해보려고 노력했다.

"무릎이 아파서?"

남자는 나이가 들수록 눈물이 많아지니까?

"무슨 일이 있었던 게 분명해. 왜냐하면 내가 스탠을 태우고 집에 데려다줬는데, 집에 네 아이가 모두 와 있었거든. 분명히 좋은 일이 있어서 모인 게 아니었어. 확실해. 뭔가 아주 큰일이 생긴 것 같았어. 뭔가, 심각한 문제가…… 아무튼 그런 분위기였어! 왜, 그냥 저절로 느껴지는 그런 분위기 있잖아. 조금 험악한 분위기."

"그때도 그 여자가 있었어? 사반나 말이야."

"나는 못 봤어. 아마 그때는 떠났던 것 같아. 아무튼 이 얘기는 지금 처음 하는 거야."

설린은 고개를 돌려서 걱정스러운 얼굴로 잠깐 데비를 보았다.

"이 얘기를 해야 하는 건지, 모르겠어."

"나도 모르겠네."

데비가 대답했다.

데비는 테니스 클럽을 휘몰아칠 가십과 루머를 생각했다. 조이와 스탠의 결혼 생활은 일종의 공적 자산이었다. 두 사람의 결혼 생활에 대해 모든 사람이 자신만의 의견이 있었다. 코트 안에서나 밖에서나 두 사람은 그 누구보다 행복한 부부라고 하는 사람들도 있었고, 복식 시합을 할 때 말 한마디 없이 서로 자리를 바꾸는 방식은 너무나도 경이로워서 마치 두 사람이 텔레파시를 주고받는 것 같다고 말하는 사람들도 있었다. 두 사람은 다른 부부들이 비통하게 부르짖는 "당신 거야", "아니, 당신 거야", "내가 받는다고 했잖아!" 같은 말을 하지 않았다. 시합에서 이길 때면 언제나 스탠은 조이를 아이처럼 번쩍 들어 올려 빙글빙글 돌면서 거칠게 입을 맞추었다.

그에 반해 그 모든 것이 보여주기라고 극구 주장하는 사람들도 있었다. 그런 사람들은 폭력, 불행, 불륜, 재정적인 어려움으로 대변되는 오랜 결혼 생활의 어려움을 드러내는 미묘한 징후들을 공유하고 있었다. 작년 말에는 월요일 밤 테니스 모임에 조이 혼자 나오기 시작했다. 그 이유는 스탠이 무릎을 다쳤기 때문이지만, 그래도 여전히 이상하다는 의견이 나왔고, 크리스마스 무렵에는 조이조차 나오지 않았다. 사람들이 델라니 부부의 결혼 생활에 대해 이러니저러니 하는 이야기를 들으면, 사생활을 끔찍하게 침해하는 것처럼 느껴졌다. 마치 사람들이 조이와 스탠의 침실로 들어가 이것저것 뒤지는 것처럼 느껴졌고, 실제로도 사람들은 모두 바브 맥마혼이 두 사람의 부부 침대 밑에서 어떻게 조이의 전화를 찾았는지 알았다.

조이 부부에게 향한 사람들의 관심은 데비를 조금은 화나게 했는데, 그 이유가 사람들이 자신이 한 모든 선택과 살아 가고 있는 모든 방식에 자신들의 의견을 내세우기 때문임을 알고 있었다. 데니스가 살아 있을 때, 데비는 크리스토스 부인과 크리스토스 씨라는 확고하고 단단한 존중받는 한 단위의 일부였다. 그러나 데니스가 세상을 떠난 뒤, 데비는 어디에도 속하지 못했다. 그저 혼자 사는 노인이 되었다. 데비의 아들은 엄마가 연약하다고 했다. 데비의 딸은 엄마가 분명히 아주 외로울 거라고 했다. 물론 모두 데비를 사랑해서 하는 말임은 알지만, 데비는 가끔 비명을 지르고 싶었다. 그래서 설린이 소중했다. 설린은 데비를 여전히 한 사람으로 대했다.

"오늘 시합은 힘들겠어, 조이 때문에. 집중하기 힘들 것 같아."

설린이 말했다.

"맞아."

데비가 대답했다. 하늘과 맞닿은 곳에서 웃고 있는 테니스공이 보였다. 델라니 테니스 클럽의 소박한 간판이었다. 조이와 스탠은 벌써 1년도 전에 테니스 아카데미를 매각했는데도 사람들은 테니스 코트와 클럽 하우스에 '델라니'라는 이름을 붙여서 불렀다. 델라니 부부가 지방의회에서 코트를 임대해 사용했던 것이 아니라 그 테니스 코트의 소유주였던 것처럼 말이다. 물론 조이와 스탠이 주

도적으로 나서서 지방의회가 코트와 클럽 하우스를 만들도록 로비를 벌였지만 말이다.

데비와 데니스도 의회에서 열린 회의 때 처음 만났다. 발표와 협상은 대부분 조이가 했다. 데비와 데니스, 조이와 스탠은 테니스 클럽 창립 멤버였다. 네 사람 모두 너무 어렸고, 자신들의 젊음도, 아름다움도 전혀 알지 못했다. 오랜 세월 테니스 클럽은 스탠이 회장이었고, 데니스가 총무였고, 조이와 데비는 샌드위치를 만들었다. 지금 생각해보면 정말 터무니없는 일이었다. 조이가 회장이고 데비가 총무여야 했다(심지어 데비의 직업은 경리였다!). 하지만 그때는 그런 생각을 전혀 하지 못했다.

데니스의 죽음은 데비의 마음에서 신혼 기간의 몇 년을 훨씬 생생하게 떠오르게 했다. 그 이유는 딸이 장례식장에서 튼 슬라이드 때문일지도 몰랐다. 슬라이드 중에는 클럽 하우스에서 연 파티에서 조이가 집에서 만들어 온 하와이안 펀치를 잔뜩 마신 네 사람이 있었다. 스타킹을 신은 일흔네 살의 노인이 되어 차가운 교회에 앉아 주황색 미니스커트를 입은 자신을 보는 건 너무 이상했다. 슬라이드를 보는 순간, 데비는 속이 메슥거릴 정도로 달콤했던 펀치의 맛과 허벅지를 스치던 미니스커트의 감촉을 실제로 느낄 수 있었다. 마치 네 사람 모두 실제로 그곳에 있는 것처럼, 옛 시간이 돌아온 것처럼 느껴졌다. 기억이 아닌 좀 더 마법과 같은 수단을 통해 형이상학적으로 접근할 수 있는 그곳에 실제로 가 있는 것만 같았다.

사진에서 조이는 펀치 잔 너머로 데니스를 보면서 웃고 있었고, 양옆으로 길게 콧수염을 기른 데니스는 의미심장한 눈으로 조이를 보고 있었고, 데비와 스탠은 순진하게도 카메라를 쳐다보면서 웃고 있었다. 데비는 조이가 얼마나 섹시한 미녀였는지 잊고 있었다. (데니스가 조이를 뭐라고 불렀더라? 화끈한 미녀라는 뜻으로 델라니 폭탄이라고 했던 것 같은데?) 데비의 딸은 자기가 아빠를 추모하려고 고른 사진이 아빠가 다른 여자와 시시덕거리는 사진임을 눈치채지 못했다. (그보다는 "세상에! 엄마, 도대체 이게 뭐야?"라며 오렌지에 치즈와 양파피클을 이쑤시개로 꽂은 고슴도치 같은 1970년대식 안주에 훨씬 흥미를 느꼈다.)

장례식에서 그 사진을 보고 데니스와 조이 사이에 무슨 일이 있었을지도 모른다는 생각을 하게 된 사람이 데비뿐일까? 데니스와 조이에게 무슨 일이 있었을 가능성은 분명히 있었다.

데니스는 천사는 아니었다. 데비 자신도 조금은 거침이 없었다. 결혼 초기에 두 사람은, 그러니까 아이들이 태어나기 전까지 두 사람은 즐길 수 있는 일은 모두 즐겼다. 중요한 것은 아무도 없었다. 데비는 '불륜'이라는 말은 쓰지 않을 것이다. 그저 즐겼을 뿐이다. 감정을 다치지는 않았다. 그러니까 그렇게 많이 다치지는 않았다. 두 사람은 키 파티(파티에 모인 남자들이 자동차 열쇠나 집 열쇠를 내고, 여자들이 열쇠를 골라, 열쇠 주인과 함께 집으로 가는 파티-옮긴이)에도 가봤다. 40대가 된 두 사람은 "그런 에너지가 도대체 어디에서 났던 걸까?"라며 놀라워했다. 두 사람은 그런 이야기는 아이들에게 하지 않았다. 요즘 젊은이들은 입술을 삐죽 내밀고 하의가 사라진 사진은 인터넷에 버젓이 올리면서도 섹스에 있어서는 이상하게도 청교도 신자처럼 굴었다.

"요즘엔 상체를 벗고 일광욕을 하는 애들이 하나도 없어?"

지난번에 마지막으로 해변에 갔을 때 데니스가 침울하게 말했다. 데비는 데니스의 기분을 조금 풀어주려고 지스트링 비키니를 입고 있는 여자아이들을 가리켰다. 하지만 데니스는 "저건 아니지. 쟤들은 유치해 보여"라고 했다. 데니스는 가슴이 중요한 남자였다. 사진

속에서 조이는 가슴이 훤히 보이는 상의를 입고 있었다. 데니스는 확실히 조이의 아름다운 눈을 칭찬한 적이 단 한 번도 없었다.

조이가 데니스와 잤다고 해도 데비는 조이에게 화를 내지 않을 것이다. 물론 감사 카드를 보낼 일은 없겠지만, 조이를 비난하지는 않을 것이다. 어쨌거나 아주 오래전 일이다. 분명히 그 일과 조이가 사라진 건 아무 관계가 없을 것이다. 조이가 상습적인 바람둥이가 아니라면 말이다.

혹시, 연인과 도망친 걸까? 우리 나이에 사랑을 한다는 게 가능할까? 어쩌면 조이는 가능할 수도 있었다. 늘 에너지가 넘치는 여자였으니까.

설린이 차를 세웠고, 차 밖으로 나오는 데비의 등이 심하게 울리며 비명을 질렀다. 과거를 아무리 생생하게 기억한다고 해도 이제 데비는 절대로 서른 살은 될 수 없었다.

"마음의 준비를 해야겠어. 저기 마크 힉비가 오네."

자동차 문을 잠그면서 설린이 말했다.

월요일 밤에 코트에 와서 테니스를 치는 마크 힉비는 사교 모임인데도 너무나 진지하게 시합에 임했다. 서브를 넣고 400번쯤 공이 튕길 때면 오스트레일리아 오픈에 출전이라도 한 것처럼 경기를 멈추고 수건으로 이마의 땀을 닦았다. 게다가 불쌍한 아내의 코를 비트는 고약한 버릇도 있었다. 마크 힉비가 자기 아내의 코를 비틀 때마다 데비는 마크를 세게 때리고 싶었다.

"아, 저 남자는 정말 멍청한 사람이야."

설린이 아주 작은 소리로 말했고, 데비는 깜짝 놀라 설린을 보았다. 설린은 그 누구에게도 나쁜 말을 하는 사람이 아니었다.

키가 크고 마른 흰 수염의 남자, 마크 힉비가 어깨에 커다란 라켓

백을 메고 두 사람에게 다가왔다.

"안녕하십니까, 숙녀분들!"

마크 힉비는 유쾌하게 웃고 있었다. 그는 여자들을 귀엽고 열등한 존재라고 생각했다.

"조이에 관한 최신 소식을 들었습니까?"

마크 힉비의 얼굴은 구미가 당기는 놀라운 소문에 대한 기대로 잔뜩 부풀어 있었다.

"아니요."

설린이 차가운 목소리로 대답했다.

"조이가 사라진 건 아십니까?"

"당연히 알아요. 어제, 우리 둘 다 수색하러 갔다 왔으니까요."

설린이 쏘듯이 말했다.

"발표는 안 했지만, 스탠이 주요 용의자라는 것도 알겠죠?"

마크 힉비는 설린의 차가운 말투를 전혀 알아채지 못한 채, 엄지와 검지로 깊은 추론에 빠진 교수처럼 턱수염을 만지작거렸다.

"하지만 시신이 없으면…… 이 수사는 망했다고 봐야죠."

"시신이라뇨? 지금, 조이의 시신을 말하는 거예요?"

데비가 물었다.

"당연하죠. 조이가 아니면 대체 누구의 시신이겠습니까, 데비?"

마크 힉비는 그렇게 바보 같은 말이 어딨냐는 듯이 말했다.

데비는 갈색으로 태운 조이의 사랑스러운 다리를 생각했다. 조이는 가만히 있는 법이 없었다. 데니스가 죽었을 때, 조이는 베이킹 트레이에 라자냐를 담아 왔다. 하지만 곧바로 그 라자냐는 자기가 만든 게 아니라고 고백했다. 사실은 이탈리아 식당에서 사 왔고, 집에서 만든 것처럼 보이려고 베이킹 트레이에 담은 거라고 했다. 그 말을 하면서 너무나도 잘못했다는 표정을 짓고 있어서 데비는 크게 웃을 수밖에 없었다.

"사실을 똑바로 볼 줄 알아야죠. 조이가 살아 있을 가능성은 없어요. 스탠의 얼굴에 상처가 났잖습니까. 그게 뭘 뜻하겠어요?"

마크가 가르치듯이 말했다.

"다양한 걸 뜻할 수 있겠죠."

말은 그렇게 했지만, 설린의 목소리는 두려움에 떨리고 있었다.

"경찰이야, 이 사건을 실종 사건이라고 부를 수도 있겠죠. 하지만 머리가 있는 사람이라면 살인 사건이란 걸 다 알 겁니다."

"조이는 떠나기 전에 아이들에게 문자를 보냈어요."

데비가 말했다.

"그거야, 다른 사람 휴대전화로 얼마든지 보낼 수 있어요. 게다가 조이의 전화기는 그 집에 있었다면서요. 바브 맥마혼이 침대 밑에서 찾았다고 하던데."

"스탠은 문자를 보내는 법을 몰라요. 스탠이 보냈다고 말하고 싶겠지만요."

"그거야, 스탠이 하는 말이고요."

"스탠은 우리 친구예요. 당신, 그런 식으로 말하면 안 돼요."

"불륜이 있었다고 하던데."

마크 힉비의 눈이 번쩍였다. 데비는 이렇게까지 신나 있는 마크를 본 적이 없었다.

"작년에, 아주 매력적인 20대 여자를 집에 들였다면서요. 가족의 친구라나 뭐라나 하면서. 그러다가 조이가 입원했죠. 그때, 스탠이 유혹을 많이 느꼈을 겁니다. 고양이가 없으면 쥐들이 판을 치는 법이니까요."

"그만해요. 이제, 그만하는 게 좋겠어요. 도대체가 그런 말을 하다니, 믿을 수가 없네요."

데비가 말했다.

하지만 지금, 스탠이 배수구 위에 앉아서 울고 있었다고 했던 설린의 말이 떠오르지 않을 수 없었다.

마크가 두 손을 높이 올렸다.

"괜히 애먼 사람한테 화풀이하지 마요, 데비. 두 분한테만 말하는 건데, 나에게는 스탠이 조이의 몸을 어디에 묻었을까에 대한 가설이 있어요."

"그 가설은 듣고 싶지 않아요, 마크."

설린이 말했다.

"자기네 코트 밑이에요. 그 사람들, 코트 표면을 고쳤잖아요? 그러니 시신을 숨기려면 그만한 장소가 없죠. 그건, 경찰에 말했어요. '이봐요, 테니스 코트를 파봐요'라고요. 아마 파볼 겁니다. 이건 두 분에게 맨 처음 말하는 거예요."

"잠깐만요. 테니스 코트 표면을 보수한 건 1월이었어요."

"그것만이 아니에요."

마크 힉비가 데비의 말을 막으면서 말했다.

"스탠을 봤단 말입니다. 조이가 사라지고 나서 이틀 뒤에, 해스팅스 거리에 있는 미니 마트에서 초코우유를 사는 스탠을 봤는데, 눈은 충혈돼 있고…… 온통 먼지를 뒤집어쓰고 있었어요. 내가 부르니까, 스탠이 어쨌는지 아십니까? 나를 무시했어요. 그곳에 내가 없다는 듯이, 완전히 무시했다니까요. 그 말도 경찰에 했습니다."

"그러니까 당신 말은 스탠이 조이를 묻고 나서, 직접 초코우유를 사러 왔다는 건가요?"

설린이 말했다.

"바로 그 말입니다. 시신을 묻으려면 갈증이 날 수밖에요."

"하나도 안 웃겨요."

데비가 말했다.

"웃기라고 하는 말이 아니에요, 데비. 이건 정말 완벽한 비극이에요."

마크는 정말 신이 나 보였다.

"경찰에, 델라니 부부의 아들도 조사해봐야 한다고 말했어요. '온라인 거래'로 돈을 벌어서 빼기듯이 차를 사대고 몰고 다니는 놈 말이에요. 분명히 마약을 취급할 겁니다. 우리 아들한테 약을 판 적이 있어서, 잘 압니다."

"트로이 말이에요?"

데비가 물었다. 트로이는 데비의 딸과 데이트를 한 적이 있었다. 데비는 트로이가 자신의 딸 말고도 여러 사람의 딸과 데이트를 했다는 사실도 알고 있었다. 하지만 데비는 트로이를 좋아했다.

"그거야 트로이가 10대였을 때 일이잖아요, 마크. 이제 잊어버릴 때도 됐어요."

"경찰한테 돈세탁 가능성도 조사해보라고 했어요. 그 녀석이 어떻게 돈을 버는지 누가 압니까? 어쩌면 국제 화이트 범죄 조직이 연루돼 있을지도 모릅니다."

"그러니까, 지금, 트로이가 자기 엄마가 사라진 거랑 관계가 있을지도 모른다고 말하는 거예요?"

설린이 말했다.

"무슨 일이든 가능하니까요, 숙녀분들."

마크는 어깨에 멘 라켓 백을 다시 고쳐 메더니 느긋하게 걸어가기 시작했다.

"코트에서 봅시다!"

"오, 빌어먹을 마크 힉비."

설린이 말했고, 데비는 특정한 욕이 설린의 입술을 지나 밖으로 나온 것은 이번이 처음일 거라고 확신했다.

32

"실종자 남편이 불륜을 저질렀다고 생각하시는 거예요?"

이든이 물었다.

이든과 크리스티나는 차에서 내려 학교 방화범 사건의 진술을 받으려고 우아한 집 앞에 끝없이 뻗어 있는 자갈길을 걷고 있었지만, 요즘은 언제나 그렇듯이, 방화 사건이 아니라 조이 델라니 사건에 관해 의견을 주고받고 있었다.

"사반나라는 여자하고? 가능하지. 그 가족은 우리한테 말하지 않은 게 너무 많아."

"아버지를 보호하려고요?"

"그렇겠지. 아니면 자기들을 보호하려는 거겠지."

마음속으로 크리스티나는 델라니 가족의 네 자녀를 잠재적 용의자로 줄을 세워놓고 검토했다.

에이미 델라니: 소소한 죄를 짓는 겁쟁이.

로건 델라니: 경험 많은 차분한 남자.

트로이 델라니: 약삭빠르게 빠져나가는 판매원(크리스티나는 트로이가 무엇을 파는지 알지 못했으며, 아마도 트로이 자신도 모르는 것 같았다).

브룩 델라니: 스파이처럼 신중한 여자.

네 사람 가운데 한 명 이상이 어머니의 실종과 관계가 있지 않을까? 어쩌면 적어도 한 명은 아버지를 돕거나 사주하지 않았을까?

"우리 아버지가 젊은 여자랑 바람을 피웠고, 어머니가 실종됐다면, 나는 아버지를 버스 앞으로 던져버렸을 거예요."

두 사람은 오해를 받고 있는 불쌍한 어린 방화범이 사는 커다란 기둥이 떠받치고 있는 아치형 지붕 밑으로 걸어 들어갔다. 초인종을 누르면서 이든이 말했다.

"나도 그래."

크리스티나는 결혼식을 하려면 온전하게 내버려두어야 하는 울퉁불퉁한 손톱을 물어뜯으면서 대답했다.

그렇다면, 어째서 델라니 남매들은 그렇게 감추는 게 많은 걸까?

"혹시 자기 어머니에게 어떤 식으로든 실망했기 때문일까?"

크리스티나가 말했다.

"어머니야 실망스러울 수 있죠."

크리스티나가 이든의 말이 자기 어머니가 그렇다는 것인지, 어머니들은 본래 그렇다는 것인지를 몰라 고민하고 있을 때, 방화범의 엄마가 문을 열었다. 방화범 엄마의 우아하게 개조한 얼굴은 온통 아들이 유죄임을 드러내고 있었다.

33

과거, 10월

트로이는 신경을 쓸 수도, 집중을 할 수도 없었다. 시장은 조용했다. 아니, 그렇게 조용하지는 않았다. 트로이의 마음이 시장에 없을 뿐이었다. 지난 두 시간 동안 거래를 한 건밖에 못 했다. 트로이의 규칙대로라면 그것은 오늘은 그만해야 한다는 뜻이었다. 규칙 가운데 가장 중요한 규칙은 자기 자신의 규칙을 따르는 것이다.

트로이는 모니터에서 눈을 떼고 바닥부터 천장까지 시원하게 뚫린 창문을 내다보았다. 탁 트인 맑은 푸른 하늘에서 외로운 갈매기 한 마리가 빙글빙글 돌고 있었다. 잔잔하게 파도치는 항구가 활주로처럼 희미하게 다가왔다. 트로이는 잘츠부르크공항에서 보잉 747기를 착륙시켜본 적이 있었다. 모의 비행 체험을 해본 것이다. 전 아내가 준 서른 살 생일 선물이었다. 비행 강사는 트로이가 재능을 타고났다고 했다. 이제 트로이는 기장에게 문제가 생겨 (공포에 질린 아름다운) 승무원이 조종실에서 뛰어나와 승객들에게 비행 경험이 있는 사람이 있으면 나와달라고 애원할 때, 너끈히 비행기를 착륙시킬 자신이 있었다.

비행기 기장이 될 수도 있었을 텐데. 윔블던에서 우승할 수도 있었을 텐데. 아이를 위해서라면 무슨 일이든 하는 교외에 사는 아빠가 되어 엄마를 할머니로 만들어줄 수도 있었을 텐데. 엄마는 그럴 자격이 있으니까. 하지만 현실은 다른 남자에게 아이를 기증해, 다른 남자가 헌신적인 아빠가 되어 아이의 미식축구 경기를 지켜보고, 미식축구에 엄청난 재능이 있는 트로이의 아들에게 환호를 보내게 될 거라는 것이었다. 아이는 분명히 미식축구를 잘할 것이다. 델라니 가족은 테니스만이 아니라 모든 운동을 잘하니까.

트로이는 아이가 원하는 운동은 뭐든지 시켜줄 것이다. 하지만 이 특별한 아이에게는 그럴 수 없었다. 이 아이는 트로이의 아이가 아닐 테니까.

감상에 젖는 건 바보 같은 일이다. 정말로 아이를 원했다면, 낳을 수 있었을 것이다. 트로이에게는 문제가 없었으니까. 문제가 있는 사람은 클레어였다. 트로이의 정자는 수에서도, 운동성에서도 월등했다. 정자 검사지를 보았을 때, 그때는 아직 트로이를 사랑하고 있던 클레어는 "너무 전형적이야"라고 말했고, 트로이는 안심했다. 정자 검사 결과를 기다리며, 전날 밤, 트로이는 혹시라도 끔찍한 실패가 세상에 드러날지도 모른다는 사실에 두려워하며, 잠을 이루지 못했다. 트로이의 아빠는 엄마를 그저 보기만 해도 임신을 시켰다. 트로이도 그럴 수 있었다.

수정란을 전 아내의 부부에게 건네주는 일은 관대하고, 친절하고, 이타적인 일이다. 물론 클레어가 트로이에게 말도 없이 그런 일을 했다면, 맹렬한 복수심에 불타 응징해주었겠지만 말이다. 분명히 "그 망할 작은 것들을 해동해서 과학 연구에 쓰라고 해. 쓰레기통에 버려버려!"라고 말했을 것이다.

트로이는 지업과 향수(지업은 제약 회사 영업 사원이었고, 향수는 에스티로더의 화이트린넨이었다)는 기억이 나지만 이름은 기억나지 않는 여자와 섹스를 한 뒤로 지나친 대가를 치르고 있었다. 본래 화이트린넨을 좋아하지 않았지만, 지금은 혐오하게 됐다. 택시를 타고 비에 흠뻑 젖은 도심을 통과해 집으로 오면서 몸에 남은 향수와 후회를 씻어버리려고 택시 창문을 내렸지만, 소용없었다. 아니, 후회는 하지 않는다. 그것이 또 다른 트로이의 거래 규칙이었다. '그럴 수 있었을 텐데'라는 생각을 하며 시간을 낭비하지 말자.

아직 클레어에게는 어떤 대답도 하지 않았다. 어쩌면 마지막 순간에 형 집행이 취소될지도 모른다는 희망을 놓지 못하고 있었다. 거절할 수 있는 이유가 생길지도 모른다는 희망을 놓지 못하고 있었다. 지금 텍사스는 저녁 시간일 것이다. 클레어와 함께 저녁을 먹는 그 남자는 "아직 소식 없어?"라고 물을지도 몰랐다. 두 사람은 미래를 향한 자신들의 꿈을 트로이가 결정한다는 사실이 끔찍하게 싫을 것이다.

그 텍사스 심장 전문의는 클레어의 심장을 부수지 않을 것이다. 어쨌거나 심장병 전문가니까. 오히려 심장병 전문가다운 세심함과 다정함으로 클레어가 받아 마땅한 사랑을 주면서 클레어의 심장을 치료해주겠지. 클레어에게 상처를 주지 않았어야 했는데. 자신이 그런 일을 한 이유를 트로이는 이해할 수가 없었다. 단 한 가지, 사는 내내 아주 강렬한 욕망에 사로잡힌다는 것, 그 욕망이 모든 것을 망쳤다는 것만을 알고 있었다.

엄마가 쉽게 깨진다고 손가락도 대지 말라고 했던 장식품을 그냥 만지는 것이 아니라 밀어버리면 어떻게 될까? 이 지루한 지리 시간에 말 한마디도 없이 그냥 나가버리면 어떻게 될까? '뛰어내리지 마시오'라는 푯말이 있는 다리 위에서 뛰어내리면 어떻게 될까? 저 약을 먹어볼까? 이 샷은 불가능할 텐데, 한번 도전해볼까? 우리 두 사람이 원한다고 생각하는 아이를 가지려고 아내가 시험관 아기 시술을 하고 있을 때, 도심 술집에서 만난 여자와 함께 있으면 어떻게 될까? 일단 해봐, 해봐, 해보는 거야! 마치 보이지 않는 힘이 트로이를 움켜쥐고 마구 흔들어대고 있는 것만 같았다.

그 여자는 어떤 의미도 없었다. 그저 술집에서 트로이의 옆에 앉은 치아가 크고 거칠게 웃던 여자일 뿐이었다. 클레어가 훨씬 똑똑하고 재미있고 아름다웠다. 클레어의 치아는 가지런했고, 클레어의 웃음은 아름다웠다. 트로이의 행동은 도저히 설명할 수가 없었다. 그저 말로 설명할 수 없을 정도로 엉망일 뿐이었다.

"당신은 이 결혼을 깰 구실이 필요했던 거야."

창백해진 얼굴로 클레어는 그렇게 말했다. 그 말은 사실이었다. 전혀 의식하지 못하고 있었지만, 트로이는 결혼을 깨고 싶었던 게 분명했다. 그렇지 않다면 그런 일을 벌일 이유가 없었다. 더구나 집에 와서 셔츠도 벗기 전에 급하게 고백했다는 것은, 변명의 여지가 없었다. 그때 클레어는 침대 위에서 책을 읽다가 트로이를 보면서 웃었고, 두 사람의 아이가 될 수 있었던 세포들은 시드니의 병원에서 여러 세포로 분열되고 있었다. 사랑하는 올케의 심장을 부순 동생을 오랫동안 용서하지 않았지만, 자신도 그런 성향이 있으니, 델라니 가족 가운데 유일하게 트로이를 이해해준 에이미 누나는 트로이의 행동이 자기 파괴 행위라고 했다.

이제 그만!

트로이는 두 주먹으로 힘껏 책상을 내리쳤고, 커다란 모니터 세 개가 책상 위에서 덜커덩, 흔들렸다. 이럴 수는 없었다. 끝난 일은 이미 끝난 일일 뿐이다. 트로이는 창문으로 걸어가 유리창에 이마를 댔다. 트로이의 집을 방문한 사람들은 누구나 예외 없이 이 창문으로 보이는 멋진 풍경에 관해 말했다. 로건 형만 빼고.

이 방에 들어온 로건 형은 정말로 크게 웃더니 트로이의 뒤통수를 툭 치면서 "야, 이 자식"이라고 말했다. 그게 놀라움을 표현하는 로건 형만의 방식일까? 하지만 왜 그저 놀랍다고 말하지 않는 거지? 이게 왜 웃긴 거지? 그냥 경치가 멋지다고 인정하면 안 되나? 심지어 아빠조차도 "죽여주는 경치구나"라고 했는데? 물론 곧바로 "네가 이 집을 유지할 능력이 있으면 좋겠구나"라고 말했지만. 가끔 트로이는 예비 학교에 다닐 때 아빠에게 손가락으로 그린 그림을 보여준 것처럼 은행 계좌 입출금 내역서를 보여주고 싶었다. "이것 좀 봐, 아빠. 테니스를 안 해도 난 부자가 됐어"라고 말하고 싶었다. 물론 망할 해리 하다드만큼 부자는 아니었지만. 트로이는 그 멍청한 녀석의 순자산에서 눈을 떼지 않았다.

트로이는 책상으로 돌아가 컴퓨터 메일함을 열고 클레어의 이메일 주소를 검색하고 메일을 쓰기 시작했다. *클레어, 당신이 말한 거, 생각해봤어. 좋아. 원하는 대로 해. 하고 싶은 일을 해. 필요한 서류에 모두 서명해줄게. 사랑해, 트로이가.*

트로이는 보내기를 눌렀다. 트로이의 손이 키보드에서 떠나지 않았다. 지금 내가 무슨 짓을 한 거지? 이제 트로이가 쓴 글은 텍사스에 있는 컴퓨터 화면 위로 떠오를 것이다. 이건 너무나도 부적절하게 초현대적인 것 같았다. 이렇게 중요한 편지는 몇 달 동안 대서양을 건너 간신히 닿을 수 있는 손편지로 보내야 하는 것 아닐까? 하지만 이 도덕적 딜레마에 얽힌 모든 것들은 한때는 불가능해 보였을 우스꽝스러운 초현실성을 내포하고 있었다. 꽁꽁 얼어 있는 눈에 보이지도 않는 아기들이 이제 생명을 가진 존재가 될 것이다.

지금쯤이면 메일을 읽었을 수도 있다. 어떤 표정을 지을까? '사랑해'라는 말을 어떻게 생각할까? 아직도 클레어를 사랑하는 게 아니라면, 절대로 허락하지 않았을 것이다.

그런 생각을 하니 코를 주먹으로 세게 맞은 것처럼 멍해졌다. 그러니까 이건 과거의 잘못을 속죄하고 구원을 받겠다는 마음이 아니라, 사랑인 거다. 지금 막 보낸 이메일이 트로이가 처음으로 보여준 무조건적인 사랑인 걸까? 살면서 트로이가 한 가장 이타적인 행위일까? 가장 이기적이었던 행동을 상쇄하기 위한?

갑자기 초인종이 울렸다. 아무 생각 없이 트로이는 인터폰으로 걸어갔다.

"누구세요?"

자동으로 묻는 트로이 앞에 한 얼굴이 쓱 나타났고, 너무 놀라 트로이는 한 발짝 뒤로 물러났다. 사반나였다. 왜 온 거지? 부모님에게 무슨 일이 생겼나? 엄마가 다시 입원했나? 아빠가 또 무릎을 다친 걸까?

"아, 안녕하세요, 트로이. 음……, 아, 사반나예요."

사반나가 카메라에 얼굴을 바짝 대고 말했다.

"트로이 어머니의…… 친구인?"

스피커에서 지지직거리며 사반나의 목소리가 흘러나왔다. 트로이 어머니의 친구라니. 뭔가 이상한 표현이었다.

트로이는 다음 말을 기다렸다. 하지만 스피커에서 아무 말도 나오지 않자, 트로이는 스피커 버튼을 누르고 말했다.

"우리 부모님은, 아무 일 없는 거죠?"

"네, 잘 계세요. 들어가도 될까요?"

트로이는 아파트 내부를 둘러보았다. 사반나가 트로이의 집에 들어와서 토끼 같은 눈을 앞뒤, 좌우로 움직이면서 평가하고 판단할 것이라고 생각하니, 왠지 모를 이해할 수 없는 공포가 올라왔다. 사반나가 긍정적인 판단을 내릴지, 부정적인 판단을 내릴지는 알 수 없었다. 트로이로서는 그저 사반나가 눈에 보이는 모든 것에 지나치게 관심을 드러내리라는 것만을 알 수 있을 뿐이었다.

하지만 거절할 수 없었다. 사반나는 부모님을 돌보고 있으니까. 부모님의 식사를 준비하고, 심지어 빨래까지 하니까. 아버지의 날에 사반나는 정말 멋진 점심 만찬을 준비했다. 부모님의 집에서 그렇게 맛있는 음식을 먹어본 것은 처음이었다. 기절한 트로이의 엄마를 붙잡아서 안전하게 바닥에 눕힌 사람도 사반나였다. 트로이의 가족이 상황을 제대로 파악하지 못하고 얼어붙어 있을 때 "구급차를 불러요"라고 말한 사람도 사반나였다.

사반나가 델라니 가족에게 신세를 졌다고 느끼는 것이 아니라, 델라니 가족이 사반나에게 신세를 졌다고 느낀다는 사실에, 델라니 가족은 당혹스러웠다. 에이미 누나와 로건 형, 브룩이 모두 얼마 전에 '사반나 문제'를 상의해야 하니까 빨리 전화해달라는 문자를 보내왔지만, 트로이는 아직 답장을 하지 않았다. 그런데 지금 사반나가 이곳에 있었다. 트로이의 집에. 어째서 다른 형제들의 집이 아니라 이곳에 온 걸까? 트로이는 "잘못 찾아온 것 같네요. 지금 바빠서요. 해야 할 다른 일들이 많아요"라고 말하고 싶었다.

"들어와요. 꼭대기 층이에요."

트로이는 인터폰을 눌러 출입구를 열었다.

사반나라면 이 집을 어떻게 생각할지 고민하면서 아파트 내부를 둘러보았다. 트로이의 아파트는 미니멀리즘을 구현했지만 화려했고, 호화로웠지만 절제되어 있었다. 하지만 어쩌면…… 가식적으로 보일 수도 있을 것 같았다. 무서운 한순간, 어마어마한 의심이 지진처럼 트로이의 전체 믿음 체계를 뒤흔들었다. 심장이 마구 내달렸다. 이런 젠장. 정신 차려! 트로이는 에이미 누나로 변해가고 있었다. 이제 트로이가 해야 할 일은 치료를 받는 것이다.

트로이는 자기가 가장 자신 있어 하는 멋진 웃음을 장착하고 아파트 문을 열었다.

사반나가 엘리베이터에서 나오면서 말했다.

"안녕하세요. 와, 이 층을 모두 혼자 쓰는 거예요?"

"그렇지는 않아요."

트로이의 굉장한 웃음이 살짝 흔들렸다. 북쪽을 향하고 있는 트로이의 아파트가 더 좋기는 했지만, 이 건물 맨 위층에는 아파트가 두 채 있었다. 어째서 이 여자는 옥상에는 인피니티 에지 수영장이 있고 항구가 보이는 수백만 달러짜리 북향 아파트에 대한 트로이의 감정을 이렇게 엉망으로 만드는 걸까?

"들어와요. 정말 놀랐어요."

"정말로요?"

사반나는 평소와는 다르게 보였다. 돈 많은 요가 강사처럼 멋지게 꾸민 보헤미안처럼 보였다.

"멋지네요."

트로이에게 예상치 못했던 매력이 주체할 수 없이 몰려왔다. 사반나는 녹색 보석이 달린 긴 펜던트 목걸이를 하고 있었다. 어떤 의미로는 그 목걸이가 그동안 사반나가 차고 다니던 쓰레기 같은 열쇠 목걸이를 보상해주고 있었다. 반은 위로 묶고 반은 아래로 묶은 사반나의 머리 스타일은 이제 더는 엄마와 닮은 점이 없었다. 머리카락이 엄마보다 훨씬 풍성하다는 것 말고도 말이다.

"트로이 어머니께서 모두 사주셨어요."

사반나가 자기 옷을 가리키면서 말했다.

"저에게 정말 잘해주시는 분이에요."

"당신이 어머니에게 잘해주니까요."

사반나가 원하는 대답인 것 같아서 트로이는 신중하게 대답했다.

"마실 거 줄까요? 차 마실래요, 아니면 커피?"

"아니요. 제가 온 이유를 곧바로 말하는 게 좋겠어요."

사반나가 말했다.

"그럼 그러시죠."

트로이가 말했다. 마치 미리 약속을 잡고 만난 거래처 미팅 같았다. 트로이는 주문 제작한 가죽 소파를 가리켰다. 에이미 누나가 마지막으로 이 집에 왔을 때 초콜릿을 떨어뜨린 소파였다.

"앉아요."

사반나는 소파 끝자락에 두 발을 모으고 허리를 곧게 펴고 앉더니, 펜던트를 어루만져 두 가슴 사이에 놓았다.

"놀라운 풍경이네요."

사반나는 누구나 해야 하는 필수 인정 과정을 진행하는 사람처럼 우아하고 재빠르게 손을 넓게 휘둘렀다. 하지만 창문 밖은 쳐다보지도 않았다.

"무슨 일 때문에 왔을까요, 사반나?"

트로이는 사반나 반대편에 있는 임스체어에 앉으며 웃어 보였다. 하지만 사반나는 웃음을 되돌려주지 않았고, 트로이는 당황했다. 트로이의 웃음에 반응하지 않는 사람은 거의 없었다.

트로이에게 사반나가 찾아온 이유를 추측해보라고 한다면, 아마도 네일숍이나 채식 식당 같은 형편없는 작은 사업을 해보겠으니 투자해달라고 부탁하러 온 거라고 말할 것이다. 요리 솜씨가 좋다는 건 알지만 그래도 채식 식당으로 수익을 올릴 수 있을까?

"당신 어머니가 병원에 있을 때, 당신 아버지와 저만 집에 있었잖아요. 그때 당신 아버지가……."

말을 하던 사반나가 입을 다물더니, 시선을 떨구고 살까 말까 고민하는 사람처럼 녹색 펜던트를 이리저리 돌리며 만지작거렸다.

"아버지가, 뭐요?"

사반나는 펜던트를 놓더니 뚫어져라 트로이를 쳐다보았다.

트로이의 심장이 쿵, 떨어졌다.

"아니에요."

사반나는 도저히 고칠 수 없는 암이 발병했음을 인정해야 한다고 요구하는 의사처럼 끈기 있게 인내하는 자애로운 눈으로 트로이의 눈을 똑바로 보았다.

"이런 말을 해서 미안해요. 하지만 사실이에요."

"실제로 아빠가 그랬을 리가……."

"저에게 특별한 요구를 했어요. 난 거절했고요."

"분명히 오해한 걸 겁니다."

트로이가 말했다.

"절대, 오해 아니에요. 정확히 무슨 말을 했는지, 말해줄 수도 있어요."

움찔한 트로이는 메스꺼움을 참으면서 두 손을 번쩍 들어 올렸다.

"정말 속상했어요. 왜냐하면 당신 부모님은 정말…… 행복한 결혼 생활을 하는 것 같았거든요. 저는 정말로 당신 어머니를 사랑하고요. 조이는 대단하다고 생각해요. 정말로요. 나는, 당신 아버지도 대단하다고 생각했었어요."

사반나는 한숨을 쉬면서 얼굴을 찡그렸다.

"도저히 어떻게 해야 할지 모르겠어요."

사반나는 천장을 쳐다보았다.

"하지만 생각해보면, 조이는 알아야 하는 게 아닐까 싶기도……."

"아니, 안 됩니다. 그건 아니에요."

그건 도저히 참을 수 없었다. 고통받고 충격을 받을, 수치심에 휩싸인 엄마를 상상하는 것만으로도 참을 수 없었다. 엄마가 얼마나 당황할까? 어떻게 아빠가 그럴 수 있지? 아빠는 트로이가 살아 있는 모든 시간, 높은 곳에 있는 심판 의자에 앉아 트로이의 모든 행동을 판단하고 평가했다.

"어떻게 그렇게 자제력을 잃을 수 있는지, 나는 도대체가 이해가 되지 않는다."

명백하게 속임수를 사용한 해리에게 너무나도 화가 나서 해리를 응징하려고 네트를 넘었던 날, 마치 트로이가 공공장소에서 대장을 다스리지 못해 실수를 한 사람인 것처럼, 아빠는 그렇게 말했다.

"나는 그저 이해가 안 되는구나."

트로이는 언제나 선을 넘을 때마다 아빠가 자신을 혐오하고 있음을 느껴야 했다. 아빠의 혐오는 트로이가 선을 넘었다는 사실을 믿을 수 없다는 놀라움과는 거리가 멀었다. 그것은 트로이가 자신의 예상대로 행동했다고 믿는, 트로이는 역겨운 행동을 할 수밖에 없다고 믿는 아빠의 자기 확신 같은 체념이었다.

"너는 바보야. 클레어는 너에게 지나치게 아까운 아이였다."

트로이가 바람을 피웠을 때, 아빠는 그렇게 말했다.

"알아."

트로이는 그렇게 대답했다. 그래서 그런 거야. 클레어가 그 사실을 눈치채기 전에 헤어지려고.

아빠의 배신이 트로이 자신의 배신처럼 느껴졌다. 사반나에게 수작을 건 사람이 아빠가 아니라 자신인 것처럼 느껴졌다. 게다가 바로 전에, 정말로 이 여자한테 약간이지만, 욕망을 느끼지 않았나? 트로이는 델라니 가족의 집에 손님으로 온 어린 여자에게, 딸 나이

밖에 안 되는, 어쩌면 손녀도 될 수 있는 여자에게 아빠가 느꼈던 바로 그 욕망을 사반나에게 느낀 것인지도 몰랐다. 아빠는 자기 제안을 사반나가 받아들일 거라고 믿었을까? 당장 갈 데가 없는 사람이니, 강제로 무엇이든 할 수 있다고 생각한 걸까? 이미 다른 남자에게 당하고 온 여자니까 자신도 할 수 있다고 생각한 걸까? 자신을 실내화를 신고 다니는 은퇴한 테니스 코치인 스탠 델라니가 아니라 목욕 가운을 입은 하비 와인스타인(1급 성범죄 혐의로 구속된 미국 영화감독 겸 영화 제작자-옮긴이)이라고 생각한 걸까? 세상에, 아빠에 비하면 엄마는 너무 아까운 사람이다.

아니면 시도해본다고 손해 볼 건 없다고, 시도해볼 가치는 있다고 생각한 걸까? 이제는 거의 하지 못하니까? 이런, 젠장. 이제 트로이는 부모님의 성생활까지 떠올리고 있었다. 아빠가 사반나와 섹스를 하는 모습까지 상상하고 있었다. 이 순간, 트로이의 성생활은 되돌릴 수 없는 커다란 손상을 입었을 수도 있었다. 아니면 이건 아빠가 습관처럼 해오던 일 아닐까? 아빠는 본래 엄마를 속였던 게 아닐까? 혹시 아빠가 사라졌던 그 많은 날들에 아빠는 다른 여자나 다른 가족에게 갔던 게 아닐까?

언젠가 단 한 번 이런 이야기를, 에이미 누나와 있을 때, 두 사람 모두 적당하게 취했을 때, 한 적이 있었다. 그때 누나는 "그렇다고 하기에는 너무 뜬금없이 나갔잖아. 너무 임의적이었어"라고 했다.

"바로 그거야. 애인을 만나야 했으니까, 우리한테는 임의적으로 보이게 한 거지. 우리가 아빠를 화나게 하지 않으려고 엄청나게 조심하고 있을 때, 아빠는 미리 앞서서 우리가 아무 의미도 없고 바보 같은 일을 해서 자기가 화를 내도 좋은 상황을 만든 거지."

"그렇게까지 하는 건 너무 잔인하지 않아?"

트로이의 말에 에이미 누나는 그렇게 대답했다.

"어쨌거나, 잔인한 일이었지. 아빠는 잔인한 일을 한 거야."

그렇게 대답하면서, 트로이는 자기 목소리가 갈라진다는 사실이 놀랍기도 했고 당혹스럽기도 했다.

하지만 그것은 모두 아주 오래전에 일어난 일이었다. 그 뒤로 모든 것이 바뀌었다. 델라니 가족이 입는 옷도, 머리 스타일도, 체형도, 성격도 바뀌었다. 지금 트로이라면 높은 음조로 말을 하고, 상스럽게 모음을 뭉개면서 말하는 옛 트로이를 보면 깜짝 놀랄 것이다. 부모님도 이제 옛날 부모님이 아니었다. 이제 부모님은 더는 어떠한 책임도 맡고 있지 않으며, 테니스 아카데미도 사라졌고, 그저 작고 약하고 별다른 특징도 없는 나이 든 사람들이 되었다. 언젠가는 부모님과 약속한 저녁 시간에 늦어서 헐레벌떡 식당에 들어갔을 때였다. 트로이의 시선은 식당 구석에 앉아 있는 노인들을 지나쳐 무시무시할 정도로 큰 아빠와 활기가 넘치는 작은 엄마를, 그러니까 트로이의 부모님을 계속 찾았다. 그때 구석에 있던 노인들이 트로이를 향해 손을 흔들었고, 그제야 트로이의 부모님으로 바뀌었다.

트로이의 선택에 따라 아빠는 젊은 여자에게 수작을 부리는 비열한 늙은이가 되거나, 잃어버린 젊음을 찾고 싶어 애를 쓰는 가련한 노인이 될 수 있었다. 트로이의 선택에 따라 아빠는 트로이보다 해리 하다드가 훨씬 뛰어나다고 믿는 사람이 되거나, 침대 위에서 트로이가 "아빠!"라고 부르면 재빨리 뛰어와서 괴물을 물리치는, 마법처럼 나타나는 털 많고 거대한 트렁크를 입은 사람이 될 수도 있었다.

하지만 트로이는 악몽을 꾸지 않는 나이가 되었다. 망할 해리 하다드 때문에 아빠가 트로이를 포기한 뒤로 늘 트로이를 구해준 사람은 엄마였다. 교장과 경찰에게 매력을 발휘한 것도 엄마였다. 결국 트로이가 자기 길을 되찾고, 지금처럼 누구나 부러워하는 삶을 살아갈 수 있게 도와준 사람도 엄마였다. 엄마는 절대로 아빠가 한 일을 알아서는 안 된다. 늘 트로이를 구했던 엄마처럼, 이제는 트로이가 엄마를 구할 차례였다. 그럼으로써 트로이는 절대로 아빠가 하지 않았던 용서라는 것을 해줄 것이다.

"어머니에게는 절대로 말하면 안 됩니다."

트로이가 말했다.

"아까도 말했지만, 아직 어떻게 할지 생각 중이에요."

사반나가 두 손을 무릎 위에 가지런히 놓으며 말했다.

사반나가 다른 형제가 아니라 트로이를 찾아온 이유를, 이렇게 거래처 미팅 장소에 나온 사람처럼 행동하는 이유를, 이제야 이해할 수 있었다. 사반나는 이곳에 거래하러 온 것이다.

34

"누구, 능동적 경청과 수동적 경청의 차이점을 말해줄 사람?"

수요일 오후 수업 시간에 로건이 물었다.

수동적 경청이라니. 또 수동이라는 단어가 나왔다. 그게 로건이 인디라의 말을 들을 때 취한 자세였을까? 수동적 경청이?

학교가 끝나자마자 온 10대들, 수년 동안 아이를 기르느라 경력이 단절된 구직 여성들, 이제는 존재하지 않는 산업 분야에서 평생 일해온 노인들처럼, 이질적이고도 다양한 학생들이 반원을 그리며 로건을 둘러싸고 있는 책상 앞에 앉아 있었다.

“능동적 경청은 남편이 말할 때 내가 듣는 방식이고, 수동적 경청은 내가 말할 때 남편이 듣는 방식이에요.”

스타 학생인 라니가 말했다.

몇몇 여자들이 키득거렸고, 스마트폰을 보고 있던 10대 아이들이 재빨리 고개를 들었다가 이마에 자석이 달리기라도 한 것처럼 곧바로 다시 고개를 숙였다.

로건의 엄마보다 불과 몇 살밖에 어리지 않은 라니는 부부가 가진 돈을 지금은 감옥에서 지내고 있는 매력적인 자산 관리사에게 사기를 당해 모두 잃은 뒤에 재취업 교육을 받고 있었다.

강의 초반에 있었던 ‘자기소개’ 시간에 라니는 “우리는 그 사람이 아주 멋진 사람이라고 생각했어요. 그래서 집을 담보로 대출을 받아서 투자했어요. 마치 뭔가에 홀린 것 같았다니까요”라고 했다.

라나의 활기찬 태도에서 엄마를 떠올린 로건은 언젠가 엄마도 사반나에 대해 ‘아주 멋진’ 사람이라고 생각했다고 말하게 될지 궁금했다. 엄마는 사반나에게 홀려 있었다. 적어도 사반나의 요리에는 홀려 있었다. 하지만 엄마는 돈 문제에는 영민했다. 엄마가 주택담보 대출을 받아서 사반나에게 돈을 줄 가능성은 없었다. 아니, 그럴 수 있을까? 점심으로 닭구이를 만들어준 보답으로?

수강생들이 능동적 경청에 관해 “그래, 알았어” 같은 말로 표현하는 반응이나 고개를 끄덕이는 것 같은 몸짓으로 표현하는 반응 등 다양한 의견을 쏟아내고 있을 때, 로건은 사반나에 관한 이야기를 듣고 엄마가 아주 많이 화를 냈다고 했던 에이미 누나의 말을 생각하고 있었다. 사실 로건도 에이미 누나에게 화가 났다. 사반나 이야기를 엄마에게 한다는 건 로건의 계획에는 없었다.

"우리 계획은 누나가 사반나와 함께 술을 마시는 거였잖아."

로건은 에이미 누나에게 항의했다.

"알아. 하지만 그 여자 때문에 불안해졌단 말이야. 나를 집 안으로 들이려고도 안 했다고! 꼭 자기가 부모님의 보호자인 것처럼."

에이미 누나와 일을 함께 할 때는 모든 것이 계획대로 진행되지 않을 수도 있다는 걸 잊지 말았어야 했다.

"근데 솔직히 미네스트로네는 정말 맛있었어. 나랑 사이먼은 두 그릇씩 먹었다니까."

사이먼은, 그러니까, 에이미 누나의 공동 세입자는 무슨 이유인지 누나와 함께 부모님 집에 갔다. 누나는 사이먼이 사반나에 관해 '철저하게 파헤치는 일'을 도울 거라고 했다.

"최대한 자세하게 샅샅이 알아낼 거야. FBI처럼 말이야."

에이미 누나가 말했다.

"사이먼은 회계사거든."

"그게 무슨 도움이 된다고?"

"아주 철두철미하다는 거지."

그렇게 말하고서 에이미 누나가 "무슨 뜻인지 알지?"라는 것처럼 키득키득 웃었기 때문에 로건은 전화를 끊고 브룩에게 전화했다. 몇 주 전에, 브룩이 이제 더는 에이미 누나와 상의하느라 시간을 낭비하지 않고 자기가 직접 사반나에 관한 '모든 자료'를 찾아보겠다고 말했으니 이제 곧 쓸모 있는 정보를 찾아낼 것이다. '모든 자료'라고 말할 때 브룩은 정말 만족스러워 보였다.

트로이는 그 누구의 전화도 받지 않았고, 전화를 걸어오지도 않았다. 아마도 해외에 나가 있는 것 같으니, 도움이 되지 못할 것이다. 그 사이에 엄마는 지난주에 사반나를 데리고 쇼핑을 가 옷을 사주었다. 그 때문에 에이미 누나와 브룩은 잔뜩 화가 났다. 물론 엄마와 함께 쇼핑을 하고 싶기 때문은 아니었다. 두 사람은 쇼핑이 이 세상에서 가장 끔찍한 행위라고 생각했으니까. 두 사람이 화가 난 건, 끊임없이 빵을 굽는 발이 작은 사반나가 엄마에게 '꿈에 그리던 딸'이라는 인상을 심어주려고 수작을 부린다고 생각했기 때문이다.

"이제부터 능동적 경청자와 수동적 경청자로 나누어 역할놀이를 해봅시다."

로건이 수강생들에게 말했다. 로건은 지원자를 받지 않고 홀덴 자동차가 문을 닫았을 때 30년간 일했던 직장을 잃은 아일랜드 노동자 브라이언과 상사가 '정말로 나쁜 년!'이었기 때문에 상사의 자리를 차지하고 싶은 밝고 쾌활한 미용사 준을 지목했다.

"준에게 이야기를 해주세요, 브라이언. 뭐든지 좋습니다. 그리고 준, 준은 수동적 경청자가 되어주세요."

브라이언은 너무나도 불공평한 주차 위반 딱지에 관해 이야기하기 시작했고, 준도 대학교 근처 교차로에서 터무니없는 주차 위반 딱지를 떼어봤기 때문에(그건 로건도 마찬가지였다), 준은 도저히 수동적 경청자는 될 수 없었다. 이야기를 하면서 점점 더 흥분하고 화가 난 브라이언의 아일랜드 억양이 강해져서, 로건은 침대에 앉아 공포에 질린 얼굴로 안경을 더듬어 찾던 사반나의 아일랜드 억양의 남자 친구가 생각났다.

뻣뻣하게 몸이 굳은 로건이 화이트보드 마커를 손바닥에 세게 부딪혔다. 진실의 근원. 적어도 또 다른 버전의 진실의 근원을 만나야 했다. 로건은 그 조그만 아일랜드 녀석을 만나봐야 했다.

그날 오후 늦게 로건은 사반나가 남자 친구와 함께 살았던 아파트 앞에 서 있었다. 아파트 호수를 기억하는 이유는 로건의 생일이 24일이었기 때문이다. 로건은 24라는 수를 늘 좋아했다.

"누구세요?"

아일랜드 억양이 흘러나왔다.

"누구, 세요?"

대답을 하는 로건은 공포에 질렸다. 이곳에 와서 어떻게 할지를 충분히 생각하지 않았던 것이다. 하지만 인터폰 속 남자는 기다릴 수 없다는 듯이 즉시 말했다.

"올라오세요. 2층이에요."

보안 버저가 울리자, 마음이 놓인 로건은 유리문이 벽에 세게 부딪힐 정도로 힘껏 젖혔다.

2층으로 올라가자 낡은 운동화로 받쳐놓은 문이 보였다.

로건은 조심스럽게 문을 열고 들어갔다.

"계십니까?"

아무도 대답하지 않았다. 아파트 안쪽 어딘가에서 음악이 흘러나오고 있었다. 노라 존스의 목소리. 아파트 주인은 착해 보일 수 있는 모든 일을 하는 것 같았다.

사반나는 분명히 남자의 이름을 불렀는데, 로건은 기억이 나지 않았다. 뭔가 아주 단순하고 싱거운 이름이었는데.

로건은 벽에 기대어놓은 추상화를 보았다. 정말 끔찍한 그림이었다. 인디라라면 좋아했을 텐데. 트로이와 함께 이곳에 왔을 때 사반나는 남자 친구가 화가라고 했다. 로건은 화가의 서명을 뚫어져라

보았다. 이름이 데이비드일까? 데이브였던가? 맞아, 데이브였어.

"데이브?"

로건이 소리쳐 불렀다.

"네, 고마워요! 아무 데나 두세요."

음악 소리 너머로 남자의 목소리가 들렸다.

로건은 거실로 걸어갔다. 노라 존스가 부드러운 목소리로 노래를 부르고 있기는 했지만, 마치 건축 부지 위를 걷고 있는 것만 같았다. 커다란 페인트 자국이 나 있는 방수포가 카펫을 덮고 있었고, 모퉁이에는 풀지 않은 이삿짐 상자가 쌓여 있었고, 커피 탁자가 옆으로 누운 채 벽에 붙어 있었다. 데이브는(로건은 이 남자 이름이 데이브라고 단정했다) 커다란 이젤 앞에 서서 팔레트로 쓰는 판지 위에 튜브로 된 물감을 짜고 있었다. 파란색 점프 슈트를 입고 있었고, 안경과 귓불에 물감이 묻어 있었다. 데이브가 작업하고 있는 캔버스에는 보는 것만으로도 토할 것만 같은 노란색 소용돌이가 있었다. 마치 로건의 주방 같은 색이었다.

인디라는 그림을 그리고 싶어 했다. 확신은 할 수 없지만, 아마 저런 그림이었을 것이다. 1년쯤 전에 인디라는 아주 은밀하고도 사적인 사실을 고백하는 것처럼 말했고, 로건은 "해봐"라고 말했다. 인디라는 그림을 그릴 공간이 필요하다고 했고, 작업실이 필요하니 더 넓은 곳으로 이사를 하는 게 좋겠다고 했다. 그때 로건은 "그냥 여기서 시작해"라고 말하고 커피 탁자를 벽으로 밀었다. 그러니까 로건은 수동적 경청자가 아니었다. 능동적 경청자였다. 그것도 아주 능동적인 경청자였다. 그 커피 탁자가 얼마나 무거웠는데! 여자는 그림을 그리고 싶어 하고, 남자는 여자를 위해 공간을 만들었다. 그런데도 여자는 너무나도 슬프다는 듯이 "아니, 여기서는 못 그려"라고 했다. 그 뒤로 다시는 그림을 그리겠다는 말을 하지 않았다.

인디라가 정말로 그림을 그리고 싶었다면, 그렸을 것이다. 저 남자를 봐. 이 집은 우리 집의 절반밖에 안 되잖아.

"아, 안녕하세요. 고마워요. 뭐, 필요한 거…… 있어요?"

데이브는 물감 뚜껑을 닫으면서 말했다.

"로건입니다."

로건은 여전히 인디라를 생각하면서 대답했다.

그림을 그리고자 하는 인디라의 열정을 로건은 전적으로 지지했다. 그저 타운 하우스를 팔고 싶지 않았을 뿐이다. 혹시라도 잘 안 될 수도 있으니까. 아니, 그건 절대로 아니다. 절대로 그 이유 때문은 아니다. 로건은 두 사람의 관계에 헌신했다. 하지만 이기려고 하면 질 때가 있는 법이다. 타운 하우스는 로건의 명의였다. 그러니까 두 사람의 관계가 틀어진다면, 아무것도 바꿀 필요 없이, 여자는 떠나고 로건은 남으면 된다. 그리고 정말 그렇게 됐다. 인디라가 떠났다. 결국 또다시 로건의 전략이 들어맞은 것이다.

"네, 고마워요, 로건."

데이브가 조금 초조한 듯이 말했다.

"그런데 피자는 어디에……?"

데이브가 로건의 뒤쪽을 보면서 말했다.

"아……. 피자를 배달하러 온 게 아닙니다. 나는 어, 당신 여자 친구에 관해 물어보려고 왔습니다. 당신의 전, 여자 친구, 사반나에 대해서요. 잠깐이면 됩니다."

로건이 사과하듯 말했다. 로건은 문득 도움을 구하고, 간청하려고 했던 자신의 전략이 생각났다.

데이브가 뒤로 물러났다.

"이런, 젠장."

데이브의 손에서 물감이 떨어졌다.

"그날, 우리 집에 쳐들어온 사람이군요."

남자가 재빨리 방어할 물건을 찾아 방을 둘러보는 모습을 보면서 로건은 속이 메슥거렸다. 기억보다 훨씬 어리고 작은 남자였다.

로건은 두 손을 번쩍 들어 보였다.

"싸우러 온 게 아닙니다."

이제 어떻게 하지? 로건은 훨씬 덜 위협적이고 작아 보이려고 몸을 구부정하게 구부리고 어깨를 움츠렸다.

"그냥 대화를 하려고 온 겁니다. 지금 사반나가 우리 부모님과 살고 있어서요."

"당신 부모님과요?"

데이브는 뾰족한 끝으로 찌르려는 듯이 붓을 세게 움켜잡았다.

"당신 부모님하고 있다고요? 당신이 아니라? 잘 지냅니까?"

"잘 지냅니다."

로건은 엄마와 똑같은 머리 스타일로 엄마의 주방에서 부지런히 움직이는 사반나를 떠올렸다.

"당신 가족과 사반나는 어떻게 알게 된 사이죠?"

"모르는 사입니다."

"이해가 안 되는데요."

"어느 날 밤늦게 피를 흘리면서 나타났습니다. 당신한테 맞았다면서."

"때려요? 내가요?"

데이브의 입이 벌어졌다. 충격을 받은 얼굴이 바보처럼 보였다.

"정말로 그렇게 말했습니까? 내가 때렸다고요?"

"그래서 나와 내 동생이 여기로 짐을 가지러 온 겁니다. 그런데 며칠 전에 텔레비전을 볼 때, 한 여자가 나와서 사반나가 나에게 말해준 이야기를 그대로 하더군요. 당신에 관해서요. 거의 사반나가 한 말을 그대로 하더군요. 그래서 사반나가 지어낸 이야기가 아닌가 하는 생각이 들었습니다. 물론, 지어낸 거라고 해도 괜찮습니다만."

물론 지어낸 이야기라면 괜찮을 리가 없었다. 하지만 데이브에게 로건은 자신이 편안하고 관대한 사람이라는 인상을 심어주고 싶었다. 로건이 원하는 건 정보뿐이었으니까.

"사반나는 지금 우리 부모님과 살고 있습니다. 어머니는 사반나를 아끼시죠. 그래서 그저 이해해보려고 노력을 하고 있는데……."

갑자기 로건은 이 모든 상황의 기이함에 압도당할 것만 같았다. 지금 로건은 사반나가 부모님의 인생에 걸어 들어온 것처럼 낯선 사람의 집에 걸어 들어왔다. 본래 사람들은 이런 식으로 행동하면 안 된다.

"우리는 그저, 걱정할 일은 없는지, 알고 싶을 뿐이에요. 그저…… 사반나를 이해할 수가 없어서요."

데이브의 어깨가 툭 떨어졌다.

"맞아요. 그건 그렇죠."

데이브는 안경을 벗더니 주머니에서 넝마 같은 헝겊을 꺼내 안경에 묻은 물감을 닦았다.

"아무튼 나는 사반나를 때리지 않았어요. 단 한 번도 누군가를 때려본 적은 없습니다. 남자든, 여자든요."

데이브가 로건을 보면서 말했다.

"좋습니다. 믿습니다."

"그래서, 그날, 두 사람이 날 죽일 것처럼 쳐다본 건가요? 내가 사반나를……."

데이브가 다시 안경을 쓰고 로건을 응시했다.

"죽이려고는 안 했습니다."

로건이 어색하게 말했다.

"당신 형제는 분명히 죽이려고 했어요. 정말 악몽이었습니다. 강도가 침입해 들어온 것처럼요."

"당신은, 사과를 했습니다. 계속 사반나에게 사과를 했어요."

로건이 기억을 떠올렸다. 어쩔 수 없는 상황이었으니 데이브는 정상참작을 해줘야 할 것이다.

"분명히, 당신은 무언가, 아주 나쁜 일을 했다고, 사과하겠다고 했습니다."

"폭력하고는 전혀 상관이 없었어요. 내가 사과한 건, 생일을 잊었기 때문이에요. 사반나의 생일에 식당에서 만나기로 했는데, 내가 못 갔어요. 사반나는 멋지게 옷을 차려입고 근사한 식당에서 계속 기다렸는데, 나는 전화기 배터리가 나가서 전화도 못 받았어요."

"이런."

"알아요. 아직도, 내가 그런 짓을 했다는 게 믿기지 않아요."

데이브는 정말 후회한다는 듯이 고개를 저었다.

"그렇다면 사반나가 나에게 해준 이야기는……."

"아마 텔레비전에서 본 이야기일 거예요. 영화에서 본 대사거나, 사람들에게 들은 이야기겠죠. 아니면 내가 해준 이야기일 수도 있고요. 사반나는 앵무새 같아요. 그게 사반나의 장기였어요."

"그렇군요."

자신이 가정 폭력의 희생자인 척하는 게 장기라니.

"사반나는 과잉 기억력 증후군인가 뭔가일지도 몰라요. 사반나 말이, 자기는 살아온 모든 날들을 자세하게 기억하고 있다고 했어요. 사반나가 자기가 겪은 일이라고 말해주는 이야기들이 진실인지, 아니면 텔레비전에서 본 내용인지는 절대로 알 수 없어요. 사반나에게 진실은 뭔가…… 아주 느슨하게 풀려 있는 거예요."

"그러니까 당신 말은 사반나가 거짓말쟁이라는 거군요."

로건이 말했다.

그때 갑자기 인터폰에서 버저음이 흘러나왔고, 두 사람은 펄쩍 뛸 정도로 깜짝 놀랐다.

"피자가 왔나 봅니다. 난 당신이 피자를 가져온 줄 알았어요."

데이브가 말했다.

"아, 그런 것 같았습니다."

"들어오게 해도 될까요?"

데이브는 인질로 잡힌 사람처럼 조심스럽게 로건에게 물었다.

로건은 뒤로 물러나 두 손을 번쩍 들면서 바보처럼 말했다.

"더는 시간을 뺏으면 안 되겠군요."

데이브는 인터폰을 눌러 피자 배달원이 건물 안으로 들어오게 했고, 두 사람은 잔뜩 어색한 표정으로 지은 채 서로를 쳐다보았다.

"어떤 피자를 시켰습니까?"

로건이 물었다.

"내가 가장 좋아하는 걸 시켰어요. 소시 스트리피리고, 닭고기에 스위트 칠리소스를 뿌린 거예요. 배고프세요? 혼자 한 판은 다 못 먹어요."

"배는 고프지만, 괜찮습니다. 나는……."

로건은 솔직하게 말했다.

"패밀리 사이즈 소시 스트리퍼 시키신 데이브 님!"

문 앞에서 굵직한 목소리가 들렸고, 두 남자는 자신도 모르게 서로를 보면서 씩 웃었다. 그러자 두 사람 사이의 긴장이 어느 정도 풀렸고, 결국 로건은 사반나의 전 남자 친구 집 바닥에 앉아 맥주를 마시며 맛있는 피자를 먹게 됐다. 이상하게도 기분이 좋았다.

"내 여자 친구도, 뭐랄까…… 예술 작품을 그리고 싶어 했어요."

로건이 이젤을 가리키면서 말했다.

"사실은 전 여자 친구지만요."

로건은 아파트를 둘러보았다.

"나는 우리가 사는 곳에서 그림을 그리라고 말했습니다. 지금 당신처럼요. 하지만 여자 친구는 작업실이 필요하다고 하더군요."

로건은 데이브가 작업실은 신경 써야 할 게 너무 많다고 말해주기를 바랐다.

"그렇군요. 음, 사실 여기서 작업할 수 있는 건, 사반나가 떠났기 때문이에요. 그렇지 않았다면 나도 작업실을 구해야 했을 거예요. 이게 사반나가 떠났기 때문에 생긴 좋은 점이에요. 갑자기 내 작업실이 생겼다는 거요. 당신 여자 친구도 당신 숨결을 목에서 느끼면서는 그림을 그리지 못했을 거예요."

"그런 짓은 안 합니다."

"당신 앞에서 그림을 그려야 한다는 사실이 당혹스러웠을 거라는 뜻이에요."

데이브는 피자에서 닭고기 한 조각을 떼어내더니 한입 가득 집어넣고 말했다.

"특히나 이제 막 시작하는 사람이라면요. 예술이 그렇거든요. 너무 선명하게 보이니까요."

"이런. 그런 말은 전혀 안 했습니다. 그런 말을 해줬다면, 그림을 그릴 때는 나가 있었을 겁니다. 혼자 그릴 수 있게요."

로건이 대답했다.

"그랬겠지요. 하지만 여자 친구분 머리에서는 두려움을 이길 수 있는 방법은 작업실밖에 없다고 생각했을 거예요. 그림은 그리고 싶지만, 그림을 그리는 게 두려웠을 테니까요."

"무엇이 두렵다는 거죠?"

"재능이 없을까 봐요. 머리와 가슴으로 그리고 있는 것들을 캔버스에서 제대로 구현하지 못할까 봐요. 아마도 여자 친구분은 두렵다는 것이 두려웠을 거예요. 아무것도 하지 못할 수도 있다는 두려움에 마비되어, 사기꾼이 된 것 같은 느낌으로, 그저 붓을 들고 서 있을 수밖에 없었을 거예요."

데이브의 말을 듣고 있던 로건은 갑자기 모든 의욕이 사라져서 들고 있던 피자를 내려놓았다. 로건은 그림을 그리고 싶다는 인디라의 말이 그저 지나가는 변덕이라고 생각했었다. 그림 이야기를 할 때마다 사실은 그다지 상관없다는 듯이 이상하게 말이 없어지고는 했으니까. 불쑥 그림을 그리고 싶다고 말했다가도 그 즉시 철회했다. 반드시 해야 한다고 밀어붙이지 않았다. 그렇게 말수가 적어진 게 두려움 때문일 수도 있다고?

로건 자신이 테니스에 대해 열정 말고도 복잡한 감정을 느끼는 것처럼, 인디라도 미술에 대해 열정 말고도 복잡한 감정을 느낄 수 있다는 생각을 했어야 했는데. 로건에게 테니스가 절대로 취미가 될 수 없었던 것처럼, 인디라에게도 미술은 취미가 아니라는 사실을 알았어야 했는데. 미술관에서 작품들 사이를 걸을 때마다 로건이 그랜드슬램을 달성한 선수를 보았을 때 느끼던 바로 그 감정을 느끼고 있음을 알았어야 했는데. 짝사랑처럼 고통스럽고도 행복한 감정을 느낀다는 사실을 알았어야 했는데.

로건은 바보였다. 두 사람은 더 큰 장소로 옮길 수 있었다. 도대체 왜 그 집을 고집한 걸까? 왜냐하면 로건은 무엇이든 바뀌는 걸 견디지 못했기 때문이다. 직업이, 주소가, 거래 은행이, 체육관이 바뀌는 걸 견디지 못했기 때문이다. 젠장. 그냥 작업실로 쓸 작은 방이 있는 투룸 아파트로 옮기면 되는 거였다. 인디라가 방문을 닫고 혼자서 두려움에 맞설 수 있는 장소만 만들어주면 되는 거였다. 인디라는 미술에 소질이 있는지도 몰랐다. 어쩌면 이 남자보다 더 잘 그릴 수도 있었다. 아니, 아주 멋진 그림을 그릴 수도 있었다.

"여자 친구분 때문에 심장이 부서졌나요?"

데이브가 물었다.

"아닙니다. 이제는 괜찮습니다. 사반나하고 만난 기간은 얼마나 됩니까?"

로건은 다시 찾아온 이유에 충실하기로 했다.

"얼마 안 됐어요. 3개월 정도 만났죠."

"함께 사는 걸, 상당히 빨리 결정했군요."

"정말로 너무 빨랐는지도 모르겠어요. 데이트를 시작하고 얼마 되지 않았을 때, 사반나에게 시드니로 갈 생각이라고 했더니, 사반나도 같은 생각을 하고 있다고 하더라고요. 하지만 시드니는 애들레이드보다 물가가 훨씬 비싸서……."

"잠깐만요. 사반나는 두 사람이 골드 코스트에서 왔다고 했는데?"

"애들레이드에서 왔어요."

"그럼 왜 골드 코스트에서 왔다고 했을까요?"

애들레이드보다 골드 코스트에서 왔다고 하는 것이 훨씬 더 비극적이고 극적으로 느껴지기 때문일까? 충분히 그럴 수 있었다.

데이브는 어깨를 으쓱해 보였다.

"그랬을 거예요. 그게 사반나의 습관이니까. 아무 이유 없이, 중요하지도 않은 자잘한 문제들도 거짓말을 해요. 곧 들킬 거짓말들을 하는 거예요. 가령, 점심에 먹은 음식을 속이는 거죠. 왜인지는 모르겠어요. 내가 '하지만 사반나, 그거 먹지 않은 거 알아'라고 말하면, '그게 무슨 문제라고 그러는 거야? 별일 아니잖아. 내가 점심에 먹은 걸 신경 쓸 사람은 없어'라고 대답해요. 물론 그런 대답을 들으면 나도 '맞아, 사소한 문제지. 굳이 신경 쓸 일은 아니야'라고 생각해요. 하지만 그런 일을 겪을 때마다 혼란스러운 건 사실이에요."

"그럴 것 같군요."

로건이 동의했다.

데이브는 피자를 또 한 조각 먹으면서 말했다.

"그래서 검색을 좀 해봤어요. 사반나는 병적 거짓말쟁이라고 분류할 수 있을 것 같아요. 거짓말을 해봐야 아무 이득이 없는데도 거짓말을 하는 사람인 거죠. 사반나는 정말로 그렇거든요. 거짓말을 위해서 거짓말을 하는 거예요."

로건은 엄마로 빙의해서 공감 능력을 발휘해보려고 했다. 이 이야기를 조금 더 따뜻하게 만들어보고 싶었다.

"혹시 위탁 가정에서 자라서 그런 게 아닐까요? 위탁 가정에서는 아무래도 사람들이 듣고 싶어 할 만한 말을 하느라……."

"에? 아니에요. 무슨. 사반나는 위탁 가정에서 자라지 않았어요."

"아니라고요?"

너무 놀라 로건의 몸이 확 젖혀졌다. 공감 능력은 사라져버렸다.

"네, 사반나의 아버지는 사반나가 아기였을 때 돌아가셨대요. 사반나 집이 돈이 많은 건 아니지만, 위탁 가정에 간 적은 분명히 한 번도 없어요. 일곱 살 때부터 같은 집에서 살았어요. 발레도 했고요. 사반나 말이 어머니가 아직도 사반나가 받은 트로피를 전시해놓았다고 했어요. 딸이 발레를 했다는 기록을 남긴 사당처럼요. 그건 진실이에요. 발레를 하는 사진을 봤거든요."

로건은 메슥거렸다. 이 모든 게 너무나도 부적절한 거짓말들이었다. '장기 자랑 대회'에 나온 불쌍한 출연자가 해준 위탁 가정 경험담을 훔쳐서 자신의 어린 시절로 만들었다고? 로건 엄마의 동정을 사려고 굳이 그런 거짓말을 할 필요는 없었을 것이다. 엄마라면 생일을 잊어버린 남자 친구 때문에 화가 나서 집을 나온 애들레이드에서 온 평범한 여자라고 해도 기꺼이 그날 밤, 집에 들였을 것이다. 그다음 날까지 집에 있는 건 아빠가 허락하지 않았을 테지만.

갑자기 한 가지 생각이 떠올랐다.

"그러니까 사반나가 집을 나간 날이, 당신이 사반나의 생일을 잊어버린 그날이라는 거죠? 그렇다면 그 상처는 어떻게 된 거죠? 부모님 집에 왔을 때, 사반나는 피를 흘리고 있었는데?"

"그날, 난 늦게 왔어요. 새로 들어간 직장이라 상사들한테 잘 보이고 싶었거든요."

데이브는 맥주병을 들어 벌컥벌컥 마셨다. 맥주 한 병을 거의 비운 데이브는 한층 긴장이 풀린 듯 말이 많아졌다.

"우리 둘 다 여기 오자마자 새 직장에 취직해서 아주 바빴어요. 나는 정규직 그래픽 디자이너로 취직했고, 사반나는 두 가지 일을 하느라 바빴어요. 둘 다 완전히 지쳐 있었어요."

사반나가 두 가지 일을 했다고? 그럼 그 일들은 지금 어떻게 된 거지? 로건이 사반나에게 마지막으로 들은 말은 "요즘에는 일거리 찾기가 힘들잖아요"가 아니었나?

"사반나의 생일을 축하하는 건 일주일 남았다고 생각한 거예요. 그래서 집으로 왔는데, 전화기 배터리가 나간 거죠. 게다가 망할 충전기도 찾을 수 없었어요. 그때 막 이사를 온 터라 아직 짐도 다 풀지 못했거든요. 요리는 모두 사반나가 했기 때문에 그날은 먹을 게 없어서 정말 배가 고팠어요."

데이브는 애절한 표정으로 피자를 뚫어져라 쳐다보았다.

"사반나는 정말 요리를 잘해요."

"압니다."

사반나를 조사하러 이곳에 와 있는데, 사반나의 요리를 즐기고 있다는 사실을 인정한다는 건 왠지 잘못된 일 같았다.

"그러다 마침내 사반나가 집으로 왔어요. 사반나를 보면서 생각했죠. '됐다, 이제 밥을 먹을 수 있다.' 그런데 너무 예쁘게 꾸미고 있는 거예요. 그래서 내가 '이런, 세상에. 오늘이었어?'라고 말한 거죠. 우리가 함께하는 사반나의 첫 번째 생일이었는데, 내가 완전히 망쳐버린 거예요."

데이브는 그 생각을 하면 여전히 속이 상한 것 같았다.

"이상하게도, 처음에는 사반나가 그다지 화가 난 것 같지 않았어요. 화가 나기는 했지만, 미친 듯이 화가 난 건 아니었어요. 사반나도 별일 아니라고, 다음에 다시 날을 잡으면 된다고 했어요. 사반나가 파스타를 만들었고, 우리는 와인과 함께 먹으면서 텔레비전을 봤어요. 그런데 갑자기, 뭐 때문인지는 모르겠지만, 사반나가 완전히 이성을 잃어버렸어요. 소파에서 벌떡 일어나더니 '더는 못 참아'라고 소리치고는 와인 잔을 들고 앞뒤로 정신없이 걸어 다녔어요.

마치 정신병이 도진 사람처럼요. 짐을 풀지 않아서 집 안 여기저기 상자랑 물건들이 너저분하게 흩어져 있었죠. 그러다가 사반나가 내 기타 케이스에 걸려서 넘어졌어요. 여러 번 사반나가 치우라고 했었는데, 내가 그냥 뒀던 거예요. 이젠 내가 빼도 박도 못하게 나쁜 놈이 되어버린 거죠."

데이브가 로건을 보았다. 로건은 충분히 공감한다는 표정을 지으며 입을 다문 채 혀로 윗니를 덮었다. 능동적으로 듣고 있음을 보여주는 비언어적 표현이었다.

"그때 들고 있던 와인 잔이 깨져서 사반나 얼굴이 찢어졌어요."

데이브가 자기 눈 위를 가리키면서 말했다.

"처음에는 한쪽 눈이 실명한 거라고 생각했어요. 피가 너무 많이 났거든요. 내가 치료를 해주려고 했는데, 사반나는 보지 말라고 하더니, 뭐라고 중얼거리면서 제자리에서 빙글빙글 돌았어요. 그러다가 그냥…… 나가버렸어요. 맨발로요. 정말 추운 밤이었는데. 돈도, 전화기도 없이 그냥 가버린 거예요."

"어디로 갔을 거라고 생각했어요?"

"도무지 모르겠더라고요. 내가 '어디로 가는 거야?'라고 하니까, 사반나는 '돌아가야겠어'라고 했어요."

"돌아가다니, 어디로요?"

"그게 내가 사반나에게 물어본 말이에요. '어디로 돌아간다는 거야?'라고요. 나는 사반나가 애들레이드로 돌아간다고 말한 건 줄 알았어요. 그래서 '이 밤에 탈 수 있는 비행기는 없어!'라고 말했죠."

로건은 여자 형제들이라면 데이브의 이야기에서 찾아냈을 허점을 찾아내려고 노력하면서 데이브를 뚫어져라 쳐다보았다.

"분명히 걱정했겠네요."

"경찰에 신고해야 하는 건지 모르겠더라고요. 잠도 못 잤어요. 하지만 다음 날 출근은 해야 했죠. 일을 시작한 지 얼마 되지 않았을 때였고, 일이 필요했으니까요. 게다가 사반나가 음성 사서함에 이상하게 속삭이는 것 같은 목소리로 메시지도 남겼거든요. 사반나는 꼭 도서관 같은 데 있는 것 같았어요. 사반나 말이 자기는 옛 친구들 집에 있다고 했어요. 옛 친구들이라니. 사반나가 시드니에 아는 사람이 있는지 몰랐어요. 사반나는 '자기가 평온하게 지내길 바라'라는 말을 남겼어요. 그래서 우리 사이는 끝났나 보다 했지요."

"평온하게 지내길 바란다고요?"

로건이 살짝 움찔했다.

"압니다. 사반나는 가끔 그런 식으로 말을 해요. 꼭 노인처럼요. 아니면, 역할놀이를 하고 있는 건지도 몰라요. 사반나를 전혀 모르고 있었다는 기분이 들어요. 그저 뒤돌아보면, '도대체 우리는 무슨 사이였을까'라는 생각이 드는 아주 짧은 연애를 했구나 하는 생각이 들어요. 왜냐하면 사반나는 재미있고 달콤한 여자지만, 기이하기도 하거든요. 어쩌면, 내가 아주 곤란해질 수 있는 상황을 피해 간 게 아닌가 싶어요."

"그랬을지도 모르겠군요."

그럼 지금 부모님이 아주 곤란한 상황에 처한 것일까?

"위험한 사람은 아니라고 생각해요."

데이브는 과거를 회상하는 사람처럼 말했다.

"그저, 정말로 이상한 사람일 뿐이에요. 그날 밤, 사반나의 행동은 정말 이상했어요. 정말 뜬금없었어요. 그때 이런 생각을 했던 기억이 나네요. 혹시, 지금 사반나의 행동이 내가 생일을 잊어버린 것과 전혀 상관이 없는 거 아닐까? 혹시 텔레비전에 나온 뭔가가 사반나를 화나게 한 게 아닐까? 하지만 그럴 순 없을 것 같아요. 사실 정말로 텔레비전을 보고 있지도 않았으니까요. 그날, 텔레비전에서는 테니스에 관해 별로 신기할 게 없는 소식을 전하고 있었어요."

"테니스라고요? 어떤 소식이었습니까?"

로건의 목소리가 날카로워졌다. 이제 막 맥주를 마시려고 하던 로건의 치아에 맥주병이 세게 부딪쳤다.

"사반나는 스포츠에는 전혀 관심이 없었어요. 그러니까 그거 때문에 화가 난 건 아닐 거예요."

데이브는 로건의 생각이 잘못됐다는 사실을 분명하게 알려주려는 듯이 단호하게 고개를 저었다.

"별거 없었어요. 그냥 테니스 선수 한 명이 복귀한다는 뉴스였어요. 이름이 뭐였더라?"

데이브는 얼굴을 찡그리다가 손가락을 튕기며 말했다.

"해리 하다드였어요!"

35

현재

"사반나에 대해서 모든 걸 경찰한테 이야기하면, 그 사람들이 엄마를 찾는 데 방해가 될지도 모른다고 생각한 거야."

마셜 앤 스미스 범죄 전문 변호사 사무실 고객 안내실에서 한 고객이 통화를 하고 있었다.

"잘못하면 그 사람들이 아빠에게 그럴 만한…… 동기가 있다고 생각할 수도 있잖아."

고객은 잔뜩 목소리를 낮추었다.

마셜 앤 스미스 변호사 사무실에서 10년이 넘게 근무하고 있는 접수 직원은 지금 고객이 하고 있는 대화처럼 은밀하고, 가끔은 외설적이기도 한 사생활을 들어야 했다. 그것이 이 일을 하면서 누릴 수 있는 특전이었다.

오늘 고객으로 온 여자는 머리카락은 아주 짧았지만, 눈에 띄게 긴 사람이었다. 높이뛰기 종목에서 금메달을 딸 것처럼 보이는 이 고객은 일반적인 여자들보다 두 배는 더 길어 보였다. 오늘 처음 크리스 마셜 대표를 만나려고 변호사 사무실에 온 고객은 아주 작은 소리로 통화를 하고 있었지만, 접수 직원의 청력은 놀랍도록 뛰어났다. 청력을 그렇게 타고난 건 직원의 잘못은 아니었다.

"그 사람들이 직접 알아낸다면 할 수 없지. 내 말은, 이건 우리가 알아낸 사실이란 거야. 그 사람들이 우리보다 훨씬 능력 있는 수사관들이잖아. 우리가 굳이 그 이야기를 해야 하는 이유를 모르겠다는 거지. 이건 전혀 상관없는 일이라고. 그냥 아빠만 나빠 보이게 할 거야."

고객은 한참 동안 아무 말이 없었다. 그러다가 갑자기 말했다.

"그거야 오빠한테 달려 있겠지. 트로이 오빠, 내가 오빠를 어떻게 말려. 하지만 나도 아빠를 변호해줄 사람을 구해둘 거라는 건 알아둬. 만약을 위해서 말이야."

또다시 한참 말이 없었다.

"알아. 난 아빠 편이야."

또다시 침묵.

"아니. 무슨 일이 있어도 아빠 편이라는 말은 안 했어."

고객은 감정을 억누르고 있었다.

"옳은 일을 하려는 것뿐이야. 젠장, 지옥에나 가버려!"

고객은 전화기를 무릎에 떨어뜨리고 똑바로 앞을 보았다. 접수 직원은 재빨리 고개를 숙이고 키보드를 보았다. 타인이 자제력을 잃는 모습을 보는 건 언제나 어색했다.

"브룩 델라니 씨?"

크리스 마셜이 변호사실 문 앞에서 자본주의 미소를 짓고 있었다.

"네, 저예요."

고객이 벌떡 일어났고, 이제 막 높이뛰기 신기록을 달성한 것처럼 거친 숨을 몰아쉬더니 고개를 높이 치켜들고 성큼성큼 변호사 사무실로 걸어 들어갔다.

Apples Never Fall

36

과거, 10월

부모님 집에 머물고 있는 수상한 사람의 신원을 조사하려면 어떻게 해야 하는지를 묻자 인터넷 유저들은 사진을 검색창에 입력하면 된다고 했다. 하지만 사진이 없는데요. 브룩은 인터넷 유저에게 대답하고, 깍지 낀 두 손을 머리 위로 높이 들어 올렸다.

브룩은 브룩의 집에 있는 브룩의 서재에서 브룩의 데스크톱 컴퓨터 앞에 앉아 있었다. 하지만 왠지 그랜트의 집에 있는 그랜트의 서재에서 그랜트의 데스크톱 컴퓨터 앞에 앉아 있는 것만 같았다. 사실 엄밀하게 말하면 서재는 부부의 공동 공간이었지만, 그랜트의 일이 훨씬 중요하다는 듯이 브룩은 언제나 노트북을 가지고 주방에 있는 식탁에서 일했다. 어째서 오스트레일리아 정부의 '지구과학' 부서에서 지질학자로 근무하는 그랜트의 일이 물리치료사인 브룩의 일보다 더 중요해야 하는지는 모르겠지만, 왠지 그때는 그랜트의 일이 더 중요하게 느껴졌었다.

어째서 그렇게 느꼈던 걸까? 그랜트는 단 한 번도 자기 일이 브룩의 일보다 훨씬 중요하다는 내색을 한 적은 없었다. 어쨌거나 그랜트는 앉은 자세가 나빴기 때문에 요추를 지탱해줄 이 의자가 필요하기는 했다. 그러니까 그건 절대적으로 브룩의 선택이었다. 사실, 그랜트가 서재에서 일해야 한다고 주장한 사람은 브룩이었다.

두 사람은 평등한 현대식 부부 관계를 맺었다. 브룩의 부모님처럼 한쪽으로 치우친 구식 결혼 생활은 절대로 아니었다. 그래서 엄마가 요리를 너무나도 싫어한다는 말을 했을 때, 브룩은 충격을 받았다. 엄마가 그랜트를 멋진 남편이라고 생각한 것도 당연했다. 그랜트는 요리를 정말 잘했으니까. 집안일을 두고 그랜트와 싸운 적은 단 한 번도 없었다. 그런 문제는 브룩 부부를 괴롭히지 않았다. 집안일은 두 사람이 공평하게 나누어서 하면 되는 거였다. 브룩은 엄마와는 전혀 달랐다. 완전히 달랐다.

브룩은 자기 몸에 맞게 의자를 조정했다. 정말 좋은 의자였다. 그랜트의 아래쪽 등은 이 의자가 정말 그리울 것이다.

기분을 풀어보려고 브룩은 테일러 스위프트의 노래 볼륨을 높였다. 브룩은 테일러 스위프트가 좋았다. 그랜트는 브룩이 열세 살이 아니니까 테일러를 사랑할 수 없다고 했지만, 브룩은 정말로 테일러 스위프트를 사랑했다. 스위프트의 노래는 가만히 앉아서 그랜트가 발견한 얼터너티브 록 밴드의 최신 음반을 듣는 것과는 차원이

다른 안도감을 느끼게 했다. 그랜트는 예술가의 의도를 제대로 파악하려면 앨범 전체를 순서대로 들어야 한다고 했다. 하지만 브룩은 좋아하는 음악을 여러 번 반복해서 듣는 게 좋았다.

브룩은 사반나의 전체 이름을 알게 되자마자 인터넷으로 검색해보았다. 처음에 엄마는 사반나의 성을 모른다고 했다.

"안 물어봤어. 왜 물어봐야 하니?"

엄마는 정말로 그렇게 말했다. 집에 들인 사람의 성을 물어보는데, 이유가 필요하단 말이야? 그러다가 엄마는 그 여자의 성이 사반나 폴란스키라고 했다.

"그 끔찍한 영화감독이랑 같아."

하지만 사반나 폴란스키에 관한 정보는 한 건의 부고 말고는 없었다.

얼마 뒤에 엄마는 "아, 내가 잘못 알려줬지 뭐니. 파고니스야"라고 했다. 브룩은 다시 인터넷을 검색해봤지만, 이번에는 바이런 베이에 있는 별 세 개짜리 리뷰가 달린 초밥집만을 찾았을 뿐이다.

지금 브룩은 엄청난 좌절감을 느끼며 컴퓨터 모니터 화면을 뚫어져라 쳐다보고 있었다. 지금까지 인터넷은 브룩이 궁금해하는 모든 것을 알려주는 지식의 보고였다.

잠깐만. 브룩에게는 사반나의 사진이 있었다!

엄마가 쇼핑몰에서 찍은 사진을 보내줬다. 탈의실에서 아직 태그도 떼지 않은 드레스를 입고 행복에 젖어 찍은 셀카 사진이었다. 사진은 전화기가 흔들리지 않게 단호하게 잡고 있었을 사반나에게 초점을 맞추고 있었다. 두 사람은 여섯 시간이나 쇼핑을 했다고 했다! 그렇게 오래 있었으니, 당연히 추가로 주차비를 내야 했을 것이다. 사반나가 특별히 주차비를 내지 않아도 되는 공간을 찾아 차를 세워두지 않았다면 말이다. 엄마는 사반나 덕분에 7달러나 절약했다고 했다! 게다가 두 사람은 사과크럼블도 먹었다. 엄마는 그다지 나쁘지 않은 크럼블이었다고 했다.

브룩은 엄마가 보내준 사진도, 엄마가 신나게 했다는 쇼핑도 마음에 들지 않았다. 스마트폰에서 사진을 열자 사반나의 얼굴이 튀어나왔다. 브룩은 사반나의 사진으로 검색을 시작했다. 인터넷이 답을 보내왔다.

이 사람은 사반나 파고니스가 아닙니다. 사반나 스미스입니다.

2년 전에 '사반나 스미스'는 한 서점에서 열린 유명한 요리사의 요리책 출간 행사에 참석했다. 스타일이 완전히 다르기는 했지만 사진 속 인물은 분명히 사반나였다. 컬을 넣은 머리카락은 더 길었고, 밝은 붉은색 립스틱을 바르고 큰 귀걸이를 차고 있었다. 이 사진으로 사반나에 관해 무엇을 알 수 있을까? 한때 성이 달랐고, 머리 스타일도 달랐다는 거? 혹시 결혼했던 걸까? 사반나가 요리책 출간 행사장에 갔다는 건 조금도 놀랄 일이 아니었다.

브룩은 한숨을 쉬었다. 이런 정보만을 알아냈다고 해서 과연 실망해야 하는 걸까? 당연히 브룩은 부모님과 함께 사는 사람이 상습적인 사기꾼이기를 바라지 않았다. 아니, 정말일까? 어쩌면 사반나가 사기꾼이기를 바랐는지도 몰랐다. 사반나에게 "내 부모님한테 친절하게 구는 거, 그만해!"라고 소리치고 싶은 충동이 이는 이유를 정당화하고 싶었는지도 몰랐다.

브룩은 시간을 확인했다. 아이네스가 이제 곧 올 거라는 걸 계속 잊어버렸다. 얼마 전부터 지인들은 브룩이 별거하고 있음을 알게 되었고(브룩 때문은 아니었다. 브룩은 가족 말고는 그 누구에게도 말하지 않았으니까), 마치 브룩이 사별한 것처럼 애도 문자를 보내오기 시작했다. 아이네스의 문자는 아주 짧았다. *직접 듣자. 오늘 저녁에 갈게.*

브룩은 답장을 보냈다. 오늘 *저녁에는 할 일이 있을 것 같아!*

아이네스가 답장을 보냈다. *아니, 그럴 리 없어.*

뭐, 그건 맞는 말이었다. 브룩이 할 일은 사반나에 관해 조사하는 것과 '등의 통증을 완화해줄 10가지 방법'에 관한 글을 쓰는 것뿐이었다. 브룩은 오늘 쓸 글이 여성 건강 관련 웹 사이트에 실리기를 바랐다. 프로필에 채울 경력이 생기기를 원했다. 인스타그램에도 '멋진' 글을 올려야 했다.

브룩은 계속 '사반나 스미스'로 검색했고, 전 세계에서 살고 있는 사반나 스미스에 관한 필요 없는 사실들을 알게 되었다. 그러다가 15년 전에 발행한 지역신문을 찍은 흐릿한 흑백사진을 한 장 발견했다. 기사 제목은 '앞날이 밝은 댄스 신동 열한 살 사반나!'였다.

애들레이드 지역신문에 실린 한 단락짜리 짧은 기사는 사반나 스미스가 애들레이드 최대 규모의 발레 경연 대회에서 1등을 차지했으며, 이 작은 소녀의 꿈은 언젠가 직업 발레리나가 되는 것이기 때문에, 이 작고 수줍음 많은 재능 있는 소녀가 아주 행복해한다는 소식을 전하고 있었다.

브룩의 화면에 떠오른 사진에서 이 작은 소녀는 발레복을 입고 다리를 곧추세우고 두 손을 머리 위로 뻗어 가지런히 모은 전통적인 발레 포즈를 취하고 있었다. 뼈가 보일 정도로 말랐고, 강렬하고 진지한 표정의 작은 소녀는 머리카락을 모두 위로 바짝 끌어 올려 둥글게 말고 있는 것이, 분명히 두피가 아주 아플 것 같았다. 얼굴 양옆으로 튀어나온 귀는 마치 엘프의 귀처럼 보였다. 발레리나로는 어울리지 않는 귀였다.

아주 오래전, 신문들은 이 소녀의 기사와 비슷한 기사들을 실어 브룩과 형제들을 추어올리면서 오스트레일리아 테니스계의 미래는 밝다고 야단법석을 떨었었다. 늘 있는 일이었다. 재능 있는 아이들이 결국에는 평범한 어른으로 자라는 것 말이다. 나비는 늘 나방이 된다. 아빠는 자신의 후손들이 영광스러운 델라니 남매의 기록을 볼 수 있도록 신문 기사를 모두 오려서 한 장씩 코팅을 했다. 그런 아빠를 생각하면 브룩은 서글퍼졌다. 아빠의 모든 노력은 터무니없는 시간 낭비였다.

어린 시절 사반나의 사진에는 무언가 브룩의 기억을 자극하는 짜증 나는 부분이 있었다. 이 작은 소녀는 브룩의 어린 시절의 누군가를, 무언가를 떠오르게 했다. 편두통과 관계가 있는 무언가를. 브룩은 눈앞이 흐릿해졌고, 이제 막 깎은 잔디 냄새를, 누군가 고함을 지르는 소리를, 맡을 수 있고 들을 수 있을 것만 같았다.

갑자기 초인종이 울렸고, 브룩은 깜짝 놀라 벌떡 일어나면서 몽상에서 벗어났다. 아이네스는 샴페인 한 병을 들고 음식을 잔뜩 담은 재활용 쇼핑백을 어깨에 메고 있었다.

"왜 이렇게 무거워?"

아이네스가 들고 온 쇼핑백을 받아 들고 주방으로 가던 브룩의 마음은 오랜 친구에 대한 애정으로 가득 찼다. 브룩은 단 한 번도 친구들을 잊어본 적이 없지만, 왠지 지금 갑자기 친구들이 기억난 것 같다는 이상한 기분이 들었다.

"옷 예쁘다. 진짜 복고풍이네."

아이네스가 브룩이 서랍에서 충동적으로 꺼내 입은 파란색 데님 오버올을 가리키며 말했다.

"아주 편해. 그랜트는 내가 이걸 입으면 동물원 사육사처럼 보인다고 했어."

두 사람은 샴페인 뚜껑을 땄고, 브룩은 사반나에 관한 모든 정보를 아이네스에게 들려주었다.

"부모님 식사는 모두 그 여자가 만들고 있어."

"완전 하층민이네."

아이네스가 근사한 샴페인 잔을 브룩에게 내밀었고, 브룩은 키득거리며 웃다가 갑자기 멈추었다. 그 관능적인 웃음소리가 낡은 교과서와 교복과 함께 싸서 영원히 버려버렸다고 생각한 무언가처럼 익숙하면서도 낯선 느낌을 들게 했기 때문이다. 시간이 지날수록 이런 느낌을 점점 더 자주 느꼈고, 그럴수록 그랜트의 존재는 점점 더 희미해져갔다. 브룩에게로 옛 습관이, 옛날 옷들이, 옛날에 듣던 음악이 계속해서 찾아왔고, 이제는 옛 웃음이 찾아왔다.

물론 10년 동안 웃지 않았다고 생각하는 건 터무니없는 생각이었다. 분명히 브룩은 웃었다. 그랜트는 재미있는 사람이었으니까. 그것도 아주 재미있는 사람이었으니까. 그랜트는 자신의 재치를 사랑했다. 두 사람 가운데 '재미있는 사람'은 자기임을 인정받는 것이 그랜트에게는 정말로 중요했다.

아이네스가 갑자기 말했다.

"널 보니까 정말 좋다."

"알아. 요즘 클리닉 때문에 너무 바빴는데……."

아이네스가 브룩의 말을 막았다.

"아니, 그랜트가 없는 너를 보니까 좋다고."

"그게 무슨 말이야? 너, 그랜트 좋아했잖아. 아니야? 모두 그랜트를 좋아했잖아."

브룩이 샴페인 병을 쳐다보았다.

"혹시, 너 축하하려고 가져온 거야?"

"그랜트를 싫어하지는 않았어. 그랜트는 네가 좋아해야 한다고 생각하는 사람들 가운데 한 명이었으니까."

아이네스는 잠시 입을 다물었다.

"그냥 넌 늘 그랜트에게 집중해야 한다고 생각하는 것 같았어."

"집중해야 한다고? 그랜트에게?"

"항상 그랜트를 의식해야 한다고 생각하는 것 같았어."

"좋은 부부는 그런 거 아니야? 항상 배우자를 의식해야 하는 거잖아."

"그건 그렇지. 하지만 그건 두 사람 모두 그래야 하잖아. 나는 단 한 번도 그랜트가 너한테 집중한다는 느낌을 받아본 적이 없어. 그랜트는 CEO 같았고, 너는 헌신적인 비서 같았어."

"아니야."

브룩이 말했다. 브룩은 강하고 영리한 교육받은 여자였다. 타이어도 혼자서 갈았고, 거미도 잡을 수 있고, 전구도 직접 바꾸고, 과다 청구한 정비공도, 거칠게 말하는 부동산 중개인도 상대할 수 있었다. 브룩은 정말로 화가 났다.

"그건 사실이 아니야. 절대로 사실이 아니야."

"그래, 아니야. 내가 뭘 알겠어."

아이네스가 차분하게 말했다

두 사람은 아무 말 없이 샴페인을 마셨다.

"미안. 바보 같은 말을 했어. 내가 뭐 사 왔는지, 볼래?"

아이네스가 조리대 위에 쇼핑백을 올리면서 말했다.

"기분이 좋아지는 음식들을 사 왔어. 연어, 바나나야. 너, 학교 다닐 때 늘 바나나를 먹었잖아."

"바나나를 좋아했었지. 하지만 한 의사가 바나나가 편두통을 유발할 수 있다고 해서 끊었어."

브룩은 아이네스가 들고 있는 노란색 바나나 송이를 받아 들었다.

"슈거 바나나."

브룩이 멍하게 말하는 동안, 어린 시절의 기억이 현상하는 사진처럼 서서히 선명해지고 구체적으로 형태를 갖추어갔다.

동복 교복을 입은 브룩이 뒤 베란다에 가방을 집어 던지고 델라니 가족의 말썽꾸러기 검은 래브라도의 입에서 테니스공을 구하러 달려갔다. 테니스공을 가지고 다시 가방이 있는 곳으로 돌아왔을 때는 모르는 아이가 베란다에 나와 있었다. 물론 처음 있는 일은 아니었다. 델라니 가족의 뒤 베란다에는 언제나 델라니 남매에게서 부모님의 관심을 앗아 가는 낯선 아이들이 있었으니까. 하지만 이 꼬마는 달랐다. 이 꼬마는 브룩의 가방을 뒤져 바나나를 먹고 있었다. 시간이 없어서 학교에서는 먹지 못했지만, 브룩의 마음이 온통 다 가 있던 바나나를, 멍든 곳 하나 없는 슈거 바나나를.

브룩의 눈에서 불이 번쩍였다. 왜 그런지는 자신도 이해하지 못했지만, 이런 아이들 이야기를 해봤자 엄마는 너무 바빠서, 바로 이런 아이들을 돌보느라 바빠서 브룩의 말은 귀 기울여 듣지 않았다. 어떻게 감히, 저 바보 같은 낯선 아이가 내 가방을 뒤져서 바나나를 꺼내 먹을 수가 있지? 브룩은 배가 뒤틀릴 정도로 너무나도 맹렬하게 화가 났다. 브룩은 소리를 질렀다.

"야! 너! 안 내려놔! 그거 내 가방이야! 내 바나나란 말이야!"

브룩은 소리를 지르는 아이가 아니었다. 부루퉁하게 토라지는 아이였다. 적절하게 분노하면 이렇게 크게 소리 지를 수 있음을 알게 된 브룩은 거의 신이 날 정도였다. 작은 꼬마가 고개를 들었다. 머리를 너무 세게 당겨 묶어서 눈꼬리가 고양이처럼 바짝 위로 올라가 있는 꼬마였다. 아이는 바나나를 떨어뜨리고 도망가버렸다.

그러니까, 브룩이 기사에 실린 아이의 얼굴을 알아본 것은 그 때문이었다. 브룩은 사반나를 어렸을 때 만난 적이 있었다. 사반나가 델라니 가족의 집에 나타난 건 우연이 아니었다. 사반나는 그곳이 누구의 집인지 분명히 알고 있었다.

37

현재

“바나나 때문에 그 기억이 떠오른 거야.”

엄마와 함께 아빠 생일 선물로 넥타이를 사려고 들어온 남성복 가게 계산대 앞에서 차례를 기다리며 아이네스 랭이 말했다.

“브룩이랑 그랜트가 막, 세상에, 도둑도 제 말 하면 온다더니.”

아이네스는 믿을 수가 없었다.

“엄마, 돌아보지 마.”

아이네스는 재빨리 시선을 돌렸지만, 늦었다. 그 남자는 옷이 걸린 진열대를 요리조리 피하며 두 사람을 향해 다가왔다.

“아이네스, 당신인 줄 알았어요.”

생김새는 평범했고, 앞머리는 벗겨지고 있었고, 귀는 특이할 정도로 크지만, 자신이 마치 섹스 심벌이라도 되는 것처럼 행동하는 브룩의 전남편 그랜트 윌리스가 말했다. 사실 그랜트는 자신이 믿는 만큼 잘생겨지고 있었다. 여자들은 자신감에도 가산점을 주었다. 하지만 남자들은 점수를 주는 데 인색했다.

"안녕하세요, 그랜트. 엄마, 여기는 브룩의 전남편."

아이네스가 무례하지는 않지만 충분히 퉁명스럽게 말했다.

"아니, 너무 서두르지 마요. 아직 우리, 이혼 안 했어요."

"하지만 할 거잖아요. 두 사람, 이혼할 거야."

아이네스가 엄마에게 말했다.

"아직 그 문제는 고민하지 않고 있어요. 일단 브룩의 어머니가 사라졌으니까요."

그랜트는 잠시 머뭇거렸다.

"나는 정말로 조이를 좋아했어요. 우린 친했거든요."

"지금 멜버른에서 지내는 거 아니었어요, 그랜트?"

아이네스가 물었다. 브룩은 그랜트가 올해 초에 멜버른 파견 근무를 수락했다고 했다. 아이네스도, 브룩도 그랜트가 떠난 건 잘된 일이라고 생각했다. 전남편이 이 나라를 떠나거나 이 행성을 떠날 수는 없다고 해도 같은 도시에 살지 않는 건 괜찮은 일이니까. 그런데 왜 시드니에서 어슬렁거리고 있는 거지?

"일 때문에 왔어요."

그랜트가 아이네스에게 한 발 더 가까이 왔다.

"내가 전화한 걸 봤을 텐데도 브룩이 전화를 안 하네요."

"할 일이 많으니까요."

"알아요. 나는 그저…… 지금쯤이면 경찰이 나에게 연락하지 않을까 싶어서요."

"어째서 경찰이 당신한테 연락을 할 거라는 거죠?"

"그거야, 오랫동안 나도 가족이었으니까요."

"그렇기는 하지만…… 이미 오래전에 끝났잖아요."

"그렇게 오래는 아닙니다. 게다가 나에게는 정보도 있고요."

"아, 좀! 제발."

너무 짜증이 나서 아이네스는 모든 예의를 던져버렸다.

"진짜로 정보가 있다면, 조이를 찾는 데 도움이 되는 정보라면, 그랜트, 그냥 말하면 되잖아요."

"그럴까 생각 중입니다. 언젠가 조이가…… 경솔하게 행동한 적이 있다는 걸 경찰에 알릴 책임이 나에게 있다는 생각이 들거든요."

아이네스는 엄마의 눈이 휘둥그레지는 걸 보았다.

"경솔하게 행동하다뇨?"

"정말이에요. 아주 오래전 일이지만, 스탠이 그 사실을 알았다면, 분명히 범행 동기로 작용했을 겁니다."

범행 동기라고? 자기가 변호사가 아니라 지질학자라는 걸 잊어버린 거 아니야, 이 남자?

"브룩의 가족이 경찰에게 필요한 정보는 모두 말했을 거예요."

"그 사건을 아는 건 브룩뿐입니다. 알겠지만, 브룩은 언제나 자기 아빠 편이고요. 그러니, 브룩은 절대로 말 안 했을 겁니다."

"알았어요."

아이네스는 속이 메슥거렸다. 이 남자는 도대체 자기가 뭐라고 생각하기에 이러는 거지?

"내 말은, 브룩이 자기 아빠 뒤를 봐주고 있다는 겁니다. 그건 이해해요. 하지만 나는 조이 편입니다. 스탠이 조이를 해쳤다면, 그 사람이 감옥에 가도록 도울 겁니다."

38

과거, 10월

"그러니까 잠재적 사기꾼이 진짜 사기꾼임이 밝혀진 거죠."

주방 식탁 앞에 앉아서 짭짜름한 치즈크래커의 치즈 맛을 평가하고 있던 에이미에게 사이먼 배링턴이 말했다.

에이미 맞은편에 앉은 사이먼이 크래커를 하나 집어 들었다.

"치즈 맛이 나네요."

"치즈 맛이 강해요?"

에이미가 물었다.

"완벽하게 치즈 맛이 나요."

정확한 평가였다.

"사반나는 사기꾼인가요? 정말로?"

사이먼이 말했다.

에이미는 자신의 심장이 제한속도를 넘어 달리고 있지만, 충분히 통제할 수 있기 때문에 아직 차선을 지키고 있음을 알았다. 에이미의 치료사 로저는 자동차 비유를 많이 썼다.

사이먼이 서류철을 펼쳤다.

"ASIC에 검색해봤어요."

"영리하네요."

에이미는 ASIC가 어떤 기관의 약자인지를 기억해내려고 애쓰면서 말했다.

"오스트레일리아 보안투자위원회예요. 사반나는 불법 상거래자 명단에 올라 있었어요. 3년 전에 가짜 테니스 기념품을 판매하다적발됐어요."

"잠깐만. 가짜 테니스 기념품이라고요? 그건 너무……."

"큰 우연이죠?"

사이먼이 근엄하게 말했다.

두 사람의 눈이 마주쳤다. 에이미는 아빠가 애지중지하는 사인한 테니스공들이 생각났다. 그 공들을 볼 때마다 에이미는 정말로 저 사인이 선수들이 한 걸까 궁금했다.

"그러니까 사이먼은 사반나가 우리 부모님한테 일부러 접근했다는 거죠?"

에이미가 물었다.

"그렇죠. 당신 부모님 집에 가봐야 해요. 이걸 가지고 사반나를 만나봐야죠. 가서 뭐라고 하는지 들어봐야 해요."

사이먼은 서류철을 들어 올려 흔들었다.

"음. 조사해줘서 고마워요. 하지만……."

에이미는 망설여졌다. 이번에도 사이먼과 함께 가면, 사이먼은 벌써 두 번이나 부모님을 만나게 된다. 사이먼은 정말로 남자 친구처럼 행동하고 있었다. 자신과 똑같이 상냥하고 젊은 여자 친구를 만날 자격이 있는 상냥하고 젊은 남자 친구처럼 행동했다. 에이미는 이미 부서진 사이먼의 심장을 또다시 부숴버릴 수도 있었다.

"좋아요. 그렇게 해요."

에이미가 대답했다. 왜냐하면 사이먼의 맑은 갈색 눈을 보는 것만으로도 와인 반 잔에 신경안정제를 먹은 것처럼 에이미의 영혼은 깨끗해지는 것 같았고, 심장이 뛰는 횟수는 절반으로 줄어들었기 때문이다.

39

현재

"3년 전에, 사반나 파고니스라는 여자는, 그때는 이름이 사반나 스미스였는데, 다른 동업자들하고 가짜 테니스 기념품을 만들어서 인터넷에서 판매했어요."

이든이 크리스티나에게 말했다.

"그렇단 말이지."

몸을 뒤로 젖혀 의자에 기댄 채 크리스티나는 펜으로 이를 툭툭 쳤다.

"테니스 기념품이라. 그러니까, 사반나는 말한 것과 달리 아무 집이나 찾아간 게 아니란 뜻이네."

"델라니 부부에게 사기를 치려고 한 걸까요? 테니스 아카데미하고 관계가 있는 사람일까요?"

"그럴지도. 혹시 이미 성공한 거 아닐까? 델라니 가족들은 사반나라는 이름을 말할 때마다 아주 강한 감정을 느끼는 것 같았거든."

"그 여자한테 화가 나 있는 거 아닐까요?"

크리스티나는 이든의 말을 잠시 고민했고, 마침내 말했다.

"아니, 그건 아닌 거 같아. 화가 났다기보다는 뭐랄까…… 죄책감을 느끼는 것 같았어."

40

과거, 10월

사반나의 방문 앞에 서 있던 조이는 반쯤 열려 있는 방문을 조심스럽게 밀고 들어갔다.

에이미가 어렸고 이 방이 에이미의 침대였을 때, 에이미가 안전하게 학교에 가 있을 때면 조이는 주저 없이 이 방에 들어와서 큰딸의 수수께끼를 풀어줄 단서를 찾아다녔다. 하지만 결코 많은 것을 찾지는 못했다. 평범한 담배 한 갑, '웃긴' 담배 한 개비, 에이미가 할머니 집에서 훔쳐 온 크렘 드 망트 술병 정도가 끝이었다(에이미의 방에는 트로이의 침대 밑에서 찾을 수 있는 물건과 대적할 만한 물건이 단 한 개도 없었다).

그보다는 중구난방으로 난해한 글을 쓰는 데다 "○○○가 너무 걱정이다. 정말 절대로 ○○와 ○○○하지 않기를 바란다"처럼 가장 중요한 단어를 마구 휘갈겨 쓰는 버릇 때문에 훨씬 해석하기 힘든 에이미의 일기를 읽는 일이 더 고역이었다.

하지만 사반나는 손님이었으니, 조이는 "내가 부모니까 사반나의 방을 뒤질 권리가 있다" 같은 변명은 할 수 없었다. 이 행동을 정당화할 수 있는 유일한 핑계는 로건이 텔레비전 다큐멘터리 프로그램에서 사반나와 똑같은 증언을 하는 사람을 봤다는 소리를 듣고 조이의 머릿속에서 경고등이 조용하게 울렸다는 것뿐이었다.

지금 사반나는 집에 없었다. 아침 일찍 오늘은 "밖에 나갔다 오겠다"라고 했다.

"어디 가는데? 데려다줄까?"

사반나는 '친구'하고 저녁을 먹기로 했고, 데려다줄 필요는 없다고 했다. 역까지 걸어가서 전차를 타고 가겠다고 했다.

조이는 "그럼 언제 돌아오니?"라는 질문을 하려는 충동을 간신히 눌러 참았다.

사반나는 어젯밤에 먹고 남은 코티지파이를 먹으라고 했고, 떠나기 전에 완두, 회향, 페타치즈로 샐러드를 만들어 그릇에 담고, 조이와 스탠이 적절한 식기를 찾을 능력이 없는 아이라도 되는 것처럼 랩을 단단히 두른 그릇 위에 샐러드를 덜어 먹는 집게까지 놓고 갔다. 정말 친절한 아이였다.

사반나가 집에 없으니 정말 이상했다. 조그맣고 정말 작게 말하는 사람이었는데도, 사반나의 부재는 너무나도 선명하게 느껴졌다. 마치 마법이 깨진 것만 같았다. 왠지 강렬한 영화를 보고 나왔거나 시끄러운 파티장에서 나온 것처럼 귀가 먹먹했다.

조이는 친구를 만나고 온다는 사반나의 말을 진심으로는 믿지 않았다. 사반나가 친구를 만나는 장면은 상상할 수가 없었다. 어떤 친구를 만난다는 걸까? 그게 문제였다. 조이는 사반나가 정말 좋았지만 사반나를 이해하지는 못했다. 사반나를 정말로는 알지 못했다. 조이가 아는 것은 제대로 맞춰지지 않은 작은 직소 퍼즐 같은 파편적인 사반나뿐이었다. 요리는 사랑하지만 먹는 건 싫어하고, 고전 발레를 했지만 위탁 가정에서 살았고, 할머니 같은 태도에 덩굴 문신을 한 사람이 사반나였다.

조이는 화가 나지도 무섭지도 않았지만, 아이들이 의기양양하게 내밀기 전에 사반나에 대한 진실을 알고 싶었다. 아이들은 사반나의 정체를 밝히려고 혈안이 되어 있는 게 분명한 것 같았으니까. 브룩은 조이가 처음에 사반나의 성을 파고니스가 아니라 폴란스키라고 말한 게 큰일이라도 되는 것처럼 야단법석을 떨었다. 그런 실수는 누구나 할 수 있는데 말이다. 브룩은 조이가 우유부단한 할머니인 것처럼 말했다. 조이는 브룩에게 브룩이 열여섯 살 때까지 카펜터(목수)가 카펫을 까는 사람이라고 믿었다는 사실을 상기시켜주었다. 브룩은 "그거야 분명히 논리적인 근거가 있었으니까 그랬지, 엄마"라고 했고, 조이는 "그럼, 예수님도 카펫을 깔고 다녔다는 말이니, 브룩?" 하고 물었다.

거기까지 말하고 두 사람은 낄낄거렸다. 브룩의 웃음소리를 들으니 좋았다. 브룩은 사랑스럽게 웃었다. 그랜트는 재치가 있고 영리한 사람이었지만, 브룩을 이런 식으로 웃게 하지는 못했다. 그럴 가능성은 낮았지만 갑자기 사반나가 나타나서 방을 뒤지는 조이를 발견할 때를 대비해서 아주 얇은 이불을 접어 들고 있었다. 조이는 "이제 밤에 따뜻해지고 있잖니"라고 말할 것이다. 사반나뿐 아니라 스탠이 조이를 발견할 때를 대비한 대책이기도 했다. 조이는 자기가 사반나에 관해 걱정하고 있음을 스탠이 알게 하고 싶지 않았다. 안 그래도 이미 스탠은 사반나를 못마땅하게 생각하고 있었으니까.

사반나의 방으로 발을 내딛는 순간 갑자기 유선전화기가 울렸고, 조이는 폭발이라도 일어난 것처럼 거칠게 숨을 삼켰다. 깜짝이야.

"여보, 전화 좀 받아!"

조이가 소리쳤고, 갑자기 전화벨 소리가 끊기면서 굵게 울리는 스탠의 목소리가 들렸다. 좋아. 저 전화는 스탠이 받는 게 당연했다. 저 전화기는 조이가 아니라 스탠이나 텔레마케터를 위한 거였으니까. 누구나 조이에게 하는 전화는 조이의 휴대전화로 걸었다. 조이는 진보주의자였으니까.

아주 깔끔하게 정리가 되어 있는 사반나의 방은 어렸을 때나 어른이 된 뒤에도 가끔씩 와서 머물 때면 난장판을 만들어놓는 에이미의 방과는 선명하게 대조를 이루었다. 사반나의 침대는 병원 침대처럼 완벽하게 각이 잡혀 있었고, 침대 커버는 군대 침상처럼 주름 하나 없이 펼쳐져 있었고, 창턱과 굽도리널은 조이도, 좋은 할머니 바브도 도저히 해낼 수 없을 정도로 윤이 나게 닦여 있었다.

에이미가 쓰던 책상 위에는 엑스라지 크기의 하드커버 공책과 펜만이 한가운데 덩그러니 놓여 있었다. 저 공책이 일기장이라면, 당연히 조이는 읽지 않을 것이다. 절대로 읽지 않을 것이다. 일기를 읽는 중대한 사생활 침범은 자신의 자녀에게만 할 수 있는 법이니까. 그런데 사반나는 과거를 너무나도 생생하게 기억하기 때문에 문제라고 하지 않았었나? 그렇게까지 과거를 생생하게 기억하고 있다면 굳이 일기장에 그날의 일을 기록할 이유는 없겠지.

조이는 뒤를 흘긋 쳐다보고, 책상으로 걸어갔다. 당연히 공책을 펼쳐보지 않을 것이다. 내용을 본다는 게 의미가 없을 테니까. 저 공책은 일기장이 아니니까. 게다가 사반나가 숨기는 게 있다면 이런 식으로 공책을 밖에 두고 갔을 리가 없으니까.

지금 조이는 누구와 농담을 하고 있는 걸까? 당연히 읽을 거면서.

조이는 공책을 펼쳤다. 공책 안은 경직된 필체의 작은 글자들이 가득했다. 조이는 손가락으로 종이를 문질렀다. 표면이 울퉁불퉁했다. 조이의 어머니도 종이 위에 글자를 영원히 새기려는 듯이 이런 식으로 펜을 꾹꾹 눌러 썼기 때문에 종이에 글자 자국이 남았다.

조이는 눈을 가늘게 떴다. 돋보기가 필요했다. 이건 정말 난감한 상황이었다. 이 방에서 나가 안경을 가져온다는 건 너무 계산적인 행동처럼 느껴졌다. 빨리 다녀오면 괜찮으려나? 이 방에서 나가자마자 달려갔다 오면 되지 않을까? 스탠은 여전히 통화를 하고 있었다. 스탠의 목소리가 높아졌다. 조이는 그저 생활비를 벌려고 애쓰는 가엾은 텔레마케터가 희생자가 아니기만을 빌었다.

조이는 주방으로 뛰어가 식탁에서 안경을 집어 들고 다시 사반나의 방으로 가려고 또 뛰었다. 스탠은 이제 고함을 지르고 있었다. 조이는 망설였다. 스탠에게 가서 무슨 일인지 알아보는 게 좋을까? 하지만 곧 스탠의 목소리는 작아졌고, 달래는 듯한 말투로 바뀌었다. 스탠은 늘 그랬다. 어쩌면 저 텔레마케터는 지금 실적을 올리고 있는지도 몰랐다.

조이는 다시 사반나의 방으로 들어가서 안경을 쓰고 공책을 들어 올려 곧바로 읽기 시작했다.

일요일

사과 4분의 1개

씨 없는 건포도 5개

토스트 빵: 껍질 ×, 버터 ×

볼로네제 파스타 11스푼(가득)

오렌지 반 개

매일 이런 식으로 상세하게 적은 음식 기록이 잔뜩 적혀 있었다. 조이는 마지막 장을 펴서 적혀 있는 내용을 읽었다. 치아요구르트푸딩 여덟 스푼(가득). 어젯밤에 사반나는 치아요구르트푸딩을 만들었다. 정말 맛있어서 조이는 100스푼도 넘게 먹었을 것이다.

조이는 공책을 덮고 본래 놓여 있던 대로 정확히 책상에 돌려놓았다. 언제나 아름답고 맛있는 음식을 만드는 사반나가, 자기 방으로 돌아와서는 자신이 먹은 모든 음식을 양까지 정확하게 암울하고도 상세하게 적어둔 것이다. 조이와 스탠은 사반나가 만들어준 음식을 즐겼다. 이토록 절제된 기록을 보니, 절제와는 전혀 거리가 먼 행복을 누렸다는 사실이 거의 굴욕적으로 느껴질 정도였다.

조이는 사반나가 완벽하게 정리해둔 침대 위에 앉아서 팽팽하게 당겨진 시트를 손바닥으로 꾹 눌렀다. 오, 달링. 무슨 생각을 하고 있는 거니? 놀랍지는 않았다. 정말로 놀라운 것은 아니었다. 조이는 사반나가 음식을 뜬 스푼을 접시 위에서 빙글빙글 돌리다가 내려놓고는 다시 들어 올리는 모습을 보았다. 혹시 사반나는 심각한 섭식장애를 앓고 있는 거 아닐까? 아니면 자기가 먹은 걸 강박적으로 꼼꼼하게 기록해야만 자기 인생을 통제하고 있다는 느낌을 받을 수 있기 때문에 이러는 걸까?

조이에게 맨 먼저 떠오른 생각은 사반나를 데리고 전문가를 찾아가야겠다는 것이었다. 그것이 모든 문제를 해결할 묘책인 것처럼 말이다. 에이미가 자랄 때도 조이는 전문가를 찾아가는 것이 가장 좋은 방법이라고 느꼈다. 조이와 에이미는 다음 사람을 만날 수 있는 다음 약속을 잡으려고 때로는 몇 달이나 기다리고 기다려야 했다. 두 사람이 만난 전문가들은 서로 다른 확신을 가지고 서로 다른 진단을 내렸다. 정말로 피곤해 보이고 친절했던 한 심리학자는 조이가 "선생님은 계속 생각이 변하는 것 같아요"라고 말하자 "심리학이 정밀한 과학은 아니니까요, 조이. 에이미가 두통을 앓는 게 아니잖습니까?"라고 대답했다. 그 말을 듣고 분개한 조이는 '뭐래, 두통도 제대로 고치는 사람은 없어!'라고 생각했다.

"조이, 당신 어디 있어?"

스탠이 소리쳤다. 조이를 찾아 돌아다니는 스탠의 묵직한 발걸음 소리가 들렸다.

"사반나 방에!"

조이도 소리쳤다.

"에이미 방이겠지."

잔뜩 화가 난 스탠이 방문 앞에 나타났다.

"에이미는 지금 여기 안 살잖아."

조이는 스탠을 올려다보았다. 얼굴은 하얗게 질려 있고, 눈은 빨개진 스탠이 온몸으로 분노를 뿜어내고 있었다.

"왜 그래? 누구 전환데 그래?"

"트로이. 그 녀석이 방금 사반나에게 엄청난 돈을 줬대. 당신한테 내가 사반나를 희롱했다고 말하지 말라고."

"당신이, 사반나를 희롱했어?"

조이는 방금 들은 말을 이해하려고 애쓰면서, 멍한 표정으로 스탠을 보았다. 당황한 나머지 논리적인 사고 회로가 막혀버린 조이의 머리에서 가장 먼저 떠오른 생각은 스탠이 아이들을 괴롭힌 것처럼 사반나에게도 테니스를 가르치려고 괴롭혔다는 것이었다.

"성희롱 말이야. 당신의 멍청이 같은 아들은 그걸 사실이라고 믿고 있어. 진심으로 사실이라고 믿고 있단 말이야."

스탠이 말했다.

조이가 침대에서 일어나 팔짱을 꼈다.

"무슨 일이 있었길래 그래?"

"당신이 묻는 게, 내가 성희롱을 했냐는 거라면, 절대로 아니야."

"그거야, 당연히, 안 했겠지."

조이는 한숨을 쉬었다.

조이와 스탠은 둘 다 완벽한 사람은 아니었다. 두 사람은 파티에 갔었다. 1970년대에. 두 사람 모두 그때 유행했던 자유연애 운동을 수용하지는 않았지만, 다른 사람들과 시시덕거리기는 했다. 클럽하우스 주방에서 델라니 테니스 아카데미 크리스마스 파티를 할 때 펀치를 상당히 많이 마신 조이가 데니스 크리스토스와 키스하는 모습을 브룩은 본 것이 분명했다. 데니스는 자기 생명을 구할 정도로는 서브를 잘하지 못했지만, 키스는 할 수 있는 남자였다. 몇 년 뒤에 조이는 데니스와 키스한 사실을 스탠에게 고백했지만, 스탠은 크게 흥분하지도 않았고, 크게 문제 삼지도 않았다. 하지만 그때부터 데니스는 스탠이 보내는 서브의 어마어마한 속도 때문에 늘 두려운 표정을 지어야 했다.

스탠도 외도를 했는지도 몰랐다. 두 사람이 정말로 헤어질 생각을 했던 그 힘들었던 해에는 그랬을 가능성도 충분히 있었다. 여자들은 스탠에게 매력을 느꼈다. 하지만 스탠이 어떤 대답을 해도 조이는 아무렇지도 않을 게 분명했기 때문에 물어보지 않았다. 남편이 아닌 다른 남자와 키스하는 것도 가능하지만, 그 키스가 의미하는 바는 진을 너무 많이 마셨다는 것, 데니스는 데비를 사랑하는 것이 분명한데도 이 여자, 저 여자에게 집적댄다는 것 말고는 별다른 뜻이 없음을 알고 있었기 때문이다.

이 세상에는 더 끔찍한 배반도 있었다. 하지만 스탠이 사반나와 부적절한 관계를 맺으려고 했을 리는 절대로 없었다. 스탠은 어린아이나 젊은 여자와 있을 때면 언제나 자신이 서 있어야 할 적절한 위치를 지나칠 정도로 의식하는 사람이니까. 조이는 스탠이 사반나와 상호작용하는 방식을 직접 눈으로 봤다. 그에게 사반나는 딸이나 학생이었다.

"혹시 사반나가 당신이 한 말을 오해한 거 아닐까?"

조이가 물었다. 뜬금없는 스탠의 말을 풀어주고 설명해줄 조이가 옆에 없을 때는 충분히 일어날 수 있는 일이었다.

"농담을 잘못 받아들인 거 아닐까? 요즘에는 농담도 아주 조심해서……."

"무슨 소리야? 농담 같은 거 안 했어. 당신이 알아야 할 게 있어. 당신이 병원에 있을 때, 사반나가 나한테 분명히 어떤 신호를 보냈……."

"뭐?"

조이가 신경질적으로 웃었다.

"달링, 아니야. 그랬을 리가 없잖아. 당신이 오해한 거야."

"아니, 천만에."

스탠은 입을 앙다물었다. 조이가 참치캐서롤을 만들 때면 짓는 표정이었다. 냄새 때문에 토할 것 같다고 했다. 그래서 조이는 스탠 때문에 기분이 나쁠 때만 참치캐서롤을 만들었다.

"오해한 거 하나도 없어. 그 여자가 한 일을 봐. 트로이의 돈까지 가져갔어."

조이는 단정하게 정리된 방을 둘러보고, 자신이 먹은 음식의 양을 깨알같이 적어놓은 공책을 보았다. 조이는 이 사람이 누구인지 알지 못했다. 조이의 심장이 빠르게 뛰기 시작했다. 조이는 모르는 사람에게 집을 개방한 것이다.

"말해봐. 그 애가 무슨 신호를 보냈는지."

조이는 헛기침을 했다.

"그게, 아주 미묘해. 처음에는 내가 상상을 하는 게 아닐까 싶을 정도로 미묘했어. 그냥, 알잖아……. 눈이 마주친다거나, 내 팔 위에 손을 얹는다거나. 한번은 샤워를 하고서 목욕 타월만 두른 채 주방으로 들어오더니 나한테 계속 말을 걸었어. 도저히 눈을 어디에 둬야 할지 모르겠더라고. 그래서 생각했지. 젊은 여자들은 늘 타월만 두르고 돌아다니는구나."

"그거야, 에이미와 브룩은 당신 딸이니까 그런 거지."

"내가 그걸 어떻게 알아? 아무튼 재빨리 주방에서 나왔어. 많이…… 불편하더라고."

"왜 말 안 했어?"

"당신이 웃을 것 같아서."

스탠이 말했고, 스탠에 대한 사랑과 죄의식을 동시에 느낀 조이는 위장이 조이는 것 같았다. 스탠의 말이 옳다. 조이는 웃었을 것이다. 조이는 사반나가 그런 일을 했다는 걸 상상도 할 수 없었을 것이다. 그건 지금도 마찬가지였다. 스탠이 반응했다면, 사반나는 어디까지 갈 생각이었을까?

"그래서 사반나를 내보내려고 했던 거야?"

조이가 물었다.

"맞아. 속이 너무 안 좋아서."

"오, 스탠."

조이는 스탠에게 다가가서 남편을 감싸 안고 스탠의 가슴에 얼굴을 묻었다.

스탠은 잠시 그대로 서 있다가 조이를 안았다.

"트로이가 그런 짓을 했다니, 믿어지지가 않아. 다른 사람 말만 듣고, 나한테 진실을 알아보지도 않고 돈을 줬어. 그 녀석은 내가 자기한테 고마워해야 한다고 생각해. 그래서 내가 '이 저능아 같은 녀석아'라고 해줬어."

조이는 몸을 빼며 스탠의 품에서 빠져나왔다. 스탠은 트로이에게 단 한 번도 무죄 추정의 원칙을 적용한 적이 없었다. 저능아라니.

그저 부모를 도우려고 노력한 아들에게 그런 말을 할 수는 없었다.

"스탠, 트로이는 그게 당신을 보호하는 방법이라고 생각한 거야. 나를 보호하고."

트로이는 그게 부모에게 주는 선물이라고 생각했을 것이다. 조이는 기대에 찬 얼굴로 자신이 심사숙고해서 준비한 선물을 가족이 풀어보는 모습을 지켜보는 트로이를 생각했다.

"얼마나 줬대?"

조이는 다시 사반나의 침대에 앉으면서 말했다.

"트로이는 별로 많지 않다고 했어. 당연히 많으면 안 되지. 살인사건을 덮으려는 것도 아니고."

"수표를 써줬을까? 수표라면 취소할 수 있지 않아?"

조이가 물었다.

"그 녀석이 수표책을 가지고 있을 것 같지는 않아. 이제 수표를 쓰는 사람은 없잖아."

스탠도 조이 옆에 앉았다.

"아마 계좌로 직접 보내줬겠지. 어떻게 그렇게 멍청할 수가 있지? 내가 사기를 당한 거라는 걸 납득시켜주니까, 그 녀석이 뭐라고 했는지 알아? 자기는 상관 안 한대. 당해도 싼 녀석이야."

"그 애는 당신한테 인정받으려고 그런 거야."

조이는 한숨을 쉬었다.

"알아. 하지만 절대로 방법이 틀렸어. 바보짓이라고. 당신과 나를 둘 다 모욕한 거야. 우리 결혼 생활을 모욕한 거고. 그 녀석이 어떻게 내가…… 그것도 우리 집에서, 그런 짓을 할 거라고……."

스탠의 목소리가 심하게 떨렸고, 조이의 심장은 또다시 부드러워졌다. 트로이와 스탠의 문제에서는 언제나 이랬다. 조이는 가운데 갇힌 채 트로이와 스탠을 번갈아 가면서 달래주고 싶었다.

조이는 스탠의 허벅지에 한 손을 얹었고, 두 사람은 한참 동안 아무 말도 없이 앉아 있었다.

"그럼 이제…… 무슨 일을 해야 할까? 사반나는 어디 간 거지?"

조이가 물었다.

"모르지. 하지만 일단 트로이한테 아이들에게 모두 전화해서 집으로 오라고 했어. 다 함께 모여서 앞으로 할 일을 상의해봐야지."

앞으로 할 일을 상의한다라. 스탠은 부당한 취급을 받은 남자의 독선으로 가득 차 있었다.

"힘들게 번 돈을 부당하게 취득하는 사람이 있으면 안 되지. 반드시 경찰에 신고해야 해."

스탠이 말했다.

"오, 꼭 그렇게까지 할 필요가 있을까?"

"우리 은행 잔고도 확인해봐야지. 당신이 없을 때 지갑을 뒤져서 신용카드 정보를 빼 갔을 수도 있으니까."

조이는 사반나가 지갑을 뒤져 신용카드 정보를 빼 갔을 가능성뿐 아니라 자신이 직접 신용카드를 준 적도 아주 많다는 사실은 말하지 않기로 했다.

"사반나 물건은 모두 여기 있잖아. 이걸 두고 가지는 않을 거야."

조이는 깔끔하게 정리된 방을 둘러보며 말했다. 사반나의 베개를 들어 꼭 끌어안으면서 말했다.

"혹시 사반나에게 섭식 장애가 있는 게 아닌가 생각했어."

"섭식 장애? 그걸 누가 신경 쓴다고 그래? 그 애는 우리 아들에게 돈을 뜯어냈단 말이야!"

스탠은 '섭식 장애'라는 말이 최신식 옷차림인 듯 발음했다.

"그건 그렇지만."

조이는 사반나의 행동이 자신에게 어떤 의미인지를 생각해내려고 애쓰면서 대답했다. 참을 수 없게 화가 치솟지는 않았다. 조이는 사반나가 그렇게 행동한 데는 뭔가 이유가 있을 것만 같았다.

"허, 그건 그렇다고? 조이, 지금 무슨 말을 하는 거야?"

"사반나는 분명히 무슨 문제를 겪고 있다니까. 한 번만 봐주자."

사반나의 행동에 대해 조이와 스탠이 옛날부터 해왔던 부모 역할놀이를 다시 하고 있다는 기분이 들었다. 스탠이 한 아이에게 화를 낼수록 조이는 그 아이를 더욱 힘껏 방어했다. 아이가 저지른 일이 심각하면 심각할수록 조이는 더 침착해졌다. 더러운 옷을 빨래 바구니에 넣지 않고 바닥에 던져놓으면 고함을 지르는 조이였지만, 학교 교장이 정말 심각한 일로 전화를 하면 차분하게 반응하는 조이였다. 자신이 직접 범죄 현장을 목격하지 않았다면, 증거를 원했고, 적어도 자기 아이의 입으로 직접 어떻게 된 일인지부터 듣는 조이였다. 그에 반해 스탠은 모든 증거를 살펴보기 전에 먼저 비난의 말을 퍼부을 준비가 되어 있었다.

조이는 사반나와 이야기해야 했다. 트로이와 대화를 해야 했다. 당연히 스탠의 말을 믿었지만, 조이의 마음 한구석에서는 자신만이 해결할 수 있는 끔찍한 혼란이 존재하는 것만 같았다.

"조이, 세상에. 지금 우리가 당한 일이 어떤 일인지 이해는 하는 거야? 사반나가 이걸 밖에 나가서 떠들었다고 생각해봐. 지금 같은 시대에?"

"음, 사반나는 이걸 언론 같은 데에는 떠들지 않았을 거야. 당연히 화가 아주 많이 난 거 알아. 하지만……."

"하지만 뭐?"

“나한테 저능아라고 하기만 해봐.”

조이는 베개를 집어 던지고 일어섰다. 사반나의 할머니가 주셨다는 화려한 상자가 보였다. 사반나의 물건을 가지러 갔던 날, 아들 녀석들이 저 상자를 운반하느라 애를 먹었지.

조이는 경첩이 달린 묵직한 상자 뚜껑을 들어 올렸다. 상자 안에는 그다지 많은 물건이 들어 있지는 않았다. 에이미의 책상 위에 있는 것 같은 공책 몇 권. 낡은 옛날식 앨범 몇 권이 전부였다. 이제는 누구도 이런 앨범을 쓰지 않았다. 사반나의 앨범은 모두 제본 전문가가 장정한 책처럼 보였다.

조이는 스프링으로 제본한 앨범을 집어 올려 펼쳤다. 분명히 아이가 주인인 앨범이었다. 사진들은 삐뚤삐뚤하게 꽂혀 있었고, 많은 사진이 초점이 맞지 않았다. 이런 사진들을 보관해야겠다고 생각하는 건 어린아이뿐일 것이다. 사진의 가장자리는 벗겨져서 뒤에 바른 접착제가 밖으로 드러나 있었다. 조이는 크리스마스트리 밑에 앉아 있는 두 아이를 찍은 사진을 보았다. 조이의 앨범에 꽂힌 사진이라고 해도 믿을 정도로 친숙한 풍경이었다. 낡은 여름 잠옷, 헝클어진 머리카락, 여기저기 흩어져 있는 포장지.

“스탠. 이 아이 좀 봐.”

조이가 조용히 말했다.

“왜? 그 애잖아. 사반나. 분명해. 어렸을 때 사반나야.”

스탠이 대답했다.

“맞아. 하지만 사반나 말고 얘 말이야.”

조이는 사반나 옆에 있는 아이를 손가락으로 문지르며 말했다. 큰 눈에, 통통한 뺨, 숱 많은 부스스한 머리카락.

스탠이 뻣뻣하게 굳었다.

"이게 무슨…… 이럴 수는 없어. 얘가 왜 여기 있어?"

"맞아. 해리 하다드야."

"하지만 왜 해리가 사반나와 함께 있는 거지?"

"해리의 동생이니까."

조이가 말했다.

"그 애 동생은 기억이 안 나."

스탠이 말했다.

"한 번밖에 못 만났으니까요."

목소리가 들렸고, 조이와 스탠은 고개를 들었다. 침실 문 앞에 사반나가 서 있었다.

41

아주 잠시 동안 남자와 여자는 잔뜩 움츠러든 것처럼 보였다. 두 사람의 주름진 얼굴은 충격으로 축 늘어져버린 것 같았다. 사반나의 방, 사반나의 침대 위에서 나란히 앉아 사반나를 쳐다보는 동안에 말이다. 물론 이제는 사반나의 침대도, 사반나의 방도 아니었지만. 이 방은 이제 더는 사반나의 방이 아니었다. 이 집은 이제 더는 사반나의 집이 아니었다. 도대체 무엇을 기대한 거지? 이 즐거운 삶을 향해 망치를 휘둘렀으면서도 마법처럼 제 모습을 유지하기를 바랐던 걸까? 이 세상에 영원한 건 없었다. 언제나 그 무엇이든지 일시적일 뿐이다.

트로이가 돈을 송금한 뒤에(사반나는 그 돈의 절반만 보냈어도 받아들였을 것이다) 사반나는 짐은 모두 포기하고 절대로 이곳에 돌아오지 않을 생각이었다. 하지만 갑자기 이곳에서 마지막으로 하루만 더 자고 가자는 충동이 미친 듯이 일었다. 마지막으로 딱 한 번만, 사반나가 앞에 차려준 음식을 보면서 미친 듯이 감사하는 조이가 보고 싶었다. 음식은 사반나에게 그저 음식이 아니었고, 조이에게도 음식은 그저 음식이 아님이 분명했다.

두 사람 가운데 먼저 정신을 차린 건 조이였다.

"해리의 여동생이구나. 해리에게 여동생이 있다는 걸 잊었어."

조이는 사반나를 정확히 보려는 듯이 조심스럽게 탐색하는 눈으로 쳐다보았고, 사반나는 개성이 사라져버린 채 끔찍하고도 끝없이 이어지는 공허의 벼랑 끝에 서 있는 것만 같았다.

그녀는 아무것도 아니야.

감정이 없고 생각이 없고 이름이 없는 플라스틱 마네킹이야.

하지만 사반나의 개성이 공허 속으로 사라지기 직전에, 사반나의 개성이 드라이아이스처럼 증발해버리기 직전에, 새로운 개성이 편리하게도 그 자리를 차지했다. 사반나에게는 마음대로 이용할 수 있는 수천 시간의 텔레비전 방송이 있었다. 수백 개가 넘는 캐릭터가 있었다. 끝없는 대사가, 표정이, 유용한 몸짓이 있었다. 그 덕분에 수십 가지로 웃을 수 있었고, 수십 가지로 울 수도 있었다.

"아, 괜찮아요. 그 집에 동생이 있었다는 걸 기억하는 사람은 없는걸요."

이제 사반나는 새로운 사반나가 되었다. 정해진 성격이 없는 사반나. 딱딱하고 냉소적이고 차가운 여자. 영웅도 악당도 될 수 있는 사람. 한 사람의 목숨을 구할 수도 있고 은행을 털 수도 있는 사람. 관객은 사반나의 계획을 정확히는 알지 못한다.

조이는, 거의 자기 자신에게 말하듯이 말했다.

"그래, 분명히 어디선가 봤다고 생각했어. 첫날 밤에 말이야."

조이는 고개를 숙여 스탠의 무릎에 놓인 앨범을 보고, 다시 고개를 들었다.

"그 엄마는 몇 번밖에 못 봤지. 그…… 사반나의 어머니 말이야."

조이는 사반나의 표정을 살폈다.

"부모님이 이혼하셨던 것 같은데, 맞지? 너는 어머니랑 가고, 해리는 아버지랑 남고."

내 아빠이기도 해.

한때 사반나는 엄마와 아빠와 오빠가 있는 사반나 하다드였다. 하지만 오빠가 테니스 라켓을 잡자마자 모든 것이 바뀌었다. 하다드 가족은 칼로 벤 듯이 완벽하게 두 조각으로 나뉘었다.

"그러니까, 그날 밤에 우리 집이 느낌이 좋아서 문을 두드렸다는 건, 거짓말이지?"

조이는 당혹스러운 듯이 웃으며 말했다.

"그날이 제 생일이었어요."

"그랬어?"

조이는 만약에 알았다면 생일 케이크를 주문했을 거라는 듯이 한 손을 가슴에 올렸고, 사반나는 이 세상 모든 생일은 축하할 가치가 있다는 듯이 생일 축하 사진을 잔뜩 넣어 이 집 사이드 보드 위에 올려놓은 액자들을 생각했다.

사반나의 눈에 신중하게 고른 옷을 바보처럼 입고서 근사한 시드니 식당에서 생일을 축하하려고 앉아서 결코 나타나지도 않고, 전화도 받지 않는 남자 친구를 기다리는 여자가 보였다. 남자 친구는 정신이 팔려 있었다. 그는 사반나보다 자신의 예술을 더 사랑했다. 오빠가 사반나보다 테니스를 더 사랑하고, 아빠가 사반나보다 해리의 테니스를 더 사랑하고, 엄마가 사반나보다 자신의 비통한 분노를 더 사랑했던 것처럼. 그 무엇도 사반나의 허기를 채울 수 없었다. 사반나는 언제나 배고팠다. 언제나.

그날, 집으로 돌아온 사반나는 입고 있던 근사한 옷을 벗고 가지고 있는 옷 가운데 가장 낡고 더러운 옷을 입고서 데이브에게 파스타를 만들어주었다. 사반나는 괜찮았다. 데이브를 용서했고, 데이브에게 "오늘 아침에 말했어야 했는데, 내가 안 했잖아"라고 말했다. 하지만 사실 전날 밤에 말했었다.

사반나는 와인을 마셨고, 특별한 저녁 식사를 할 생각에 하루 종일 아무것도 먹지 않았기 때문에, 와인은 곧바로 사반나의 머리로 들어갔다. 술을 마시면 자주 그렇듯이 사반나의 영혼은 그녀의 몸에서 빠져나와 공중으로 둥둥 떠올랐다. 저 남자랑 앉아 있는 저 여자는 누구지?

그때 텔레비전에서 그 뉴스가 나왔고, 오빠의 얼굴이 화면을 가득 메우자 먹고 있던 파스타가 사반나의 목을 막았다.

3년 전에는, 오빠는 어디에나 있었다. 어느 채널을 틀어도 오빠의 얼굴을 봐야 했다. 자동차를 타고 라디오를 틀어도 오빠의 목소리가 흘러나왔다. 한번은 오빠가 팬을 위해 테니스공에 사인을 해주는 장면을 보면서 '저 사인은 내가 알려준 거야'라는 생각을 했다. 두 사람이 어렸을 때, 해리 하다드의 두 H를 대담한 곡선으로 연결하는 방법을 생각해낸 사람은 사반나였다. 그러니까 본질적으로 오빠의 사인은 사반나의 것이었다. 당연히 사반나에게는 그 사인을 사용할 권리가 있었다. 사반나는 해리 하다드의 사인이 적힌 테니스공과 티셔츠, 모자를 판매하기 시작했고, 장사는 아주 잘됐다. 해리의 '매니저 팀'이 그 사실을 알아채고 조치를 취하기 전까지는 말이다.

은퇴한 뒤로 오빠는 대중들의 의식에서, 더불어 사반나의 의식에서 사라지기 시작했다. 일부러 찾아보지 않는 한, 오빠는 존재하지 않았다. 그리고 사반나는 오빠를 찾아보지 않는 법을 배웠다. 하지만 오빠가 다시 프로 선수로 뛴다면, 다시 어디에서나 오빠를 봐야 할 것이다. 스마트폰에서, 텔레비전에서, 컴퓨터 화면에서 오빠는 계속 나타날 것이다. 사반나는 벽에 머리를 부딪치는 것처럼, 닫힌 문을 발로 차는 것처럼, 계속해서 과거에 부딪치고 또 부딪쳤다.

너는 실패했고, 오빠는 성공했어. 아빠는 알맹이를 가졌고, 엄마는 쭉정이를 가졌어. 우리는 가난하고 그들은 부자야. 우리는 땅에 붙잡혀 있지만, 그들은 훨훨 날아다녀.

아일랜드에서 온 예술가 남자 친구와 함께 근사한 시드니 식당에서 생일을 축하하는 평범한 여자가 될 수 있다고 생각하다니, 정말 어리석었다. 위장에서 시작된 고통이 몸을 뚫고 밖으로 나왔다. 사반나가 원하는 것은 그 고통에서 벗어나는 것뿐이었다. 그때 사반나는 망할 기타 케이스에 걸려 넘어졌고, 머리를 바닥에 찧으며, 정말로 심하게 다쳤다. 피가 눈을 덮었고, 온몸이 고통으로 울부짖었다. 기억들이 안전하고 평온하게 금고 속에 머물러 있기를 거부하며, 독약처럼 사반나의 몸과 뇌를 강렬하게 덮쳤다. 사반나는 그저 이 아파트에서 나가야 한다고, 저 많은 상자들과 저 남자에게서 벗어나야 한다는 생각만 했다.

그때 갑자기 모든 일이 시작된 곳으로 가야 한다는 생각이 들었다. 시간을 거슬러 올라가 해리 오빠가 첫 번째 수업을 받지 못하게 해야 한다는 생각이 들었다. 오빠의 수업을 막지 못한다면, 최소한 그들이 자신들이 한 일을 알아야 하고, 결국 자신들이 한 일을 알지 못한다고 해도, 이 모든 일을 시작하게 한 대가를 치러야 했다.

아파트 밖으로 나갔을 때, 술에 취해 행복하게 비틀거리는 연인들이 내리는 택시를 보고 택시에 올라타 오빠가 개인 교습을 받던 집에서 조금만 더 가면 된다는 정도만 알고 있던 델라니 테니스 아카데미로 가달라고 말했다. 테니스공이 웃고 있는 델라니 테니스 아카데미의 간판을 보자마자 사반나는 주저하지 않고 택시 기사에게 델라니 가족의 집으로 가자고 말했다.

청바지 주머니에서 현금을 찾았다는 이야기는 거의 진실이었다. 사반나는 청바지 주머니에서 신용카드를 찾았다. 사반나의 카드가 아니었다. 이전 사건이 남긴 선물이었다. 카드를 사용할 수 있다는 확신은 없었다. 하지만 카드 인식기에 댔을 때 마법처럼 '승인'이라는 단어가 나타났다.

"벽돌을 집어 던질까 했어요."

사반나는 조이에게 말했다. 그러니까 약간의 기물 파손 정도면 괜찮을 거라고 생각한 것이다. 약간의 환희를 느낄 수 있는 행위. 예전에는 그런 행위들이 도움이 됐으니까.

"그런데 벽돌이 없었어요. 돌멩이 하나 없었어요."

"뭐라고?"

조이는 울 것 같은 표정을 지었다.

"음, 막 계획하고 온 게 아니니까요."

사반나가 말했다.

"나가라."

스탠이 말하면서 일어났다. 스탠은 여전히 거대한 남자였다.

"나가는 게 좋겠다."

"절대로 안 던졌을 거예요. 그냥 생각만 한 거예요. 하지만 거리에 서 있으니까, 너무 추웠어요. 피를 흘리고 있었고, 너무 졸렸어요. 그래서 '집어치워'라고 생각했는데, 나도 모르게 여기 문을 두드리고 있었어요. 정말 기절할 것 같았거든요. 그리고…… 그게, 두 분이 너무 친절하게 대해준 거예요. 그것도 너무, 너무 친절하게요. 정말 이상했어요."

두 사람은 사반나를 너무나도 따뜻하고 사랑스럽게 맞아주었다. 마치 집에 돌아온 딸처럼 대해주었다. 사반나를 먹이고, 씻기고, 침대에 눕혀 재웠다. 두 사람이 사반나를 도움이 필요한 여자로 대했기 때문에 사반나는 도움이 필요한 여자가 되었고, 텔레비전에서 본 가정 폭력 희생자의 이야기가 사반나의 기억 속으로 들어와 진실이 되었다.

"하지만 왜? 왜 우리 집에 벽돌을 던지고 싶었니? 우리가 너에게 뭘 했다고? 나는 이해가 안 돼."

사반나가 요리를 해 먹인 뒤로 조이는 조금 살이 쪘다. 스탠도 살이 쪘다. 섭취하는 열량을 늘리면서 점점 더 부드러워지는 두 사람의 얼굴을 보는 일은 정말 즐거웠다. 마치 《헨델과 그레텔》의 사악한 마녀처럼 잡아먹기 전에 살을 찌우는 것만 같았다.

"그냥, 이 집이 너무 미웠거든요. 당신들 모두 정말 싫었어요."

조이는 숨이 턱 막혔다. 온몸을 태워버릴 듯한 충격적인 고통에 휩싸였다.

"이런 말 듣고 있을 필요 없어."

스탠이 말했다.

"조용히 해, 스탠. 우린, 들어야 해."

조이가 사납게 말했다.

조이는 정말 작은 여자였지만, 거칠고 가차 없는 말로 저 거대한 남자를 한순간에 제압해버릴 수 있었다. 조이는 사반나에게 영감을 주었다. 이제 사반나는 조이의 말들을 여러 개 간직했고, 앞으로도 계속 사용할 것이다. 뭐라니! 하이구야! 이런, 맙소사!

"설명해봐. 처음부터."

조이가 말했다.

사반나는 숨을 들이마셨다. 이 침실에서 이런 특정한 순간으로 이끈 그 많은 기억의 엉킨 실타래를 푸는 일이 가능하기는 한 걸까?

"바자회 경품권을 산 건 나였어요."

그게 바로 시작이었다. 실타래를 잡고 맨 처음으로 돌아가면 바로 그 일이 나왔다.

"바자회 경품권?"

조이는 얼굴을 찌푸렸다.

"그러니까, 테니스 무료 수강권을 뽑은 그 바자회 경품권을 말하는 거니? 해리의 아빠가, 너희 아빠가 뽑은 경품권?"

"내가 아빠한테 아버지의 날 선물로 사준 거예요. 내가 직접 쇼핑센터에 가서 내 돈으로 샀어요. 오빠는 '정말 바보 같은 선물이야'라고 했고요. 내가 사준 선물로 테니스 수강권을 뽑았으면 오빠가 아니라 당연히 내가 테니스를 배웠어야 해요. 생각해보세요. 내가 그 경품권을 사기 전까지, 해리 오빠는 라켓을 들어본 적도 없단 말이에요."

"그러니까, 우리 때문에 너희 부모님이 이혼하셨다는 거니? 그게 네가 하고 싶은 말이야?"

"그 정도면 됐어. 이제 충분히 들었으니까 나가라. 넌 트로이에게 거짓말을 했어. 나에 대해서."

사람들은 늘 저런 식으로 거짓말이라고 지적하면 자기가 시합에서 이기는 것처럼, 거짓말임을 지적하면 수치심에 산산조각이 나버리기라도 할 것처럼, 자기들은 결코 거짓말을 하지 않는 것처럼, 자기 자신에게도, 다른 사람에게도 거짓말은 한 번도 하지 않은 것처럼, 의기양양하게 거짓말을 비난했다.

"내가요?"

사반나는 능청맞게 대답했다. 의심은 언제라도 심을 수 있었다. 남자들은 대부분 자신들의 성별에 죄의식을 갖는다. 그러니까 불쏘시개에 작은 불꽃만 일게 하면 된다. 사반나가 목욕 타월만 걸치고 집 안을 돌아다닐 때 스탠의 얼굴에서 날아다니던 공포를 분명히 기억했다. 자신의 모습을 보고 스탠은 분명히 당황했다.

"그만해!"

스탠이 고함을 질렀다. 여자의 거짓말이 무서운 것처럼 남자의 고함 소리도 무서울 수 있었다. 사반나는 몸을 웅크리고 귀를 막고 싶었다. 하지만 사반나는 꾹 눌러 참았다.

"나한테 뭐라고 했는지 기억 안 나요?"

스탠은 단 한 번도 부적절한 말을 하지 않았다. 언제나 변함없이 친절했다. 조이가 어머니 같았다면, 스탠은 거의 아버지 같았다. 하지만 스탠의 아버지 역할은 너무나도 얇아서 사반나가 쉽게 깨뜨릴 수 있었다. 벽돌이 없어도, 거짓말 하나로도 깨뜨릴 수 있었다. 그러니까 사반나는 스탠의 아버지 역할이 진짜가 아님을 증명하는 거짓말을 해야 하는 것이다. 스탠의 애정이 얼마나 쉽게 증오로 바뀔 수 있는지를 보여주려는 것이다. 아무리 진짜처럼 보여도, 이 남자의 사랑은 거짓임을 보여주려는 것이다.

"나한테 어떤 요구를 했는지, 기억 안 나요?" (물론 스탠이 한 요구는 아니었다. 다른 남자가, 사반나가 아닌 다른 여자에게 한 요구였다. 사반나가 하는 끔찍한 거짓말의 중심에는 다른 여자의 끔찍한 진실이 있었다.)

야만적인 분노가 사반나를 덮쳤다.

"그만해. 그만해. 그만하란 말이야!"

42

현재

"그만해. 그만해. 그만하란 말이야!"

뭘 그만하라는 걸까? 카로 아지노빅은 서늘한 늦은 봄밤에 "그만해"를 외치고 또 외치는 사람이 한 남자라고 100퍼센트 확신했다(스탠 델라니의 목소리 같았다). '유리와 플라스틱'이 담긴 노란색 재활용 수거함을 끌고 도로 가장자리로 걸어가던 카로는 덜컹거리고 덜그럭거리는 수거함 소리를 뚫고 고함 소리가 들리자, 살짝 놀라 그 자리에 멈춰 섰다.

그 뒤로 몇 달이 흐른 지금, 죽은 튤립이 꽂힌 꽃병을 들고 주방으로 가던 지금, 갑자기 그날 밤 일이 생각난 이유는 알 수 없었다. 그날 밤 일을 경찰에게 말해야 할까?

경찰이 찾아왔을 때 카로는 조이 부부는 아주 평범하고 행복한 부부라고 말했다. 그 말은 절대적으로 맞는 말이기도 했고, 절대적으로 맞지 않는 말이기도 했다. 이 세상에 아주 좋고 평범하고 행복한 부부는 없었다. 하지만 상큼한 얼굴의 경찰들은 그런 사실을 이해하기에는 너무 어렸다.

델라니 집에서 그런 시끄러운 소리가 나는 경우는 거의 없었다. 물론 오래전에 거대한 델라니 아이들이 집에 있을 때는 이 거리에서 가장 시끄러운 집이기는 했다. 언젠가 한 아이가 살인 현장을 보기라도 한 것처럼 비명을 지르는 동안 카로는 깜짝 놀라 조이에게 전화를 한 적이 있다. 하지만 살인은 없었다. 그저 감당할 수 없을 정도로 과열된 보드게임을 하고 있을 뿐이었다. 델라니 가족은 모두 지독하게도 지기 싫어하는 사람들이었다. 델라니 아이들이 수영을 하려고 카로의 집 수영장에 오는 날이면, 카로의 아이들은 모두 집 안으로 들어와 텔레비전을 보았다. 카로의 딸은 "그 애들은 무서워"라고 했다.

카로는 한때는 밝은 노란색을 자랑했던 튤립을 보았다. 튤립들은 절망에 휩싸인 듯 몸을 구부리고 꽃병 옆에 머리를 대고 있었다.

그날 밤, 델라니 집을 보고 있던 카로는 현관 불빛을 받고 있는 로건과 브룩의 익숙한 모습을 보고서 안심했다. 혹시라도 거리 먼 곳까지 들리도록 부모가 소리를 지르면서 싸우고 있다는 사실에 두 아이가 당혹스러워할까 봐, 카로는 두 아이가 자신을 보기 전에 서둘러 집으로 돌아갔다.

카로는 그날 밤에 조이 부부가 싸우고 있다고 생각했다. 은퇴는 누구에게나 스트레스로 작용할 수 있으니까. 은퇴하면 정해진 일과라는 게 없어진다. 그저 두 사람이 집 안에, 나이가 들어버린 몸 안에 갇혀버린다. 침대 위에 올려둔 젖은 수건 때문에 몇 날 며칠을 싸울 수도 있고, 그 싸움이 사실은 젖은 수건 때문이 아니라 30년 전 배우자가 했던 말 때문에, 또는 배우자의 가족이 했던 말 때문에 화가 나서 싸우게 됐음을 깨달을 때도 많았다.

뉴스 기사는 온통 빈정거림으로 채워져 있었다. "가정 폭력사는 없었다." 그러니까 지금까지는 없었다는 뜻이었다. 조이에게는 사실 도움이 필요했는지도 몰랐다. 늘 카로 곁에서 카로를 도와주던 조이와 달리 카로 자신은 조이에게 필요했던 도움을 주지 않았던 건지도 몰랐다.

잔디를 깎고 있던 카로의 아들 제이콥이 델라니 집 밖에 차를 세워둔 지역신문 기자와 이야기를 하고 있었다. 젊은 여자 기자였다.

"내가 혹시 뭘 좀 알아낼 수 있는지 보고 올게."

아들은 그렇게 말했다. 조이가 젊고 아름다운 여자였다면, 이 거리는 기자들로 붐볐을 것이다.

오래전에 카로가 델라니 집 건너편에 있는 이 집으로 이사 왔을 때, 조이는 아름다운 젊은 여자였다. 카로는 이웃집 사람들을 처음 봤던 순간을 기억했다. 카로가 거실에서 이삿짐 상자를 풀고 있을 때, 밖에서 엄청난 소음이 들려 커튼을 젖히고 내다보았다. 한 가족이 바로 앞에 있는 거리에서 야단법석을 떨며 뛰어다니고 있었다. (델라니 가족은 막다른 골목을 자기들 안방처럼 사용했다.) 나중에 스탠임을 알게 된 거대한 남자가 긴 머리를 하나로 묶고 아주 짧은 반바지를 입은 젊은 여자에게 말하고 있었다. 여자의 등에서는 통통한 아기가 팔짝팔짝 뛰면서 웃고 있었고, 조금 떨어진 곳에서는 세 아이가 올림픽 경기를 하는 것처럼 격렬하게 테니스공을 주고받고 있었다. 스탠이 조이에게 키스하는 모습을 보기 전까지, 카로는 조이가 10대 베이비시터라고 생각했다. 카로는 스탠이 조이에게 키스하려고 머리카락을 잡아 고개를 뒤로 젖히던 모습을 똑똑히 기억했다. 길 한복판에서 아내에게 그런 식으로 키스하는 남편이라니, 카로는 너무나도 에로틱한 모습이라고 생각했다.

하지만 지금 생각해보면 그건 스탠이 조이를 폭력적으로 대한다는 증거일 수도 있었다. 카로는 《그레이의 50가지 그림자》를 은밀하게 즐기고 있었지만, 카로의 딸은 그 책이 남녀 사이의 학대적인 관계에 관한 책이라고 설명해주었고, 카로는 한때는 읽는 법을 외우는 데 애를 먹었지만 이제는 영문학으로 학위를 받은 딸이 옳고 자신이 틀렸으며, 자신이 즐기지 말았어야 할 책을 즐겼다는 사실에 너무나도 창피해서 왠지 스스로 바보처럼 느껴졌다.

과거는 어디에 서서 바라보느냐에 따라 정말 다르게 보인다. 조이의 등에 업혀 팔딱팔딱 뛰던 통통한 아기가 바로 지금 카로의 좌골신경통을 치료해주는 브룩이다.

"그만해!"

카로는 바지 다리를 긁고 있는 고양이를 나무랐다. 잔뜩 화가 난 오티스는 성큼성큼 걸어가버렸다. 분명히 잠시 뒤에 아무 옷이나 입에 물고 다시 나타날 것이다. 오티스가 옷을 훔쳐 오는 건 주의를 끌기 위해서였다. 오티스가 델라니 집의 빨랫줄에서 훔쳐 온 레이스 달린 속옷을 돌려주었을 때, 두 사람은 정말 크게 웃었다.

"속옷이 너무 섹시해, 조이."

카로의 말에 조이는 "그거야, 내가 아주 섹시한 여자니까 그렇지, 카로"라고 응수했다.

건너편에 조이가 살지 않는 삶을 어떻게 견딜 수 있을까? 조이도 없이 어떻게 회고록 쓰기 강좌를 마칠 수 있을까? 조이도 없이 어떻게 마을 거리 축제를 해낼 수 있을까?

"경찰이 시신을 찾았대."

카로의 뒤에서 제이콥이 말했다.

그 순간 카로의 손에서 튤립 꽃병이 미끄러져 떨어졌고, 주방 바닥에 부딪혀 산산이 깨졌다.

43

“시드니 북쪽 숲에서 시신을 발견했다는 소식입니다.”

라디오 뉴스 앵커가 말했다.

설린 호는 세게 브레이크를 밟았고, 뒤차는 격렬하게 경적을 울렸다.

“어제저녁 숲을 산책하던 주민이 끔찍한 시신을 발견한 뒤, 경찰은 이 사건을 살인 사건으로 단정하고 수사를 하고 있습니다.”

설린은 손을 들어 뒤차 운전자에게 사과한 뒤 차를 길가에 대고 비상등을 켰다.

“경찰은 범죄 현장을 통제하고, 범행 증거를 모으고 있습니다. 아직까지 별다른 증거는 나오지 않고 있다고 합니다.”

뉴스 앵커는 지금 아주 심각한 소식을 전하고 있으니 시청자들이 새겨들어야 함을 강조할 때면 언제나 그렇듯이, 한껏 과장된 육중한 말투로 “정말 비통한 소식입니다”라고 했다.

“분명한 것은 우리 모두 사라진 그 불쌍한 할머니의 행방을 궁금해하고 걱정하고 있다는 것이며, 현재 발견된 시신이 그 분이 아니라고 해도 애처롭게 소식을 기다리고 있는 누군가의 소중한 가족이라는 사실입니다.”

“조이는 할머니가 아니야, 이 바보 같은 놈아!”

설린은 라디오를 향해 소리쳤고, 갑자기 눈물이 쏟아졌다. 그 시신이 정말로 조이라면, 설린은 도저히 견딜 수가 없을 것 같았다.

44

과거, 10월

사반나를 안건으로 아빠가 소환한 '가족회의'에 가장 먼저 도착한 사람은 로건이었다. 로건은 백미러로 자기 차 뒤에 주차를 하는 브룩을 보았다.

"우린 모두 한마음이어야 해."

로건이 맛있는 피자와 정보로 든든하게 속을 채운 뒤에 데이브의 아파트에서 나오면서 전화를 했을 때 브룩은 그렇게 말했다. 아빠는 분명히 화가 나 있었지만, 위기를 극복해야 한다는 단호한 결의에 차 있는 상태임이 분명했다. 가장이 문제를 해결해야 한다는 각오를 다지고 있는 게 분명했다. (한 집안을 책임지는 남자가 된다는 자신감은 어떻게 발달하는 걸까? 아버지가 되면 저절로 갖게 되는 것일까?)

로건은 브룩이 차 밖으로 나올 때까지 기다렸고, 브룩은 엄청나게 빠른 속도로 차 밖으로 나왔다.

"사반나는 우연히 여기 온 게 아니야."

차 문을 세게 닫으면서 브룩이 말했다.

"알아. 지금 막 사반나 전 남자 친구 집에 다녀왔어. 사반나는 테니스하고 관계가 있는 게 분명해."

"그랬어? 남자 친구가 뭐래? 알아낸 거 있어?"

브룩은 로건의 말을 기다리지 않았다. 아주 빠르고 거친 말투로 계속 말을 했다. 마치 에이미 누나 같았다.

"모든 게 다 이상해. 아빠 전화를 받았을 때, 막 기억나는 게 있었어. 그때 아이네스가 사 온 바나나를 보고 있었거든. 아무튼 트로이 오빠는 어떻게 된 거야? 어떻게 아빠가 사반나를 꼬시려고 했다는 말을 믿을 수 있지? 그런 역겨운 일이 가능하기는 해? 그 애는 나보다도 어리잖아."

두 사람은 부모님 집 현관으로 걸어갔다. 길 건너편에서 카로가 재활용 수거함을 끌고 가는 소리가 들렸다.

"분명히 트로이가 믿을 수밖에 없는 말을 했겠지."

로건은 사반나 말을 믿었다는 이유로 트로이를 힘들게 하고 싶지는 않았다. 브룩이 부모님 집의 현관문을 두드리는 동안, 로건은 고개를 뒤로 돌려 길 건너편을 보았다.

"내가 가서 카로를 도와줘야 할 것 같……."

"그만해. 그만해. 그만하란 말이야!"

갑자기 들려온 고함 소리에 두 사람은 굳어버렸다. 아빠 목소리였다. 로건은 단 한 번도 들어보지 못한 무시무시하게 화난 목소리였다. 브룩은 가방에 있는 열쇠를 꺼냈다. 아주 재빠른 솜씨로 현관문을 열고 집으로 뛰어 들어가면서 엄마와 아빠를 소리쳐 불렀다.

"여기야."

에이미 누나의 방에서 엄마가 대답했다.

두 사람이 에이미 누나의 방으로 들어갔을 때는 아빠도 더는 소리를 지르지 않았고, 방에 있던 사람들 모두 입을 다물고 있었다.

로건의 아빠와 사반나는 서로 대치하며 서 있었고, 엄마는 그 중간에 있었다. 아이들 가운데 둘이 싸울 때마다 엄마가 늘 서 있는 자리였다. 엄마는 한 손을 아빠의 가슴에, 다른 한 손을 사반나의 어깨에 얹고 있었다. 로건의 아빠는 아주 긴 시합을 치른 사람처럼 아주 거칠고 맹렬하게 가쁜 숨을 내쉬고 있었고, 엄마는 아이들이 싸울 때면 생겨나는 통제된 조바심을 보이고 있었다. 엄마에게는 할 일이 있었기 때문에 제대로 화를 낼 시간도 없었다.

오직 사반나만이 평온해 보였다. 이 상황이 즐겁다는 듯이 웃는 것처럼 입꼬리도 살짝 올라가 있었다. 사반나는 조이에게서 벗어나더니 손으로 팔을 쓸어내리고, 옷소매를 부드럽게 잡아당겼다.

"이런, 당신들이 왔군요. 저녁 먹으러 왔어요? 음식은 충분해요."

"무슨 일이에요?"

브룩이 물었다.

"진짜 이게 무슨 일이지?"

열려 있는 문으로 느긋하게 걸어 들어온 트로이가 물었다. 트로이는 사기를 당한 피해자가 아니라 칵테일파티에 참석한 손님처럼 보였다. 로건은 어쩌면 트로이에게는 한마디 하는 게 맞는지도 모르겠다는 생각이 들었다.

"해리 하다드의 동생이란다."

스탠이 말했다.

그 방에 있던 모든 사람이 한마디도 하지 않았다.

"해리한테 동생이 있는지 몰랐는데."

로건이 멍하게 말했다.

"잠깐만, 해리한테 동생이 있었어?"

브룩이 물었다.

"거짓말이겠지. 또 다른 거짓말."

트로이가 냉소적으로 내뱉었다.

"아니, 그건 분명히 사실이야. 하지만 네 말이 옳아. 거짓말쟁이가 하는 말을 믿기는 어렵지."

로건의 아빠는 에이미 누나의 옛 침대 위에 털썩 주저앉았다.

"일단 우리 모두 거실로 가서 앉아서 얘기하자."

로건의 엄마가 말했다.

"제가 음식을 좀 데워……."

"그만!"

사반나의 말에 엄마가 소리쳤다. 엄마는 도화선이 아주 긴 다이너마이트라서 폭발하기까지 걸리는 시간이 길었지만, 갑자기 폭발할 때는 충격이 엄청났다.

"우리한테 그렇게 끔찍한 비난을 퍼붓더니, 갑자기 우리를 위해 요리를 한다고? 그건 안 되지. 도대체 넌, 뭐가 잘못된 거니? 왜 거짓말을 해? 네가 거짓말하고 있는 거 너도 알잖아! 우리를 그렇게 미워하면서, 뭐 때문에 우리한테 음식을 해 먹인 거야? 도대체 네가 하는 일을 이해할 수가 없구나."

화가 난 엄마는 두 팔을 마구 휘저으며 발을 굴렀다. 델라니 아이들은 본능적으로 뒤로 물러섰다.

"왜 그런 거야? 우리가 널 기억하지 못해서 그랬니?"

"난 당신들을 모두 기억해요."

사반나는 고개를 떨구고 목에 건 녹색 목걸이를 만지작거렸다.

"딱 한 번 왔을 뿐이지만요. 엄마랑 함께 오빠를 데리러요. 보통은 우리 아빠가 하는 일이었어요. 테니스는 아빠의 영역이었으니까."

로건은 사반나가 자신도 모르게 과거에 누군가가 했던 말을 앵무새처럼 흉내 내고 있다는 기분이 들었다.

"하지만 아빠 차가 시동이 걸리지 않았어요. 그래서 엄마랑 내가 데리러 온 거예요. 엄마는 차에 있었어요. 해리 오빠의 테니스에는 어떤 관여도 하고 싶지 않았으니까요. 엄마는 테니스를 지루하다고 생각했어요."

로건은 부모님이 동시에 움찔하는 모습을 보았다. 이 세상에서 가장 위대한 스포츠가 모욕을 당했으니 당연한 반응이었다.

"그날 일을 모두 기억해요."

사반나는 고개를 들었다.

"그날도, 당신은 나에게 고함을 쳤어요, 조이. 지금처럼요."

엄마의 몸이 다시 움찔했다.

"뭐라고? 내가 왜 너한테 고함을 질러?"

"그때 당신은 데님 치마랑 페이즐리 셔츠를 입고 있었어요. 소매가 짧고 풍성한 셔츠요. 빨간 셔츠랑 어울리는 깃털 같은 귀걸이도 하고 있었고요. 정말 예뻤어요."

로건은 엄마의 표정이 바뀌는 것을 보았다.

"그러니까 그날 우리 집에 들어온 꼬마가 너였니? 세탁실에 들어온 애가?"

"내 가방을 뒤진 꼬마도 당신이었어."

브룩이 끼어들었다.

"맞아요. 당신도 나한테 고함을 질렀죠, 그날."

사반나가 브룩을 보았다.

"하지만 당신이 내 바나나를 훔쳤잖아요."

브룩이 방어하듯 말했다.

"굶주리고 있었으니까요."

"하지만 그렇다고 내 바나나를 훔쳐 먹을 권리는……."

"당신은 이해 못 해요. 난 정말 굶주리고 있었단 말이에요."

앙다문 사반나의 말에 델라니 가족은 모두 입을 다물었다.

"그게 무슨 말이니?"

간신히 더듬거리며 입을 연 사람은 엄마였다.

"말 그대로예요."

"하지만 이해를 못 하겠어. 네가 굶주렸을 리가 없잖아. 너희 오빠는 아주 잘 먹었어. 내가 알아. 그만큼 운동을 하려면 잘 먹어야 했어."

"오빠는 아빠랑 살았어요. 나는 엄마랑 살고요. 오빠는 매일 립아이스테이크랑 감자를 먹었어요. 오빠가 윔블던에 간다면, 나는 로열발레단에 입단해야 했어요. 그게 늘 엄마가 하던 말이었어요. 오빠는 강해야 하고, 나는 깃털처럼 가벼워야 했어요."

깃털이라는 말을 할 때 사반나의 입술이 삐죽 올라갔다.

"하지만…… 너희 아버지는? 아버지한테…… 배고프다고 말하지 그랬어?"

엄마가 물었다.

"했어요. 오빠한테도 했고요. 하지만 엄마는 내가 지어낸 말이라고 했어요. 불쌍하게 보이려고요. 아빠한테는 일주일에 하루만 갔어요. 그것도 평일 저녁에만요. 주말에는 해리 오빠가 테니스에 전념해야 했으니까요."

테니스에 전념한다는 말을 할 때, 사반나의 입에서는 전남편의 새 애인 이름을 소개하는 것 같은 말투가 흘러나왔다.

"일주일에 한 번씩 아빠 집에 가면 거기 있는 음식을 최대한 내 몸에 욱여넣었어요. 그때 폭음하는 기술을 익혔죠."

사반나가 유령 같은 표정을 지으며 웃었다.

"아무튼 그랬어요."

"오, 사반나."

엄마가 두 손으로 자기 얼굴을 힘껏 쓸어내렸다. 미칠 듯한 분노는 찾아왔을 때와 마찬가지로 갑자기 사라져버렸다. 엄마는 슬퍼 보였고, 지쳐 보였고, 늙어 보였다. 로건은 아버지의 날에 엄마의 다리가 풀리는 것을 보면서도, 자연재해를 직접 눈으로 보면서도 믿지 않는 사람 같은 감정을 느꼈던 순간을 기억했다. 로건은 엄마에게 다가갔다. 이제는 엄마를 놓치지 않을 준비가 되어 있었다.

"내가 기억하는 건, 너랑 네 어머니가 오스트레일리아 남부로 이사를 갔다는 것뿐이야."

엄마가 말했다.

"오빠가 테니스를 시작하고 1년 뒤에 이사했어요. 그 뒤로 아빠랑 오빠는 한 번도 못 봤어요. 두 사람은 내 존재를 완전히 잊어버린 것 같아요. 아빠가 돈은 보냈어요. 나는 아빠가 지불해야 하는 짜증 나는 공과금 같은 거였어요. 전기세 같은 거요."

사반나는 저녁 식사에 초대된 말 많은 손님처럼 자신이 살아온 시간을 재빨리 요약했다.

"저런, 사반나."

엄마의 손이 무기력하게 파르르 떨렸다.

"아, 아니에요. 괜찮아요."

사반나는 새치기를 한 뒤 사과하는 사람에게 대답하듯이 조이에게 말했다.

"애들레이드에서 처음 몇 년은 정말 힘들었어요."

사반나는 입을 다물었다. 더는 수다쟁이 손님처럼 보이지 않았다. 사반나는 숨을 깊이 들이마시고 어깨를 활짝 펴더니, 음악이 시작되기를 기다리는 사람처럼 어깨를 위로 올렸다가 아래로 내렸다.

"하지만 발레를 그만두게 됐어요. 도시에서, 주에서 가장 잘하는 아이였지만, 탁월한 발레리나는 될 수 없었거든요. 해리 오빠가 테니스에서 두각을 나타내는 정도는 절대로 될 수 없었어요. 나에게는 발레계의 해리가 될 수 있는 재능이 없다는 사실을 깨달은 순간,

엄마는 발레에 흥미를 잃었어요. 그 뒤로 나를 굶기지는 않았죠. 얼마나 다행이에요."

로건과 브룩은 재빨리 시선을 교환했다. 로건은 믿기지 않는다는 표정을 짓는 브룩을 보았다. 저 기이한 이야기가 정말로 사실일까? 사반나는 텔레비전에서 본 이야기를 자기 이야기처럼 말했다. 로건은 사반나가 트로이에게 한 아빠의 이야기도 거짓임을 알고 있었다. 그러니 굶주린 아이에 관한 이야기도 어디선가 훔쳐 온 게 아닐까? 게다가 그 일과 지금 상황이 무슨 상관이 있다는 거지?

진실이 계속해서 로건의 손에서 빠져나가고 있었다. 사반나를 이해한다는 것은 놀이공원에서 거울로 만든 미로 안으로 들어가 실체의 모습을 실제로 반사하고 있는 거울을 찾는 일처럼 느껴졌다. 사반나의 억양, 몸짓, 태도, 이 모든 게 끊임없이 합쳐지고 녹아서 전혀 다른 사람으로 거듭 태어나고 있었다. 사반나는 고풍스러운 중년 여자가 되었다가 갑자기 거칠고 반항적으로 말하는 10대 소녀가 되었다. 로건은 자기가 진실이라고 알고 있는 사실에, 자기가 모은 사실들에 집중하려고 노력했다.

"사반나, 당신 남자 친구를 만났어요. 데이브 말입니다. 데이브가 당신을 때렸다고 했죠? 하지만 그런 일은 없었어요."

사반나가 고개를 쳐들었다.

"하, 그렇게 말했어요? 자기는 안 때렸다고?"

"당신은 우리에게 거짓말을 했어요. 거짓말이란 거 다 압니다."

사반나가 이 사실을 인정해주어야 했다. 그래야 로건은 앞으로 나아갈 수 있는 발판을 마련할 수 있었다.

"아니, 당신이 틀렸어요."

사반나가 즐거운 듯이 말했다.

사반나의 오빠는 로건이 콜을 부를 때마다 언제나 천진하면서도 설득력 있는 말투로 아주 차분하게 "아니야, 친구. 아웃이야"라고 말했다. 해리 하다드는 타고난 천재였고, 타고난 사기꾼이었다. 해리의 속임수에 트로이는 미칠 듯이 화를 냈지만, 로건은 당혹스러워서 갈피를 잡지 못했다. 분명히 로건은 '인'으로 본 것을 해리는 '아웃'이라고 말했다. 모든 콜에 의문을 제기했다. 물리학의 법칙처럼, 두 사람의 시합에는 옳고 그름이 존재했다.

해리의 혈통에는 거짓말 인자가 흐르고 있음이 분명했다.

로건과 눈이 마주치자 아빠는 도저히 어쩔 수 없다는 표정으로 손을 들어 올렸다. 이렇게까지 무방비 상태인 아빠를 본 적이 없었다. 무릎을 다쳤을 때도 아빠는 이렇게까지 약해 보이지 않았다.

"그날, 당신도 있었어요."

차가운 사반나의 시선에 로건의 심장이 요동쳤다.

"절대로 당신을 만난 적이 없어요."

로건은 100퍼센트 확신했다.

"나한테 라켓을 던졌잖아요. 떠돌이 개한테 하듯이요."

"아니, 아니에요. 내가 왜 그런 짓을 하겠습니까?"

라켓을 던지는 사람은 트로이였다. 사반나는 또다시 거짓말을 하고 있는 것이다.

"나는 절대로 라켓을……."

잠깐. 로건은 그날 코트에서 걸어 나오는 자신의 모습이 눈앞에 떠올랐다. 그날, 로건은 처음으로 트로이에게 졌고, 그날, 로건의 아빠는 해리의 킥 서브를 관찰하라고 말했고, 그날, 로건은 동생에게 질 수 있다면, 이 세상에 해리 같은 선수들이 더 있다면, 비록 결국 그만두지 못하고 계속할 수밖에 없었지만, 앞으로 5년 동안 노력하는 것이 아무 의미가 없다는 사실을 깨달았다.

"잠깐만. 당신한테 던진 게 아니에요."

로건이 작은 목소리로 말했다. 로건은 유리한 고지를 잃었다. 로건은 자기가 던진 라켓에 놀라 펄쩍 뛰던 어린 소녀를 생각하면 늘 마음이 아팠다.

"그러니까, 나를 기억하는 거네요."

사반나가 다정하게 말했다. 사반나도 공격적인 게임을 했다. 자신의 오빠처럼 상대방을 계속해서 뒤로 몰아붙이고 또 몰아붙였다. 사반나는 트로이에게 고개를 돌렸다.

"당신은 어때요, 트로이. 당신은 나 기억해요?"

"만났으면 만난 거겠죠."

트로이는 심드렁하게 대답했다.

"누군가 밀어서 여는 뒷문을 열어놨었죠."

사반나가 꿈을 꾸듯이 말했다.

아마도 그건 로건이었을 것이다. 그 문은 제대로 닫히지 않고 걸렸기 때문에 늘 로건은 문을 닫지 못해 애를 먹었다.

"뒷문으로 들어와서 곧바로 주방으로 갔어요. 주방에 가면…… 우유를 먹을 수 있을 거라고 생각했으니까요. 뭐, 다른 거라도요. 너무 배가 고팠으니까. 24시간 동안 아무것도 못 먹었거든요. 그때 고작 아홉 살이었어요. 아프기도 했고 어지럽기도 했어요. 그냥 뭘 먹어야겠다는 생각밖에 없었어요. 온통 먹을 거 생각뿐이었어요. 음식은 어디에나 있었으니까요. 주위에 있는 모든 사람이 먹고 있었어요. 거리를 걷는 사람들은 아이스크림을 먹었고, 버스 정류장에 있는 사람들은 파이를 먹었어요. 모두 입이 터져라 뭔가를 먹고 있었다고요. 하지만 나는 돈이 없었어요. 나는 어떤 음식도 사 먹을 수가 없었어요."

로건의 엄마가 한 손으로 입을 막았다.

"오, 이런, 사반나."

제발, 이건 다른 사람의 이야기여야 해. 로건은 생각했다. 왜냐하면 델라니 가족은 나쁜 사람들이 아니었기 때문이다. 델라니 가족은 당연히 배고픈 아이를 먹였을 것이다. 델라니 가족은 지구 반대편에 사는 굶주리는 아이들을 후원하는 사람들이었다. 아이들이 채소를 먹지 않으면 엄마는 "굶주리는 불쌍한 아프리카 아이들을 생각해봐"라고 말했다. 그럴 때면 에이미 누나는 슬픔을 가누지 못하고 굶주리는 불쌍한 아프리카 아이들을 위해 흐느껴 울면서 아무것도 먹지 못했고, 로건의 아빠는 한숨을 쉬면서 포크로 에이미 누나의 브로콜리를 찍어서 먹어버렸다.

사반나가 트로이에게 말했다.

"당신은 나를 거지처럼 주방에서 쫓아냈어요. 그때 막 샤워를 하고 나왔었죠. 온통 젖은 채 파란색 목욕 수건을 허리에 두르고 있었어요. 나한테 쓰레기 동물이라고 했어요."

'쓰레기 동물'이라고 말할 때 사반나의 입술이 또 올라갔다.

"내가 그렇게 말했다면, 그럴 만했으니까 했겠죠."

트로이가 말했다. 트로이는 결코 방어하는 선수가 아니었다. 공격을 받으면 두 배는 더 세게 공격하는 선수였다.

"지금도 나한테 돈을 훔쳤잖아요."

"훔치지 않았어요. 당신이 당신 의지로 나에게 준 거지."

"그거야 속임수에 넘어갔으니까."

"그럼 나는 뭘 했지, 사반나? 내 역할은 뭐였어?"

로건의 아빠가 물었다.

"아무것도요. 당신의 눈은 나를 관통했으니까, 당신은 그저 나를 못 봤을 뿐이에요. 당신은 해리만 봤죠. 나는 테니스를 하는 아이가 아니었으니까, 당신에게 나는 존재하지도 않았어요."

"그러니까 이게 모두 복수였다는 거군. 우리 아버지가 당신 오빠를 테니스 스타로 만들어서? 우리가 아무도 당신한테 먹을 걸 주지 않아서? 하지만 이해할 수 없군. 왜 그냥 먹을 걸 달라고 부탁하지 않았지?"

"부탁했어. 주방에 들어와서 나한테 샌드위치를 만들어달라고 했어."

에이미 누나가 복도에서 걸어오면서 말했다. 그 말을 하더니 에이미 누나는 이상한 행동을, 에이미 누나만이 할 수 있는, 에이미 누나만이 생각할 수 있는 행동을 했다. 에이미 누나는 사반나에게 곧바로 걸어가더니 사반나를 꽉 껴안았다.

"미안해요. 그날, 우리 모두 당신에게 너무 끔찍하게 군 거, 미안해요. 그 작고 배고팠던 아이를 도와주지 않아서 미안해요. 우리가 당신을 도왔어야 해요."

두 손을 떨어뜨린 채 잠시 굳어 있던 사반나는 어머니에게 위로를 받고 싶은 아이처럼 에이미 누나의 가슴에 이마를 댔다.

"정말로 나쁜 날이었어요."

사반나가 거의 들리지도 않는 목소리로 말했다.

"아, 세상에나, 끔찍하다. 정말 끔찍해."

엄마는 손가락으로 콧방울을 꾹 눌렀고, 브룩은 이마에 손을 대고 고개를 돌렸다. 트로이는 천장을 올려다보았고, 아빠는 바닥을 내려다보고 있었다. 주방 문 앞에서 새하얀 티셔츠를 입은 낯선 젊은 남자가 헛기침을 했다. 로건과 눈이 마주치자 그 남자는 손을 들어 보이며 조용히 말했다.

"사이먼 배링턴입니다. 에이미의 새로운 남자 친구죠."

"아니야."

에이미 누나가 사반나의 머리 위에서 말했다. 하지만 누나의 얼굴에서 희미하게 웃음기가 떠오르는 모습을 로건은 놓치지 않았다.

아빠가 고개를 들더니 양손을 무겁게 늘어뜨리고 말했다.

"당장 우리 집에서 나갔으면 좋겠다, 지금 당장."

아빠는 턱으로 사반나를 가리키면서 말했다.

"아빠, 우린 모두 사반나에게 잘못했어."

사반나가 에이미 누나의 품에서 벗어났다.

"괜찮아요."

"네 끔찍했던 어린 시절에, 아주 끔찍했던 날에, 우리가 그 망할 샌드위치를 만들어줬는지 아닌지는 전혀 상관없어."

아빠가 사반나에게 삿대질을 하며 말했다.

"어린 시절이 끔찍했던 사람들은 많아. 그렇다고 모두 이런 일을 저지르지는 않아."

"아빠, 그런 식으로 말하지 마. 그만해!"

에이미 누나가 말했다.

아빠는 누나를 무시했다.

"너희 오빠가 성공한 게 부러우면 너희 오빠 돈을 뜯어. 거짓말도 너희 오빠한테 하고. 돌도 너희 오빠 집 창문에 던지란 말이야. 너희 오빠한테 우리는 돈 한 푼 받지 않았어. 너희 가족은 우리에게 아무것도 하지 않았다고. 너희 아빠는 해리가 잘나가려고 하자 우리를 버렸……."

"하지만 오빠가 델라니 가족을 떠났던 건, 우리 아빠의 결정이 아니었어요."

사반나가 아빠의 말을 막았다. 로건은 엄마의 표정을 보았다. 두려움에 파랗게 질려 있었다.

로건의 위장이 조여왔다.

사반나는 꼿꼿하게 서 있었다. 화려한 조명 아래 서 있는 것처럼 발꿈치를 가지런히 모으고 발을 바깥쪽으로 펼쳤다. 사반나는 그 오랜 시간 주머니에 수류탄을 넣고 다녔다. 마침내 꺼내서 던질 때가 된 것이다.

"그건, 당신 아내의 결정이었어요."

45

현재

"자, 내가 어떤 선물을 받았는지 맞혀봐."

크리스티나는 허벅지 위에 휴대전화를 내려놓으면서 의기양양하게 말했다.

크리스티나와 이든은 시신을 발견한 숲속 산책길을 향해 달려가고 있었다. 조이 델라니와 스탠 델라니의 집에서 기껏해야 10분만 차를 타고 가면 되는 곳이었다. 모든 퍼즐 조각이 퍼즐을 향해 떨어져 내리면서 알아서 제자리를 찾아 들어가고 있었다.

"뭔데요?"

이든이 물었다.

"범행 동기."

46

과거, 10월

사반나의 폭로에 스탠은 숨을 멈추지도, 욕을 하지도 않았다. 좀 더 자세하게 설명하라거나 증거를 대라는 말도 하지 않았고, 사반나에게 거짓말쟁이라고 말하지도 않았다. 그는 본능적으로 이번에는 사반나가 진실을 말했음을 아는 것 같았다. 단 한 번도 조이를 비난하거나 물어보지는 않았지만, 어쩌면 늘 조이를 의심하고 있었는지도 몰랐다.

스탠은 여전히 에이미의 옛날 방 문턱에서 머뭇거리고 있다가 이 극적인 드라마 앞에서 정신을 못 차리고 멍하게 서 있는 에이미의 어린 남자 친구에게 "비켜주게"라고 말했고, 젊은이가 공손하게 옆으로 비켜서자 방에서 나가서 조용히, 위풍당당하게 떠나버렸다. 현관문이 닫히는 소리가 에이미의 방까지 들렸다.

그토록 오랜 시간이 지났는데도 스탠이 떠나는 상황은 너무나도 익숙하게 느껴졌다. 시간이 부드럽게 뒤로 감겨, 아이들이 여전히 어렸을 때로, 여전히 아빠의 행동을 엄마에게 설명해달라고, 아빠의 행동을 평범하게 받아들일 수 있게 만들어달라고, 애원하며 바라보는 어린아이였을 때로 돌아간 것만 같았다. 조이는 오래전에 아이들에게 들려주곤 했던 말들이 자동으로 입술을 지나 튀어 나갈 것만 같았다. *걱정하지 마. 아빠는 돌아오실 거야. 아빠가 오실 거라는 거 알잖아. 지금은 그저 너무 화가 나고 흥분해서 밖으로 나가실 필요가 있었던 거야. 머리를 맑게 하려고. 그러니까 걱정할 것 하나도 없어. 우리, 아이스크림이나 먹자!*

"정말이야, 엄마? 엄마가 해리에게 떠나라고 했어?"

로건이 가장 먼저 입을 열었다.

"아."

조이는 건성으로 대답했다. 조이의 마음은 온통 스탠에게 가 있었다. 스탠이 서른 살, 마흔 살, 심지어 쉰 살이라면, 이런 식으로 집을 나가버리는 것도 신경 쓸 게 없었다. 하지만 이제는 이런 식으로 극적으로 집을 나서면 안 된다. 스탠은 벌써 일흔 살이었다. 게다가 먹어야 하는 약도 있었다.

"그래, 그러니까 어느 정도는 진실이야. 걱정 안 해도 돼. 이겨낼 거야. 하지만 너희, 진입로에 차를 세워뒀니? 그럼 너희 아빠가 차를 못 뺄 텐데."

너무 추운 밤이었다. 스탠은 추위를 막을 만큼 따뜻한 옷을 입지 않았다. 청바지를 입고 슬리퍼를 신고 있었다.

"아빠한테 왜 그런 거야?"

브룩이 말했다. 사랑하는 아빠를 배반한 엄마를 보는 브룩의 눈은 이글이글 타고 있었다.

"아빠가 해리를 발굴한 사람이잖아. 아빠가 당연히 해리의 코치가 돼야지. 어떻게 엄마가 해리를 쫓아 보낼 수 있어?"

"그럼 너희는 누가 가르치고? 너희 아빠가 해리와 함께 전 세계를 돌아다니면, 너희는 어떻게 하고?"

"엄마가 가르치면 됐잖아."

브룩이 조금은 자신이 없는 목소리로 말했다.

"언제? 무슨 방법으로?"

아이들에게 자녀가 있었다면, 조이가 그 오랜 세월 동안 그 많은 책임을 다 해내려고 얼마나 비틀거리며 애썼는지를 알 수 있을 텐데.

"하지만 아빠의 꿈이었잖아. 엄마가 아빠의 꿈을 빼앗은 거야."

브룩이 말했다.

"그럼 너희 꿈은?"

엄마는 손바닥을 쭉 편 팔을 넓게 휘둘러 네 아이를 가리켰다.

"그건 별거 아니었어. 어쨌든 우린 제대로 해내지도 못했는걸."

"그때는, 너희도 그걸 몰랐어."

조이가 소리쳤다.

"너희 모두 잊고 있지만, 너희는 정말 원했단 말이야. 너희는 테니스를 한 게 꼭 부모 때문인 척하고 있지만, 그거 알아? 너희, 그때는 안 그랬어!"

조이의 가슴속에서 분노가 솟구쳐 올랐다. 조이는 아이들이 스스로 알고 있는 것보다 훨씬 더 아이들을 잘 알았고, 아이들이 보는 것보다 훨씬 더 선명하게 아이들의 어린 시절을 보았다.

"너희 모두 대단한 선수가 되고 싶어 했어. 나는 알아. 안 그랬다면, 너희가 그 많은 희생을 그저 감수했을 리가 없어."

조이의 목소리가 갈라졌다. 조이는 오른손 손바닥에 물집이 잡혀 진물이 흐르던 에이미를 기억했다(조이의 어머니는 에이미의 손을 보고 역겹다는 듯이 "이게 육체노동을 하는 사람 손이지, 여자애 손이니?"라고 했다). 앨리스 스프링스에서 열리는 경기 때문에 히엔의 열여덟 번째 생일 파티에 가지 못하게 됐을 로건이 지었던 표정을 기억했다. 지녁 식사 시간에 디저트를 기다리지 못하고 식탁보 위에 뺨을 대고 잠이 든 열두 살 트로이를 기억했다. 아침도 먹기 전에 잠옷 차림으로 운동화를 신고 운동을 하겠다고 코트에 나가던 작고 단호했던 브룩을 기억했다.

아이들은 그 많은 고통과 극도의 피곤함과 끝없이 이어지는 여행을 견뎌야 했고, 파티와 교내 활동들을 놓쳐야 했다. 아이들이 혼자서 그 많은 고통을 감내하고 있을 때, 애들 아빠는 아이들이 그토록 꿈꾸던 그랜드슬램을 달성한 다른 아이와 함께 있어야 한다고?

조이로서는 절대로 참을 수 없는 일이었다. 다시 과거로 돌아가 아이들의 행복과 남편의 꿈 가운데 하나를 선택해야 한다면, 엄마인 조이에게는 다른 선택권이 없었다. 절대로. 조이는 또다시 아이들을 택할 것이다.

그날을 기억하는 건 마치 범죄를 저지른 날을 기억하는 것과 같았다. 흉기도 없이, 손가락으로 촛불을 끄는 것처럼 아주 신속하고 간단하게 조그만 범죄를 저지르는 것이다. 촛불을 끈 손가락에 남은 통증이 빠른 속도로 사라지는 것처럼, 그렇게 재빨리 사라져버리는 아픈 기억이었다.

그날, 조이는 집에 아무도 없을 때 전화기를 들어 해리의 아버지 일라이어스 하다드에게 전화를 걸었다. 일라이어스는 아들의 테니스에 모든 것을 걸고 있었다. 아들의 매니저 역할을 할 수 있도록 직장까지 그만두고 저축한 돈으로 살아가고 있었다. 그때 조이의 마음에는 해리의 어머니도, 해리의 동생도 없었다. 조이에게 두 사람은 결코 존재한 적이 없었다. 전화를 받은 일라이어스에게 조이가 말했다.

"일라이어스, 극비리에 말할 게 있어서 전화했어. 우리 남편은 절대로 이런 말을 안 해줄 테니까."

조이는 일라이어스가 대답할 여유도 주지 않고 빠른 속도로 말했다. 그때 조이는 책상에 올려둔 아들들의 우스꽝스러운 사진을 보고 있었다. 사진에서 두 아이는 얼굴을 바짝 대고 권투 선수들처럼 자신의 형제를 잔뜩 노려보고 있었다.

조이는 일라이어스와는 언제나 잘 지냈다. 말이 많고 매력적인 일라이어스는 꼭 유럽 사람 같았다. 트로이가 해리를 때렸을 때, 조이는 일라이어스가 경찰에 신고하지 않을 거라고 확신했다. 조이는 일라이어스에게 트로이를 신고해봐야 처벌은 받지 않을 테고, 괜히 해리의 훈련 시간만 뺏을 거라고 했다. 트로이를 지키려고 조이는 사과하고 또 사과했다. 조이는 트로이가 해리를 때린 이유를 질투 때문인 것처럼 말했고, 해리는 그 이유를 받아들이는 것 같았다.

"당신이랑 해리가 정말로 진지하게 테니스 선수가 될 생각이 있다면, 내가 당신을 알잖아. 당신은 델라니 가족과 헤어져야 해."

"당신 가족이랑 헤어져야 한다고?"

일라이어스의 목소리에서 느껴지는 놀라움과 불안함에 조이는 잠시 멈칫했지만, 마음을 굳게 먹고 계속 말했다.

"그래, 떠나야 해. 멜버른으로 가. 그곳에, 테니스 오스트레일리아에 있는 사람을 소개해줄게. 이 전화를 끊자마자 그 사람한테 전화해. 그 사람한테 해리가 테니스하는 걸 보여줘. 분명히 재능을 알아볼 거야. 분명히 오스트레일리아 오픈에 출전할 수 있는 와일드카드를 받게 될 거야. 분명히 성수를 바른, 선택받은 사람이 될 거야. 중요한 건 운동이 아니야. 모두 정치란 말이야, 일라이어스."

조이와 스탠은 언제나 아이들에게 '선택받은 사람'은 없다고. 테니스 연맹이 마음에 든다며 시합도 치르지 않고 뽑아 가는 사람은 없다고, 어디에 사는지는 중요하지 않다고, 본인이 아는 사람이나 부모가 아는 사람이 혜택을 주는 일은 없다고, 중요한 것은 그저 얼마나 잘할 수 있는가뿐이라고 말했다. 하지만 테니스도 정치가 중요한 세계였다. 모든 것을 정치가 결정하는 세계였다.

"무엇보다도 중요한 건, 그 사람은 우리가 줄 수 없는 가르침을 줄 거라는 거야. 당연히 우리도 해리를 계속 가르치고 싶어. 그건 당연해. 그러니까 제발 스탠에게는 아무 말도 하지 말아줘. 스탠이 내 생각에 반대할까 봐 두려워. 당연히 스탠은 해리에게 가장 좋은 걸 해주고 싶어 해. 해리를 계속 가르치려고 할 거야. 하지만 진실은, 델라니 가족이 해리를 방해하게 될 거라는 거야. 일라이어스. 나는 그런 걸 그냥 보고만 있을 수는 없어. 이제 당신 아들은 다음 단계를 내디뎌야 할 때가 됐어."

조이는 일라이어스의 아들이 코트 위에서 본능적으로 아주 뛰어난 전략을 구사할 수 있는 것처럼, 일라이어스도 언제 누구를 어떻게 유혹해야 하는지를 본능적으로 이해한다는 사실을 알았다. 어쩌면 일라이어스는 조이가 제안하지 않았어도 델라니 가족을 떠나야 한다는 결정을 내렸을 수도 있었다.

일라이어스는 조이가 말한 모든 일을 완벽하게 해냈다. 그는 단 한 번도 조이가 스탠을 배반했음을 조이의 남편에게 알리지 않았다. 그저 두 사람이 은밀한 밀회를 하고 있는 것처럼 조이를 볼 때마다 윙크를 했을 뿐이었다. 그 윙크를 볼 때마다 조이는 자신이 마치 일라이어스와 함께 잠을 잔 것처럼 느껴졌다. 나중에 조이는 일라이어스가 아름다운 여자들을 한 번에 여러 명과 만나는 묘기를 부리는 남자라서, 비밀을 지키는 건 그에게는 식은 죽 먹기라는 사실을 알게 됐다.

아주 오랫동안 조이는 스탠이 그 사실을 알게 될 거라고 생각하고, 자신을 방어할 준비를, 스탠의 공격에 대처할 준비를 해왔지만, 스탠은 결코 알지 못했다. 세월은 흘렀고, 조이는 자신의 죄의식(후회는 아니었다. 조이는 자신이 한 일을 후회한 적은 한 번도 없었다)을 꺼져버린 촛불 위로 올라가는 검은 연기처럼, 아무것도 아닌 것으로 흘러가 사라지게 내버려두었다.

조이는 해리가 회고록에 자신이 한 일을 쓸지도 모른다는 걱정을 하긴 했지만, 그 비밀을 집에 머문 손님이 터뜨릴 줄은 몰랐다. 그것도 해리라는 이름조차 모르는 게 분명하다고 조이가 확신한 그 손님이 터뜨릴 줄은 꿈에도 몰랐다.

"그걸 어떻게 알았니?"

조이가 사반나에게 물었다.

"엄마가 말해줬어요. 아빠가 6개월 정도 양육비를 보내주지 못했거든요. 아빠 말이 멜버른에 정착하는 비용이 너무 많이 들어서 그런다고 했어요. 엄마가, 도대체 왜 멜버른에 간 거냐고 묻자 아빠가 '조이 델라니가 그렇게 하는 게 옳다고 했어'라고 했어요. 아빠가 한 말을 그대로 기억해요. 엄마는 내 발레 교습비를 벌려고 일을 두 개나 해야 했어요."

"조이 델라니가 그렇게 하는 게 옳다고 했다고? 우아, 엄마, 진짜…… 와."

에이미가 고개를 저었다.

그 모든 세월이 지난 뒤에 딸들은 스탠이 아니라 조이를 비난의 눈길로 쳐다보고 있었다. "하지만 모두 너희를 위해 그런 거야!" 조이는 소리치고 싶었다. 논리적으로 반박하고 싶었지만, 감정이 잔뜩 묻은 목소리만이 조이의 입에서 흘러나왔다.

"나는 아빠가 다른 아이를 데리고 최고 자리로 올라가는 모습을 너희가 보지 않았으면 했던 거야."

"한 명도 못 올리는 것보다는 누군가는 올리는 게 더 나았을걸. 아빠가 계속 해리를 가르쳤다면, 해리는 글랜드슬램을 더 많이 달성했을 거고. 해리는 프랑스 오픈에서는 우승 못 했잖아."

"해리는 진흙 코트는 못 참았을 거야."

로건의 말에 조이가 짜증을 냈다.

"아빠가 참을 수 있게 만들었겠지. 해리는 늘 참을성이 없었어. 그래서 아빠가 필요했을 거야."

"너희도 아빠가 필요했어. 너희 모두 필요했다고."

"아니, 난 아니야."

조이의 말에 로건이 반박했다.

세상에나. 조이가 어떻게 해도 로건은 이해하지 못할 것이다. 이제 이 모든 일을 테니스가 자신의 미래라고 생각하는 열일곱 살 아이가 아니라 이미 테니스를 그만둔 서른일곱 살 어른의 눈으로 볼 테니까.

"좋아, 그건 그렇다고 해. 하지만 난 필요했어. 난 네 아이를 길러야 했단 말이야. 그것도 심각하게 경쟁해야 하는 테니스 선수로 커야 하는 아이들이 있었어. 나 혼자서는 절대로 할 수 없는 일이었어. 너희도 그때 상황이 어땠는지 충분히 알잖아."

하지만 아이들의 얼굴에서 조이는 네 아이 모두 그때 일들을 행복하게도 망각해버렸음을 알 수 있었다.

조이는 홈부시에서 열린 시합에서 모든 일정이 뒤로 늦춰져서 자정이 되도록 트로이가 경기를 시작하지도 못했던 밤을 기억했다. 그 밤에 스탠은 트로이와 함께 있었고, 조이는 집에서 다른 아이들을 돌보고 있었다. 그날 밤, 로건이 심하게 열이 나고 아파서 조이는 한숨도 자지 못했다. 게다가 다음 날 브룩의 생일 파티에 쓸 컵케이크를 서른 개나 구워야 했다. 세 바구니나 되는 빨래도 처리해야 했고, 테니스 아카데미 장부도 정리해야 했고, 중국 만리장성에 관한 트로이의 역사 숙제도 해야 했다. 그 숙제는 10점 만점에 7점이었다(그 때문에 지금도 조이는 화가 났다. 당연히 9점은 받아야 하는 글이었다!). 그 길었던 밤을 생각하면, 간신히 이길 수 있었던 아주 힘들었던 시합을 한 것만 같은 기분이 들었다. 트로피도 없고, 환호도 없는 승리였지만 말이다. 그렇게 힘든 밤을 지내고 살아남았다는 사실을 인정해주는 사람은 다른 아이들의 어머니들뿐이었다. 오직 어머니들만이 그 작은 성취가 갖는 장대한 서사를 이해했다.

도대체 그 모든 일을 왜 했던 걸까?

하지만 다른 선택의 여지가 있기는 했을까?

델라니 남매처럼 수준 높은 테니스를 하는 아이들이 자신의 아이라면 부모는 적극적으로 도와주거나 전혀 관여하지 말아야 하는데, 조이의 아이들은 도와주기를 원했다. 아이들의 재능이 조금만 덜 했다면, 아이들의 소망이 조금만 덜 강렬했다면, 아이들 수준이 지역 예선에서 1등을 할 정도일 뿐 더는 나아질 가능성이 없었다면, 아이들을 돌보는 일이 훨씬 쉬웠을 것이다.

"아무튼, 너희 모두 해리 하다드를 미워했다는 거 알아. 그것도 아주아주 많이."

조이는 자신의 비밀을 모두 담고 있는 나무 상자 뚜껑을 닫고 버스를 기다리는 사람처럼 그 위에 앉아 있는 사반나를 흘긋 쳐다보았다.

"미안, 사반나. 하지만 얘들은 정말 너희 오빠를 미워했어."

"아, 괜찮아요. 나도 미워했는걸요. 아주 오랫동안 오빠가 텔레비전에 나오면 비명을 질렀어요."

"정말로 비명을 질렀다는 거예요?"

에이미가 흥미롭다는 듯이 물었다.

"정말로 질렀어요."

사반나가 대답했다.

"난 해리 미워하지 않았어. 부러웠지만, 미워하지는 않았어. 나는 아빠가 해리를 계속 가르치는 걸 봤으면 좋았을 것 같아."

로건이 말했다.

"그건 지금 생각이지. 너 어렸을 때는 전혀 달랐어."

조이는 짜증이 났다.

"난 미워했어."

에이미의 방에 언제나 걸려 있던 액자에 부딪힐 듯 위험한 위치에 머리를 대고서 벽에 기대어 있던 트로이가 갑자기 사반나에게 분노와 독설을 쏟아냈다.

"엄마, 엄마는 옳은 일을 한 거야. 저 매력적인 가족은 사기, 거짓말, 속임수 따위는 아무렇지도 않게 할 수 있는 사람들이니까."

"그만. 이제 그만해라."

조이가 말했다.

"왜? 우리가 저 여자한테 예의를 차려야 해?"

트로이는 정의와 도덕에 대해 열정적이면서도 유동적인 판결을 내렸다. 10대 시절 마약을 거래한 일은 완벽하게 받아들일 수 있는 일이었지만, 사반나가 자신의 돈을 갈취한 일은 용납할 수 없었다. 테니스 시합에서 속이는 건 절대로 용서할 수 없는 죄악이었지만, 술집에서 사랑하는 아내를 속이는 일은 용납할 수 있었다.

"당신이 그렇게 화가 난다면, 다시 돌려줄게요. 그냥, 자립할 돈이 조금 필요했던 것뿐이에요."

사반나는 형제에게 빌린 돈을 갚지 않은 사람처럼 대수롭지 않게 말했다. 이게, 자신이 트로이에게 전한 스탠에 관한 비난이 거짓말임을 인정하는 사반나만의 방법인 걸까? 트로이가 돈을 주지 않겠다고 했으면 어떻게 됐을까? 트로이에게 돈을 받지 못한 사반나는 어떻게 했을까? 사반나는 이제 막 자신이 폭로한 조이의 비밀이 정말 심각한 비밀임을 알고 있었던 걸까? 조이에게 돈을 달라고 협박을 했다면, 조이는 돈을 보냈을까? 아마도, 보냈을 것이다.

조이는 머리가 빙글빙글 돌았다. 병원에서 돌아온 조이를 그토록 상냥하게 돌봐준 사반나가 교활한 협박범일 거라고는 도저히 생각할 수 없었다.

"그냥 가져요. 우리가 원하는 건, 당신이 우리 인생에서 사라지는 것뿐이니까."

트로이가 심술궂게 말했다.

"그럴 생각이었어요."

사반나는 일어나 조이가 사준, 크로스오버 끈이 달린 핸드백을 집어 들었다.

"당신들 인생에서 나갈 생각이었다고요. 이건 그저, 일시적인 거였어요."

사반나는 울지 않으려고 참는 것 같은 목소리로 말했다. 조이는 사반나의 감정이 완전히 거짓일 수 있음을, 어쩌면 고의로 택한 다른 사람의 감정일 수 있음을 분명히 알고 있었지만, 마음이 찢어지는 것 같았다.

'그저, 일시적인 거였어요'라니. 저 아이는 평생 저런 식으로 살았던 걸까? 계속 굶주리던 아이에게 델라니 가족은 소리를 질렀고, 무시했고, 도와달라는 요청을 거절했다. 조이는 발로 세게 세탁실을 닫았던 순간을 기억했다. 아이의 얼굴은 기억나지 않았다. 그저 아이의 형태만을 기억할 뿐, 모습은 흐릿했다. 하지만 아이 앞에서 얼마나 잔혹하게 문을 닫았는지는 분명하게 기억하고 있었다.

델라니 가족은 사반나가 배고픈지 몰랐다. 알지 못하는 게 당연했다. 하지만 조이는 늘 자신의 관찰력에 자부심이 있었다. 다시 시간을 돌려 자신이 해야 하는 게 당연하다고 생각하는 일을 모두 해내는 사람이 되고 싶었다. 그 배고픈 아이를 먹이고, 아이의 말을 들어주고, 끔찍한 상황에서 구해주고 싶었다.

"아니, 지금 당장 나갈 필요는……."

조이가 말했다.

"엄마, 지금 당장 나가는 게 맞는 것 같아."

"맞아요. 정말 끝내주는 경험이었어요, 여러분."

사반나가 델라니 남매를 보면서 말했다.

"어디로 갈 거예요?"

에이미가 물었다.

"어디든 가겠지. 돈이 있으니까."

트로이가 에이미의 말을 잘랐다.

"괜찮아요. 언젠가 제 짐을 가지러 올게요."

사반나는 조이를 보며 밝게 웃었고, 다시 한번, 저녁 식사를 마치고 집으로 돌아가는 손님이 되었다.

"와줘서 즐거웠어."

조이는 반사적으로, 하지만 진심으로 말했다. 오늘 저녁이 되기 전까지, 정말로 조이는 사반나 덕분에 즐거웠다. 그것도 완벽하게 즐거웠다.

아주 형편없는 연극에서 누군가 대사를 잊어버리는 바람에 망연하게 서 있는 배우들처럼 모두 자기 자리를 그대로 지킨 채 이 고통스러운 순간을 견뎌내고 있었다. 조이는 어디선가 관객이 기침하는 소리가 들려도 놀랍지 않을 것 같았다.

"정말 미안해요."

사반나가 언제라도 눈물을 떨굴 것 같은 촉촉한 눈으로 갑자기 말했다. 하지만 조이는 그 말이 진심인지 거짓인지 파악할 수 없었다. 사반나가 정말로 미안한 것인지 아닌지를 알 수 있는 시간이 없었다. 왜냐하면 사반나는 재빨리 핸드백 옆을 단호하게 톡톡 두드리더니 벌떡 일어나 스탠처럼, 방에서, 집에서, 무대에서, 떠나가버렸기 때문이다. 사반나는 자신이 처음에 왔을 때 이 집으로 걸어왔던 어두운 밤거리 속으로 사라져버렸다.

Apples Never Fall

47

현재

"그 뒤로는 사반나를 보지 못했어요."

트로이 델라니가 말했다.

"사반나가 돈을 돌려줬나요?"

크리스티나가 물었다. 선임 경사 크리스티나 쿠리는 그녀의 어머니가 말하는 '성마른' 상태에 있었다.

어제는 확보했다고 생각한 시신이 오늘은 사라져버렸다. 통화는 즉시 이루어졌다. *경사님 사건이 아닙니다. 오래전에 사망한 사람의 유골을 찾은 거예요.*

그러니까 그들이 찾은 여자는 적어도 30년 전에 사망했다. 크리스티나가 어른이 되면 경찰이 될지, 해양생물학자가 될지를 놓고 고민하고 있던 어린 시절에 말이다. 도대체 왜 해양생물학자가 된다는 결정을 하지 않은 걸까? 그랬다면 지금 크리스티나는 바닷속을 둥둥 떠다니며 불가사리를 보고 있었을 텐데.

게다가 조이 델라니의 테니스 클럽 멤버 피오나 리드라는 사람이 방금 전에 전화를 하더니, 어제 센트럴역에서 기차에서 내리다가 조이를 봤다는 근사한 소식을 전했다. 조이는 건강하고 힘차 보였고, 자신이 소리쳐 불렀지만, 그 소리를 못 들었는지 쳐다보지 않았다고 했다.

그 사람은 조이 델라니가 아니니까 안 쳐다본 거야, 이 바보 양반아. 크리스티나는 생각했다.

그뿐이 아니었다. 조이가 살아 있음이 느껴진다고 발표한 심령술사도 있었다. 이 사람은 단지 조이는 물이 가까이 있는 곳이나 사막 같은 곳에 갇혀 있다고 했다.

그래도 크리스티나는 범행 동기를 확보했다. 조이 델라니의 담당 미용사 나렐 롱퍼드는 어제 시신이 발견됐다는 뉴스를 듣자마자 경찰에 전화해 수십 년 된 비밀부터, 이제는 사실 우연한 손님이 아님이 밝혀진 델라니 집에 묵었던 젊은 여자가 작년에 폭로한 비밀까지, 고객이 미용사에게 들려준 많은 비밀을 들려주었다.

델라니 남매 가운데 그 누구도 크리스티나에게 말하지 않은 비밀들이었다. 델라니 남매는 그 비밀을 털어놓으면 자신들의 아버지가 나쁜 인상을 받을 것을 알았기에 지금까지 입을 다물고 있는 게 분명했다.

크리스티나는 돈과 성공으로 광을 낸 조이 델라니의 잘생긴 둘째 아들을 뚫어져라 보았다. 분명히 어머니의 사랑을 듬뿍 받는 아들일 테지만, 어리석게도 젊은 여자의 사기에 넘어가 돈을 뜯겼다.

크리스티나와 이든은 트로이의 호화로운 아파트에 와 있었다. 거대한 창문 너머로 보이는 눈이 멀 것처럼 멋진 풍경은 집중하려는 순간에 정신을 홀딱 빼놓는 커다란 음악 소리처럼 짜증을 유발했다. 크리스티나는 자신이 "저 창문 크기 좀 줄일 수 없어요?"라는 말을 내뱉을 것만 같았다.

"사실 돈은 돌려줬습니다. 우편으로 수표를 보내왔죠. 그건 그냥 찢어버렸습니다. 그 돈은 찾지 않을 겁니다."

트로이는 앉은 의자에서 몸을 약간 들썩였다. 크리스티나의 눈에는 1950년대 사무실에서나 썼을 것 같은 부실하고 값싼 의자처럼 보였지만, 이든에게는 분명히 무언가 감명을 준 것이 분명해 보이는 의자였다. 이든은 끊임없이 트로이의 물건을 가리키며, 이게 진짜 그 브랜드 제품인지 아닌지를 묻고 있었다. 도대체 왜 굳이 그런 질문을 하는 걸까? 트로이라는 사람은 무엇이든지 과하게 비용을 지불하는 데서 자부심을 느끼는 것 같은데 말이다. 심지어 돈을 달라는 협박에도.

"물론 부도수표일 수도 있겠지만, 확실하지는 않습니다."

"왜 은행에 확인해보지 않은 거죠?"

크리스티나가 물었다.

"사반나가 떠난 뒤에, 내가 좀 심했다는 생각이 들었거든요."

트로이는 아름답게 손질한 손톱으로 자기 이를 톡톡 두드렸다.

"사반나의 어린 시절은 정말로 끔찍했고, 우리 집에 온 아이에게 우리가 모두 잔인하게 군 건 사실이니까요. 의도하지 않은 거라고 해도요. 게다가, 사반나에 대해 생각하면 할수록, 우리가 정말로 공통점이 많다는 걸 깨달았으니까요."

"공통점이라니, 뭘 말하는 거죠?"

"우리 둘 다, 아버지가 우리가 아닌 해리 하다드를 택했다는 거죠."

트로이는 다 큰 어른이 된 지금은 그런 일이 아무것도 아니라는 인상을 심어주려는 듯이 냉소적으로 웃었지만, 그 의도가 충분히 성공하지는 못해서, 아직도 남아 있는 어린 트로이의 고통이 크리스티나의 눈에는 보였다.

"사반나는 텔레비전에서 해리를 볼 때마다 정말 고통스럽다고 했어요. 내가 느끼는 감정이 바로 그거죠. 나는 그 녀석의 잘난 체하는 얼굴이 화면에 비칠 때마다 채널을 돌려버립니다."

"이건 분명히 해야 할 것 같네요. 가족 중에 아직도 해리 하다드와 연락하는 사람이 있습니까?"

크리스티나가 물었다.

"내가 알기로는 없습니다."

트로이의 얼굴에 불쾌하다는 기색이 역력히 떠올랐다.

"사반나라는 사람도 자신의 오빠와는 연락하지 않는다는 거군요. 당신이 아는 한은?"

"그런 거죠. 자기 오빠하고 연락을 하고 지냈다면, 해리한테 돈을 달라고 했겠죠."

꼭 그런 건 아니지. 크리스티나는 수첩에 '해리 하다드에게 연락할 것'이라고 적었다. 물론 이 사건과 아무 관계가 없을 수도 있고, 유명인들은 회신이 늦을 수도 있었지만, 그래도 검토해볼 필요는 있었다.

"그러니까, 사반나가 떠난 뒤로…… 부모님은 아무 연락을 받지 않으셨나요?"

"사반나가 떠나고 한 달쯤 뒤에 젊은 남녀가 밴을 타고 와서 사반나의 물건을 가져갔어요. 사반나가 부탁했다고 하더군요. 엄마는 두 사람이 '히피' 같았다고 했어요. 두 사람 모두 거의 아무 말도 안 했지만, 왠지 엄마를 무서워하는 것 같았다고 했어요. 사반나가 우리 가족에 대해 어떤 기묘한 이야기를 했을지는 신만이 아시겠죠."

"그걸로 끝이었나요? 다른 연락은 없었고요?"

"내가 아는 한, 없습니다."

트로이는 빠르게 발을 떨었다. 그는 그 발이 다른 사람의 신체인 양 두 손으로 허벅지를 꾹 눌렀다.

"어머니가 하신 일이 밝혀진 뒤에, 분명히 여파가 있었을 것 같은데요. 아마도, 당신 아버지는……."

크리스티나는 말을 멈추고, 나머지는 트로이가 말하기를 기다렸다. 하지만 아무 반응이 없자 직접 문장을 마무리했다.

"화가 나시지 않았을까요? 상처를 받으셨을 것 같은데."

하지만 트로이는 화나 상처 가운데 그 어떤 단어도 택하지 않았다. 신중하게 "그럴 수도 있겠죠"라고만 대답했다.

"어머니가 하신 일을 처음 들었을 때 아버지의 반응은 어떠셨나요? 흥분하셔서, 소리를 지르거나 욕을 하셨나요?"

"아버지는 정말로 화가 날 때는 소리치지 않습니다. 떠나죠. 그냥 걸어 나가는 겁니다. 그게, 아마도…… 아버지의 대응 기제가 아닐까 싶어요."

"어디로 가신 거죠?"

"음, 이번에는 멀리 못 가셨어요. 그냥 걸어갔죠. 집에서 10분 정도 떨어진 곳까지. 그러다 넘어지셨어요. 도로에, 팬 곳에 걸려서요. 슬개골이 탈구되셨죠. 다행히 아는 분이 발견해서 집으로 모셔 왔어요. 본래 무릎이 안 좋았으니…… 정말 상황이 좋지 않았죠."

"그럼 테니스는 못 하시겠네요."

이든이 물었다.

"의사 말이 적어도 6개월은 하면 안 된다고 했어요."

트로이는 무의식적으로 손으로 자기 무릎을 만졌다.

"언제나 의사들 예상보다 빨리 회복했지만요."

"어쨌든 화가 많이 나셨겠어요."

크리스티나가 말했다.

"테니스는 아버지의 인생이니까요."

트로이의 목소리에는 감정이 잔뜩 실려 있었다.

"그럼 어머니도 테니스를 못 하시겠네요."

델라니 부부가 복식 경기를 한다는 이유로 두 사람의 결혼 생활이 정말로 근사하다고 했던 그 많은 사람을 생각하며 크리스티나가 물었다.

"아, 어머니는 혼자서도 시합을 하시기 시작했어요."

"아버지 없이요?"

"어머니는 10대 때 최상위 단식 선수였으니까요. 불과 열네 살 때 처음으로 오스트레일리아 전국 대회에 나가셨어요. 거기서 누굴 이겼는지 아십니까? 마거릿……."

"아, 알겠습니다."

망각에 빠져 단식 선수였던 어머니를 그리워하는 듯한 트로이가 조이 델라니의 모든 이력을 읊기 전에 크리스티나가 끼어들었다.

"그러니까 당신 아버지가 사랑하는 운동도 못 하고, 아무 일도 할 수 없는 채로 집에 갇혀 있을 때 어머니는 혼자서 테니스를 하러 갔으니, 아버지로서는 배신감을 느꼈겠네요. 그렇게 행복한 가정이라고 할 수는 없을 것 같은데요?"

"그건 아니라고 생각하지만, 잘 모르겠군요. 나도 내 삶을 사느라 바쁘니까요."

트로이는 잠깐 천장을 보다가 다시 크리스티나를 보았다.

"모든 게 정상으로 돌아갔다고 생각했는데, 그게…….

트로이는 말을 멈추고, 자신도 모르게 침을 꿀꺽 삼켰다.

"크리스마스 때, 내 생각에는, 조금 충격이었죠. 내가 이런 생각을 할 거라고는……."

트로이는 다시 입을 다물었고, 크리스티나는 입을 악물었다. 지금까지 트로이는 잡지 기자와 인터뷰를 하는 성공한 남자처럼 편안하고 느긋한 태도로 크리스티나의 질문에 대답하고 있었다. 하지만 이제 허세는 사라졌다. 크리스티나는 트로이가 입고 있는 멋진 리넨 셔츠를 움켜잡고 소리치고 싶었다. 그냥 말하라고! 너희 아버지가 했잖아! 너희 아버지가 한 짓이란 거, 알고 있단 말이야!

트로이는 기도하는 사람처럼 손가락을 깍지 꼈다.

"그런 생각을 한 건, 내 평생 처음이었습니다."

트로이는 구원이 간절한 사람 같은 표정을 짓고 있었다.

"무슨 생각 말이죠?"

크리스티나가 목소리에 권위를 실어 물었다.

"우리 부모님이 서로를 미워하는 게 아닌가 하는 생각이요."

트로이는 다시 찬란한 풍경이 보이는 항구로 고개를 돌렸다.

"그러니까, 서로 미워한 거죠. 서로 미워한 거예요."

Apples Never Fall

48

"크리스마스에 있었던 일을 경찰에 말했어."

"그게 무슨 말이야? 크리스마스에는 아무 일도 없었어."

"이런, 제발, 브룩."

"엄마 실종이랑 관계가 있는 일은 없었단 말이야."

저온에서 장시간 요리한 양고기 캐서롤을 가지고 델라니 집으로 가던 제이콥 아지노빅은 크고 선명한 목소리를 들었다.

제이콥의 어머니는 아들이 운전할 때는 전혀 들을 수 없지만, 어머니가 운전할 때는 분명히 들린다고 주장하는 '삐삐' 소리의 원인을 찾으려고 자동차를 살펴보고 있는 아들을 부르더니 양고기 캐서롤을 내밀면서 "이것 좀 스탠 델라니에게 가져다주고 와"라고 했다.

"이걸 왜 내가 가져다줘?"

제이콥은 거부했다. 그러니까 어머니가 제이콥을 부른 진짜 이유는 이거였다. 길 건너에 사는 남자에게 캐서롤을 가져다주라는 것.

"제이콥, 스탠이 자기 아내를 죽인 살인자일 수도 있잖아."

"그렇게 생각하면서 스탠에게 줄 요리는 왜 한 건데?"

"그거야, 유죄인 게 확실해지기 전까지는 무죄니까 그렇지. 너희 아빠가 죽은 뒤로 나한테 얼마나 잘해줬는지 알아? 조이도 내가 스탠한테 먹을 걸 챙겨주길 바랄 거야."

"스탠이 조이를 죽이지 않았을 때나 그렇겠지."

대답은 그렇게 했지만, 눈물이 고이는 어머니의 눈을 보고 제이콥은 한숨을 쉬면서 양고기 캐서롤을 받아 들고 집을 나섰다.

"하지만 혹시 몰라서, 조금 오래 끓였어."

제이콥의 어머니가 큰 소리로 말했다.

델라니 집으로 가 현관문을 두드렸지만, 아무도 대답하지 않았다. 하지만 진입로에 차가 많이 서 있었기에 제이콥은 캐서롤 냄비를 들고 델라니 집의 옆쪽으로 돌아갔다.

델라니 남매들은 모두 뒤쪽 베란다에 있는 탁자에 둘러앉아 활기찬 목소리로 떠들고 있었다. 네 사람을 보는 순간 제이콥은 어렸을 때 델라니 네 아이들이 함께 모여 있는 모습을 볼 때면 느꼈던 외경심에 가까운 두려움과 불안함을 느꼈다. 델라니 남매들에게는 매혹적인 폭력성이 있었다. 델라니 남매들은 언제라도 폭발해서 격렬하게 전투를 벌일 수 있었다.

"이제는 사반나에 대해서 모두 알잖아."

트로이가 말했다. 트로이의 풍성하고 짙은 머리카락은 마치 손가락으로 쓸어내린 것 같았다. 트로이는 제이콥이 처음으로 사랑했던 소년이었다. 그가 처음으로 경험한 바람둥이 이성애자였다.

"이미 그 사람들은 엄마와 아빠가 왜 싸웠는지 알아. 아빠한테 범행 동기가 있다는 걸 안다고."

제이콥은 자신이 있음을 알리려고 헛기침을 하고 캐서롤을 고쳐 들었다. 팔뚝으로 지탱하고 있는 냄비가 너무 뜨거웠다.

"'범행 동기'라고 말하지 마. 범행 동기 같은 건 없으니까. 오빠가 사반나 이야기를 했어? 해리 하다드하고는 전혀 관계가 없는 일이라는 데 우리 모두 동의한 줄 알았는데?"

"아니, 나는 동의라는 걸 한 적이 없는데? 하지만 나는 아니야. 엄마가 머리를 하는 미용사가 말했대. 지금, 그 사람들은 해리한테 연락해볼 거야."

"해리가 무슨 말을 할 수 있지? 사반나는 해리랑 연락하지 않는다며."

로건이 손가락 관절로 눈을 문지르면서 말했다.

"엄마일 거라고 생각했어? 시신을 찾았다는 뉴스를 들었을 때?"

에이미가 마치 꿈을 꾸는 듯한 목소리로 말했다.

이런, 이건 제이콥이 들어야 할 내용이 아니었다. 하지만 델라니 남매는 그 누구도 제이콥의 존재를 눈치채지 못했다.

"안녕, 친구들."

제이콥의 목소리가 갈라졌다. 하지만 입에서는 충분히 큰 소리가 흘러나오지 않았다. 델라니 가족이 모두 함께 있을 때는 어마어마하게 크게 말해야 한다는 사실을 깜박했다.

"당연히 아니라고 생각했지. 고민할 것도 없었어. 엄마는 아무 문제 없어."

로건이 말했다.

"하지만 너무 오래 소식이 없잖아. 너무 오래 나가 있는 거라고. '엄마는 다 계획이 있다'는 가설을 이제는 폐기할 때가 됐어."

트로이가 말했다.

"우리가 할 일은 아빠를 돕는 것뿐이야."

"아빠가 엄마를 죽인 거라면, 그럴 수 없어."

브룩의 말에 트로이가 반박했다.

"쉿!"

브룩이 델라니 집의 뒷문을 가리키며 황급히 말했다. 스탠이 집에 있는 게 분명했다.

"그런 소리 하지 마. 사람들에게 오빠가 의심이든 뭐든, 이상한 생각을 하고 있다는 느낌을 갖게 하지 말란 말이야. 사람들이 온라인에 올라온 우리 사진을 가지고, 몸짓 언어까지 분석한다고 난리야. 기자회견장에서 오빠랑 언니가 아빠한테서 멀찌감치 떨어져 있었잖아. 그게 얼마나 안 좋게 작용했는지 알아?"

"나, 아빠한테서 떨어져 있던 거 아니야. 그냥 어지러웠던 것뿐이야. 쓰러지는 줄 알았어."

에이미가 말했다.

"그렇게 남들 시선이 신경 쓰였으면, 어떻게 하든 아빠를 수색대에 끌고 나왔어야지."

트로이가 말했다.

"아빠는 시간 낭비라고 생각했단 말이야. 엄마는 지역 의회에 거기에 자전거 도로를 만드는 건 틀렸다는 편지를 썼으니까. 그 편지를 의회가 무시한 걸 절대로 용서하지 않았으니까. 아빠는 엄마가 그 숲으로 절대로 자전거를 타고 들어가지 않았을 거라고 했어."

"엄마는 의회에서 조언을 받아들이지 않으면 정말로 화를 냈지."

에이미가 자기 견해를 밝혔다.

"너는, 엄마 걱정을 하기는 하는 거야?"

트로이가 갑자기 브룩을 쳐다보았고, 트로이의 얼굴에 떠오른 분노 때문에 제이콥은 움찔했다.

"당연히 브룩도 걱정하고 있어. 동생한테 심술부리지 마."

에이미가 말했다.

"당연히 엄마 때문에 걱정돼 죽을 것 같다고."

브룩이 입을 앙다물고 말했다. 트로이의 분노 앞에서도 조금도 겁을 먹은 것 같지 않았다.

"그 망할 변호사 찾는 일이 더 걱정인 것 같은데."

"만약을 대비하는 거야. 아빠는 변호사를 원하지도 않아."

로건이 트로이에게 말했다.

"만약이라니? 아빠가 살인자일 경우를 대비하자는 거야?"

트로이가 소리쳤다.

제이콥은 그대로 얼어버렸고, 손에 든 냄비가 자꾸 미끄러져 내렸다.

"나한테도 엄마라고."

브룩이 거친 소리를 내뱉으면서 주먹으로 탁자를 내려쳤고, 로건이 옆으로 엎어지려는 탁자를 잡아 세웠다.

"1년에 반은 미국에서 살고, 몇 주일씩 엄마한테 전화도 안 하는 게 누군데."

"전화는 계속해."

"아니, 안 해."

"음, 사실, 우리 모두 엄마한테 최근에는 전화 안 했잖아."

에이미가 중얼거렸고, 로건이 무겁게 한숨을 쉬면서 "이런 싸움은 아무 도움이 안 돼"라고 말했다.

갑자기 트로이가 벌떡 일어났다. 그리고 잔디밭 위에 얼간이처럼 서 있는 제이콥을 보고는 다시 펄쩍 뛰었다.

"안녕, 제이콥."

"미안. 방해할 생각은 없었는데. 엄마가 이거, 너희 아버지한테 갖다드리라고 하셔서."

바보처럼 대답하면서 제이콥은 증거로 냄비를 앞으로 내밀었고, 그 바람에 냄비 뚜껑이 떨어질 것처럼 흔들거렸다. 우리 엄마가 너희 아빠가 살인자일 수도 있으니까, 캐서롤을 조금 과하게 익혔대.

"우아."

트로이가 베란다에서 내려와 제이콥에게서 냄비를 받아 들었다.

"정말 친절하시네. 어머니한테 고맙다고 전해줘."

"내가 가서 아빠 모셔 올게. 우리도 여기서 아빠가 끝날 때까지 기다리고 있었어. 아빠는, 어, 욕실을 페인트로 칠하고 있거든."

에이미가 말했다.

"본래 다 그런 거잖아. 아내가 실종됐을 때가 집을 고치기 가장 좋은 시기니까."

캐서롤 냄비를 럭비공처럼 팔에 낀 트로이가 말했다.

"제발, 트로이."

로건이 이를 앙다문 채 말했다.

"아니, 굳이 그럴 거 없어. 그냥 전해주면 될 것 같아."

제이콥은 재빨리 뒤로 물러났다.

"곧, 음, 좋은 소식이 왔으면 좋겠다."

제이콥은 두 손가락을 굳게 교차한 손을 들어 올렸다. 바보처럼.

델라니 네 남매는 아주 무거운 표정으로 제이콥을 쳐다보았다. 그 누구도 곧 좋은 소식이 오리라는 기대를 품고 있지 않은 것만 같았다. 네 사람 모두 곧 시작할 장례식을 기다리는 사람 같았다.

크리스마스에 델라니 집에서 무슨 일이 있었길래, 저 남매들이 경찰에 해야 할 이야기라느니 아니라느니 하며 싸우는 걸까? 어머니의 집으로 걸어가면서 제이콥은 궁금했다. 크리스마스에 제이콥도 어머니 집에 있었다. 하지만 건너편 집에서 이상한 소리를 듣거나 이상한 장면을 본 기억은 없었다.

갑자기, 오래전에 크리스마스에 있었던 일이 생각났다. 제이콥이 열 살인가 열한 살 때였고, 늦은 오후에 델라니 집에서 크리스마스 선물로 받은 다양한 테니스용품을 빨리 써보고 싶었던 델라니 남매의 복식 시합에서 그는 심판을 봐야 했다.

"끔찍한 우리 아이들한테 이용당하면 안 돼, 제이콥!"

조이가 소리쳤지만, 제이콥은 델라니 남매 시합에서 심판을 보는 일이 좋았다. 제이콥은 아빠가 스포츠광이었고, 자신 역시 스포츠광이었기에 테니스 규칙은 모두 알았다. 코트를 내려다보면서 모든 실수를 찾아낼 수 있는 높은 심판석에 앉아 있으면 마치 강력한 힘을 발휘하는 신이 된 것 같았다. 제이콥이 텔레비전에서 본 심판을 흉내 내며 묵직하고 커다란 소리를 내질러도 델라니 남매는 결코 제이콥을 놀리지 않았다. 네 사람은 제이콥의 노력을 인정해주었다.

그날 시합은 로건과 브룩이 한 팀이었고, 트로이와 에이미가 한 팀이었다. 공정한 시합이 될 수 없는 팀 편성 같았지만, 사실 두 팀은 대등하게 겨룰 수 있었다. 브룩은 분명히 재능이 뛰어났지만, 아직은 작은 아이일 뿐이었고, 에이미는 믿기 힘들 정도로 놀라운 기량을 발휘하는 10대 선수였지만, 걸출함 사이에 바보짓을 하는 트로이 때문에 점수를 내기 힘들었고, 두 사람이 맞서야 하는 상대는 열네 살 때 이미 엄청난 힘과 속도로 코트를 작아 보이게 만든 로건이었기 때문이다.

네 남매는 제이콥의 아버지가 저녁 먹으라고 제이콥을 데리러 올 때까지도 계속 시합을 했고, 제이콥의 아버지는, 당연히 제이콥의 아버지였기 때문에 집으로 돌아가지 못하고 아이들 시합에 잡히고 말았다. 조이와 스탠이 피크닉 의자를 가져왔고, 델라니 가족의 두 할머니는 진토닉과 담배를 들고 하이힐 위에서 비틀거리며 걸어 다녔다. 스탠이 제이콥의 아버지에게 맥주를 주었고, 하늘은 분홍색으로 변했고, 네 아이는 인생이 걸린 싸움을 하고 있는 것처럼 테니스 시합을 했다.

어떤 팀이 이겼는지는 기억이 나지 않았다. 그저 네 아이의 열정과 재능만을 기억했다. 지금도 제이콥은 스포츠가 되었건 뮤지컬이 되었건 간에 분야에 상관없이 열정과 재능을 동시에 볼 수 있는 순간을 사랑했다. 어른들은 아이들에게 경의를 표하며 조용히 시합을 지켜보다가 결과가 나오면 그랜드슬램을 달성한 것처럼 찬사를 보냈다. 델라니 아이들은 칭찬을 먹고 자랐다. 델라니 아이들은 허공을 향해 주먹질을 하고, 기뻐서 함성을 지르고, 무릎을 꿇고 땅에 주저앉았다. 제이콥은 자신이 아주 중요하고 의미 있는 무언가의 일부가 된 것만 같았다.

"정말 놀라운 가족이야. 우리 제이콥은 일류 심판이고."

차갑게 식은 저녁 식사와 잔뜩 화가 난 아내가 기다리는 집으로 가려고 길을 건너면서 제이콥의 아버지는 경탄했다.

그때 제이콥은 다른 사람의 아이들이 뒤뜰에 있는 테니스 코트에서 하는 경쟁을 보면서 이토록 즐거워할 수 있는 남자는, 운동신경은 없지만 이미 자신에게 있는 학업 성적이 뛰어난 아이 두 명보다 운동이 뛰어난 아이가 최소한 한 명이 있는 편을 훨씬 더 선호하리라는 생각이 들었다. 그날 아버지가 한 말의 의미를 34년이라는 세월이 지난 지금에야 이해하게 된 것이다.

우리 제이콥은 일류 심판이야.

아버지의 슬픔을 이해하는 순간, 제이콥의 기억은 이제 막 그 소식을 들은 사람처럼 제이콥을 강타했다. 제이콥이 여전히 양고기 캐서롤 냄새가 나는 손등으로 입을 꾹 눌렀을 때, 작은 흰색 나비가 제이콥의 뺨에 닿을 만큼 가까이 다가와 펄럭거리며 날았다. 제이콥의 어머니는 나비를 볼 때마다 아버지가 인사를 하려고 오는 것이라고 했다. 그 생각은 충분히 위로가 되었다. 숲이 우거진 교외에는 나비가 정말 많았으니까.

안녕, 아빠. 제이콥은 생각했다. 제이콥은 나비가 아버지라고 생각하지는 않았지만, 여전히 인사는 했다. 혹시 모르니까. 제이콥은 나비가 어머니의 집 현관으로 날아가는 모습을 지켜보았다. 처마 밑에서 한참을 맴돌던 나비는 바로 옆에 있는 작은 금속 받침대로 날아갔다. 평상시에는 어머니가 보안 카메라를 놓아두는 곳이었다. 받침대는 몇 주 전에 폭풍우가 실어 온 우박 때문에 부서졌다.

아, 알았어. 아빠. 상기시켜줘서 고마워. 고쳐놓을게. 내가 가서……. 그러다 제이콥은 우뚝 멈춰 섰다. 몸을 돌려 델라니의 집을 보았고, 저 높은 곳에서 모든 것을 내려다보는 카메라가 어떤 실수를 목격했을지 궁금해졌다.

49

크리스마스

"이렇게 기이한 산타는 한 번도 본 적이 없어."

트로이가 에이미에게 말했다.

두 사람은 부모님의 거실에서 3인용 짙은 갈색 가죽 소파에 나란히 앉아 샴페인을 마시며 커피 탁자 위에서 '산타클로스 록'에 맞춰 엉덩이를 빙글빙글 돌리고 있는 작은 산타클로스를 보고 있었다.

"나를 보고 음흉하게 웃고 있어."

에이미가 말했다.

"끄지 말고 둬. 내가 엄마한테 재도 좀 쉬어야 하지 않냐니까, 흥을 깨지 말라고 하던데."

로건이 전구를 갈려고 전등 밑에 사다리를 놓으면서 말했다.

오늘은 사반나를 마지막으로 본 10월 이후로 가족이 처음으로 모두 모이는 날이자, 아주 오랜만에 배우자도, 애인도, 우연히 찾아온 친구도, 친척도 하나 없이 오직 직계가족만이 모이는 크리스마스였다. 사실은 낯선 사람이 아닌 것으로 밝혀지는 낯선 사람도 함께하지 않았다.

'사실 이번이 델라니 가족만이 맞이하는 첫 번째 크리스마스지'라고 텅 빈(극단적으로 텅 빈) 위장에 두 번째 샴페인을 단숨에 털어 넣으며 에이미는 생각했다. 에이미가 어렸을 때는 늘 두 할머니가 크리스마스 만찬을 함께했고, 칭찬이지만 사실은 수동적인 공격이었던 말들이 계속 식탁 위를 재빠르게 오고 갔다.

축제를 여는 목적은 당연히 관중을 위해서인 것처럼 다른 사람이 없으니 크리스마스를 축하하는 일이 의미가 없게 느껴졌다. 무엇 때문에 굳이 이 귀찮은 일을 해야 하는 거지? 델라니 가족은 그 누구도 교인이 아니었고, 산타클로스 때문에 흥분하고 기뻐할 아이들도 없는데?

하지만 에이미의 엄마는 이번 크리스마스를 델라니 가족사에서 가장 멋진 크리스마스로 만들어야 한다는 절체절명의 사명에 사로잡혀 있는 것 같았다. 엄마는 안 그래도 어수선한 집에 엄청난 양의 크리스마스 장식품을 새로 사들였다. 창턱에는 긴 반짝이 장식을 되는대로 마구 매달아놓았고, 선수 사인을 받은 테니스공 상자들 위에는 웃고 있는 똑같은 눈사람들을 쭉 올려놓았다. 테니스 트로피들 한가운데에는 예수 탄생도를 쑤셔 넣어서, 번더버그 시니어 혼합 복식 우승 트로피가 깜짝 놀라는 아기 예수의 얼굴을 반시해 에이미에게 보여주고 있었다. 문손잡이마다 장식용 방울이 매달려 있었고, 욕실에는 순록 모양의 비누가 놓여 있었고, 슈테피의 목에는 황금색 방울이 달려 있었다. 슈테피는 그 방울이 짜증 나는 게 분명했다. 지금, 슈테피는 커피 탁자 밑에서 두 발 사이에 얼굴을 묻고 "트로이에게, 사랑을 담아, 엄마와 아빠가"라고 쓴 쪽지가 그대로 붙어 있는 포장지를 침울하게 우적우적 먹고 있었다.

엄마는 새로 산 빨간색 드레스를 입고 반짝이는 크리스마스트리 귀걸이를 하고서 주방을 종횡무진하며 엄마의 능력에는 벅찰 것이 분명한 엄청나게 정교하고 치밀한 만찬을 준비하고 있었다. 엄마는 그 누구도, 그 무엇도 도울 생각을 하면 안 된다고 했다. 몸과 술 말고는 그 무엇도 가져오면 안 된다고 했다. 왜냐하면 델라니 남매는 '자기 삶을 제대로 살아가기도 바쁜 사람들'이니까. 에이미는 "나는 내 삶을 제대로 살아가느라 바쁜 사람이 절대로 아니야"라고 항의했지만, 엄마는 브라우니조차도 만들어 오면 안 된다고 했다.

세 시간 전에 도착했을 때, 그들은 엄마에게서 거실에 있으라는 명령을 들었다. 그저 앉아서 쉬고 있으라는 명령을 들었다. 이건 정말로 극단적으로 스트레스를 느낄 수밖에 없는 상황이었다.

"왜 오늘은 어린 친구를 데려오지 않았어?"

트로이가 에이미의 머리카락에 붙은 빨간색 장식 조각을 떼어내면서 말했다. 트로이의 광대뼈에는 황금색 반짝이가 붙어 있었지만 에이미는 아무 내색도 하지 않았다. 트로이에게 어울렸기 때문이다. 반짝이를 붙인 트로이는 록스타 같았다.

"그냥 친구라니까."

"물론 그렇겠지."

에이미의 말에 트로이가 대답했다.

사이먼의 부모님은 시골에서, 아주 끔찍한 주거지 가운데 하나인 목장에서 살았고, 사이먼은 크리스마스 휴가 동안 부모님과 함께 지내려고 시골로 내려갔다. 사이먼은 에이미에게 함께 가자고 했지만, 크리스마스 때 사이먼의 가족을 만나는 것은 사이먼에게 에이미가 평범한 여자 친구라는 인상을 심어줄 게 분명한 데다 끝도 없이 펼쳐질 공간을 상상하는 것만으로도 공황 발작을 일으킬 것 같아서 거절했다.

"꼭 누군가를 잃어버린 것 같아."

트로이는 불만 가득한 얼굴로 샴페인 잔을 꼭 잡고서 주위를 둘러보았다.

"크리스마스 같지 않아. 이 끔찍한 것들이 잔뜩 있는데도."

트로이는 크리스마스 장식을 가리키며 말했다.

"맞아. 나도 방금 같은 생각을 했어. 계속 사라진 사람을 찾고 있었다니까."

"인디라가 사라졌기 때문일 거야. 인디라가 그리워."

트로이가 말했다.

"나도 그래."

에이미가 말했다. 인디라는 크리스마스를 축하하던 어린 시절을 경험한 적이 없었기에 크리스마스에 관해 어떤 특별한 규칙이나 기대도, 부담도 없이 늘 아주 멋진 크리스마스 손님이 되어주었다. 인디라는 살짝 취할 때면 아름답게 캐럴을 불렀다. 델라니 가족은 그 누구도 음을 제대로 낼 수 없었기에 인디라가 캐럴을 부를 때면 모두 열렬하게 감탄사를 내뱉었다. 게다가 인디라라면 벌써 주방에 들어가 엄마를 도울 방법을 찾아냈을 것이 분명했다.

"들었어? 형 여자 친구가 그렇다고!"

트로이가 거실 한가운데 있는 로건에게 소리쳤다.

더는 불이 들어오지 않는 전구를 빼고 있던 로건은 동생의 말을 무시했다.

"인디라를 다시 데려와! 명령이다, 이 소작농아!"

어린 델라니 남매들이 가장 좋아했던 놀이 가운데 하나가 세 아이가 모두 에이미의 '소작농'이 되는 거였다. 음, 어쨌거나 에이미가 가장 좋아하는 놀이이기는 했다. 아이들은 모두 에이미의 명령에 따랐고, 에이미가 가져오라는 물건을 모두 가져왔다. 동생들에게 그런 힘을 발휘할 수 있었을 때가 있었다니, 믿기지 않았다. 에이미는 브룩이 얌전하게 언니의 침대를 정리하는 모습을 보면서 달콤하고도 속이 울렁거리는 권력의 맛을 느꼈던 순간을 기억했다.

로건은 반응하지 않았다. 여왕 에이미의 힘은 예전에 사라졌다.

트로이가 목소리를 낮추어 말했다.

"하지만 그랜트는 그립지 않아."

"그래도 나는 그랜트가 해주는 구운 감자 먹고 싶어."

에이미가 대답했다.

"구운 감자에 자부심이 대단했지."

트로이가 말했다.

"그럴 만했으니까. 봐봐, 브룩이 이제……."

"다 들려."

소파 옆에 깐 자주색 꽃무늬 카펫 위에서 등을 바닥에 대고 프레츨처럼 괴상하게 몸을 꼬고 스트레칭을 하고 있던 브룩이 말했다. 브룩은 엄마를 기쁘게 해주려고 서머드레스를 입고 왔고, 엄마는 "와, 예쁘다. 하지만 오늘은 사랑스러운 녹색 드레스를 입고 올 줄 알았는데"라고 말했다. 에이미도 엄마가 제시한 색상 코드를 맞추려고 녹색 빈티지 미니스커트와 빨간색 민소매 옷을 입고 왔는데 엄마는 "세상에나, 너 갱스터의 여자 친구 같아"라고 했다. 아들들은 늘 입던 옷을 입고 왔고, 엄마는 아들들에게 멋져 보인다고 했다.

"소작농이 감히, 몰래 엿듣다니."

에이미가 발로 동생을 쿡 찌르면서 말했다.

"혁명이 일어난 걸 잊은 모양이군. 이제 우리는 더는 언니의 소작농이 아니야."

브룩은 두 다리의 햄스트링을 번갈아 늘렸다.

브룩은 다시 브룩으로 돌아와 있었다. 그게 바로 에이미가 하려던 말이었다. 브룩이 이제 다시 브룩으로 돌아온 거 보여? 브룩은 다시 이런저런 요가 자세를 하면서 바닥에서 스트레칭을 했다. 웃을 때면 콧방귀를 뀌었다. 이제 〈베첼러〉 같은 저급한 프로그램에 관해서도 말했다. 심지어 키가 더 커 보이기도 했다. 어쩌면 무의식적으로 그랜트 때문에 등을 구부리고 다녔는지도 몰랐다. 엄마는 "딸들아, 남자 때문에 구부정하게 걷지 말란 말이야!"라고 했었는데, 정말 맞는 말이었다.

브룩은 일어나 앉았고, 드레스가 무릎 위로 말려 올라갔다.

"엉덩이로 기어라! 귀여워져라! 본래 귀여웠잖느냐!"

에이미가 명령했다.

"브룩이야 지금도 귀엽지."

트로이가 말했다.

브룩은 엉덩이로 카펫을 밀며 앞으로 나가려고 했지만, 몸이 움직이지 않았다.

"카펫 때문에 엉덩이에 불나겠어."

브룩은 난조로운 카펫 위에 두 손을 짚었다.

"아빠가 죽으면, 엄마가 얼마나 빨리 이 카펫을 치워버릴 것 같아?"

"아빠 몸이 채 식기도 전에 버릴 거야."

트로이가 말했고, 에이미가 부르르 떨었다.

"너무 끔찍하다."

“엄마는 사람들을 불러서 치워야 할 거야. 생각해봐. 여기에 아름다운 마루를 깔면 얼마나 근사할지.”

트로이가 말했다.

“아빠는 늘 이걸 찢어버리면 정말 행복할 거라고 말하잖아. 하지만 내가 찢어서 버려주겠다고 할 때마다 마지막에 생각을 바꿨어.”

로건이 말했다.

“그거야, 할머니가 이걸 정말로 자랑스러워했으니까. 할머니랑 아빠는 이 거실을 좋은 방이라고 불렀잖아. 아빠의 아버지가 떠난 뒤에, 할머니는 이 카펫을 사려고 오래 일했다고 하잖아. 이 색이 정말 고급스럽다고 생각하셨고.”

에이미가 말했다.

“할머니가 이 색을 골랐지. 어떻게 이런 색을 고를 수가 있을까?”

브룩이 놀랍다는 듯이 말하며 다리를 브이자로 넓게 벌리고 끔찍한 카펫 위에 이마를 댔다.

“아우. 그거, 하지 마.”

에이미가 부르르 떨었다.

“다들, 스트레칭을 좀 더 많이 해야 한다니까. 아, 근데 내가 농구팀에 들어갔다고 말했던가?”

브룩이 여전히 이마를 카펫에 대고 말했다.

“그래?”

사다리 위에서 로건이 말했다.

“새로 운동을 좀 해야겠더라고.”

브룩이 여전히 같은 자세를 유지한 채 말했다.

에이미와 두 형제는 재빨리 시선을 교환했다. 이 세상에 테니스만한 운동 종목은 있을 수 없었다.

"항상 팀 스포츠를 했으면 어땠을까 하는 생각을 했어. 테니스는 외롭잖아."

트로이가 말했다.

"너야, 대단한 팀 플레이어니까."

로건이 말했다.

"나, 농구 잘해."

브룩이 말했다.

"당연히 그렇겠지."

에이미가 대답했다.

주방에서 불길하게 달그락거리다가 세게 부딪치는 소리가 났다.

"엄마, 우리가 도와줘야 하지 않을까? 정말 배고파!"

몸을 더 숙였기 때문에 브룩의 목소리는 카펫에 묻혔다.

"맞아. 이제 정말로 기절할 것 같아."

트로이가 손등을 이마에 대며 말했다.

"아까 주방으로 들어갔을 때, 엄마가 소리치던데. 지금 우리가 피자를 주문하면, 엄마가 알아챌까?"

로건이 사다리에서 훌쩍 뛰어내리면서 말했다.

"내가 아까 칠면조가 다 됐는지 보려고 오븐을 열었거든. 엄마가 내 등짝을 후려쳤어."

발게진 얼굴로 똑바로 앉은 브룩이 말했다.

"정말로 쳤다니까. 어, 오빠 얼굴에 반짝이 묻었다."

브룩이 트로이를 가리키면서 말했다.

"그냥 둬. 근사해 보여."

에이미가 말했다.

"아빠는 뭐 해?"

브룩이 물었다.

"아빠 사무실에 있어. 아마, 해리 시합을 다시 보고 있을 거야."

에이미가 대답했다. 에이미가 문가에서 들여다봤을 때 아빠는 고개를 숙이고 거대한 어깨를 구부정하게 웅크린 채 도대체 왜 필기를 하는지는 신만이 아실 목적을 가지고 무언가를 쓰고 있었다.

"사랑하는 가족과 함께 보내는 크리스마스라니, 정말 기쁘겠네."

"해리가 복귀해서 그래. 아빠가 해리한테는 강박증이 있잖아."

트로이의 말에 에이미가 대답했다.

"왠지 더 심해진 것 같아. 엄마가 한 일을 알게 돼서 그럴 거야."

로건이 말했다.

"맞아. 아빠는 엄마가 자신의 황금 소년을 쫓아버린 일을 영원히 용서하지 않을 거야."

별일 아니라는 듯이 말한 트로이는 샴페인을 다시 따르고, 샴페인 잔을 들어 전등 불빛에 비췄다.

"엄마, 아빠는 서로 말도 하지 않아. 서로를 쳐다보지도 않는걸."

브룩이 말했다.

"속상해."

에이미는 말했고, 크리스마스에 부모님이 서로 말을 하지 않을 때면 누구나 그렇듯이 무심한 말투로 말했다고 생각했지만, 자신의 말에 형제들이 몸을 바로 세우고 긴장했음을 느낄 수 있었다. 세 형제는 서로를 쳐다보았다. 말로는 표현하지 않은 경고를 공유했다.

에이미가 자살 충동을 느꼈던 해부터 쭉 그랬다. 그때 에이미는 열네 살이었다. 열네 살은 누구나 자살을 생각하는 나이다. 문제는 에이미가 가족 모두에게 가슴이 찢어지는 절절한 편지를 남겼다는 것이고, 그 편지가 발견됐다는 것이고, 대대적으로 놀림을 받은 뒤 절대로 잊히지 않게 되었다는 것이다. 브룩은 지금도 언니가 자신에게 쓴 편지를 '파일'에 보관하고 있다고 했다. 정말 고통스러운 일이었다. (그 편지에서 에이미는 '멜랑콜리'의 철자를 잘못 썼다.) 여기에 형제이기 때문에 겪어야 하는 모순이 있었다. 이미 써놓은 유서에 대해서는 감상적이라고, 철자를 잘못 썼다고 놀릴 수는 있지만, 새로운 유서를 받을 수도 있다는 생각에 두려워하는 것이다.

"그런 일 때문에 속상해하면 안 돼."

에이미가 다리 난간 위를 걷고 있기라도 한 것처럼 브룩이 조심스럽게 말했다.

"내가 자살을 한다는 게 아니라, 그냥 속상하다는 거야."

에이미의 날카로운 반응에 브룩이 두 손을 번쩍 들어 올렸다.

"알았어."

"내가 열 살인 줄 알아? 두 분이 이혼하신대도 상관없어."

물론 생각만으로도 견딜 수 없었다. 부모님이 다른 집에서 다른 머리 스타일을 하고 다른 취미를 즐기면서, 새로운 사람을 만난다고? 부모님이 이혼한다면 어른인 에이미는 열 살인 에이미가 느끼는 것과 똑같은 감정을 느낄 것이 분명했다.

"엄마, 아빠는, 이혼하기에는 너무 나이가 많아. 이혼해서 좋을 게 뭐 있어?"

브룩이 말했다.

"그렇게 나이가 많은 건 아냐. 충분히 이혼할 수 있지."

로건이 말했다.

"이런, 크리스마스 선물로 부부 상담권을 줄 걸 그랬어."

트로이가 생각에 잠긴 듯이 말했다.

트로이는 엄마에게 자전거를 선물했다. 금색 종이로 완벽하게 포장을 해 왔지만, 그건 누가 봐도 자전거였다. 선물을 들고 들어오는 트로이를 보면서 엄마는 두 손을 가슴에 얹고 "자전거구나! 내가 자전거 갖고 싶은 거 어떻게 알았니?"라고 말했다. 어떤 방법을 쓰는지는 몰랐지만, 트로이는 사람들이 원하는 걸 정확하게 알았다.

"뭐든 먹어야겠어. 브룩, 가서 엄마한테 편두통 때문에 뭘 좀 먹어야겠다고 말해봐."

에이미가 말했다.

"언니가 가서 공황장애가 올 것 같으니까, 뭐 좀 먹겠다고 해."

브룩이 응수했다.

"형이 배고프다고 해. 로건 형이 배고픈 걸, 엄마는 못 참잖아."

트로이가 말했다.

"벌써 한 시간 전에 엄마한테 말해봤어."

로건이 대답했다.

"클레어는 요즘 어때?"

슈테피의 부드러운 귀를 토닥이면서 에이미가 물었다. 트로이의 전 아내는 얼린 배아로 임신을 하려고 오스트레일리아로 돌아와 있었고, 일단 첫 번째 시술은 실패했다.

"지금은 쉬고 있고, 내년에 다시 시도해본대. 아직 네 개가 남았으니까."

트로이가 대답했다.

"너는, 클레어가 임신하면 좋겠어? 안 했으면 좋겠어?"

"클레어를 생각하면 했으면 좋겠고, 나를 생각하면 안 했으면 좋겠지. 그 녀석이 내 생물학적 아이를 기르는 건 정말로 싫거든."

트로이는 잠시 멈추었다가 말했다.

"내가 만났었다고 했었나?"

"그 심장 전문의? 어떤 사람이야?"

브룩이 물었다.

세 사람은 트로이의 대답을 기다리며 트로이를 쳐다보았다. 트로이가 한 많은 실수에 세 사람이 퍼부은 비난에도 불구하고, 이런 순간이면 갑자기, 신비롭게도 형제들은 가능한 한 아주 가까워져서 충실하게 트로이의 편에 서게 된다. 에이미는 아빠가 하이웨이에 자동차를 세워두고 떠났던 끔찍했던 날을 기억했다. 네 사람 모두 격렬하게 싸우고, 형제가 형제를 최대로 미워할 수 있는 만큼 서로를 미워하다가도 갑자기 자동차 안이 조용해지면, 트로이가 브룩의 손을 잡고 모두 공포에 질려서 하나가 되어, 엄마의 반응을 기다리며 서로를 쳐다보는 순간이 있는 것이다.

"거만한 멍청이였어."

트로이가 대답했다.

"오빠한테는 외과 의사들이 그런 거 아니었어?"

브룩이 말했다.

"클레어한테 잘 맞는 사람이 아니었어. 클레어에게 아기라고 하더라고. 클레어는 아기를 가지려고 하는데, 그 녀석은 클레어한테 아기라고 했어."

"하지만 그건 남편들이 보통 아내를 부를 때 쓰는……."

브룩의 말을 수방 화재경보기가 막았다. 시금한 냄새가 집 안을 가득 메웠고, 아빠가 잔뜩 찌푸린 얼굴로 흐느적거리며 거실로 들어왔다. 선반에서 웃는 눈사람이 하나 카펫 위로 떨어졌다.

"무슨 일이냐?"

아빠는 말하고, 어린아이들을 쳐다보듯이 델라니 남매를 보았다.

"아무 일 아니야! 모두 괜찮아! 그냥 쉬고 있어. 그냥, 지금 있는 곳에 있으면 돼!"

주방에서 엄마가 날카롭게 소리쳤다.

조이는 화재경보기를 끄려고 주방 천장으로 키친타월을 던졌다. 로건이 저런 망할 걸 설치해주지 않았다면 좋았을 텐데. 저 화재경보기는 너무 민감했다. 조이의 요리를 너무 가혹하게 평가했다.

"진짜 불이 난 게 아니란 말이야!"

조이는 화재경보기에게 말하고, 떨어지는 키친타월을 잡아 다시 던졌다. 이번에는 엉뚱한 곳에 던져서 조이의 얼굴 위로 철퍼덕 떨어졌다. 조이는 키친타월을 뭉쳐서 다시 던졌다.

"그냥 연기만 조금 난 거란 말이야, 이 멍청한 기계야. 엉뚱한 짓 그만둬!"

조이는 아버지의 날에 사반나가 했던 것처럼 버터와 흑설탕으로 호두를 졸이고 있었다(사반나가 그것이 샐러드를 만드는 '아주 쉬운 방법'이라고 했으니까!). 그러다가 그레이비소스에 생긴 바보 같은 덩어리를 풀려고 소스를 휘젓기 시작했고, 그사이 호두는 핵폐기물처럼 새까맣게 타고 말았다. 경고도 없이, 타협할 생각도 하지 않고!

만찬은 계속해서 멀어져만 가고 있었다. 아이들은 계속 도와주겠다고 말했지만 조이는 도움을 원치 않았다. 돕는다고 주방에 들어오면 분명히 "호두를 그렇게 젓지 마, 엄마.", "지금 감자 넣어야 하지 않아?"같이 잔소리를 하고 명령을 해댈 게 분명했으니까.

예전에는 아이들을 제시간에 시합장에 데려다줘야 하는데, 차가 너무나도 느리게 움직여서 안절부절못하는 꿈을 자주 꿨었다. 지금 조이는 그 꿈을 또다시 꾸고 있는 것만 같았다. 조이는 언제나 필사적으로 가속페달을 밟으려고 발을 구르다 잠에서 깼다.

조이는 자루가 달린 냄비를 쓰레기통에 버렸다. 엉망으로 타서 못 쓰게 됐으니까. 이 세상 모든 것이 엉망이었다. 도대체 조이는 이 우아한 식사와 화려하고 성가신 곁들임 음식으로 무엇을 증명해 보이고 싶었던 걸까? 델라니 가족은 칠면조를 좋아하는 사람이 하나도 없는데? 호두도 그랬다. 델라니 가족은 호두도 좋아하지 않았다. 조이는 델라니 가족을 다시 하나로 만들어줄, 빨간색과 금색과 녹색으로 반짝이는 크리스마스를 머릿속에 그리고 있었다.

"오늘 먹을 수는 있는 거야?"

주방으로 들어온 스탠이 조이를 쏘아보면서 말했다. 몇 주 만에 처음으로 조이에게 말을 건 스탠이 선택한 첫 문장이었다.

"와, 진짜 근사하네. '뭐 좀 도와줄까?'가 아니라 '오늘 먹을 수는 있는 거야?'라고 말한 거야?"

조이가 대답했다.

"모두 당신한테 도와줄까 물었잖아. 거절한 건 당신이고."

"모두 도와준다고 하진 않았어. 당신은 그런 말, 안 했잖아."

"식탁에 식사를 차릴 수만 있다면, 나야 기쁘게 무슨 일이든 할 거야. 당신 마음대로 부려 먹어도 돼."

마음대로 부려 먹어도 돼?

왠지 스탠의 망할 어머니가 살아 돌아온 것 같았다. 시어머니는 조이가 요리하는 동안 주방에 앉아 연신 담배를 피우면서 심술궂은 눈으로 잔뜩 즐거워하며 조이를 쳐다보았다. 시시한 이야기를 길게 늘어놓는 시어머니를 볼 때면 정말 바보처럼 느껴졌다.

조이는 그 일을 하는 순간까지도 자신이 무슨 일을 하려는지 몰랐다. 조이는 시어머니의 조소하는 도자기 고양이를 한 개 들어 강력한 서브로 벽을 향해 던져 완벽하게 목을 잘라버렸다. 두 번째 고양이도 마찬가지로 경쾌하게 집어 던졌다. 두 번째 고양이는 주방 찬장 모서리에 부딪힌 뒤 수작업으로 페인트를 칠한 도자기 파편을 벤치 위에 넓게 퍼트렸다.

잠시 침묵이 흘렀고, 마침내 스탠이 자기 어머니 특유의 경멸조로 느리게 말했다.

"기분은 나아졌어? 아니면 던질 거 또 줄까?"

다시 한 번 화재경보기가 가늘고도 날카로운 경보음을 멈추지 않고 멀리멀리 퍼뜨리기 시작했다.

50

현재

"아빠는 쿵쾅거리면서 주방에서 나왔어요. 음, 사실, 무릎이 안 좋아서 다른 때도 쿵쾅거리면서 다니기는 했지만요. 아무튼, 아빠는 다시 사무실로 들어가서 문을 세게 닫았어요. 엄마가 아빠의 어머니 유품을 박살 냈기 때문에요."

"이런. 아버지에게는 아주 소중한 유품이었나요?"

로저 스트라우트가 물었다.

"오, 예리하네요, 로저."

에이미가 대답했다.

가끔 로저는 에이미가 자신을 가볍게 놀리고 있는 건 아닌가 하는 생각이 들었다. 전직 자동차 판매 사원이었던 로저 스트라우트는 상담사 과정을 수료하고 이제는 일주일에 6일 대화 치료를 하고 있었다.

로저의 전 아내는 그 많은 사람 중에 하필이면 로저의 상담을 받으려는 정신 나간 사람이 있을지도 모른다는 사실에 끔찍해 했다. 그런 사람들이 많다는 건 이 나라 사람들의 정신 건강에 크게 문제가 생겼다는 뜻이니까. 하지만 실제로 그 많은 사람 중에 하필이면 로저의 도움을 받기로 결정한 정신 나간 사람들은 아주 많았다. 왜냐하면 이 나라 사람들의 정신 건강은 실제로 위기에 처해 있고, 사회 각계각층의 사람들이 절실하게 도움을 바라고 있으니까. 로저의 상담실은 3개월 치 예약이 가득 차 있었다. 로저는 자신이 제대로 자격도 갖추지 못했고 경험도 없다는 사실을 잘 알고 있었기 때문에 고객을 언급할 때 환자라는 말을 쓰지 않도록 세심하게 조심했다. 사실상 의사와 환자 관계도 아니었기 때문이다. 로저와 고객은 서로 협력하는 관계였다.

지금 로저와 에이미는 커다란 안락의자에 앉아 마주 보고 있었다. 고객들은 중요한 말을 할 때면 손가락으로 의자의 팔 받침대를 장식한 구슬을 만지작거렸다. 파란색으로 염색한 에이미의 머리카락은, 그것이 에이미가 통제할 수 있는 삶의 한 분야인 것처럼, 그 어느 때보다도 단정하고 깔끔하게 뒤로 넘겨져 하나로 묶여 있었다.

지난 내담 시간에는 에이미가 엄마가 뜬금없이 '잠적'할 거라는 문자를 보내왔다고 말하더니, 내내 자신도 정말로 잠적하고 싶다고, 누구나 자신의 이름을 알고 있는 조그만 시골 마을로 이사를 가고 싶다고, 하지만 시골은 정말 싫다는 등의 말을 했다. 그다음 내담 시간에는 아예 나타나지 않았고, 급기야 지난주에는 형제들과 함께 텔레비전에 나와 어머니가 사라졌다는 소식을 전했던 것이다. 로저는 그 모습을 보고 충격을 받았다.

"그래서 아빠는 우리와 함께 크리스마스 만찬을 먹기를 거부했고, 엄마는 마침내 4시에 준비를 끝냈지만, 그때는 가족들 모두 너무 배가 고픈 데다 이미 술까지 잔뜩 마신 뒤였어요. 그러니까…… 아주 엉망인 크리스마스 만찬이었죠. 하지만 그런 일이 일어나는 집은 많잖아요. 안 그래요?"

"크리스마스는 스트레스를 많이 받을 수 있는 날이죠."

로저가 말했다. 로저의 크리스마스는 아침 일찍부터 두 아이를 데리러 가는 시간을 두고 전 아내와 고함을 지르면서 싸우는 것으로 시작했다. 정말 크리스마스다운 날이었다.

"그 뒤로는 반드시 해야 할 가족 행사가 없었고, 우리 모두 1월 내내 너무 바빴어요. 그렇다고 우리가 부모님한테 연락을 하지 않았다는 뜻은 아니에요. 내 말은, 로저, 부모님 댁은 얼마나 자주 방문하세요?"

로저는 애매한 소리를 냈다. 에이미는 치료에 필요한 규칙을 따르기보다는 두 사람이 수다를 떨려고 만난 오랜 친구인 것처럼 굴었다. 갑자기 로저에게 사적인 질문을 해왔고, 보통은 간신히 대답을 피할 수 있었다. (이 질문에 대한 답은 "일요일 저녁이면 언제나 부모님과 함께 식사를 했다"였다.)

"하지만 로저는 외동이잖아요."

로저는 그 사실을 에이미에게 말해준 기억이 없었다.

"우리는 넷이잖아요. 그래서 누군가는 부모님 집에 갔겠거니 하고 생각하는 거예요. 브룩이랑 로건은 늘 부모님 집에 가니까요. 그런데 걔들이 몇 주 동안이나 안 간 거예요. 그럼 말을 해줬어야 하는데, 안 했고요.”

에이미는 사람들이 자기 형제들 이야기를 할 때면 흔히 그렇듯이 활기차면서도 어린애처럼 무시하는 말투로 말했다. 로저의 고객 중에는 정말로 유창하게 말하는 대학교수가 있는데, 자기 언니 이야기만 하면 머리를 양 갈래로 묶은 주근깨투성이 어린애로 바뀌어서는 “언니가 모든 걸 다 가졌어요, 로저”라고 투덜댔다.

“보통은 가족 모임을 계획하거나, 커피나 한잔하자며 찾아오는 사람은 엄마거든요. 그래서 엄마가 전혀 연락이 없다는 걸 깨닫는 데 조금 시간이 걸렸어요. 게다가 엄마나 아빠 모두 무기력한 분들은 아니시거든요. 활동적인 분들이세요. 나보다 더요.”

에이미는 바지에서 실을 잡아 뽑았다.

“엄마는 아직 일흔 살도 되지 않았어요. 근데도 자꾸 신문에서 엄마를 ‘노인’이라고 적는 거예요. 엄마는 전혀 노인이 아니에요! 엄마가 기분이 나쁠 때는 서브를 받아넘기는 게 정말로 힘들어요.”

에이미는 엄마의 서브를 생각하면 겁이 난다는 듯이 웃었다.

“동생들이랑 나는 엄마의 문자를 받은 뒤에야 생각이 났어요. 우리가 일주일 이상 엄마와 연락을 하지 않았다는 걸요. 그건 무척 잘못된 일처럼 느껴졌어요. 내 말은, 사실 엄마는 조금은 노인에 가깝기는 하니까요.”

에이미가 손가락으로 뺨을 문질렀다.

“턱이 아파요. 실종 신고를 한 뒤부터 이를 너무 악물었나 봐요.”

에이미는 입을 여러 번 벌렸다 닫았다.

“요즘에는 계속 토끼 꿈을 생각해요.”

에이미는 기대에 찬 눈으로 로저를 보았다.

“토끼 꿈이요?”

로저가 물었다. 에이미를 상대할 때는 빈틈이 없어야 했다.

"알잖아요. 내가 계속 꾸는 꿈이요."

"아, 물론 알죠. 토끼에게 먹이를 주는 걸 잊는 꿈 말이잖아요."

"나에게 토끼가 있다는 걸 잊어버렸어요. 그러다가 갑자기 기억나는 거예요. 세상에, 나에게 토끼가 있었지! 서둘러서 뒤뜰에 있는 토끼 우리로 가지만, 토끼가 죽어가고 있는 모습을 보는 거예요."

에이미는 진짜 끔찍한 실수를 저지른 경험을 떠올리는 것처럼 몸을 부르르 떨었다. 잔뜩 목소리를 낮춘 에이미가 로건의 눈을 똑바로 보았다.

"근데, 가끔은 그게 토끼가 아니라 강아지인 거예요. 왜인지는 잘 모르겠지만, 강아지일 때가 훨씬 끔찍한 기분이 들어요. 그건, 토끼에게 불공평해요."

에이미가 한 손을 쇄골에 얹었다. 에이미의 가슴이 빠르게 오르락내리락했다.

"당신 부모님은 당신이 먹이를 주어야 할 대상이 아니에요, 에이미. 토끼도, 강아지도, 어린아이도 아니니까요. 그분들은 성인이에요. '잠적'하는 건 어머니의 특권이에요."

문자를 보낸 게 정말로 당신 어머니라면 그렇다는 뜻이에요.

로저는 신문 기사를 읽었다. 에이미 어머니의 휴대전화는 침대 밑에 있었다고 했다. 그것은 다른 사람이 문자를 보냈을 수도 있다는 뜻이다. 에이미의 아버지가 에이미의 어머니를 죽였을 가능성은, 아주 높지는 않다고 해도 없지는 않았기 때문에 로저는 자신의 능력을 한계치 이상으로 발휘해야 하는 시험대에 오른 것은 아닌지 걱정이 됐다. 아무리 정신력이 강한 사람이라고 해도 그런 상황에서는 정신적으로 충격을 받을 것이 분명했으니까.

"아, 그런데 선생님이 좋아할 소식이 있어요."

에이미가 불쑥 말했다.

"나, 공동 세입자랑 헤어졌어요. 사실 우리가 실제로 데이트를 한 것도 아니지만요. 그냥 섹스만 한 거예요."

에이미는 로저에게 충격을 주고 싶은 사람처럼 로저를 흘긋 쳐다보았다.

"어째서 그 소식에 내가 좋아할 거라고 생각한 거죠?"

로저가 물었다.

"그 사람은 나한테 정말 친절했어요. 엄마가 사라지자 나에게 정말 많은 힘이 되어주었어요. 그래서, 왠지 절대로 갚지 못할 빚을 지고 있다는 느낌이 들었어요. 주택 담보 대출처럼요. 물론 그런 대출은 절대 못 받겠지만요."

"음, 알겠지만, 사람 관계라는 건……."

"처음에는 걱정하지 않았어요. 엄마에 대해서요. 엄마한테 소식이 없을 때, 나는 기뻤어요! '정말 잘한 거야. 이제는 엄마 차례야' 라고 생각했어요."

로저는 잠시 가만히 있었다. 에이미의 말이 무슨 뜻인지 이해가 되지 않았다.

"무슨 뜻이죠? 엄마 차례라니?"

"아빠는 늘 그랬거든요. 우리가 어렸을 때, 항상 생각했어요. '엄마는 아빠처럼 왜 그냥 나가버리지 않는 거지?' 하고요."

로저는 상담지에 적었다. *에이미의 아버지, 그냥 나가버림.*

하지만 아무 말도 하지 않았다. 에이미에게는 해야 할 말이 아주 많은 것 같았기 때문이다.

"아빠가 나갈 때마다 화가 났어요."

에이미는 턱을 문질렀다.

"하지만 그걸 참는 엄마에게 더 화가 났어요."

로저는 계속 기다렸다.

"근데 모르겠어요. 만약에 아빠가 그런 거라면…… 사람들은 뭐라고 할까요?"

에이미는 애원하는 사람 같았다.

"혹시라도 사고로 그런 거라면요? 우리 할아버지 때문에, 우리 할아버지가 할머니한테 한 일이 유전 때문이라면요? 엄마가 아주 끔찍한 일을 했기 때문에 그런 거라면 어떻게 하죠? 우리 아빠한테 해리는 일생일대의 기회였어요. 그런 기회는 정말 단 한 번밖에는 얻을 수 없는 거란 말이에요. 해리가 떠났을 때, 아빠가 얼마나 상처를 받았는지 알아요. 아빠는 절대로 그 상처를 극복하지 못했어요. 해리라는 이름이 나올 때마다 아빠가 얼마나 상처를 받았는지 알 수 있었는걸요. 그런데 사실은 그게 엄마 때문이었던 거예요. 모두 엄마 때문이었어요!"

로저는 상담지에 적었다. *할아버지? 해리? 단 한 번의 기회?*

로저는 에이미의 말을 이해할 수 있는 대화의 단서를 도무지 잡을 수가 없었다.

"만약 아빠가 그런 거라면, 나는 용서할 수 없을 거예요. 하지만 아빠가 용서해달라고 하면 어떻게 하죠? 어떻게 용서할 수 있을까요? 그런데 또 내 아빠란 말이에요. 어떻게 아빠를 버려요. 혹시라도 아빠의 성격을 증언해달라고 하면 어떻게 해요? 법정에서요?"

에이미는 재앙으로 치달을 수 있는 가파른 경사로를 따라 굴러 내려가고 있었다.

"내가 어떻게 증언을 하겠어요? 내가 어떻게 한쪽 편을 들어요?

감옥에 면회를 가야 할까요? 로저는 엄마를 죽인 살인자에게 면회를 갈 수 있겠어요? 절대 못할 거예요!"

에이미의 입에서 더는 말이 흘러나오지 않았다. 로저가 들을 수 있는 것은 그저 거칠고 절망적인 공포뿐이었다. 로저의 눈을 바라보는 에이미의 눈에는 공포가 가득 서려 있었다. 공황 발작을 일으키는 사람의 눈을 쳐다보는 건 유리에 갇힌 채 익사하는 사람의 눈을 바로 앞에서 보는 것과 같았다.

"자, 나하고 천천히 숨을 쉬어봅시다."

로저는 상담지를 내려놓고 갑 티슈 옆에 있는 나무 코끼리 조각상을 집어 들었다.

"코끼리에 집중해요. 코끼리 코의 곡선을 느껴보세요. 매끄러움과 거침에 집중해보는 겁니다."

로저는 코끼리의 표면을 쓰다듬고 있는 에이미의 손을 주시했다.

"호랑이."

에이미가 조용히 속삭였고, 잠시 로저는 에이미가 하는 말을 이해하지 못했다. '그건 호랑이가 아니라 코끼리인데'라고 생각했다. 혹시 토끼 꿈하고 관계가 있는 호랑이일까? 그러다가 에이미가 처음 내담을 왔을 때 에이미가 자신이 만난 모든 치료사가 호랑이 이야기를 하면서 싸우거나 달아나거나 반응을 말하고 싶어 했다고 했던 말이 기억났다.

검치호. 그러니까 지금 에이미는 이곳에 호랑이가 있다고 말하고 싶은 것이었다. 호랑이가 에이미의 목을 물려고 달려들고 있다고 말하고 있는 것이었다.

51

"전과 기록도 없고, 폭행을 했거나 협박을 했다는 기록도 없어. 생명보험에 가입한 것도 없고."

"그래도 돈이 있잖아요."

크리스티나의 말을 이든이 반박했다.

"두 사람은 테니스 아카데미를 팔았잖아요. 그러니까, 죽이면 이혼하는 것보다 더 돈을 많이 가질 수 있죠."

"지금 델라니 이야기를 하는 게 아니야. 이 매력적인 사람의 남편도 그 어떤 경우에도 해당되지 않았다는 거지."

숲에서 찾은 유골은 폴리 퍼킨스로 밝혀졌다. 조이 델라니의 집에서 멀지 않은 곳에서 살았던 여자였다. 30년 전, 폴리의 남편은 폴리가 자신을 떠나 뉴질랜드로 돌아갔다고 말했다. '마음을 찢는 차가운' 쪽지 한 장만을 남긴 채. 이웃집 여자들은 그 남자를 불쌍히 여겼고, 모두 캐서롤과 당근케이크를 가져다주었다.

하지만 진실은 앤드루 퍼킨스 교수가 첫 번째 아내인 폴리가 자신이 분명히 사지 말라고 했던 선빔 스팀다리미를 새로 샀다는 사실에 분개해 새로 산 다리미로 아내의 머리를 세게 쳐버렸다는 것이다. 그때 퍼킨스 교수는 '재정난 때문에 심각한 스트레스'를 받고 있었다고 했다. 솔직하게 모든 사실을 털어놓은 퍼킨스 교수는 매우 유감스러운 듯이 "그렇게까지 세게 때릴 생각은 없었소"라고 했다. 퍼킨스 교수는 집에서 조금만 가면 나오는 숲에 아내를 묻었다. 폭풍우 때문에 흙이 쓸려 가지 않았다면, 폴리는 지금도 아무도 모르게 숲에 묻혀 있었을 것이다.

폴리의 뉴질랜드 가족은 모두 따로 살았고, 폴리와는 연락도 하지 않았지만, 뉴질랜드에서 가장 친하게 지냈던 친구가 폴리가 실종됐다고 신고했다. 폴리의 친구는 용감하게도 오스트레일리아 경찰에 연락해 친구를 찾아달라고 부탁했지만, 소용이 없었다. 기록에 따르면 경찰은 폴리가 '집을 떠난 뒤' 3년이 흐른 뒤에야 단 한 번 퍼킨스 교수를 찾아갔다. 두 경찰은 퍼킨스 교수의 집에서 친절한 이웃이 가져온 당근을 맛있게 먹었고, 당근을 가져온 친절한 이웃은 훗날 퍼킨스 교수의 두 번째 부인이 되었다. 퍼킨스 교수의 두 번째 부인은 20년 동안이나 살인 무기를 가지고 남편의 셔츠를 다린 뒤에야 새 다리미를 사도 좋다는 허락을 받았다.

이번 주에 퍼킨스 교수의 두 번째 부인은 자신이 죄수를 자기 집에 놓아둘 수밖에 없었던 이유는 끊임없이 반복되는 재정적인 학대와 언어폭력, 신체 폭행 때문이었다고 경찰에게 말했다.

"이 남자는 아내를 살해하고도 30년이나 자유를 즐겼어. 게다가 법의 심판을 받기 전에 수명이 다할 수도 있어."

크리스티나는 포동포동하게 살이 찐 사악한 폴리의 남편 사진을 쿡쿡 찔렀다.

"조이 델라니의 시신은 아직 찾지 못했지만……."

크리스티나의 전화가 울렸다. 누군지는 몰라도 적절한 순간에 전화해줬다는 생각이 들었다. 안 그랬으면 감정이 잔뜩 실린 목소리가 나왔을 것이다. 현장 조사를 나가 있는 피트 노박 순경이었다.

"델라니 집 뒤에 있는 보호지에서 옷을 하나 찾았습니다. 보고 싶어 하실 것 같아서요. 지금 사진을 보냈습니다."

크리스티나는 이메일을 열어 첨부된 사진을 눌렀다. 주황색, 빨간색, 노란색 거베라가 선명하게 찍힌 티셔츠 사진이었다.

"이건……."

"네, 맞습니다. 피가 잔뜩 묻어 있습니다."

피트 순경이 말했다.

52

"와주셔서 감사합니다, 델라니 씨."

크리스티나가 말했다.

이든이 보기에 크리스티나의 태도는 사무적이었을 뿐, 전혀 공격적이지 않았다. 환자에게 반드시 해야 하는 후속 치료가 있으니 꼭 다시 와야 한다고, 무심하면서도 친절한 의사 같은 권위 있는 말투로 말하고 있는 것 같았다.

"림 경사는 아시겠죠, 당연히."

크리스티나가 이든을 가리키면서 말했다. 스탠은 이든을 보고 고개를 끄덕이더니, 널찍한 가슴에 대고 팔짱을 끼면서 말했다.

"알고 있소."

스탠 델라니의 아내가 사라진 지 벌써 19일째가 되고 있었다. 스탠의 뺨에 나 있던 상처는 모두 사라졌다. 이든은 스탠이 경찰서에 오려고 면도를 하고 비즈니스 셔츠를 입었음을 알았다. 넥타이는 매지 않았고, 셔츠는 다림질을 했다. 스탠은 지역사회에서 존경받는 사람처럼 보였다. 스탠에게는 법정대리인이 없었다. 이 멀끔한 남자가 아내의 피에 젖은 셔츠와 관계가 있으리라고는 상상하기 어려웠다.

세 사람은 창문이 없는 작은 ERISP실에 있었다. ERISP는 용의자 심문 전자 기록의 약자였다. 따라서 이 방에서 주고받은 말과 행동은 모두 오디오와 비디오 기록으로 남았다. 이든은 구석에 자리를 잡고 앉아 기록 장비를 계속 살폈다. 이든이 경찰이 되고 싶다고 했을 때 형은 "정말로 경찰이 되고 싶어? 교통정리 하려고?"라고 했다.

이든의 형은 보험 계리사였다. 이든이 살인 범죄일 수도 있는 사건을 처리하고 있는 지금, 형은 도심의 사무실에 앉아 자신이 동생보다 더 나은 직업을 선택했다고 믿으며 수학식을 계산하고 있었다.

크리스티나는 머리카락을 뒤통수에 완벽하게 붙이려고 무언가 아주 복잡한 일을 재빠르게 해낸 뒤에 말했다.

"델라니 씨, 사건이 일어난 시간대를 다시 한번 살펴보고 싶어서 와달라고 했습니다."

"알겠소."

스탠이 고개를 끄덕였다. 몸을 똑바로 세우고 앉은 스탠은 팔짱을 풀고 주먹 쥔 두 손을 허벅지에 놓았다. "그래, 덤벼봐"라고 말하는 것만 같았다.

"그래, 무엇이 알고 싶소?"

스탠이 아내의 몸을 자기 집 테니스 코트에 묻었을 거라고 주장한 테니스 클럽 회원은 크리스티나와 이든에게 "코트에서 스탠 델라니는 정말 어마어마한 사람이에요. 무자비하고, 맹렬하고, 계산적이고. 그의 표정을 보면 피까지 얼어붙는 것 같다니까요"라고 했다.

크리스티나는 사건이 일어난 순서를 다시 한번 확인해보려는 듯이 수첩을 들여다보았지만, 이든은 상사가 타임라인을 정확하게 기억하고 있음을 알고 있었다.

"그날 아침, 밸런타인데이에 일어났을 때, 아내분이 없었다고요?"

처음 함께 일하게 됐을 때, 이든은 크리스티나 쿠리 선임 경사 때문에 잔뜩 겁을 먹었었다. 아마도 그때 크리스티나는 이든을 바보라고 생각했을 것이다. 크리스티나는 이든을 평가하고, 부족한 부분을 찾아내겠다는 듯이 후임을 바라보았다. 하지만 이제 그런 표정은 익숙해졌다. 크리스티나는 이든을 바라볼 때와 똑같은 표정으로 매일 아침 커피를 쏘아보았다. 크리스티나는 커피를 사랑했다.

"우리는 다른 방에서 잡니다."

스탠은 전혀 동요하지 않는 눈으로 대답했다.

"본래 각방을 쓰신 건 아니죠?"

크리스티나가 물었다.

"그렇소. 얼마 전부터 그랬지."

크리스티나는 수첩을 보았다.

"아침에 가장 먼저 한 일이 우유를 사러 간 거라고요?"

"그렇소. 우유가 다 떨어졌으니까. 신문도 함께 사 왔소."

"그렇군요. 집으로 돌아왔을 때, 델라니 부인을 보지 못했고요?"

"바로 보지는 못했소. 사무실에서…… 뭘 좀 읽느라고."

새로운 정보였다. 뭘 읽었다는 거지?

이든이 몸을 앞으로 내밀었다. 크리스티나도 마찬가지였다.

"뭘 읽으셨나요?"

"그냥 문서를 좀 보고 있었소."

"어떤 문서였죠?"

스탠은 어깨를 으쓱했다.

"그렇게 중요한 건 아니었소."

이든은 스탠의 말이 거짓말임을 감지했고, 그것은 크리스티나도 마찬가지였다. 하지만 크리스티나는 기다렸다. 미동도 없이. 이든은 크리스티나의 심장도 자기 심장처럼 빠르게 뛰고 있을지 궁금했다.

스탠은 아무 말도 하지 않았다. 어쩌면 이 작은 방에서 심장 뛰기 시합 우승자는 스탠일 수도 있었다.

"그렇군요. 그럼 그 '문서'를 읽고 있을 때, 현관문 소리를 들었다는 거군요."

잠시 뒤에 크리스티나가 물었다.

"그렇소. 어디에 다녀왔는지는 모르지만, 들어오는 소리를 들었소. 그래서 대화를 하려고 주방으로 갔소. 아내는 주방에서 물을 마시고 있었는데, 뭔가…… 흥분한 것 같았소."

"그때 싸우신 거군요."

"그렇소."

"왜 싸우신 거죠?"

스탠은 다시 팔짱을 꼈다. 방어하기 위해서가 분명했다.

"그저, 남편과 아내가 할 수 있는 평범한 싸움이었소."

"부인께서 집을 나가서 거의 3주나 돌아오지 않고 있는 상황을 생각해보면, 그저 남편과 아내가 할 수 있는 평범한 싸움은 아니었을 것 같은데요, 델라니 씨."

이든은 크리스티나의 목소리에서 처음으로 공격성을 느꼈다. 그것은 마치 상어의 등지느러미를 얼핏 본 것처럼 그 밑에는 훨씬 크고 무시무시한 것이 있음을 느끼게 했다.

하지만 스탠은 눈 하나 깜빡하지 않았다. 크리스티나가 말했다.

"그래서, 그날 아침, 그 '평범한' 싸움을 하신 뒤에 당신은 집을 나갔군요. 그럼 몇 시에 집에 오신 거죠?"

"밤 10시쯤이었소. 이미 말했잖소. 그것도 아주 많이."

"그날, 어디에 갔었죠?"

"그냥 차를 몰고 다녔소. 그것도 이미 말했잖소. 아주 많이."

"그냥 차를 몰고 다녔다고요."

"화가 났으니까."

"왜 화가 났죠?"

이든은 스탠의 좌절이 끓는 물처럼 부글거리며 올라오는 걸 느꼈다. 정확히 크리스티나는 천천히 원하는 대로 온도를 높였다.

"아내와 싸웠으니까, 화가 났지."

"하지만 아내분과 싸운 이유는 기억나지 않는다고 하셨잖아요."

스탠은 다시 팔짱을 풀고 크리스티나에게로 몸을 내밀었다. 정말 아주 큰 남자였다.

"아니, 그건 그렇지 않소. 나는 절대로 기억나지 않는다고는 말 안 했소. 왜 싸웠는지는 기억하지만, 그건 사적인 문제라는 거죠. 내 결혼 문제는 사적인 거요. 당신이 관여할 문제가 아니지. 그건 당신의 수사와 아무 관계가 없소."

경찰에게 "당신이 관여할 문제가 아니다"라고 말할 수 있는 남자는 분명히 특정 유형의 사람이었다.

"정말로 아내를 걱정하신다면, 그 싸움에 관계가 있는지 없는지를 우리가 결정할 수 있게 해주셔야죠."

크리스티나가 말했다.

스탠은 그의 큰아들을 연상시키는 태도로 어깨를 으쓱했을 뿐 아무 말도 하지 않았다.

"그러니까 선생님이 집에 왔을 때 아내분은 없었다고요?"

"그렇소."

"하지만 그 누구에게도 전화하지 않으셨죠. 어떤 자녀분에게도 전화하지 않았어요. 친구들에게도요. 심지어 아내분께도 전화하지 않았어요."

스탠은 턱을 살짝 들어 올렸다.

"싸웠으니까. 말했잖소. 아내가 나에게 화가 났다는 걸 알았으니까. 그러니까, 아는 사람 집에 가서 하룻밤 묵고 올 거로 생각했소. 다음 날이면 돌아올 거라고."

"하지만 오지 않았죠."

"그렇소. 오지 않았소."

"혹시 두 분 중에 부정을 저지른 분이 계신가요?"

스탠의 콧구멍에서 불이 뿜어져 나왔다.

"아니, 없소."

크리스티나는 수첩을 뒤적였다. 스탠에게 보여주려고.

"막내 따님이 언젠가 파티에서 아내분이 다른 남자와 키스하는 걸 보았다고 하던데요."

"그거야 아주 오래전 일이오. 그날, 조이가 펀치를 많이 마시고 데니스 크리스토스와 키스했지. 그건 바람하고는 거리가 먼 일이요. 어쨌거나 그 친구는 이제 죽었소. 아내는 내가 죽였다고 하더군."

스탠이 자신이 무슨 말을 했는지를 깨닫고 얼굴을 찡그렸다.

"정말로 내가 죽였다는 건 아니오. 데니스는 심장마비로 죽었으니까."

스탠은 코를 훌쩍였다.

"물론 그 녀석은 내 아내에게 키스를 해서는 안 됐지. 하지만 말했듯이, 그건 아주 오래전 일이오."

본래 원한은 평생 가는 법이지. 이든은 생각했다.

스탠이 턱으로 재빨리 크리스티나의 수첩을 가리켰다.

"그러니까, 내 딸이 그 말을 했단 말이오? 조이가 파티에서 데니스와 키스했다고?"

"전 사위가 말했어요. 그랜트 윌리스가."

스탠의 표정이 풀렸다.

"그렇군. 그래야 말이 되지."

"그 말은, 따님이 당신을 보호하고 있다는 뜻인가요?"

스탠은 대답하지 않았다.

"제 생각에는, 자녀분들 모두 당신을 보호하고 있는 것 같아요."

"나는 보호 따위 필요 없소. 잘못한 게 하나도 없으니까."

스탠이 대답했다.

"작년에 집에 묵었던 젊은 여자가 있었죠. 그 여자가 이전 제자의 여동생이라고 알고 있습니다. 유명인 제자의 여동생이요."

스탠의 얼굴이 굳어졌다.

"당신이 뭘 생각하는지 모르겠지만, 부정은 없었소. 사람들이 그런 말을 한다는 건 알고 있소. 그저 웃을 일이지."

"지금은 사반나라는 사람이 댁에 묵을 때, 난감한 이야기를 폭로했다는 사실에 주목하고 있어요. 그 때문에 당신이 크게 충격을 받았다고 하던데요."

스탠이 손가락으로 아랫입술을 세게 잡았다.

"그 이야기는 누가 했소?"

크리스티나는 대답하지 않았고, 이든은 자기 아이들 가운데 누가 살인 동기일 수도 있는 정보를 주었는지를 알아내려고 애쓰는 스탠을 보았다.

"아내분이 당신을 배신했어요. 그렇죠? 해리 하다드의 아버지에게 다른 코치를 찾는 게 좋겠다고 말했잖아요."

"거기에 '배신'이라는 단어는 쓰지 않겠소."

스탠이 대답했다.

"그래요? 당신이 쓴 단어가 바로 그거라고 알고 있는데요."

두 사람의 눈이 마주쳤다. 마치 이제 막 키스라도 할 것 같은 고집스러운 친밀감이 느껴졌다. 속눈썹이 긴 스탠 델라니의 짙은 갈색 눈은 노인의 얼굴 위에서 잔뜩 경계하는 젊은이의 눈처럼 빛나고 있었다. 저 노인이 생각지도 못한 행동을 하는 이유가 저런 젊은 남자의 격렬한 분노를 품고 있기 때문일까?

"그게 무슨 말이오?"

스탠의 목소리가 떨렸다. 마침내, 단단한 껍데기에 금이 갔다.

"당신이 아내분에게 그런 배신감은 생전 느껴본 적이 없었다고 말했다던데요."

"누가 그런 말을 했소?"

스탠의 턱이 이를 가는 것처럼 빠른 속도로 앞뒤로 움직였다. 이제 이든은 청년의 얼굴은 보지 못했다. 그저 노인만이 있었다. 어떤 아이가 자기 아버지를 살인자일 수 있다고 생각하는지 알고 싶은 노인만 있었다.

"내가 들은 건, 당신 아내분이 당신에게 충실하지 않았다는 거예요. 직업적으로도 배신을 했고요."

크리스티나가 스탠을 죽이려고 마음을 먹은 게 분명했다.

"그러니까 이성을 잃은 거군요. 해리 하다드는 당신의 가장 큰 성공이 될 수 있었고, 되어야 했던 이유니까요. 그 기회를 당신 아내가 빼앗았고, 그 사실을 숨겨왔으니까요."

크리스티나는 피에 젖은 셔츠를 찍은 폴라로이드 사진을 책상 위에서 스탠 앞으로 쭉 밀었다.

"델라니 씨, 댁 뒤쪽 숲에 묻혀 있던 티셔츠를 찾았어요. 이 셔츠를 본 적이 있나요?"

스탠의 얼굴에서 피가 빠져나갔다.

"묻혀 있었다고요? 지금, 내가 조이의 티셔츠를 묻었다고 생각하는 거요?"

"그랬나요?"

"아니오."

"이 셔츠는 알아보겠어요?"

"내 아내 셔츠요. 당연히 알고 있지."

스탠은 그 사진이 자신에게는 아무 의미가 없다는 듯이, 거만하게 멀리 밀어냈다.

"내 아내의 피가 묻어 있군요. 당신도 아마 알고 있겠지."

"델라니 씨, 이 사진이 그렇게 큰 의미가 있는 것 같지는 않아 보이네요. 하지만 내 생각에는 이제 아내분과 마지막에 어떤 일이 있었는지를 생각해보시는 게 최선일 것 같아요."

크리스티나의 목소리에는 이제 장난기마저 담겨 있었다.

스탠은 한숨을 쉬었다. 고개를 뒤로 젖히고, 양쪽 바지 주머니에 엄지손가락을 쿡 찔러 넣더니, 천장을 물끄러미 쳐다보았다.

"내 최선은 일단 입을 다물고 변호사를 부르는 것 같소."

53

밸런타인데이

오전 7시였지만 조이는 침대에서 나가야 할 이유를 찾을 수가 없었다. 딱히 급하게 해야 할 일은 없었다. 어제와 다름없는 날이었고, 그제와 다름없는 날이었다. 담배 끝에 달린 빨간 불똥 같은 피처럼 붉은 여름 해를 빼면, 짙은 연무가 가득한 창문 밖은 한겨울의 하늘답게 우중충한 회색빛이었다.

살면서 조이는 단 한 번도 천식으로 고생해본 적이 없었지만, 얼마 전부터 조이는 조신한 숙녀처럼 아주 적은 양의 공기만을 아주 얕게 들이마시고 내뱉을 수 있었다. 이게 연기 때문인지, 스탠과의 관계 때문인지는 알 수 없었다. 사반나가 떠난 뒤 몇 개월이나 흘렀지만, 그 무엇도 완화됐다거나 부드러워졌다는 기분은 들지 않았다. 오히려 그 반대였다. 두 사람의 분노는 점점 더 단단해졌고 강해졌다.

조이와 스탠이 서로에게 분노했던 때는 이전에도 있었다. 지금과 다른 점이라면, 그때는 정신을 흩뜨릴 일들이 있었다는 것이다. 그때는 일이 있었고, 아이들이 있었다. 하지만 지금은 아니었다. 젊었을 때는 상대방이 자신에게 얼마나 잘못했는지를 곱씹고 원망할 시간이 없었다. 상처 받은 마음을 날카롭게 갈고 또 가는 데 쓰기에는 너무나도 피곤한 날들이 계속됐다. 하지만 이제는 너무나도 조용하고 두 사람 말고는 아무도 없는 집에 갇혀버렸기 때문에 보이지는 않지만 분명히 존재하는 갈등에서 벗어날 방법이 없었다. 공기를 타고 날아다니는 갈등의 궤적을 느낄 수 있을 정도였다.

1월은 특히 안 좋았다. 오스트레일리아 오픈이 시작됐기 때문이다. 해리 하다드는 현역에 복귀한 뒤에 치른 첫 라운드에서 시드 선수(초반에 맞붙지 않도록 대진표를 짜야 하는 최우수 선수들-옮긴이)도 아닌 열아홉 살 캐나다 선수에게 '충격적으로 패했다('아주 창피하게 패했다'라고 표현한 사람들도 있었다)'. 더블폴트를 열 번이나 했고, 자책도 80개가 넘었다. 해리와 새로운 코치 니콜 르노와 조르당은 결별 수순을 밟고 있다. 조이는 해리의 시합을 보지 않았지만, 거실을 지날 때 분노와 고통에 사로잡혀 의자 옆을 부러뜨릴 것처럼 움켜잡고 있는 스탠을 보았다. 스탠은 전기가 흐르고 있는 고압 전류처럼 보였다. 조이가 스탠을 만졌다면 멀리 날아가버렸을 것이다.

이제는 스탠도 조이도, 거실에서 상대방을 보면 그저 나가버렸다. 꼭 필요할 때가 아니면 말도 섞지 않았다. 사반나가 떠난 뒤로 같은 방에서 잠도 자지 않았다. 스탠은 로건이 쓰던 방에서 바닥에 매트리스를 깔고 잤다. 에이미의 방이 더 편안하겠지만, 아마도 사반나가 잤던 방에서 자고 싶지는 않았을 테고, 그 사실을 분명하게 보여주고 싶어서 그러는 것 같았다. 바닥에서 매트리스를 깔고 자다니, 스탠은 분명히 등이 아플 것이다. 그리고 조이도 스탠이 아팠으면 했다. 드디어 사랑이 사라져버린 것일까? 정말로 사랑이 한 방울도 남아 있지 않은 것 같았다. 필사적으로 비를 갈구하는 앞뜰의 잔디처럼 조이의 마음도 바짝 말라붙었다.

집 안 어딘가에서 물이 흐르는 소리가 들렸다. 스탠이 혹시라도 식사 준비를 해주겠다고 하거나, 토스트를 구워주거나, 배달 음식이라도 시켜줄까 싶어서 크리스마스 이후로는 전혀 요리를 하지 않았지만, 스탠은 일언반구도 없었다. 두 사람은 집만 공유해 사는 사람들처럼 조용히 자기 먹을 것만 해 먹었다. 오고 간 흔적을 지우는 경쟁이라도 하듯이 두 사람은 각자 조용히 주방으로 들어와 식탁을 닦고 설거지를 하고, 주방에 들어왔었다는 흔적을 최대한 없앤 뒤에 주방에서 나갔다. 스탠은 식료품 저장실에 있는 스파게티와 콩 통조림으로 연명하는 것 같았다. 조이는 대부분 토스트를 해 먹었고, 가끔은 달걀을 삶아 먹었다.

조이는 지쳤고, 불안했고, 허무했고, 끊임없이 눈물이 날 것 같았다. 아기를 낳고 나서, 사랑하는 사람이 죽고 나서, 몇 주 동안 느꼈던 감정을 또다시 느끼는 것만 같았다.

조이는 스탠이 하루를 어떻게 보내는지 알지 못했다. 자기 사무실에서 할 일이 있는 것만 같았다. 사무실을 지나면서 흘긋 보면 안경을 쓴 스탠이 아주 중요한 서류인 듯 종이를 들춰가며 무언가를 보고 있는 모습을 볼 수 있었다. 그 문서의 내용은 신만이 알 것이다. 도대체 무슨 종이인지 궁금했다. 혹시 이혼 서류일까? 잠깐, 근데 왜 서재를 스탠의 사무실이라고 부르는 걸까? 아이들이 어렸을 때는 언제나 서재를 '아빠의 사무실'이라고 불렀다. 사실 모든 사업을 처리하고 이끌어가는 사람은 조이였는데도.

하지만 부부는 늘 스탠이 사업을 이끌어가는 사람인 척했다. 왜냐하면 스탠이 남자였으니까. 무슨 일을 하건 스탠이 하는 일은 작은 여자가 하는 기여보다 자동적으로 더 중요해졌고, 더 우선시됐다.

망할 스탠.

조이에게는 이제 속으로 욕을 하는 것이 새롭고도 만족스러운 습관이 되었다. 서른 살 때 조이는 이 정도 나이가 되면 중요한 게 아무것도 없어서 노인의 피부가 부드러워지는 것처럼 감정도 고요해지고 부드러워질 것이라고 생각했다. 하지만 폭력적인 생각은 조이를 깜짝 놀라게 했고, 조이를 깨웠다. 조이는 머릿속으로 외치는 이 욕들이 결코 입을 통해 밖으로 나가지 않을 거라고 생각하지만, 정말로 그럴지는 아무도 모를 일이다. 조이가 큰 소리로 욕하는 소리를 들으면 아이들은 어떤 반응을 보일까? 볼만할 거다.

지금 조이는 실험을 하고 있었다. 일단 아이들에게 전화를 하지 않았다. 너무나도 바쁘다는 듯이 조급하게 전화를 받는 아이들의 반응이 싫었다. 가족의 모든 모임을 계획하는 사람으로 살아야 한다는 것이 지겨웠다. 이제 아이들과 전혀 연락을 하지 않고 지낸 지 7일이 되었다. 지금쯤이면 가장 헌신적인 아이들인 로건과 브룩이, 두 아이 모두는 아니라고 해도, 두 아이 가운데 한 명은 연락할 거라고 생각했지만, 아니었다.

조이가 세운 가설은 이랬다. *우리 아이들은 엄마의 연락을 신경 쓰지 않는다.*

조이가 내린 결론은 이랬다. *우리 아이들은 엄마의 연락을 신경 쓰지 않는다.*

친구들도 자신들의 삶을 사는 데 바빠서 연락을 하지 않았다. 카로는 손주들과 함께 코펜하겐에서 온 딸 페트라와 함께 지냈다. 아이들의 웃음소리가 카로의 정원을 타고 조이의 창문으로 들어왔다. 이렇게 연무가 꽉 차 있을 때는 아이들을 밖에서 놀게 하면 안 되는데. 다른 두 친구도 처음으로 할머니가 되었다. 한 친구는 손자가 생겼고, 또 한 친구는 손녀가 생겼다. 조이는 두 친구에게 "손자가 생긴 거 축하해", "손녀가 생긴 거 축하해"라는 글이 쓰여 있는 카드를 보냈다. 축하 카드는 늘 조이의 서랍에 쌓여 있었고, 조이는 기쁜 소식을 들을 때마다 침울해하며 아이의 성별에 맞는 카드를 꺼냈다.

조이는 어떻게 하루를 보내야 할지 고민했다. 그때 침실 천장 위에 있는 끔찍한 갈색 얼룩이 보였다. 지금까지 한 번도 보지 못한 얼룩이었다. 그 얼룩은 마치 피처럼 보였지만, 사실 그건 그저 오래전에 왔던 폭풍우가 남긴 흔적이었다. 지금은 오랫동안 비가 오지 않고 있다.

이제는 일어나야 할 시간이었다. 하지만 움직이지 않았다. 두 손으로 매트리스 시트를 꽉 움켜잡았다. 일어나, 조이. 부러진 손톱 두 개가 짜증 나게도 자꾸 시트에 걸렸다. 2주 전에 분명히 손톱 가위를 샀는데도 어디에 뒀는지 찾을 수가 없었다. 이제는 손톱이 쉽게 부서졌다. 나이 든 뼈처럼. 나이 든 심장처럼. 조이는 아직 그렇게까지는 나이가 많이 들지 않았는데도 말이다. 아직 일흔 살이 되지 않았는데도 말이다. 크리스마스 전에 조이는 쉰 살밖에 되지 않은 멋진 선수를 상대로 6 대 4, 6 대 2라는 대승을 거두었다. 하지만 올해는 테니스 클럽에 가지 않을 것이다. 이제는 그런 힘이 남아 있을 것 같지 않았으니까.

자살 충동을 느끼지는 않았다. 절대로. 하지만 생애 처음으로 이제는 충분히 살았다는 느낌이 들었다. 이제 더는 귀찮은 일을 하고 싶지 않다는 생각이 들었다. 그저 할아버지, 할머니가 보고 싶었고, 어머니가 보고 싶었다. 사후 세계로 들어가는 문을 통과했을 때, 자신을 보고 환하게 웃는 세 사람을 상상했다. 그분들을 다시 볼 수 있다면 정말 좋을 텐데. 조이는 뛰어가 안길 것이다. 그때 조이는 어머니를 기쁘게 해줄 옷을 입고 있을 것이다.

오늘은 밸런타인데이였다. 사랑을 축하하는 날이었다. 사실 조이와 스탠은 밸런타인데이를 단 한 번도 크게 신경 쓴 적이 없었다. 어쨌거나 미국 기념일이었으니까. 하지만 해마다 밸런타인데이는 요란해지는 것 같았다. 빨간 장미, 초콜릿, 곰 인형. 정장을 입은 남자들이 꽃다발을 들고 다니는 날이 되고 있었다. 조이는 빨간 장미는 원하지 않았다. 하지만 함께 침대에 누울 남편은 원했다.

조이는 엎드려서 얼굴을 베개에 묻었다. 지금 울기 시작하면 결코 멈추지 못할 것 같았다.

"일어나. 지금 당장 일어나란 말이야."

조이는 베개에 대고 말했다.

조이가 아기였을 때, 어머니가 맞이했다는 아침이 생각났다. 아름답고 이성적인 펄 베커는 아침에 눈을 떴지만 침대 밖으로 나올 수가 없었다. 그저 간신히 고개를 베개에서 들어 올릴 수 있었을 뿐이었다. 어머니는 조이에게 "꼭 콘크리트 블록에 갇혀버린 것 같았어"라고 했다. 그때 현관에서 우유 배달부 소리가 났기 때문에(그때는 그런 사람도 있었다!) 어머니는 도와달라고 소리쳐 불렀고, 그 사람 덕분에 의사가 와서 어머니를 살펴볼 수 있었다. 그러니까, 그 시절에는 환자의 집을 방문하는 의사도 있었던 거다. 그 의사는 어머니에게 "비타민 결핍증"인 것 같다고 말했고, "아기를 위해 일어나고, 더 강해질" 필요가 있다고 했다.

물론 지금은 그런 시절은 지났고, 현대인들은 지식을 쌓은 덕분에, 의료 지식이 없는 일반인들도 어머니의 병명이 우울증이라는 걸 안다. 펄 베커는 절대로 그 진단을 받아들이지 않았을 테지만 말이다. 어머니는 "오, 아니야, 조이. 그건 신체적인 문제였어. 슬퍼서 그런 게 아니라니까. 나한테는 네가 있었잖아. 아름다운 우리 아기. 그렇게 머리가 크고 동그랗지 않다면, 그러니까, 당구공처럼 동그랗지만 않다면 훨씬 더 예뻐 보였겠지만, 넌 아주 작고 예쁜 아이였어"라고 했다. 조이의 어머니는 부드러운 칭찬으로 포장된 면도칼처럼 날카로운 비아냥을 능숙하게 구사하는 사람이었기에 비아냥을 듣는 사람은 그 순간 자신이 피를 흘리고 있다는 사실조차 눈치채지 못했다.

"게다가 나한테는 잘생긴 남편도 있었잖아."

그러니까 엄마가 일어나지 못했던 날에는 "친구를 만나고 오겠다"고 말하고 나가서는 영영 돌아오지 않은 그 잘생긴 남편이 아직은 엄마 곁에 있었던 거다.

조이의 팔과 다리에 느껴지는 이 묵직함이 바로 엄마가 오래전 그 아침에 느꼈던 느낌일 수도 있었다. 하지만 조이의 심장은 빠르게 뛰고 있었다. 혹시 우울증과 불안이 겹친 게 아닐까? 에이미를 괴롭히는 게 이런 감정일까? 조이의 이마 위로 묵직한 통증이 스멀스멀 기어갔다. 지금껏 조이는 단 한 번도 두통을 경험해본 적이 없었다. 어쩌면 이제 두 딸을 힘들게 하는 신체적이고도 감정적인 고통을 경험할 시간이 됐다고 말해주는 것인지도 몰랐다. 어째서 조이의 딸들은 그 누구도 이해하지 못하고 눈에도 보이지 않는 질병 때문에 고통을 받는 걸까?

델라니 가족의 주치의는 에이미의 얼굴에 손가락을 대고 우스꽝스럽게 흔들어대면서 "좀 더 훈육을 강화해보는 게 어떨까요?"라고 했었다. 너무나 아파서 얼굴이 하얗게 질린 브룩의 머리 위로 조이를 보고 윙크를 하면서 "건강염려증일 수도 있을 것 같군요. 막내라서 그런 걸까요? 관심을 받으려고?"라고도 했었다. 그럴 때면 딸은 또 다른 딸이 그렇듯이 조이가 줄 수 없는 구원을 찾아 간절한 눈으로 엄마를 바라보았다. 아들들을 주치의에게 보이는 일은 오히려 쉬웠다. 아들들의 병은 남자다웠고, 눈에 보였고, 치료할 수 있었다. 아들들은 기침을 했고, 코가 막혔고, 발진이 났고, 뼈가 부러졌다.

델라니 가족의 주치의는 자신이 정신 건강과 편두통에 관해 무엇을 모르는지 몰랐다. 그렇다고 훨씬 비싼 돈을 받고 잘난 척하는 전문의들이 더 많은 것을 아는 것도 아니었다. 그런데도 왜 조이는 그런 무지한 사람들에게도 공손하게 굴었던 걸까? 어째서 그렇게 온순하게 고맙다고 한 걸까? "감사해요, 의사 선생님. 당연히 선생님이 옳아요." 비참한 딸을 데리고 자동차로 돌아오면, 딸들은 딸에게 아무것도 해줄 수 없다는 절망감에 좌절해 있는 조이의 반응을 자신들에 대한 분노로 잘못 해석했고, 조이가 자신을 비난하는 것처럼 딸들도 자기 자신을 비난했다.

그 주치의는 이제 이 세상에 없었다. 조이가 아는 한, 전문의들도 최소한 한 명은 세상을 떠났다. 이제는 오래전에 죽었지만, 조이를 잠들지 못하게 하고 샤워실로 들어가게 했던 남자들을 향한 부질없는 분노가 솟구쳐 올랐다. 샤워를 하면 더 많은 분노가 솟구쳐 올랐다. 지금 그 샤워 스툴에는 조이만이 쓰는 샴푸와 바디워시가 있었다. 남편의 물건은 없었다. 스탠은 다른 욕실을 썼다.

어쩌면 이제는 마침내 결혼 생활이 패배했음을 인정해야 할 때가 됐는지도 몰랐다. 두 사람이 네트에서 만나 악수를 하고, 서로 툭툭 어깨를 쳐서 수고했음을 치하하고, 팬들에게 손을 흔들고 코트를 떠나야 할 때가 왔는지도 몰랐다.

조이는 머리를 박박 긁었다. 깨진 손톱이 두피를 난폭하게 할퀴었다. 조이는 자신과 스탠이 제자들과 아이들에게 했던 뻔한 말들을 생각했다.

매치 포인트에서도 여전히 반격할 수 있어.

계속 진다면, 게임을 다시 점검해야 해.

조이는 투사였다. 조이는 승자였다. 조이는 조이 델라니였다. 조이는 결혼 생활을 포기하지 않을 것이다. 오늘, 조이는 회심의 한 방을 날릴 것이다. 사과크럼블을 만드는 것이 좋을지도 몰랐다. 그게 조이가 해야 하는 일일 수도 있었다. 스탠은 둔감할 때도 있지만 조이가 자기 어머니가 가장 잘 만들었던 음식을 만든 이유는 분명히 이해할 것이다. 사반나의 조언을 참고해서 만들어볼 것이다. 식료품 저장실 뒤에 위스키가 있으니까.

두통약을 두 알 먹었고, 평소보다 두 배나 오래 이를 닦았다. 나렐이 꼭 사용해야 한다고 했지만, 손목이 아파서 쓰지 않았던 커다란 둥근 브러시로 머리카락을 빗으면서 헤어드라이어로 머리를 말렸다. 언젠가 스탠이 "아주 멋지다"라며 아낌없이 칭찬했던, 조이에게 아주 근사하게 어울리는 드레스를 입고 립스틱을 발랐다.

조이는 한껏 자의식을 느끼며 욕실에서 나왔다. 집은 고요했다. 스탠이 집에 있기는 한 걸까?

"스탠?"

조이의 목소리가 갈라졌다. 분명히 대답이 들려야 하는데.

"스탠?"

아무 대답이 없었다. 거실 창문으로 걸어가 커튼을 걷었다. 자동차가 없었다. 스탠은 일찍 집을 나선 것이다. 어디로 갔을까? 아무렴 어때. 스탠이 나간다는 말도 없이 나갔다는 사실에, 조이는 바보처럼 마음이 아팠다. 이제 두 사람은 당연히 이런 관계를 맺고 있었다. 그런데도 멍든 과일처럼 흐물흐물해진 조이의 심장은 여전히 새로운 아픔을 느꼈다.

조이는 주방으로 가서 차를 끓일 물을 주전자에 담아 불에 올리고, 크럼블을 만들 사과를 꺼내려고 냉장고 문을 열었다.

목요일에 장을 보러 갔을 때, 조이는 통통한 녹색 그래니 스미스 사과를 다섯 개 사 왔다. 하지만 지금 채소 보관실에는 사과가 한 개만이 남아 우울하게 굴러다니고 있었다. 그러니까 스탠이 이틀 동안 사과를 네 개나 먹은 것이다.

조이는 다시 침대로 돌아가 미션 따위는 잊어버릴까 고민했다. 아니, 그럴 수는 없었다. 조이는 지금 시합을 뛰고 있었다. 지금 당장 기차역 옆에 있는 미니 마트에 가서 사과를 사 와야 했다. 미니 마트는 언제나 일찍 문을 여니까. 문제는 스탠이 차를 가지고 나갔기 때문에 그 먼 길을 걸어갔다 와야 한다는 거였다.

좌절감에 절로 신음이 나왔다.

뒷문에 있는 가장 좋아하는 시원한 자리에 누워 있던 슈테피가 왜 그러냐고 묻는 것처럼 고개를 들고 꼬리로 바닥을 탁탁 쳤다.

"노력했어, 슈테피. 이건 모두 스탠이 사과를 다 먹어버리고 자동차를 가지고 나갔기 때문이야."

그때 한 가지 생각이 번뜩 떠올랐다. 반바지로 갈아입고 선물로 받은 자전거를 타고 미니 마트에 다녀오면 되는 거였다! 지금까지 조이는 막다른 골목에서만 한 번 자전거를 탔을 뿐이었다. 자전거를 타는 건 좋았지만, 혼잡한 곳에 간다는 생각을 하면 긴장이 됐다. 하지만 두려움은 맞서야 한다. 두려움에 맞설 생각을 하니 신이 났다. 사람들은 두려움에 맞서는 일은 신나는 일이라고 했다.

30분 뒤에 조이는 떨리는 다리로 미니 마트 계산대 앞에 서서 지나치게 비싼 그래니 스미스 사과 네 개 값을 계산대에 올려놓았다. 언제나처럼 미니 마트 주인은 조이를 노려보았지만(도대체 왜 저 남자는 조이를 미워하는 걸까?), 언제나처럼 조이는 주인을 상냥하게 대했다. 조이는 사과를 자전거 고리버들 바구니에 넣고 집으로 달려가기 시작했다. 언덕을 올라가려면 정말 힘껏 페달을 밟아야 했다. 지금까지 그 오랜 시간을 이곳에서 살았지만, 집으로 가는 이 거리가 에베레스트산만큼 경사가 심한 언덕이라는 사실을 미처 몰랐다.

누군가 경적을 울렸고, 조이의 심장이 펄쩍 뛰어올랐다. 조이는 자전거 핸들을 꺾었고, 앞바퀴가 난폭하게 배수로에 빠지고 말았다. 핸들을 똑바로 돌리고 모퉁이를 돌아 자전거를 살펴보았다. 앞바퀴가 완전히 터져버렸다.

"이게 뭐야. 이제 어떻게 한담?"

조이는 어린아이처럼 거칠게 자전거를 바닥에 던져버렸다. 엉덩이에 손을 얹고 똑바로 서서 거칠게 숨을 들이쉬면서 자전거와 사과를 보다가, 사과 한 개를 공처럼 툭 찼다. 사과가 쪼르륵, 살짝 굴러갔다. 오늘은 사과크럼블을 만들지 않을 것이다. 앞으로도 다시는 만들지 않을 거다.

이제 이것으로 됐다.

정확하게 샷을 쏘고, 정확하게 라켓을 휘두르고 멋진 기술을 구사하고, 해야 할 모든 것을 제대로 해낸다고 해도, 여전히 시합은 잘못될 수 있다. 아무리 뛰어난 선수라고 해도 100퍼센트 성공할 수는 없다. 지는 날도 있는 법이다. 아이들에게도 늘 그렇게 가르쳤다. 너희가 이 세상 최고 선수여서, 계속 이기고, 이기고, 또 이긴다고 해도, 결국 지는 순간이 오게 마련이다.

조이는 남은 길은 헬멧의 끈을 잡고 걸어서 돌아갔다. 진입로에는 차가 서 있었다. 자전거는 일단 집에 들어가서 한숨 돌리고 조금 쉰 뒤에 가지러 가기로 했다. 여전히 집 안은 조용했지만, 조이는 음침하게 몸을 숨기고 심통을 부리고 있는 남편의 존재를 충분히 느낄 수 있었다. 땀에 젖은 셔츠는 조이의 몸에 바싹 달라붙어 있었고, 조이의 기분은 도벽이 있는 카로의 끔찍한 고양이처럼 어딘가 긁히고 울화가 치밀어 오르는 것 같았다. 주방으로 들어간 조이는 물을 유리잔에 따라서 벌컥벌컥 들이켰다.

"당신도 이걸 읽어야 해."

갑자기 깊고 커다란 스탠의 목소리가 뒤에서 들려와서 조이는 펄쩍 뛸 정도로 놀랐다. 유리잔이 조이의 이에 세게 부딪혔다. 조이는 스탠을 돌아보았고, 스탠은 제본한 종이를 식탁에 올려놓았다.

"그게 뭔데?"

"해리 하다드의 회고록. 초고라고 해야 하나. 우리한테 읽어보라고 보냈더라고. 내 얘기가 있어. 우리 얘기가 있지."

"그렇겠지."

조이는 거의 10대 아이처럼 '그게 뭐'라고 말할 뻔했다. 망할 회고록에 관해서는 까맣게 잊고 있었다. 이제, 회고록 따위는 아무것도 아니었다. 이미 추악한 작은 비밀을 밝혀졌으니까.

"그 애가, 어렸을 때 속임수를 썼다는 사실을 인정했어."

스탠은 원고를 손가락으로 툭툭 치면서 말했다. 조이는 원고 제목을 읽었다. '해리의 시합'.

"인정했다고?"

조이는 유리잔을 식탁 위에 내려놓고 천천히 식탁 의자에 앉아 해리의 인생 이야기를 앞으로 끌어당겼다. 해리가 공개적으로 자신이 속임수를 한 번 썼다고 말했다면, 분명히 실제로는 훨씬 더 많았을 것이다.

"그래. 당연히 놀랄 일은 아니……."

"잠깐, 뭐라고?"

조이는 스탠을 쳐다보았다. 지금 한 말을 도저히 믿을 수 없었다.

"놀랍지, 않다는 게 무슨 뜻이야? 당신은 트로이를 믿지 않았잖아. 트로이가 거짓말을 했다고 비난했잖아."

"아니, 안 그랬어. 그 애가 거짓말을 했다고는 안 했어. 안타깝지만 그게 시합할 때 겪는 불행한 현실이라고 말한 것뿐이야. 거짓 콜을 부르는 아이들을 만날 때도 있을 테니, 그럴 때는 상대가 아니라 자신의 경기에 집중해야 한다고 말한 것뿐이라고."

"그게 무슨 헛소리야!"

조이는 스탠의 뒤통수를 잡고 그가 과거를 명확하게 볼 수 있는 방향으로 제대로 돌려주고 싶었다.

"당신은 해리를 편들었어. 자기 아들을 지지하지 않았다고."

"내 아들이 다른 선수를 때렸어! 당연히 지지할 수 없지. 당신, 미쳤어?"

"감히 나한테 미쳤다고 말하지 마!"

조이는 맹렬하게 화가 났다. 남편에게, 딸들을 도와주지 않았던 그 옛날 의사들에게, 무례한 미니 마트 남자에게 화가 났다. 땀에 절어 납작해진 머리카락은 달라붙어 있었고, 끔찍한 남편의 고약한 어머니의 사과크럼블을 만들겠다고, 먹지도 못할 사과를 사려고 그 망할 에베레스트산을 자전거로 등반하느라 다리는 아직도 떨렸다.

"트로이가 흥분한 건 당신이 지지해주지 않았기 때문이야!"

"트로이는 모든 기회를 가졌어. 그 녀석들 모두 모든 기회를 가졌었어. 그런데도 그 녀석들은 자기들이 얼마나 운이 좋았는지, 전혀 몰라!"

아이들에게 가하는 비난은 실제 폭력처럼 조이를 강타했다.

"아이들은 최선을 다했어!"

하지만 스탠은 듣지 않았다. 스탠의 마음은 지금도 해리에게 가 있었다. 언제나 해리의 재능에, 해리의 잠재력만이 스탠의 마음에 가득했다. 스탠의 마음에는 해리, 해리, 해리뿐이었다.

"그 불쌍한 아이가 왜 속였는지 알아?"

스탠이 고함을 질렀다. 해리의 원고를 들고 조이를 향해 격렬하게 흔들었다.

"그 애 아빠가 여동생이 암이라고 했기 때문이야!"

스탠의 말은 아킬레스건이 파열될 수 있을 정도로 갑자기 방향을 바꾼 것처럼, 조이에게 큰 충격을 주었다. 조이는 이 논쟁에서 스탠이 할 모든 말을 이미 알고 있다고 생각했다. 하지만 아니었다. 조이는 힘없이 말했다.

"그 사람이 해리한테 사반나가 암이라고 했다는 거야?"

"그 아빠에 그 딸이지."

스탠은 이 모든 기이한 결과를 정확히 예상하고 있었다는 듯이, 만족스럽고도 음산하게 웃으면서 다시 식탁에 내려놓은 원고를 조이 앞으로 밀었다.

"그 녀석이 해리한테 상금을 받아야지만 동생의 목숨을 구할 수 있는 약을 살 수 있다고 했어. 그 바보 같은 아이는 자기가 잘해야만 동생의 목숨을 구할 수 있다고 생각했고. 그러니 속임수를 쓸 수밖에. 그 애가 나와 함께 있었다면, 나는 그걸 알아내고, 멈추게 했을 거야. 하지만 나에게는 절대 그런 기회가 없었지. 왜냐하면 당신이 일방적으로 그 애를 내쫓아버렸으니까!"

스탠은 조이의 목을 조를 것처럼 손가락을 활짝 편 두 손을 앞으로 뻗었다.

지금은 조이가 해리를 생각할 때가 아니었다. 조이는 스탠의 공격을 맞받아칠 수 있는 정보에 집중해야 했다.

"당신 아이들은 당신의 도움이 필요했어. 나도 당신의 도움이 필요했고!"

조이도 고함을 질렀다.

"당신은 그럴 권리가 없었어! 가르치는 건 내 직업이었다고!"

스탠이 조이 앞에 우뚝 섰지만, 조이는 조금도 무섭지 않았다. 오히려 신이 났다. 금이 가 있던 결혼이라는 껍데기가 마침내 코코넛 열매처럼 갈라지고 있었다. 조이는 그 안에 든 열매가 밖으로 드러나기를 바랐다. 마침내 지금까지 하지 못했던 모든 말들을 해버리고 싶었다.

"그럼 내 직업은? 나는? 내 경력은? 내가 한 희생은?"

조이가 주먹으로 자기 가슴을 쳤다.

"당신이 무슨 희생을 했는데?"

스탠의 말에 조이는 말문이 막혔다. 공개적으로 창피를 당한 것 같았다. "당신에게 희생할 게 있었어? 당신은 그 어떤 가치도 없어. 미니 마트 남자가 굳이 웃어줄 이유도, 당신의 아이들이 굳이 전화를 해 안부를 물을 가치도 없어"라고 말하고 있는 것만 같았다.

"당신 때문에 난 테니스를 그만뒀어."

조이가 말했다. 마침내 크게 소리 내어 말했다. 그 오랜 세월, 조이의 입 안에 있었지만, 결코 혀끝으로 나가지 못했던 말을, 뒤통수가 아니라 늘 가슴 한가운데 있던 말을, 쇄골 밑에, 가슴 사이에, 언제나 조이가 주먹으로 치고 또 쳤던 그 자리에 있었던 말을 내뱉었다.

나는? 나는? 나는? 내 인생은?

조이는 결코 스탠이 고마워해주기를 바란 적은 없었다. 그저 인정해주기를 바랐다. 그저 단 한 번이라도 인정해주기를 바랐다. 남편이 인정해주지 않는 삶이라면, 지금까지의 이 모든 삶이 정말 무슨 의미가 있었던 걸까? 오븐에 구우려고 썰어야 했던 그 많은 양고기는 무슨 의미가 있으며, 그 많던 스파게티 볼로냐는 무슨 의미가 있었던 걸까? 세상에나. 밤마다, 밤마다, 밤마다, 끊임없이 만들어내야 했던 요리들은? 그 많은 빨래, 다림질, 걸레질, 비질, 끊임없는 운전은? 그때, 조이는 단 한 번도 화가 나고 억울하다는 생각은 하지 않았다. 하지만 지금은 그 모든 순간이 분하고 억울했다. 그 망할 양고기 조각 하나하나가 너무나도 억울하고 분했다.

스탠은 조용히 말했다.

"나는 절대로 당신한테 무언가를 포기해달라고 요구한 적 없어, 조이."

바로 그게 문제였다. 스탠은 요구할 필요도 없었다.

"당신이 원하는 일이었다면, 했겠지."

스탠의 목소리에서 분노가 사라졌다. 익숙한 죽음처럼 적막한 고요가 스탠을 덮치고 있었다. 이제 그는 이 상황에서 빠져나갈 것이다. 처음에는 정신이, 나중에는 몸이.

조이는 다음에 벌어질 일을 알았다. 늘 그랬으니까. 이제 곧 조이는 이 커다란 침묵의 집에 조이만의 생각과 후회와 함께 홀로 남겨질 것이다.

"정말로 당신이 원했다면, 그 무엇도 당신을 막을 수 없었겠지."

스탠의 말에 조이는 아무 말도 할 수 없었다. 스탠을 향한 사랑이 조이를 막을 수 있는 유일한 조건임을 어째서 그는 모르는 걸까?

그리고 마침내 스탠은 마지막 판결을 내렸다.

"당신은 결코 랭킹 10위 안에 들지 못했을 거야, 조이. 당신이 그럴 수 있었다면, 나는 절대로 당신이 그만두지 못하게 했을 거야."

조이에게서 나온 공기가 주먹처럼 위장을 강타했다. 절대 그만두지 못하게 했을 거야. 그러니까, 조이의 희생이 자신이 심사숙고해서 내린 결정이었다고 말하고 있는 것이다. 부상을 입은 사람이 조이였다면, 절대로 스탠은 테니스 선수로서의 삶을 끝내지 않았을 것이다.

스탠은 틀렸다. 하지만 세상에나. 다시 시간을 되돌려 스탠이 틀렸음을, 스탠에게도, 조이에게도 증명할 방법은 없었다. 그렇기 때문에, 조이는 본능적으로 반응했다.

"당신은 해리에게 충분히 좋은 코치는 될 수 없었을 거야. 그 애는 당신이 없어서 더 잘한 거라고. 당신은 그 애 발목을 잡았을 거야. 그 애는 당신보다 더 나은 코치가 필요했어!"

그건 사실이 아니었다. 조이는 스탠이 이 나라에서, 어쩌면 이 세상에서 가장 뛰어난 코치 가운데 한 명일 거라고 믿었다. 조이는 가족이라는 사슬이 없었을 때 스탠이 어떤 일을 할 수 있었는지 알고 있다. 그런데 왜 스탠은 조이가 해낼 수 있었을 일을 모르는 걸까? 어째서 조이가 얼마나 멀리 날아갈 수 있는지를 모르는 걸까?

스탠은 해리의 회고록을 식탁에 올려놓고 청바지 주머니에 손을 넣더니 자동차 열쇠를 꺼냈다.

조이는 가슴 깊은 곳에 숨겨둔 가장 반짝이는 독설을 꺼냈다.

"델라니 가족의 사업을 성공적으로 이끈 사람은 나야. 누구나 그 사실을 알아. 내가 없었다면, 당신은 아무것도 가질 수 없었어. 내가 없었으면, 당신은 그저 아무 쓸모도 없는…… 아무것도 아닌 한물간 선수였을 뿐이야."

조이의 말이 스탠을 맞히고 튕겨져 나왔다. 스탠은 몸을 돌려 걸어 나갔고, 그런 스탠을 조이는 참을 수가 없었다. 이렇게 떠나버리는 건 공정하지 못했다. 단 한 번도 공정한 적이 없었다. 그저 조이가 계속해서 참고 또 참아준 것이며, 아이들이 참아준 것일 뿐이었다. 하지만 이건 받아들일 수 없는, 용서할 수 없는 행동이었다. 이제 더는 받아줄 수 없는 행동이었다. 이제 더는 감싸줄 수 없는 행동이었다. 이제 스탠이 머물러야 한다.

조이는 스탠을 따라 달려 나갔다. 그렇게 달려 나가면서도 조이의 마음 한편에서는 자신의 행동이 부끄러웠고, 치욕스러웠고, 부적절하게 느껴졌다. 조이의 의식은 하늘로 둥둥 떠올라 뛰고 있는 조이를 관찰했다. 조그맣고 귀여운 할머니가 멋진 주방에서 뛰어나가 현관문을 나서는 남편을 향해 고래고래 고함을 지르면서 달리고 있었고, 낯선 사람이 보이지 않으니 어째서 두려워해야 하는지를 몰라 당혹스러우면서도 앞에 놓인 위험을 제거하려고 미친 듯이 짖고 있는 늙은 개도 함께 달리고 있었다.

조이는 자신이 다림질한 파란색과 흰색이 교차하는 체크무늬 셔츠를 입고 있는 남편의 등을 잡아 세웠다. 슈테피가 두 사람을 가운데 두고 미친 듯이 헐떡대며 빙글빙글 돌았다. 스탠이 거칠게 돌아섰고, 슈테피가 스탠을 덮쳤다. 스탠은 거의 넘어질 정도로 앞으로 휘청거렸다. 한 손으로 벽을 짚었고, 그 바람에 브룩의 사진을 넣은 액자가 8세 미만 대회 트로피와 함께 흔들리다가 바닥으로 떨어져 유리에 금이 갔다. 셔츠를 움켜잡으려고 길게 뻗은 조이의 손은 셔츠가 아닌 스탠의 뺨을 할퀴었고, 잔혹하게 부러져버린 조이의 손톱에는 그 즉시 피가 맺혔다.

스탠은 조이의 어깨를 손톱이 파고들 정도로 세게 움켜잡았다.

조이는 얼어붙었다. 스탠의 얼굴이 더는 스탠의 얼굴이 아니었으니까. 너무나도 광폭하게 분노한 그 얼굴은 조이가 모르는 얼굴이었다. 조이의 심장이 멈췄다. 이 세상이 멈춰버렸다.

69년 만에 생전 처음으로 조이는 두려움을 느꼈다. 모든 여자들이 알고 있는 그 두려움은 언제나 조이를 기다리고 있었다. 조이가 평생 좋은 남자에게 다정하게 사랑받고 보호받으며 살았다고 하더라도, 그 가능성은 언제나 조이의 마음속 그늘 밑에 조용히 숨어서 종종걸음 치고 있었다.

54

현재

"마지막으로 한 번만 더 보자."

크리스티나가 말했다.

이든은 재생 버튼을 눌렀고, 이든의 책상에 나란히 앉아 있던 두 사람은 델라니 집이 있는 막다른 골목에서 델라니 집과 두 집 떨어진 곳에 있는 이웃집 보안 카메라에 찍힌 화면을 쳐다보았다. 스치듯 지나가는 화면이었지만, 영상은 선명했다.

카로 아지노빅의 아들이 아버지가 돌아가신 뒤 혼자 사는 어머니를 위해 설치한 보안 카메라는 조이 델라니가 사라진 뒤 이틀이 되던 날, 극심한 폭풍우가 몰고 온 우박에 맞아 고장이 났지만, 지금 수리 중이라고 했다. 어머니의 집 높은 곳에서 아래를 내려다보는 이 망할 영상을 경찰에 가져온 것도 카로 아지노빅의 아들이었다. 카메라는 파이 조각처럼 보이는 델라니 집의 진입로 일부에서 일어난 일을 우연히 찍었다.

크리스티나와 이든은 아내가 사라진 다음 날 자정에서 2분이 지났을 때, 스탠 델라니가 담요에 싼 축 늘어진 무언가를 집에서 힘들게 들고나와 차로 가져가는 모습을 지켜보았다.

스탠은 자동차 트렁크를 열고 그 물체를 내려놓더니, 몸을 숙여 담요를 다시 정리했고, 두 손으로 트렁크 뚜껑을 닫고 몸을 세우더니(정확히 12시 3분 47초였다) 엄숙하고 경건하게 기도하는 것처럼 두 손으로 자동차를 짚고 고개를 숙였고, 잠시 뒤에 마침내 고개를 들고 카메라 밖으로 나가버렸다. 으스스하면서도 강렬한 장면이었다.

"세상에, 저 사람이 서 있는 방식은요. 처음부터 끝까지, 이런."

"그래, 나도 알아."

오늘 크리스티나는 자백을 받을 것이다. 느낌이 왔다. 스탠 델라니에게 이 영상을 보여줄 테지만, 영상을 보여주는 내내 한마디도 하지 않을 것이다. 소음조차 내지 않을 것이다. 자신이 아내의 시신을 내려다보고 있는 영상을 보는 스탠을 지켜만 볼 것이다. 크리스티나는 스탠이 교회에 나가지 않는다는 사실은 알지만, 자신처럼 스탠도 가톨릭 집안에서 자랐다는 사실도 알고 있었다. 저 남자의 기도하는 자세는 자신의 죄를 간절히 고백하고 싶어 하는 마음을 드러내고 있음을, 크리스티나는 알았다.

오늘 밤에 크리스티나와 니코는 교구 신부를 찾아가 혼인성사를 의논해야 한다. 그때 크리스티나는 조이와 스탠도 자신과 니코가 다가오는 봄에 해야 할 서약을 했다는 사실을 떠올리지 않도록 노력해야 할 것이다. 크리스티나는 절대로 젊은 조이 델라니와 폴리 퍼킨스도 그들의 남편에게 기쁠 때나 슬플 때나 부자일 때나 가난할 때나 아플 때나 건강할 때나 죽음이 두 사람을 갈라놓을 때까지, 죽은 듯이 고요한 밤중에 내 몸을 차에 실어 그 누구도 찾을 수 없는 곳에 버리러 가기 전까지, 내 목소리가 높아지기 전까지, 새 다리미를 사려고 돈을 너무 많이 쓰기 전까지, 내 가족을 위해 내 일을 포기하기 전까지, 파티에서 다른 남자에게 키스하기 전까지, 지금으로서는 상상도 하지 못할 이유로 당신을 불쾌하게 만들기 전까지, 서로를 믿고 따를 것이라고 서약했다는 사실은 생각하지 않을 것이다.

"크리스티나?"

이든이 말했다.

"미안. 못 들었어."

"중요한 말은 아닌데, 좀 이해가 안 돼서요. 스탠을 처음 만나서 조사할 때, 분명히 우리한테 뭔가 숨기고 있다는 건 알았거든요. 그런데 자기 아내의 사진을 보는 스탠을 보니까 '이건 틀릴 수가 없겠는데? 저 남자는 아내를 사랑해'라는 생각이 들었단 말이죠."

"그 남자가 아내를 사랑하지 않는다고는 생각하지 않아."

크리스티나는 약혼반지의 다이아몬드가 손가락 가운데 오도록 반지를 돌렸다.

하지만 스탠이 아내를 죽였다는 사실은 언제나 알고 있었다. 그것은 결혼식장에서 흰 장미와 연분홍 치자꽃으로 만든 부케를 들고 제단을 향해 걸어가는 동안 크리스티나와 함께할 잔혹한 사실일 것이다. 사랑하는 남편도 아내를 죽일 수 있다는 사실 말이다.

55

밸런타인데이

스탠 델라니는 여자들은 말로 피를 낼 수 있는 힘이 있음을 언제나 알고 있었다. 남편과 아들의 부드럽고 바보 같은 무방비 상태의 자아를 절단하는 것이 스탠의 어머니가 가장 좋아하던 취미였으니까.

애한테 언젠가는 윔블던에서 뛸 수 있을 거라는 말은 하지 마. 바보 같은 녀석이 믿을 거 아니야. 어떻게 애나 아빠나 그렇게 멍청할 수가 있어!

매일 그런 것은 아니지만, 거의 매일 그랬다. 어머니가 술에 취했을 때가 아니라 멀쩡할 때 그랬다. 멀쩡할 때 어머니는 심술궂었다. 어머니는 손가락으로 자신의 옆머리를 쿡쿡 찌르면서 남편을 향해 아름답게 웃으면서 말했다.

불은 켜져 있는데, 집에는 아무도 없네. 안 그래, 내 사랑?

아버지의 무기고에는 자신을 방어할 수 있는 현명한 말들이 들어 있지 않았다. 그저 잔뜩 겁을 먹고 움찔할 뿐이었고, 아내가 자신이 이해하기에는 너무나도 영리한 농담을 했다는 듯이 바보같이 웃을 뿐이었다. 아버지는 그저 입을 닫고 침묵했다. 어머니의 심술궂은 말들을 그저 받아들이고 또 받아들였다. 더는 참지 못했던 그 날까지, 아버지는 그저 받아들이고 또 받아들였을 뿐이다.

열네 살이었던 스탠은 몸을 웅크린 채 바닥에 누워 있는 어머니를 향해 달려갔고, 그렇게 한 것은 잘한 일이었다. 언제나 스탠은 자신이 본능에 따라 가장 먼저 한 일은 어머니에게 달려가 어머니와 아버지 사이에 자기 몸을 끼워 넣은 거라고 스스로에게 말하지만, 멀리 날아가는 엄마를 보면서 머릿속에서 가장 먼저 떠오른 것은 아주 작았지만 너무나도 끔찍하게 엄마를 배신했던 생각임을 절대로 잊을 수가 없었다.

엄마는 당해도 싸.

그 생각은 너무나도 약했고, 너무나도 작아서, 가끔은 그런 생각을 했다는 것 자체가 자신의 상상이었다고 치부할 수 있었다. 그 생각은 너무나도 빨리 왔다가 사라졌고, 너무나도 천천히 일어났고, 너무나도 오래전에 일어났으니, 그 순간 정말로 어떤 생각을 했는지는 절대로 알 수가 없을 것이다. 사람은 기억에 의존하면 안 된다. 본래 기억은 믿을 게 못 된다.

스탠은 자기 아버지와 똑같았다. 언제나 그 사실을 알고 있었다. 어머니처럼 재빠르지도 영리하지도 않았다. 아내처럼 재빠르지도 영리하지도 않았다. 학교 성적도 좋지 않았다. 벽돌처럼 둔탁한 사람이었다. 창고에서 쓸모 있는 가장 예리한 도구가 아니었다.

일흔 살이 된 스탠은 아버지의 엄청난 분노와 굴욕이, 고통과 상처가 가슴 안에서 부풀어 올라 눈 뒤에서 폭발하는 동안 두 손으로 아내의 살을 느꼈다.

Apples Never Fall

56

현재

"이제 곧 언제라도 그 사람들이 우리 아빠를 체포하러 올 거야."

클레어 기어의 전남편은 시드니 항구의 아침 햇살에 반짝이는 바닷물을 보면서 말했다. 아랫입술에는 크루아상 조각이 붙어 있었고, "우리 아빠"라고 하는 말투는 고뇌하는 어린아이 같았다.

두 사람은 테이크아웃 커피와 흰 종이봉투에 담긴 아몬드 크루아상을 먹으며 트로이가 처음으로 클레어에게 키스한 여객선 정류장이 내려다보이는 공원 벤치에 앉아 있었다. 클레어는 트로이가 그 사실을 기억하고 있는지, 그래서 일부러 이곳을 약속 장소로 잡은 것인지 궁금했다. 하지만 그럴 리가 없었다. 지금 트로이의 마음에는 엄청나고도 끔찍한 번뇌가 자리 잡고 있으니까.

클레어는 손을 뻗어 손가락 끝으로 트로이의 입술에 붙은 크루아상 조각을 떼어냈다.

"왜 그렇게 생각해?"

"경찰이 길 건너편 집에 설치된 보안 카메라 영상을 확보했다는 말을 들었으니까."

트로이는 잠시 입을 다물었다.

"거기에…… 아주 나쁜 게 있는 게 분명해. 근데, 그게 뭔지 상상도 못 하겠어."

트로이의 목소리는 떨리고 있었다.

"어떻게 해."

클레어에게 이 커피는 지나치게 신맛이 났다. 클레어는 커피를 벤치에 내려놓고 두 사람이 나란히 뻗고 있는 맨살이 드러난 다리를 보았다. 두 사람 모두 반바지를 입고 있었다. 두 사람의 다리는 빛나는 주말을 함께 보낼 연인들의 다리처럼 보였다. 뒤쪽에는 지저분한 부정이 도사리고 있고, 앞쪽에는 기이한 출산 준비는 말할 것도 없이 잠재적으로 비극을 낳을 가능성을 품고 있는 이혼한 부부처럼은 보이지 않았다.

클레어 기어는 서른네 살이었다. 만나는 사람마다 늘 언급하는 길고 곱슬거리는 빨간 머리카락에 역사 선생님인 아버지를 빼면 고용주가 될 사람뿐 아니라 그 누구도 그다지 관심이 없는 세계사 학위를 가지고 있으며, 전혀 예상치도 못하게 미국에서 보건 행정 분야로 경력을 쌓아가고 있었다. 하지만 사실 그건 전혀 예상치 못한 일이 아닐 수도 있었다. 클레어는 학교 성적표에서나 직장 평가표에서 '긍정적인 태도'가 돋보인다는 평가를 받는 언제나 최선을 다하는 유형의 여자였으니까.

지금 남편은 처음 만났을 때 클레어에게 "분명히 치어리더였죠?"라고 했다. 물론 치어리더는 오스트레일리아의 문화가 아니었고, 클레어는 재주넘기도 하지 못했지만, 그 남자가 자신을 밝고 상쾌한 오스트레일리아 여자라고 믿게 내버려두었고, 그가 믿는 대로의 여자처럼 되는 데 거의 성공했다. 클레어는 오스트레일리아의 햇살처럼 밝고 상쾌하게 사람들을 행복하게 해주는 사람이었다. 오스트레일리아는 습하고 모기가 많으며, 산불이 자주 나고 우박까지 동반한 폭풍이 자주 분다는 말 따위는 할 필요도 없었다. 클레어는 제프를 정말 사랑했지만, 자신도 감당하지 못할 정도로 속수무책으로 사랑했던 트로이만큼은 아니었다. 역사는 반복하는 것이 아니라, 역사를 통해 배운다는 데 의의가 있다.

다시는 트로이 델라니를 보지 못한다고 해도, 다시는 오스트레일리아로 돌아오지 않는다고 해도 행복했을 것이다. 상처는 완벽하게 나았고, 흉터도 생기지 않았다. 이제 새로운 인생을 살고 있고 새로운 사랑도 만났다. 로맨틱 코미디도 비웃지 않고 다시 볼 수 있었다. 하지만 지금 클레어는 다시 돌아와서 전남편과 나란히 앉아 있었다.

클레어는 트로이가 두 사람의 배아로 임신을 해도 좋다고 허락한 이유는 속죄하고 싶기 때문임을 알고 있었다. 작년에, 뉴욕에서 자신의 소망을 말했을 때 트로이의 얼굴에서 본능적으로 즉시 떠올랐던 공포를 클레어는 기억하고 있었다. 클레어의 남편인 제프도 클레어의 전남편의 아이를 아내가 임신하는 걸 원치 않았다. 새로운 가족을 갖는 일에 제프는 그다지 열의가 없었다. 클레어의 소망을 들었을 때, 제프의 얼굴에서도 트로이의 얼굴에 떠올랐던 것과 완벽하게 똑같은 공포가 떠올랐었다.

두 남자가 이런 일을 하는 건 순전히 클레어 때문이었다. 한 사람은 죄책감 때문에, 한 사람은 사랑 때문에 이 일을 감당하기로 한 것이다. 생애 처음으로 클레어는 그들이 주고자 하는 것보다 훨씬 더 많은 것을, 자신이 받아야 하는 것보다 훨씬 많은 것을 요구했다. 하지만 그것이 자신에게 남은 유일한 기회임을 분명하게 깨달았을 때, 클레어는 두 번 생각하지 않았다. 자기 아이가 너무나도 갖고 싶었고, 그 가능성을 실현해줄 수 있는 건 냉동된 채 기다리는 다섯 번의 기회밖에 없었으니까.

지난 11월부터 클레어는 임신할 수 있기를 바라며 오스트레일리아에 머물고 있었고, 제프는 크리스마스 휴가로 2주간 다녀갔을 뿐, 텍사스에서 생활하고 있었다. 지금 클레어는 이상하고도 꿈같은 시간을 보내고 있었다. 대학교를 졸업한 뒤로 하루 종일 출근하지 않고 지낸 가장 오랜 기간이었다. 요즘 클레어는 그저 책을 읽고 오래 걸어 다녔다. 그동안 가끔 전남편도 만났는데, 두 사람은 일 때문에 만난 사람처럼 커피를 마셨고, 이제는 서로가 받아들일 수 있고 함께할 수 있는 적절한 리듬을 찾은 것 같았다. 심지어 클레어는 12월에 제프가 오스트레일리아로 왔을 때, 그렇게 하는 것이 어른의 예의라고 생각했기 때문에 트로이를 소개해주기까지 했다. 하지만 세 사람의 만남은 기이했고 거칠었으며 정말로 끔찍했다. 두 남자는 서로를 미워하는 게 분명했다. 두 남자는 서로에게 허세와 열등감이라는, 각자 가지고 있는 최악의 모습을 보여주었다.

하지만 지금 트로이의 어머니가 사라져버렸다. 그것보다 중요한 일은 없었다.

"믿기지가 않아. 몇 년 동안 두 분을 못 본 건 사실이지만, 그럴 수는 없을 것 같아."

클레어는 두 사람의 결혼식에서 스탠이 했던 축사를 기억하고 있었다.

"내 분야에서 러브는 0을 의미합니다."

스탠은 샴페인 잔을 들고, 사람들이 자신의 농담을 이해할 수 있도록 잠시 기다렸다가, 여기저기에서 낮은 탄성이 흘러나오자 행복한 듯 고개를 끄덕였다. 그리고 말했다.

"하지만 인생에서 사랑은 모든 것을 의미하지요. 시합에서 이기는 것은 사랑입니다. 나는 창고에서 가장 예리한 도구는 아니지만, 정말로 영리하게도 살면서 트로이의 어머니와 결혼한다는 가장 영리한 결정을 내릴 수 있었습니다. 살면서 트로이가 내린 결정 가운데 가장 현명한 결정은 바로 이 아름다운 여인과 결혼하겠다는 결정일 겁니다. 아들, 절대로 이 여인을 떠나보내지 마라. 가족이 된 걸 환영한다, 얘야."

스탠은 클레어를 보면서 샴페인 잔을 높이 들어 올렸고, 조이에게 키스했다. 두 사람이 젊은 신부와 신랑인 것처럼 조이의 머리 뒤쪽을 손으로 감싸 끌어당기며 키스했다.

그런 남자는 아내를 다치게 할 수 없었다. 그런 남자는 아내를 위해 자기 목숨을 버려야 한다. 하지만 클레어에게 정신을 못 차릴 정도로 푹 빠져 있던 그 남자의 아들이 아무런 이유도 없이 바람을 피운 걸 생각해보면, 불가능한 일도 아닌 것 같았다.

클레어가 너무나도 참을 수 없었던 게 바로 그거였다. 두 사람은 권태기가 아니었다. 두 사람은 풀어야 할 '갈등'도 없었다. 누군가 다른 사람을 사랑하게 된 것도 아니었다. 술에 취했거나 마약을 한 것도 아니었다. 그저 이 남자가 아무렇게나, 되는대로, 멍청하게 그녀의 마음을 아프게 했을 뿐이었다. 이 세상에는 매일 특별한 이유도 없이 상상도 하지 못할 일들이 벌어진다.

"브룩이 아빠를 위해 아주 유능한 강력 사건 담당 변호사를 구했어. 우린 호출이 오면 어떻게 해야 할지 정확히 알아. 브룩은 아빠 편에 설 거야. 그 애는 정말로 아빠가 했다고 해도 아빠 편에 설 거라고 했어. 한순간의 광기가 평생 아빠가 엄마를 사랑했다는 사실을 지울 수는 없다고 했어. 하지만 난 그렇게 생각하지 않아. 한순간의 광기가 그 모든 사랑을 무효로 만들 수도 있는 거야. 안 그래?"

클레어는 두 손을 높이 들었다.

"정말 너무 곤란할 것 같아, 트로이."

"이제 브룩과는 말도 안 해."

트로이의 목소리에서 고통이 느껴졌다.

"잘 이겨낼 수 있을 거야. 지금은 너무 경황이 없어서 그래."

"아빠는 절대로 나에게 져준 적이 없어."

트로이가 웃음소리 비슷한 거칠고 탁한 소리를 냈다.

"우리 엄마를 죽였다면, 나에게 용서를 기대해서는 안 될 거야."

"당신이 용서해줄 거라는 기대는 안 하실 거야. 정말로 그랬다면, 정말로 그런 광기의 순간이 있었다면, 스스로 자기 자신을 결코 용서할 수 없을 테니까."

트로이는 옆눈으로 클레어를 흘긋 보았다.

"아빠는 나한테 정말 화가 많이 났어. 당신한테 내가 했던 일 때문에 말이야."

"그건 고대 역사야."

아니, 그건 사실이 아니었다. 엄밀하게 말하면 그건 현대 역사의 하위 분야인 '근대 역사'였다. 클레어는 텅 빈 크루아상 종이를 구겨서 동그랗게 말았다.

여객선이 경쾌한 경적 소리를 내며 두 사람을 향해 천천히 물살을 가르며 다가왔다.

"저기서 당신한테 첫 키스를 했지."

트로이가 여객선 정류장을 뚫어져라 바라보면서 말했다.

"하지 마."

클레어가 날카롭게 말했다.

"미안. 그저, 당신이 내가 잊었다고 생각하는 게 싫었어."

두 사람은 여객선이 천천히 선착장에 닿아 멈추는 모습을 지켜보았다. 승객들이 트랩 위를 걸어 육지로 내려왔다.

"이번 건 됐어."

클레어가 조용히 말했다.

트로이는 아무 말도 하지 않았다. 클레어의 말을 이해하지 못한 것 같았다.

"알아. 그렇다는 거."

트로이가 말했다. 클레어를 보지는 않았다.

"축하해. 당신을 위해, 정말로 기뻐."

"알고 있었어? 어떻게?"

클레어가 재빨리 고개를 옆으로 돌려 트로이를 보았다.

"그냥 알았어. 당신을 보는 순간, 표정 때문에. 게다가 커피도 안 마셨잖아."

"그런 거 아니야. 커피는 맛이 이상해서 안 마신 거야."

"그게 임신했기 때문이야. 커피 맛이 이상하게 느껴지는 거. 이 커피 맛은 훌륭해."

트로이가 말했다.

너무 놀라 클레어는 커피를 쳐다보았다.

"그런 걸 나보다 먼저 알아채다니, 믿을 수가 없어."

"당신을 아니까."

트로이가 조용히 말했다. 하지만 심판이 내린 공정한 판정을 이의 없이 받아들이겠다는 듯이 재빨리 한 손을 들었다.

"미안. 내 말은, 당신을 알았던 적이 있었다는 뜻이야."

두 사람은 아무 말도 하지 않고 다시 뱃머리를 돌려 수평선을 향해 나아가는 여객선을 물끄러미 바라보았고, 할 수 있었던 일 때문에, 그리고 절대로 고개를 숙여 항복할 수 없었던 일 때문에 비통한 슬픔을 느꼈다.

"이 소식을 우리 엄마한테 전할 수 있으면 좋겠어."

트로이가 말했다.

"이 소식을 당신 어머니에게 전할 수 있으면 좋겠어."

클레어가 말했다.

지금, 이 순간, 많은 것이 전혀 달랐으면 좋겠다는 생각이 들었다. 아기만 빼고. 이제 찬란한 삶을 살아갈 이 아이는, 현대 의학과 사랑, 마지못한 동의와 죄의식, 복잡한 사랑이 만들어냈지만, 여전히 사랑으로 태어날 것이다.

어쨌든 모든 것이 다 잘될 것이다. 반드시 그렇게 되게 할 것이다.

57

"트로이는 아빠가 오늘이라도 체포될 거라고 생각해."

로건이 말했다.

"트로이가 뭘 알아."

인디라 말릭이 말했다. 인디라는 로건과 로건의 동생이 하는 끝나지 않는 경쟁에서 자신이 늘 로건을 지지하는 역할을 하고 있다는 사실을 깨달았다. 물론 그 경쟁에서 이기고 싶다는 마음을 공공연하게 드러내는 사람은 트로이뿐이었지만.

인디라와 로건은 매일 저녁 식사를 했던 유리로 덮인 탁자 앞에 앉아 있었다.

인디라는 로건에게 친구의 임신 축하 파티 때문에 시드니에 왔다고 말했다. 물론 축하 파티는 있었다. 하지만 끔찍한 임신 축하 파티 때문에 그 오랜 시간 비행기를 타고 오지는 않았을 것이다. 인디라는 로건 때문에 왔다. 친구들이 선물을 하나씩 풀 때마다 모두 "너무 귀여워!"라고 비명을 지르고, 임산부가 동그랗게 튀어나온 배 위로 선물을 자랑스럽게 들어 올릴 때 한 친구가 인디라에게 "너는 그 사람을 아직 사랑하고 있는 거라니까"라고 말했고, 인디라는 근엄하게 전 남자 친구의 어머니가 사라졌기 때문에, 친구로서 온 것뿐이라고 대답했다.

"에이미 언니는 어떻게 이겨내고 있어?"

인디라가 로건에게 물었다.

“누나는 괜찮아. 아마, 지금은 치료사하고 있을 거야. 상담가인가? 뭐, 명칭이 중요한 건 아니니까.”

“잘됐다. 언니는 어쩌면…….”

인디라는 입을 다물었다. 이제 인디라는 더는 델라니 가족의 일원이 아니었다. 따라서 에이미 언니가 정신 건강을 유지하는 방법에 관해 어떠한 견해도 제시할 권리가 없었다.

언젠가 에이미 언니는 인디라에게 어렸을 때 쉽게 기분이 상했기 때문에 쉽게 기분이 상하는 아이로 분류됐는데, 지금도 가족들은 자신을 쉽게 기분이 상하는 사람으로 단정하기 때문에 기분이 상한다는 말을 한 적이 있었다. 인디라는 지금은 그다지 어설픈 사람이 아닌데도, 가족들이 여전히 자신을 ‘서투르고 어설픈 아이’라고 규정하고 있기 때문에 에이미 언니의 마음을 공감했다.

인디라는 로건의 탁자 위에 있는 전단지를 한 장 집어 들었다. 로건의 어머니를 찾으려고 만든 전단지였다. 너무 많은 서체를 정신없이 써서 번잡하기만 한 전단지였다. 내가 만들었어야 하는데. 인디라의 마음은 찢어질 것 같았다. 전단지 사진 속에서 조이는 인디라가 선물한 티셔츠를 입고 있었다. 커다란 거베라 세 개를 프린트한 셔츠였다. 인디라도 조이도 거베라를 사랑했다. 두 사람은 서로 거베라를 주제로 한 소소한 선물을 교환했다.

“전단지 돌리는 거 도와줄까?”

“아니, 괜찮아. 이미 사방에 뿌렸는걸. 할 수 있는 건 다 해서, 이제 더는 사람들에게 알릴 방법이 없는 것 같아. 엄마는 그냥…… 사라져버린 것 같아.”

인디라는 사진 속에서 웃고 있는 조이를 보았다. 로건의 어머니는 절대로 고의로 연락을 안 하고 이렇게 오래 버틸 수 있는 사람이 아니었다. 로건의 어머니는 힘들이지 않아도 누구에게나 끊임없이 연락하고 지낼 수 있는 사람이었다. 심지어 인디라가 로건과 헤어진 뒤에도 감탄사와 이모티콘이 가득하지만 전혀 부담스럽지 않은 문자나 이메일을 가끔 보내왔다.

로건은 자기 어머니와 조금도 닮은 데가 없는 것처럼 보이지만, 그런 면은 꼭 닮았다. 로건도 늘 사람들에게 연락을 하고 지내는 사람이었다. 친구가 데크를 설치할 때 도와주고, 문제가 생긴 배수 시설을 고쳐주는 친구였다. 열쇠가 없어 집에 들어가지 못하거나 전자 기기가 고장 났을 때 친구들이 도움을 요청하는 친구였다. 인디라는 로건에게 수동적이라는 말을 해서는 안 되는 거였다. 수동적인 사람들은 데크를 만드는 친구를 돕는 일로 자신의 주말을 모두 쓰지 않는다. 로건은 좋은 사람이었다. 인디라는 그 사실을 실제로 몸이 다친 것처럼 아프게 경험했다.

"괜찮아?"

로건이 물었다.

"나는 걱정하지 마. 난 당신이 걱정이야."

인디라가 대답했다.

인디라는 로건의 손 위에 자신의 손을 얹었다. 로건은 끔찍한 것 같았다. 로건은 언제나 꾀죄죄했다. 꾀죄죄함은 로건의 정체성의 일부였다. 그것이 로건을 동생과 다르게 보이게 하는 방법이었으니까 그런 것 같았다(그것이 인디라의 이론이었지만, 로건은 인정하지 않았다). 하지만 지금의 꾀죄죄함은 차원이 달랐다. 눈은 벌겠고, 피부는 얼룩덜룩했고, 청바지 허리는 할아버지들 정장 바지처럼 축 늘어져 있었다. 살이 빠진 것이 분명했다.

7개월 전에 인디라가 로건과 헤어지기로 결정한 이유는 갇혀버렸다는 느낌이 들었기 때문이다. 행복하게 갇힌 것이지만, 어쨌거나 갇힌 것은 갇힌 것이었다. 완벽하게 적당한 타운 하우스에, 금요일 밤마다 완벽하게 적절한 멕시코 식당에 가는 완벽하게 좋은 생활에 갇혀버린 것이다. 인디라가 변화를 사랑하는 건 아니었다. 인디라가 로건에게서 가장 싫어했던 부분은 사실 자기 자신에게서 가장 싫어하는 부분이었다. 정해진 일상이 주는 매력을 너무나도 사랑한다는 것 말이다.

영화에서와는 달리 로건은 인디라를 잡으러 공항으로 뛰어오지 않았다. 그라면 당연히 그게 어울렸다. 그렇게 모든 것이 끝났지만, 아무 일도 일어나지 않았다. 인디라의 인생은 극적으로 달라지지 않았다. 인디라는 그저 인디라였다. 외로운, 혼자인 인디라일 뿐이었다. 인디라는 로건이 그리웠다. 섹스가 그리웠다. 인디라는 섹스를 초콜릿 같다고 생각했다. 집에 있기 때문에 생각나는 그런 거였다. 그러자 자신이 갇힌 것은 로건 때문이 아니라는 생각이 들기 시작했다. 다른 사람이 모두 자신의 자아에 갇힌 것처럼 인디라는 인디라라는 자아에 갇힌 것이었다.

"트로이랑 브룩은 어때? 잘 지내고 있어?"

인디라는 자신의 입 안에서도 모든 사람이 로건에게 했을 불쾌하고도 심술궂은 질문이 굴러다니고 있음을 느낄 수 있었다. 당신은 당신 아버지가 했다고 생각해?

"트로이와 브룩은 서로 말도 안 해. 트로이는 그게 엄마에게 충성하는 길이라고 생각하고, 브룩은 그게 아빠에게 충성하는 길이라고 생각하는 것 같아."

"당신은, 당신은 어때? 당신은 괜찮아?"

"나는 괜찮을 거야."

로건이 갑자기 손을 뒤집어 인디라의 손을 꼭 잡았다. 인디라는 로건을 똑바로 보았다. 턱수염이 파르르 떨렸다. 로건은 인디라의 손을 잡은 손에 세게 힘을 한 번 주더니 조심스럽고 부드럽게 인디라 쪽으로 손을 살며시 밀어놓았다.

인디라는 로건이 잡았다가 놓은, 거절당한 손을 다른 손으로 위로하듯이 잡았다.

로건은 자신의 귓불을 세게 잡아당겼다.

"행복해?"

"좋아. 지금은 나에 대해서 물을 필요가 없어. 이렇게 끔찍한 일을 겪어야 할 때는, 안 그래도 돼."

"그림은 그려?"

"그림? 그림이야 뭐 늘 말만 하지, 실천은 안 하는 거, 알잖아."

인디라가 반쯤 웃으면서 말했다.

"작업실이 없으니까."

로건이 재빨리 말했다.

"맞아, 로건. 그래서 그래."

"당신은 이런 곳에서 살아야 해. 그냥 한번 봐봐."

로건은 노트북을 열더니 부동산 사이트로 들어갔다.

"이게 뭐야?"

노트북을 자기 앞으로 당기던 인디라는 팔꿈치로 마시고 있던 찻잔을 쳤다. 찻잔이 쓰러지기 전에 로건은 그런 일이 벌어질 줄 알았다는 듯이 능숙하게 찻잔을 받았다.

"침실이 세 개야. 뒤에 별채도 있어. 빛도 근사하게 들어오고."

인디라는 영문을 알 수 없어 화면만 뚫어져라 쳐다보았다.

"미안, 로건. 이게 무슨 뜻인지……."

"엄마가 사라지기 전에 찾아본 거야."

로건은 노트북 화면을 손가락으로 툭툭 쳤다.

"시드니에서 멀리 나가야 하지만, 이렇게 넓은 공간을 쓸 수 있으니까, 그 정도 가치는 있어."

혹시 어머니 때문에 너무 불안해서 정신이 어떻게 된 거 아닐까?

"반지도 샀어. 양말 서랍에 있어."

인디라가 로건을 물끄러미 쳐다보았다.

"당연히 프러포즈하려는 게 아니야. 지금은 말이야. 아버지가 어머니 살해죄로 기소당하기 직전일 때, 그럴 수는 없어. 하지만 지금 이렇게……."

로건은 자기가 하는 말이 무슨 뜻인지를 분명히 알 거라는 표정으로 인디라의 몸을 향해 손을 위아래로 움직였다. 인디라는 자신을 내려다보았다. 로건이 하는 말을 이해할 수 없었다. 인디라는 로건이 자신이 입고 있는 모습을 100번도 넘게 보았을 편안한 시프트 드레스를 입고 있었다. 지난주에 앓았던 감기 때문에 인디라의 코 주변은 벌겋게 헐어 있었다.

"이렇게 아름다운 당신을 보니까……."

'아름다운'이라는 말을 할 때 로건의 목소리는 갈라졌다. 너무나도 충격적이었다. 로건이 우는 모습은 한 번도 본 적이 없었다. 울 것 같은 모습조차 본 적이 없었다.

처음에 두 사람이 데이트를 시작했을 때, 로건은 계속 인디라에게 아름답다고 말했다. 그런 말을 들을 때면 인디라는 마치 자신을 조롱하는 관중이 옆에 있어서, 그 관중에게 '그만 웃어! 나도 사실이 아닌 거 안단 말이야!'라고 소리치고 싶은 마음이 드는 것처럼 당황했고, 결국 로건도 더는 아름답다는 말을 하지 않게 되었다. 인디라는 자신의 아름다운 남자 친구가 더는 자신의 여자 친구를 아름답다고 말하지 못하게 하는 데 성공한 것이다.

로건은 얼굴을 두 손에 묻고, 거의 들리지 않는 목소리로 말했다.

"미안해. 왜 이런 말이 나왔는지 모르겠어. 그냥 너무 피곤해."

"괜찮아."

인디라는 로건의 목덜미에 손을 대고 로건의 귀 가까이 고개를 숙였다.

"모두 다 잘될 거야."

물론 인디라는 모든 것이 잘될지 안 될지는 몰랐다. 그녀가 아는 것은 오직 지금 당장은 로건을 먹이고, 재울 거라는 거. 앞으로 두 사람 앞에 경이로움이 기다리고 있건 참혹함이 기다리고 있건 간에 자신은 로건 곁에 머물리라는 것뿐이었다.

58

"아름다운 날이네요."

아내 살인범으로 체포하려고 스탠 델라니의 집으로 달려가면서 이든이 크리스티나에게 말했다.

"그렇네."

창문 밖으로 구름 한 점 없이 맑은 파란 하늘을 보면서 크리스티나가 대답했다.

"그 사람이 어떻게 반응할 것 같아요?"

이든이 물었다. 오늘 이든은 암회색을 띤 섬세한 청색 셔츠를 입고 있었다. 크리스티나의 신부 들러리들이 고른 색이었다. 크리스티나는 자신이 입고 있는 옷을 내려다보았다. 셔츠 위에 오래전에 묻은 게 분명한 핏자국 같은 얼룩이 있었다. 함께 사는 사람을 깨우지 않으려고 어두운 데서 옷을 입으면 이런 참사가 벌어졌다. 아마도 토마토소스가 묻은 것 같았다.

"분명 차분할 거야. 이미 한마디도 하지 말라는 조언을 받았겠지."

전화벨이 울렸다. 모르는 번호였다.

"쿠리 형사입니다."

선제공격하듯이 무뚝뚝하게 말했다. 니코는 통화할 때면 크리스티나의 목소리가 화난 것처럼 들린다고 하면서, 모든 사람이 잠재적 범죄자는 아니라고 했다. 하지만 니코가 틀렸다. 사람들은 누구나 잠재적 범죄자였다. 아니면 잠재적 피해자거나.

"아, 그렇군요. 쿠리 형사님, 안녕하신가요?"

전화기로 자신의 사회적 위상이 대다수 시민들보다 훨씬 상위에 있다고 확신하는 사람 특유의 고상한 말투가 흘러나왔다. 크리스티나는 짜증이 났다.

"누구신가요?"

"헨리 에지워스 박사입니다. 연락을 하신 것 같은데요. 이제 막 해외에서 돌아왔습니다."

경찰이 연락했다는 사실을 알면 사람들은 대부분 잔뜩 긴장한 목소리로 전화를 하기 마련인데, 이 재수 없는 남자는 아니었다.

"아, 그랬었죠."

크리스티나가 대답했다. 그 귀한 시간을 나에게 조금만 내주시죠, 선생님.

"실종된 여자분에 관해 물어보려고 전화했습니다. 조이 델라니라고."

"델라니라."

비단 같던 남자의 목소리가 살짝 헝클어졌다.

"올해 2월 14일에 선생님 아파트에서 조이 델라니에게 전화를 건 통화 내역이 있더군요."

이든이 크리스티나의 통화 내용에 관심을 보이는 게 느껴졌다. 이제야 크리스티나가 마침내 전화를 걸어온 성형외과 의사와 통화를 하고 있음을 깨달은 것이다.

"안타깝지만 도움이 되지 못할 것 같습니다. 그런 이름은 아는 사람이 없군요."

성형외과 의사가 말했다.

"그렇다면 어째서 선생님 아파트에서 그날 누군가 전화를 걸어 조이 델라니와 40분이나 통화했다는 기록이 남아 있는 걸까요?"

"아마도 다른 에지워스 박사와 착각한 거겠지요."

"물론 그럴 수도 있습니다. 하지만 혹시 누군가 선생님 아파트에서 전화를 쓴 게 아닐까요? 가족이나 아내분이?"

"아내와 아이들은 그 아파트에 머물지 않습니다. 우리 집은 교외 동부에 있어요. 그 아파트는 그저 내가 늦게까지 일할 때 자려고 마련해둔 원룸입니다. 집에 가는 것보다 그게 더 편하니까요."

이제 성형외과 의사의 목소리는 방어적으로 바뀌었고, 크리스티나는 '그래, 당연히 그게 더 편하겠지'라고 생각했다.

"선생님 아파트에서 전화를 건 것이 분명합니다. 우리는 또한 조이 델라니가 살해됐을 수도 있다고 믿고 있습니다. 따라서, 선생님이 신중하게 기억을 떠올려주셨으면 합니다."

성형외과 의사는 잠시 말이 없었다.

"그 할머니 말입니까? 뉴스에서 남편에게 살해됐을지도 모른다고 한?"

"그렇습니다."

"아."

성형외과 의사는 헛기침을 했다.

"아, 좋습니다. 몇 주 전에, 아파트에 머문 사람이 있다는 걸 말씀드려야겠군요. 그러니까, 음…… 가족의 친구였습니다."

여자 친구군. 분명히 여자 친구야.

"음, 지금 생각해보니, 그 할머니에게 전화를 건 건 그 사람인 것 같군요."

성형외과 의사의 목소리는 점점 더 확신에 찼다.

"사실, 그 사람이 건 게 분명하다고 말씀드려야겠군요. 그 사람들이 관계가 있을 줄 알았어요."

"어째서 그렇게 생각하셨죠?"

크리스티나가 물었다.

"음, 공교롭게도, 그 여자 이름이 사반나 델라니였으니까요."

"사반나 델라니라고요?"

크리스티나가 이든을 보면서 말했다. 이든이 눈썹을 바짝 위로 추켜세웠다.

수사 초기부터 사반나가 이번 수사의 핵심 인물임을 알고 있었지만, 이 망할 여자는 아직도 소재조차 파악하지 못하고 있었다.

"사반나가 그 할머니의 조카나 손주이겠죠? 어머니는 죽었다고 했으니까요."

"언제 마지막으로 사반나와 연락하셨죠?"

"한참 됐군요. 사실, 우리가 마지막으로 대화를 한 건…… 보자, 아, 밸런타인데이였군요."

59

노트북 화면에 뜬 글을 뚫어져라 응시하는 사이먼 배링턴의 숨이 점점 더 가빠졌다. 그저 우연일까? 에이미의 어머니가 보낸 문자 내용을 잘못 기억하고 있었던 걸까? 이건 모든 걸 의미하는 걸까, 아무것도 의미하지 않는 걸까? 혹시 의도치 않게 조이 델라니의 사건을 자신이 해결한 것일까?

사이먼은 주방 식탁 앞에 앉아 있었다. 에이미가 집에 있다는 걸 알았다. 에이미는 현관문으로 들어오더니 아무 말도 없이 어색하게 사이먼에게 손을 흔들었고, 그대로 자기 방이 있는 위층으로 뛰어 올라가버렸다. 지금 에이미는 에이미처럼 만든 섬세한 유리처럼 아주 연약한 상태였다.

"어차피 이게 쭉 지속되리라고는 생각하지 않았을 거 아니에요, 안 그래요?"

며칠 전에 두 사람이 '깨졌을 때' 에이미는 그렇게 말했다. 물론 사이먼은 두 사람 사이에 깨질 게 있기라도 한 건지 확신이 서지 않았지만. 에이미는 두 사람의 결합이 당연히 시도해볼 수 있는, 일반적인 나이 차보다 더 많은 차이가 나는 공동 세입자들의 결합이 아니라 반대 정당의 정치인들의 결혼이라도 되는 것처럼, 두 사람이 함께하면 안 되는 분명한 윤리적인 이유가 있는 것처럼 말했다.

하지만 사이먼은 "좋아요. 그렇게 해요"라고 말했다. 왜냐하면 지금 상태에서 더는 에이미가 힘들기를 바라지 않았고, 에이미가 필사적으로 요청하는 눈으로 사이먼을 바라보았기 때문이다.

"나는 힘든 사람이에요. 엄마가 실종되기 전에도 난 힘든 사람이었어요."

그때 사이먼은 아버지가 가장 좋아하는 크리스 크리스토퍼슨의 노래 가사를 인용해서 당신을 사랑하는 것보다 더 쉬운 일은 다시는 할 수 없을 것이라고 말해줄 수도 있었다. "당신이 이겨낼 수 있도록 내가 도와줄게요"라고 말할 수도 있었을 것이다. 정말로 많은 말을 할 수도 있었을 테고, 그저 "나는 힘든 사람이 좋아요. 나는 힘든 일을 잘하는 사람이니까"라고 말할 수도 있었을 것이다. 하지만 울음을 터뜨릴 것 같은 에이미를 보자 너무 안쓰러워서 그저 "괜찮아요, 에이미. 나는 걱정하지 마요. 어머니 일에 집중해요"라고 말했다.

계단에서 발소리가 들렸다. 에이미가 다시 나가는 걸까?

"에이미?"

사이먼이 불렀다.

에이미가 주방으로 들어왔다.

"안녕."

에이미는 창백했고 피곤해 보였지만, 침착했다.

"나가는 길이었어요. 동생이 데리러 올 거예요. 그 애는 오늘, 아빠가 체포될 거라고 생각해요."

에이미는 웃고 있었지만, 그 웃음이 눈까지 올라가지는 못했다.

"정신과 내담을 빨리 받아서 다행이에요. 좋은 상태로 갈 수 있으니까."

"어머니가 보낸 문자에요. 혹시 21이라고 적혀 있지 않았나요?"

사이먼의 말에 에이미는 깜짝 놀란 것 같았다.

"그랬던 것 같아요. 하지만 그건 그냥 막 적은 거예요. 엄마는 안경을 쓰지 않고 문자를 보낼 때는 그럴 때가 많거든요."

에이미가 문자를 열어 사이먼에게 보여주었다. 사이먼이 정확히 기억하는 대로 적혀 있었다.

"음, 물론 전혀 아무 의미가 없는 건지도 몰라요. 하지만 방금 사반나를 생각하고 있었거든요. 사반나가 자신을 해리 하다드의 동생이라고 밝힌 방법도요. 그래서 인터넷으로 해리를 찾아봤어요. 그 사람이 한 자선사업을 살펴봤고, 이걸 찾았어요."

사이먼은 에이미가 볼 수 있도록 노트북을 돌려주었다.

에이미는 엄마가 보낸 문자와 노트북의 화면을 번갈아 쳐다보았다.

사이먼은 에이미가 숨을 고르는 모습을 지켜보았다.

60

"그래서, 바뀌는 게 있을까요? 조이가 사라진 날, 시반니와 통화를 했다는 것과 에지워스 박사가 사반나와 마지막으로 접촉한 게 같은 날이었다는 사실 때문에요?"

교차로에서 차를 세운 이든은 두 손으로 핸들을 잡고 그 문제가 맞고 틀리고의 문제인 것처럼, 그 많은 경험을 한 크리스티나는 답을 알고 있으니 자신이 할 일은 그저 질문하는 것뿐인 것처럼 신뢰

와 존경을 담은 눈으로 크리스티나를 쳐다보면서 물었다. 이든은 크리스티나에게는 특별한 지식이 있으며, 자신도 언젠가는 그런 지식을 갖게 되리라고 생각했다. 아주 잠깐, 크리스티나는 자신이 경험 많은 형사인 척하는 어린아이라는 기분이 들었다. 나는 그저 작은 크리시 쿠리일 뿐이야, 이든. 내가 그런 답을 어떻게 알겠어?

"이든 생각은 어때?"

좋은 멘토라면 멘티의 생각을 이끌어내야 한다.

"음, 혹시 조이와 사반나가 어딘가에 같이 있는 게 아닐까요?"

"그럴 수도 있지. 시신을 못 찾았으니, 어떤 가능성도 열려 있어."

영화 〈호미사이드〉에서 형사들은 "시신을 찾은 다음에 전화해"라고 했었지. 아무것도 받아들이지 마라. 아무것도 믿지 마라. 모든 것을 점검하라. 혹시 수사 방향을 전환해야 하는 거 아닐까?

"증거를 바꿀 수는 없어. 뺨에 난 상처, 피 묻은 티셔츠, 보안 카메라 영상, 범행 동기. 우리에게는 증거가 너무 많아."

사반나의 유명한 오빠에게서 도움이 될 만한 것은 아무것도 얻지 못했다. 해리 하다드는 자신의 전 스승이었던 조이 델라니와 스탠 델라니에 대해서는 무한한 존경심을 품고 있었지만, 자신의 여동생과는 수년 동안 전화 한 통 안 했다고 했다. 어쩌면 아버지는 사반나의 이메일 주소를 알고 있을지도 모르지만, 확실하지는 않다고 했다. 해리는 어머니와도 연락을 하지 않았기 때문에 어떻게 살고 있는지는 자세히 모른다고 했다. "어머니는 여러 번 재혼하셨어요. 그래서 지금은 어떤 성으로 살고 있는지도 모릅니다." 처음에는 따뜻했고 협조적이었던 해리의 말투는 복잡한 가족사를 계속 말하는 동안 점점 더 날카로워졌다.

사반나는 착시였다. 방해물이었다. 사반나가 이 사건과 유일하게 관계가 있는 것이라고는 스탠에게 아내를 살해할 동기를 제공했다는 것뿐이었다.

"그럼, 여전히 체포하러 가는 거군요."

이든이 말했다.

"그래. 여전히 체포하러 갈 거야. 그런 다음에 사반나를 찾아보자고. 그 망할 여자가 누구건 간에 체포해주자고."

"어떤 죄목으로요?"

"우리를 짜증 나게 한 거?"

크리스티나의 말에 이든이 씩 웃었다.

"공정한 처사네요."

Apples Never Fall

61

카로 아지노빅은 현관 앞에 앉아 차를 마시면서 덴마크에 있는 딸과 진측에 했어야 할 전화 통화를 하고 있었다.

델라니의 집 앞에 흰색 자동차가 서고 남자와 여자가 내리는 모습이 보였다. 두 사람 모두 제복을 입고 있었다. 델라니 집의 현관을 향해 걸어가는 두 사람의 태도에서는 결의와 함께 불길한 예감이 느껴졌다.

카로는 아들이 경찰에 가져간 보안 카메라 영상을 생각했다.

"이런, 세상에."

함께 영상을 보던 아들이 말했다.

"스탠이 옮기는 게 뭔지는 보이지 않잖아."

카로가 말했다.

"저 밤에? 좋아 보이지 않아, 엄마."

카로와 딸은 지난달 딸이 시드니에 다녀간 뒤로 짧게 이메일만 몇 번 주고받았기 때문에 밀린 이야기를 나눌 필요가 있었다. 페트라는 아들이 학교에서 겪고 있는 복잡한 문제로 화가 나서 지구 반대편에서 아주 늦은 시간까지 잠을 자지 못하고 있었고, 카로는 딸의 마음에 공감하며 딸의 넋두리를 들어주고 있었다. 카로는 덴마크는 사회적으로 발전한 선진국이라서 학교 운동장 정치 같은 건 없을 줄 알았는데, 그런 정치는 세계 보편적인 현상인 것 같았다.

"조이 집에 지금, 경찰이 온 것 같아."

마침내 페트라가 말을 마쳤을 때, 카로가 말했다.

"경찰이 거길 왜 가?"

카로는 지금까지 있었던 이야기를 자세히 말해주었다.

카로의 딸은 충격을 받은 것 같았다.

"하지만 엄마, 왜 그 얘기를 지금까지 안 했어?"

"그거야, 네가 덴마크로 돌아간 뒤에 대화다운 대화는 처음으로 하는 거니까 그렇지. 그래서 생각도 나지 않았지 뭐. 솔직히 말해서 나는 너무 신경이 쓰여서……."

"엄마, 그 사건 수사 담당자가 누군지 말해줘. 지금 당장."

"왜?"

"내가 밸런타인데이 때 조이 아줌마를 봤으니까."

62

죽음처럼 고요한 거리를 뚫고 자동차는 델라니의 집 진입로로 들어갔다. 낙엽을 쓰는 소리조차 들리지 않는 적막한 거리였다.

델라니의 집을 향해 걷는 동안 크리스티나의 전화벨이 울리면서 귀에 거슬리는 소리를 냈다. 크리스티나는 전화를 음성 사서함으로 넘겼다.

"좋은 아침이요."

스탠 델라니가 두 사람이 반갑지는 않지만 오리라는 예상을 충분히 하고 있던 손님인 것처럼 한숨을 쉬면서 현관문을 열었다. 크리스티나는 스탠이 정확히 이런 반응을 보이리라는 것을 알았다. 오늘 스탠은 면도도 하지 않았고, 신발도 신지 않은 채, 짧은 바지에 검은색 티셔츠만을 입고 있었다.

"들어오시오."

스탠은 두 사람을 액자가 늘어선 복도를 지나 안으로 데려갔다. 경찰이 압수한 액자가 걸려 있던 곳에는 빛바랜 액자 자국이 남아 있었고, 집 안은 토스트 냄새가 가득했다. 세 사람 이미 여러 번 들어간 적이 있는 거실로 들어갔다. 스탠이 소파를 가리켰다.

"아직 못 찾았군, 안 그렇소?"

스탠이 갑자기 말했다.

나중에 크리스티나는 이 순간을 떠올리면서, 바로 이때 자신이 무언가 옳지 않다는 생각을 했어야 하는 게 아닐까 생각했다. 왜냐하면 스탠의 얼굴에는 크리스티나가 예상한 대로 분명히 두려움이 서려 있었지만, 다른 한편으로는 희망도 서려 있었기 때문이었다.

그때 '왜 희망을 느끼는 거지?' 고민을 했어야 했다.

하지만 크리스티나가 자신을 현혹하는 자아를 멈출 수 있었다고 해도 그 순간으로 이끈 단단한 증거들이 자신의 판단이 옳다고 안심시켰을 것이다. 크리스티나의 직감적인 본능을 확고한 증거들이 뒷받침해주고 있었으니까. 그러니까 그때는 자기 생각을 의심하고 있을 때가 아니었다.

크리스티나는 분명하게 말했다.

"스탠 델라니 씨, 당신을 조이 마거릿 델라니의 살해범으로 체포합니다."

스탠은 움찔하지도 않았다. 그의 얼굴은 느리기는 하지만 충분히 인지할 수는 있는 속도로 돌로 변해가는 것처럼 단단해지고 매끄러워졌다.

"당신은 원한다면 묵비권을 행사할 수 있으며, 당신이 하는 말과 행동은 모두……."

"크리스티나, 내 생각에는 저기……."

이든은 한쪽 방향에서 나는 소리를 듣는 사람처럼 고개를 기울이며 말했다.

크리스티나는 이든을 무시하고 계속 스탠에게 말했다.

"당신이 하는 말과 행동은 모두 기록되어 나중에 증거로 활용될 수 있습니다. 이해하셨습니까?"

"좋소. 이해했소."

스탠이 대답했다.

"쿠리 경사님."

이든이 조금 더 큰 소리로 격식을 갖춰 말했다.

"왜?"

크리스티나는 조금 짜증이 났다.

이든이 크리스티나 뒤에 있는 복도를 가리키듯이 턱을 들어 올렸다. 크리스티나가 뒤를 돌아보자 어깨까지 흰 머리를 기른 작은 여인이 등에 지고 있던 배낭을 벗으며 거실로 들어오고 있었다. 여인의 손가락 끝에는 열쇠가 대롱대롱 매달려 있었다. 이 여인에 대해, 이 여인의 인생과 선택에 대해, 너무나도 많은 생각을 했기 때문에 실물로 접한 이 여인은 크리스티나에게 화려한 영화배우를 직접 만난 것 같은 당혹스러움을 안겨주었다.

스탠 델라니는 꿈을 꾸고 있는 남자처럼 아내에게 다가가더니 아내를 번쩍 들어 올렸다. 그의 아내가 들고 있던 열쇠가 바닥에 떨어졌다. 스탠은 한 손으로 아내의 뒤통수를 감싼 채 울었다. 지금까지 거의 울어본 적이 없는 남자처럼, 온몸을 들썩이고 얼굴을 잔뜩 찡그린 채 눈물도 흘리지 못하고 엉엉 울었다. 스탠 델라니는, 크리스티나가 아내 살해범으로 기소하고 싶었던 남자는, 크리스티나 앞에서 처음으로 감정을 드러내고 있었다.

"이게 다 무슨 일이야?"

조이 델라니가 말했다.

63

밸런타인데이

스탠 델라니는 아버지의 엄청난 분노와 굴욕이, 고통과 상처가 가슴 안에서 부풀어 올라 눈 뒤에서 폭발함을 느꼈다. 하지만 그는 아버지가 아니었다. 아버지의 몸이 마침내 매일 자신에게 쏟아지는 아내의 잔인함에 반응했던 날, 아버지가 진짜 아버지가 아니었던 것처럼.

아버지는 그 한 번의 행동으로 아버지의 나머지 인생과 스탠의 나머지 날들을 규정해버렸다.

스탠은 아버지처럼 어리석고, 벽돌처럼 둔할지도 모르지만, 절대로 아버지 같은 실수는 하지 않을 것이다. 여자는, 그 어떤 여자라도 절대로 다치게 하지 않을 것이다. 특히 이 여자는 아니었다. 그 먼 옛날 그날의 파티에서 기적이 일어난 것처럼 씩씩하게 걸어와 싸울 것처럼 반짝이는 눈을 빛내며 자신을 보고 웃었던 이 금발의 여자는 절대로 다치게 하지 않을 것이다. 그 인위적인 비트의 음악이 끝나기 전에 스탠은 이 여자가 자신의 유일한 여자가 될 것임을 분명히 알았다.

그때부터 50년이 넘은 지금, 스탠은 맹렬하게 떨리는 손을 툭 떨어뜨렸다. 그리고 뒤돌아섰다. 그는 절대로 문을 세게 닫지 않았다. 아주 조심스럽게, 살며시 닫았다.

64

현재

"가족분들이 정말 걱정하셨어요, 델라니 부인."

이 여인의 남편이 아내를 살해한 사람임을 입증하려고 소비해야 했던 그 많은 시간과 자원을 떠올리면서 크리스티나는 간신히 평온을 유지한 채 말할 수 있었다. 자꾸 사수의 얼굴이 떠올랐다.

아무것도 받아들이지 마라. 아무것도 믿지 마라. 모든 것을 점검하라.

크리스티나는 자신이 세운 규칙을 따르지 않았다. 성형외과 의사가 조이가 사라진 날 사반나와 통화했다는 말을 했을 때 수사 방향을 바꿔야 했다.

"도대체 무슨 일인지 이해하지 못하겠어요."

조이 델라니가 말했다. 조이는 남편 옆에 서서 두 손으로 남편의 손을 잡고 정신없이 토닥이고 있었다. 햇볕에 그을린 것이 분명한 조이는 푹 쉬고 온 사람 같았다.

"도대체 왜 경찰에 전화한 거야, 스탠? 당신은 내가 어디 갔는지 알잖아. 편지를 두고 갔으니까."

"편지는 없었어."

스탠이 떨면서 말했다. 크리스티나 앞에 있는 스탠은 등은 펴지고 어깨는 축 처진 것이 다시 살아나고 있는 식물처럼 보였다.

"편지는 없었어, 조이."

스탠은 거칠게 숨을 쉬었다.

"처음에는 그냥 나를 혼내주려고 오지 않는 거라고 생각했어. 하지만 지난주에는 정말로 뭔가 끔찍한 일이 생겼을지도 모른다는 생각이 들기 시작한 거야."

"편지가 왜 없어? 당신이 확실히 볼 수 있게 냉장고 문에 붙이고 갔는데?"

"냉장고에 편지는 없었어. 도대체 어디 갔다 온 거야?"

"아니야. 냉장고에 붙여놨어. 정말로 멋진 편지였단 말이야. 내가 얼마나 공들여서 썼는데."

"혹시 런던 아이 자석으로 붙였어, 조이?"

"아!"

조이의 얼굴이 일그러졌다.

"어쩜 그렇게 멍청했을까. 세상에나."

"그 자석은 너무 무거워."

스탠이 크리스티나에게 말했다. 이제 스탠은 크리스티나에게 거의 다정하다고 할 수 있는 태도를 보이고 있었다.

"디자인이 엉망이라, 계속 냉장고에서 떨어지지."

"정말 안타까워요. 너무 사랑스러운 자석이거든요. 우리가 런던 아이에 갔을 때 찍은 사진으로 만든 거예요."

"바닥에 떨어져 있는 걸 못 보신 건가요?"

크리스티나는 여전히 스탠을 무언가를 숨긴 남자처럼 대했다.

"못 봤소."

"하지만 아이들한테 전화해봤을 거 아냐, 스탠. 내가 아이들한테 문자 보냈어!"

조이가 말했다.

"그 문자는 전혀 말이 되지 않았어. 완전히 횡설수설이었다고."

"아, 스탠이 차를 대접했어요?"

조이가 크리스티나와 이든을 보면서 말했다.

"차를 마실 생각은 없었습니다. 남편분을 체포하러 왔으니까요."

크리스티나가 대답했다.

개가 후다닥 달려오더니 조이의 신발을 행복하게 핥았다. 크리스티나는 개를 피하려다 발을 헛디뎌 살짝 휘청거렸다. 이미 몇 번이나 만난 개였고 해롭지 않고 충분히 귀여운 동물이라고 생각했었지만, 크리스티나는 동물을 좋아하는 사람은 아니었고, 왠지 이 개는 크리스티나를 적극적으로 싫어한다는 이상한 기분이 들었다.

조이가 개의 귀를 다정하게 어루만졌다.

"안녕, 슈테피. 보고 싶었어?"

"그래, 알겠네. 그 편지가 어디 갔는지 정확히 알 것 같아."

스탠이 말했다.

"오, 슈테피!"

조이가 한탄했다.

"이 녀석은 종이를 먹어요."

스탠이 크리스티나에게 설명하는 동안 조이는 열쇠를 주우려고 몸을 숙였다가, 놀라운 것을 본 사람처럼 그 자리에서 얼어붙었다.

"스탠."

조이가 조용히 말했다. 조이는 두 손으로 마룻널을 짚더니 스탠을 올려다보았다.

"마음에 들어?"

스탠의 눈이 빛났다.

"정말 아름다워. 세상에나, 정말 아름다워!"

조이가 너무나도 기뻐하며 말했다. 똑바로 몸을 편 조이의 눈은 여전히 바닥을 향해 있었다.

"여기에 정말 끔찍한 자주색 카펫을 깔았었거든요. 아니, 끔찍하지는 않았어요. 그저, 내 취향은 아니었죠."

조이가 재빨리 정정했다.

"괜찮아. 정말 끔찍했어."

스탠이 인정했다.

"아무튼, 내가 나가 있는 동안 스탠이 그 카펫을 걷어서 마룻널을 깔아놓은 거예요! 정말 아름답지 않아요?"

"내가 직접 사포로 닦았어."

스탠이 말했다.

크리스티나는 이든을 보았다. 이든도 두 사람이 함께 본 보안 카메라 영상을 생각하고 있는 게 분명했다. 두 사람은 아내의 시신이 아니라 낡은 카펫을 말아 힘들게 밖으로 끌고 나온 나이 든 남자의 모습을 본 것이다. 어쩌면 그 남자는 수년 동안 아내가 요구했던 과제를 마침내 해낸 것인지도 몰랐다. 크리스티나는 빨갛게 충혈된 눈으로 먼지를 잔뜩 뒤집어쓰고 있던 스탠을 보았다던 제보자를 생각했다. 그런 몰골을 하고 있었던 건 아내를 묻었기 때문이 아니라 경목 마루를 사포질했기 때문이었다.

조이의 얼굴에서 웃음이 사라졌다.

"그런데 스탠을 체포하러 오셨다고요? 왜 체포하려는 거죠?"

잠시 침묵이 흘렀다. 스탠은 일부러 노력한다고 해도 이보다 더 다정하고 순수해 보이지 못할 것 같았다. 이 남자는 반짝이는 두 눈을 아내에게서 떼지를 못했다.

크리스티나는 모든 동료가 자신이 확보한 사실을 근거로 용의자를 기소한다는 사실을 애써 떠올렸다.

"속도위반 때문에요? 스탠은 정말 끔찍한 속도광이기는 해요."

"아니, 속도위반은 아닙니다."

크리스티나는 눈을 감고 손가락 끝으로 이마를 툭툭 쳤다. 크리스티나의 어머니는 요즘 스트레스를 줄이는 방법으로 '툭툭 기법'을 개발했다.

"살인죄로 기소하려고 했습니다."

"살인죄요? 이 사람이 나를 죽였다고 생각했어요?"

조이의 눈이 동그랗게 커졌다.

"증거가 너무 분명했어요."

크리스티나는 거의 자기 자신에게 하듯 말했다.

"어떻게 증거가 분명할 수 있죠? 내가 살아 있는데?"

조이가 두 팔을 활짝 폈다.

"네, 정말 그렇네요."

크리스티나가 대답했다.

"우리 아이들과 대화를 해보지 그랬어요? 그럼 그 애들이 아빠가 그럴 리 없다는 걸 말해줬을 텐데. 스탠이 그 애들 전화번호를 알려주지 않았어요?"

"경찰이 그 티셔츠를 찾았거든."

스탠은 조이와 단둘이 있는 것처럼 말했다.

"해변에서 굴 때문에 다친 다리를 감싼 티셔츠 말이야. 기억나지? 그 셔츠가 뒤에 '묻혀' 있었어. 경찰은 그걸 내가 묻었다고 생각한 거야."

"당연히 기억하지. 그거 쓰레기통에 버렸다고 생각했는데. 카로의 그 망할 고양이가 꺼내 간 걸 거야. 오티스는 이 동네 모든 사람들 빨래를 훔쳐 가잖아."

조이의 목소리가 가늘어졌다.

"이해가 안 돼. 당신은 왜 그 셔츠가……."

조이가 토할 것 같은 표정으로 크리스티나를 보았다.

"그게 내 피라고 생각한 거군요?"

"음, 그건 당신 피 맞잖아."

스탠이 논리적으로 말했다.

"하지만 세상에나, 스탠. 분명하게 설명을 했어야지. 그냥 간단하게 설명할 수 있는 문제잖아!"

"물론 설명을 하려고 했지만, 경찰이 그 셔츠를 발견했을 때는 분명히 내가 곤란한 상황이었어. 그래서 내 변호사가 옆에 없으면 한마디도 안 하기로 했지."

"당신 변호사라니? 무슨 변호사? 당신은 변호사 없잖아."

조이가 터무니없는 소리 하지 말라는 듯이 말했다.

"브룩이 나를 위해서 강력 범죄 전문 변호사를 찾아줬어. 아주 괜찮은 젊은 친구야. 알고 보니까, 그 사람 아버지가 로스 마셜이지 뭐야. 기억하지? 80년대에 우리 클럽에서 테니스 쳤던 사람."

스탠을 보고 있으니 크리스티나는 이상하게도 자기 자신이 생각났다. 크리스티나는 말을 많이 하는 사람이 아니었다. 말은 니코가 많이 했다. 하지만 두 사람이 어느 정도 떨어져 있다가 만나면 크리스티나는 그동안 있었던 일을 모두 니코에게 말해야 한다는 것처럼 갑자기 수다스러운 사람이 되곤 했다.

"그 언더핸드 서브를 했던 사람?"

조이가 자신은 없다는 듯이 말했다.

"그래, 그 사람. 지금은 잔디 볼링을 한대. 그게 그 사람한테는 더 맞을 거야."

스탠이 대답했다.

"하지만 정말로 스탠이 나를 죽였다고 생각한 건 아니죠?"

조이가 크리스티나에게 말했다.

"내 얼굴에 긁힌 자국이 있었거든. 그게 당신이 나를 할퀸 것처럼 보인 거야."

"내가 할퀸 거 맞잖아. 내내 얼마나 마음이 안 좋았는지 몰라."

조이는 오른손 손가락을 활짝 벌려 손톱을 보였다.

"그러니까 생울타리 때문에 생긴 상처가 아니군요."

크리스티나가 스탠에게 말했다. 마침내 크리스티나의 본능이 옳게 맞힌 점이 있는 것이다.

스탠은 범죄 수사관에게 거짓말을 했다. 어쩌면 공무 방해 혐의로 스탠을 기소할 수도 있을 것이다. 스탠의 아내가 어떻게 행동하느냐에 따라 대중을 기만한 죄로 기소할 수도 있을 것이다. 오늘 크리스티나는 무슨 죄목을 붙여서든 아무나 기소할 수 있을 것 같았다.

조이가 갑자기 소파에 털썩 주저앉았다.

"정말 속상해."

"그렇지. 정말 속상한 일이지."

스탠은 덤덤하게 말하며 조이 옆으로 가까이 다가가 앉았다.

조이는 뒤에 있는 쿠션을 꺼내 무릎에 올렸다.

"사람들이 이런 소동을 몰라야 할 텐데."

조이의 발밑에서 개가 배를 보이며 벌러덩 드러누웠고, 조이가 발로 개의 배를 문질렀다.

"사람들 모두 알아, 내 사랑. 기자회견을 했거든. 당신은 실종자야. 뉴스에도 나왔어. 헬리콥터가 떴고, 수색대가 보호지에 들어가서 찾아다녔어."

"나를 찾아다녀? 내가 숲에 숨어 있을까 봐? 하이구야."

"그러니까, 정확히 해보죠. 지금 말씀은, 아내분이 써놓고 간 편지를 이 개가 먹었고, 이웃집 고양이가 피 묻은 셔츠를 물고 갔다는 건가요?"

크리스티나가 물었다.

"이런 일은 동물들이 범인일 때가 많답니다, 쿠리 형사님."

이든이 진지하게 말했다.

"그래, 그런 것 같네, 림 경사."

크리스티나가 재빨리 이든을 쏘아보았다. 이든의 눈이 춤을 추고 있었다. 크리스티나는 고개를 숙이고, 이 사건의 어처구니없음을 생각하며 콧대를 세게 잡았다.

왠지 크리스티나와 이든은 경찰서로 돌아가면서 나무에 매달린 고양이를 구해주고 사람들의 환호를 받을 것만 같았다.

"그럼 왜 세차를 하신 거죠, 델라니 씨? 아내분이 사라지고 이틀이 지났을 때요?"

크리스티나가 물었다. 왜 죄책감을 느끼고 있다고 생각하게 만든 그 많은 일들을 한 거냐고요?

"조이가 몇 달째 차에서 신 우유 냄새가 난다고 했기 때문이오."

스탠이 말했다.

"내가 바나나 밀크셰이크를 쏟았거든요."

"그래서 놀라게 해줘야겠다고 생각했지. 이제 새로 산 차 같은 냄새가 날 거야."

스탠이 조이를 보면서 밝게 웃었다.

"오, 스탠."

조이는 자기 앞에서 남자 친구가 무릎을 꿇었을 때 옛 여자들이 하는 것처럼 두 손으로 자기 입을 막으면서 소리쳤다.

"돈을 주고 세차를 했다는 거야? 돈이 많이 들었을 텐데."

"노상강도를 당한 것 같았지. 휴대전화도 샀어. 그것도 노상강도만큼 돈을 뺏어 가더군."

"거짓말!"

개의 배를 문지르던 조이가 발을 멈췄고, 개는 더 쓰다듬어달라는 듯이 조이를 보았다.

"내 번호 알려줄게."

두 사람은 서로의 눈을 똑바로 바라보았다.

"그러니까 언제라도 나한테 연락할 수 있어. 언제나. 절대로 꺼놓지 않을게. 언제나 받을 거야."

조이가 두 손으로 스탠의 손을 잡았다.

"그래. 그래. 좋아."

두 사람이 나누는 대화는 평범했지만, 왠지 깜짝 놀랄 만큼 친밀하고 사적인 것처럼 느껴져서 크리스티나는 자신이 예의 바르게 두 사람에게서 고개를 돌려 마룻널을 내려다보고 있음을 알았다. 니코는 이제 막 구입한 두 사람의 집에 깔린 더러운 카펫 밑에는 근사한 마룻널이 놓여 있다고 했었다. 추악함 밑에 아름다움이 감추어져 있다는 생각은 정말 놀라웠다. 그저 추악함만 거둬내면 아름다움을 밖으로 드러낼 수 있으니까.

크리스티나는 느리지만 거침없이 밀려오는 행복 때문에 짜증이 사라져감을 느꼈다. 조이 델라니는 이제 더는 죽었을지도 모를 실종자가 아니었다. 아주 건강하게 살아 있는 사람이었다. 이제 크리스티나는 그녀가 제출한 모든 증거를 의심하는 것이 자기 일이라고 생각하는 기소국장이 자기가 제출한 증거를 살펴보고 어떤 증거를 재검증하라고 요구할지 몰라 걱정하면서 수집한 정보를 정리하고 보고서를 작성하느라 경찰서에서 밤을 새울 필요가 없어졌다.

이제는 해야 할 일을 할 수 있었다. 오늘 밤, 크리스티나와 니코는 와인을 마실 테고, 내일은 늦잠을 잘 것이다. 오늘 밤에는 사랑을 나눌 테고, 내일 아침에도, 어쩌면 내일 오후에도 사랑을 나눌 것이다.

이 사건은 크리스티나의 얼굴이 신문 1면에 실릴 만큼 엄청나게 중요한 사건이 아니었다. 그저 니코의 팔을 베고 누워 니코에게 들려줄 귀여운 저녁 파티 이야기였다. 그도 아니면 니코가 말하고, 크리스티나가 사소한 사실을 수정해주면 되는 그런 작은 이야기였다.

크리스티나는 이든을 흘긋 보았다. 이든은 저 망할 신부의 아버지라도 되는 것처럼 감상에 젖어 웃으면서 조이와 스탠을 쳐다보고 있었다. 크리스티나의 시선을 느끼자마자, 표정을 다잡았지만.

“이제 개인적으로 대화를 좀 할 수 있을까요, 델라니 부인? 도대체 지금까지, 어디에 계셨던 거죠?”

크리스티나가 조이에게 말했다.

65

밸런타인데이

그는 가버렸다. 두 사람이 내뱉은 끔찍한 말들이 공기 속에서 진동하고 있었다. 멍한 상태로 복도를 지나 주방으로 들어간 조이는 주위를 둘러보았다. 싱크대 안에 조이가 마셨던 텅 빈 물잔이 있었다. 조이는 물잔을 들어 식기세척기 안에 넣었다. 식기세척기 문을 닫고 싱크대에 떨어진 물방울을 닦았다.

이제 더는 할 일이 없었다. 예전에 스탠이 집을 나갔을 때는 빠른 속도로 흘러가는 조이의 삶이 그가 돌아올 때까지 조이를 붙잡아 계속 살아가게 했다. 하지만 이제는 정신을 빼앗거나 달래줘야 할 아이들이 없었고, 일정을 조절해야 할 수업도 없었고, 운영해야 할 사업도 없었다. 이제 무슨 일을 해야 할지, 조이는 알지 못했다. 어떻게 하루를 채워야 할지, 어떻게 인생을 채워야 할지 도무지 알 수가 없었다.

식탁 위에는 여전히 먼지를 뒤집어쓴 위스키병이 놓여 있었다. 떨리는 손으로 작은 유리잔에 위스키를 따른 조이는 영화에 나오는 사람처럼 단숨에 위스키를 들이마셨고, 온몸을 부르르 떨었다. 위스키는 끔찍했지만, 차가운 시트를 따뜻하게 달구는 전기담요처럼, 위스키가 서서히 만들어내는 열기가 좋았다.

조이는 선반 위에 놓인 그릇 안에서 쓰레기와 함께 언제나 거기에 있었다는 듯이 얌전하게 놓여 있는 손톱 가위를 보았다. 손톱 가위를 들고 식탁 앞에 앉아 스탠의 얼굴에 생채기를 낸 부러진 손톱을 다듬으면서 생각했다. 두 사람은 다시 옛날로 돌아갈 수 있을까, 아니면, 결국 두 사람의 인내도, 사랑도, 용서도 끝이 나버릴까?

그때 조이는 스탠이 돌아왔을 때 자신이 집에 없었으면 좋겠다는 생각이 들었다. 한 번쯤은 스탠이 집에서 조이를 기다렸으면 했다. 하지만 어디로 갈 수 있을까?

자신이 해결해야 할 모든 문제의 답을 찾으려고 하릴없이 인터넷을 검색하고 있을 때, 선물처럼 전화가 왔다. 심장이 다시 기운을 차렸다. 조이는 발신자도 확인하지 않고 전화를 받았다. 마침내 엄마를 기억해낸 아이들 가운데 한 명이 전화를 건 것이 분명했다. 조이는 브룩이라는 데 돈을 걸었다.

"여보세요?"

"조이?"

목소리를 듣자마자 조이는 누구인지 알아차렸다.

"사반나."

조이는 앞에 있는 해리 하다드의 회고록 원고를 보았다.

전화를 끊어야 할까?

언젠가 조이는 늦은 밤에 젊은 남자가 건 전화를 받은 적이 있다. 그 남자가 조이를 속이려 한다는 것은 알고 있었다. 왜냐하면 조이가 특별한 경품을 받게 되었다며, 약간의 '배송비'만 내면 경품을 보내주겠다고 했으니까. 하지만 조이는 그저 혼자 있는 게 싫어서 남자가 한참 동안 떠들게 내버려두었다. 두 사람은 기후 변화에 관해 흥미로운 대화를 나누었고, 조이가 이런 직업보다 좀 더 나은 직업을 찾을 필요가 있을 것 같다고 말하자 남자는 전화를 끊었다.

조이는 사반나에게도 그 남자에게 느꼈던 감정을 느꼈다. 당연히 경계해야 했고, 경계하고 있었지만, 지금 조이는 너무 외로웠다.

"잘 지냈니, 사반나? 어디서 지내고 있니?"

조이는 차갑지는 않지만 냉정한 목소리로 말했다.

"잘 지내요, 조이. 정말 끝내주게 지내고 있어요. 정말로요. 오늘 아침은 어떠세요, 조이?"

세상에나. 사반나는 언제 문이 닫힐지 몰라 몇 초 안에 자신을 소개해야 하는 방문 판매원처럼 정신없이 말을 쏟아내고 있었다.

조이에게 갑자기 분노가 물밀듯이 밀려왔다.

"너도 알지 않니? 내가 좋을 수 없다는 거? 사반나, 공교롭게도 오늘 아침은 아주 좋은 날이 아니야. 이 아침에, 위스키를 마셔야 할 정도니까. 만약에 또 나한테 무언가를 뜯어내려고……."

"아니에요."

"네가 우리에게 한 짓은 용납할 수 없는 일이었다는 걸 알아야 해. 네가 스탠을 공개적으로 비난했다면, 우리 삶은 영원히……."

"돈은 돌려줬어요. 그리고 그런 일은 절대로 안 했을 거예요."

사반나가 대답했다.

"글쎄, 네가 했을지 안 했을지는 나야 모르지."

사반나는 대답하지 않았다. 두 사람은 잠시 아무 말도 하지 않고 가만히 앉아 있었고, 조이는 자신이 병원에서 퇴원하던 날, 침대로 차와 조그맣게 세모로 자른 토스트를 쟁반에 담아 가져온 사반나를 생각했다. 하이구야, 세상에나. 그 토스트 정말 맛있었는데.

"그래, 좋아."

조이는 아이들이 용납할 수 없는 행동을 했지만 이제 더는 할 이야기가 없으니 그만 넘어가자고 할 때처럼 달래는 말투로 말했다.

"요즘은 어떻게 지내니?"

"새로 연애하고 있어요. 의사예요. 성형외과 의사요. 돈이 많아요. 지금 그 사람 아파트에서 전화하는 거예요. 여기서, 사는 거라고 할 수 있죠."

"근사한 소식이네."

조이가 온화하게 말했다. 이제 사반나는 회복되고 있는 거였다. 이제 다시 자기 인생을 제대로 살아가고 있는 거였다.

"잘 지내고 있다니, 정말 좋……."

사반나가 조이의 말을 끊었다.

"결혼한 사람이에요. 연애라기보다는 불륜이라고 할 수 있죠."

"아."

조이가 슬프게 말했다.

"조이."

사반나가 사반나의 목소리로 말했다. 가식은 사라졌다. 사반나는 조이의 아이들이, 조이가 아이들의 목소리를 듣자마자 시합에 졌다거나, 연인과 헤어진 것 같은 재앙이 벌어졌다는 걸 단번에 알게 되는 그런 목소리로 말하고 있었다.

조이는 아이들이 전하는 나쁜 소식이 자신의 배를 강타해도 끄떡하지 않을 수 있도록 마음을 다잡았던 것과 똑같이 마음을 다잡으면서 말했다.

"무슨 일이야? 말해봐."

"오빠가 회고록을 썼어요. 아빠가 이메일로 보냈더라고요. 출판사 말이 책에 나오는 모든 사람에게 원고를 보내서 사실관계를 확인하라고 했대요."

"알아. 우리도 받았어."

조이는 해리의 회고록을 앞으로 끌어당겨 엄지손가락으로 종이를 넘겼다.

"스탠은 읽었어. 나는 아직 안 읽었고."

"나도 안 읽을 생각이었어요. '내가 왜 이걸 읽어야 해'라는 생각이 들었거든요. '내가 굳이 왜 경이롭고 성공적인 삶을 살았다는 이야기를 읽어야 해'라는 생각이 들었던 거예요. 그러다가…… 그냥 호기심이 생겼어요."

"그래, 그랬겠지."

"아빠가 오빠한테 내가 아프다고 했대요."

이제 사반나는 기계적으로 말하고 있었다.

"오빠가 열심히 한 이유가 그것 때문이래요. 내 목숨을 구하려면 열심히 해야 한다고 생각했대요."

"그래, 스탠이 말해주더라. 스탠은 그것 때문에 화가 많이 났어. 너도, 몰랐구나?"

조이가 조심스럽게 물었다.

"당연히 몰랐어요! 나는 오빠가 멋진 인생을 살고 있다고 생각했어요. 나는 굶는데 오빠는 스테이크를 먹는다고요. 그래서 오빠를 미워했어요."

"오, 사반나. 너희 아빠가 한 일 때문에 네가 책임감을 느낄 이유는 없어."

"어떻게 시작된 일인지 아세요? 나는 정말로 입원했었어요. 내가 학교에서 컵케이크를 먹고 왔다는 걸 알고 엄마가 토할 때까지 소금물을 먹인 거예요. 공연이 끝나고 탈수로 쓰러진 거예요."

사반나는 어머니라면 누구나 아이에게 소금물을 먹이는 게 당연하다는 듯이 말하고 있었다. 조이는 두 손가락으로 이마를 짚었다.

"그때 엄마가 링거를 맞고 있는 내 사진을 아빠에게 보낸 거예요. 아빠에게 죄책감을 느끼게 해서 돈을 더 받아내려고요. 아빠는 그 사진을 해리 오빠에게 보인 거예요. 오빠가 죄책감을 느끼게 하려고요. 그때부터 오빠가 그렇게…… 가식적인 사람이 된 거예요."

"그래. 해리는 언제 네가 아프지 않다는 걸 알게 된 거니?"

"어느 날 갑자기 깨달은 것 같지는 않아요. 자기가 속고 있다는 걸 서서히 깨달은 것 같은데, 그때는 이미 테니스 선수로서 멋진 경력을 쌓은 뒤였어요. 그리고 역설적이지만, 결국 오빠에게는 정말로 아주 아픈 아이가 생겼고요. 제 조카 말이에요."

사반나가 코를 훌쩍이는 소리가 들렸다.

"오빠의 아이가 아프다는 소리를 들었을 때, 나는 아무것도 하지 않았어요. 아무런 감정도 느껴지지 않았어요. 말 그대로, 아무것도 느껴지지 않았어요. 나는 나를 무시한 그 사람들이랑 조금도 다르지 않은 거예요. 나는 끔찍한 사람이에요, 조이."

"아니야, 사반나. 안 그래."

"아니, 그래요. 나는 정말 끔찍한 사람이에요."

사반나가 말했다.

조이는 의자에서 일어나 아이들 사진 가운데 하나를 들었다. 에이미의 열세 번째 생일에 찍은 사진이었다. 서로 팔을 두르고 일렬로 서 있는 아이들은 웃고 있었다.

"오빠한테 전화해봐야 해, 사반나."

조이의 말에 긴 침묵이 흘렀고, 사반나가 다시 코를 훌쩍였다.

"아빠하고는 전화해봤어요. 아빠는 자기가 오빠한테 그때 이겨야 하는 좋은 동기를 부여해주지 않았다면, 지금과 같은 위치에 올라서지 못했을 거라고 했어요. 아빠는 내가 원망하는 게 웃기다고 생각해요. 정말 역겨워요. 우리 가족은 정말 역겨운 사람들이에요."

"그래, 끔찍하지. 테니스 부모들은…… 끔찍할 수 있어."

"아무튼, 떠난다는 말을 하려고 전화한 거예요."

사반나가 다시 목소리를 바꾸었다. 무뚝뚝하게.

"사실, 해리 오빠가 하는 암 자선단체 프로그램을 신청했어요. 알아요. 멍청한 짓인 거. 그렇다고 달라질 건 없는데 말이에요. 그래도 뭐든지 하고 싶었어요. 오빠를 위해서 속죄하고 싶어서요. 기분이 안 좋을 때는…… 뭐든 하는 게 좋잖아요."

"그래. 이해해."

조이는 정말로 이해했다. 조이도 나쁜 감정에 빠져 있는 사람이 아니었으니까.

"오늘 시작할 거예요. '소아암 근절을 위한 21일 자발적 잠적 프로그램'이에요. 전화기도 와이파이도 없이, 어딘지도 모르는 장소에서 작은 태양광으로만 생활할 수 있는 오두막에서 21일 동안 머무는 거예요. 그곳에서 떠나는 날까지, 자기가 머무는 곳의 주소조차 알지 못하는 거예요. 사실 신청한 목적은, 해리 오빠의 자선사업을 돕는다는 것만이 아니에요. 머리를 좀 맑게 하고 싶어서 신청한 거예요. 잠시 속세를…… 떠나는 거죠."

"무슨 소리인지 잘 모르겠어. 그게, 어떻게 소아암을 근절한다는 거야?"

"아, 사실 그런다고 소아암이 근절되지는 않겠죠. 하지만 이 프로그램에 참가하려면 돈을 내야 해요. 그 돈의 일부가 소아암 연구에 쓰이는 거예요. 프로그램에 참가하는 사람들을 후원하고요. 그러니까, 부자들이 돈을 내게 하는 거죠. 인스타그램에 올릴 수 있는 이야깃거리를 제공해주는 거예요. '이런 중요한 일에 정말 약간의 도움만 보탰어요'라고 적을 수 있게요."

사반나가 비웃는 듯한 우아한 목소리로 말했다.

"조이도 그런 타입 알잖아요. 아무튼 나는 부자는 아니지만, 지금은 돈이 좀 있어요."

사반나는 잠시 멈췄다가 말했다.

"어디서 난 건지는 묻지 마세요."

"안 물을게. 산불이 나는 곳으로 가지는 않았으면 좋겠다."

"완전히 반대 방향이에요. 자동차로 다섯 시간만 가면 돼요. 오로루 굴리라는 곳이에요. 오로루는 '숲을 통과하는 바람'이라는 뜻이에요. 근사하죠? 폭포와 호수와 야생동물이 있는 곳이에요."

"와, 정말 근사한 곳 같아, 사반나."

조이가 말했다.

"맞아요. 그런데…… 잘 모르겠어요. 사실 다시 생각해봐야 하는 게 아닐까 고민하고 있어요. 아마, 외로울 것 같아요. 어쩌면 미칠지도 몰라요. 정말로 완전히 미칠지도 모르겠어요."

조이는 액자를 내려놓았다. 자신을 가두고 있는 벽을 보았고, 폭포와 호수와 야생동물을 생각했다.

"내가 같이 갈까?"

"그러실래요? 그래요. 조이. 제발요."

사반나가 대답했다.

일단 결심이 서자 조이는 불안이 주는 엄청난 에너지에 휩싸였다. 스탠이 돌아오기 전에 떠나고 싶었다. 스탠이 텅 빈 집으로 돌아오기를 바랐다. 지금까지 조이는 스탠과 상의하지 않고 이런 중요한 결정을 내린 적이 없었다. 정말 신이 났다. 그리고 무서웠다. 하지만 스탠에게 보여주고 싶었다. 아이들에게 보여주고 싶었다. 모두 깜짝 놀랄 것이다. 친구들도 놀랄 게 분명했다. 한 번쯤은 이렇게 놀라게 해주는 것도 좋을 것 같았다.

게다가 속세를 떠나는 기회도 될 것이다. 사반나의 말에 매혹된 조이는 떠날 준비를 하면서 계속 그 말을 중얼거렸다. 속세를 떠나는 것. 그것이 지금 조이에게는 필요했다. 잠시 일상에서 벗어나는 것이. 스탠은 조이가 보고 싶겠지. 어쩌면 보고 싶지 않을 수도 있겠지만. 두 사람 모두 서로를 보고 싶지 않다면, 당연히 결론이 날 것이다.

전화기가 보이지 않았다. 방금 통화를 했는데도. 안경도 보이지 않았다. 방금까지 쓰고 있었는데도. 지갑도 보이지 않았다.

전화기를 찾았다. 안경이 없어서 제대로 보이지도 않는 화면을 보면서 전화기로 문자를 보냈다. 엄마가 3주 동안 잠적하는 일에는 거의 관심도 없다는 듯이, 그 어떤 아이도 곧바로 문자를 보내오거나 전화를 하지 않았다.

지갑을 찾았다. 안경도 찾았다. 벽장 밑에서 사은품으로 받은 배낭을 꺼내 평상복을 쑤셔 넣었다. 밤에 추울 때를 대비한 따듯한 옷, 반바지와 티셔츠, 수영복과 운동화, 속옷과 잠옷, 아직 포장을 풀지 않은 칫솔을 챙겼다. 사반나는 매일 수영을 하고 숲을 걷고 책을 읽고 쉬게 될 거라고 했다. 그러니까 멋진 옷은 필요 없었다. 많이 가져갈 필요도 없었다. 이건 분명히 미니멀리즘에 관한 거였다. 진정한 자아를 다시 찾으려는 시도였다. 터무니없을 수도 있었지만, 어쨌거나 지루하면 일찍 돌아올 수도 있을 것이다.

조이는 식탁 앞에 앉아 스탠에게 편지를 쓰기 시작했다.

스탠에게

그렇게 끔찍한 말을 해서 미안해.

델라니 가족은 당신이 없었으면 아무것도 아니었을 거야. 난 사업을 했지만, 당신은 사업 그 자체였으니까, 스탠. 당신은 '재능'이 있었어. 누구도 당신처럼 테니스를 가르치지 못할 거야. 누구도 당신처럼 선수들에게서 최고 기량을 끌어내지 못할 거야. 심지어 특히 가망이 없는 아이들에게서도 최고를 끌어냈잖아. 당신은 아이들을 성의 없게 대한 적이 단 한 번도 없었어. (나는 있었어. 인정해!) 테니스 시합을 하는 당신보다 아이들을 가르치는 당신을 볼 때가 훨씬 좋았어. 그건 마치 예술가를 보는 것 같았으니까. 지금까지 한 번도 이런 말은 안 했지. 벌써 했어야 하는데, 미안.

그런 일을 해서 미안해. 해리를 떠나보내면 안 되는 거였는데. 난 우리 아이들이 오스트레일리아에서 가장 훌륭한 코치한테 배웠으면 했어. 그게 당신이잖아. 당신이 우리 아이들을 가르치는 건, 당신에게는 잘못된 일이지만, 아이들에게는 옳은 일이었어. 난 아이들을 택한 거야. 내가 정말로 원했다면 했을 거라는 당신 말은 맞아. 하지만 스탠, 나는 정말 잘했어. 정말로 잘했어. 당신도 알잖아. 테니스를 그만두기로 한 결정은 한 번도 후회해본 적이 없어. 나는 그저 인정을 받고 싶었을 뿐이야. 하지만 이제는, 그건 중요하지 않아.

정말로 해야 할 말은 따로 있어. 그 오랜 시간 동안, 당신이 언제라도 나가버릴 수 있는 삶을 사는 건, 정말로 힘들었어. 이미 내 심장은 단단하게 얼어붙었다고 생각했는데도, 당신이 집을 나가버릴 때마다 더 단단하게 얼어붙어버렸어.

이제는 내가 나갈 차례야. 사반나하고 갈 거야. 당신이 아직 사반나에게 화가 나 있다는 것도 알고, 그게 당연하다는 것도 알아. 하지만 그 애는 정서가 불안정한 아이일 뿐이야. 그리고 나는 분명히 우리에게 책임이 있다고 느껴.

해리가 하는 '소아암 근절을 위한 21일 자발적 잠적 프로그램'에 참가할 거야. 우리가 돈을 낼 필요는 없어. 사반나가 내 것까지 냈으니까. 좋은 일 때문에 하는 자선사업에 참여하는 거야. '자급자족할 수 있는 태양광이 있는 작은 숙소'에서 지낼 거야. (당신 말처럼 내가 크게 코를 고는 사람이 아니어야 할 텐데 걱정이야.) 아주 급한 일이 있으면 전화할 수 있게 전화번호 적어놓고 갈게. 하지만 나는 '잠적' 상태여야 하니까, 정말 급할 때만 전화해.

내가 집에 돌아오면, 우리는 삶의 이 시기를 행복하게 살아갈 수 있는 전략을 새로 짤 수 있을 거야. 우린 훌륭한 전략가잖아. 분명히 할 수 있을 거라고 생각해. 이제 공은 당신한테 넘어간 것 같아, 달링. 어때, 흥미진진하지?

사랑해, 조이가.

추신. 자전거 바퀴가 터져서 옛날 오브라이언스의 집 앞에 있는 나무 밑에 두고 왔어. 당신이 가지고 와줘.

또 추신. 얼굴 긁어서 미안해. 손톱이 계속 부러져. 칼슘을 더 먹어야 하나 봐.

조이는 스탠이 분명히 볼 수 있도록 냉장고 높은 곳에 편지를 놓고 런던 아이 자석으로 고정했다. 조이는 절대로 스탠이 자기에게 했던 일은 하지 않을 것이다. 도대체 어디에 간지 몰라서 전전긍긍하게 하는 일은 절대로 없을 것이다.

이제는 불과 5분 전에 사용한 전화기가 보이지 않았다. 몇 분 동안 전화기를 찾아 헤맨 조이는 결국 포기해버렸다. 사실 전화기는 필요 없었다. 그게 이번 '도전'의 목표니까. 전자 기기와는 멀어지는 것. 완전히 자발적으로 '잠적'해버리는 것이 이번 도전의 의의니까.

슈테피의 밥그릇을 채우고, 슈테피에게 조이가 이제 어디로 갈 것인지를 말해주고, 스탠을 잘 돌봐달라고 부탁했다. 슈테피는 허락할 수 없다는 듯이 으르렁거렸다.

"아니야, 슈테피. 난 정말 좋은 생각 같단 말이야."

조이는 말하고, 한쪽 어깨에 힘차게 배낭을 멨다. 유럽으로 배낭여행을 떠나는 사람이 된 것처럼, 신나는 모험을 떠나는 젊은 사람이 된 것처럼 느껴졌다.

조이가 현관문을 닫고 있을 때, 조이가 배낭을 들어 올릴 때 바닥으로 떨어졌고, 조이가 방에서 나올 때 조이의 발에 차여 침대 밑으로 들어간 조이의 전화기가 소리를 내고 부르르 떨면서 당황한 아이들이 보내온 문자를 받아내기 시작했다. *이게 무슨 소리야? 엄마? 무*

슨 소린지 모르겠어!

조이의 본래 계획은 버스 정류장까지 걸어간 뒤에 401번 버스를 타고 시내로 들어가 사반나의 결혼한 남자 친구가 빌려준 근사한 자동차를 타고 간다는 것이었다.

조이가 집을 나선 시간에 카로의 딸도 자동차를 몰고 어머니의 집 앞 진입로에서 나오고 있었다. 페트라는 자동차 창문을 열고 조이에게 인사를 했고, 조이가 버스를 타고 시내로 가려고 한다는 사실을 알고 데려다주겠다고 제안했다. 왜냐하면 조이에게는 다행스럽게도 페트라는 주립 도서관에서 열리는 문학 강연을 들으러 가는 중이었기 때문이다.

함께 차를 타고 가면서 두 사람은 현재 페트라가 살고 있고, 다음 날 아침이면 어린 두 아이와 함께 비행기를 타고 돌아가야 하는 코펜하겐에 관해 즐거운 대화를 나누었다. 그때 페트라의 두 아이는 카로와 함께 영화를 보면서 사랑하는 할머니와의 마지막 하루를 즐기고 있었다. 조이와 페트라는 덴마크 사람들은 모두 굽이 없는 편안한 신발을 신고 자전거를 탄다는 이야기를 했고, 조이는 페트라에게 메리 왕세자비를 본 적이 있는지 물었고(페트라는 본 적이 없다고 대답했다), 오늘 아침에 자신도 느긋하고 사랑스러운 유럽 여자처럼 자전거를 타고 싶었지만, 비참하게 끝나버렸다는 이야기를 했다.

그사이에 델라니 가족의 집 뒤에서는 런던 아이 자석이 서서히, 조이의 편지를 가지고 어김없이 주방 바닥을 향해 미끄러져 내리고 있었다. 두 발에 얼굴을 묻고 있던 슈테피는 고개를 들었고, 재빠르게 주방을 가로질러 왔고, 맛있는 종이를 받아 물고서는 느긋하게 남김없이 먹어치웠다.

카로의 딸은 조이를 내려주고 5분이 지났을 때, 잔뜩 정신이 나간 카로에게서 극장에서 집으로 가던 중에 페트라의 아들이 넘어졌고, 혹시 팔이 부러졌을지도 몰라서 병원으로 데리고 왔다는 전화를 받았다.

페트라는 결국 문학 강연을 들으러 가지 못했고, 자동차를 돌려 병원으로 달려갔다. 페트라의 아들은 팔이 부러지지 않았으며, 다행히 타박상만 입었기 때문에 다음 날 아침, 페트라와 아이들은 아무 문제 없이 비행기를 탈 수 있었다. 하지만 그 모든 일이 정신없이 일어났기 때문에, 어머니에게 어제 이웃에 사는 어머니 친구를 시내까지 태워줬다는 말은 페트라가 덴마크로 돌아가고, 3주가 지난 뒤에, 어머니가 조이 델라니가 3주 전부터 실종 상태라는 말을 하기 전까지는, 당연히 해야겠다는 생각조차 들지 않았다.

66

현재

에이미는 언어를 익히는 데는 전혀 소질이 없었지만, 고등학교 때 프랑스어를 했기 때문에 전혀 말이 되지 않는 것 같은 문장이 서서히 말이 되는 문장으로 바뀔 때 얼마나 큰 쾌감을 느끼는지는 잘 알았는데, 엄마가 보낸 말도 안 되는 문장들이 바로 지금 그런 쾌감을 주었다.

에이미의 앞에서 엄마가 보낸 "잠시 **잠적**할 거야! 해랑하는 일소냥에 군절 있는 21일 푸락엠에 가할 거야. 나가 호완해줘. 사랑해, 엄마가"라는 문자는 기적처럼 "잠시 **잠적**할 거야! 해리가 하는 소아암 근절을 위한 21일 프로그램에 참가할 거야. 나를 후원해줘. 사랑해, 엄마가"로 바뀌고 있었다.

에이미는 엄마가 보낸 문자를 큰소리로 읽었다. 한 번. 또 한 번.

"에이미의 어머니가 여기에 있을까요? 여기에 간 거 같아요?"

깔끔하게 다림질한 또 다른 흰색 셔츠를 입고 걱정스러운 눈빛으로 에이미를 보고 있는 사이먼이 말했다.

에이미는 고개를 끄덕였다.

"그런 거 같아요."

이건 말이 됐다. 완벽하게 말이 됐다. 이 순간, 에이미는 지금까지의 모든 일이 완벽하고도 분명하게 이해가 됐다.

"그리고, 사이먼을 사랑하는 것도 가능할 것 같아요."

에이미는 복화술 인형을 조종하는 사람처럼, 제대로 말하지 않으면 중요한 말이 아닐 수도 있다는 듯이, 사이먼과 눈도 맞추지 않고, 입술도 움직이지 않은 채 조용히 말했다. 이토록 아름다운 명료함은 곧 사라져버릴 것이다.

다른 남자였다면 "방금 뭐라고 했어요?"라고 물을 테고, 에이미는 다시는 그 말을 하지 않을 것이다. 다른 남자였다면 에이미를 안으려고 하거나 입을 맞추려고 할 테고, 에이미는 지금은 그 무엇도 만질 수 없어서 남자의 품에서 판자처럼 딱딱하게 굳어버릴 것이다.

하지만 사이먼 배링턴은 다른 남자가 아니었다. 사이먼은 움직이지도, 웃지도, 에이미와 눈을 마주치려고도 하지 않았다. 그저 똑바로 노트북 화면을 보면서, 정중하고도 분명하고 상당히 큰 소리로, 공무원에게 법적 구속력이 있는 선언을 하는 것처럼 "나도 사랑해요, 에이미"라고 말했을 뿐이다.

남자 입에서 그 단어들이 흘러나오는 소리를 처음 듣는 것은 아니었지만, 에이미는 처음으로 그 말을 믿었다.

❧

몇 분 뒤에 시드니 곳곳에 있는 델라니 남매의 전화기가 동시에 울렸고, 두려움에 떨리는 손으로 전화기를 낚아챈 네 사람은 모르는 번호로 보내온, 네 단어로 적힌 간결한 문자를 읽었다.

문자는 이렇게 쓰여 있었다.

엄마 집에 왔다. 아빠가.

스탠이 새로 산 최신 휴대전화로 보낸 첫 번째 문자메시지야말로 가장 인상적인 문자였다.

67

다시 엄마를 만난 조이의 아이들은 어렸을 때 이후로는 절대로 하지 않았던 방식으로 조이를 번갈아 가면서 끌어안았다. 엄마에게 매달린 아이들의 작은 가슴속에서 연약한 심장이 엄청난 속도로 뛰고 있음을 알 수 있는, 악몽을 꾼 아이들이 필사적으로 엄마에게 매달리며 안았던 방식으로, 델라니 남매는 엄마를 끌어안았다.

두 아들은 아빠처럼 엄마를 번쩍 들어 올렸다. 두 아들은 꼭 자기들 아빠처럼, 엄마를 보고 엉엉 울었다.

두 딸은 눈물 한 방울 흘리지 않았다. 길을 잃었다가 집에 돌아온 아이들에게 공포에 질렸던 어머니들이 하듯이, 두 딸은 엄마에게 잔소리를 퍼부었다.

"절대로, 다시는, 이런 짓 하지 마, 엄마! 문자를 보낼 땐 반드시 안경을 쓰란 말이야! 집을 나설 땐 반드시 전화기를 가져가야 해!"

아이들의 잔소리는 듣기 좋았다. 딸들의 목소리에서 조이는 자기 자신의 목소리를, 조이의 어머니의 목소리를, 조이의 할머니의 목소리를, 이 세상이 시작된 순간부터 이제야 안심이 되어 짜증을 낼 수 있는 이 세상 모든 여자가 내는 목소리를 들을 수 있었다.

포옹이 끝난 뒤에는 필사적이고 격렬했던 포옹에 대한 추억을 간직하고 있는 것이 좋다.

68

조이는 1월 말에 세계 곳곳에서 아주 끔찍한 바이러스가 활동하고 있다는 소리를 듣기는 했지만, 위태로운 결혼 생활에 너무 많은 신경을 쓰느라 그런 소식에 귀를 기울일 경황이 없었고, 게다가 조이는 평생 감기조차 걸리지 않았기에 크게 걱정하지 않았다. 조이의 면역계는 정말 뛰어났으니까.

조이가 자발적인 감금 상태에서 벗어났을 때, 세상은 중심축에서 벗어나 있었는데, 조이로서는 자기 탓이 아닐까 하는 생각을 떨쳐 내기가 힘들었다. 조이가 속세를 벗어나 더는 이 세상을 관리하지 않겠다고 결정하자 혼돈이 시작된 게 아닐까 하는 생각이 드는 거였다. 트로이가 아장아장 걸을 때 그랬던 것처럼 말이다. 트로이는 조이가 눈만 떼면 사고를 치고, 온 주변을 아수라장으로 만들었다.

갑자기 모든 사람이 '사회적 거리두기'에 들어갔다. 특히 '노인'과 '고위험군'으로 분류되는 조이와 스탠의 주변에서 사람들이 사라졌다. 두 사람이 산책이라도 나가면 젊은 사람들은 공들여 인도를 벗어나 배수로로 뛰어들었다.

"내 시간이 다 되면, 말이다. 내 시간이 다 되면."

스탠은 계속 이렇게 말했고, 그 말을 들을 때면 아이들은 신음하면서 자기 친구들 부모님도 계속 비슷한 말을 한다고 투덜댔고, 조이와 스탠은 서로를 보고 웃으면서 올바르게 처신하리라고 굳게 다짐했다.

조이가 집에 들어오고 몇 주 동안은 세상의 종말을 앞두고 신혼여행을 온 것 같았다. 두 사람은 계속 서로를 쓰다듬었고, 함께 뉴스를 시청했다. 생애 처음으로 조이는 전 세계적이고도 거대한 삶을 살았지만, 그 삶은 사적이었고 독특했다.

아주 슬프지만 인생은 계속된다는 말은 할 수는 없었다. 왜냐하면 인생은 계속되지 않았기 때문이다. 두 사람은 믿을 수 없다는 말을 계속 할 수밖에 없었다. *찰스 황태자가 코로나에 걸렸대!* 그 누구도 안전하지 않았다. 왕족도 마찬가지였다.

'봉쇄령'은 은퇴라는 압박을 완화해주었다. 이제 두 사람이 유일하게 해내야 할 일은 건전하고 활기찬 다채로운 활동에 참여하는 것이 아니라 그저 집에 머물면서 안전하게 지내는 것뿐이었다. 이제는 두 사람의 삶만이 멈춘 것이 아니라 모든 사람의 삶이 멈추었다. 이제는 예전에는 북적였던 집만이 적막에 둘러싸인 것이 아니라 전 세계 모든 번잡했던 도시들이 침묵에 싸였다. 사람들은 한때 자동차 지나가는 소리만 들었던 곳에서 새들의 노랫소리를 들었다. 뿌옇던 하늘이 맑아졌다. 이런 가혹한 고통 없이 세상이 아름다운 일시 정지 상태에 놓였다면 정말로 좋았을 텐데.

조이는 100년 전에 '친구를 만나러 부두에 간다는 어리석은 결정'을 하는 바람에 스페인 독감에 걸려 죽었다던 할머니의 첫 번째 남편을 자주 생각했다. 조이에게 그 이야기는 언제나 동화처럼 들렸고, 자신의 역사에서 반드시 필요한 부분처럼 느껴졌다. 할머니의 첫 번째 남편이 친구를 만나러 부두에 간다는 어리석은 결정을 내리지 않았다면, 조이의 할머니는 조이의 아름다운 할아버지와 결혼하지 않았을 테고, 당연히 조이는 조이가 되지 못했을 테니까, 그건 조이로서는 당연히 할 수밖에 없는 생각이었다.

그리고 지금, 조이는 생애 처음으로 할머니의 첫 번째 남편은 스페인 독감으로 죽는 걸 원하지는 않았을 거라는 생각이 들었다. 지금 자신이 코로나로 죽고 싶지 않은 것처럼. 조이는 앞으로 일어날 일들을 보고 싶었다. 조이의 할머니, 할아버지와 어머니는 천국의 문 앞에서 조금 더 오래 기다려야 할 것이다.

조이가 자신이 사라진 동안 가족들에게 일어났던 일을 모두 이해하는 데는 조금 시간이 걸렸다.

스탠은 처음에는 네 아이 모두 스탠을 용의자로 보이게 할 만한 정보는 경찰에게 말하지 않고 감추었다고 했다. 하지만 엄마의 귀가가 점점 더 늦어지자 아이들의 의심과 두려움은 기하급수적으로 증가했고, 점점 더 날카로운 질문을 해왔다고 했다.

"나도 죄의식을 느끼기 시작했어. 내가 당신을 다치게 한 게 분명하다는 기분이 들었거든. 계속 꿈을 꿨는데…… 아주 나쁜 꿈이었어."

네 아이는 자신들의 충실함을 간접적으로도, 직접적으로도 언급했다.

손 세정제와 마스크 쓰는 법을 열성적으로 가르쳐주던 브룩은 문득 말을 멈추더니, 뜬금없이 "아빠가 무죄라고 생각했기 때문에 강력 범죄 전문 변호사를 구한 거야. 아빠가 유죄라고 생각했기 때문이 아니야. 엄마, 아빠 둘 다 그걸 알아줬으면 좋겠어"라고 했다.

오, 달링. 넌 정말 거짓말을 못하는구나. 조이는 생각했다.

광적인 사재기 열풍이 불 때 가까스로 구했을 24개들이 화장지를 가지고 집에 들렀던 날 트로이는 뒤쪽 베란다에서 안전한 사회적 거리를 유지하며 조이와 단둘이 앉아 있게 되자 "나는 아빠가 했을 수도 있다고 생각했어. 정말로 그렇게 생각했어. 그래서 브룩이 아빠 편을 들었을 때, 브룩한테 너무나도 화가 났어"라고 했다.

트로이는 말하기 힘든 일을 고백하는 어린 트로이처럼 말했고, 조이는 "별일 아니야, 트로이. 그냥 잊어버려"라고 말했다. 그냥 잊어버리는 건 현대인들이 추구하는 방법은 아니었지만, 달리 방법이 있을까?

다행히 트로이와 브룩은 불화가 생겼을 때 형제들이, 가끔은 배우자들이 하듯이 말이 아니라 행동으로 해결했다. 브룩은 트로이에게 초콜릿을 한 상자 사줬고, 트로이는 브룩에게 자동차를 사줬다.

조이와 스탠은 뉴스에서 팬데믹 때문에 윔블던 대회가 취소됐다는 뉴스를 보기 전까지는 해리 하다드에 관해 한마디도 하지 않았다. 윔블던 대회는 2차 세계대전 이후로 처음 취소되는 것이라고 했다.

"당신이 왜 그랬는지 알아."

스탠이 조용히 말했다.

스탠은 용서한다는 말은 하지 않았지만, 조이는 용서했다는 의미로 받아들였다. 젊은 부부였다면 몇 달에 걸쳐 상담을 받겠지만, 조이는 두 사람은 이대로 끝을 내도 된다는 사실을 알고 있었다.

이제는 앞으로 나갈 시간이었다. 일단 공을 쳐서 넘겼다면, 날아가는 방향을 보고 있는 건 의미가 없었다. 어차피 공이 날아가는 경로를 바꿀 방법은 없다. 그저 이제는 어디로 움직일지를 생각해야 한다. 과거에 했어야 할 일이 아니라, 앞으로 해야 할 일을 생각해야 하는 것이다.

조이는 스탠을 배신했다. 하지만 스탠은 여전히 조이를 사랑하는 것을 택했다. 그렇다면 더는 해야 할 말이 없었다.

일어날 수도 있었던 끔찍한 일을 생각하면 조이는 밤에 잠이 오지 않았다. 조이와 사반나가 탄 차가 깊고 어두운 호수에라도 빠져 영영 사라져버렸다면 스탠은 조이의 살해범으로 몰려 체포됐을 것이다. 스탠이 남은 생을 감옥에 갇혀서 찾아오는 사람이라고는 브룩밖에 없는 괴로운 삶을 살아가야 했을 수도 있는 일이었다.

집에 돌아오고 처음 며칠간 조이는 예쁘고 성마르고 웃지 않는 크리스티나 쿠리 경사에게 계속 전화했다. 조이는 조금은 크리스티나 경사에게 집착했다. 스탠은 "제발 그 여자를 내버려둬"라고 했다. 크리스티나라는 이름이 나올 때마다 스탠은 외상을 입은 사람처럼 움찔했고, 그래서 조이에게는 크리스티나 경사에게 스탠이 무죄임을 분명하게 알려야 한다는 이상한 강박증이 생겼다. 물론 스탠이 무죄임을 반박할 사람은 아무도 없었지만 말이다. 조이는 그 경사에게 스탠이 100퍼센트 무죄임을 분명히 알려야 했다. 그는 정말로 조이를 살해하지 않았으니까.

"정황증거가 너무 강했어요, 델라니 부인."

근엄한 목소리로 크리스티나 경사가 말했다. 하지만 곧바로 근엄함을 풀고, 조이의 모든 걱정이 결국에는 현실이 되지 않았으리라는 사실을 논리적으로 설명해주었다.

예를 들어, 크리스티나 경사가 객관적으로 설명해준 것에 따르면, 조이와 사반나는 자발적인 잠적을 하려고 목적지까지 가는 동안 호수를 건넌 적이 단 한 번도 없으니 호수 밑으로 가라앉는 일은 절대로 일어나지 않았을 것이다. 게다가 사반나의 유부남 애인인지, 남자 친구인지, 아니면 정사 상대인지 모를 (사실은 표적일 수도 있는) 헨리 에지워스 박사가 결국에는 경찰이 사반나를 찾게 도와주었을 것이고, 사반나도 경찰에게 해리의 21일 잠적 프로그램에 관해 말해주었을 게 분명했다. 무엇보다도 중요한 건 절대로 말하지 않는 것보다는 늦게라도 말하는 게 훨씬 좋은 진술을 코펜하겐에 있는 카로의 딸이 해주었을 테니, 경찰도 스탠이 범인이 아님을 결국에는 알았을 것이다. 이 사건에서 모은 증거들은 진실에 기반하고 있지 않았기 때문에 카드 더미가 무너지는 것처럼 결국에는 무너져 내렸을 것이다.

"그러니까 남편분은 절대로 기소되지 않았을 거예요."

크리스티나 경사가 말했다.

그 말을 듣고 조이는 팬데믹이 크리스티나의 결혼 계획에 영향을 끼쳤는지를 물었고, 크리스티나 경사는 결혼식은 예정대로 진행할 테지만 처음 계획보다 훨씬 간소하게 할 거라고 대답했다.

"속상해서 어떡해요."

조이가 정말로 속상해하며 말했다.

"네, 정말 속상해요."

크리스티나 경사도 조이의 말에 동의했지만, 왠지 웃고 있는 것만 같았다.

"거기서 사반나랑 대체 뭘 했어? 둘만 있기에는 너무 긴 시간이었잖아. 지루하진 않았어?"

에이미가 물었다.

"게임했어?"

브룩이 물었다. 델라니 가족은 게임을 하면서 시간을 보냈으니까. 델라니 가족은 늘 경쟁을 했으니까. 항상 누군가는 이기고, 누군가는 져야 했으니까.

"싸우지는…… 않았어?"

딸들은 조이가 사반나와 보낸 시간을 궁금해했고 엄마가 사반나와 함께 있었다는 사실을 힘들어했는데 조이는 그 이유를 충분히 짐작할 수 있었다. 조이는 두 딸 가운데 그 누구와도 그렇게 오랜 시간을 함께 있어본 적이 없었을 뿐 아니라, 세 사람 모두 엄마와 딸이 그렇게 오랜 시간을 함께 보낸다면 서로 미쳐버릴 거라는 걸 잘 알기 때문이었다.

"아, 그렇지. 이따금 너무 지루했어. 서로 짜증을 내기도 했고."

조이는 딸들에게 말했다. 하지만 그건 진실이 아니었다. 조이와 사반나는 아주 잘 지냈다.

그 이유는 아마도 조이가 사반나에게 엄마와 같은 감정을 느끼기는 했지만, 사반나는 조이의 진짜 딸이 아니기 때문일 테고, 두 사람 사이는 우정과 비슷하지만, 사반나는 진짜 친구는 아니기 때문일 것이다. 조이는 사반나가 좋았지만, 딸들에게 느끼는 것처럼 맹렬하고 복잡한 사랑은 느낄 수 없었다. 그렇기에 역설적이게도 두 사람은 3주라는 긴 시간 동안 아무 문제 없이 지낼 수 있었다. 그저 작은 집에 사는 작은 두 여자로 시간을 보낼 수 있었다.

그 21일을 돌아보면 처음에는 자신이 일으킨 그 끔찍한 소동 때문에 수치심을 느꼈지만, 일단 그 소동들이 모두 과거의 일이 되자, 그 시간은 아른거리는 햇살 아래서 행복하게 꿈을 꾼 시간, 조이의 인생에서 벗어난 휴가 기간, 조이라는 사람에게서, 어쩌다가 조이가 되어버린 사람에게서 벗어난 휴가 기간처럼 느껴졌다.

두 사람이 머문 나무 집은 400년 된 우림과 폭포, 산책로에 둘러싸여 있었다. 기끔 엄청나게 큰 창문 밖으로, 조용한 교외 거리를 자동차가 지나가는 것처럼 캥거루나 왈라비가 지나가는 모습이 보였다.

조이는 싱글 침대에서 꿈도 꾸지 않고 푹 잤다. 집에는 거울이 없었다. 자기 자신의 얼굴을 보지 못했고, 남편도, 아이도 보지 않으니 이상하게도 조이는 다시 한번 조이 베커로 돌아간 것만 같은 기분이 들었다. 인생의 대부분을 뒤에 남긴 조이가 아니라 인생의 대부분을 아직 경험하지 못한 조이가 된 것 같은 기분이 들었다.

며칠에 한 번씩, 밤이면 현관 앞에 음식이 담긴 바구니가 놓였다. 과일과 달걀, 빵과 채소가 들어 있는 간단하지만 신선한 음식이었다. 고기는 많지 않았다. 이 모든 것이 부유한 손님들에게 소박한 '기본으로 돌아가는' 경험을 제공하기 위해 기획된 것이었지만, 그 모든 과정이 사실은 기획됐다는 걸 안다는 것은 문제가 되지 않는 것 같았다.

조이와 사반나는 오랫동안 혼자서 산책을 했고, 가끔은 함께 숲을 걸었다. 몇 시간이고 앉아서 책을 읽었다. 작은 집에는 오래된 책이 선반 가득 있었다. 1970년 이후에 출간된 책은 없었다. 시간은 어린 시절의 그 길고 뜨거웠던 여름처럼 천천히, 부드럽게 흘렀다.

그곳에서 사반나는 한 사람에게 정착해 그 모습을 유지하고 있는 것 같았다. 어리고 사색적이고 조용한 여자였다. 그 기이한 말버릇은 모두 사라졌다. 두 사람은 가끔 어린 시절의 추억을 이야기했다. 두 사람 모두 행복한 추억만 이야기했다. 사반나는 해리와 사반나가 오빠와 동생이었을 때를, 테니스도 발레도 없었던 부모님도 이혼하지 않았을 때를 침대 시트로 만든 요새에서 휴일 하루만큼이나 긴 오후를 보낼 수 있었던 때를 이야기했고, 조이는 조부모님 이야기를 했다. 하루는 조이가 할머니는 언제나 속옷을 '입에 담기 민망한 것'이라고 했다고 하자, 사반나는 정말 한 번도 보지 못한 즐거운 표정으로 피식 웃었다.

조이는 두 사람 사이에 흐르는 침묵이 좋았다. 조이의 성격으로는 혼자라면 옆에 사람을 두고 침묵할 수는 없었을 것이다. 분명히 먼저 말을 꺼냈을 것이다. 하지만 반쯤은 낯선 사람이고 반쯤은 친구인 사반나와는 완벽하게 침묵할 수 있었다. 수십 년 만에 처음으로 조이는 멈추었다. 조이는 자신과 스탠이 은퇴했을 때 멈춘 거라고 생각했지만, 전혀 아니었다. 은퇴한 뒤에도 조이는 특정할 수도 없고 이룩할 수도 없는 목표를 향해 속절없이 달리고 있었던 것이다.

조이는 생각을 적게 할수록 바로 앞에 나타나는 단순한 진리를 더 많이 발견할 수 있음을 알게 됐다. 예를 들어, 조이가 직업 선수로서의 삶을 포기한 데는 자기 나름대로 명확한 이유가 있었기 때문이었음을 알게 됐다. 그때의 조이가 아니었다면 그 누구도 조이가 테니스를 포기하게 할 수는 없었을 것이다. 지금의 조이가 과거로 돌아가 어깨를 두드리면서 "그 사람도 그냥 남자일 뿐이야, 포기하지 마"라고 말해도, 그때의 조이는 듣지 않았을 것이다.

왜냐하면 그 사람은 단 한 번도 그냥 남자였던 적이 없으니까. 그 사람은 스탠이었으니까. 조이는 스탠을 원했고, 스탠의 아이들을 원했다. 조이는 스탠이 성공한 아내를 견딜 수 없을 거라고 믿었다. 하지만 그건 조이가 잘못 생각한 건지도 몰랐다. 그건 스탠이 코치가 되기 전에 내린 결정이니까. 그때는 스탠이 어떤 남자가 될지 몰랐고, 스탠이 다른 선수들의 성공을 보면서 즐거워하리라는 사실도 몰랐다. 그저 조이는 그 시대의 여자였고, 집을 나가 다시는 돌아오지 않은 아버지의 딸일 뿐이었다. 그때 조이는 남자의 자존심은 달걀 껍데기처럼 연약하다고 믿었다. 자신의 남자를 집에 돌아오게 하려면 할 수 있는 모든 일을 해야 한다고 믿었다. 그러니까 조이는 그 시대의 여자가 할 수 있는 올바른 선택을 한 것이다.

어쩌면 조이는 언젠가, 손녀가 테니스를 하는 모습을 볼 수도 있을 것이다. 조이의 손주들이라면 분명히 모두 테니스를 할 것이다. 그렇지 않으리라는 것은 상상도 할 수 없었다. 미래의 그 소중한 아이는 남자 때문에 테니스든 다른 무엇이든 자신의 소중한 것을 포기한다는 생각은 하지 않을 것이다. 물론 조이도, 그 아이가 포기하게 내버려두지 않을 테지만.

어느 날 아침에는 사반나가 아직 자고 있을 때 조이 혼자 베란다에 앉아서 차를 마시며 떠오르는 해를 보고 있었다. 집에서도 늘 보는 해였지만, 그 작은 숲에서 떠오르는 해는 훨씬 천천히, 우아하게 움직이는 것만 같았다. 그 해를 보면서 조이는 생각했다.

해리를 떠나보낸 건 아이들 때문만이 아니야. 스탠이 떠나버려서 화가 났기 때문이기도 해. 너무나 피곤한데도 마약을 판 트로이도, 머리가 아픈 브룩도, 그날 먹어야 하는 저녁도, 내일 해야 하는 빨래도, 내가 무조건 모든 걸 책임져야 한다는 사실 때문에 화가 났기 때문이기도 해.

그런 깨달음은 조이가 올린 사소한 득점일 뿐이니까, 조이는 절대로 스탠에게 그 사실은 말하지 않을 생각이었다. 왜냐하면 스탠이 조이를 용서한다면, 조이가 해리를 떠나보낸 이유는 어머니로서의 사랑밖에 없었다고 생각하는 게 좋으니까. 하지만 진짜 이유를 인정하는 건 조이에게 안도감을 주었다.

조이의 영리한 손녀는 조이와 같은 결정을 하지 않아도 모든 것을 다 가질 수 있는 방법을 분명히 알 것이다.

"하고많은 사람 중에 왜 하필 그 사람이랑 간 거야? 그 일을 당하고도? 어떻게 용서할 수 있어?"

가족들이 조이에게 물을 때면 조이는 "그냥 딱 필요한 시간에 전화를 받은 것뿐이야"라고 대답했다.

물론 사실이지만, 조이가 사반나의 요리를 즐겼을 뿐 아니라 사반나와 함께 있는 시간을 즐겼다는 것도 사실이었다. 사반나가 델라니 집의 현관문을 두드렸을 때는 분명히 순수하지 못한 의도가 있었음도 사실이지만, 트로이를 속여 돈을 갈취했다는 것만 빼면 델라니의 집에 있는 동안 했던 모든 행동이 친절했던 것도 사실이었다. 조이가 다 자란 사반나의 행동과 어린 시절의 사반나와 델라니 가족이 오래전에 했던 일들의 무게를 가늠해봤을 때, 델라니 가족은 경솔하게도 도움이 필요한 아이에게 너무나도 가혹하게 대했으니, 잊을 수는 없다고 해도 용서는 할 수 있다는 결론을 내렸다.

조이는 지혜와 품위를 갖추게 되는 자기 나이쯤 되면 용서하는 건 쉽다고 말했지만, 아이들은 무례했던 지방의회 의원이나 트로이 대신 쓴 만리장성 보고서에 7점밖에 점수를 주지 않은 역사 교사처럼, 수십 년이 지나도 어전히 조이가 용서하지 않고 있는 수많은 사람을 나열하며 웃었다. 하지만 그 사람들과 사반나는 분명히 차이가 있었다. 그 사람들 가운데 그 누구도 조이에게 미네스트로네나 시나몬 토스트를 만들어주지 않았다.

조이가 사반나를 보면서 도대체 왜 이 사람과 시간을 보내고 있을까 하는 의문이 든 것은 단 한 번뿐이었다. 사반나가 조이의 가족에게 복수하려고 했던 또 다른 사소하지만 독특한 행동들을 고백했을 때였다.

사반나는 로건의 직장에 전화해 로건을 음해했다고 말했다.

"정확히 성추행을 했다고 말하지는 않았어요."

사반나는 로건의 직장 동료들도 크게 신경 쓰지 않은 게 분명하다고 했다. 사반나는 브룩의 직장에도 전화해서 물리치료를 받겠다고 예약하고는 가지 않았다고 했다.

두 아이가 당한 일을 생각하자 조이는 너무나도 화가 났다.

"그 애들 인생을 망칠 뻔했어!"

조이가 소리쳤다.

"더 나쁜 일을 할 수도 있었는걸요."

"오, 그래, 참 잘했어, 사반나. 더 나쁜 일을 안 했으니까, 내가 고마워해야겠네."

조이가 화를 내는 동안 사반나는 고개를 숙이고 있었다.

"그리고 트로이를 속여서 돈을 뺏었잖아. 에이미한테는 뭘 했니? 그 애한테는 무슨 짓을 했어?"

"엄청난 일은 하지 않았어요. 그냥 아버지의 날에 브라우니를 만들었을 뿐이에요."

사반나가 알고 있지 않냐는 듯이 말했다.

"하지만 그게 에이미를 화나게 할 거라는 건 어떻게 알았어?"

"조이가 브라우니가 에이미의 대표 요리라고 말해줬잖아요."

그런 말을 한 기억이 나지 않았다. 사반나는 말 많은 노인이 떠드는 소리를 흘려보내지 않고 자세히 주운 것이다. 조이는 한 대 맞은 것 같은 기분이 들어 잠시 사반나를 쳐다보지 못했다.

"그럼 나는?"

조이는 그날, 불쌍한 어린 사반나에게 가장 잔혹하게 군 건 자신이 아니었나 하는 생각이 들었다. 왜냐하면 조이가 유일한 어른이었으니까.

"조이의 남편을 유혹하려고 했어요. 병원에 입원해 있을 때."

"아. 하지만 사반나가 정말로 그렇게 하지는 않았을 거……."

"아니, 했을 거예요. 말했지만, 나는 나쁜 일을 할 수 있어요, 조이. 훨씬 나쁜 일도 할 수 있고요. 난 좋은 사람이 아니에요."

해가 지고 있었고, 두 사람은 발코니에 앉아 거대한 주황색 하늘을 가로지르는 수백 마리 검은 박쥐를 보고 있었다. 조이는 올라왔다가 가라앉는 분노를 느끼며 조용히 숨만 쉬었고, 마음이 차분히 가라앉은 뒤에야 입을 열었다.

"내 생각에는, 사반나는 좋은 사람이야. 아주 좋지 않은 일을 얼마 동안 한 좋은 사람이지. 우리 모두처럼 말이야."

"조이의 결혼 생활을 끝냈을 수도 있었어요."

"그건 그렇지. 그렇다면 정말 끔찍했을 거야. 이제 다시는 그런 짓은 하지 않겠다고 약속해줘. 정말로, 다른 여자에게 그런 말을 들으면 끝이 나는 부부도 있어. 하지만 우린 아니야. 난 스탠이 사반나를 성희롱했다는 말을 단 한 순간도 믿지 않았으니까."

"그거 말하는 거 아니에요. 해리 오빠를 멀리 보내버린 게 조이라고 말한 거 말이에요."

사반나가 그 일을 폭로했을 때, 조이의 결혼 생활은 정말로 끝이 나버릴 수도 있었다.

"그래. 하지만 그건 그 누구도 사반나에게 말하면 안 된다고 부탁한 비밀도 아니었잖아. 그건 전적으로 내가 한 일이기도 하고. 사실, 그 비밀이 이렇게 오래 유지될 수 있을 거라고는 생각 못 했어."

사반나는 조이가 자신의 말을 제대로 이해하지 못하고 있다는 듯이 한숨을 쉬었다.

"좋아요. 하지만 난 좋은 사람이 아니에요."

왠지 조이는 사반나에게는 더 할 말이 있는 것처럼 느껴졌다. 사반나의 말 속에 감춰진 내용이 있을 것만 같았다. 하지만 아무리 주의를 집중하고 그 내용을 해석해보려고 해도, 조이의 눈에 보이는 것은 조이의 집에 와서 요리를 해주고 청소를 해주던, 끔찍한 취급만 받으며 살아온 상처 받은 젊은 여자뿐이었다.

조이는 사반나가 하고 싶은 말을 마음껏 할 수 있도록 조용히 기다렸다. 그 옛날 아이들이 끔찍한 일을 저질렀거나 말하기 힘든 생각을 한 뒤에 그 사실을 고백하고 싶어 했을 때 느꼈던 감정을, 인내를 가지고 아이들에게 여유를 준다면 마침내 하고 싶은 말을 하게 된다는 사실을 알았을 때 느꼈던 감정을 사반나에게 느꼈다. 사반나는 무언가 말하고 싶은 게 있음이 분명했다.

하지만 사반나는 그대로 앉아서 한 손으로 목걸이에 달린 열쇠를 꼭 쥔 채로 박쥐들이 칠흑 같은 어둠 속으로 사라질 때까지 하늘만 쳐다보고 있었다. 한참 뒤 마침내 입을 열었을 때는 "저녁은 토마토와 바질을 넣고 프리타타 만들어 먹어요"라고 했을 뿐이다.

그 말을 듣고 마음 한편으로는 조이는 안심했다. 사반나는 조이의 아이가 아니었으니까. 조이는 사반나의 비밀을 알고 싶지 않았다. 사반나의 비밀을 알 필요도 없었다.

21일의 잠적 기간이 끝나고, 야생에 머물 작은 집에 작별을 고하고, 두 사람은 사반나가 모는 차를 타고 시드니로 돌아왔다.

"이제부터 뭐 할 거니?"

조이가 물었다.

"오빠에게 전화해볼까 해요. 오빠의 '프로그램'에 참가했다고 말할 거예요. 그게 도움이 될지는 모르겠지만요. 그 뒤에는 뭘 할지 모르겠어요. 아마, 어딘가에서 또다시 새로운 삶을 살아가야겠죠. 조이는 뭐 할 거예요?"

"아, 나는, 그냥 집에 가겠지."

생애 처음으로 조이는 그저 집에 간다고 말할 수 있다는 것이 얼마나 큰 특권인지 깨달았다.

"내가 없는 동안 밥은 어떻게 해결했어?"

저녁을 먹으면서 조이가 스탠에게 물었다.

"카로가 진짜 질긴 양고기 캐서롤을 보냈어. 브룩이 음식을 사다 주기도 했고. 하지만 브룩한테 밥은 내가 직접 해 먹을 수 있다고 했지. 도대체 '스탠은 달걀도 못 삶아'라는 평판은 어디에서 나온 거야? 당신한테 달걀 삶는 법을 가르쳐준 사람이 난데 말이야."

"아니거든."

"맞아."

스탠의 말과 함께 조이의 마음속에서 고대 유물처럼 완벽하게 보존된 기억이 표면으로 떠오르기 시작했다.

정말로 스탠은 조이에게 완벽하고도 부드럽게 달걀 삶는 법을 알려주었고, 어렸을 적 아버지는 떠나버리고 어머니는 '잠만 잤을' 때, 자신이 직접 밥을 해 먹어야 했을 때가 많았다는 말도 해주었다. 두 사람이 결혼했을 때, 조이는 정말로 감각적인 여자가 되어 남편의 식사를 챙겨주고 싶다는, 진짜 여자처럼 남편의 살찌우고 싶다는, 스탠의 어머니가 못 해주었던 보살핌을 주고 싶다는 소망에 사로잡혀서 스탠이 주방에 들어올 때마다 황급히 쫓아냈고, 다시는 주방에 들어오지 못하게 했다. 그렇게 몇 년이 흐르자 감각적이고 여자답고 사랑스러운 감정을 느끼게 했던 요리는 조이에게 힘들고 단조로운 노동이 되었다.

"이제 번갈아 가면서 요리를 하면 좋겠어. 봉쇄 기간에는."

"그렇게 해."

스탠이 대답했다.

데비 크리스토스는 그런 소원을 빌 때는 신중해야 한다고 했다. 데비는 지금도 데니스가 일류 요리사가 되겠다며 몇 시간이고 주방에서 나오지 않고 만들기도 귀찮고 먹기도 성가신 프랑스 음식을 만드느라 죄 없는 아기 오리들을 괴롭히던 기억을 떠올리면 끔찍하다고 했다.

천만 다행히도 스탠은 아기 오리에게는 관심이 없었다. 오히려 로스트비프를 완벽하고 적절하게 구워내는 능력이 있음을 입증해 보였다. 조이 앞에 로스트비프를 담은 접시를 내려놓은 스탠은 새로 산 휴대전화로 1974년에 발표된 바크먼 터너 오버드라이브의 〈지금까지 본 것은 아무것도 아니야(You Ain't Seen Nothing Yet)〉를 틀었다. 1974년에 두 사람은 지금과는 다른 사람이었고, 정확히 지금과 똑같은 사람이었다.

"정말?"

조이의 말에 스탠이 대답했다.

"당연하지."

가끔은 새벽 2시에, 그러니까 언제나 무슨 이유에서인지 새벽 2시에 조이는 침대에서 벌떡 일어났다. 꿈속으로 끔찍한 공포가 스며들었기 때문이다. 아마도 그 이유는 수갑을 찬 스탠을 생각했기 때문일 수도 있고, 텔레비전에서 줄줄이 늘어선 관을 보았기 때문일 수도 있고, 조이가 오랫동안 이제는 뉴질랜드로 돌아가서 행복하게 살고 있을 거라고 믿었던 폴리 퍼킨스가 조이가 잠적해 있는 동안 시신으로 발견되었기 때문일 수도 있었다. 잠시 동안이지만 사람들은 폴리 퍼킨스의 시신을 조이라고 생각했다. 조이는 자신과 같은 인생을 살아가는 모든 여자들은 뉴스에 나올 만큼 심각한 폭력을 당해 죽기에는 너무나도 평범하다고 생각했지만, 실제로 그런 여자들이 폭행을 당해 죽을 수 있음을 깨달았다. '은퇴 뒤의 활발한 활동'을 계획하는 조이와 스탠같이 평범한 사람들이 너무나도 이른 시기에 잔인하고 갑작스럽게 죽을 수도 있음을 깨달았다.

조이는 친구들보다 훨씬 더 봉쇄 상황을 잘 헤쳐 나가고 있는 에이미가 알려준 '기술'을 활용해보려고 노력했다. 여덟 살 때부터 자신의 존재에 의문을 품고 두려워했던 에이미와 달리 조이와 조이의 친구들은 실존적 두려움이라는 낮은 자아감을 경험해본 적이 없었다. 여덟 살 때부터 그런 두려움을 갖다니! 조이는 실존적 두려움이라는 것이 정확히 무엇인지는 이해할 수 없었지만, 분명히 좋은 소리처럼 들리지는 않았다.

먼저 조이는 에이미가 알려준 호흡법을 시도해보았다. 하지만 실존적 두려움을 없애는 데 좋다는 호흡법은 늘 분만 호흡법을 생각나게 했다. 조이는 늘 급격하고 거친 출산을 해야 했다. 조이의 네 아이는 너무나도 급하게 이 세상으로 뛰쳐나왔다. 조이의 분만 호흡법은 마음을 느긋하게 해주는 일과는 거리가 멀었다.

에이미는 '감사하기' 기술도 알려주었다. 고마운 일들을 쭉 생각해보는 기술이었는데, 조이는 고마워하는 건 잘했다. 조이에게는 고마워할 일이 아주 많았다.

무엇보다도 인디라와 로건이 재결합했을 뿐만 아니라 약혼까지 했다. 약혼반지는 끔찍했지만 인디라는 그 반지가 마음에 드는 것 같았고, 딸들은 조이에게 그 반지가 끔찍하다는 말은 절대로 하면 안 된다고 했으니, 조이는 반지에 대한 자신의 견해는 조금도 내비치지 않았다. 그저 세월이 흘러 두 사람이 결혼을 하고 힘든 시기를 헤쳐 나가야 할 때, 인디라가 갑자기 "이 반지는 정말 언제나 싫었어!"라고 소리치지 않기만을 바랄 뿐이었다. 그런 일이 벌어진다면 불쌍한 로건이 얼마나 상처를 받을지 생각하기도 싫었다.

"그렇겠지. 그래도 죽지는 않을 거야, 엄마."

트로이는 그렇게 말했다.

다행히도 브룩의 물리치료실은 망하지 않고 유지되고 있었다. 사람들이 물리치료를 기본 서비스로 생각했기 때문이고, 브룩의 말대로라면 사람들이 너무나도 의욕적으로 DIY 프로젝트를 수행하고 집에서 직접 운동을 하려다가 부상을 입기 때문에 꾸준히 환자가 찾아온다고 했다. 정말 근사한 소식이었다.

트로이의 전 아내인 클레어는 지금 트로이의 아기를 임신했고, 팬데믹 때문에 오스트레일리아에서 살기를 바라고 있고, 클레어의 불쌍한 남편은 내키지는 않지만 아내의 의견을 따르기로 했다. 트로이는 아이의 양육을 돕겠다고 결정했고, 클레어는 동의했지만, 클레어의 불쌍한 남편은 그 결정을 그다지 반기지는 않는다.

"제발 엄마, 그 사람을 불쌍한 남편이라고 부르는 거 그만해. 그 애는 트로이의 생물학적 아이란 말이야!"

아이들은 태평하고도 편파적으로 불공평함을 드러내며 말했다.

조이의 첫 손주는 크리스마스이브에 태어날 것이다. (조이의 그 아들은 정말 언제나 가장 멋진 선물을 했다.) 아직 그 불쌍한 남편은 만나보지 못했지만, 만난다면 조이는 정말로 친절하게 대할 생각이었다. 왜냐하면 조이에게는 다른 사람에게는 말하지 못하는 은밀한 기대가 있었기 때문이다.

조이는 트로이가 천적 해리 하다드와 맞섰던 특별한 시합을 기억했다. 그때 해리는 어떤 선수도 받아 칠 수 없을 만큼 대각선 방향으로 엄청나게 멀리 공을 쳤지만, 트로이는 공을 향해 달려갔다. 거의 옆 코트까지 넘어갈 정도로 멀리 달려간 트로이는 그 불가능한 공을 받아 쳤을 뿐 아니라 도저히 할 수 없을 것 같았던 득점까지 올렸고, 얼마 안 되는 관중들은 롤러코스터를 타고 내려오는 것처럼 함성을 질렀다. 해리조차도 마지못해 한 손으로 라켓 스트링을 두드려야 했다.

트로이는 언제나 불가능할 것 같은 샷을 쐈다. 물론 클레어는 테니스공이 아니었다. 클레어는 자기 삶을 직접 선택하는 분별 있고 똑똑한 여자였다. 그러니까 트로이가 매력을 발휘해서 그 아이의 결혼 생활을 끝낸다고 해도 그건 조이의 잘못은 아닐 것이다. 정말로, 조이의 잘못은 아닐 것이다.

옛날에 그랬듯이 가끔은 피가 날 정도로 조이가 입술을 세게 물어도, 코트에 나가 있는 아이들이 듣지도 못할 조언을 스탠이 아무리 많이 중얼거려도 아이들의 시합 결과를 바꿀 수 없는 것처럼, 아이들의 인생도 조이에게는 바꿀 수 있는 방법이 없었다.

두 사람의 아이들은 가끔은 정확하게 두 사람이 가르쳐준 대로 모든 일을 했지만, 절대로 하지 말라고 한 일들을 할 때도 있었다. 조이와 스탠은 자신들이 큰 실패를 하는 것보다 아이들이 작은 실망으로 힘들어하는 모습을 보는 것이 훨씬 더 고통스러웠다. 하지만 아이들에게는 전적으로 자신들이 선택하고 만들어낸, 뜨거운 날에 흩뿌리는 얼음물처럼 예상치 못했던 아름다움으로 빛나는 날들도 있었다. 정말로 영광스러운 순간들이었다.

거기까지 생각을 하면 계속해서 떠오르는 그 모든 영광스러운 순간들을 기억하면, 부모의 인정과 부모의 사랑을 기대하며 관중석에 앉아 있는 부모를 쳐다보던 아이들의 황홀한 얼굴을 생각하면, 부모가 자신들을 인정하며 사랑한다는 사실을 알고 있으며(조이는 아이들이 정말로 알기를 원했다) 앞으로도 언제나, 조이와 스탠이 이 세상을 떠난 뒤에도 아주 오랫동안 부모가 자신들을 인정하고 사랑하리라는 것을 알고 있는 아이들의 얼굴을 생각하면, 조이는 다시 잠들 수 있었다. 왜냐하면 그런 사랑은 영원히 지속되는 거니까.

69

소독약을 뿌리면서 물리치료기를 청소하고 있을 때, 처음에 브룩은 의식 속으로 기억처럼 밀려 들어오는 달콤한 향기를 맡은 건 상상이라고 생각했다. 그때 브룩은 평소보다 훨씬 열심히, 필사적으로 청소를 하고 있었다. 왜냐하면 마지막 환자가 치료가 거의 끝났을 때, 자기가 아침에 일어났을 때는 목이 아팠지만, "코로나는 아닌 게 확실해요"라고 말하면서 기침을 했기 때문이다. 그것도 브룩의 얼굴에 대고.

물론 영웅인 사람들도 있다. 집중 치료실에서 일하는 브룩의 친구들은 지금 얼굴에 침이 튀는 것보다 훨씬 극한 상황에서 일하고 있다. 하지만 한편으로는 사람들은 어리석다. 엄마가 사라졌을 때, 브룩은 동시에 완전히 반대인 신념을 갖는 것이 가능하다는 것을 배웠다. 브룩은 벤다이어그램의 공집합 부분에 머물렀다.

브룩은 아빠를 사랑했고 엄마도 사랑했다. 아빠가 엄마를 죽인 것이 분명하다고 해도 브룩은 아빠 편에 섰을 것이다. 그럼에도 아빠가 엄마를 죽였을 가능성이 분명히 있다고 생각한 사람은 델라니 남매 가운데 자신뿐이었음을 브룩은 알았다. 트로이 오빠는 자신도 그렇게 생각했다고 믿고 있지만, 오빠가 한 일은 아빠를 사랑하지 않는 척한 것뿐이다. 그렇다고 브룩이 아빠를 더 사랑하고, 엄마는 덜 사랑한다는 뜻은 아니었다. 몸은 두 가지 반대되는 힘 사이에서 균형을 잡을 수 있다. 그렇다면 마음도 그럴 수 있는 것이다.

그랜트와 함께한 10년은 브룩이 보기에 따라 실패라고 할 수도 있었고, 성공이라고 할 수도 있었다. 비교적 짧은 시간 지속됐던 결혼 생활이 조금은 험악한 이혼으로 끝이 나고 있다고 생각할 수도 있었고, 행복한 기억을 품은 오랜 기간의 사랑이 끝나야 할 순간에 정확하게 끝나고 있다고 생각할 수도 있었다.

브룩은 킁킁거리며 냄새를 맡았다. 이게 무슨 냄새지? 익숙한 냄새였다. 너무나도 분명한 냄새였다. 하지만 완벽하게 명확한 냄새는 아니어서 정확히 무슨 냄새라고 특정할 수는 없었다. 브룩은 들고 있는 병의 라벨을 살펴보았다. 언제나 쓰는 제품이었다. 하지만 마음을 평온하게 해주는 소독약 냄새 위로 분명히 다른 냄새가 있었다. 이제 막 구운 빵 냄새가 있었다.

옆 카페에서 빵을 굽고 있는 걸까? 하지만 지금은 테이크아웃 커피만 파는데? 카페에는 앉을 자리조차 없었다. 사람들이 가까이 가지 못하게 바닥에 붙인 빨간 마스킹 테이프 너머의 한쪽 구석에서 먼지만 쌓여가는 탁자와 의자를 보면 마음이 아팠다.

오늘 아침, 브룩에게 커피를 건네면서 카페의 어린 여종업원은 "어머니는 돌아오셨어요?"라고 물었다.

"네, 오셨어요. 괜찮아요. 좋아요. 사실, 아주 좋아요."

브룩이 대답했다.

엄마가 돌아왔다는 소식은 신문에 아주 조그맣게 실렸다. 왠지 조금 아쉽다는 느낌을 풍기는 기사였다. 사람들은 그 할머니가 죽지 않았기를 바랐지만, 살아 있다는 소식에는 실망한 것이다.

"와, 정말 잘됐어요! 가끔씩이라도 이렇게 좋은 소식을 들으면 정말 행복해요. 안전하게 지내세요!"

브룩의 가설을 완전히 뒤집어엎으면서, 마스크 위로 종업원이 눈을 반짝이면서 말했다.

"고마워요."

사람들은 끔찍했다. 그리고 멋졌다.

"당신도 안전하게 지내세요!"

브룩은 팬데믹 시대를 살아가는 자영업자이자 독신 여자였다. 데이트도 할 수 없었고, 농구도 할 수 없었고, 친구들과 저녁 식사도 할 수 없었다. 하지만 음료를 들고 줄 앞에서 사람들을 만날 수 있었고, 카페 종업원과 나눈 것처럼 갑작스럽고도 강렬한 아름다운 순간을 경험할 수도 있었다(물론 그 순간도 어색하기는 했다. 어째서 사람들은 매일같이 누구를 만나든 '안전하게 지내세요!'라는 말을 하게 됐을까?).

아니, 상상이 아니었다. 분명히 냄새가 났다. 어린 시절 맡았던 냄새였다. 이제 막 깎은 잔디 냄새처럼. 보통은 담배 연기와 샤넬 N°5와 함께 맡았던 냄새였다.

브룩은 소독약을 내려놓고 마치 꿈을 꾸는 사람처럼 대기실로 나갔다. 그것은 그곳에, 브룩의 책상 위에 놓여 있었다.

사과크럼블. 이제 막 오븐에서 꺼낸 것처럼 따뜻했고, 다른 차원에서 온 것만 같았다. 꼭 천국이나 지옥이나 과거에서 온 것 같았다. 사과크럼블은 알루미늄 포일로 단단하게 쌓여 있었고, 포일에는 접착 메모지가 붙어 있었다. 접착 메모지에는 단정하고 어린애 같은 글씨로 글이 적혀 있었다. 인사도 없이, 들어가는 말도 없이 그저 "중간 크기 사과 네 개. 껍질을 깎고 속을 파서 깍둑썰기하면 됨"이라고 적혀 있었다.

브룩은 클리닉 문을 열고 복도를 내다보았다. 쇼핑 카트를 밀면서 브룩을 향해 마치 올 테면 와보라는 듯한 표정으로 얼굴을 잔뜩 찡그리고 있는 할머니 말고는 아무도 없었다.

브룩은 다시 클리닉 안으로 들어갔다. 포일을 벗기고 사과크럼블의 냄새를 깊이 들이마셨다. 굳이 먹어보지 않아도 사반나가 할머니의 요리법을 찾아냈음을 알 수 있었다.

70

청명하고 햇살이 맑은 8월의 아침이었다. 유리처럼 맑은 공기 속에 끔찍한 바이러스가 득실거리고 있다는 사실이 믿기지 않았다.

코트에 나서기 전에 스탠 델라니는 형편없는 무릎을 보호하라며 딸이 가르쳐준 스트레칭을 부지런히 했다. 이제 곧 스탠은 아내와 함께 한 게임 할 것이다. 아주 가볍게 한 게임.

"엄마랑 아빠가 퍽이나 가볍게 치고 오겠다."

브룩은 그렇게 말했지만.

조이와 함께 브룩이 가르쳐준 기본 운동을 하고 있을 때 스탠의 전화벨이 울렸다.

"제발 좀."

조이가 스탠을 향해 눈을 흘겼다. 스탠은 너무 휴대전화에 집착했다. 늘 주머니에 넣고 다녔고, 밥을 먹을 때면 접시 바로 옆에 두고 먹었다. 조이는 그런 행동은 예의에 어긋난다고 했다. 스탠이 전화기를 쓰는 사람들에 대해 생각했던 것도 바로 그거였다.

"로건이네."

스탠이 전화기 화면을 흘긋 보면서 말했다.

"빨리 받아. 빨리, 빨리!"

조이는 아이들 전화는 한 통이라도 놓치지 않고 받으려고 했다. 특히 이 모든 일이 벌어지고 있는 이때는 절대로 놓치지 않으려고 했다. 언젠가는 이 이야기를 하면서 웃을 수 있을지도 모르지만, 그 웃음에는 언제나 공포가 묻어 있을 것이다.

"아빠."

스탠은 전화기를 꽉 쥐었다. 로건의 목소리가 이상했다.

"그래, 아들."

죽음도, 재앙도 받아들일 수 있도록 스탠은 마음을 다잡았다.

"내 친구 히엔 기억하지?"

"당연하지."

히엔이 교통사고를 당한 걸까? 아니면 코로나?

"걔한테 아들이 있거든. 여섯 살이야. 히엔이 몇 달 전부터 나한테 와서 아들이 테니스 하는 걸 보라는 거야. 계속 거절했는데, 오늘 아침에 문득, '뭐, 어때, 보고 오자. 쪼그만 녀석이 집에 갇혀서 원격 수업이나 해야 하는 게 안됐잖아.' 뭐 그런 생각이 들어서, 아무튼 그래서 가봤는데, 아빠……."

로건은 잠시 멈추었고, 로건이 멈추어 있는 동안 스탠의 정맥으로 희망이 수은처럼 밀려 들어왔다. 로건이 다시 말했다.

"그런 건 본 적이 없어."

스탠은 팔에서 바짝 서는 털들을 보았다.

"그 녀석이, 정말 잘했구나. 그렇지?"

"맞아. 아빠, 정말 잘하더라고."

스탠이 해리 하다드가 테니스 하는 모습을 처음 봤을 때, 그 전까지는 테니스 코트에 들어와본 적도 없는 아이가 라켓을 휘두르는 모습을 처음 봤을 때, 스탠은 자연이 이 세상에 만든 가장 경이로운 풍경 가운데 하나를 보고 있는 것만 같았다. 지금 로건의 입에서 흘러나오는 목소리는 오직 그 아이의 코치만이 낼 수 있는 목소리였고, 스탠은 이 멍청한 녀석은 그 사실을 알지 못하는 것 같지만, 로건이야말로 타고난 코치임을 잘 알고 있었다.

"그래서, 너무 오랜만인 건 알지만……."

로건이 주저하듯 말했다.

나한테 묻지 마. 제발, 묻지 마라. 이건 너 혼자 결정해야 해, 아들. 이건 너 혼자 결정해야 하는 거야. 제발, 너 스스로 하고 싶다고 말하란 말이야.

로건은 부끄러운 비밀을 고백하는 사람처럼 목소리를 낮추었다.

"내가 그 애를 가르치고 싶어."

멋진 에이스, 완벽한 스매시였다.

스탠은 조용히 하늘을 향해 주먹을 날렸다.

"왜 그래? 무슨 일이야?"

스탠은 조이에게 조용히 하라고 손을 흔들고, 덤덤한 목소리로 대답했다.

"너한테 배울 수 있으니, 그 녀석은 행운아네."

잠시 가만히 있다가 다시 입을 연 로건의 목소리는 단호했다.

"아빠는 내가 할 수 있을 것 같아?"

"당연히 할 수 있지."

"내 말을 알아듣더라고."

"그럼. 그 녀석들이 알아들을 때만큼 만족스러운 순간도 없지."

진정으로 재능이 있는 녀석들은 스승이 알려줄 수 있는 모든 것에 목말라했다. 그 아이들은 귀를 기울였고, 배운 기술을 써먹었다. 그 아이들은 스승 앞에서 성장하고 자라났다.

"그 애는 끝까지 갈 것 같아, 아빠."

"그럴 거야. 누가 알겠냐마는, 그럴 거야."

스탠은 그 아이가 끝까지 가는지 가지 않는지는 중요하지 않다고, 정말로 중요한 것은 로건이 다시 자기 인생을 살아가게 됐다는 거라고 말해주고 싶었다. 코치가 된다는 것이 차선의 선택이라거나 만약의 대비책이라거나 어쩔 수 없는 타협이 아니라는 것을, 코치가 됨으로써 로건이 테니스라는 아름다운 세계의 일원으로 살아갈 수 있다는 것을, 스타 선수뿐 아니라 코치와 감독, 주말에만 또는 사교로만 테니스를 치는 사람, 아이의 승리에 미친 부모, 스타 선수가 자신들은 절대로 도달할 수 없는 높이까지 올라갔음을 인정하고 환호하는 팬들 모두 테니스의 세계에서는 중요하다는 것을 말해주고 싶었다.

하지만 그런 말들을 하려다가는 필요 이상으로 많은 말을 하게 될 것이 분명했기에, 스탠은 전화를 끊고 히엔에 대해, 그리고 히엔의 어머니에 대해 할 말이 아주 많을 조이에게 로건의 소식을 전했다. 조이가 기억하는 한 히엔의 어머니는 테니스를 치지 않았지만, 운동신경이 뛰어났다. 그러니 히엔 아들의 재능이 어디에서 온 것인지는 궁금해할 필요도 없었다. 단지 바람이 있다면 그 아이는 무례하지 않았으면 하는 것뿐이었다. 어렸을 때 히엔은 아주 버릇없는 아이였으니까.

마침내 조이가 해야 할 모든 말을 했을 때, 두 사람은 코트로 나가 가볍게 몸을 풀었고, 스탠은 고장 난 무릎도 괜찮은 것처럼 느껴졌다. 두 사람은 점점 더 평소 실력으로 돌아갔고, 섹스처럼 쉽고 친숙한 방식으로 몸을 움직일 수 있었고, 스탠은 문득 자신이 아버지를, 그리고 아버지와 몰래 했던 금요일의 테니스 시합을 생각하고 있음을 깨달았다. 아버지와 아들은 이중 첩자가 은밀하게 임무를 수행하는 것처럼 수년 동안 몰래 만나 테니스를 쳤다.

물론 아버지가 직접 만든 뒤뜰 코트에서 테니스를 칠 수는 없었다. 집에서 쫓겨난 뒤 아버지는 자기 집을 둘러싼 경계선을 단 한 번도 넘지 않았다. 아버지와 아들은 지저분한 스카우트 회관 근처에 있는, 우거진 관목 숲으로 둘러싸인 조악한 지역 테니스 코트에서 테니스를 쳤다. 바닥은 금이 가고 네트는 너덜너덜한 테니스 코트였지만, 그곳에서 치는 테니스만은 정말로 아름다웠다. 스탠의 아버지는 분명히 언젠가는 윔블던에서 시합하는 아들을 보게 될 거라고 했다. 아버지는 윔블던 관계자들에게 그런 정보를 받은 사람처럼 말했다.

스탠이 열여섯 살 때, 기차역에서 센트럴 역으로 가는 기차를 기다리던 아버지가 갑자기 세상을 떠났다. 오전 6시 45분이었고, 스탠의 오랜 친구 데니스 크리스토스처럼 갑작스러운 죽음이었다. 스탠이 오랫동안 아버지를 보지 못했다고 믿고 있던 어머니는 스탠에게 "그렇게 충격적인 사건은 아니었어"라고 했지만, 스탠이 아버지를 만나왔다는 사실을 알았고, 스탠이 큰 충격을 받았음을 알았다고 해도 어머니는 아버지를 잃은 아들을 위로해줄 사람이 아니었다. 어머니는 자식을 위로하고 보듬어주는 어머니가 아니었다.

스탠의 아들들이 어렸을 때, 열이 나면 조이는 아이들을 보살펴주었고, 머리를 쓰다듬으며 토닥여주었고, 그 모습을 본 스탠은 가끔은 터무니없게도 질투를 느꼈다. 스탠의 아들들은 자기 어머니의 사랑을 자기들이 타고난 권리인 것처럼 아주 무심하고 태평하게 받아들였다. 스탠이 가끔 아들들에게, 특히 트로이에게 모질게 대한 것은, 어쩌면 질투 때문인지도 몰랐다.

수십 년 동안 스탠은 아버지에 대해 많은 생각을 하지 않았고, 아버지에 대해 말하지 않았다. 그날, 조이와 함께 윔블던에 갔을 때, 깊고 선명한 아버지의 목소리가 바로 옆에 있는 것처럼 귓가에서 들리기 전까지는 말이다. 그날 아버지는 스탠에게 "오스트레일리아 오지에서 태어난 녀석한테는 특별한 게 있다니까"라고 말했다.

그날 스탠은 지겨운 머릿속에 있는 아주 조그만 생각 하나에, 감정 하나에 자기 몸이 과도하게 반응할 수 있음을 분명하게 알았다. 그날 느낀 감정을 스탠은 결코 조이에게 말하지 않았다. 스탠도 조이도, 그날 스탠은 알 수 없는 이상한 병에 굴복했던 것뿐이라는 듯이 행동했다. 윔블던은 잃어버린 자신의 경력과 아이들의 경력에 대한 비통함뿐만이 아니라 어머니를 폭행했다는 악명으로만 알려진 친절하고 사랑스러운 남자를 오래전에 잃어버렸다는 비통함을 함께 불러일으켰다는 사실을 조이에게는 차마 말할 수 없었다.

남자의 성질은 무시무시한 유령처럼 철저히 감시하고 경계해야 한다는 사실을 알려준 사람은 스탠의 아버지였다. 금요일 오후의 테니스 만남이 끝나면 시원한 그늘에 나란히 앉아 한 번이 아니라 여러 번 아버지는 "그게 네가 할 일이야. 여자나 아이 때문에 화가 나서 정신을 잃을 것 같으면, 떠나야 하는 거야. 집 밖으로 걸어 나가야 해. 생각을 멈추지 마. 한마디도 하지 마. 진정될 때까지 떠나 있어야 해. 그냥 떠나면 돼. 나도 그랬어야 하는데, 그걸 못 했어"라고 했다.

스탠은 아버지의 충고를 말 그대로, 진심으로, 죽음처럼 엄숙하게 받아들였다. 남자의 성질이야말로 스탠이 가진 가장 끔찍한 결점이라고 믿었다. 트로이가 네트를 뛰어넘어 해리 하다드를 때렸을 때, 스탠은 자신이 실패했음을 알았고, 트로이가 거듭해서 바보 같은 결정을 했을 때 트로이에게서는 완전히 손을 떼었다. 아이들과 제자들에게 절대로 하지 말라고 했던 일을 자신이 한 것이다. 포기해버리는 것 말이다. 절대로 포기하지 마라. 끝까지 공을 쫓아라. 마지막 점수를 딸 때까지 시합은 끝난 것이 아니다. 하지만 스탠은 자기 아들을 포기해버린 것이다.

얼마 전부터 스탠도 조이가 듣는 '상거래' 관련 팟캐스트를 듣기 시작했다. 조이는 그 팟캐스트가 아주 따분하다고 했는데, 맞는 말이었다. 하지만 스탠은 인내심을 가지고 끝까지 들었고, 어제는 트로이에게 전화해 "일은 잘돼가니?"라고 물었다.

트로이는 짧게 "잘되고 있어, 아빠"라고만 대답했다.

스탠은 숨을 깊이 들이마시고 용기를 내어 말했다.

"내 생각에는 시장이 네 적수인 것 같아. 안 그러냐? 지금 시장이랑 싸우고 있는 거 맞지? 다음 상황을 예측하면서?"

트로이는 오랫동안 아무 말도 하지 않았고, 스탠은 자기 얼굴이 점점 더 벌겋게 달아오르고 있음을 알았다. 분명히 자신이 터무니없는 바보 같은 말을 했기 때문에 트로이가 터져 나오려는 웃음을 참고 있는 것 같았다. 자기 아빠는 정말 벽돌처럼 무딘 사람이라고 생각하고 있는지도 몰랐다.

하지만 트로이의 입에서는 진지하고 느린 목소리가 흘러나왔다.

"맞아, 그렇지. 정확히 그런 거야."

"그렇구나. 그러니까……."

트로이가 스탠의 말을 막았다.

"내가 언제부터 이걸 정말로 잘하게 됐는지 알아, 아빠?"

질문이었지만, 트로이는 스탠의 대답을 기다리지 않고 서두르듯이 아주 급하게 말했다.

"과시하는 걸 그만뒀을 때부터야. 자존심을 버렸을 때부터야. 일관되게, 전략을 구사할 수 있게 됐을 때부터야."

잠깐 트로이는 조금 이상한 소리를 냈기 때문에, 무슨 말을 하는지 알아듣기가 어려웠다.

"아빠가 코트에서 가르쳐준 걸, 난 매일같이 써먹고 있어."

스탠은 트로이에게 그 이상한 페티큐어를 해야 한다고 가르쳐준 적은 없었지만, 아들이 하는 이런 말은 언제 들어도 좋았다. 정말로 하늘을 날아갈 것처럼 좋았다.

하늘 위로 비행기가 날아갔다. 스탠은 고개를 뒤로 젖히고 가느다란 흔적을 남기면서 날아가는 비행기를 쳐다보았다. 이제 다시는 비행기를 탈 수 없을지도 몰랐다. 하지만 괜찮았다. 이 아래에서 스탠은 충분히 행복했다.

조이가 네트 가까이 걸어왔다. 테니스를 칠 때면 조이는 어린 여자처럼 머리카락을 하나로 묶었다. 조이의 다리는 스탠이 본 그 어떤 다리보다 근사했다. 공을 되받아 치는 자세는 여전히 고쳐야 했지만, 조이는 말을 듣지 않을 것이다. 몸을 움직인 데다가 공기가 차가워서 조이의 뺨이 발갛게 달아올라 있었다. 조이는 스탠이 테니스를 사랑하는 것만큼, 스탠이 조이를 사랑하는 것만큼 테니스를 사랑했다. 스탠은 조이가 아는 것보다 훨씬 더 조이를 사랑했다. 조이를 만날 때까지, 스탠은 단 한 번도 복식에 흥미를 느낀 적이 없었다. 두 사람은 떨어져 있을 때보다 함께할 때 훨씬 더 많은 기량을 발휘하는 선수들이었다.

조이의 사랑이 식을 때마다, 스탠은 가만히 조이를 지켜보면서 조이가 다시 사랑에 빠지기를 기다렸다. 스탠은 단 한 순간도 조이를 사랑하기를 멈추지 않았다. 정말로 심하게 상처를 받고 조이가 스탠을 배신했을 때도, 심지어 두 사람이 별거를 말하며 헤어질 위기에 처했던 그 힘든 시기에도, 스탠은 그 상황을 감수하고, 조이가 다시 자기 곁으로 돌아오기를 기다렸다. 조이는 언제나 스탠에게 돌아왔다. 하늘에 있는 신과 아버지에게 감사할 일이었다.

조이가 손으로 눈을 가리고 지평선 너머로 사라지는 비행기를 한참 쳐다보았다. 비행기가 사라지자 손을 내린 조이가 스탠을 보며 말했다.

"자, 시작하자."

71

“승무원이 대피해야 한다고 말하면 먼저 여객기 바깥쪽이 안전한지부터 살펴봐주시기 바랍니다.”

승무원이 말했다. ‘대피해야 한다’는 말은 지루하고도 단조로운 관료처럼 말했는데, 그 때문에 오히려 우습게 들렸다. 승무원의 말 어디에서도 공포는 찾을 수 없었다.

F12석의 여자는 비상구 좌석에 앉았을 때 지켜야 할 의무를 더는 듣지 않기로 했다. 팬데믹이 시작된 뒤로 추락한 비행기는 없었으니까. 아마도 비행기까지 추락하면 저녁 뉴스에 발표해야 할 재앙이 너무 많아져서 그런 것 같았다. 어쨌거나 일어날 것 같지는 않지만 비상시에는 당연히 옆 좌석에 앉은 근육질 남자가 여자를 밀쳐 내고 비상 탈출구를 열 것이다.

여자는 마스크를 앞으로 당겼다. 마스크가 닿는 부분이 간지러웠다. 비행기 안에 있는 모든 사람이 지친 눈만을 드러낸 채, 이 기이한 새로운 세상에 적응하려고 애쓰면서 끊임없이 마스크를 만지작거렸다. 안경에는 뿌옇게 김이 서렸고, 세균 냄새가 나는 공기를 정화해보겠다며 마스크를 코밑으로 내리고 킁킁거리는 사람도 있었다. 통로 건너편에 있는 두 여자는 범죄 현장을 청소하는 것처럼 살균 티슈로 팔걸이와 트레이를 열심히 닦고 있었다.

여자는 1990년대에 유행한 그런지 록 밴드의 멤버처럼 보였다. 한쪽을 완전히 밀어버린 짙은 검은색 염색 머리에 찢어진 검은색 청바지, 버클 달린 두툼한 모터사이클 부츠 차림의 여자는 뱀이 돌돌 말린 두툼한 팔찌에 해골 목걸이처럼 공항 금속 탐지기에서 걸렸을 것이 분명한 치렁치렁한 액세서리를 잔뜩 달고 있었다. 여자는 엄마를 만나러 애들레이드로 가는 중이었다.

여자가 탈 비행기는 모든 사람의 기분을 망치려는 듯이 여러 번 지연됐다. 여자가 공항에서 차를 빌려 어렸을 때 살던 집에 도착하면 아마도 밤 9시가 지나 있을 것이다. 그 시간이면 엄마는 몇 달 전에 여자가 금빛으로 반짝이는 새벽빛을 받으며 집을 떠났을 때처럼, 빈대에 물리지 않도록 조심하면서 따뜻하고 포근한 침대에 푹 파묻혀 있을 것이다.

"안녕, 엄마! 사랑해!"

여자는 소리쳤지만, 엄마는 대답하지 않았다.

그 전날 밤, 여자는 옛집에 찾아올 때면 언제나 그렇듯이 엄마를 위해 저녁을 만들었다. 커다란 하얀 접시 위에 열량을 적절하게 통제한 정교한 음식을 준비하는 것이다. 허브를 뿌린 양고기 커틀릿(당연히 지방은 모두 철저하게 떼어냈다) 두 조각, 껍질콩 여덟 개, 작지만 완벽한 모양으로 떠낸 으깬 감자샐러드. 여자의 엄마는 지금도 먹는 것을 철저하게 점검했다. *당연히 반드시 점검해야 해! 방심했다가는 자신도 모르는 사이에 접시로, 몸으로 열량이 스며들어 올 거야. 꿈에까지 기어들어 올 수 있어!*

교회에는 한 번도 가본 적이 없었는데도 늘 교회에 가는 사람처럼 옷을 입는 여자의 엄마는 커다란 하얀 접시 위에 있는 것들을 모두 해치웠다. 그런 다음에는 이쑤시개로 치아 사이에 낀 고기 찌꺼기를 빼내면서 고기가 "정말 좋았어"라고 선언했다.

식사를 마치자 엄마는 욕실에 들어가서 아주 오랫동안 목욕을 하고, 이를 닦고, 잠옷과 가운을 입고, 작은 잔에 열량은 낮고 알코올은 풍부하며 탄수화물도, 지방도, 당분도 들어 있지 않은 보드카를 따라 노란색 수면제를 두 알 먹으면서 소파에 앉아 텔레비전을 보았다. 의사는 잠들기 30분 전에 수면제를 한 알만 먹으라고 했지만, 의사가 무엇을 알겠는가? 매일 밤 수면제를 두 알 먹고 죽은 듯이 잠을 자는 여자의 엄마는 "자기 건강 문제는 반드시 자신이 직접 결정해야 하는 거야"라고 했다.

여자는 오랫동안 주방에서 엄마의 접시를 쳐다보다가 살을 뜯어 먹은 양의 뼈를 쓰레기통에 버렸고, 거실로 나가 엄마의 뒤통수를 보면서 "엄마는 내 접시에 있는 걸 절대로 모두 먹으면 안 된다고 하지 않았어?"라고 했다.

"그게 무슨 말도 안 되는 소리니? 누구나 아이들한테는 접시에 있는 거 모두 먹으라고 가르친다고."

엄마가 대답했다.

"엄마 규칙은 그거랑은 반대였잖아. 접시에 있는 걸 모두 먹으면 절대로 안 된다가 엄마 규칙이었어."

여자는 여자가 받아 온 리본과 메달, 트로피가 가득 놓여 있는 선반을 보았고, 트로피 한 개를 집어 들었다. '꼬마 무용가' 지역 대회에서 고작 2등을 하고 가져온 트로피로, 여자가 이룩한 업적 중에서는 아주 하찮은 업적에 속했지만, 모양만은 가장 인상적이고 가장 큰 트로피였다. 두툼한 대리석 받침 위에서 금도금한 발레리나가 피루엣을 하는 트로피였다.

여자는 그 트로피를 땄을 때 추었던 춤을 기억했다. 왜냐하면 모든 것을 기억했으니까. 여자는 작은 발레리나를 보면서 지었던 엄마의 작은 웃음을 기억했다. 그 작은 웃음은 그 여자가 참아야 했던 물집 잡힌 발가락과 멍든 발톱, 등과 발목과 정강이의 고통, 무엇보다도 사라지지 않는 지독한 배고픔에 대한 조그만 보상이었다.

"기억 안 나? 내가 깜빡하고 음식을 남기지 않으면 방에 가뒀잖아. 좋은 무용가는 자기 열량을 조절할 수 있어야 한다고."

여자의 말에도 엄마는 깜빡이는 텔레비전에서 눈을 떼지 않고 대답했다.

"도대체 왜 지금 그런 이야기를 하는지 모르겠다."

여자도 자신이 지금 왜 그런 이야기를 하는지 알 수 없었다. 여자의 계획에는 없던 일이었다. 여자는 작별 인사를 하려고 왔다. 새로 사귄 남자 친구와 함께 다른 주로 이사할 계획이었으니까. 그 남자는 아일랜드 사람이었고, 화가였다. 그 남자는 여자를 평범하다고 생각했다. 여자가 발레리나였다는 사실을 좋아했다. 남자의 동생도 발레를 했다고 했다. 여자는 남자의 동생이 했다는 발레 경험은 자신이 한 발레 경험과는 전적으로 다르리라는 사실을 알았다.

여자는 계속 말했다.

"물만 주고 가둘 때도 있었잖아. 물도 제대로 마시지 못했어. 그건 어린 여자애가 당하기에는 너무나도 끔찍한 일이었단 말이야. 난 영원히 방에 갇힐 거라고 생각했어. 죽을 거라고 생각했다고. 정말로 죽기 직전까지 갔었다고 생각해. 몇 번 정도는."

엄마는 아무 말도 하지 않았다.

"난 식이장애였어. 갑상샘, 철분 수치, 치아, 소화 기능, 뇌, 성격에 문제가 있어. 나는…… 옳지 않아. 엄마가 나를 망쳤어."

텔레비전에서 녹음한 웃음소리가 크게 터져 나왔다가 잦아들었고, 마침내 엄마가 말했다. 엄마는 조금은 짜증이 난 것도 같았고, 조금은 재미있어하는 것도 같았다.

"넌 정말 언제나 거짓말만 해, 사반나. 너희 방에는 텔레비전이 있었어. 성에 사는 작은 공주님처럼 말이야! 저기 있는 저 많은 트로피를 봐. 너는 내가 너를 데리고 전국에 있는 대회장으로 돌아다니는 것보다 더 나은 일을 할 수 있었다는 생각은 안 하니? 나한테도 내 인생이 있었다고!"

그것이 엄마가 살아가는 방식이었다. 많은 사람이 후회하고 실수할 때, 엄마는 그런 방식으로 살아갔다. 엄마와 딸은 그저 자신들의 이야기를 다시 쓰는 것으로 후회와 실수를 대체했다. 여자의 엄마는 자기 고집 때문에 딸이 발레를 한 것이 아니라, 발레가 딸이 가장 좋아했던 과외활동이었던 것처럼, 자신을 헌신적인 어머니로 재창조했다.

"너한테는 약간의 재능밖에 없었어."

엄마는 한참 뒤에 말했다. 드디어 수면제 두 알이 제 일을 해내기 시작했는지, 엄마의 목소리가 살짝 풀리기 시작했다.

"넌 너희 오빠 같은 수재는 아니었어. 그건 처음부터 알고 있었지."

그 수재는 아빠가 가져갔고.

여자는 자신을 접었다. 깔끔하게. 기하학적으로. 종이접기처럼.

여자는 주방으로 들어가 빠르고도 효율적이고도 우아한 동작으로 청소를 했다. 가스레인지에 묻은 기름때를 행주로 닦고, 손톱으로 박박 긁어 얼룩을 떼어냈다. 바닥을 닦았고, 빛이 날 때까지 싱크대를 닦았다.

여자는 다시 사랑하는 엄마가 있는 거실로 갔다. 엄마는 머리를 뒤로 젖히고 박람회장의 대관람차처럼 완벽한 타원형으로 입을 벌리고 소파 위에서 잠들어 있었다.

그날 아침 일찍 엄마는 가끔 수면제가 너무 빨리 작용하면 소파에서 잠들게 된다고, 그러면 일어났을 때 등이 너무 아프다고 말했다. 어느 정도는 그게 여자의 잘못 때문인 것처럼 말이다. 그래서 여자는 의무를 짊어지기로 했다. 리모컨을 들어 텔레비전을 끄고 엄마에게 "침대에 가서 자, 이 잠꾸러기. 안 그러면 등이 아플 거야" 라고 말했다.

엄마의 겨드랑이에 각각 팔을 끼고 질질 끌고 갔다. 엄마는 공기처럼, 작은 발레리나처럼 가벼웠다. 여자는 엄마를 끌고 거실에서 가장 가까운 침실로 데려갔는데, 공교롭게도 그 방은 한때 여자가 썼던 곳으로, 문에는 구식 자물쇠가 달려 있었다. 그때는 밖에서 잠글 수 있는 침실 문을 다는 게 불법이 아니었다. 안전 때문에 필요한 일이라고 생각했다. 여자가 어른이 된 뒤로는 안전 문제는 이제 사라진 것 같았다.

여자는 엄마를 끌어 올려 침대에 눕혔다. 매끄럽게 펴진 시트가 엄마의 턱 아래까지 올 수 있게 시트를 팽팽하게 끌어당겼다. 그 일을 모두 끝내자 여자는 발끝을 세우고 푸에테를 서른두 번이나 한 것처럼 놀랍지만 반드시 해야 하고, 경이롭지만 평범한 일을 해낸 것처럼, 기쁨을 느낄 때처럼 아주 빠르지만 충분히 통제할 수 있는 숨을 내쉬고 있는 자신을 발견했다.

"잘 자. 빈대한테 물리지 말고."

여자는 엄마의 이마에 입을 맞추었다. 뺨에 엄마의 따뜻한 숨결이 느껴졌다. 문가에서 엄마를 보며 말했다.

"이제 방문을 잠글 거야. 그게 규칙이니까. 엄마가 역겨운 새끼 돼지처럼 양고기를 모두 먹어치웠으니까."

여자는 엄마가 늘 침대 문에 있는 작은 장식 접시에 넣어두는 열쇠를 찾았다. 엄마의 전남편이 선물한 장식 접시였다. 남자와 여자가 서로 안고 있고, 두 사람의 머리 위로는 하트들이 둥둥 떠다니는 그림이 그려진 접시였다. "사랑을 한다는 건…… 다시 사랑을 받는 것이다"라는 글이 적혀 있는.

아마도 엄마의 전남편은 좋은 남편이었을 것이다. 여자에게 요리를 가르쳐준 사람이 바로 엄마의 전남편이었다. 하지만 그 남자는 자신의 성과 함께 요리 도구도 모두 가져가버렸다. 그 남자가 엄마 곁에 머물렀다면, 여자에게 있었던 일은 일어나지 않았을 것이다.

여자에게 일어난 일을 알았다면, 조금만 더 자세히 들여다보거나 조금만 더 질문을 하고 귀를 기울였다면 그 일을 막아줄 수 있었던 사람은 많았다. 발레 선생님들도, 발레를 하는 아이들의 부모들도, 의사들도 여자의 상태를 눈치챘어야 했다. 어렸을 때 여자를 만난 적이 있는 그 성형외과 의사도 그래야 했다. 헨리 에지워스 박사 말이다.

여자의 엄마는 '못생긴' 여자의 귀를 뒤로 넘겨 보이지 않게 해줄 수 있는지 알아보려고 에지워스 박사를 찾아갔다. (수술비가 너무 비쌌다.) 여자의 귀를 들여다보는 성형외과 의사에게 여자는 "배고파요"라고 말했다. 하지만 그 성형외과 의사는 영양실조에 걸린 아이의 귀를 살펴보는 것이 웃긴 일이라는 듯이 낄낄거렸다. 얼마 전에 그 성형외과 의사는 친절하게도 낄낄거린 행위에 대한 비싼 대가를 치렀다. 물론 그 자신은 나이트클럽에서 만난 쓰레기 같은 어린 여자애와 정사를 벌인 대가라고 생각하겠지만. 어느 쪽으로 생각하든, 그 남자는 합당한 대가를 치렀다.

여자의 엄마가 잠에 푹 빠져 있을 때, 여자는 슈퍼마켓에 갔고, 옵티멈 뉴트리션사의 단백질 크런치 바를 여섯 상자 샀다. 정말 맛있어 보였다! 수축 포장한 받침대에 꽂혀 있는 물병도 샀다. 구입한 음식을 가지고 엄마가 자고 있는 침실로 들어가 침대에서 가까운 바닥에 내려놓았다. 여자의 엄마는 평화롭게 입으로 숨을 내뱉고 있었다.

여자는 엄마에게 다정하게 편지를 남겼다. *양이 많은 것처럼 보여도 신중하게 배분해서 먹어야 해. 자제하는 거, 잊지 마!*

그날 밤, 여자는 시드니를 떠났다. 그때만 해도 주 경계선을 마음대로 넘을 수가 있던 때여서 새로 사귄 아일랜드 남자 친구와 함께 나라를 가로질러 이동했고, 그 뒤로는 더는 생각하지 않았다.

하지만 이렇게 오래 떠나 있을 거라고는 생각하지 못했다. 너무 바빴다. 인생은 그런 거니까! 남자 친구와 오래가지는 못했지만, 새로운 사람들을 만났고, 옛 친구들과 지인을 찾아갔다. 매듭짓지 못했던 일들을 마무리했고, 몇 차례에 걸쳐 뜻밖의 소득을 올렸다. 심지어 자선 활동에 참여하기까지 했다. 미국인들 표현처럼 엄청나게 성공한 유명한 오빠에게 '손을 뻗었고', 오빠는 정말 친절하게 전화를 받아주었고, 남매는 힘을 합쳐 이 미친 세상을 다시 정상으로 돌릴 수 있게 노력하자고 약속했다. 오빠는 다시는 정신 나간 부모를 만나지 않을 거라고 말했고, 여자는 이해했다. 하지만 여자는 그럴 수 없었다. 왜냐하면 여자는 여자의 엄마가 헌신적인 어머니였던 것처럼, 여자도 엄마의 헌신적인 딸이었으니까.

여자는 열쇠를 목걸이에 달아 늘 함께했다. 열쇠를 늘 가까운 데 두는 것이 여자에게는 필수적이고도 아주 중요한 일이었다. 어머니에 대한 여자의 사랑을 보여줄 수 있는 방법이었다.

"집으로 가시는 겁니까?"

비행기가 마침내 활주로를 달리기 시작했을 때 옆자리 근육질 남자가 물었다. 마스크 위로 강아지처럼 순한 눈이 보였다.

승무원은 천장에서 산소마스크가 떨어지면 어떻게 착용해야 하는지 설명하고 있었다. 먼저 마스크를 벗어야 한다. 산소마스크를 써야 할 때면 바이러스는 더는 가장 중요한 문제가 아닐 테니까!

"엄마를 보러 가요."

여자가 대답했다.

요령 있고 영리한 노인이라면 잠겨 있는 방에서 빠져나올 수 있을 테고, 실제로 빠져나왔어야 하고, 당연히 빠져나올 방법을 많이 알고 있을 것이다. 방문을 발로 차서 떨어뜨릴 수도 있고, 창문을 깨고 나올 수도 있다. 큰 소리로 이웃을 부를 수도 있다. 침실이 2층에 있고, 두꺼운 벽으로 막혀 있다고 해도 힘껏 고함을 지르면 이웃이 들을 수도 있다. 어린아이는 창틀과 창턱 사이에서 침투할 수 없는 고대의 페인트에 효과적으로 갇혀버린 두툼한 유리창을 깨거나 열 방법을 찾지 못했지만, 어른이라면 영리한 해결책을 찾아낼 수도 있을 것이다.

내가 어른이라면 여기서 나갈 수 있을 텐데. 그 어린아이는 그렇게 생각했었다. 그 여자는 돈과 음식과 다양한 해결책을 아는 어른이기를 간절히 소망했지만, 그저 아이일 뿐이었다. 콩나무 줄기를 타고 올라가 이 방을 빠져나가서 하늘 높이 날아가기를 꿈꾸던 아이일 뿐이었다. 아이는 거인의 황금을 원하지 않았다. 아이가 원한 것은 거인의 식사였다.

그 고통을 멈추려고 더욱더 필사적으로 노력을 해도, 여전히 여자는 무기력함과 갇혔음을 느낄 뿐이었다. 여자도 자신의 기억은 다른 사람들의 기억이 시간이 흐르면 희미해지듯이 사라질 리 없다는 걸 알고 있었고, 그 사실을 그저 받아들였지만, 어째서 그 고통은 나이가 들수록, 그 시절에서 멀어지면 멀어질수록 더욱더 강렬해지는지는 그 이유를 알 수도 없고, 이해도 할 수 없었다.

"나도 그렇습니다. 어머니가 혼자 지내시나요?"

옆자리 남자가 물었다.

"네."

여자가 대답했다. 남자가 무슨 뜻으로 한 질문인지는 알았지만, 여자는 '어차피 사람은 모두 혼자지'라고 생각했다. 많은 사람에게 둘러싸여 있어도, 사랑하는 사람과 함께 침대를 써도, 사람은 누구나 혼자였다.

친절한 이웃의 걱정을 받으려면 자기 자신도 친절한 이웃이 되어야 할 필요가 있겠지만, 그래도 일주일이나 2주일, 또는 3주일 뒤에 여자의 엄마를 살펴보러 온 친절한 이웃이 있지 않았을까? 물론 없었을 수도 있지만.

지금 여자의 엄마는 침대에 누워서 마지막 남은 맛있는 단백질 크런치 바 봉지를 뜯고 마지막 물을 마시면서, 버릇없는 딸이 그랬듯이 끝도 없이 흘러나오는 화면이 고르지 못한 텔레비전에서 멀리멀리 벗어나 잔혹한 배고픔을 잊은 채, 다른 현실로, 다른 삶으로 흘러 들어가고 있을지도 몰랐다.

어쩌면 여자의 엄마는 자기 자신이 직접 시트콤을 찍고 있는지도 몰랐다. 여자는 통통하게 살이 찐 엄마가 웃으면서 부산하게 자신을 맞으며 앞치마에 손을 닦고 딸을 꼭 끌어안으면서 "그날 아침에 일어나서 얼마나 죽어라고 웃었는지 몰라. 어쩜, 엄마를 가두고 가니, 이 깍쟁이야"라고 말하는 상상을 했다. 어쩌면 집 안 가득 설탕과 버터와 사랑의 냄새가 가득 차 있을지도 몰랐다. 물론 아닐 수도 있었지만.

"어머니와 함께 격리되려고 가는 겁니다. 자가면역 관련 문제가 있어서, 아주 조심해야 하거든요. 조금 겁이 나네요."

"맞아요. 정말 겁나요. 지금은 누구나 부모님을 가둬둬야 해요."

여자가 목에 건 열쇠를 만지작거리면서 대답했다.

미친 듯이 터져 나오려는 웃음이 가슴에서 위로 올라와 입과 마스크 사이에 있는 공기에 갇혔다. 직물의 안과 밖으로 숨을 들이쉬고 내뱉고를 반복하면서 여자는 머리에 단단히 둘러맨 비닐봉지를 상상했다. 남자는 비상 탈출구를 함께 열 책임이 있는 옆자리 여자의 진실을 전혀 몰랐다. 마스크는 정말 근사했다. 유용했고, 든든했다. 그 누구도 마스크 뒤에 있는 사람을 제대로 알지 못했다. 여자는 자신이 선택한 사람이면 누구든지 될 수 있었으니, 남자가 기대하는 사람이 되는 것도 문제없었다.

지직거리는 인터콤에서 기장의 목소리가 흘러나왔다.

"기내 승무원들은 조속히 이륙 준비를 마쳐주십시오."

여자는 겁을 먹은 승객처럼 안전띠를 세게 맸고, 옆자리 남자가 보고 있음을, 좋은 교육을 받고 자란 친절한 남자가 겁에 질린 연약한 여자를 신경 쓰듯이, 옆자리 남자가 여자를 신경 쓰고 있음을 알았다. 남자에게는 연약함이 필요한지도 몰랐다. 여자는 남자에게 그 연약함을 줄 수 있었다. 적절하게 옷을 입고 있지는 않았지만(옆쪽 비상 탈출구 옆에 앉은 여자가 더 적절하게 입고 있었다), 그거야 여자 하기 나름이니까.

비행기 엔진이 포효하기 시작했다. 이륙하기 직전에는 늘 불가능할 것만 같다. 자연의 법칙을 거스르려 하다니. 하지만 자연의 법칙을 거스르는 것처럼 보이는 일은 언제나 일어나고 있다.

비행기가 하늘 위로 날아올랐다.

여자는 창문 밑에 펼쳐진 누비이불 같은 교외 풍경을 바라보았다. 작은 뒤뜰과 수영장이 있는 작은 집들이 보였고, 운동장과 테니스코트를 가로지르는 구불구불한 도로 위로 성냥갑 같은 자동차들이 움직이고 있었다. 구름 위에서 보면 인생은 너무나도 평화롭고 충분히 감당할 수 있을 것처럼 보인다. *성냥갑 자동차에 올라타서 귀여운 도심으로 들어가 필요한 만큼 돈을 버는 거야! 저 작고 귀여운 식당으로 들어가서 저녁밥을 사 먹어! 아이들을 사랑하고 맛있는 걸 먹여줘! 꿈을 위해 노력하고 공과금을 내!* 어째서 누군가는 해내기가 절대로 불가능한 일들이 누군가에게는 그토록 쉬운 걸까?

옆 좌석 남자가 자기 어머니 이야기를 했다.

"어머니는 집에만 틀어박혀 지내세요. 거의 외부 활동을 안 하시거든요."

"우리 엄마는 완전히 반대예요."

여자가 말했다.

여자의 눈앞에 자신과 꼭 닮은 여자가 나타났다. 여자를 위해 목욕물을 채우면서 자기 손으로 물의 온도를 점검하고, 수도꼭지를 이리저리 움직여 알맞은 온도를 찾으려고 애쓰는 여자가. "갑자기 추워졌잖아"라는 말을 하면서 늦은 밤 담요를 가지고 여자의 침실 문 앞에 서 있는 여자가. "그냥 이게 어울리는 것 같아서"라는 말을 하면서 진열대에서 옷걸이를 꺼내 여자에게 내밀고, 드레스를 입고 탈의실에서 나오는 여자를 보자 손뼉을 치면서 기뻐하는 여자가. 여자가 한 일 때문에 맹렬하게 잔소리를 퍼붓지만, 아무리 끔찍한 일을 했어도 당연히 용서할 수 있다는 듯이 혼을 낸 뒤에는 깔끔하게 잊어버리는 여자가 나타났다.

여자는 말했다.

"우리 엄마는 테니스를 쳐요."

감사의 글

수년 동안 저를 위해 애써준 굉장한 편집자들에게 감사 인사를 하고 싶습니다. 오스트레일리아의 케이트 패터슨, 미국의 에이미 아인혼, 영국의 맥신 히치콕이 그분들입니다. 많은 조언을 주고 의견을 주신 편집부의 대니얼 워커, 브라이언 콜린스, 캐슬린 쿡, 코너 민처, 조엘 리처드슨, 알렉스 로이드도 감사합니다.

나의 자매이자 동료 작가인 재클린 모리아티, 니콜라 모리아티는 이 책의 초고를 읽어주었고, 또 다른 자매들 카트리나 해링턴과 피오나 오스트릭은 최종 원고를 읽어주었습니다. 소설을 쓰기 시작할 때 문자메시지를 보내준 재키는 특히 고맙습니다.

《사과는 떨어지지 않는다》를 쓰려면 테니스 시합에 관해, 테니스 코치들에 관해, 형사들의 업무와 상거래에 관해, 물리치료사에 관해, 1970년대의 삶에 관해, 회계와 발레에 관해 알아야 했습니다. 그렇기에 자신의 시간과 전문 지식을 기꺼이 나누어주신 관대하고 인내심 많은 여러 분들에게 신세를 져야 했습니다. 모두 감사합니다. 래튜 퍼터먼, 마이크 로워스, 제임스 하브, 폴 프랜시스(폴의 멋진 자선단체, 험프티 덤프티 재단을 후원해주세요!), 마크 데이비드슨, 킴 아이비, 롭 콜린스, 엘리나 레디, 얀 레빈스키, 엘리나 디신케(마리사 콜로나가 소개해주었습니다), 테레사 리 박사, 카메론 던컨, 스코트 해링턴, 줄리 게이츠, 조지 제이츠가 그분들입니다. 보우 락헤드도 감사합니다. 이 책에는 공헌한 점이 없지만, 전에 썼던 소설에서 보우의 실화를 차용했으면서도 고맙다는 말을 하지 않았다는 생각에 그를 만날 때마다 괴로웠기에, 지금 감사의 말을 전합니다.

특별한 분야를 공부하고 있다는 말을 들을 때마다 다음 날 바로 그 분야에 종사하는 전문가를 소개해주는 문자를 보낸 사려 깊고 사교적인 분들이 있습니다. 리사 커디, 재키 알로이시오, 찰스 앤더슨, 감사합니다. 또 몰리(체리 페니의 개)와 데이지(우리 가족인 초콜릿색 래브라도) 덕분에 슈테피를 생각해낼 수 있었습니다.

관대한 많은 전문가들이 도움을 주셨지만 분명히 실수가 있을 테고, 그 실수는 전적으로 저의 책임입니다. 하지만 실수를 지적하기 전에 현실 세계, 그중에서도 특히 시간에 관해서는 저에게 예술가로서의 재량권이 있음을 인정해주세요(예를 들어 〈팝콘〉은 조이가 열여덟 살 때가 아니라 열일곱 살 때 발표됐습니다). 하지만 2020년 초에 오스트레일리아에서 발생한 끔찍한 산불에 관해서는 허구적인 요소를 조금도 넣지 않았습니다. 산불 구제금을 마련하려고 진행한 소방관을 위한 작가 캠페인이라는 훌륭한 기획에 아낌없이 후원해주신 설린 호와 니콜 르노와 조르당과, 지방 원조 자선사업 경매에서 1등을 한 사이먼 배링턴은 제 소설의 등장인물이 되었습니다. 설린, 니콜, 사이먼, 이름도 주고 기부도 해주어서 고마워요!

오디오북을 멋지게 녹음해준 캐럴라인 리, 감사합니다. 이 세상에 있는 저의 멋진 번역가들 모두에게도 고마움을 전합니다.

10년이 넘는 시간 동안 저와 함께 작업실을 써준 동료 작가 버캐럴, 다이앤 블랙록, 멋진 홍보 담당자들, 오스트레일리아의 트레이시 치트햄, 영국의 게비 영, 미국의 패트 아이스먼, 환상적인 도서 영화 에이전트들, 오스트레일리아의 피오나 잉글리스와 벤저민 파즈, 미국의 페이 벤더, 영국의 조너선 로이드와 케이트 쿠퍼, 로스앤젤레스의 제리 칼라지안, 모두 감사합니다.

온 마음을 다해 독자들에게, 정말로 반박할 여지가 없이 제가 가장 사랑하는 전 세계 모든 독자들에게 감사의 마음을 전합니다. 정말 매일 감사합니다. 2020년에 팬데믹이 시작되었다는 것은 새로운 책이 나올 때면 언제나 만날 수 있었던 수많은 독자를 슬프게도 만나지 못하게 되었다는 뜻이었습니다. 이제 다시는 여행을 가야 한다며 투덜대지 않을 거예요. 다음 책이 나올 때는 현실에서 여러분을 볼 수 있기를 바랍니다.

모든 면에서 감사한 우리 가족! 매일 아침, 눈도 뜨지 못한 나에게 커피를 가져다줘서 고마워, 애덤. 아름다운 딸 애나=**이 세상 최고 딸이자 최애 딸임. 어떠냐, 조지!**(열한 살 딸이 지나갈 때 컴퓨터에 문서를 띄워놓고 잠깐 자리를 비우면 이런 일이 생겨요. 딸이 남겨놓은 글은 형제들의 경쟁을 다룬 이 책에 너무나도 어울리는 것 같아서 지우지 않기로 했어요!)도 고마워. 나의 아름다운 아들 조지도 고마워!(다음에는 멋지게 복수해주렴!)

수줍음도 말도 많은 작은 소녀 다이앤, 학급 사진에서 유일하게 인형을 안고 있는 꼬마는 자라서 아주 멋지고 매력적인 금발 미녀가 되었고, 여섯 아이의 어머니가, 열두 아이의 할머니가, 더 많은 아이의 양육 어머니가 되었습니다. 이 책은 오직 엄마 거야! 나의 어머니가 되어줘서 정말 고맙고 사랑해. 마지막으로 우리 아버지. 아빠가 없는 세상에서 처음으로 나온 책이야. 하지만 아빠가 내 책의 감사의 글에서 사라지는 일은 절대로 없을 거야.

이 책을 쓰는 동안 제럴드 마코라티의 《Late to the Ball》, 존 칼리와 함께 쓴 라파엘 나달의 《Rafa My Story》, 제시카 할로란과 함께 쓴 젤레나 도킥의 《Unbreakable》, 래리 라이터와 함께 쓴 로드 라버의 《The Golden Era》, 마거릿 코트의 《Margaret Court The Autobiograpy》, 에보니 굴라공 카울리와 필 자라트의 《Home The Evonne Goolagong Story》, 수전 조이 알렉산더의 《A Spanish Love Affair》(화이트 시티에서 열린 대회에서 조이도 수전 조이가 경험했던 것처럼 편파적인 심판을 만났어요), 멜리사 섀드윅스에게 감사하며, 피오나 그리피스가 쓴 기사 〈Conselling: Recognizing Our Profession in its Own Right(2019)〉 같은 여러 자료의 도움을 받았습니다.

〈편두통 가이〉라는 팟캐스트 방송은 실제로 있지만 조이가 들은 내용은 모두 허구입니다. 〈치매인의 삶〉과 〈상거래자들과의 대화〉도 있는 방송입니다.

APPLES NEVER FALL

사과는 떨어지지 않는다

제1판 1쇄 발행 | 2022년 3월 8일
제1판 2쇄 발행 | 2022년 8월 9일

지은이 | 리안 모리아티
옮긴이 | 김소정
펴낸이 | 오형규
펴낸곳 | 한국경제신문 한경BP
책임편집 | 이혜영
교정교열 | 한지연
저작권 | 백상아
홍보 | 이여진 · 박도현 · 하승예
마케팅 | 김규형 · 정우연
디자인 | 지소영
본문디자인 | 디자인 현

주소 | 서울특별시 중구 청파로 463
기획출판팀 | 02-3604-590, 584
영업마케팅팀 | 02-3604-595, 583 FAX | 02-3604-599
H | http://bp.hankyung.com E | bp@hankyung.com
F | www.facebook.com/hankyungbp
등록 | 제 2-315(1967. 5. 15)

ISBN 978-89-475-4800-7 03840

마시멜로는 한국경제신문 출판사의 문학 브랜드입니다.
책값은 뒤표지에 있습니다.
잘못 만들어진 책은 구입처에서 바꿔드립니다.